Land van echo's

Mark H. Stokmans

Land van echo's

Ambo|Anthos
Amsterdam

MIX
Papier van verantwoorde herkomst
FSC® C004472

Eerste druk 2022
Vierde druk 2023

ISBN 978 90 263 6460 0

Deze uitgave kwam tot stand door bemiddeling van
Sebes & Bisseling Literary Agency te Amsterdam
Omslagontwerp Marry van Baar
Omslagillustratie © Evelina Kremsdorf/Trevillion Images
Foto auteur © Ruud Pos

Verspreiding voor België:
Veen Bosch & Keuning uitgevers nv, Antwerpen

Todavía suena su cancíon

voor

Opa, Oma
Papa, Mama
Joyce
Ben, Floor
Derk, Sandra

en de rest van mijn familie

I

1

November 1929
Kustweg van Xaraque naar Benimelha

Op de dag dat Herman en Vicente elkaar ontmoetten, lagen op de heuvels massieve grijze wolken. Te zwaar om verder richting zee te rollen, lieten ze zich boven het land leegregenen. Na uren lopen langs de kustweg had Herman onder een johannesbroodboom geschuild. Het was een eeuwenoude onverharde weg die de dorpen Xaraque en Benimelha met elkaar verbond. Tot enkele jaren terug reed hier nog een postkoets, die in dit weer vast zou lopen in de dikke klei. Maar op een dag als deze was de weg verlaten. Het was een natte winter.

Vanaf het moment dat hij de loopgraven van Noord-Frankrijk had verlaten, leken de wolken Herman te hebben achtervolgd. Dezelfde lucht had toen boven dat uiteengereten land gehangen, boven een landschap van kraters en kloven, van bloed, ledematen en stalen scherven. Een land dat zoveel jonge mannen had verslonden en uitgebraakt, en waar van de ene op de andere dag de bommen niet meer vielen en het stil was geworden. Ineens mocht hij de stellingen en het leger waarvan hij deel had uitgemaakt, verlaten.

Overvallen door die plotselinge vrijheid wist hij niets anders te doen dan te lopen, en onder eenzelfde grijze lucht was hij door Europa getrokken, met een zwerflust die hem jaren in zijn greep zou houden. Door verlaten dorpen en nog zwijgende steden was zijn tred eerst nog energiek, en omdat het bestaan ineens geen eindeloze gang diep in de modder meer was, werd hij vervuld met een gevoel van onbegrensde vrijheid en een verlangen naar *ergens anders*. Waarheen maakte niet uit, als het maar niet *hier* of terug naar huis was. Om te kunnen overleven reisde hij de zaai- en oogsttijd achterna en verhuurde hij zichzelf als seizoenarbeider; op veel velden waren er, na de oorlog en de miljoenen doden, handen tekort om aardappels te poten, zonnebloemen te zaaien, fruit te plukken of olijven van boomtakken te ranselen.

Zijn tocht voerde hem over de Alpen en had hem langs de bodemloze afgronden van de Dolomieten tot Venetië gebracht, een stad die hij altijd had willen zien. Onder een laaghangende grijze lucht, gezeten op koude kades van eeuwen eerder uitgehouwen zandsteen, zag hij de stad en de lagune telkens weer van kleur verschieten. Venetië was voor hem het bewijs dat de geschiedenis zich niks van de mens aantrok, dat het verleden altijd bleef bestaan of met wat geluk heel langzaam wegzonk in de tijd.

Daar, op de kade van Piazza San Marco, had hij zich voor het eerst in jaren, na ontelbare kilometers te hebben gelopen, echt moe gevoeld. Hij was naar de grootste bank aan het plein gelopen. Met een uitzicht op het goudkleurige mozaïek van de basiliek had hij even overwogen de bank binnen te stappen en het geld van zijn vader op te halen dat ook daar op hem wachtte. Het geld dat moest garanderen dat Herman wegbleef uit Holland. Een soldaat van het Duitse leger was thuis namelijk niet welkom. Daarbij was hij in het hoofd van zijn vader ongetwijfeld besmet met de Spaanse griep, die duizenden soldaten bij het verlaten van het front over de wereld hadden verspreid. Zijn vader had hem geschreven dat hij maar op een grote Europese tour moest gaan totdat men in Holland de Duitse agressie zou zijn vergeten en de griep was uitgeraasd. Hij had Herman verzekerd dat hij overal in Europa beschikking zou hebben over geld, behalve in Holland.

Tot dan toe had Herman geen cent van zijn vaders afkoopsom

aangeraakt. Maar in zijn uitputting zag hij het voor zich. Hij zou, nadat hij de bankemployés had overtuigd dat hij meer was dan een zwerver, zijn geld ophalen, een van de vergulde hotels aan de Canal Grande binnenstappen, baden, een kleermaker laten komen. Eten, drinken. Zijn vader zou weten dat hij leefde. Daarom moest hij door en had hij van de bank weggekeken naar die lucht boven hem, had door zijn baard gestreken en had met moeite zijn koude lijf overeind geduwd. Zijn zolen hadden hun tocht hervat; hij was nog niet daar aangekomen waar hij moest zijn.

Hij zou aankomen of zichzelf kapotlopen, om vervolgens weg te rotten aan de kant van een vergeten weg. Een gedachte die hem op een vreemde manier opluchtte. Jaren had hij er alles aan gedaan om te overleven, maar al een tijd voelde hij dat doodgaan ook prima zou zijn. In de bergen had hij op rotspunten gestaan waar hij zo vanaf had kunnen stappen; aan de oever van rivieren die hem mee hadden kunnen voeren. Wegrotten, neerstorten, zinken.

In Italië was de voorbije oorlog nog overal, net als in Frankrijk en Duitsland. Hij moest weg, door naar een land dat er niet door was aangevreten; ver weg ervan. Het weer in Zuid-Europa had er alles aan gedaan om hem tegen te houden. Regen, natte sneeuw en wind leken hem steeds in het gezicht te waaien. De kraag van zijn kapokjas stond rechtop tot over zijn oren, zijn bebaarde kin, mond en neus zonken erin weg. Maar de regen lekte altijd naar binnen, sijpelde langs zijn nek, zijn keel, als een koud mes dat maar niet wilde snijden.

Ongeveer drie weken geleden, ergens ten noorden van Barcelona, was het rillen van de kou overgegaan in koortsrillingen, maar hij kon de twee op een gegeven moment niet uit elkaar houden. Het leek wel een echo van de Spaanse griep, en dat in Spanje, lachte hij in zichzelf. Maar dat schrikbeeld was alweer tien jaar oud en tegelijk met miljoenen doden gestorven. Wat het ook was, zijn longen leken leeg, zijn keel leek te bloeden van het hoesten. En daar, langs die weg, onder het genadig dichte gebladerte, was hij gaan zitten en had hij geschuild voor de regen die al dagenlang neerkwam en het land in nevels hulde.

Het paard van Vicente Urias leek op klompen te lopen. Waar meestal het stof van wielen, hoeven en voeten opwaaide en reizigers op hun weg door dit land de adem benam, had de regen de lichtbruine aarde veranderd in geelbruine klei waar de wielen van wagens in vastliepen. Dikke plakken van het kleverige spul hingen aan de hoeven van het paard. Ook onder de legerkisten van de man onder de boom zaten extra zolen van klei. Ongetwijfeld een van de redenen dat hij hier was gestrand. Zijn blonde haar hing in dikke, lange strengen voor zijn gezicht. Toen Vicente stilstond liet het paard het hoofd hangen, de zwarte manen doornat en druppelend als vergane gordijnen.

Alles was bruin en grijs en donker, behalve de blauwe ogen die Vicente aankeken. Ogen die zo helder waren dat het leek alsof je dwars door de man heen kon kijken, naar een ijzige wereld achter hem.

Tegen de stam leunde een karabijn. Vicente was drie jaar eerder gewond teruggekeerd van de Rifoorlogen in Marokko en was bekend met verschillende militaire wapens. Hij was er zelfs liefhebber van, ondanks de verschrikkingen die ze aanrichtten. Hij ging graag jagen, waarbij zijn scherpe ogen het dichte struikgewas tussen de pijnbomen afspeurden naar zwijnen en hazen. De insignes op de kapokjas kende hij niet, maar die karabijn was de Mauser van een Duitse soldaat. Maar het was vooral de blik in die opvallende ogen waar Vicente een medesoldaat in herkende.

'*Buenos días*,' sprak Vicente vanaf zijn paard. 'Welkom in het zonnige Spanje! Alhoewel u zich zo te zien niet buitengemeen zonnig voelt.'

'Het is wat frisser dan ik had verwacht,' antwoordde de man in een rudimentair Spaans met een accent dat Vicente niet kon thuisbrengen.

'Deze regen is afgrijselijk, maar wacht u tot de zon komt.'

'Als u me kunt vertellen hoe ver het is naar het dichtstbijzijnde logement, ga ik er daar wel op wachten.'

'Naar de herberg Venta la Chata is het nog een uur lopen...'

'Dan rust ik nog even...'

'... maar ik nodig u graag uit op mijn *finca*, te paard zijn we daar in een halfuurtje.'

De blauwe ogen keken hem even aan, Vicente dacht er argwaan in te bespeuren, maar misschien was het wel gewoon in vermoeidheid verpakt ongeloof.

'Ik wil u niet tot last zijn. Uw paard en uzelf zou ik te vies maken. Daar kan geen sprake van zijn.'

'Hoe kan een reiziger uit verre oorden met ongetwijfeld boeiende verhalen – bij uitstek geschikt om de verveling van dit soort vuile dagen te verdrijven – een last zijn? Dat is uitgesloten.' Hij legde zijn hand op zijn hart en neigde het hoofd hoffelijk. 'Ik zou vereerd zijn als ik u mijn gast kan noemen.'

De Duitser had geknikt, gehoest maar geweigerd om op het paard mee te rijden. Daarop steeg Vicente af en samen liepen ze te voet het laatste stuk naar de landerijen van de familie Urias.

Waarom hij met de Spanjaard was meegegaan, wist Herman niet. Hij was onderweg vaker gastvrijheid tegengekomen. Maar steeds, zelfs op bergpassen, waar zweepslagen van wind en regen hem overheen joegen, had hij hulp en onderdak geweigerd. Dat was te makkelijk geweest. Waarom wist hij niet, maar hij moest lijden. Was het dan nu zijn lichaam dat vastbesloten de dictatuur van zijn zelfkastijding had verbroken? Of was het gewoon de hartelijkheid van de Spanjaard die geen tegenspraak leek te dulden?

Op een kamer achter dikke muren die de wind en de regen buitenhielden, waste Herman zich voor het eerst in maanden met warm water. Hij kreeg droge kleren van Vicente, wollen sokken voor zijn door te veel kilometers bijna mismaakte voeten. Daarna hadden ze bij de open haard plaatsgenomen waar het vuur vocht en kou verdreef. Daar voerden ze het eerste van vele gesprekken.

Het Spaans van de soldaat ging verder dan alleen een begroeting, waarvoor Vicente hem complimenteerde. Zijn nieuwe vriend – wiens naam Vicente alleen maar als Germán kon uitspreken – vertelde dat de dwaze ridder van La Mancha zijn leraar Spaans en spirituele gids was geweest. Hij toonde het kapotgelezen boek van Cervantes met een glimlach. En of Vicente hem vooral wilde verbeteren als hij dingen verkeerd zei.

De man bleek een Nederlander te zijn die in het Duitse leger had gediend. Dat had Vicente toch goed gezien. Op zijn vraag hoe hij in hemelsnaam in dat leger terecht was gekomen, vertelde Herman dat zijn vader hem al vroeg, voor de Grote Oorlog, naar een Duitse militaire academie had gestuurd. Die waren veel beter dan de Nederlandse en daarmee was zijn zoon ook een stuk verder uit zijn buurt. Hij zat nog op de academie toen hij als jonge jongen in de modder gesmeten werd. Zodoende had hij in de twee laatste jaren van de oorlog door de loopgraven gedwaald. Hij vertelde er heel ontspannen over. Zijn ervaringen deed hij niet uitgebreid uit de doeken, ook hulde hij zich niet in stilzwijgen. Hij leek niet te lijden onder de slachting waarvan de gruwelijke verhalen ook Spanje hadden bereikt.

Maar Vicente wist als soldaat ook hoe strategisch de geest omgaat met de kraters die de oorlog in je ziel kan slaan. Meestal door ze weg te stoppen, soms verdronken mensen erin, en soms, zoals bij Herman, door te doen alsof het doodgewone putjes waren en geen massagraven waar vlees en bloed en angst in lagen. Lachen bij elke bominslag, schouderophalen bij elk lichaam dat valt, meetrommelen met het trommelvuur. Alles zodat je zenuwen het niet begeven. Het klein en alledaags maken van wat te groot was om te bevatten. Je moet jezelf met wilskracht dwingen alles te accepteren: als je je schouders kunt ophalen hoef je niet meer te huilen.

'De dood,' zei Herman, 'moest zo snel mogelijk vanzelfsprekend worden. Ik besloot al gauw dat niet het leven maar de dood de nieuwe werkelijkheid was, en dat ook ik mensen moest doden. Maar het bloederige en het lawaai. Het geschreeuw en de bommen. Dat duurde veel langer om aan te wennen.' Hij staarde in het vuur dat in de schouw van het landhuis brandde. Ze zaten in comfortabele stoelen, een glas *mistela* bij de hand.

'Er werd veel misgeschoten. En vaak expres, de meeste jongens wilden helemaal niet doden,' zei Herman en nam een slok van de zoete dessertwijn.

'Het zijn altijd de mannen ver van het front die het meest bloeddorstig zijn.'

'Veel van mijn maten stelden zich vragen over het doden van de ander. Zij voelden berouw omdat er moeders en vrouwen en kinderen waren die die mannen voor altijd zouden moeten missen. Ze schoten daarom over de hoofden van de vijand en hoopten dat anderen raak zouden schieten.' Weer de stilte, het zoeken in het vuur. Naar gedachten en naar woorden om die af te bakenen. Hij keek naar Vicente. Zocht naar herkenning. 'Je moet daar niet bij stilstaan. Nabestaanden leven verder na hun verlies, met dat verlies. De dood is bovendien tijdelijk.'

'De dood is toch eeuwig?'

'Nee, de dood loopt af als iedereen die jou kende ook dood is. Ik heb er vele kilometers over nagedacht. Als niemand meer weet dat je leefde, ben je ook niet meer dood.' Herman nam nog een slok.

'Dat is wel heel nihilistisch.'

'Je hebt gelijk, misschien, maar nihilisme geeft ook vrijheid. En waar alles vermalen wordt tot niets, is het misschien wel op zijn plek; het is de filosofie van de oorlog.'

'Of juist niet,' antwoordde Vicente. 'Misschien duwt het je juist verder de modder in.'

'Misschien. Mij bevrijdde het van verlangen en dus van angst en dus van verdriet.'

Vicente knikte. 'Ik heb zelf vooral angst gezien. Jongens die totaal verstarden, bijna het zand in wilden kruipen. Die dwong ik te schieten. Ze raakten niets. Ze stierven allemaal. Volkomen zinloos. Op hun schouders huilde zelfs de dood.'

'Maar wat een egoïsme van die jongens eigenlijk: "Waarom moet ík hier sterven? Waarom… ík wil niet hier zijn, waarom willen ze míj doden?" Alsof de oorlog om hen draaide. Allerlei vragen, angsten… onbegrip. Terwijl het bij ons in de loopgraven eigenlijk heel eenduidig was: het enige wat je te doen hebt, is schieten, steken, een bom erop, maakt niet uit.'

'Dat deed jij?'

'Natuurlijk. Richten, schieten. Niet uitzien naar het einde, maar er gewoon nu zijn. Dan is oorlog alleen nog maar koud, pijnlijk en onaangenaam. Maar zonder angst en zonder schuld.' De manier waarop hij het zei verraadde dat hij deze gedachten al ontelbare malen in zijn hoofd had herhaald. Het waren zijn mantra's.

'Als God het wil, maken we dat niet meer mee,' zei Vicente.

'Ik weet niet of God er veel mee te maken heeft. Ik ben hem daar in de modder in ieder geval nooit tegengekomen, hij zal zijn voeten wel niet vies willen maken. En het was niet door een gebrek aan gebeden, dat kan ik je wel verzekeren. Maar goed, ik help je hopen dat we de vrede hebben gevonden. En een beetje warmte. Daarvoor heb ik immers ver gelopen.'

Na die avond nodigden Vicente en zijn vader de Hollander uit om op de Urias-haciënda te blijven zolang hij wilde. Ten eerste mochten ze de Hollander graag en bovendien moesten medesoldaten elkaar helpen, vond Vicente. Al snel genoot hij van het gevoel dat er met deze Germán in de buurt altijd wat gebeurde. Het leefde en bruiste om zijn nieuwe vriend heen, alles kwam in beweging, alsof hij geladen was met een vreemdsoortig krachtveld. Waar hij ook verscheen kwamen mensen op hem af. Omdat hij exotisch was, maar ook om zijn charisma, de kracht van zijn brede kop, met zijn kapotgeslagen neus en helblauwe ogen, en zijn lach waar hij zuinig mee was, maar die daarom des te rijker voelde als hij iemand die schonk. Vicente, zijn neus recht, ogen donker, met volle lippen en aristocratische trekken, voerde ineens gesprekken die hij nog nooit had gevoerd en bekeek het land dat hij dacht door en door te kennen met andere ogen. Hij genoot van de interactie tussen Germán en zijn buren en vrienden, zag hoe hun wereld door hem net wat groter werd. En uiteindelijk zag Vicente in Germán ook de redding van El Saladar, het zoutbedrijf van de familie Urias in Benimelha, dat op omvallen stond.

Na enkele maanden gast te zijn geweest bij de familie Urias, maanden waarin hij aansterkte en met Vicente de omgeving ontdekte, had de Nederlander aangekondigd dat hij maar eens een eigen woning moest vinden. 'Dat hoeft niet te klein te zijn,' had hij geglimlacht, 'en het liefst iets met land erbij om een bestaan op te bouwen.' Hij was gecharmeerd van het boerenbestaan dat hij om zich heen zag en wilde ook graag land om daar te gaan boeren. Over zijn geld deed hij niet geheimzinnig, hij kwam van een rijke Nederlandse familie. Oude aristocratie. Zijn moeder was dood en zijn vader had hem betaald om weg te blijven.

'Nu nog steeds? Na al die tijd?' vroeg Vicente.

'Dat maakt niet meer uit,' antwoordde Herman. Hij had nu ook eindelijk een bestemming voor dat geld.

*

De oude Urias, vader van Vicente, raadde hen aan te kijken in het gebied tussen de dorpen Benimelha aan de kust en Xaraque dat hoger landinwaarts lag, langs de Barranc del Quisi, het ravijn waardoorheen de rivier de Quisi zijn weg zocht naar de vlakte van Benimelha waar hij uitmondde in de Middellandse Zee die je vanaf Xaraque kon zien liggen. Het was een gebied waar de bevolking leefde van visserij, landbouw en industrie. Vanuit Benimelha voeren de houten zeilboten met hun driehoekige witte zeilen dagelijks uit om de rijke wateren van de Costa Blanca te bevissen.

De vissen werden vroeger gepekeld met het zout van de zoutpannen die vlak aan zee tegen het dorp aan lagen. 'Althans,' zei de oude Urias, 'in de tijd dat de zoutpannen in bedrijf waren. Ze zijn al generaties lang ons eigendom, maar in mijn jeugd verwaarloosde mijn vader ze.'

'Nu zijn het niet meer dan moerassen waar muggen heersen die vooral in de zomermaanden het leven in Benimelha erg moeilijk maken. Daar moeten we te zijner tijd iets aan doen,' voegde Vicente daaraan toe.

Om het dorp heen lagen hectares en hectares met druivenvelden, sinaasappelboomgaarden en graanvelden. Olijf- en amandelbomen lagen meer landinwaarts en bekleedden de heuvels die steeds steiler en rotsachtiger opliepen tot Xaraque en de bergen die erachter lagen. Op sommige heuvels zag je vee lopen, vlees voor de tafels van de rijke klasse en stieren voor de stierenrennen en stierengevechten; die beesten kregen nog eerder te eten dan de arbeiders die voor ze zorgden. Alles was eigendom van grootgrondbezitters die in grote haciënda's woonden, maar het land werd bewerkt door landarbeiders en dagloners die elke ochtend op de brug van Xaraque stonden te wachten op de voormannen in de hoop gekozen te worden om te werken, en dus te eten. Vaker wel dan niet keerden ze onverrichter zake terug naar hun hutjes, opgetrokken uit steen en klei, om daar de honger te verdrijven met liederen waarbij ze zichzelf begeleidden met niet meer dan een gedroogde en doorgesneden rietstengel.

In Xaraque stonden textiel- en metaalfabrieken langs de rivier, vertelde de oude man. Een paar magnaten leidden vanuit hun stadspaleizen de fabrieken waar drommen arbeiders het zware, gevaarlijke en smerige werk deden. In Bar Frau, het grootste dranklokaal van Xaraque, kon je door de wolken sigarettenrook de bleke gezichten van arbeiders naast de bruinverbrande boeren zien zitten. 'Loreto Frau is daar de baas. Hij is een christen, bekeerd tot communist, en daar houden de fabrieksbazen niet echt van. Maar hij is zo lui dat ze hem maar ongestoord laten bazelen, *el bufón*, noemen ze hem.'

Tussen die twee dorpen was veel land te vinden en er stonden ook ruïnes die wat potentie hadden.

De Hollander vertelde dat hij al meer dan achttien jaar niet in een huis of woning had geleefd. Pas de laatste maanden sliep hij weer in een normaal bed en met een dak boven zijn hoofd dat niet elk moment kon instorten.

'Vooral op zo'n dag als vandaag,' zei hij en wees naar de regen die het land bijkans verdronk, 'is dat iets wat ik meer dan ooit kan waarderen. En graag op eigen kracht ook voor elkaar zou willen krijgen.' Hij zat naast de vader van Vicente en keek onder de beschutting van het overdekte terras van de haciënda uit over het land. De oude Urias probeerde zich een voorstelling te maken van Hermans zwervende bestaan. De vlucht naar voren, weg van de oorlog, de Spaanse griep, weg van mensen en familie; dwars door een wilde natuur die onverschilliger maar ook eerlijker was dan mensen.

'Ik weet ook niet waarom ik zo moest lopen, en waarom nu de omslag komt,' antwoordde hij op Don Urias' vraag.

De oude man keek zijn gast streng aan. 'Weet je wat ik denk, jongeman? Er zijn mensen die reizen; de nomaden. Zij hebben geen muren nodig. Het zou hen kooien. Buiten kunnen ze ademhalen. Er is daar meer gevaar, maar zij durven bang te zijn. Pijn looit hen. Gemak is erosie op de ziel. Het werpt een voile over het gezicht van het leven.'

'Wat een fraai filosofische en tegelijk poëtische observatie,' zei Herman.

'Dank je, maar wacht, er is meer. Er zijn namelijk ook mensen die huizen nodig hebben, beschutting en bescherming. Die willen kunnen schuilen. Je kunt dan verdwijnen in een hoek, een bed, een zolder, een kelder. Veilig en zeker. De wereld even niet zien.'

'En welke van de twee ben ik?'

De oude man wuifde de vraag met een geïrriteerde blik weg. 'Nu komt de paradox: de wereld van een nomade is kleiner, meer vernauwd dan die van iemand die schuilt. De nomade kan in zijn wereld oogkleppen opzetten. Hij hoeft alleen te lopen en hoeft niet te begrijpen waarom. Maar hij die schuilt, doet dat omdat hij zich van alles bewust is. Alles moet gezien en begrepen worden. Zijn wereld is daarom niet groter, maar wel dieper. Voor beiden geldt: je moet je wereld kleiner maken om hem aan te kunnen.'

'Vergeef mij dat ik in herhaling val, maar mijn vraag blijft staan: welke van de twee ben ik?'

Er was een glimlach op het oude gezicht verschenen, zo groot dat Herman dacht dat het zou barsten. De oude man gooide zijn armen in de lucht, wierp zijn wijsheid van zich af, de wereld in: '*Hombre*, hoe moet ik dat nou weten? Ik ben maar een *campesino*, een simpele boer.' Ze lachten.

Don Urias mocht de Hollander wel. Hij wist dat het leven van zijn zoon na de Rifoorlog in de doodse droogte van het Spaanse platteland tot stilstand was gekomen. Na het overlijden van Vicentes moeder en zijn twee broers aan de Spaanse griep was er weinig dat hem sinds zijn terugkeer uit Noord-Afrika deed glimlachen. Maar tijdens gesprekken met Germán hoorde de oude Urias zijn zoon lachen, meestal om de belabberde uitspraak van de Hollander. Hij keek naar de twee jongemannen, zag hoezeer ze op elkaar leken. Hun bouw vrijwel gelijk, en na verloop van tijd gingen zelfs hun bewegingen op elkaar lijken. Germán kon het ook uitstekend met de vrouw van Vicente vinden. Het huwelijk tussen Catarina Giner Avargues en Vicente was een ouderwets verstandshuwelijk geweest, maar het bescheiden, gedweeë meisje was een liefhebbende vrouw gebleken die helemaal verknocht was aan haar man. Ze hadden drie kinderen die Herman al gauw *tío* Germán gingen noemen. Eindelijk hadden ze weer een oom.

Wekenlang trokken de jongemannen door de streek, op zoek naar een huis voor Herman. Hij keek met verwondering naar de ontelbare *bancales*, de terrassen die boeren door de eeuwen heen hadden aangelegd om op de steile hellingen hun boomgaarden te kunnen aanleggen en hun gewassen te verbouwen. De lente was doorgebroken. Een frisse warmte van verzadigd groen. De amandelbomen bloeiden. Onzichtbare wolken van zuivere zoete geur lagen licht over het land. Alsof de lente de winter weg waste en het land als schoon wasgoed sprankelend en helder achterliet.

Het was die geur van de amandelbloesem die hen uiteindelijk de weg wees naar de Alquería, naar wat zijn huis zou worden. Rijdend door een ravijn dat doorliep naar zee, hadden ze dat zoete boeket als een deken over zich heen gevoeld en Herman, nieuwsgierig naar de bron ervan, spoorde zijn paard aan, de helling op. De dichte begroeiing van pijnbomen en kreupelhout had hen bijna doen terugkeren. Maar boven kwamen ze aan bij een oud breed terras waar een vergeten boomgaard stond. Tientallen bloeiende amandelbomen met een overdaad van wit-roze bloesem stonden te schitteren in de zon. Bedwelmd door de geur sloot Herman de ogen en ademde diep in.

Toen hij ze opende, zag hij de Alquería niet, ook al lag ze aan het tegenoverliggende uiteinde van de boomgaard. Hij had haar kunnen missen. Maar het was zijn paard, of eigenlijk waren het de horzels die het paard zo pestten dat het geïrriteerd opzijstapte, waardoor Herman ineens tussen de amandelbloesem het torendak zag. Het gebouw lag half verborgen onder een deken van klimplanten. Daaromheen grote bossen espartogras, bezemstruik, gaspeldoorn, heidebrem en duizendblad, en alles bloeide in overdadig geel, groen en wit. Tussen al dat weelderige groen lag de ruïne van wat ooit een trots en versterkt landhuis was geweest. Vanachter het huis hoorden ze vaag het dreunen van golven die op rotsen sloegen.

Ze reden aan op een houten poort in een hoge ommuring. Herman steeg af, legde zijn hand op de stenen en rammelde aan de poort. Voor de drempel lagen geitenkeutels. Hij liep met Vicente langs de buitenmuren van wat een grote binnenplaats moest zijn en keek door de lege vensters naar binnen. De meeste hadden fraaie smeedijzeren *rejas*, het traliewerk dat in de hete zomermaanden verse buitenlucht binnenliet maar insluipers buitenhield. Uiteindelijk vonden ze een venster waarvan de reja overduidelijk met geweld verbogen was. Herman en Vicente klommen naar binnen en kwamen in een koele schemering terecht. Ze liepen een gang door en stonden stil in het schemerduister van een zaal met een gewelfd plafond. Alleen wat scherpe stralen zonlicht kwamen door gaten in het plafond naar binnen, als messen die het huis na jaren weer opensneden. De nevel van opdwarrelend stof leek het licht gulzig naar binnen te zuigen. De stralen vielen op Hermans gezicht, waardoor een deel hel oplichtte en een ander deel in donkere schaduwen bleef. Alles was stil, behalve het geluid van de zee die verrassend dichtbij klonk.

Hij zuchtte, draaide zich naar Vicente en zei met een glimlach: 'Ik geloof dat ik thuis ben.'

Zonder een verdere verkenning waren ze weggereden. Herman wist genoeg. Maar het was een ongewoon huis waarvan de eigenaar onbekend was. In het gebied spraken ze verschillende boertjes die vertelden dat de Alquería del Moro, zoals zij het noemden, een versterkt landhuis was uit de tijd van de Arabische overheersing van het Iberisch Schiereiland. Het was gebouwd op de westelijke flank van de hoogste heuvel van het gebied, dat doorliep tot aan de zee, waar het met tientallen meters hoge rotswanden aan grensde. Het terrein waarop het huis stond grensde aan zo'n klif, die loodrecht naar de golven beneden wegviel. Met de rug naar het water en het gezicht naar het binnenland keek het huis uit over uitgestrekte landerijen met vervallen en volkomen overwoekerde terrassen. Het stond al generaties lang leeg. Ze vroegen zich af of het überhaupt een eigenaar had.

Uiteindelijk wist Vicente te achterhalen dat het eigendom was van een grootgrondbezittersfamilie in Valencia. Aangezien de ruïne evenals de berg waar die op stond een vrijwel vergeten deel was van hun bezit, en zij als puissant rijke grondeigenaren steeds meer last ondervonden van het op dat moment groeiende zelfbewustzijn van de arbeidersvakbonden en opkomende boerenbewegingen – op andere landgoederen hadden ze al een paar keer stakingen van landarbeiders moeten neerslaan –, was de koop al snel gesloten. Ze waren maar al te blij onrendabel land in geld om te kunnen zetten.

Herman kocht met het geld van zijn vader de Alquería, de landerijen eromheen die de hele berg besloegen en alle huisjes en schuurtjes die erop stonden. Bovendien bracht hij ook genoeg geld mee om te investeren in Vicentes ondernemersplan voor El Saladar, het familiebedrijf waarmee ze de zoutpannen van de familie Urias weer zouden gaan ontginnen. In ruil voor zijn investering zou Vicente met zijn kennis van het boerenbedrijf hem helpen het landgoed van de Alquería te ontwikkelen.

*

Het najaar had ingezet. Onder loden luchten reden ze in drie dagen vanuit Valencia direct naar de Alquería. Uiteindelijk reden ze over een pad dat steil de berg op liep waar de ruïne moest liggen. Om hen heen werden pijnbomen en ceders door de koude wind heen en weer geslagen. Het lawaai van de wind in de bomen mengde zich met het geluid van het water. Aan hun linkerzijde strekte zich de eindeloosheid van een grijze Middellandse Zee uit. De wolken hingen laag over het woeste water. Ergens beneden hen sloegen de golven tegen de rotsen. Een branding als een monster dat honger leek te hebben naar het strand, de rotsen, het land zelf.

Ze hadden het huis nog niet vanuit het noorden benaderd, maar ten slotte zagen ze in de verte op een van de hogere rotspunten langs de zee de Alquería del Moro liggen, de toren met het rode dak stevig verankerd in de massieve romp van het huis. Pijnbomen omzoomden het als wachtposten. Vicente kende de streek redelijk goed, maar niet deze berg. Hij wist niet welke geitenpaadjes door de bossen en het dichte kreupelhout liepen. Wist niet welke zich tussen terrassen en over begaanbaar terrein slingerden en welke doodliepen op ravijnen of afgronden. Ze besloten daarom het pad aan te houden richting Xaraque en zo kwamen ze na een tijdje rijden aan bij het monasterio de Pedrablanc. Het kleine klooster stond op een bergrug hoog boven de zee. De monniken wisten ook geen pad naar het huis, maar wezen hun wel de weg naar waar een geitenhoeder woonde die de berg op zijn duimpje kende.

De armoedige barak stond midden op een stoffig plaatsje waar geiten en een paar kinderen rondscharrelden. Bij het zien van de mannen te paard vluchtten de kinderen het omliggende kreupelhout in. Hun vader kwam daar enkele tellen later uit. Net als zij gekleed in lompen, met touwschoenen aan zijn voeten. Een man met een frons op zijn voorhoofd maar lachrimpels om zijn ogen. Hij leek ouder dan hij was. Met argwaan en een beetje zorg in zijn ogen nam hij zijn hoed van zijn hoofd en knikte beleefd.

'Goedemiddag heren, Andrés Yerbabuena, tot uw dienst, hoe kan ik u helpen?' Hij sprak in het zware Valenciaanse dialect van de streek dat onverstaanbaar was voor Herman. Vicente stelde zichzelf en Herman voor en vroeg of de geitenhoeder een weg kende naar de Alquería del Moro, waarvan de buitenlandse meneer de nieuwe eigenaar was. Yerbabuena antwoordde deze keer in het Spaans: 'Vergeef me heren, maar het huis is vervloekt.'

'Is dat zo? Door wie?' vroeg Herman.

'De Moren, de zigeuners, al honderden jaren. De grond is er vergiftigd. Slangen wonen in de plafonds, ratten zo groot als mijn geiten wonen in de muren. Zwijnen met slagtanden als van olifanten waken er. De wolven laten zich alleen door de spoken wegjagen.'

Herman keek de boer geamuseerd aan. 'Wolven?'

'Jazeker, heer!'

'En spookt het er ook als ik je toesta je geiten te laten grazen op het land? En dat je op het land mag blijven wonen?'

Het duurde even voordat de glimlach op het gezicht van Yerbabuena doorbrak. 'De geiten schrikken er ook niet echt van, dus waarom zouden wij dat wel doen?'

Met zijn kinderen achter zich aan nam Yerbabuena de mannen mee over verschillende geitenpaden naar het huis. Ze beklommen terras na terras, over lage muurtjes en gaarden die al eeuwen overwoekerd waren. Lang, lang geleden was een groot deel van de berg in cultuur gebracht. Alles behalve het bos op de top. De begroeiing werd steeds dichter terwijl de regen begon te vallen. Naast het taaie struikgewas dat tot de schoften van de paarden reikte, zakten hun hoeven ook nog eens diep weg in de zuigende klei. Met de paarden aan de hand baanden de mannen zich een weg door die verwildering, Yerbabuena met een kapmes voorop. Ze doorkruisten een uitloper van het bos om ineens aan de rand van een hoog terras het huis zo'n twintig meter lager te zien liggen.

'La Alquería del Moro', kondigde de boer enigszins overbodig aan. Aan de kant van het terrein waar het grensde aan de afgrond, stonden pijnbomen dicht tegen elkaar en enkele schuin tegen de gevel van het huis. Van de andere kant hadden lappen klimplanten zich over het huis gedrapeerd, als de omslagdoeken die arme boerinnen over hun schouders droegen. Dicht tegen de helling zag Herman verwilderde olijfbomen. Enorme bomen, duidelijk eeuwenoud. De onderlinge afstanden verraadden dat het een boomgaard was geweest.

Met moeite daalden ze af naar het huis. De geur van nat struikgewas, wilde rozemarijn, omgewoelde dennennaalden, gekneusde venkel en kleigrond ging hen als een wolk achterna. Na veel glibberen en glijden stonden ze, van boven tot onder bedekt met modder die de regen even snel weer wegspoelde, voor dezelfde poort als waar ze maanden eerder in de zon en de geur van amandelbomen hadden gestaan.

De houten deuren waren met dikke balken en smeedijzeren beugels versterkt. De regen kleurde de roest bijna zwart. Vicente had zijn handen op het natte hout gelegd, tastte het af, liet ze glijden over de nerven, de gaten en de beschadigingen.

'Kijk, hier is echt gevochten.' Diepe sneeën in het hout brachten bijlen in gedachten, het hout was bezaaid met kleinere nauwe gaten, waarin ze een oude pijlpunt vonden. Hoorde hij geluiden van strijd? Even doemden de schimmen op van mensen die hier ooit hadden geleefd; als derwisjen wervelden ze door de eeuwen heen op hem af en leken hem als donkere wolken te omwikkelen. Hij dacht ze te horen, hun bewegingen wierpen rimpelingen van tijd voor zich uit, bij hem naar binnen, en toen ze uitgedoofd waren, zag hij honderden jaren leegte voor zich uitstrekken. Verloren licht in vergeten ruimtes. Vossenpoten in steengruis, een afgedankte slangenhuid, een eeuwigheid aan stof dwarrelde vertraagd om hem heen. Het enige wat niet vertraagde, waren de dikke regendruppels die vastbesloten op hen neer bleven dalen. Ze leken de wolken mee te hebben getrokken; de berg lag in nevel gehuld, het huis als een schim in het grijs.

Andrés Yerbabuena doorbrak de stilte en het gewicht van het moment. 'Zo, wat een puinhoop...' Even keken zij hem aan. Hij was zelf ook geschrokken van zijn woorden. 'Excuseer.' Vicente gooide zijn hoofd in zijn nek en lachte hardop, totdat Herman hem tegen de schouder stompte.

'*Coño hermano*! Maar je hebt helemaal gelijk, Andrés! Geweldig toch?' Ze kregen de sleutel in eerste instantie niet omgedraaid, en pas met veel moeite en kracht kwam het slot krakend tot leven. Alsof de geschiedenis tegen de klok in werd teruggedraaid. Met het openzwaaien van de poort stak er kortstondig een wind op, alsof een vacuüm zich volzoog met lucht, alsof nieuw leven uit het verval en de verrotting werd getrokken. Voor hen lag een grote binnenplaats, een woestenij van onkruid. Bruin, sprietig en klam hing het tegen elkaar aan. Oudere bomen en jonge scheuten stonden te druppelen als natte honden.

In het midden van de binnenplaats stond een ruïne van een stenen ornament dat op een fontein leek. In de hoek van de binnenplaats groeide een buitengewoon grote *algarrobo*, een johannesbroodboom, waarvan de zware takken tot op de grond hingen. De grond lag bezaaid met oude peulen.

'*Dios mío*, die moet wel duizend jaar oud zijn,' zei Andrés.

Vicente keek hoe Herman dit alles in zich opnam, bezorgd dat zijn nieuwe Hollandse vriend in dit naargeestige weer het huis zou zien voor wat het was: een ruïne, een puinhoop die niet beter verdiende dan verder uit elkaar te vallen. Maar Herman zag een huis dat zijn armen vol wonden en littekens naar hem uitstrekte, hem omarmde en hem de kou deed vergeten. De dikke buitenmuren lieten nu al de buitenwereld verdwijnen. Voor hen verhief zich een massieve façade van twee hoge verdiepingen met daarboven een pannendak waar het water in stromen van afliep. De vensters van de begane grond waren robuust en vierkant, met stevige rejas, maar op de eerste verdieping zagen ze vensters in Moorse stijl, tussen slanke kolommen en bogen met opengewerkte cirkels als klaverdrie-kroontjes, uitgehakt in de zandsteen. Ze keken tegelijkertijd grootmoedig als verlegen, een lege donkerte in hun dieptes.

Midden in de façade wachtte de dubbele voordeur, boogvormig, breed en hoog, met een kraag van gehouwen stenen boven op de boog. De sluitsteen was met een verweerde geometrische vorm versierd. Waar Vicente de spoken al zag wegschieten, zag Herman een leegte die ernaar verlangde gevuld te worden.

Links en rechts van hen waren aan beide zijden van de binnenplaats schuren tegen de buitenmuren aangebouwd, elk met zes bogen. Zo'n schuur, een *riurau*, hadden de Arabieren in de middeleeuwen ontworpen om in de beschutting ervan de moscateldruiven tot rozijnen te drogen. Yerbabuena en zijn kinderen schoten onder de eerste boog de schuur in om onder de lekkende daken te schuilen. Herman liep onder een volgende boog door. Ook hier overal onkruid dat op plekken de plavuizen had doen breken. Potscherven lagen tussen het onkruid. Hij zag aardewerken vaten, een aantal stenen kribbes, roestige haken in de muur. Herman en Vicente stalden de paarden en legden de leidsels over de haken waarvan er een met het gekraak van verbrijzelde botten uit de muur loskwam en op de grond viel. De paarden schudden opgelucht hun doorweekte vel droog, alsof koortsrillingen over hun halzen trokken.

Met lichte tegenzin stapten Vicente en Herman de regen weer in en staken de binnenplaats over naar de dubbele voordeur. Het slot ervan kostte de nodige moeite. Waar het openen van de poort gevoeld had als het wekken van nieuw leven, klonk het opengooien van deze deur als een zucht voor het sterven. Met het opengaan van de deur stortte een deel van het plafond met oorverdovend geraas in, alsof het grijze licht het laatste houvast van vrijwel vergane mortel oploste. Een wolk stof en gruis trof hen en toen het gedaald was, stonden de mannen nog steeds op de drempel, onbewogen. Ze hadden hun gezichten afgewend van de klap, waardoor ze elkaar nu aankeken met januskoppen: aan de ene kant grijswit van het gruis van vergane eeuwen, aan de andere kant bruin en nat.

'Ik had het toch gezegd, het huis is vervloekt. U bent nu al half spook!' riep Yerbabuena.

Herman en Vicente barstten weer in lachen uit, en de boer keek weer verlegen weg. 'Als u mij verder niet nodig heeft dan ga ik maar weer op huis aan.'

'Zou je niet wachten tot het droog is? Jullie zijn welkom om hier te schuilen,' zei Herman, 'en bovendien,' hij keek omhoog naar het plafond, 'om deze ruïne bewoonbaar te maken, kan ik wel wat extra handen gebruiken.'

Yerbabuena keek Herman aan, alleen de kille nevels en de regen tussen hen in. Even weerhield zijn wantrouwen en trots hem ervan deze geweldige kans met beide handen aan te grijpen. Hij keek naar zijn kinderen die tegen hem aan stonden in hun natte, gescheurde grove katoenen en juten kleertjes, rillend van de kou.

'Ik sta tot uw dienst, Don...'

‘Herman.’

‘Don Germán, tot uw dienst.’

*

Ondanks het slechte weer werkten ze van zonsopgang tot zonsondergang, waarna ze zich terugtrokken in de tentjes die ze onder het lekkende dak van de westelijke riurau hadden opgezet. Na de instorting van het plafond in de hal durfden ze niet in het huis te slapen. In de avonden ging Andrés naar zijn eigen huisje om in de ochtend weer vroeg bij de poort te verschijnen. Vicente ging in de weekenden naar huis.

De nachten waren koud en nat en in de weekenden lag Herman, ondanks de vermoeidheid in zijn lijf, regelmatig uren wakker. Vaak was het de stilte die hem wakker hield, zeker als de golven beneden waren gaan liggen. De onpeilbare donkerte van de nacht waarin heel soms gescharrel van dieren of een enkele kreet van een hem onbekend beest te horen was. In de loopgraven had hij ook stille nachten meegemaakt, met heldere hemels en sterrenwolken als uitnodiging tot een onbekende en oneindige vrede. Maar daar wist hij zich altijd omringd door vele duizenden mannen: lijven, lijken en velen die nog niet wisten dat ze dood waren en met open ogen omhoog staarden.

Hier in dit land voelde hij een totale verlatenheid. Ondanks de aanwezigheid van Vicente, en tot op zekere hoogte ook van Andrés, was hij alleen. Hij voelde hoe hij net zo makkelijk kon verdwijnen in dit landschap. Wie zou hem missen? Vicente misschien. Andrés? Terug naar zijn geiten. Zijn vader? Had die iets gemerkt van het opgenomen geld? Nee. Herman wist dat hij hier zou oplossen als een schim in nevels. De regen zou hem wel wegspoelen. Zijn buik en hoofd en borst buitelden over elkaar heen in het kielzog van dat besef, dat beurtelings angst, verdriet en een overweldigend gevoel van vrijheid gaf.

In die lange nachten zat hij tegen een pilaar van de riurau aan of dwaalde in het pikkedonker om de Alquería heen; soms sloop hij naar binnen en verkende elk hoekje van het huis. Het rechthoekige hoofdgebouw dat als een burcht uit de klei en de rotsen van de berg aan de rand van de zee verrees. Hij keek door de lege vensters naar buiten, bezocht de bovenverdieping met meerdere slaapkamers waar ongedierte bij zijn komst wegschoot, of klom naar de vierkante torenkamer met ramen die naar alle windstreken uitzicht boden over het land en de zee. Hij onderzocht het bijgebouw dat tegen de romp van het hoofdgebouw aan stond en doorliep tot in de rotsen van de berg, met keurig geordende rijen kleine kamers voor bedienden. De keuken die de twee gebouwen verbond, met een grote schouw waar de zwartgeblakerde achterwand herrinnerde aan ontelbare vuren. Vaak stond hij stil bij de oude olijfboom die groeide in de rechthoekige binnenpatio, die ingeklemd lag tussen de keuken, het bijgebouw en het hoofdgebouw, en aan de vierde zijde afgesloten was met een groot smeedijzeren hek dat toegang gaf tot het terrein achter het huis. Uren bracht hij door in de grote benedenzaal onder het gewelfde plafond of hij keek op de eerste verdieping vanuit wat ooit de hoofdslaapkamer zou worden uit over de zee, een werkelijk peilloze verte. En daar keek hij zijn eigen diepte in, huiverde van wat hij daar aantrof.

In de niet-aflatende strijd tegen zijn fysieke vermoeidheid, de pijn in zijn handen en armen en schouders en rug, waardoor liggen noch staan verlichting bracht, besloot hij te gaan zwemmen. Aan de rand van het terrein achter het huis had hij een in de rotsen uitgehouwen trap ontdekt die langs de klifrand veertig meter naar beneden leidde, naar de zee. Daar beneden lag achter een grote boog in de rotsen een kleine *cala*, een stenen strandje van enkele vierkante meters waar de zee tussen de rotsen het land op kroop. Overdag, maar ook in de avonden, ondanks, of juist vanwege de kou, ging hij het zoute water in. Onder de golven kon hij zweven, zonder druk op zijn lijf. De kou die zijn bloed deed stromen, gaf hem energie voor de volgende dag.

Er waren ook nachten dat zijn somberheid donkerder was dan het water waar hij zich in liet wegzakken, om zich daar voor te stellen hoe hij zou verdrinken. De lucht zou uit hem ontsnappen. Eerst vreedzaam, maar al gauw, als zijn lichaam erachter kwam wat er gebeurde, begon het razende instinct, stuiptrekkend naar zuurstof, gewelddadig. Pijn, paniek, maar dan vrede, en hij zou afzinken: hij zag zijn lichaam in een halvemaan dalen, zijn vingertoppen waar de laatste luchtbelletjes als sneeuwvlokken aan kleefden. De diepte in. Door lagen water kijken naar wassend maanlicht.

Uiteindelijk kantelde de aarde altijd langzaam naar de zon en verscheen de wereld weer. Dan voelde hij de dwang van de werkelijkheid weer op hem inbeuken. Dat hij niet kon blijven zitten, dat hij niet kon oplossen. Dan kwam hij overeind, at wat brood, sneed een stuk kaas en gedroogde worst als ontbijt. Kijkend naar de gierzwaluwen die onder het dak van de Alquería hun nesten hadden en in hun oneindige wervelingen de ochtend aan stukken vlogen, begon hij weer aan een dag.

Vicente had natuurlijk gelijk gehad toen hij het een ruïne had genoemd. De buitenmuren waren wel zo sterk gebouwd dat ze nog stonden, maar geen enkel venster had nog een sponning, laat staan een luik of glaswerk om de wind en regen buiten te houden. Her en der waren stenen losgeraakt, uit de muren gevallen. De waterlopen en vuurplaatsen in de keuken waren beschadigd, het plafond in de hal, ingestorte kelders waardoor de vloer in de woonkamer ook doorzakte, in de werkkamer groeide een jonge ceder al tegen het plafond en in alle hoeken en gaten woekerde het onkruid. Er was geen waterleiding of riolering en elektriciteit leek wel een verre droom van een andere wereld.

Soms voelde het alsof ze bezig waren de berg zelf te verplaatsen. Of meer alsof ze het huis uit de berg trokken. Een huis dat misschien wel niet wilde. Toen ze een van de binnenmuren aan het opbouwen waren en die ineens weer omviel, duurde het een paar uur – waarbij Herman niets anders kon doen dan naar de puinhoop staren – voordat hij zich er weer toe kon zetten in beweging te komen. En er waren genoeg dagen dat hij in de avond geen verschil zag met de ochtend. Dan voelde hij zijn wilskracht wankelen, en alleen omdat de anderen het niet opmerkten en doorwerkten, zweet, modder en stof wegbijtend, lukte het hem te blijven staan. Het waren de anderen.

Aan het einde van zo'n dag zaten ze in de schaduw van de johannesbroodboom op de binnenplaats en dronken nog wat sterke rode wijn. Herman keek naar Andrés, die zoals zo vaak met een bundel espartogras onder zijn arm aan het vlechten was. Soms schoenen voor zichzelf en zijn kinderen, vaak ook manden die zijn vrouw op de markt verkocht.

'Waar heb je zo hard leren werken, *compañero*?' vroeg Herman.

'Voordat ik op deze berg kwam wonen was ik geitenhoeder op de Sierra de la Solana Alta,' begon hij. In het huisje van gestapelde stenen van zijn ouders was hij zwijgend de wereld ingestommeld, als een van de geitenlammetjes die direct met wankele tred achter de rest aan moest, de berg over. 'Er stonden bijna geen bomen op die berg, en de geiten moesten het hebben van de bast van uitgedroogde struiken en magere stammetjes.' Toen de eerste geiten doodgingen omdat er zelfs voor hen niet genoeg was geweest, en hij de buikjes van zijn kinderen onnatuurlijk zag opzwellen, trok hij naar de kust. Hij vond deze verlaten berg en ging er stiekem wonen in de hoop dat de onbekende eigenaar hem daar niet zou vinden. De monniken gedoogden hem en zijn kleine gezin in ruil voor verse geitenkaas en soms een gevlochten figuur voor een van de vele religieuze feesten die ze vierden. Tot de dag dat Herman en Vicente aankwamen had hij altijd in angst geleefd dat hij verjaagd of erger nog, vermoord zou worden omdat hij zonder toestemming zijn huisje had gebouwd.

'Vermoord, is dat niet wat straf?' vroeg Herman.

'Er zijn boeren voor minder gedood,' zei Andrés.

Herman keek naar Vicente die somber knikte.

'De landeigenaren in dit gebied zijn genadeloos voor landloze boeren die zonder toestemming op hun grondgebied proberen te leven. Het meeste land rond Xaraque is van Don Porfirio Arechavaleta. Je zult hem nog wel ontmoeten, op het eerste gezicht een erg charmante man, maar met boerenbloed aan zijn handen.'

'Gelukkig hoef je daar niet bang meer voor te zijn,' zei Herman.

Andrés keek beschaamd weg om daarna direct op te staan. 'Don Germán, Don Vicente, met uw welnemen, ik ga weer op huis aan, mijn vrouw wacht met het avondeten en de geiten hebben een deel ervan nog in de uiers.'

Vicente glimlachte en knikte vriendelijk. Herman vond het jammer om de man weer te zien vertrekken, dacht aan het hutje waar Andrés vanavond tussen zijn vrouw en kinderen in het vieze bed van stro, dennennaalden en takken zou gaan liggen.

'Waarom neem je morgen je geiten niet mee? En je familie ook.'

'Hoe bedoelt u?'

'Nou, nu loop je elke dag op en neer naar je huisje, en... het is praktischer om, in ieder geval voorlopig, hier te komen wonen. Er is plek voor jullie, de geiten hebben hier genoeg te eten.' Met een breed gebaar wees hij naar het onkruid dat nog steeds welig tierde op de binnenplaats. 'Je vrouw wil misschien wel voor ons koken?'

'Je schept zoveel op over haar kookkunsten dat ik daar ook weleens van wil genieten,' voegde Vicente toe.

'Precies. Wat vind je ervan?'

Yerbabuena keek hen in stilte aan. Hij zag het verweerde en vermagerde gezicht van de noorderling aan. De man die maanden eerder als een bovennatuurlijke kracht was verschenen, leek nu al door de berg verslagen te zijn. Wilde hij zijn lot wel aan hem verbinden?

'Je zou mij ermee helpen,' waren de meest menselijke woorden die hij ooit had gehoord.

Andrés' ogen vulden zich met tranen.

*

De geitenpaadjes die eerst hun vluchtwegen waren geweest, leidden nu naar een nieuw leven en zo stond Andrés bij zonsopgang met zijn vrouw, kinderen en geiten voor de poort van de Alquería. Herman hoorde eerst het scherpe gefluit waarmee de geiten werden voortgedreven. Vanuit de torenkamer zag hij hoe ze zich een weg baanden over het overwoekerde pad dat naar het huis voerde. Met zijn zoontje op de arm sloeg Andrés zich met zijn kapmes een weg door de grassen en manshoge distels en hij trok zich telkens los van de haken van gaspeldoorn en bramenranken. Zijn vrouw Maruja daarachter met aan haar rokken hun dochtertje. In het kielzog van de drieënveertig geiten zag het pad er al wat begaanbaarder uit.

Herman rende de stenen trappen van het huis af en stak de binnenplaats over. Beneden aangekomen zag hij dat de familie voor de open poort was gestopt. Daar stond Andrés met zijn kromme benen als luchtwortels van een knoestige boom. Bij het zien van die vriendelijke, jonge maar verweerde kop voelde Herman een vreugde die hem verraste. 'Goedemorgen, Don Andrés.'

Even dacht Andrés dat hij bespot werd. De aanspreekvorm 'don' was niet gepast voor mannen die op niet meer dan gevlochten stro onder hun voeten over de stenen van de bergen liepen. Het was voor de bazen, de heren uit de rijke klasse. Maar bij het zien van het blije gezicht van de blonde vreemdeling wist hij wel beter.

'Don Germán.' Ze keken elkaar aan. Even leek Herman schaamte te ontwaren in de ogen van de geitenhoeder. Andrés had altijd zelf voor zijn gezin proberen te zorgen, hoe moeilijk het ook was geweest. En nu schonk Herman hun een leven waar ze niet eens van hadden durven dromen.

'Het is geen genadebrood dat je hier komt eten, Andrés.' De geitenhoeder keek hem aan, de kracht kwam terug in zijn ogen. 'Er is veel werk te doen.' Hij greep de hand van Andrés stevig vast. Ze knikten naar elkaar.

'Nu, kom binnen, alsjeblieft, en laat die geiten ook binnen. Er is in huis genoeg te eten voor ze,' lachte Herman.

Ze betraden de binnenplaats als de vloed die een baai binnenstroomt.

Toen ze het huis binnenstapten hielden de kinderen zich vast aan de versleten rokken van hun moeder. Nog nooit waren ze in zo'n groot gebouw geweest. Het deed nog het meest denken aan een stelsel van grotten, waar net als hier het licht met moeite binnentrad. Maruja keek bezorgd om zich heen. Herman ging het gezin voor naar de vertrekken van de bedienden. Hij wees hun twee slaapkamers toe.

'Dank u.'

Herman knikte. 'Zo gauw jullie je spullen hebben weggeborgen gaan we aan de slag. Als Maruja begint met de keuken vrij te maken van alle rotzooi, dan gaan wij eerst een plek vinden voor de geiten.'

Maruja keerde zich naar hem toe en zei met een zachte, vaste stem: 'Dank u, Don Germán. En met uw welnemen, Andrés vertelt me dat u in een tentje woont buiten. U moet als eigenaar op zijn minst een goede plek hebben om te slapen. Ik zou me schamen als u daar buiten op de grond moet liggen, terwijl wij...'

'Inderdaad onacceptabel,' zei Andrés terwijl hij trots naar zijn vrouw keek. Ze volgden Herman naar wat zijn slaapkamer moest worden. Samen keken ze naar het glorieuze uitzicht over het terrein achter het huis, tot aan de klifrand naar de zee en daaraan voorbij. Van hier kon je goed de golven ver beneden je horen. De zeewind waaide de kamer binnen.

'Een kamer voor een keizer,' zei Andrés.

Herman fronste. 'Meer voor een man die van uitzicht houdt.'

Terwijl Maruja begon aan de slaapkamers, gingen Herman en Andrés weer naar beneden en troffen op de brede stenen trap de geiten aan. Al klaar met het onkruid in de binnenplaats was de kudde op zoek gegaan naar meer en liep nu door het huis. Samen met de kinderen joegen ze de geiten het huis uit, naar de rijke oogst aan peulen van de johannesbroodboom die zijn voet vrijgemaakt zag door de blatende beesten.

2

Februari 1930
Alquería del Moro

Herman keek naar zijn handen en wreef voorzichtig over de beschadigde huid. Hij had net met een moker de steenbeitel in zijn hand gemist.

'Ik geloof dat het tijd wordt om een goede steenhouwer te zoeken.' Noch de beide vrienden, noch de inwonende geitenhoeder hadden zich erg handige bouwvakkers getoond. Andrés bekommerde zich het liefst om alles wat groeide. Hij was vooral bezig met het snoeien van olijfbomen, het ploegen van de terrassen en het rooien van pijnbomen.

'Bij voorkeur iemand die beter kan hameren dan jij,' lachte Vicente.

Herman stapte op zijn paard en reed over het steeds breder geworden paadje vanaf de Alquería naar het klooster van Pedrablanc. Ze hadden hem daar al een keer aan Andrés geholpen, dus misschien dat de monniken hem opnieuw konden helpen.

'Gods wil is soms doorgrondelijk,' grinnikte er een. 'De beste steenhouwer van de omgeving zit op dit moment in de kapel. Maar u moet wel weten, hij kan gewelddadig zijn. Hij heeft weinig geluk gekend in zijn leven en is erg wantrouwend.'

In de kleine kapel zat een jonge man, zijn ineengevouwen handen op de rugleuning van de bank voor hem, knokkels wit, de spieren in zijn onderarmen gespannen. Zijn voorhoofd op zijn handen, kaakspieren die onder een gebarsten huid rolden terwijl hij verbeten zijn woorden tot God prevelde. Zweet, stof en misschien wel bloed, opgedroogd en in zijn kleren getrokken met een geur die als een te ruim zittende jas om hem heen hing.

Herman ging een stukje verderop zitten en keek om zich heen. Op een van de muren stond het Onzevader geschreven. Hij realiseerde zich dat hij die tekst slechts in het Duits kende. Pas op de militaire academie in Duitsland had hij, eerst verplicht, later nieuwsgierig, kerkdiensten bijgewoond. Het was de taal geworden van het beetje geloof dat hij had. *Sondern erlöse uns von dem Bösen.* Die zin hield hem altijd het meest bezig. *Líbranos del mal*, luidde het in het Spaans, zag hij op de muur. Hij las het gebed, steeds met de Duitse tekst die hem als jongeman was ingeprent erachteraan. Alsof hij ze om beurten paste, welke het beste zat. Hij voelde hoe de klank en de cadans van het Spaans ook het gevoel van de zinnen veranderde. Hoe deze taal met die open klinkers en rollende medeklinkers bevroren delen in hemzelf lostrilde. Als hij in het Duits dacht, voelde hij zich verstenen. En zocht hij het Nederlands, dan daalde hij af naar een oneindige kilte. Dan zag hij steeds de waterput op het besneeuwde heuveltje waarop zijn ouderlijk huis stond; de stenen van de put bedekt met rijp, het zwart van de onzichtbare bodem, waar hij het rood van bloed wist, waaruit alleen het gefluister van een laatste ademhaling oprees. Hoe oud was hij geweest toen *das Böse* hen had bezocht?

Toen hij zijn ogen opende om aan zijn herinnering te ontsnappen, zag hij dat de man hem boos aanstaarde.

'Mijn excuses dat ik stoor,' zei Herman. Op zijn verontschuldiging reageerde de man in eerste instantie helemaal niet, alsof hij niet begreep wat er gezegd werd. Maar toen zakten zijn schouders iets in en keerde het bloed terug in zijn knokkels. Er leek een snik door hem heen te trekken en hij wreef wat tranen uit zijn ogen.

'Compañero, kan je me helpen? Ik ben een vreemdeling en probeer de taal te leren. Ook van de kerk. *Nuestro Señor* lukt wel, maar

Dios te Salve Maria lukt niet helemaal. Kan je luisteren of ik het goed doe?'

De man knikte en luisterde, corrigeerde een paar fouten die Herman maakte. Terwijl de zinnen van het gebed tussen hen voorbijtrokken, leek de man zich verder te ontspannen, alsof de genade van Maria op hem neerdaalde.

'Dank je.'

'Graag gedaan, Don Germán.'

'Je kent mij?'

'Wie kent u niet, Don Germán? U bent de Duitser die de Alquería, het gestorven huis, tot leven brengt.'

'Ik ben een Hollander.'

De man fronste.

'En jij bent?'

'Mijn naam is Hector Bardales Mateu.'

Zij gaven elkaar een hand. Herman aarzelde even toen hij de man in de ogen keek; was het wanhoop, woede of onheil dat hij daar zag? Hij zou het wel uitvinden.

'*Encantado* Hector. Ik hoor dat je een goede steenhouwer bent.'

'*Si señor.*'

'Ik heb een goede steenhouwer nodig.'

'Ik werk voor Don Porfirio.'

'Laat me raden, je repareert bij hem de bancales, verdient bijna niks, je eet wat overblijft nadat je kinderen hebben gegeten. Je probeert je vrouw en hut te beschermen tegen de opzichters van de haciënda die zomaar naar binnen kunnen stappen als je er niet bent.'

Hector gromde.

'Of als je er wel bent. Je hebt daar schulden, je kunt niet weg.'

'U weet goed hoe het werkt hier. Maar ik heb geen kinderen, en geen vrouw... Niet meer.'

Herman knikte en zakte achterover. Keek naar het crucifix. Dacht na.

'Als je wilt werken, ben je bij mij welkom. Van Don Porfirio heb ik gehoord, als het nodig is zal ik met hem spreken. Je kunt voor de duur van het werk inwonen. Er is een andere familie die dat ook al doet.'

Hector Bardales was gekomen, had argwanend de familie Yerbabuena begroet en toen om zich heen gekeken, zijn handen op de muren gelegd, ze vastgegrepen en verklaard dat hij alles zou doen om hen en het huis te helpen. Door de vurigheid waarmee hij sprak, klonk het meer als een dreigement dan een belofte. Zijn kaken bleven gespannen.

Met de komst van Hector raakte het werk in een stroomversnelling. Muren verrezen met verbazingwekkende snelheid en de open wonden in het huis werden geheeld. Op voorspraak van Andrés nam Herman ook een landloze boer aan als timmerman. Alfonso Gorina was een eenvoudige, zachte ziel die rook naar houtschaafsel, hars en spijkers. Hij maakte nieuwe meubels, waarvan Andrés de zittingen vlocht, timmerde sponningen voor de vensters en herstelde de hoofdpoort en voordeur in hun voormalige glorie. Samen met zijn vrouw Barbareta Ferrer kwam ook hij in het huis wonen. Barbareta was een vaatje buskruit, haar hoge kakelende stem waarschijnlijk de reden voor Alfonso's zwijgzaamheid. Hetzelfde zwijgzame geduld waarmee hij werkte maakte hem ook tot een bekwaam jager, en zo schoot hij op het land zwijn, kwartel en konijn.

In de maanden die volgden, maakten ze het huis bewoonbaar. Nog meer vaklieden uit de omgeving werden aangenomen, en landloze boeren werden ingehuurd om de strijd aan te gaan met de wildgroei op de vele terrassen: amandelbomen als stekelvarkens, olijfbomen van een meter dik met in elkaar gegroeide stammen, johannesbroodbomen met een bladerdak zo zwaar dat je de stam niet meer kon zien, en bosschages van ceders en pijnbomen waaronder niks kon groeien. Dwars door de gestapelde muren van de bancales waren boomwortels en druivenranken gegroeid.

De grond werd onder het toezicht van Andrés door een *yuntero*, een boer met een span muilezels, omgeploegd, en massa's onkruid werden verwijderd en verbrand. Wekenlang stegen de kringelende rookwolken boven de berg de hemel in. De vrijgemaakte terrassen werden met moscateldruiven, sinaasappel, citroen, amandel en olijfbomen beplant.

De ontdekking van waterleidingen en waterdruk was een even grote als onverwachte stap naar het leefbaar maken van het huis. Ze ontdekten dat de Alquería werd voorzien van water vanuit een *aljibe*, een stenen waterbassin dat hoger op het terrein lag. Zwaartekracht en waterdruk waren voldoende om de keukens en de badkamers van stromend water te voorzien. Samen met de put die ze hadden gevonden op de binnenplaats kon het huis ruim worden voorzien van water, een groot voordeel in een land dat vele maanden van het jaar extreme droogte kende. Het was duidelijk een huis dat met veel zorg en vakmanschap gebouwd was. Een huis dat volkomen zelfvoorzienend kon zijn en door de ligging op de berg goed verdedigbaar, merkte Herman ook op.

'Slimme jongens, die Moren,' glimlachte Hector Bardales.

Herman verwonderde zich steeds meer over de Alquería, hoe ze verborgen en vergeten verhalen leek te herbergen, haar watertechniek die volgens Vicente aan de Alhambra in Granada deed denken, haar sporen van bewoning en strijd, scherven en vergane meubels.

*

Op een bijzonder koude dag was hij alleen in het lege huis en leek hij de schimmen te zien van voorbije bewoners. Ze leken met hun nagels langs de muren te schuren, of was dat het gewone geluid in het huis, in de plafonds? Hij keek verschrikt om zich heen, naar de grijze schaduwen in de hoeken van de kamer.

En zo zag hij haar zitten, in de schemering van een stoffige hoek.

Ze staarde hem aan. De eerste ogen die hij ooit had gezien, toen vervuld van liefde, nu als de ogen van een standbeeld. Hij knielde bij haar neer. Hield haar lijf vast. Het was niet broos en oud, maar een lijf dat leefde, met armen die vol waren, een rug die in zichzelf kracht had. Maar in haar stormde het; een maalstroom van verdriet in een vacuüm van wanhoop. Haar armen lagen om hem heen, maar omarmden hem niet. Ze was steeds onbereikbaarder geworden. Verdreven door de man, vele jaren ouder dan zij, die haar eerst met een verzengende begeerte had opgeëist, razend was geworden van zijn onbeantwoorde lust en die na de geboorte van hun eerste en enige zoon haar en zijn vrucht was gaan verachten. Waar ze ooit gestreeld was, werd ze geslagen. Waar hij haar had trachten te veroveren met zoete woorden, was uiteindelijk niet meer dan een grom nodig om haar te breken. Zijn bestaan kwam in het teken te staan van het ontkennen van het hare. Het was een vrijwel letterlijk doodzwijgen. Herman voelde weer de blinde haat voor zijn verwekker, de man die hun levens had verwoest.

Het gevoel van eenzaamheid dat hij wel vaker met zich meedroeg, raakte hem nu met geweld in zijn buik, alsof een vacuüm van binnenuit aan zijn borst trok. Hij zakte met één knie op de grond. Een rilling trok door zijn lijf. Hij moest een hand in het stof drukken om niet om te vallen. Zo'n leegte had hij voor het laatst gevoeld voordat hij was vertrokken naar de academie en de loopgraven. De razernij van de oorlog was te verkiezen geweest boven het zwijgend sterven thuis. Zijn eigen spoken, ontstaan in een jong hoofd. Die spoken had de oorlog, zoals wel gehoopt, niet uitgedreven. Hij zag het nog voor zich, dat koude, stille huis op de kale heuvel, een mausoleum in de mist, waar elk geluid de komst van zijn vader deed vermoeden. Een komst die vrijwel altijd de rode dans van geweld en pijn aankondigde waarin hij, zijn vader en zijn moeder om elkaar heen draaiden.

Geroep van buiten trok hem uit de doffe verstrengeling van zijn herinneringen. Hier was het geluid een teken van leven. Het leven waar hij een huis omheen bouwde. Met elke muur die ze metselden voelde hij zich krachtiger, met elke kamer die klaar was, werd Hermans hoofd leger, met elk beplant terras openden zich voor hem nieuwe vergezichten. Het huis had zich opgericht en ademde weer, voor Herman was het de adem der eeuwen die ook hem vulde.

*

De muren en het dak deden weer waarvoor ze bedoeld waren, en Herman verwonderde zich erover hoe vanzelfsprekend zijn leven met dat van de drie families was versmolten. 's Avonds aten ze gezamenlijk op de binnenplaats die in zijn volle glorie hersteld was. Maruja had bezit genomen van de keuken. Regelmatig haalde ze zeevruchten uit Benimelha waarmee ze kon toveren. In de oude schouw bereidde ze *paellas* op open vuur in de grootste pannen die Herman ooit had gezien. Sardientjes op gloeiende kolen gebakken, en Hermans favoriete hapje, *boquerones en vinagre*, ansjovis gemarineerd in azijn. Barbareta was de motor van de keuken: ze mestte de kippen vet, de peulen van de johannesbroodboom droogde ze en vermaalde ze tot meel, ze bakte het brood en verzamelde de kruiden die her en der op de berg groeiden. Ze was meester van de moestuin. Daar plantte en plukte ze saffraan met zachte handen en kweekte ze enorme rood-groene vleestomaten, aubergines zo paars dat ze zwart leken, langwerpige paprika's en reusachtige uien. Citroenen, vijgen en sinaasappels plukte ze direct van de eigen bomen die groeiden rond het huis. De tafel was in die dagen zwaar beladen, behalve de paellas ook heerlijke stoofmaaltijden met door Alfonso geschoten konijn of zwijn, linzen en rijst uit Valencia, *coca's* in allerlei variaties, *espencat* vooral op warme dagen en heel soms zachte amandelcake. En wijn, veel wijn.

Daar zat hij dan na elke werkdag aan het hoofd van de tafel met al zijn mensen. Vaak kwamen vrienden of kennissen, arm of rijk, uit de buurt mee-eten. Van de familie Urias Vicente, zijn vader en zijn vrouw en kinderen, tot de monniken van Pedrablanc die af en toe langskwamen. Herman kon zich niet herinneren ooit zo goed gegeten te hebben als aan die lange tafel met alle luidruchtige Spanjaarden om zich heen. Hij praatte honderduit, liet zijn Spaans corrigeren, trachtte Valenciaans te spreken. Hij keek ze aan, elk van hen: zelfs de kinderen droegen sporen van harde levens, en hij verbaasde zich over hun vrolijkheid, vriendelijkheid en optimisme.

*

Don Porfirio Arechavaleta liet via Vicente weten dat hij uitzag naar een uitnodiging om kennis te maken met de nieuwe, buitenlandse landeigenaar. In eerste instantie wilde Herman een man met boerenbloed aan zijn handen niet ontvangen, maar Vicente overtuigde hem ervan dat het goed was te weten wat voor vlees hij in de kuip had. 'Ken uw vijand,' zei hij.

De grootgrondbezitter was met zijn vrouw, oudste zoon en dochter komen eten in de Alquería. Zijn vrouw zat met een bleek gelaat naast hem en at haar eten zonder één keer oogcontact met Herman of Vicente te maken. Zijn zoon keek vooral verveeld om zich heen en zijn dochter keek onafgebroken naar Herman. Allen waren ze stil, behalve Don Porfirio. Hij was net zo luidruchtig als charmant, een even geestig als schaamteloos uitgelaten heerschap dat zich in alles de verzadigde rijkaard toonde die zich meester van de wereld waande. Gesoigneerd, nagels die glommen als zijn laarzen, rijkelijk met reukwater besprenkeld en met gesteven kleding om het dikke lijf. Hij had alles, was nergens bang voor en twijfelde ook geen moment aan wat hem toekwam.

'Mijn familie bouwde bij Xaraque de eerste stenen brug, de prachtige Puente del Quisi. In Valencia zijn ze jaloers op die brug! De meeste grond is hier al eeuwen in het bezit van mijn familie; Adam en Eva zouden er jaloers op zijn geweest! En geen slangen hier die niet eenvoudigweg mijn hak op de nek krijgen!' zei hij trots.

Herman glimlachte beleefd.

'Het is aan u te merken dat er gedistingeerd bloed door de aderen vloeit!' riep Don Porfirio, en liet zich door een zwijgende Maruja het bord nog eens volscheppen. En terwijl hij doorlopend eten in zijn mond schoof, vertelde hij honderduit over het gebied. Over zijn eigen bezit, over de andere landeigenaren, de industrie in Xaraque en over de bevolking.

'Buiten ons,' en hij wees daarbij met zijn mes de tafel rond, 'is men hier over het algemeen erg achterlijk. En gelukkig maar. Elders in het land roeren zich socialisten en arbeidersvakbonden. Hier gedragen de arbeiders en de boeren zich nog goed. Ze snappen dat ze God op hun blote knietjes mogen danken dat ze op mijn land mogen werken. Daarom is het hier zo paradijselijk, Don Germán. Maar zoals elk paradijs is het ook wat saai, dus uw komst is wat dat betreft zeer welkom!'

Toen Herman ter sprake bracht dat Hector Bardales nu bij hem werkte, zei Don Porfirio: 'Wie?'

Nadat Don Porfirio en zijn gezin – dat hij de hele avond volkomen genegeerd had – weer in hun koets waren gestapt, zat Herman alleen op het grote balkon van zijn slaapkamer en keek uit over zee. Waar de oorspronkelijke heer van het huis ook had gezeten, hetzelfde had gezien, onder een blote hemel bestrooid met sterren die op kalme avonden als deze gespiegeld werden in de vlakke Middellandse Zee. Het huis was stil.

De afgelopen anderhalf jaar trokken aan hem voorbij, maanden van soms extreme tegenstellingen. Het huis dat hij als zijn bestemming had gezien, was tegelijkertijd op de zwaarste dagen als een last die hem onder dreigde te trekken. Hij had zich zowel verbonden als eenzaam gevoeld. Was heen en weer geslingerd tussen de koude herinneringen aan het oude en de warme verwachting van dit nieuwe leven. Het putte hem soms uit.

Maar Vicente! Die had de hele avond naast hem gezeten, had telkens geregistreerd wat Don Porfirio's aanwezigheid met Herman deed, en had als bliksemafleider gefungeerd op de momenten dat Herman zichtbaar moeite met de man had gehad. Hij was er steeds. Maar niet alleen deze avond. In Vicente had hij een vriend gevonden, ze waren als broers geworden. Vaak, als het stil was, spraken ze met elkaar over de oorlogen die ze hadden meegemaakt. Ze deelden herinneringen, huilden in elkaars bijzijn de onderdrukte ellende van zich af. Ze wisten dat de ander zou luisteren, niet de pijn zou willen wegnemen of trachten op te lossen. Want dat kon toch niet. Simpelweg er zijn, verbond hen meer dan al het andere. Als je in je diepste pijn gezien wordt, ben je niet alleen en loop je niet in de pijn vast, had Herman geleerd. Het was de enige weg, naar voren, naar een doel dat ze voor zich konden zien, ver weg maar bereikbaar.

Terwijl hij uitkeek over de lome deining van de zee vroeg hij zich af of dit dan toch de vrede was die hij had gezocht. Als antwoord op de vraag doemden Don Porfirio's vettig glimmende lippen op, zijn open mond waarin hij maar eten bleef schuiven. En schuin achter hem Maruja, met een duistere frons, wachtend tot ze hem de volgende portie moest opscheppen.

3

Maart 1931
De zoutpannen van Benimelha

Wanneer Herman van een nabije heuveltop naar de Tossal del Moro keek – de heuvel van de Moor, zoals zijn berg in de volksmond genoemd werd, en waar vlak onder de top de Alquería terugkeek – zag hij omgeploegde grond liggen onder gezonde bomen. De lijnen van de nieuwe muren waren deel geworden van het geraamte van het land. Ze brachten orde en rust in de wildernis van dat steile heuvelgebied aan de grens van het uitgestrekte blauw. De Alquería en de landerijen eromheen waren als een haven op de grens van de blauwe zee aan de ene en een groenbruine oceaan van ondoordringbaar bos en kreupelhout aan de andere kant. Hij verwonderde zich weer over hoe diep de ravijnen het land in doken, de hoogte van de rotswanden die naar de zee wegvielen. Als altijd zongen en fluisterden de pijnbomen in de wind en leek de omliggende wereld in slaap te vallen.

Omdat inmiddels de meeste stukken grond in cultuur waren gebracht – er bleven nog hectares wild en overgroeid terrein over die later misschien aangepakt konden worden – was het nu tijd om zijn belofte na te komen en met Vicente naar de zoutpannen in Benimelha te gaan kijken. Ze hadden nog een paar maanden voordat het land lamgelegd zou worden door de zomerhitte die tegelijk de optimale omstandigheden zou creëren voor de zoutwinning.

Op een koele dag in maart reed Herman te paard via het kustpad naar Benimelha. De uitzichten vanaf de rotsen over zee waren overweldigend. Het water, dat gedurende de dag van kleur verschoot, schitterde hem toe. Op dat blauwe canvas zag hij enkele witte stippen van *parejas*, paren van telkens twee vissersboten bij elkaar, hun driehoekige zeilen als witte vleugels bollend in de wind, met een wolk hoopvolle meeuwen erboven die hij vanaf hier kon horen schreeuwen. Hier en daar een boot alleen, de nieuwe gemotoriseerde schepen die sinds kort ook vanuit Benimelha de zee opgingen.

Na een halfuur rijden zag Herman de vlakte van Benimelha liggen die tot aan de zee reikte. Als een reusachtige waakhond lag de imposante Rasalcalb tegen de kust; de enorme rotspartij deed zijn Arabische naam – hondenkop – eer aan en lag met zijn kop naar het land en met zijn staart in de zee. Tussen zijn poten lag Benimelha, met de haven aan zijn noordelijke flank en iets verderop de zoutpannen. Het was niet de witte zoutvlakte die Herman zich had voorgesteld, maar een groenbruine vlek. Vicente had hem gewaarschuwd: het waren moerassen die ze weer tot *salinas* moesten omtoveren.

Langs het pad waar Herman reed, lagen boomgaarden en druivenvelden. Hij groette de mannen en vrouwen die daar voorovergebogen aan het werk waren. Elke man draaide zich om, nam de pet of strohoed af en groette met een onderdanige hoofdknik. De vrouwen onder hun hoofddoek keken schuchter naar de grond. Vroeg oud geworden, ingevallen gezichten en kromme ruggen. Kinderen die op hun knieën op de harde aarde zaten. Grote ogen in door stof en aarde donker geworden gezichten, wegsmeltend in de schaduw van een boom. Hij wist uit eigen ervaring hoe ze zich moesten voelen. Hij was immers gedurende al die jaren zwerven een van hen geweest. Zij zagen echter alleen de rijke grondbezitter.

Op alle landerijen verrichtten landloze arbeiders het zware werk. Ze mochten het land bewerken als horige dagloners die van de honger zouden omkomen zonder de genade van hele dagen in de zon. Deze 'genade' van grootgrondbezitters als Don Porfirio had hij op veel plekken gezien tijdens de vele ritten die hij sinds het voorjaar door de streek maakte en waarbij hij dagen achtereen op pad was. Hij wilde het land leren kennen. Een van die ritten voerde hem over een weg door een brede vallei in het bergachtige binnenland achter Xaraque waar druivenvelden en amandelboomgaarden groen afstaken tegen de rode aarde. Aan één kant werd de weg begrensd door hoge terrassen met goed onderhouden muren van gestapelde natuursteen. Bloemblaadjes van de amandelbloesem dwarrelden vanuit de tegenovergelegen boomgaard over de weg. Elke tak leek te zijn uitgebarsten in een bijna hysterisch baldakijn van bloemetjes. Het waren roze-witte wolken tegen het diepblauwe hemeldak. Maar nog meer dan die overweldigende kleuren was er de geur. Hij proefde het op zijn tong, voelde het in zijn longen, zijn buik; het was bijna zinnelijk. De gedachte aan de huid van een vrouw overviel hem. Aan vrouwen had hij in geen jaren gedacht. Het was het parfum van ontluikend leven, van een voorjaar waarin het landschap stapsgewijs zou openbarsten om de onderdrukte en opgespaarde levenskracht vrij te laten. De amandelbomen staken als eerste hun vuurwerk af, de rest zou later volgen.

Hij liet de teugels van het paard vieren, legde zijn handen op de zadelknop en sloot zijn ogen. Alleen dat aroma. Eén stap per inademing, zo liepen ze langzaam verder. Totdat het paard stilstond. Herman opende niet direct zijn ogen. Pas toen het paard achteruit leek te willen en hij een heel lichte geur van bederf rook, keek hij. In de greppel voor de terrasmuur van de amandelboomgaard lagen vijf lichamen. Vader, moeder, een oudere zoon waarschijnlijk of jongere broer misschien, en twee jonge kinderen. Hoofdwonden, bloed uit neus, mond, jukbeenderen, wenkbrauwen. De mond van de moeder een bevroren schreeuw. Haar rokken hoog opgeschoven. De ogen van de kinderen dicht, kleding op buik en rug vol bloed. Voor hen de genade van kogelgaten. Hij keek naar de witgrijze stenen van de terrasmuur: op de rand zaten bloedvegen. Op het terras zelf zag hij grote donkere stukken grond waar het bloed zich vermengd had met de rode aarde. Daar waren ze vermoord. Onder de bloeiende bomen, in de geur ervan, heel even verdreven door kruitdamp. De moordenaars hadden niet méér gedaan dan ze over de rand van het terras in de greppel rollen. Over dat alles was de bloesem onverschillig gevallen.

In het dichtstbijzijnde dorp wist niemand iets van de lijken. De ambtenaren bij het gemeentehuis keken weg toen hij ernaar vroeg en stuurden hem door naar de Guardia Civil. Ook hier wist men van niks. Hij werd aangekeken met onverholen chagrijn en minachting. Nadat hij had moeten uitleggen wie hij was en waar hij vandaan kwam, kreeg hij een advies: 'U doet er goed aan uw buitenlandse neus niet in Spaanse zaken te steken, vergeet niet dat u hier te gast bent. Gaat u vooral terug naar de kust en snuif de zeelucht op.'

Uiteindelijk was hij die nacht teruggekeerd met Andrés, Hector, Vicente en een kar getrokken door muilezels. De lichamen lagen er nog steeds. De stank van ontbinding konden ze in de duisternis van veraf volgen.

'Wat een plek om te sterven,' zei Andrés.

'Ze zijn niet gestorven maar vermoord,' gromde Hector Bardales.

'Wie doet dit dan?' vroeg Herman.

'Dit is het land van Don Julian Palacios Prada, een hoogst onaangename man,' zei Vicente.

'Dit kom je ook tegen op andere landerijen, bij Don Porfirio en Don Serrano Grauta verdwijnen ook geregeld mensen. Deze hebben ze laten liggen, als waarschuwing voor anderen om zich te schikken in hun lot,' vulde Hector aan.

Herman was verbijsterd. Tot dan toe had hij vooral ervaring met de arbeiders die bij Urias op het land werkten, en de boeren die hij zelf in dienst had.

Vicente leek zijn gedachte te raden: 'Op veel haciënda's worden arbeiders helaas ellendig behandeld. Er is op veel plekken armoede.'

'En het is hetzelfde in de fabrieken in Xaraque, hoor,' zei Hector terwijl hij samen met Andrés de lijken vastpakte. Ze namen de lichamen mee en begroeven ze vlak bij de plek waar Andrés' oude hutje had gestaan. Ze plaatsten er een kruis van olijfhout.

Herman hervatte zijn tochten en eens in de zoveel tijd stuitte hij op lichamen, langs de wegen en paden of in ravijnen tussen de struiken. Nooit wist iemand ervan, behalve dat iedereen wist dat het de manier was waarop bepaalde grootgrondbezitters zich ontdeden van 'dwarse' arbeiders. Over het algemeen met instemming en vaak zelfs met medewerking van de Guardia Civil. De kerk verleende zonder moeite absolutie. Een dode boer meer of minder deerde de Lieve-Heer blijkbaar niet. De collecteschaal werd er niet lichter van. Herman had ze niet allemaal kunnen begraven.

*

Aan die lichamen moest Herman denken toen hij de plek van de salinas naderde. Hij rook het moeras al voordat hij het echt kon zien, de geur van bederf, een dissonant op de frisse wind die vanuit zee kwam. Terwijl hij de muggen van zijn gezicht sloeg, reed hij op Vicente af die met een vijftal kerels druk in gesprek was.

'Ja, ja, het wordt leuk vandaag, *querido* hermano!' riep Vicente.

Herman lachte zuur en steeg af. Hij gaf zijn vriend een hand.

'Mannen, dit is Don Germán, mijn vriend, eigenaar van de Alquería del Moro, en mede-eigenaar van deze schitterende zoutpannen.'

De mannen lachten. Een ervan, klein, pezig gebouwd, met ooghoeken vol kraaienpoten en een huid waar de pokken als een op hol geslagen cavaleriedetachement overheen waren gedenderd, keek op naar Herman en sprak: 'U is geen Spanjaard.'

'Nee, ik ben een Hollander,' glimlachte Herman.

'Nou, dan zal het wel warm zijn voor u hier?'

De zon stond nog niet heel hoog, maar de hitte was al op kracht aan het komen.

'Mijn neef Andrés vertelt me dat het goed werken met u is. Een genoegen, Pepe Pieldelobo.' Herman kreeg een ruwe hand van een man die nog kleiner was dan de rest. Vierkant en in zichzelf vergroeid als een olijfboom tussen rotsen. Een dikke zwarte baard, aan de onderzijde vierkant getrimd, droeg hij als een schild voor zijn borst.

Vicente glimlachte. 'Pepe is helaas nooit volgroeid en bovendien anarchist, maar hij is de sterkste van alle mannen. Als baby smeet hij al met rotsen.'

'Ik ben uit stenen geboren, señor Germán, zij helaas alleen uit los zand,' en hij wees op de mannen die hem hoofdschuddend toelachten, 'maar allen zijn wij strijders tegen het moeras,' vervolgde hij theatraal. Hij mepte een mug tegen zijn wang dood, maar liet het rode bloedvlekje ongemoeid. 'Al jaren teisteren deze demonen van de hel ons dorp. Daarom leef ik op de berg. En als ik dan toch afdaal naar een van de vele vrouwen die verlangen naar het buskruit in mijn ballen, dan zuigen niet alleen zij, maar ook die muggen me helemaal droog. En beide laten een jeuk achter waar ik gek van word.'

Zijn maten klapten hem vrolijk op de schouders. Herman fronste de wenkbrauwen. Zou hij nu al dronken zijn? Hoe zwaar was zijn wijnzak nog?

'Onze *cojones en vinagre* als we die ondingen niet gaan verslaan. Voor de vrouwen!' zei Pepe.

'Voor de vrouwen!' riepen de anderen.

Met het beeld nog in zijn hoofd van explosieve ballen in azijn, hoorde Herman Vicente vertellen dat er jaren waren geweest dat de muggen de bevolking van Benimelha bijna geheel hadden verjaagd. Met kininesulfaat bestreden ze de hoge koortsen die de beesten veroorzaakten. De larven lagen als tapijten zo dik net onder het wateroppervlak en als hun moment gekomen was, stegen grijze wolken boven het stinkende moeras op om op zoek te gaan naar bloed.

Het was niet altijd zo slecht geweest, vervolgde Vicente, de verwaarloosde zoutbassins waren honderden jaren lang de schatkamers van deze kust. Toen de economie nog dreef op zout. Het dorp Benimelha was ernaar genoemd: 'De zonen van het zout'. Totdat alles in elkaar was gestort. De salinas werden verlaten, de moerassen keerden snel terug. Bijna honderd jaar hadden de salinas drooggestaan en hadden de muggen geheerst.

'Totdat Don Vicente Urias, de zoon van de oude man van het zout, en Don Germán el Alemán op een dag waren gekomen,' proclameerde Pepe. 'Zij waren aan de slag gegaan, samen met de zonen van het zout. Om slag te leveren met de muggen. Om het witte goud weer te mijnen waarmee het nobele dorp van Benimelha tot in lengte van dagen zou schitteren als een parel aan de blauwe zee. Dat zullen ze later zeggen. Nu dan, *cabrones, las cojones sobre la mesa*, aan het werk!'

Geen van allen legden ze hun ballen op tafel, maar werken deden ze wel.

Het was verrassend eenvoudig, alhoewel veel en vermoeiend werk. De groep van vijf man groeide uit tot een ploeg van twintig sterke kerels. Ze groeven vanaf het strand kanalen waarmee ze het warme, groengrauwe water van de moerassen konden verdrinken in het koude, heldere van de zee. Er waren al momenten van glorieuze overwinning geweest toen de eerste golfjes zich gestaag, verlegen bijna, over het gebied hadden verspreid. Maar daarna begon het pas.

De kunst was om de grootte en diepte van de verschillende soorten verdampingsvijvers precies goed te krijgen. De oude Don Urias legde hun uit dat deze verhoudingen bepalend zouden zijn voor het succes van de salinas. De vijf fases van het proces, van de eerste fase in de verdampingsvijver waaruit de helft van het water moest verdampen, tot de kristallisatievijver waaruit het laatste beetje water dat achterbleef, de *agua madre*, op tijd afgetapt moest worden zodat de zuiverheid van het witte goud gewaarborgd was. Elke fase moest naadloos op de vorige aansluiten. Herman zag de oude man regelmatig vanonder zijn strohoed kijken hoe de salinas van zijn jeugd tot leven kwamen.

Herman genoot van het werk aan de stuwmeertjes vlak bij zee. De wind die vrij langs de kust waaide, droogde het zweet op zijn huid terwijl hij met een pikhouweel op de rotsen aan de kust inhakte. Het ritme van de houwelen, van hem en de andere mannen, tikte de uren van de lange dagen weg. Vooral de momenten waarop hij tot zijn knieën in zee stond, weerstand biedend aan de stuwende kracht van de golven. De frisse koelte van het water op zijn huid, terwijl hij zijn rug krom hakte. Het eenvoudige werk dat zijn geest de ruimte gaf voorzichtig de voorbije jaren terug te halen. De pijn in zijn rug bracht hem terug naar de velden waar hij vroeger had gewerkt, voeten in modder en klei, en nu met zijn benen in deze branding, voeten op Spaanse rotsen. De slagen van zijn houweel herinnerden hem regelmatig aan het graafwerk in de Noord-Franse klei. Waar je spade zomaar op vlees en botten kon stuiten. Loopgraven waren massagraven.

Kwam hij overeind om uit te kijken over het werk, over de zoutvlakte, dan waren daar de echo's van zijn jeugd vóór de oorlog. Toen hij, zo zag hij het zelf, loopgraven in zijn hoofd en hart had gegraven. Om daarin te schuilen, eerst tegen het geschreeuw en later tegen de nog beangstigender stilte in het koude huis. Waar alles al gestorven leek. Maar hier leefde alles, iedereen zong en danste en schold en vrijde en vocht en zoog het leven gulzig in zich op.

Aan het einde van de dag bouwden de mannen vaak vuurtjes op het strand en bakten ze vissen die ze met blote handen uit de leeggelopen stuwmeertjes langs de kust konden pakken. Vrouwen en kinderen kwamen uit het dorp met brood, groentes en volle *búcaros*, kruiken waaruit de stralen wijn al gauw vanaf uitgestrekte armen met elegante bogen neerdaalden in dorstige monden. Vaders doken in zee met hun kinderen, smeten ze met grote bogen in het water. Parabolen van plezier. Springen van de schouders van Pepe was als het springen van de Rasalcalb zelf.

Arbeiders van nabijgelegen landerijen waagden zich soms het strand op en werden vriendelijk ontvangen door de mannen van het zout en hun vrouwen. Je zag de dagloners omkijken, landinwaarts, of er geen opzichter of Guardia Civil in de buurt was. Want er stond straf op wie zomaar zijn werk neerlegde. Maar wat de volgende dag zou brengen, of ze morgen ook zouden eten, was verre van zeker. Vandaag hadden ze geluk, morgen was onbekend.

*

Herman kwam er al gauw achter dat een Spanjaard op zijn best is als hij aan het discussiëren of aan het feesten is. Bij voorkeur tegelijk. Er was weinig voor nodig om feest te vieren. Zoals Vicente het met een knipoog uitlegde: 'Waarom zou er een aanleiding moeten zijn voor een feest?'

Dus toen de salinas na maanden hard werken klaar waren om in bedrijf te gaan – '*Salió de cojones, patrón!*' riep Pepe hem tevreden toe, terwijl ze naar de vlaktes keken waar de lucht zich spiegelde in doodstille vijvers – was het niet meer dan vanzelfsprekend om het groots te vieren. Het hele dorp was uitgenodigd om de oude El Saladar weer in volle, herboren glorie te aanschouwen.

De transformatie van het groenbruine moerasland tot een strakke witte vlakte had de bevolking van Benimelha met verbazing en daarna met stijgende bewondering gadegeslagen. Zelfs burgemeester Francisco Gonzalez Verdú kreeg in de gaten dat er wat gevierd werd. Hij perste zich in zijn pak met fluwelen gilet, strikte zijn strik strak – alsof hij een cadeau inpakte –, zette zijn hoge hoed op en daalde af vanuit de koele werkkamer van zijn ambtswoning in Benimelha. Aangekomen bij de Casa del Sal – het huis van het zout en het hart van de salinas, dat tussen het strand en de zoutpannen lag – stapte hij uit zijn koets. Vicente en Herman liepen op hem toe.

'Mijn complimenten, Don Vicente, voorheen kon ik niet zonder zakdoek voor de mond langs deze moerassen, en nu, perfectie! En die muggen, och, een Bijbelse plaag. Ik als *alcalde*, als burgemeester van Benimelha, dank u.'

'Hartelijk dank, meneer de burgemeester. Maar het had niet gekund zonder de hulp van mijn compagnon Don Germán. Mag ik u voorstellen...'

'Maar deze heer behoeft toch geen introductie? Natuurlijk is mij zijn komst ter ore gekomen. De afgelopen tijd is genoeg geteisem Spanje binnengestormd, vooral om de communistische revolutie te prediken. Maar het is niet elke dag dat een notabele uit het illustere Germaanse rijk zich in dit deel van ons geliefde Spanje vestigt. U weet niet hoezeer het mij deugd doet u te mogen ontmoeten.'

'Burgemeester Verdú, het is mij een eer en een genoegen kennis met u te maken.'

'U bent te vriendelijk, mijn waarde.'

Toen leek hij de arbeiders in de gaten te krijgen die met hun familie en vrienden, vissers en boeren gelijk, aan tafels zaten. Onwillekeurig deinsde hij enige centimeters terug. Hij keek van de arbeiders naar de mannen van het Cuerpo de Carabineros, het korps dat de kustzone bewaakte, die een tafel hadden gevorderd. Hun baretten van de bezwete hoofden afgezet, deden zij zich tegoed aan de wijn, brood, tortilla's en coca's die Vicente had laten verzorgen. De geur van het gebraden vlees, waar Maruja, Barbareta en hun mannen druk mee bezig waren, deed alle aanwezigen het water in de mond lopen.

'En wat een... vreugde brengt u toch maar,' zemelde de burgemeester door. Hij boog zich naar Herman toe en zei: 'Ik weet van

Don Vicente dat hij vis-à-vis zijn arbeiders de vriendelijkheid en mildheid zelve is, waar strengheid soms beter zou passen.' Even zag Herman de familie in de greppel voor zich, bedekt met amandelbloesem. 'Maar u ken ik natuurlijk niet zo goed en gezien dit,' hij wapperde een hand in de lucht alsof hij een vlieg wegjoeg, 'egalitaire jolijt… versta me goed, het volk heeft ontspanning en af en toe een feest nodig… Nu… wat ik wil zeggen… ik hoop toch dat u geen last hebt van al te vrijzinnige opvattingen ten aanzien van de juiste sociale verhoudingen.'

Herman trok zijn wenkbrauwen op en keek naar Vicente. Die haalde bijna onmerkbaar zijn schouders op. 'Vergeef mij, burgemeester Verdú, misschien is het mijn lamentabele Spaans. Maar ik begrijp niet wat u bedoelt.' Zijn toon sprak noch van onbegrip, noch van het vragen om vergiffenis.

De adamsappel van Verdú bewoog opzichtig op en neer boven diens zwarte strik. 'U weet dat er nogal wat onrust speelt in ons land, onrust waar ons gebied tot nu toe van gespaard is gebleven.'

'Ik zie hier geen onrust.'

'Hoe moet ik het zeggen, u kent de Spanjaard natuurlijk niet goed.' Verdú haperde. Hij veerde op toen een priester zich bij hen voegde. 'Staat u mij toe aan u voor te stellen, *padre* Moisés van de Iglesia de Nuestra Señora de la Merced. Spanje is een heilig land, is het niet, padre?'

De priester knikte zachtmoedig terwijl hij de hand van Herman schudde. 'Een van de vele scheppingen van God.'

'Gunst, ja precies, en heilig omdat het… Spanje is een vuurproef, begrijpt u? Zeker hier, hier is het droog, heet en woest, onherbergzaam, ja primitief bijna. Elke dag stelt het land onze liefde voor én onze gehoorzaamheid aan God op de proef. Zo toont de Spaanse man zich Gods liefde waardig. Het maakt hem sterk. Hij is taakbewust en weet dat het offer dat hij brengt heilig is. De Spanjaard is een krijger-asceet, señor. En daarin dragen wij dit land en onze levens op aan God. Is het niet, padre Moisés?'

De geestelijke knikte nauwelijks.

'Vreugde, blijdschap zo u wilt... ooo, het ziet er leuk uit, erg sociaal, zo op het eerste gezicht, maar het leidt tot tevredenheid, dat maakt hem slap. Hij verliest zijn taak uit het oog. Dat is nu ook in andere landen gebeurd. Met catastrofale gevolgen.'

'We vieren dat de salinas weer in bedrijf zijn,' zei Herman afgemeten.

'Natuurlijk en dat begrijpt eenieder. En dat is prima, maar iets van socialistische signatuur zal ik niet accepteren.'

'Laten we vandaag wegblijven van de politiek,' onderbrak Vicente. 'Mijn vader en ik nodigen u graag bij ons thuis uit voor een zalig diner en dan kunnen we u alles vertellen over onze plannen met El Saladar.'

'Die wil ik inderdaad horen, inderdaad, bedrijvigheid is goed, productievernieuwing juichen wij toe, maar onrust willen wij onder geen beding. Ik wil niet de Carabineros langs hoeven sturen.'

'Zoals u ziet zijn zij hier ook welkom.'

Duidelijk teleurgesteld dat hij zo weinig indruk maakte, draaide Verdú zich om. 'Welnu, wij vertrekken weer. Ik wens u veel succes met uw onderneming.'

Toen de burgemeester zich weer in zijn koets had gehesen, draaide Herman zich om naar Vicente.

'Die Spanjaard ziet er niet bepaald uit als een asceet.'

'Op rechts hebben ze geen honger,' mompelde padre Moisés.

'Hij is op zich ongevaarlijk,' zei Vicente. 'Gewoon een man met erg ouderwetse denkbeelden. Een oude Carlist. Op een zijspoor geraakt hier in Benimelha, omdat hij in Alicante werd weggekeken vanwege een of ander schandaal. Hij houdt zich nu bezig met uit zijn raam naar de zee kijken.'

'Hij heeft het niet zo op arbeiders?' vroeg Herman.

'Nee, zoals zovelen hier. Spanje is een gespleten land. Aan de ene kant de rijke klasse, het leger en de kerk. Een soort drie-eenheid die eeuwenlang het land naar zijn hand heeft gezet. Naast God en familie is bezit het hoogste goed. Tradities, bezit van land, bezit van mensen, dat is het andere deel.'

'En de kerk vindt dit goed?' vroeg Herman aan padre Moisés.

'Ik ben geen politicus, ik zet me in voor het zielenheil van eenieder. En net als Jezus houd ik van het zout der aarde.' Hij glimlachte. 'Wat ik hier in vreugde om mij heen zie. Ik probeer me in alles voor te stellen wat Jezus zou doen.'

'En?'

'Hier zou hij tussen de mensen zitten en met hen het brood breken.'

'Dat denk ik ook,' zei Herman.

Langzaam zakte de zon naar de horizon, de lucht kleurde steeds dieper blauw. Kleine golven rolden het strand op. Krabbetjes schoten langs de vloedlijn heen en weer. Boven hun hoofden zweefden de meeuwen met de blik strak op het strand gericht. Toen de schemering inzette, stelden een paar jongemannen voor een jonge stier te halen om een '*els bous à la mar*' te doen, een traditie waarbij zij op het strand en tussen de golven hun moed tegenover de stier moesten tonen. Het iets minder beschonken deel legde uit dat het daar echt te donker voor was. En waar haalden ze op dit uur een stier vandaan?

Met een stem die net boven het gedruis van de golven uitklonk, hielp padre Moisés de aanwezigen herinneren aan Jezus' bergrede waarin hij zei: 'Gij zijt het zout der aarde. Als nu het zout zijn kracht verliest, waarmee zal het gezouten worden?'

'Jullie zijn nu waarlijk Benimelheños: zonen van het zout. Het is jullie gegeven dit meest pure product aan de zee te onttrekken door de wondere alchemie van water, zon en aarde. We zijn hier niet rijk, maar met het zout zullen we nooit arm zijn.'

'*Los pobres valen más!*' riep Pepe daarop. Instemming rolde over het strand. 'De armen zijn meer waard,' werd alom luid herhaald.

Moisés knikte moeizaam en hief zijn handen op: 'Alleen dankzij de aan elkaar geschakelde schouders, arm en rijk, is dit grote werk volbracht. Daarin ligt de grootste overwinning.'

Tot slot zegende hij het zout, de salinas en allen die er werkten. 'Amen!' klonk het op het strand. Pepe Pieldelobo mompelde wat, iets over dat zijn ballen dorst kregen van al dat zout. Het werd laat die avond, de zon zonk bijna onopgemerkt in de zee.

Uiteindelijk vertrok Herman en reed door de warme nacht naar huis. Zíjn huis. Steeds als hij aankwam bij de oprijlaan en zijn huis met de nieuwe rode dakpannen tussen het groen van de bomen zag, leek het huis opgelucht met zijn terugkeer. Herman voelde de glimlach die hij sinds kort in Spanje had hervonden. Die streek zijn gelaat niet glad maar plooide alle lijnen, groeven en rimpels van zorg en pijn tot een reliëf van geluk.

4

Oktober 1931
Alquería del Moro

De zegening van padre Moisés leek effect te hebben. Het water stroomde, stond stil, verdampte, en de zoutkegels groeiden. Al gauw hadden de eerste ladingen zout Benimelha verlaten in vrachtwagens naar Valencia en Alicante en met de boot zo ver als Barcelona. Ondanks de voortdurende politieke onrust in Spanje, met regeringen die het niet meer dan een jaar uithielden, een mislukte staatsgreep, stakingen en opstootjes, bleef de vraag naar zout constant. Vicente en Herman konden hun arbeiders goed betalen. Met regelmaat kwamen mannen bij El Saladar werk vragen. Soms waren het landarbeiders van de grootgrondbezitters, die zulke torenhoge schulden hadden bij hun werkgevers dat hun ongeboren kleinkinderen zich nog dood zouden moeten werken zonder uitzicht op aflossing. Maar ook fabrieksarbeiders uit Xaraque die slechts met geluk oud genoeg werden om überhaupt hun kleinkinderen bij leven te zien. Ze wisten allen dat El Saladar beter betaalde en mensen beter behandelde.

In augustus, toen het zout geoogst werd, was de groep vijf keer zo groot. Maar velen die kwamen vragen om werk, moesten onverrichter zake terugkeren, waardoor ze hun eigen tegenspoed nog sterker voelden. En die frustratie landde in een haard van onrust waarin de sintels steeds roder gloeiden en steeds vaker vlammen oplaaiden. De winter kwam er ook aan, met minder werk, regen en kou die die vlammen niet zouden doven, alleen maar zouden aanwakkeren. En daarom had een aantal notabelen uit de regio het op zich genomen om met Herman en Vicente te praten. Herman had zich door Vicente laten overtuigen dat hij hen moest ontvangen. Het had geen zin om nu al vijanden te gaan maken. Die zouden zich vanzelf wel aandienen.

'Ik wil u hartelijk danken voor uw gastvrijheid en u complimenteren met wat u van deze ruïne hebt gemaakt. Heel indrukwekkend. *Felicidades, caballero,*' sprak Don Porfirio Arechavaleta.

De rest van de delegatie knikte en allen hieven het glas. Vier man in pak, een in soutane. Kravatten en gesteven boorden boven licht katoenen hemden onder vesten met glimmende knopen. Bontkragen om de nek. Burgemeester Verdú zat naast de twee grote herenboeren: Don Porfirio en Don Julian Palacios Prada. Naast hen Don Miguel de Alas Buendía, de eigenaar van de grootste textielfabriek van Xaraque en voorzitter van de vereniging van textielfabrikanten die samen al jaren de opkomst van vakbonden in Xaraque onmogelijk maakten. En bij hen had zich de *sacerdote* Carbonell gevoegd, de dikke priester van de kerk in Xaraque, die in de schaduwen van zijn biechtstoelen met afkoop van doodzonden goede zaken deed. Toen hij werd voorgesteld, knikte hij minzaam zoals alleen een geestelijke dat kon.

Don Porfirio vervolgde: 'Onze socialistische vriend, de edelachtbare burgemeester Isidoro Paya van Xaraque, had toch een betere tijdsbesteding en laat zich excuseren.'

'Natuurlijk komt hij niet meer, hij voelt zich gesterkt in de verkiezingsoverwinning van de *izquierdistas*, dat linkse rode gespuis,' gromde Don Julian.

Verdú knikte. 'Door heel Spanje hebben de communistische partijen de gemeenteraadsverkiezingen gewonnen en de Tweede Spaanse Republiek uitgeroepen.'

'Koning Alfonso heeft het land verlaten, die eerloze lafaard. Deserteur,' zei Don Julian.

Carbonell kuchte, sprak met priesterlijke zwaarmoedigheid: 'Het geweld tegen de kerk is toegenomen, de antiklerikale regering doet weinig om het tegen te gaan. Kerkgebouwen kunnen vrij branden en de moord op religieuzen wordt niet of nauwelijks onderzocht.'

'Een schande, eerwaarde,' zei Don Porfirio.

Herman had er op de radio van gehoord. De uitslag van de gemeenteraadsverkiezingen van 1931 met een landelijke overwinning van linkse partijen gaf arbeiders en boeren door heel Spanje moed. Het maakte duidelijk dat hun achtergestelde positie, hun armoede en vernedering niet vanzelfsprekend waren. De macht die hen onderdrukte was te verslaan. Linkse gemeenteraden gaven burgers de beschikking over wapens. En die werden gebruikt. Het geweld sloeg daardoor over van rechts naar links. Vooral in Baskenland en Catalonië was de afrekening met de gehate clerus en hun gebedshuizen opgelaaid. Honderden priesters en nonnen werden vermoord of verkracht. Kerken, kathedralen en kloosters gingen in vlammen op. Tot bisschoppen toe was de gelovige zijn leven in die eerste maanden na de verkiezingen niet zeker. Rechtse groeperingen sloegen daarop terug, over en weer waren er moordpartijen en aanslagen. Van dat nieuws waren ze in el País Valencià maar amper op de hoogte. Maar mensen reageerden grotendeels op vergelijkbare manieren. De eeuwenlange onderdrukking op het boerenland was haast overal dezelfde. De haat dus ook.

'Arbeiders eisen minder uren maar meer geld, willen een vakbond oprichten, eisen inspraak,' vervolgde Don Miguel, zijn hoofd omgeven door zijn nertskraag. 'En als we hen in redelijkheid erop wijzen dat dit onmogelijkheden zijn, dan wijzen ze naar u, naar de salinas en vragen: "Waarom kan het daar, bij die buitenlander, wel?"'

Verdú knikte bezorgd en mompelde instemmend in zijn bontkraag. Carbonell schikte zijn soutane over de bolle buik en zakte nog iets verder weg in de kussens van de stoel. Het rotan kraakte in protest. Hij kuchte, keek in de richting van de zee. 'Heren, zie hoe de zware wolken zich steeds meer samenpakken tegen die achtergrond van hemelsblauw. De zon kan de kille lucht niet meer verwarmen. Die is niet langer blauw, maar grijs. Het is mijn overtuiging dat we hierin, op dit moment, werkelijk God in het gelaat zien.' Hij sloeg een kruis. 'En dat het onze taak is, door het land in beschaving te brengen, ons direct te verhouden tot deze God en de heilige maagd. Uw bewoning hier, de resurrectie van deze burcht, toch een vergeten monument van een rijke geschiedenis, heeft het afgelopen jaar al veel teweeggebracht in dit gebied. Ze hebben u de naam van deze *tossal* gegeven, *el Moro Rubio*.' De blonde Moor.

'Belachelijk,' spuugde Don Julian uit.

'Een knipoog naar de geschiedenis natuurlijk,' lachte de dikke geestelijke, 'Naar hoe honderden jaren geleden ons land is ontdaan van de vijand van toen, de Moorse ketters. Die donkere humor weten wij wel te waarderen hier in Spanje, nietwaar heren?'

Don Porfirio glimlachte, nam een slok wijn. Het was Don Julian die antwoordde: 'U misschien in uw wijsheid wel, eerwaarde.' Don Julians stem was hard, niet in volume, maar in intonatie. Hij klonk altijd boos en zijn grote lijf stond steeds alsof hij iemand wilde aanvliegen. Een lui oog onder een iets verzakt ooglid gaf de indruk dat hij op iemand aan het richten was. 'Maar de Moren waren de vijand...' gromde hij.

'Als we allen schuldig waren aan de bijnamen die het volk voor ons heeft...' zei Vicente.

Don Julian viel hem in de rede. 'Maar misschien wel terecht, tot uw schande overigens. Wat vindt ú ervan, Don Germán dat u gezien wordt als voorvechter van de strijd tegen het ware Spanje?!'

Herman fronste zijn wenkbrauwen. 'Ik ben nergens voorvechter van. Het enige waar ik tegen strijd is onkruid en klimplanten.'

De heren glimlachten, maar het vriendelijke grapje ging voorbij aan Don Julian. 'U stookt onrust, meneer. Uw hoge lonen, de inspraak van uw arbeiders, de korte werkdagen, feesten met de arbeiders. Het is alsof u het verkiezingsprogramma van de Partido Socialista uitdraagt. Wij zitten hier niet te wachten op wat voor een nieuwlichterij u denkt te kunnen meenemen uit Duitsland. Ik hoef u er niet aan te helpen herinneren hoe dat land er nu voor staat? Waarom denkt u het beter te weten...'

'Ik wil u eraan helpen herinneren dat wij samen het beleid van El Saladar bepalen, het is niet enkel Germán,' zei Vicente.

'Onze zorg,' sprak Don Miguel, 'is dat er sociale onrust ontstaat bij de arbeiders als we nu geen consistente lijn bezigen in loon en arbeidsomstandigheden. Op de politiek kunnen wij niet meer rekenen.'

Verdú schoof moeizaam heen en weer op zijn stoel.

'Dus moeten we elkaar ruggensteunen in deze onrustige tijd. Een gesloten front is voor iedereen goed. Zonder dat is bloedvergieten ons voorland.'

'Waar mensen onrustig van worden, Don Miguel, is dat ze elke dag moeten hopen dat ze hun kinderen eten kunnen geven. De armoede die ik in dit gebied heb gezien is een schande,' zei Herman.

De mannen keken kortstondig geschokt, toen beledigd.

'Dat is onzin. Waar? Onze mensen krijgen precies wat ze nodig hebben, niet meer maar ook zeker niet minder. Dat is hoe het al eeuwen werkt,' blafte Don Julian.

'En als ze toch meer willen?'

'Ze hebben niks te willen en dat kan ik zo'n boer goed uitleggen.'

'Met een nekschot?' Het was even heel erg stil. De mannen keken Herman strak aan. 'Ik kom regelmatig lijken langs de velden tegen. Afgeschoten.'

Carbonell sloeg een kruisje: 'Dat kan van alles zijn. Vaak onderlinge vetes, maar net zo vaak zelfmoord. Waarlijk, die zonde wordt begaan. Ik weet absoluut zeker dat deze heren, hoewel soms streng en ferm, geen bloed aan hun handen hebben.'

'Is dat de wijsheid van de biechtstoel?' vroeg Herman.

'En ik waardeer de beschuldiging ook niet,' zei Don Julian.

‘Voelt u zich dan beschuldigd?’

Buendía sneed Don Julians woedeaanval af: ‘Heren, terug naar mijn eerdere punt, want over individuele gevallen en over wel of niet uitgesproken beschuldigingen spreken, heeft geen zin. Het is aan ons, als leiders in dit gebied, om rust en vrede te bewaren.’

Don Porfirio knikte. ‘Als je de teugels laat vieren, slaat het paard op hol.’ Hij leek erg tevreden met zijn metafoor.

‘Of het paard gaat pas echt voor je rennen. Uit vrije wil.’

‘Haha, inderdaad, Don Germán, als het slechts om één paard zou gaan. Een mooie romantische gedachte die uw ras kenmerkt, als ik mij goed heb laten informeren,’ zei Carbonell, ‘maar hier in Spanje gelden andere mores, en ik denk dat het... verzoek duidelijk is. En het heeft ook mijn... de steun van de kerk. Dus, wanneer kunnen wij verwachten dat u deze lijn ook doorvoert?’

Vicente wreef met zijn hand over zijn ogen, hij voelde al wat komen ging.

Herman wendde zich nadrukkelijk tot de dikke priester. ‘Vergeef me, eerwaarde, als u denkt dat ik mij in mijn eigen huis opdrachten laat geven door heren die ik slechts minuten ken, hoe respectabel deze ook mogen zijn; dan kent u mij inderdaad niet.’

‘Een Duitse directe.’ Carbonell klapte in zijn handen en lachte. ‘U doet de reputatie van uw landgenoten voor directheid eer aan.’

‘Laat ik dan ook direct zeggen dat ik net zomin Duitser ben als u Portugees.’ Even was de geestelijke van zijn stuk gebracht. Achter zijn vingertoppen glimlachte de textielbaron. ‘Ik ben Hollander.’

Carbonell fronste zijn wenkbrauwen. ‘Maar u bent Duitse soldaat.’

‘Ik heb inderdaad tijdens de Grote Oorlog in het Duitse leger gevochten.’

Don Julians wenkbrauwen gingen iets omhoog. Hij liet zich voor het eerst achteroverzakken in zijn stoel.

Herman leunde naar voren, alsof hij ook lichamelijk zijn ruimte moest innemenen. ‘Ik heb gevochten – waarvoor weet ik niet eens meer –, ik ben jaren uit armoede seizoenarbeider geweest, op zoek naar beter, en ben uiteindelijk naar Spanje gekomen om vrede, vrijheid en rust te vinden. Ik hou van dit schitterende land met warme en gastvrije mensen. Ik wil geen ruzie, ik zoek geen conflict. Ik kom u niet vertellen wat u moet doen. Ik luister goed en probeer met respect voor anderen en lokale gewoontes mijn leven in te richten.'

'Dit is bijvoorbeeld voor een Hollander al een hele lange zin,' zei Vicente. 'Toen ik hem leerde kennen kwamen er amper een paar woorden uit. Hij is dus goed op weg Spanjaard te worden!'

'Ik ben geen socialist of communist, ik geloof in arbeid, familie, vriendschap en eerlijkheid,' zei Herman.

'Gelijkheid?'

'Als iemand hard werkt, verdient hij een waardig leven. Als je mij de arbeid en loyaliteit geeft die ik nodig heb, dan krijg je van mij wat dat waard is. Het maakt mij niet uit wie je bent, maar wat je doet.'

'Kijk, daar gaat het dus mis! Dat klinkt goed en nobel, maar het zijn de woorden van een opstandige arbeider en een communist!' schreeuwde Don Julian en stoof op uit zijn stoel. Herman voelde zijn lijf verstrakken. Hij onderdrukte de neiging de man direct aan te vallen, de reflex die in de loopgraven zijn leven zo vaak had gered.

'Rustig toch, mijn vriend,' probeerde Don Porfirio.

'Niks rustig! Ik heb toch gezegd dat die man hier niet hoort. Hij net zomin als de Moren.' Hij priemde met zijn vinger naar Herman. 'Aanpassen of vertrekken. Terug naar Duitsland of waar u ook vandaan komt met die smerige denkbeelden!'

'Ik heb u al gezegd dat ik me in mijn eigen huis...'

'Dit is niet jouw huis, dit is óns huis, míjn huis! Het staat op Spáánse grond en is van Spaanse stenen! Niks hier is van jou! Jij verlaagt je lonen, zet je mensen aan het werk en doet wat je gezegd wordt, of God mag me neerbliksemen. Ik sla je zo hard dat je zelfs met gebroken benen in de pas zult lopen!'

Herman bleef zitten en staarde Don Julian onbewogen aan. Even leek alles stil te staan, waarop de grote Spanjaard uit het niets Herman hard tegen de wang sloeg. 'Ben ik duidelijk, coño *sinvergüenza*!?'

Aangevallen in zijn eigen huis voelde Herman hoe de Alquería van hem eiste dat hij zijn plek zou innemen. Hij zou niet wijken. Nog steeds zittend in zijn stoel greep hij de wijzende vinger van Julian, trok de man bruusk naar beneden en met zijn open rechterhand sloeg hij de grootgrondbezitter met een enkele slag tegen de grond. Toen stond hij pas op, de vinger van de bewusteloze Don Julian nog steeds vast, en boog zich over de gevallen man. Hij zag even voor zich hoe hij diens hoofd tegen de grond sloeg, keer op keer, totdat hij bloed, vlees en botten kon zien. Zo was het altijd gegaan, dat was de enige manier. Maar ineens stond Vicente voor hem en Herman liet los. De arm van Julian viel met een loden klap op de grond.

*

Men was het er later snel over eens dat Herman in zijn recht stond. Hij mocht dan wel een vreemdeling zijn in het land, maar het was zijn huis. En huis en haard was heilig. Don Julian, die bekendstond om zijn opvliegende en gewelddadige karakter, had hem nooit in zijn eigen huis mogen uitschelden, laat staan mogen slaan. De algemene indruk was dat Don Julian er nog genadig van af was gekomen. Tussen heren was er om minder geduelleerd.

Nog danig versuft was Don Julian in zijn koets gelegd en weggereden.

Don Porfirio stond op het bordes van de Alquería, onder de paraplu die zijn adjudant boven zijn hoofd hield tegen de regen die was gaan vallen. 'Zo hoort men zich niet te gedragen, maar hopelijk kunt u hem vergeven. Het zijn de zorgen en zijn liefde voor het land.' Herman knikte. Hij stond in de beschutting van de deuropening. Het huis hield hem droog.

'Ik had het liever zakelijk gehouden,' voegde Don Miguel toe toen zijn Hispano-Suiza werd voorgereden.

'En ik wil u beiden,' hij knikte ook naar Vicente, 'als zakenmannen vragen te kijken naar onze zorgen en ons... verzoek.'

'We zullen erover nadenken, Don Miguel,' zei Vicente.

Herman schudde de hand van de textielbaron. Kneep wellicht harder dan nodig was. Hij voelde het geweld nog door zich heen stromen. Don Miguel liet niets merken, zijn hand bleef stevig.

'Erg spijtig dat deze bijeenkomst zo moest eindigen,' zei Carbonell, 'terwijl Jezus altijd zo duidelijk is over de geweldloze weg. Dat is in uw geloof toch ook zo? Niet? Misschien dat u binnenkort eens een katholieke mis wilt bijwonen. U bent in Xaraque altijd welkom.' Hij stapte bij de textielbaas in de auto.

Bij het wegrijden keek de priester met moeite om. Door de regen zag hij de Duitser met zijn groep Spanjaarden. Enkelen naast hem, anderen vanuit de riurau, allemaal keken ze de auto na. En terwijl twee kerels de grote houten poort sloten, draaide hij zich terug in zijn stoel en keek door zijn beregende raampje naar buiten. De sacerdote, die het als zijn levenswerk zag om blinde trouw te kweken in mensen, herkende een natuurtalent als hij het zag. De trouw van die mannen voor el Moro was duidelijk. Die moest als eerste gebroken worden.

*

Na het vertrek van de notabelen aten Herman en Vicente in stilte, beiden bezig met hun eigen gedachten. Daarna pakten ze hun stoelen en liepen tot de uiterste rand van het terrein. Daar waar een paar ceders zich nog net vastgrepen aan de rotswand boven zee, zetten ze hun stoelen neer. Andrés had hier struiken geplant die kleurrijk moesten gaan bloeien. Herman keek naar de stekjes. Druppels op kleine blaadjes die er eigenlijk te frêle voor leken. In de grijze verte konden ze nog net de top van de Rasalcalb zien, zijn kop in donkere wolken. Herman dook weg in de kraag van zijn jas, keek naar de wolken. Bijna Hollandse wolken, of waren het de luchten boven Noord-Frankrijk waar hij aan moest denken? Hij rook het vuur dat Maruja en Barbareta in de haarden hadden aangemaakt. Het vermengde zich met de zware geur van het natgeregende land om hen heen.

'Jij betaalt je mensen toch ook goed?' vroeg Herman.

'Beter dan de anderen, minder goed dan jij.'

'Waarom vallen ze mij er dan op aan, terwijl El Saladar ook van jou is?'

'Jij bent geen Spanjaard. Je familie gaat niet, zoals de mijne, generaties terug. Wij hebben het recht verdiend, zo zien zij het althans, om naar eigen goeddunken te handelen. Maar vergis je niet, ze praten hierover ook met mij en mijn vader. Ze respecteren en vrezen mijn vader, tot op zekere hoogte. Hij was in zijn tijd namelijk geen lieverdje, kan ik je zeggen.'

Herman lachte met één mondhoek.

'Maar de tijd verandert, en jij, mijn blonde vriend, vertegenwoordigt die verandering, rammelt aan hun sociale structuur. Die structuur is het enige wat tussen hen en alles waar ze bang voor zijn in staat.'

Herman zuchtte, zijn heldere ogen zochten de zee af, keken naar het schuim dat witte rafellijnen trok op zee, toen naar het land waar de wind de bomen liet golven. 'Ik wil niet rammelen, ik wil geen politiek bedrijven... ik wil helemaal geen ruzie of conflict.'

'Hermano, dat is in dit leven best moeilijk als je ergens voor staat. En dan moet je geen grote bazen neermeppen! God, wat gaf je hem een klap.'

'Ik wil niemand neerslaan, ik wil ook geen partij kiezen.'

'Er zíjn alleen maar partijen, Germán.' Vicente legde zijn hand op Hermans knie. 'Er zíjn alleen maar partijen. En als jij er niet een kiest, kiest een partij jou.' Hij zakte weer achterover en stak een sigaret op. Blies de rook de wind in. Herman volgde zijn voorbeeld.

‘Weet je Vicente, ik voel me thuis hier, ik hou van deze plek. Vanaf het moment dat ik dit woeste, droge land betrad...’

‘Als ik me goed herinner was het een zondvloed van Bijbelse proporties toen wij elkaar ontmoetten.’

Herman glimlachte bij de herinnering aan die dag. ‘Je hebt gelijk. Vanaf het moment dat die klei van dit land zich aan mij vastzoog, heeft het me nooit meer losgelaten. Zelfs toen de zon het tot stof blies...’

‘Wat ben je poëtisch vandaag.’ Vicente glimlachte naar zijn vriend.

‘Ik ben altijd poëtisch.’

‘Hermano, misschien wel. Dat je te voet hierheen bent gekomen om een oude ruïne te kopen, getuigt in ieder geval van een romantische ziel.’

‘Terwijl wij Nederlanders vooral bekendstaan om onze praktische inslag.’

‘Dat herken ik meer.’

‘Mensen die voor mij werken een eerlijk loon betalen, zodat zij ook een normaal leven kunnen leiden, zonder honger, is dat dan praktisch of romantisch?’

‘Ligt aan de omstandigheden. In Spanje, hier, nu, is het vooral romantisch, denk ik. In jouw land is het wellicht praktisch.’

‘Wat het ook is, het is iets wat ik belangrijk vind, en echt wil doen. Het spijt me als ik jou en je vader daarmee in de problemen breng.’

‘*La hostia* met je problemen! Onze steun heb je. Mijn vader is een eigengereid man.’

Herman knikte en keek weg. Inhaleerde, blies de rook uit zijn longen, ademde de vochtige zeelucht in. ‘Wat is het toch?’ zuchtte hij. ‘Dit land...’

‘*Será la tierra, será el sol, será el mar, o la lluvia...*’ neuriede Vicente. Een liedje dat hij wel vaker zong.

‘Het is zeker de aarde, de zon, de zee, de regen,’ antwoordde Herman.

'Het zal de geur zijn, de manier waarop de zon warm is en de lucht koud kan zijn. Het kunnen de mensen zijn, of de vruchten van het land.'

'Wie is er nu poëtisch?'

'*Que va*, ik ben Spanjaard, een pastiche van Cervantes.'

Het was zeker Vicente, met zijn mildheid, zijn gevoel voor humor, de dubbele laag onder zijn glimlach. Maar het was ook Andrés, de man die alles deed groeien, Maruja die als een moeder voor Herman was geworden, het waren de cojones van Pepe Pieldelobo, de saffraangele vingers van Barbareta. Het was ergens misschien ook wel Porfirio, die dikke pocher met zijn schaamteloze charme. Maar ook zonder hen allen zou deze plek hem gelukkig maken. De bomen, hoe ze zongen in de wind, hoe ze roken. Maar vooral het huis. Dat hij met eigen handen had herbouwd. Stenen in muren. Delen van hemzelf waren in die muren gemetseld.

'En weet je wat het is, Germán, wat ik aan je zie, en wat ik dóór jou ook zie? Het zijn vooral je dromen die hier zijn ontstaan, die hier de ruimte hebben en tot wasdom zijn gekomen. Ik zag het al toen je de Alquería voor het eerst betrad. En doordat ik jou zie dromen, droom ik ook.'

'Dank je, Vicente.'

'Jij ook, compañero.' Hij keek met een serieuze blik die al gauw opklaarde. 'En als je dan toch te veel liefde voelt, en niet weet wat je ermee moet, dan raad ik je een Spaanse vrouw aan. Daar kan geen overdaad aan liefde tegenop.'

Herman lachte hardop, klapte een keer in zijn handen.

'Ik zie dat het idee je bekoort...' zei Vicente.

'No, no, no, hermano...!'

'... dus wij gaan binnenkort eens samen naar de markt in Xaraque, een plek bij uitstek om het sappigste fruit, het smakelijkste vlees en de mooiste vrouwen te vinden. Mijn vrouw zal een kleine voorselectie voor je maken.' Ze lachten samen.

*

Omdat Vicente de volgende dag in alle vroegte naar huis vertrok, wilde hij op tijd gaan slapen. Met Vicentes woorden, maar ook met het handgemeen met Don Julian nog in zijn hoofd, liep Herman in de schemering eerst naar het bos op de berg. Zijn voeten zonken weg in de diepe grijsbruine aarde. De bovenlaag was nat en plakkerig en hing aan de zolen van zijn laarzen. Daaronder was de grond droog. De wolken, dik en donker, lagen zwaar op de schemering. Het zou vroeg donker zijn vanavond, en de nacht zou meer regen brengen. Het huis achter hem was stil. Er brandden nog een paar lampen, de haarden die hij rook zouden snel doven. De verlichte ramen zakten langzaam achter hem weg terwijl hij de helling van de Tossal del Moro beklom. Hij passeerde de eerste boom en betrad een wereld van geuren. De pijnbomen stonden de geur van hun hars gul af. Die had meer reliëf dan hun rauwe bast, waarover hij zijn hand liet lopen. Hij ging zitten op een omgevallen stronk, ademde de aroma's diep in en liet zich er vervolgens in wegzinken. Don Julian verdween, hij dacht alleen even aan Vicentes laatste woorden. Stelde zich voor dat een vrouw hier naast hem zat. Haar geur. En zoals zijn andere dromen – Vicente had gelijk – voelde hij zijn verlangen vliegen naar die nog onzichtbare uitkomst. En dat verlangen maakte zijn droom zo tastbaar dat hij bijna voelde hoe er iemand naast hem zat. Een jonge vrouw met een bleke huid, als het witte bloed van de aloë vera. Met ogen die gaten in je ziel sloegen, lippen zo glad als de zee kon zijn op spiegeldagen. Hij voelde bijna haar vingers op zijn huid. Haar zwarte haar tegen zijn wang toen ze haar hoofd op zijn schouder legde.

Ze hield zijn hand vast toen hij terugliep naar het huis. Achter hem aan de brede stenen trap op. Zijn kamer in. Ze lag naast hem in zijn bed. De deuren naar het balkon waren gesloten, de kamer was verrassend koel. Buiten drupte een koude regen. Maar zij was bij hem. Zijn hersenschim. Hij voelde het verlangen in zijn lichaam.

Voelde zijn botten en spieren, zijn geslacht. Hij voelde haar naakte lichaam tegen het zijne. Hij had eerder vrouwen gevoeld, tot ontsteltenis van zijn vader eenmaal in zijn ouderlijk huis, later op verlof, tijdens het oogsten op het land een enkele maal. Hij had eerder gevoeld hoe het was om in het lijfelijke te verdwijnen, al was het maar heel even. Maar hij wist ook dat als hij zich zou vastklampen aan dit droombeeld, zij hem op zichzelf terug zou werpen. Ze verdween in de eenzaamheid die haar aanwezigheid opriep, en waarin hij alleen zichzelf en zijn opwinding vast kon houden, gevuld met zwakheid en schaamte. Hij voelde tranen opkomen, zijn lichaam schokte, maar wist niet of hij huilde, of hij überhaupt nog wist hoe. Zijn verlangen dreef hem voort. En toen het schokken voorbij was en zijn lichaam zich ontspande, brachten de geluiden van het huis hem terug. Hij hoorde het bewegen: kreunende balken, kruimelend steen, het geluid van stromend water in de muren, de kleine vlugge *salamanquesa's* op verkenningstochten in de plafonds; de wind die binnensloop, het geluid van de golven in de verte, bracht toen de stille slaap.

5

November 1933
Casino de Xaraque

Na El Saladar begon ook de Alquería zich als landgoed te ontplooien. Olijven en druiven vonden hun weg naar de persen, vrachtwagenladingen algarrobopeulen kwam in de troggen voor vee terecht, en hun amandelen werden al gauw verwerkt in *turrón* en *orxata*. Op beide bedrijven bleven de omstandigheden voor arbeiders goed, ze bleken geen broeinesten van opstand te worden. De onrust die de notabelen hadden gevreesd, bleef uit. Hierdoor zagen ze door de vingers dat Don Germán zijn eigen gang bleef gaan.

Herman kwam de heren met enige regelmaat tegen, vooral tijdens markten en dorpsfeesten in zowel Benimelha als Xaraque, en behandelde hen zoals hij iedereen behandelde: met een vriendelijkheid en hoffelijkheid die ze makkelijk konden interpreteren als respect.

Zijn ruzie met Don Julian had Herman vreemd genoeg op voet van gelijkheid gebracht. Ze spraken van *el golpe del Moro*, de klap van de Moor. En zo werd Herman een welkome gast bij de braspartijen en diners die grote landeigenaren in de eerste jaren van de Tweede Republiek stilletjes hielden, maar na de overwinning van de rechtse regeringspartij weer openlijk.

Herman had een diepe afkeer van oude adel en eliteclubjes. Maar af en toe vergezelde hij Vicente, die argumenteerde dat het goed was om zo een vinger aan de politieke pols te houden in deze roerige tijden. 'Je moet af en toe in de rijst knijpen om te zien of die gaar is.'

Zij waren beiden op de avond na de overwinning van de CEDA, een coalitie van rechtse en katholieke partijen, door Don Porfirio uitgenodigd voor een formeel diner in het casino van Xaraque, de club van de grootgrondbezitters en bazen. Iedereen die in de wijde omgeving er enigszins toe deed was present. Een bonte verzameling fraai geklede, opgeluchte en uitbundige heren en al vroeg beschonken dames. Het casino lag vlak buiten het dorp aan de overkant van de Quisi waar de grote stenen brug, de Pont San Josep, de andere oever raakte. Op dat punt overspande de brug op ruim dertig meter hoogte de kolkende rivier.

Overdag leek het casino bescheiden, bijna verlegen. Maar in de duisternis van de avond ontstak het zijn lichten en deed denken aan een wraakzuchtig roofdier dat, verborgen in de schaduwen van fakkels en kaarsen, zijn prooi aan de overzijde van de rivier bespiedde. De schemering was gevallen en met Vicente was Herman aangeschoven aan de lange tafel zwaar beladen met eten waarboven een mist van sigarenrook hing. Ook sacerdote Carbonell zat aan tafel om, nadat hij de rijk gevulde dis had gezegend, enorme hoeveelheden vlees naar binnen te werken. Eregast was Onésimo Redondo, een vooraanstaande figuur uit de rechtse politieke vleugel, leider van de extreemrechtse partij Falange Española, die in latere jaren huis zou houden in vele steden en dorpen in heel Spanje. In Valladolid had Redondo zelf al het bloedige voortouw genomen. Hij was in Xaraque ter ere van de oprichting van de lokale tak van de Falange die Don Porfirio zou gaan leiden. En terwijl de overige gasten uitgelaten waren over de overwinning van rechts, keek hij met een intense blik langs eenieder, alsof hij steeds op zoek was naar een vijand die hij moest bestrijden.

Hermans tafeldame, een nichtje van Don Julian, ontdook die blik door zich te richten op Herman. Ze vroeg hem alles over Duitsland, waarbij Herman met evenveel geduld als beleefdheid antwoorden gaf totdat ze eindelijk begreep dat hij Hollander was. Toen hij opkeek om zijn glas wijn te pakken, ontmoette hij de blik van Redondo, die hij beleefd toeknikte. Redondo leek net iets tegen hem te willen zeggen toen burgemeester Verdú zijn strik straktrok en riep: 'We kunnen nu eindelijk werk gaan maken van het bestrijden van die verderfelijke socialisten.' Hij had zich het overwinnaarskleed aangemeten alsof hij eigenhandig de linkse hordes in deze verkiezingen had verslagen.

'Socialisten en homoseksuelen,' viel Don Julian hem bij.

'Zoals García Lorca met zijn perverse subversieve dilettantisme,' voegde Porfirio daar nog aan toe.

Julian spuugde bijna zijn wijn over tafel. 'Sodomiet! Die García Lorca moeten ze zo snel mogelijk in zijn... zijn nek omdraaien. Ik vergeet bijna dat er dames in ons gezelschap zijn. Vergeef me, maar hoe kan hij gezien worden als de beste dichter van Spanje? In alles is hij tegengesteld aan de Spaanse ziel.'

'Kalm toch, Julian. De verkiezingen hebben duidelijk aangetoond dat de tradities nog niet verloren zijn, dat wij nog in de kracht van ons leven staan,' zei Don Porfirio.

'Verkiezingen, of we die winnen of niet, gaan niets dan ellende brengen. De ondergang van Spanje.' Redondo had gesproken en het werd stil aan tafel. '*El campo es España, caballeros.*' Vrijwel alle mannen knikten. Zo voelden zij het ook: het platteland was het ware Spanje en de grootgrondbezitters waren de hoeders van Spanje. 'De strijd is nog niet gestreden. Al jaren bewegen poppenspelers zich in de schaduwen, zij bespelen de arbeiders en de boerenbevolking. Agitatoren die de verschillende klassen in Spanje tegen elkaar opzetten. Zij voeden de honger van de armen met ideologie. Het is aan u om...'

'Ik voel een haast oneindige minachting jegens de armen,' onderbrak Redondo's tafeldame hem.

'Mama, *por diós*, onderbreek Don Redondo niet,' riep Don Julian. 'Mijn excuses, caballero, hoe vaak heb ik haar al moeten uitleggen dat vrouwen zich niet moeten bemoeien...'

'Maakt u zich geen zorgen, Don Porfirio. Ik ben benieuwd waarom u dat zo voelt, *señora*?'

'Nu, omdat... met hoeveel zijn zij? Met miljoenen? En de rijken, met hoeveel zijn wij? Een paar maar. Maar desondanks zijn we hier, zijn we er altijd geweest, sinds eeuwen, en niemand is op het idee gekomen om ons iets te doen. Wat zegt dat over iemand die zichzelf of zijn gezin niet kan voeden? En maar klagen en eisen. Ze zijn arm om een reden, ze zijn minderwaardig, ze verdienen Spanje niet. Als ze het zouden verdienen, zouden ze het al lang, lang geleden opgeeist hebben. En dat hebben ze nooit gedaan.'

'Nu wel, helaas,' mompelde Verdú.

'U heeft beiden gelijk, ze hebben nooit verzet geboden, maar nu wel. Waarom nu wel? Het antwoord: linkse agitatoren, Sovjetagenten, subversieve krachten met kapitaal en middelen. Het past in hun radicale economisch-politieke agenda om de armen als kanonnenvoer te gebruiken. We moeten onthouden dat wat wij voor ons zien, niet alleen maar een paar ontevreden boeren zijn,' zei Redondo. Om de tafel werd geknikt. Ze waren zich ineens bewust van hun zware taak en de machtige vijand die Spanje wilde vernietigen.

Don Porfirio voegde toe: 'Ik had het niet beter kunnen zeggen! Ze zijn vooral ontevreden omdat ze lucht hebben gekregen van meer. Iedereen weet dat je een boer precies zoveel moet geven dat hij niet sterft van de honger, en zo weinig dat hij niet vergeet wat honger is. Een effectieve campesino heeft altijd honger, maar kracht genoeg om te werken.' Hij wreef over zijn grote ronde buik. 'Anders is er niet genoeg voor mij!' Blij met zijn eigen grap sloeg hij Vicente die naast hem zat op zijn schouder.

Herman grimaste.

Redondo zag het. 'U... u bent niet geamuseerd.'

'Nee, ik vind verhongerende mensen geen reden om te lachen.' Het werd direct stil aan tafel. Ogen vernauwden zich. Hij voelde zijn tafeldame centimeters afstand van hem nemen.

‘U bent de Duitse soldaat over wie onze gastheer mij heeft verteld.’ Onésimo Redondo’s mondhoek ging iets omhoog. ‘Dan weet u waarover ik spreek. De horde bolsjewieken staat aan de grenzen. Moordenaars van een nobel tsarengeslacht. Gestuurd door het judeo-communisme van Marx dat een alliantie heeft gesloten met de vrijmetselarij in Europa, dát vormt het grootste gevaar. En ook wij moeten waken voor...’

‘Iedereen schermt met de dreiging van dat Joods complot, maar nog nooit is het bestaan ervan aangetoond,’ zei Herman.

‘Uw analyse is de mijne niet, señor. Onmiskenbaar is hun stem, hun geest, hun complot alomtegenwoordig.’

‘En ontkent u dat de Jood de natuurlijke vijand is van elke katholiek?’ zei Carbonell tussen twee happen door. Zijn bord was een slagveld van botten, graten, rijst en brood.

‘Dat heb ik niet verstaan, en van een complot heb ik nooit iets gemerkt,’ zei Herman.

‘Zij zijn jaloers op elk volk met een eigen vaderland, ze zijn virulente vijanden van het katholicisme omdat ze ons de schuld geven van de diaspora. En Spanje haten zij in het bijzonder omdat de Reyes Católicos de Moren verjoegen, maar tegelijkertijd ook de Joden het land uit smeten!’ zei Redondo.

‘Hij wordt el Moro Rubio genoemd! Hij is zelf een socialist,’ riep Don Julian met een boer in zijn adem. Aan tafel was heel even alleen het geluid van een enkele sputterende kaars te horen en van Carbonell die onverstoorbaar bleef schransen alsof het een heilige missie was. ‘De Protocollen van de Wijzen van Zion die ook Adolf Hitler aanhaalt, u kent hem natuurlijk, Don Germán,’ vervolgde Redondo, ‘toch niet de minste, brengen het complot dat het judaisme smeedt aan het licht. De vernietiging van het katholicisme, werelddominantie, niets meer en niets minder. De vier ruiters van de Apocalyps rijden al door dat land: jodendom, communisme, de vrijmetselarij en de dood. Denkt u dat het toeval is dat de stammen in de Rif in opstand zijn gekomen? En met de socialisten, de vakbonden, de anarchisten, al die rode Joodse honden zal de afrikanisatie van Spanje gauw een feit zijn.'

Goedkeurend gemompel ging de tafel rond. Ze begrepen misschien de helft van wat Redondo zei, dus moest hij wel een visionair zijn.

'Alle semitische culturen, abrahamitische religies. Neen, vergist u zich niet.' En hij richtte het woord tot de andere aanwezigen: 'Vergist u zich niet en vergeet het niet: we kunnen alle verkiezingen uitschrijven die we willen, maar de oorlog woedt al; ons voortbestaan wordt bedreigd en alleen directe actie kan ons helpen.'

'Gelukkig is de CEDA nu weer aan de macht. Zij stuurt nu de Republiek. Wij kunnen erop vertrouwen dat de tradities, de ziel van Spanje en het heilige geloof...' zei burgemeester Verdú.

'Pah! Wat denkt u, meneer de burgemeester, dat er met u gebeurt als wij de regering niet controleren? Want dat is allerminst zeker. Dan verliest u uw baan en krijgt u in ruil een kogel door het hoofd! Het lot van ons mooie Spanje kan niet worden bepaald door hordes die geen onderscheid kunnen maken tussen honger, idealisme en bevelen uit Moskou. Het zijn er inderdaad miljoenen. Daar heeft mijn... charmante tafeldame gelijk. Het is puur toeval dat de loterij die een verkiezing eigenlijk is, deze maal onze kant op is gevallen. Maar ik verwerp de willekeur. De enige werkelijk werkbare vorm van bestuur is die van de sterke man die dicteert. En de enige manier om tot een dictatuur te komen is geweld. Geweld, overweldigend en zonder mededogen toegepast, dát is wat nodig is om onze vijand...'

'In Engeland hebben ze een gezegde,' onderbrak Herman hem. 'Pas op waar je om wenst, want het zou weleens uit kunnen komen.'

'Wat bedoelt u?'

'Het gemak waarmee u praat over geweld, is voor mij bewijs dat u echt geweld nog nooit hebt ervaren. U weet niet waarover u het heeft, en dat is gevaarlijker dan welk complot dan ook. Een knokploeg is geen geweld.' Herman keek Don Julian aan. 'Iemand die op zijn knieën zit door het hoofd schieten, is geen geweld. Dat is lafheid. Voor sommigen opwinding. Maar het ware geweld is volledige vernietiging. Van alles. Ook van jezelf, je eigen huis, je eigen gezin. Je goddelijke ziel.'

Carbonell sloeg boven zijn bijna lege bord een kruisje en zei: 'Onze kerken hebben al gebrand, onze nonnen zijn al verkracht. Is dat geen geweld? Nu, nu moeten wij de confrontatie aangaan met de communisten, de anarchisten, het hondsdolle rode tuig dat alleen op zoek is naar christelijk vlees om hun tanden in te zetten...'

Onésimo Redondo onderbrak de litanie van de priester: 'Het is duidelijk dat u over de oorlog spreekt, en dat doe ik ook. Dat is ook wat ík bedoel met geweld...'

'Bereid je dan voor op jaren van bloed en modder en lijken; als uw zoons al thuiskomen is het met kapotgeschoten geesten. Heeft u ooit honderden mannen tegelijk voor u dood neer zien vallen? Heeft u ledematen bij elkaar moeten rapen, menselijk vlees uit uw ogen moeten wrijven, moeten uitspugen? U, Don Julian? Don Porfirio? Dames? De eerwaarde *cura* Carbonell zeker niet, die spuugt pas iets uit als hij vol zit. Denkt u dat arm vlees anders smaakt dan rijk vlees, Doña Prada?'

Het was doodstil geworden in de eetzaal. Zelfs Carbonell was opgehouden met eten.

'Germán...' begon Vicente.

'Wie schopt deze schaamteloze buitenlander nu eens...' riep Don Julian.

'En wat levert het op? Ontelbare doden. Vernietiging en vernedering. De Apocalyps waar u net zo fraai over sprak, ligt juist achter ons. We hebben het amper overleefd. Laat het daar!'

'Wij hebben het hier over het beschermen van wat heilig is, ons land, ons gezin, ons geloof, God zelf. Alles is daarin geoorloofd,' protesteerde Carbonell.

Herman gaf geen antwoord, keerde zich naar zijn eten.

Redondo had gefascineerd naar de uitbarsting geluisterd. 'Don

Germán, wij verschillen niet veel, u en ik. Wij zijn mannen van directe actie. Wij begrijpen dat handelen noodzaak is. Wat dat betreft heeft u al een Spaanse inborst. Ik verlang naar het geweld dat u beschrijft. Het is louterend. Dat is bloed altijd. We moeten het land aderlaten. Zitten en wachten tot een infectie vanzelf verdwijnt, veroorzaakt alleen nog maar meer ellende. Rotting treedt op.'

'En ook als we niet snel de rest van dit overheerlijke maal soldaat maken,' riep Don Porfirio. 'Wat heb ik dat toch allemaal heerlijk klaargemaakt voor jullie, nietwaar, *damas y caballeros?*'

Later op die avond kwam Redondo naar hem toe. Herman stond buiten, keek vanaf het terras van het casino naar de lichten van het dorp aan de overkant, het geluid van de rivier in de diepte voor hem. Don Julians nichtje stond nog aan zijn zijde, een nertsmantel aan tegen de kou, maar aan de voorzijde open in een poging de blonde Hollander in haar opgestuwde decolleté te vangen. Redondo knikte haar hoffelijk toe.

'Het is verfrissend om van gedachten te wisselen met anderen dan alleen die volgevreten oude Carlisten. Ik begrijp uw zorg, ik begrijp dat iemand die zulke gruwelen ervaren heeft, ze niet graag weer ziet gebeuren. Maar jullie hebben slechts de eerste slag gevochten in een historische strijd.'

'De Grote Oorlog werd niet gevochten tegen Joden, noch tegen communisten. Het was een slachting gedicteerd door oude monarchieën die niet wilden accepteren dat hun tijd voorbij is. Machtspolitiek. Hebzucht.'

Redondo keek weg, de stille nacht in. De duisternis buiten hield haar adem in. Het nichtje, dat het onderwerp waarschijnlijk noch begreep, noch interessant vond, nam beleefd afscheid.

'Waar ik over spreek is niet meer dan een verlangen, een liefde voor het land en het leven dat ons land groot heeft gemaakt.'

'En het overgrote deel van de mensen klein heeft gehouden.'

'Iedereen heeft zijn rol te spelen. Arbeiders moeten niet met geweld roepen om wat niet van hen is.'

'Zij willen geen geweld, Don Redondo, zij roepen alleen om eten. Als ik zie dat er boeren op de heuvels van de Sierra de Aljuzar hun voeding moeten halen uit salamanders en gekookt struikgewas, dat hun kinderen sterven waar ze bij staan, dan verbaast het mij niet, Don Redondo, dat zij zich niet schikken in het lot dat u ze toewenst.'

'Mij ook niet, maar desalniettemin is dat wel hun lot. Niet omdat ik het ze toewens. Ik herken het alleen en accepteer het.'

'Als het uw lot was, zou u het dan accepteren?'

'Nee, aan die kant zou ik ook in opstand komen, wat maar bewijst dat die strijd onvermijdelijk is. Nu sta ik aan deze kant. Ik begrijp hun verzet tegen dat lot. Dat is natuurlijk, net zo natuurlijk als dat het desondanks hun lot is om te sterven als dat moet. Ik neem ze hun opstandigheid niet kwalijk, net zoals zij het mij niet kwalijk kunnen nemen dat ik die opstand zal neerslaan. Dat is de natuurlijke gang der dingen. De zwakkeren moeten ook afsterven. Als veteraan van de oorlog zult u dat beamen. Waren het niet de zwakkeren die als eerste vielen?'

'Nee, dat is een fabel. Zwakte en kracht hadden er niks mee te maken. Willekeur dicteerde leven en dood.'

'U leeft nog.'

'Willekeur, geluk, op sommige dagen ongeluk.'

De Spanjaard staarde naar zijn tegenstrever. Zuchtte diep en zei: 'Uiteindelijk is de man die bereid is geweld te gebruiken altijd de baas over de man die daartoe niet bereid is.'

*

'Hoor je de zweepslag? Hoor je het, in het gejuich van Russische bolsjewieken die ons geliefde Spanje willen vernietigen? Al die politieke partijen die spreken over de modernisering van Spanje, die spreken over niets anders dan een vernietigende oorlog tegen ons heilige land. Politieke partijen zijn de roedes van de duivel waarmee het bloed uit het vlees van ons heilig Spanje wordt geslagen! Waar is de wet van God gebleven?!' riep sacerdote Carbonell vanaf de kansel over de hoofden van de dorpelingen, met op de eerste rij Isidoro Paya, de socialistische burgemeester van Xaraque. Enkele rijen daarachter zaten Herman en Vicente met naast zich zijn vrouw, vader en kinderen.

Herman keek op naar het beschilderde koepelgewelf van de kerk hoog boven hen. Waar op het plafond evangelisten en cherubijnen over elkaar struikelden, glansden buiten de blauwe geglazuurde tegels op het dak van de koepel. Vooral als het zonnig was, schitterde de koepel je tegemoet. Herman had nu liever onder het gewelfde plafond van de Alquería gezeten maar Vicente had hem eindelijk zover gekregen om mee te gaan naar de markt in Xaraque. Om de waren te proeven, zoals hij dat zei. Herman woonde inmiddels vier jaar in Spanje, het land met de mooiste en vurigste maar tegelijkertijd, hoe miraculeus, de meest keurige, kuise vrouwen ter wereld, en was nog immer vrijgezel. Een schande!

'Als je niet oppast word je geen Moor meer genoemd maar een monnik.'

Herman lachte bij het beeld van zichzelf in habijt.

Hij was die ochtend, vóór de mis, meegegaan naar de markt en had Vicentes subtiele knikjes in de richting van verschillende Spaanse dames gevolgd – dochters uit de rijkere middenklasse en zelfs uit de lokale aristocratie – om aan te geven wie hij eventueel het hof mocht maken. Ook het nichtje van Don Julian zagen zij lopen.

'Dat zou pas echt een affront zijn voor Julian, als je het zou aanleggen met zijn nichtje,' grinnikte Vicente.

Herman voelde de lichtheid in de lucht. Hij genoot van Vicentes gezelschap en genoot ervan dat ze hier rondliepen. In de koele lucht van de zonnige herfstdag, wandelend onder hoge populieren die ruisten in de wind, tussen geurige stallen vol rijpe groentes, kaas en vlees, kon hij zich bijna voorstellen dat hij in een utopisch paradijs terecht was gekomen.

Meer voor Vicente dan voor zichzelf bekeek hij op gepaste wijze verschillende vrouwen die langskwamen. Maar echt opleven deed hij pas toen hij een vrouw zag naar wie een heer van stand in Spanje nooit zou kijken. Heel kort ontmoetten zijn lichte ogen haar stille donkere oogopslag: '*el silencio oscuro de tu frente*' – bijna letterlijk een dichtregel van Federico García Lorca, realiseerde Herman zich. Nadat Don Julian de dichter had genoemd en bespot tijdens het diner met Redondo, had Herman naar diens gedichten gezocht. En nu, kijkend naar deze fascinerende vrouw, werd hij aan een ervan herinnerd. Haar ogen waren bliksemschichten onder een grote bos zwart krullend haar dat ver over haar brede schouders viel. De kracht van haar lichaam was onder haar ruwe zwarte kledij haast voelbaar. Vicente zag Herman kijken naar de vrouw die alweer wegkeek, haar waren schikte ze op het kleed voor zich.

'*Gitana*,' zei hij, 'als je het over de allerarmsten hebt.' Zijn stem was mild, zoals Herman van hem gewend was.

'Ik hoor weinig goeds over de zigeuners.'

'Dat is omdat er weinig goeds over te vertellen valt, maar dat is niet per se hun schuld. Zij worden eigenlijk in heel Spanje verguisd. Ze is wel dapper. Ze verkoopt daar sultanarozijnen die nooit afkomstig kunnen zijn van eigen druivenplanten. Die hebben ze namelijk niet.'

Herman keek naar de mand met dikke rozijnen voor haar. '*Una sultana del mercado*. Zou best goed kunnen bij een Moro, toch?' glimlachte hij. Hij liep daarop naar de vrouw, groette haar vriendelijk en kocht een pond van de rozijnen. 'Dank u, señorita.'

'*A usted, caballero*,' antwoordde ze, haar stem laag, hij voelde het in zijn buik resoneren. De man die achter haar stond, keek hem donker aan vanonder zijn hoed. Herman glimlachte vriendelijk en hoorde luid zijn naam roepen. Tussen de stalletjes door waggelde Carbonell in het gezelschap van een kleine schare discipelen. Alsof hij de paus zelf was, hief hij zijn hand in een pastorale wuif. Herman keek nog een keer opzij en zag hoe de vrouw hem bestudeerde.

'Pas maar op met hoe een gitana naar je kijkt, zo heb je ineens een vloek aan je... hangen,' lachte de priester hardop. Hij boog zich voorover, nam zonder te vragen een hand uit de mand sultanarozijnen en propte ze in zijn vlezige mond. Vrijwel direct spuugde hij ze uit en gooide de rest op de grond. Veegde zijn handen over elkaar schoon.

'Smerig, van onrijpe, vóór de oogst gestolen druiven of wat er langs de kant van de weg lag te rotten.'

Herman nam er een paar uit de zak die hij zojuist gekocht had. 'Het zullen mijn minder verfijnde smaakpapillen wel zijn, ik heb ook niet zoveel ervaring met eten als u, maar ik vind ze prima smaken. Dank u, señorita.'

'Hm, wat u wilt. Maar Don Germán, wat goed dat u een bezoek brengt aan ons dorpje, en u bent juist op tijd voor de mis. Ik ga ervan uit u zo dadelijk in de kerk te zien?'

Herman wilde vriendelijk bedanken, kon zich amper iets vervelenders voorstellen dan dat, maar Vicente antwoordde: 'Als u deze lutheraan wel wilt ontvangen, het is immers een ketter.'

'Iedereen komt voor verlossing in aanmerking, zelfs zij die in het verkeerde geloven,' en hij draaide zich half naar de zigeunerin, 'en zelfs het schuim der aarde mag Gods genade verwachten. Eenieder is welkom.'

En zo zat hij hier en keek hij in de koelte van de kerk om zich heen, zag haar niet in het maaiveld van nat gekamde, weerbarstige haren boven vermoeide gezichten van mannen en vrouwen, gestoken in met moeite gewassen ruwe kleding. Hoofden waarover de sacerdote met alle arrogantie en heilige schijn die hij in zich had, het deed donderen met blikseminslagen; over de zonden van hoogmoed en afgunst, en over de gramschap van de toornige God. Als een adder blies hij zichzelf op, in zijn gesteven ornaat met zijde en brokaat legde hij hun de deugden van nederigheid en deemoed uit, om vervolgens in niet mis te verstane bewoordingen te beslissen dat het hun terechte lot was om de hele dag honger te lijden, hard te werken en dankbaarheid te betuigen aan de edelmoedigheid van de grootgrondbezitters, die zich ware christenen toonden door hun de gelegenheid te geven van hun land te leven. Want was het niet zo dat een ware christen zijn huis en haard openstelde voor anderen? Hij las ze de les over diefstal; het zich toe-eigenen van land dat niet van hen was, viel daar bijvoorbeeld onder. Jezus zou liever voor armoede kiezen dan voor diefstal. Wie zich daaraan bezondigde, kon het zielenheil in het hiernamaals wel op zijn magere buik schrijven. Dat was althans hoe Herman de preek verstond.

Bij het uitgaan van de kerk stond de sacerdote in de grote deuropening. Hij knikte deemoedig in de richting van de uitgaande boeren en fabrieksarbeiders. Toen burgemeester Paya bij de sacerdote aankwam, stonden Herman en Vicente niet meer dan een paar meter achter hem. Ze hoorden hoe de burgemeester de priester beleefd groette: 'Zo eerwaarde, dat was nogal wat. Het verbaast mij steeds hoe u de taal van de onderdrukking zo schaamteloos kunt brengen.'

De wenkbrauwen van de sacerdote hieven zich ten hemel, zijn kalot ging er bijna scheef van zitten. 'Excuseer burgemeester, ik moet u verkeerd begrepen hebben.'

'Ik heb nu een paar maanden moeten aanzien hoe u gewoon falangistische retoriek staat af te draaien. U zou eerder moeten spreken over hoe Jezus zelf de armen, leprozen en rechtelozen behandelde. Zijn liefde als leidraad nemen in plaats van tegenstellingen aanwakkeren.'

'Ik? Tegenstellingen aanwakkeren? Integendeel juist! Het zijn mensen zoals u die juist het nobele weefsel, het oeroude kleed van onze samenleving uiteen trachten te trekken.' Hij schikte demonstratief zijn kazuifel nog eens om zijn schouders.

'Een kleed dat generaties lang miljoenen van ons verstikte. Dat scheur ik inderdaad graag aan stukken,' zei Paya.

'Señor, ik laat me niet intimideren of de les lezen, noch door een beruchte apostaat als u vertellen wat ik wel en niet moet zeggen in mijn eigen kerk!' riep Carbonell uit. Het was stil geworden, de mensen buiten en zij die binnen nog op weg waren naar de uitgang, waren tot stilstand gekomen. Als een vastgelopen zandloper met in het midden de twee mannen die de tijd stilzetten. Iedereen luisterde ingespannen naar de woordenwisseling.

'Kijkt u naar wat er in Spanje gebeurt, elders branden kerken. Ik doe er alles aan om ervoor te zorgen dat dat hier niet gebeurt. Ik raad u aan om hetzelfde te doen,' zei de burgemeester.

'Is dat een dreigement?' snoof de priester.

'Het is een waarschuwing, eerwaarde, en een verzoek met mij samen te werken om de rust en vrede in ons mooie dorp te bewaren.'

'De Kerk doet niet aan politiek!' Zelfs de sacerdote realiseerde zich hoe absurd die bewering was, en een bitter hoongelach golfde door de massa. Maar niet iedereen lachte mee.

'Geen politiek in de kerk, laat de sacerdote met rust!' riep een man in zondagspak die op een van de voorste rijen had gezeten.

'Loop door, we willen naar buiten!'

'Schiet op, stelletje boeren en hoerenzonen!'

'De arme is meer waard! De rijke zal betalen!'

En zo begon daar op de drempel van de kerk de hogedrukpan waarin vijandschap al jaren sudderde, over te koken. Er werden over en weer beledigingen en bedreigingen geroepen. Er werd geduwd, naar kelen gegrepen, trappen en klappen werden uitgedeeld. De mensenmassa golfde ineens heen en weer. Vicente en Herman voelden de mensen achter hen in de richting van de uitgang dringen. Ze zagen hoe de burgemeester en de sacerdote als wrakstukken in de branding werden meegezogen en uitgespuugd op de stoffige Plaza Mayor buiten. De mensen die nog in de kerk waren, van wie een deel openlijk met elkaar vocht en een deel duwde en trok en erbij stond te schreeuwen, stroomden erachteraan. Over hun hoofden heen zag Herman hoe Hector Bardales, met op kabels lijkende spieren in zijn nek, het hoofd van de sacerdote onder zijn ene arm geklemd hield, terwijl hij de andere arm gebruikte om een aantal tegenstanders van zich af te houden. Tussendoor sloeg hij de priester in het rood aangelopen gezicht en schopte twee man tegen de grond. Een volgende, met grijs haar en een grijze baard, stortte zich met een mes woest op Hector. Ook die werd met enkele schoppen en trappen tegen de grond gewerkt en kroop bloedend tussen de menigte weg. Paya worstelde zich ondertussen richting de sacerdote waarbij hij maar nauwelijks klappen en trappen wist te ontwijken. Ook Herman dook richting Hector en met alle kracht in zijn lange lijf bereikte hij Hector en de sacerdote net op het moment dat de fluitjes van de Guardia Civil klonken. Hij keek om en zag hoe aan de rand van de mensenmassa de glanzend gepoetste *tricornios* op de hoofden van de guardia's dichterbij kwamen. Ze stuurden hun paarden in volle galop op de massa af. De eerste mensen sloegen al op de vlucht voor de razende paarden en de sabels die de voorste guardia's hadden getrokken.

'Hector, laat hem, laat los!'

'Deze gore klootzak moet branden. *Me cago en tu puta madre.*' Hij spuugde de dikke priester in zijn gezicht en trok zijn arm nog dichter om de nek van de priester. Carbonell hapte wanhopig naar adem.

'Hector, kijk me aan.' Herman zag hoe de guardia's zich een weg door de mensenmassa trachtten te hakken. Dat ging niet vanzelf, een groep fabrieksarbeiders hief de vuisten en ging het gevecht aan. Herman zag er een neervallen met een sabelhouw over zijn lichaam.

'Hector!' schreeuwde hij en sloeg de man in zijn gezicht. En nog een keer, en nog eens. Pas na die derde slag leek diens aandacht te verschuiven van de sacerdote naar Herman.

'Laat hem nu los, nu! Dit lost niks op, dit maakt het alleen maar erger.'

Achter hen hoorden ze schoten. Hector keek op en liet de sacerdote los, die op de grond viel. Mensen om hen heen begonnen direct op het dikke lijf in te schoppen, anderen beschermden hem juist en vielen de aanvallers aan. Hector leek zich op te maken om de Guardia te bestormen.

'Nee! Hector! Nee!' Herman pakte hem vast. 'Als jij met ze gaat vechten, hoef je niet terug te komen.' Voor het eerst keek Hector hem echt aan. Waarop Herman zijn boosheid pas echt voelde, de sintels van jaren- en jarenlang opgekropte woede en wrok, nu een razend vuur.

'Ga weg! Ga naar de Alquería, Andrés is daar, laat je verzorgen.'

Hector leek zich toen pas te realiseren dat hij met een mes gestoken was. '*El puto Gascon*,' mompelde hij. Hij keek nog eenmaal naar de Guardia Civil die steeds dichterbij kwam en dook toen tussen de mensen weg. Met elkaar droegen Herman en Paya het slap geworden loodzware lichaam van Carbonell in de richting van de kerk. Juist toen ze de trappen bereikten, brak de Guardia door tot aan de kerk. Het voorste paard klapte tegen Paya aan en de ruiter, met een wilde grimas en schuim op de lippen, sloeg zijn sabel tegen het hoofd van de burgemeester. Herman liet de priester vallen, sprong met volle kracht tegen het paard op en sleepte de guardia ervan af. Op de grond plantte hij een voet op zijn gezicht en pakte met beide handen de vuist die het zwaard vasthield. Met een bruuske draai en een krakend polsgewricht liet de guardia schreeuwend zijn sabel vallen, die in het stof van het plein tussen de maalstroom van voeten verdween. Bloedend uit een hoofdwond stond Paya op, pakte met Vicente de priester weer op en bracht hem de kerk binnen. Herman ontdeed zich van de guardia en rende achter hen aan.

*

Met het helen van zijn wonden matigde Carbonell in de weken daarna toon en inhoud van zijn preken – het was geen dappere man – tegenover een steeds legere kerk. Zowel van linker- als rechterzijde werden de missen steeds minder bezocht. Door links uit woede, door rechts uit angst voor die woede. Het godshuis zat alleen nog vol tijdens de begrafenis van de mensen die door het ingrijpen van de Guardia waren gestorven. Burgemeester Paya ging de families van de vele gewonden af en sprak bij de gemeenschappelijke begrafenis van de negen slachtoffers die op die dag waren gesneuveld. De winter had vroeg zijn intrede gedaan. Paya stond dagen achtereen met de families in de stromende regen, die daarna weken zou aanhouden.

In die koude natte winter lukte het Paya dankzij zijn bemiddeling de kerk te sparen voor de woede van de kudde en bovendien een bestorming door de Guardia Civil te voorkomen. De guardia die burgemeester Paya omver had gereden en had geslagen met zijn sabel, werd ter verantwoording geroepen en kreeg zes maanden cachot. Daar kon hij nadenken over de drie mannen en de vrouw op wie hij had ingehakt. Voor die daden werd hij niet gestraft, maar de guardia mocht niet meer zelfstandig op patrouille of zomaar een van de dranklokalen in Xaraque binnenstappen zonder in het gezelschap te zijn van zijn maten of zijn vrienden van de falangistische beweging in Xaraque.

Enkele jaren later, toen General Francisco Franco over een diepblauwe Atlantische Oceaan naar Marokko vloog om het bevel over het Afrikaanse leger op zich te nemen, zat dezelfde guardia met dezelfde maten in Bar Frau en riep luidkeels: 'Café! Café!' Maar zij wilden geen koffie. *Camaradas Arriba Falange Española*, riepen ze eigenlijk, de nauwelijks geheimgehouden code voor de opstand die op uitbreken stond.

6

Augustus 1936
El Saladar

Honderden kleine conische vormen. Kleine grafheuveltjes leken ze wel. Witter dan sneeuw. Witter dan licht. Als het hart van het vuur in de smidse. Het sloeg op zijn ogen, onophoudelijk. De brede zoutkegels stonden met hun voeten in het laatste beetje water van de *cristalizadores*, de kristallisatievijvers. De brakke lucht was zout, Herman voelde de kristallen op zijn huid en in het stof van zijn hemd tekende zijn opgedroogde zweet een golvende witte kustlijn.

Hij keek naar de enorme vlakte om zich heen. Het water doodstil, een spiegel voor de zon. Alleen het zachte stappen van de muilezel verbrak de uitgestrekte stilte die over de zoutpannen heerste. Hij keek naar de muilezel, geklonken aan de *timpan*, een grote olijftak die als een verdorde navelstreng van zijn rug tot aan de waterpomp liep, die hij met zijn eindeloze tred deed draaien en waarmee het zeewater tussen de bassins rond werd gepompt. Wat na jaren rondstappen in dat helse licht nog over was van zijn gezichtsvermogen werd door zijn oogkleppen verder beperkt tot wat direct voor hem lag: een oneindig lange weg die leidde tot niets meer dan het einde van elke dag. Als die kwam liet hij zich gedwee afkoppelen, en werd zijn hoofdstel afgenomen zodat hij in een stal de nacht kon doorbrengen, om de volgende dag weer vastgeklonken te worden. En ook dat liet hij gedwee gebeuren.

Zo was de mens niet. Natuurlijk niet. Franco was aan land gekomen en het land was ontploft. Niet alleen aan het front dat vanuit Gibraltar langzaam maar zeker naar het noorden en oosten opschoof, in hun richting, maar ook ruim achter de linies. Veel garnizoenen en korpsen van de Guardia Civil door het hele land kwamen gelijktijdig in opstand tegen de republikeinse regering. In een aantal steden met succes, in andere beantwoordden de militairen niet aan Franco's oproep. Op veel plekken moesten de opstanden door de republikeinse regering met de hulp van burgermilities neergeslagen worden. Zo ook in dorpen als Xaraque, waarna de burgermilities het op zich namen rechtse elementen op te sporen en in veel gevallen te elimineren. Herman had gehoord van twee mannen die vanuit Valencia – waar de opstand van de hoogste militairen was mislukt – systematisch alle dorpen afgingen om de milities te organiseren en het nodige vuile werk op te knappen. In het eerstvolgende kustdorp richting Valencia waren ze al actief geweest. De graven waren daar vers. Hoeveel rondjes van de timpan zou de ezel nog draaien voordat ze ook in deze streek de rust in stukken zouden slaan? Sinds hij van hen gehoord had, reed Herman dagelijks tussen de Alquería en de salinas heen en weer.

'Don Germán. Goedemiddag.'

Herman schrok op uit zijn mijmeringen en groette de man die bij de ezel en de timpan zat. 'Met jou alles goed, Gustavo?'

'Si patrón.'

'*Venga, cuídate*, en blijf in de schaduw!'

Gustavo knikte en keek Don Germán na die langzaam over de dijkjes tussen de bassins door naar de Casa del Sal reed, het eindstation van de met zout beladen mijnkarretjes op hun stalen rails. Enkele oude fietsen stonden tegen de witte muren geleund alsof ze de hele dag moesten bijkomen van de ritten die de arbeiders naar El Saladar maakten om hun zoutkastelen te bouwen.

Bij de Casa del Sal nam een van de jongens zijn paard aan en trok het mee naar de schaduw van de stal.

'Hallo Martí, alles goed, ook met je moeder?'

'Si, señor.'

'En met jou? Goed vis blijven eten, hè?'

'Si, señor.'

Herman moest bukken om de Casa del Sal binnen te komen. De plafonds waren laag, de lucht bedompt en de reuk ervan kon je nog net geen stank noemen. Hij zag nu al uit naar de terugkeer vanmiddag naar de Alquería met zijn ruimte, de zeewind en de rijke geur van de vijgenbomen die ze onlangs hadden geplant. Vanachter de tafel met de administratieboeken keek Vicente op en glimlachte. Hij zag Hermans geconcentreerde blik die verraadde dat er wat te bespreken was. Vicente nam nog rustig de tijd om zijn gesprek met de aanwezige mannen af te maken.

Zoals altijd verwonderde Herman zich over het gemak waarmee Vicente met de mannen omging. In sommige mensen zit een ingebakken goedaardigheid. En in de familie Urias werd dat generatie op generatie doorgegeven. Altijd waren ze goed geweest voor hun boeren en arbeiders. Die vriendelijkheid was geen zwakheid. Het was een kracht die in hun genen zat. Vicente had net als zijn vader en grootvader zelf ook het land bewerkt, omdat hij de grond, de *tierra* moest leren voelen. Hij moest een van de campesinos zijn, om hen ooit te kunnen leiden. Als kind speelde hij met hun kinderen in de amandelbomen. Als jonge tiener dronk hij zijn eerste wijn in de koele schaduw van een algarrobo waar ze siësta hielden. Met zijn vriendelijkheid en onnadrukkelijke charme was hij niet iemand die wilde leiden, maar wel iemand die men wilde volgen.

Waar Vicente mensen geruststelde, was Herman vooral intimiderend, hoewel onbedoeld. Bij Vicente was de glimlach gauw zichtbaar en voelde men de omarming nabij. Bij Herman was het vooral ontzag dat scherp smaakte naar angst. Toen ze klaar waren, bedankte Vicente de mannen die daarop met een beleefde knik naar Herman de kamer verlieten. Herman nam plaats tegenover zijn vriend, die hem de boeken gaf.

'*Puta mierda*, Vicente.'

‘Ik weet het,’ antwoordde Vicente. De handel viel tegen.

‘Meer productie hoeft natuurlijk niet.’ Herman had het vele zout zien liggen, de karren stonden stil op rails die al sporen van nieuwe roest vertoonden.

‘Is er geen vraag?’

‘Ondanks de oorlog wel. Van beide zijden. Alleen het leveren is moeilijk. De vervoerders komen te weinig of helemaal niet. Hun vrachtwagens zijn waarschijnlijk gevorderd. In sommige gevallen zijn ze vermoord.’

‘Ondernemer zijn maakt al verdacht. En met die twee hyena’s die uit Valencia op komst lijken te zijn...’

‘Op komst? Maar Germán, ze zijn er al.’ Vicente zag het effect van het nieuws op het gezicht van zijn vriend. ‘De arbeiders vertelden dat er al een paar kerels hier hebben rondgeneusd.’

‘Werkelijk.’ Herman haalde zijn neus op. ‘Nou goed, dat zien we wel. Nu eerst dat zout wegwerken. Kunnen we niet per schip?’

‘Dat is zeker een optie, maar Franco’s vloot jaagt angst aan.’

Ze spraken over de verschillende opties om het zout te vervoeren en stuitten steeds op hetzelfde probleem. Er was zoveel onduidelijk, mensen wisten niet waar ze aan toe waren en durfden niet.

‘Ik denk dat we er niet aan ontkomen om nieuwe contacten te leggen met de regering in Valencia, die zouden moeten kunnen helpen...’ zei Vicente.

Het plotselinge openzwaaien van de deur leek die woorden weg te blazen.

‘Goedemiddag,’ sprak een van de twee mannen die binnenkwamen. ‘U bent de bazen hier?’ Beiden waren vies en stoffig als van een lange reis. Donkere kleding, laarzen met sporen en pistolen aan hun broeksbanden. Heel kort wisselden Herman en Vicente een blik van verstandhouding.

‘Heren, komt u vooral binnen. Mijn naam is Vicente Urias en dit is mijn compagnon. Hoe kan ik u helpen? Misschien wat water om het stof uit de ziel te spoelen en de droogte uit het hart?’

'Wij komen van de regering van de Republiek in Valencia.' De achterste man sprak als eerste. Het was een donkere man met doorgegroeide wenkbrauwen boven ogen die nergens lang op rustten.

'Onze opdracht is fascisten en collaborateurs hier te elimineren.' De kleinere man vooraan sprak niet.

'Wijn dus,' lachte Vicente.

'Heren, u komt als geroepen. Wij bespraken net hoe moeilijk het is zout te leveren. Terwijl de oorlogsinspanning dat natuurlijk hard nodig heeft. Kunnen jullie ons helpen hiermee?' vroeg Herman.

'Ik zeg dat we fascisten jagen en u vraagt onze hulp bij uw kapitalistische uitbuiting? U bent dapper, dom of buitengewoon schaamteloos,' snauwde de donkere kerel. Een opgeheven hand van zijn kameraad deed hem zwijgen.

'Vergeef mijn collega zijn wat ruwe introductie... eh... directe aanpak. Mijn naam is Luís Aviles Luna, voorzitter van het Comité de Seguridad Pública uit Valencia, dit is kameraad Josep Romero Iñagi van de Federación Anarquista Ibérica, uit Barcelona.'

'Wat goed om namen te kennen bij de reputaties die u vooruit zijn gesneld.'

Romero haalde zijn neus op.

'En u bent de man die ze el Moro Rubio noemen. Er wordt verteld dat u in het Duitse leger hebt gevochten,' zei Aviles. 'U weet dat uw kameraden voor Franco vechten?'

'Mijn kameraden zijn allemaal dood.'

'Het is makkelijk om u als spion aan te zien, een fascist, een collaborateur,' zei Romero.

'Er vechten veel Duitsers en Nederlanders, mijn landgenoten, in de Internationale Brigades. Ik niet, ik ben hier gekomen om alle oorlog achter me te laten.'

'Nou, dan treft u het niet,' zei Aviles. Hij probeerde de man tegenover hem in te schatten. Misschien geen fascist, maar wel een rijkaard. Zijn Spaanse compagnon, Urias, al helemaal. Oud geld, klassieke landeigenaar, de eeuwenoude vijand.

‘Hoe kunnen wij u helpen?’ vroeg die met de schijnheilige hoffelijkheid die Aviles van zijn klasse kende.

‘Franco is het zuiden binnengevallen met het Afrikaanse leger en ze vermoorden elke boer, elke arbeider, elk vakbondslid of intellectueel. Elke vrouw wordt verkracht, vooral door de bloeddorstige Moren. Stapels lijken liggen in de straten. Onze heldhaftige brigades zijn al naar het front getrokken, maar achter het front zijn er ook velen die de Republiek willen vernietigen. Falangistische bendes hebben zich bewapend. Ook in dit gebied. Wij zijn hier gekomen om hen te bestrijden...’

‘En om zonder genade af te rekenen met elke fascist,’ zei Romero.

‘Dat is dan duidelijk. Wat wilt u van ons?’ vroeg Herman. Hij gunde Romero geen aandacht en richtte zijn vraag tot Aviles.

‘In omringende dorpen zijn milities gevormd, vakbonden hebben zich bewapend, het grootgrondbezit is afgeschaft en er is begonnen aan de collectivisatie van de haciënda’s. Waarom hier niet, wat doet u met uw arbeiders?’

‘Ik heb geen arbeiders.’

‘Wie zijn de mannen die hier op de salinas werken dan?’

‘De mannen van het zout. Onze familie.’

‘U dient zich te verantwoorden voor de manier waarop de arbeiders behandeld worden. Als u niet meewerkt wordt u verwijderd. Dat hebben we op veel andere plekken ook gedaan,’ zei Romero. Ongeduldig wreef hij over de stoppelbaard op zijn ingevallen wangen, langs een korte snor waarmee je de roest van een oude spijker kon afborstelen.

‘En in een aantal gevallen is de productiviteit van die bedrijven direct gedaald en de oorlogseconomie kan dat niet hebben. Dus dat is niet onze eerste keus,’ zei Aviles.

‘Een sociale verdeling van productiemiddelen blijft echter wel noodzakelijk. Dat is waar deze hele godvergeten revolutie over gaat.’

'Ik dacht dat het hier gaat om het neerslaan van een militaire opstand, niet om een revolutie?' vroeg Herman.

'Het een sluit het ander in dit geval niet uit. Sociale hervorming is de kern van de strijd, en die moet allereerst worden gewonnen,' antwoordde Aviles.

'Ik denk dat jullie eerst een oorlog hebben te winnen,' zei Herman.

'Jullie?' vroeg Romero.

Herman herinnerde zich de woorden van Vicente, nu alweer een paar jaar terug: als jij geen partij kiest, kiest een partij jou.

Maar Herman weigerde. 'Ja. Jullie. Dit is niet mijn oorlog.'

'Waar liggen uw sympathieën?'

'Bij mezelf, mijn mannen en mijn familie.'

'U bent nationalist,' zei Romero terwijl hij zijn hand dichter naar het pistool in zijn broeksband bracht.

'Daar gaat u weer. Ik ben niks, ik woon en werk hier, niet meer en niet minder. Ik ken oorlog en haat het daarom. Oorlog is politiek, ik moet er niks van hebben.'

'Dat is dan duidelijk, de kerk daarentegen...' begon Aviles.

Deze keer was het Vicente die sprak: 'De padre van Benimelha is een goed mens, vraag het elke arbeider hier. Hij is apolitiek en praat over geloof en menselijkheid. De nonnen van de hermitage helpen de nooddruftigen. Ze redden geregeld levens.'

'Laten we heel duidelijk zijn, de katholieke Kerk is een fascistisch instituut. Het heeft de generaties lange genocide aangemoedigd op arbeiders, leden van vakbonden, boeren en iedereen die niet paste in zijn middeleeuwse wereldbeeld. Het legitimeert de opstand tegen een wettig gekozen regering. Overal zijn kerken de wapenopslagplaatsen van de opstand. De kerk is de kern van de vijfde colonne van Franco. Daarmee gaan we nu afrekenen, overal.' Aviles had zich met elk woord verder opgewonden, en ten slotte spuugde hij uit: 'De kerken en de clerus zijn ratten die afgeschoten zullen worden.' Hij nam een zakdoek uit zijn jas en veegde zijn bezwete gezicht af.

Romero glimlachte.

'Vergeef mij mijn uitbarsting. Het is de hypocrisie, heren, die mij boos maakt. Hoe dan ook. Wij rekenen op uw medewerking in het herinrichten van een nieuw Spanje. Dit bedrijf dient een coöperatie te worden. Bedenkt u maar hoe, anders doen wij het voor u. Wij leiden de militie van Xaraque, die staat te springen om ook in hun buurdorp het goede voorbeeld te geven.'

'Heren, niemand wil dat de gemeenschap uit elkaar wordt gescheurd,' zei Herman. 'Hier wordt hard gewerkt en eerlijk betaald. Ik heb er ruzie over gehad met de grootgrondbezitters en industrielen in deze omgeving. Vraagt u dat maar na. En ik onderschrijf geen enkele ideologie, noch rechts, noch links. Het zijn allemaal holle ideeën en opgeblazen frases die het volk tegen zichzelf opzetten. Weet wel dat moordenaars in mij een vijand zullen hebben.'

In de Casa del Sal was alleen het geluid van de vliegen te horen. Vicente glimlachte, schudde de mannen de hand en zei: 'Dank u voor uw bezoek. Mocht u nog geen logies hebben, dan kan ik u Venta la Chata aanbevelen als herberg. Goede mensen, heerlijk eten voor een eerlijke prijs.'

*

Toen de mannen weg waren liepen Herman en Vicente de Casa del Sal uit en keken hen achterna.

'Bij de ballen van de maagd, wat wilden zij?' gromde Pepe die naar hen toe kwam lopen. 'Ze hebben de hele ochtend hier tegen de mannen gesproken.'

'Er gaat bloed vloeien. Ze gaan naar Benimelha, ongetwijfeld voor Verdú en padre Moisés...' zei Vicente.

'*Oye*, die burgemeester kan me gestolen worden, maar aan de padre moeten ze niet komen. Die is van hier.'

'Pepe, jij hebt toch dat hutje in de Sierra de Aljuzar?' vroeg Herman.

'Natuurlijk, patrón, mijn geboortegrond. Mijn schapen grazen daar.'

'Ik wil je vragen of de padre daar kan schuilen, en als hij nog te redden valt, de burgemeester ook.'

Pepe grimaste en schudde zijn hoofd. 'Die is niet te redden, ze rijden recht op hem af. En denk je dat hij met een van ons mee zou gaan, of het daar in de bergen meer dan vijf minuten zou kunnen uithouden?'

Vicente schudde ook zijn hoofd.

'Ik hou er niet van mensen aan de slacht over te leveren,' zei Herman.

'Ik ook niet, Germán, maar we kunnen niet iedereen redden.'

'Mijn ballen op azijn als we de padre niet helpen.'

Vicente riep een van de jongens. 'Martí. Ren zo hard je kunt naar de padre. Zeg dat de republikeinen voor hem zijn gekomen. Hij moet direct vluchten. Pepe Pieldelobo wacht hem op bij de Fuente de Algír.' Vicente keek even naar Pepe, die knikte. 'Ga met God jongen, wees snel! En laat je niet grijpen door die mannen.'

'En zo zijn we begonnen.'

'Het is allang bezig Germán, al heel lang. Als er iets is begonnen, dan is het de oogst van wat al jaren gezaaid is. De armen slaan nu terug. De communisten en de anarchistische milities maken grootgrondbezitters en ondernemers voortdurend af. Als je een stropdas draagt, kan je eraan opgehangen worden.'

'Ha! Gelukkig dragen we die niet. Daar is het hier te heet voor. Maar goed, we gaan nu oogsten wat we gezaaid hebben, *amigo.* Als wij uitbuiters zijn geweest, dan gaan we dat merken. Dan zijn we *acojonados,* zou Pepe zeggen.'

Vicente haalde zijn schouders op, niet onder de indruk van Hermans poging tot luchthartigheid.

'Welke kant gaat het hier op, denk je?' vroeg Herman.

'Geen idee. Xaraque met zijn fabrieken is anders dan Benimelha, maar ook daar kan het van persoon tot persoon verschillen. Er zijn mensen die anarchist, marxist, communist, conservatief of nationalist kunnen zijn. En als ze geen idee hebben, dan hebben ze altijd nog woede en wrok. En oude vetes. Die worden nu uitgevochten. Weet je nog dat Bardales op het plein bij de kerk werd gestoken door die kerel? Dat was José Gascon. Hun familievete, over een gestolen geit, een beledigde schoonzus of een aangebrande paella, weet ik veel, gaat generaties terug.'

Herman knikte. Hij herkende het, als geweld eenmaal het nieuwe normaal is, verdwijnt de reden ervoor al gauw naar de achtergrond.

'Ik zeg je één ding, Vicente, de man die mij gaat afmaken moet nog geboren worden. En niet alleen mij, maar iedereen die me na staat; jullie zijn mij net zo lief als mijn eigen leven. Dan hebben ze aan mij een kwade.'

Vicente zag de strijdbaarheid in de ogen van zijn vriend, was hem daar dankbaar voor. Maar hij zag ook wat anders. Toen Herman vervolgde, zag hij spijt of teleurstelling: 'Ik heb nooit anders gedaan en zal nooit anders doen. Het is droevig dat ik daar niet aan kan ontsnappen, ik wilde echt niet meer vechten. Maar voor het eerst heb ik tenminste iets om voor te vechten. De enige keuze die ik maak is die voor ons, jij en ik en de families om ons heen.'

'En de padre dan? Je hebt net een kant gekozen.'

'Onzin; ik ga niet zomaar een goede man laten vermoorden. Dat heeft niks te maken met een kant kiezen.'

*

Pepe had ze zien lopen. Hun paarden stapten moeizaam voort, de hoofden laag, hun lijven bewogen zich schaduwloos voort, hoeven sleepten door het stof dat direct weer neerviel. Vanonder de rand van hun hoeden gleden druppels langs barse gezichten.

'Ze moeten dood, die fascistische varkens,' zei Romero. Hij slikte de hitte uit zijn keel weg. Hief zijn snor en keek tegen de zon in naar de Rasalcalb. 'Ik zou ze van die rots afdonderen als het niet zo'n tocht naar boven was.'

Aviles zweeg. Net als het land, alsof niemand er woonde. Alleen uit de richting van de haven hoorden ze een kreet van meeuwen, in de verte ruiste de branding. Romero's stem kraste daar als nagels op een schoolbord doorheen. Aviles stond even stil bij Romero's woorden. Hij had de afgelopen maanden zijn wens om fascistische varkens te doden steeds vaker herhaald. En Romero was niet alleen. Hoe makkelijk werd de dood van anderen geëist. Alsof het niks kostte.

Aviles doodde alleen uit noodzaak, als de missie het eiste. Hij was geen moordenaar, hij had gewerkt als een van de secretarissen van de Unión Sindicalista in Valencia en adoreerde zijn vijf kinderen en vrouw. Grote rokken, donkere kleding en een hoofddoek die haar lieve gezichtje als een zacht kader van een El Greco-portret omlijstte. De heilige maagd was niet mooier of zoeter dan zij. En bij de gedachte aan dat religieuze icoon knarsten zijn kiezen, voelde hij de woede in zichzelf opwellen. Ja, hij was een religieus man… geweest, hij en zijn vrouw, de liefde voor Jezus was hun fundament. Mildheid, deemoed, naastenliefde. En de Spaanse kerk had dat alles verloochend, besmet met hun verraad aan de armen en hun hypocriete goedpraten van de uitbuiting van miljoenen Spanjaarden. Dat was de werkelijke belediging van God. Afgoderij was het eigenlijk, want zij vereerden de idolen van geld en macht.

De kerk moest volledig vernietigd worden; wat erna zou komen, als de soutane verbrand was, zou zo mooi zijn. Als hij daarvoor moest doden, zou hij die verantwoordelijkheid dragen. Romero was anders. In de begindagen van Franco's opstand had Romero zijn bloeddorst onder de opstandelingen in Barcelona botgevierd. Executies en martelingen maakten hem extatisch. Zelfs voor de anarchistische vakbonden was zijn positie onhoudbaar geworden. Ze hadden hem naar de grootste militie van el País Valenciá gestuurd, de Columna de Hierro. De IJzeren Colonne hield in en rond Valencia huis onder iedereen die zich verzette tegen hun ideaal van collectivisatie. Ze dachten Romero, mits goed gericht, uitstekend te kunnen gebruiken tegen de vijand. Daarom hadden ze hem gekoppeld aan Aviles, een man met een zeer betrouwbare rechte lijn.

Romero was nuttig als het ging om angst zaaien, bekentenissen afdwingen, mensen doodschieten. Hij deed het goed en dat deed hém goed. Hij had een neus voor leugenaars en martelde als het nodig was met genoegen. Aviles vond dat werk vaak onsmakelijk, liet het dus over aan Romero en remde hem af als hij zich te veel liet gaan.

'Ik ben er niet zeker van of ze per se dood moeten. Die Duitser lijkt me iemand die wel wil meewerken en zijn mensen zijn hem erg toegenegen. Hij heeft armen opgevangen, land gegeven om te verbouwen...'

'Als bedienden, horigen ja!'

'... en we hebben opdracht gekregen om te zorgen dat de productie niet vermindert...'

'*Me hacen de la mala hostia, por la concha de la Virgen.*'

Het interesseerde Aviles eigenlijk net zo weinig. Wat de schelp van de maagd ermee te maken had, wist hij niet, maar het deed hem wel even grinniken.

'Onze opdracht is om iedereen die een agent van de nationalisten kan zijn, op te sporen en te elimineren. Iedereen. De kerk en de rijke bazen. Heb je gezien onder welke omstandigheden hij zijn arbeiders laat werken? In die bloedhitte; velen dragen alleen ondergoed! Dat doen hij en die Urias. Zijn familie heeft al jaren een hacienda en bezit overal land. Pure uitbuiting van het grootgrondbezit. Dit zijn de natuurlijke vijanden van het proletariaat.'

'Het gaat nu even niet om het proletariaat. Er is een oorlog die we moeten winnen. Soldaten en militieleden moeten eten om te kunnen vechten. Het zout is nodig...'

'Zonder revolutie is de oorlog zinloos. Dan maar geen zout op mijn vlees. Dit is de gelegenheid om echt wat te veranderen. En de oude elite staat in de weg...'

Terwijl ze door ruzieden waren de mannen op de Plaza del Mosquit aangekomen, het centrale plein van de oude ommuurde stad. Midden in het dorp lag de citadel die door de eeuwen heen vaker bedreigingen op zijn muren kapot had zien slaan. Maar muren werken niet als het gevaar ongemoeid naar binnen rijdt.

Terwijl de paarden moeizaam de helling naar het hart van de citadel beklommen, renden de dorpskinderen met hen mee, onder wie Martí die in een rechte lijn naar de kerk rende. Op de Plaza del Mosquit, waar de kerk lag, had zich al een menigte verzameld. Mannen stonden op sandalen van stro en in grove katoenen broeken en overhemden langs de straatkant te kijken. Vrouwen verborgen hun twijfel, angst of opwinding achter de doeken die ze over hun hoofd droegen. Ze keken hoe de twee mannen uit Valencia de Carrer Mayor opreden en, op het plein aangekomen, afstegen.

Op dat moment glipte Martí langs de militie uit Xaraque, die zich daar in afwachting van de mannen uit Valencia al had verzameld. Onder hun ogen maar toch ongezien ging hij de duisternis van de kerk binnen. Alle aandacht was gericht op de alcalde, burgemeester Verdú, die op de trappen van de Iglesia de Nuestra Señora de la Merced stond, met zijn haren in de war en een gescheurde stropdas waaraan de militie hem uit het gemeentehuis had gesleurd. Hij bloedde licht uit een schram op zijn hoofd. De dorpelingen zagen hun burgemeester trillen. Het deed hun weinig. Hij was altijd op de hand van de rijken geweest, was zelf een grondbezitter die net zo hard aan uitbuiting van de armen had meegedaan. Verdú had gejuicht bij het nieuws van de opstand van Franco, had tevergeefs geprobeerd het lokale korps van de Carabineros erin mee te nemen.

Verdú keek over zijn schouder naar de kerk. Hij wist wel beter, maar hoopte desalniettemin dat het huis van God nog enige genade zou afdwingen bij de mannen die op hem afliepen. Want la Santa Virgen zat diep in het hart van elke Spanjaard, toch?

Aviles en Romero lieten hun paarden achter en liepen op hem af.

Aviles wendde zich tot Romero die naar zijn pistool reikte.

'Deze doe ik, jij houdt je in.' Hij strekte zijn arm en schudde de klamme hand van de burgemeester. 'Buenos días, señor alcalde.'

'Goedemiddag heren, welkom in ons dorp. Mijn naam is Francisco Gonzalez Verdú. Ik verheug me in uw aanwezigheid, hoewel we hier de opstand hebben kunnen onderdrukken en geen problemen hebben met nationalisten...'

'Fascisten, bedoelt u denk ik, maar dank u, wat goed om te horen. Dat betekent dat we niet veel werk zullen hebben,' zei Aviles en wendde zich tot de dorpelingen: 'Beste mensen, compañeros. Goedendag. Een nieuwe dag is aangebroken in Spanje, een dag die in het teken staat van u allen, de Spanjaard die zijn leven in de grond stopt en uit de zee haalt en in beide zijn ziel terugvindt. Daarom zijn wij blij om in uw dorp te kunnen zijn, om u te beschermen tegen hen die u dat willen onthouden. Want die vijand leeft onder u. De vijfde colonne is overal.' Hij had deze zinnen in meerdere dorpen uitgesproken. Ook hier hoorde hij voorzichtige geluiden van bijval uit zijn publiek, een beetje theater deed het altijd wel goed.

'De uitbuiters van het volk, de grootgrondbezitters, de rijke bazen en de Kerk die hen ondersteunt, zijn onze vijanden. Zij zuigen al sinds eeuwen het merg uit u, de botten van Spanje. Met deze vampiers zullen wij genadeloos afrekenen.' Hij zag het spuug van zijn lippen vliegen, voelde de hitte in zijn hart. Wees met uitgestrekte arm naar de kerk achter zich, alsof hij die wilde doen ontploffen. 'De huichelaars in habijt. Hun hypocriete morele dictatuur zal ten einde komen. Opdat niemand meer absolutie zal ontvangen voor de zonden van uitbuiting en machtsmisbruik, opdat niemand van hen de opstandelingen zal kunnen helpen. Zij zullen hun verdorvenheid niet meer kunnen verbergen onder de heilige mantel.' Zijn arm zwenkte van de kerk naar de mensen voor zich.

'Kijkt u goed naar uzelf en de mensen om u heen. Als u vermoedt dat er iemand is die de Republiek vijandig gezind is, dan dient u deze persoon direct bij ons te melden. Wie dat niet doet is zelf een vijand van de Republiek.' Hierop wendde hij zich tot Verdú.

'Iedereen die heeft meegewerkt aan de uitbuiting van het volk is de vijand; zij zullen boeten.' Daarop greep Romero de burgemeester vast en trok de man aan zijn stropdas tot de rand van de trappen. Hij schopte de burgemeester in zijn knieholtes en trok hem naar beneden totdat de man op zijn knieën zat.

Verdú sloot zijn ogen. Al zijn illusies, ambities en verwachtingen vielen om hem heen uiteen in onzichtbare scherven. Met rode ogen, waaruit tranen stroomden, keek hij de mensen van het dorp aan. Hij kende hen al jaren. Ze begroetten hem altijd beleefd, namen altijd hun petten voor hem af, ze lieten hem altijd voorgaan in de processies van de Semana Santa. Waar steeds eerbied in hun ogen te lezen was geweest, staarden ze hem nu strak aan. Petten op. Gezichten als grafzerken. Hij dacht aan het familiegraf, het kapelletje aan de kopse kant van de kleine begraafplaats. Hij vroeg zich af of hij daar zou komen te liggen. Wat zouden ze met zijn lichaam doen? Het was vreemd daaraan te denken. Alsof zijn lichaam hem al niet meer toebehoorde. Een gebed liep over zijn bevende lippen:

'*Aunque ande en valle de sombra de muerte,*
No temeré mal alguno
porque tú estarás conmigo
Tu vara y tu cayado me infundirán aliento.'

Aviles liep naar hem toe, trok zijn pistool en hield de loop ervan op enkele centimeters afstand van het gezicht van de burgemeester. Verdú voelde zijn knieën op de stenen, zag de loop van het pistool voor zijn ogen; het zwaaide even heel licht heen en weer, alsof het hem wilde hypnotiseren. Toen hoorde hij de man mompelen: 'Daar ga je dan.'

De kogel boorde zich met weerzinwekkende snelheid door het hoofd van de burgemeester. Zijn lijf zakte in elkaar. De dorpsbewoners keken verschrikt toe. De vernedering van de burgemeester hadden ze met genoegen aangezien, maar dit was toch wat anders. Zijn dood was eigenlijk niet eens in hen opgekomen. Ineens realiseerden ze zich dat het te laat was, niet alleen voor de burgemeester maar ook om op enige manier nog vat te krijgen op wat zou komen. De storm was uit het niets opgekomen en met dit schot als het inslaan van de bliksem losgebarsten. Romero ging de kerk binnen en trof twee misdienaren en de koster aan. Hij sleepte de doodsbange jongens aan hun armen de kerk uit.

'Geen padre?' Aviles voelde de woede in zich oplaaien. Natuurlijk was het zwijn gevlucht. Aviles wees naar de koster: 'Hij blijft, zij mogen gaan.'

Romero schopte de jongens in de richting van hun families die hen opgelucht in de armen sloten en snel wegvluchtten. Aviles wendde zich tot Romero, wees naar Verdú. 'Jij gaat naar de haciënda van die hond. Zijn familie handel je af. Zorg dat ze niet worden teruggevonden. En ik wil de priester van dit gat.'

'Wat doen we met hem?' Romero knikte naar de koster.

'Verzin maar wat.' Zonder om te kijken liep Aviles naar zijn paard, steeg op en reed het dorp uit. De militie bleef in Benimelha. Zeven dagen lang werden de dorpsbewoners in het holst van de nacht gewekt door schoten, waarna 's ochtends op het strand lichamen werden gevonden. De zee omspoelde onverschillig jonge handen en de rokken van vrouwen. Twee complete families werden geëxecuteerd. Een derde werd bij daglicht de Rasalcalb op gemarcheerd en er in de stilte van de middag af geworpen. Het waren vrienden van de burgemeester geweest, de eigenaren van enkele schepen en de baas van de haven. De kerk werd vanbinnen volledig verwoest. Vuur konden ze niet riskeren, aangezien het hele dorp daardoor kon afbranden. De koster, die niet wist waar padre Moisés was, vond de dood na een gesprek met Romero. Zijn lichaam werd gemutileerd teruggevonden, vastgespijkerd aan de poort van de Alquería del Moro.

7

Augustus 1936
Alquería del Moro

Het grote gebraad op zaterdag was een traditie geworden. Herman hoorde de geluiden van de voorbereidingen. Maar waar dat vanouds een operette was van bordengekletter, gerinkel van flessen en de vrolijke stemmen van de vrouwen als spontane aria's, afgewisseld met koren van rauw gelach van de mannen, was het nu niet meer dan lawaai. Het graf van de koster, gesierd met een houten kruis, legde een schaduw over hen allen. Waar de van ouderdom wit uitgeslagen jeneverbes stond die door Andrés daarom La Blanca werd genoemd, lag de grond wat dieper, alsof een kleine vulkaan ooit verlegen zijn plek had gevonden. Het land was eromheen gevouwen, met aarde, rotsen en bomen. Daar lag hij, beschut maar met zicht op de hemel en de zee. Ze hadden hem niet op de begraafplaats van Benimelha begraven, niemand waagde zich daar meer in de buurt. Alle kerken en kloosters waren door de militie geplunderd en in brand gestoken; heilige grond bestond niet meer. Later zou Herman aanbieden hem alsnog daar te begraven, maar de familie van de koster was gelukkig met waar hij lag, en zou nog lang naar het graf komen. Het houten kruis liet Herman later, toen ernaast nog een graf werd gegraven, vervangen door een van steen.

Daags nadat de koster begraven was, dacht Herman dat hij ziek werd. Hij werd wakker met een pijnlijke keel, zijn lakens nat van het zweet. Hij had slecht geslapen, had het beddengoed losgewoeld van het matras. Maruja, die het bed kwam verschonen, keek hem bezorgd aan.

'Het zal wel een griepje zijn,' zei hij.

De pijn in zijn keel hield aan, en na een paar dagen begon hij te vermoeden dat het iets anders was dan een griep. Bij het wakker worden keek hij de kamer rond. Meubels lagen op hun kant, gebroken glas en scherven op de vloer. Toen kreeg hij Andrés in de gaten die in de deuropening stond.

'Goedemorgen, patrón.'

'Weet jij wat dit is? Het lijkt wel alsof er is ingebroken.'

'Volgens mij niet, Don Germán... als ik vragen mag, is het goed met u?'

'Ja, ik denk het wel, hoezo?'

Andrés antwoordde niet direct, maar begon de scherven op te rapen. 'We horen al een paar dagen geschreeuw in de nacht. Uit uw kamer. We denken dat u nachtmerries heeft.'

'Ik kan me geen droom herinneren,' antwoordde Herman.

Die avond veranderde dat direct, alsof het bewustzijn van de boze dromen daarvoor nodig was geweest. Een maalstroom van donkere gangen, zuigende modder, lichamen in de muren verzonken, armen en benen gespreid, waarlangs hij door een onbekende kracht werd getrokken. Geraamten, vlees nog van hun beenderen druipend, grepen naar hem, hij sloeg naar ze, voelde hun scherpe klauwen, snijtanden.

De ochtendwind kwam ongehinderd binnen en wekte hem. Hij keek hoe de vitrages door de kapotgeslagen glazen deur naar buiten bolden. Toen zag hij de bloedvlekken op de lakens, en in de spiegel op zijn badkamer zag hij sneden op zijn gezicht. Die nacht ging hij met angst in zijn lijf naar bed. Hij had Andrés en de anderen proberen gerust te stellen, hun op het hart gedrukt dat het allemaal in orde was, dat hij vaker deze periodes had gehad en dat het vanzelf over zou gaan. Maar hij had nooit dit soort dromen gehad, althans geen die deze sporen achterlieten. Hij probeerde wakker te blijven, maar uiteindelijk zonk hij toch weg in een donkere wereld, een afgrond onder water, de zeebodem een uitgestrekte witte vlakte. Het water trok weg en hij stond in het zand, zag een kruisvorm in het zinderen van de hitte. Hij riep, keek op naar het kruis, zag zijn moeders ogen in die van de koster, zijn armen die haar bleke armen waren, zo wit als het zout. Ze trok haar handen van de spijkers, strekte haar armen naar hem uit, hij deinsde terug, ze greep mis maar hij voelde toch een aanraking. En door zijn droom heen werd hij zich bewust van zijn lichaam in het bed. Hij voelde hoe hij zijn benen tegen zich aan had getrokken, hoe hij ze vasthield, alsof hij zichzelf tot foetus wilde terugdrukken. Hij voelde zijn lichaam schokken, hoorde zichzelf schreeuwen. Sprak tegen de spoken die hij voor zich zag, smeekte, huilde. En verstomde ineens toen hij weer die aanraking voelde, deze keer meer, iets op zijn schouder, een arm om zich heen. Hij schrok, woorden liepen vast in zijn keel. Heel voorzichtig omvatte een lijf hem. Hij voelde een ruwe stof tegen zijn rug, een gezicht tegen zijn achterhoofd, gefluisterde rijmpjes in een zachte taal. Zijn lijf ontspande en liet zichzelf vasthouden. En voordat zijn bewustzijn weer wegzakte, deze keer in een mildere donkerte, keek hij even om en zag dat het Maruja was.

Zij was weg toen hij wakker werd, en even dacht hij dat ze een deel van zijn dromen had uitgewist. Het was licht en stil in de kamer. Door een open balkondeur kwam de frisse lucht binnen.

In de ochtend at hij op het achterterras zwijgend zijn ontbijt. Met koffie en een kleine cognac als hartversterker glimlachte hij naar Maruja. Hij zocht naar een teken in haar ogen, een uitdrukking die zou bevestigen dat zij hem in de avond had vastgehouden. Maar ze begroette hem als altijd, diende het ontbijt niet anders of sneller op dan normaal. Ze keek niet anders, deed niet anders. Even overwoog hij haar te vragen of zij het was geweest. Maar als zij het niet was, dan moest ze een belichaming zijn van een onbewust verlangen en daarom zag hij ervan af.

Omdat hij meer op haar lette, zag hij wel hoe ze regelmatig Andrés vastpakte, op de lippen kuste, over zijn kale schedel aaide. Hij stelde zich voor dat ze bad dat die zachte man van haar nooit bezocht zou worden door de demonen die ze in de avonden door haar omarming bij Herman had verjaagd. Hij moest ze ook bij hem, bij hen beiden weghouden, besloot hij.

Hij wreef in zijn gezicht, terwijl de geluiden uit de keuken een heerlijk avondmaal beloofden. Hij zat met Andrés en Vicente op de binnenplaats op de rand van het bassin van de fontein. De geur van de geiten die buiten de muren op het land rondliepen, bereikte hen zelfs hier. Herman ademende de geur in en zei: 'We moeten nadenken over de verdediging van de Alquería, en ons bewapenen.'

'Jij wilt tegen ze vechten?'

'Als het nodig is wel. Ik heb me eerder ingegraven, ik had gehoopt het nooit meer te hoeven doen. Maar als het dan toch moet, dan bij voorkeur hier met jullie. Misschien vecht ik deze keer wel om dingen en mensen waar ik echt om geef.'

'Vechten is simpel als het alleen je eigen leven is. Ik ben nooit echt bang geweest. Maar nu, mijn kinderen, mijn vrouw,' zei Vicente.

Herman draaide zich naar zijn vriend, legde zijn hand op diens arm. 'Je weet, elk moment dat je wil, kunnen jullie hier komen, jij en je familie zijn welkom om hier te blijven zo lang jullie dat willen. Bang zijn helpt niet, alleen vastberadenheid. We maken onze keuze. Geen twijfel, geen aarzeling.'

Zijn vriend knikte. Ze hadden het er al een paar keer over gehad. Vicente besefte dat het veiliger zou zijn om naar de Alquería te komen, maar hij was nog niet klaar voor de vlucht. En de oude Don Urias zou zich niet zomaar uit hun voorouderlijke huis laten verjagen.

'Wat je ook doet, ik laat niemand meer tegen de deur spijkeren... en daarom moet de Alquería weer de burcht worden die het altijd is geweest.'

Met zijn drieën waren ze over het terrein gelopen om te kijken waar het goed te verdedigen was, en waar de zwakke plekken zaten. Toen hij het huis kocht was het Herman al opgevallen dat het strategisch gelegen was. Aan de voorzijde van het huis liep het van de rotswand aan de linkerzijde tot de rand van het ravijn aan de rechterkant. Een aanval op hun flanken was onmogelijk en tegen een frontale aanval konden ze zich goed verdedigen. De buitenmuren waren versterkt, de grote houten poort was stevig en de toren bood uitzicht op de poort en binnenplaats. Het was alleen de bergtop achter het huis, de Tossal del Moro, waarvan het gevaar eventueel zou kunnen komen. Eén moeilijk begaanbaar pad liep langs de helling en de steil gestapelde terrassen moesten ze goed kunnen bewaken. Ze hadden pistolen en karabijnen in huis, maar Herman wist dat als de militie met volle kracht zou komen, ze moeilijk weerstand zouden kunnen bieden. Ze moesten steun organiseren.

*

Te midden daarvan lagen de zoutpannen te schitteren in de zon. Het was bijna tijd voor de oogst. Als je van ver keek kon je de mannen zien lopen, als mieren over een wit schilderij. Dichterbij gekomen zag je het land koken, de hitte deed de mannen smelten als een van Dali's klokken.

Door die lucht, stroperig van de hitte, klonk het blikken geklepper tegen de stalen buis die ze gebruikten als signaal om te verzamelen. Vlak en schel. Even later stonden de mannen van het zout in een kring om Herman en Vicente. Enkelen met ontbloot bovenlijf, het zweet op hun bruinverbrande huid spiegelde de zon alsof het de kristallisatievijver zelf was. De mannen keken naar hun twee bazen, die in alles op elkaar leken, behalve de kleur van hun haar, ogen en huid.

'Kerels, vrienden. Hoe gaat het, alles goed?' vroeg Vicente. De mannen knikten minimaal, hun ogen toegeknepen tegen de zon.

In deze hitte was geen plaats voor overbodige beweging.

'Er gebeurt nogal wat om ons heen. Jullie hebben het allemaal gemerkt. En we hebben bezoek gehad. Mannen uit Valencia.'

'Die moordenaars,' gromde Pepe Pieldelobo.

'Ja die,' antwoordde Vicente. 'Ze eisen de onteigening van El Saladar. Er moet een coöperatie komen die de arbeiders, jullie dus, besturen.'

'Willen jullie dat?' vroeg Herman. Het bleef stil.

Vicente bestudeerde hen een voor een.

'Spreek vrijuit. Nu kan het nog,' zei Herman. De mannen zwegen.

'We hebben met jullie dit bedrijf opgebouwd. Wij stonden hier als eerste in de brakke modderpoelen toen er nog niks was. Jij was erbij, Pepe, en Cristobal, en jullie. De rest kwam er al snel bij, samen hebben wij dit opgebouwd en we willen dit behouden. Germán en ik willen vérder, met jullie. Wij vormen een gemeenschap. De tijden zullen zwaar zijn. We doen geen goedkope beloftes van betere tijden. Maar ieder van jullie heeft hier een plek, als je die wilt,' zei Vicente.

'Hard werken en vertrouwen,' zei Herman. 'Zo simpel is het. Dan zijn we een familie. Voor die familie zal ik er altijd zijn. Zolang we kunnen werken, blijven Vicente en ik naast jullie staan. We zullen elkaar nodig hebben.' Hij zweeg. 'Meer heb ik niet. Doe ermee wat jullie willen.'

Er klonk een instemmend gebromde ondertoon. Slechts één van de mannen bewoog.

'*Con permiso*, Don Vicente, Don Germán. Betekent dit dat het bedrijf een coöperatie wordt?' vroeg Xavi Morales. Xavi was een van de jongere, nieuwere werknemers.

'Dat is het altijd geweest wat mij betreft. Er gaat niks veranderen. Hooguit gaan we alles nog beter en slimmer doen,' antwoordde Vicente.

Herman keek de jongen aan, voelde dat hij alert moest zijn.

'Maar gaat de winst eerlijker verdeeld worden, komt er meer inspraak?' Xavi had zich uitgesproken, zijn kant gekozen. Er werd wat gemompeld door de anderen.

'We hebben hier altijd inspraak gehad,' zei Vicente. 'Daarom staan we hier en stellen jullie deze vragen.'

De andere mannen knikten. Herman voegde eraan toe: 'Iedereen heeft inspraak, maar vergis je niet, wij hebben verantwoordelijkheid voor het totaal. Besluiten nemen wij. Bij de nieuwe coöperaties nemen ook enkelen de beslissingen, deze keer niet degene met het meeste geld maar met de grootste mond.'

'Bazen zijn er overal,' zei Pepe Pieldelobo.

Herman legde daarop zijn hand op Pepe's schouder. 'Maar wat hier anders is, wij nemen ook een andere verantwoordelijkheid op ons: als het slecht gaat, blijven we voor jullie zorgen. Dat hebben we altijd gedaan. We hebben slechte oogsten gehad en niemand heeft minder betaald gekregen. Niemand is ontslagen. In de tijden dat het werk stillag, betaalden we jullie door.' De mannen knikten nu duidelijker.

'Wij betalen naar waarde en op basis van rechtvaardigheid. Iedereen moet goed kunnen leven van dit werk, en als het niet zo is, dan horen we dat graag,' zei Vicente.

'En jullie blijven dus de baas?' De sproeten logenstraften Xavi's volwassenheid. 'Misschien is de tijd gekomen voor wat anders.' Hij keek om zich heen, voorzichtig zoekend naar bijval. Maar de mannen van het zout waren onverstoorbaar, het werk dat zij deden had hen in geduld gestaald als monniken die zwoegden in een kloostertuin van zout.

Herman keek de jongen aan. 'Voel jij je onderdrukt of uitgebuit, Xavi?'

'Ik niet, en vele anderen waarschijnlijk ook niet. Dat is omdat we niet beter weten. Maar we gaan elke dag allemaal met meer pijn in ons lijf naar huis, naar een minder rijk gedekte tafel, dan u beiden.'

'Hoe weet jij met welke pijn ik naar huis ga, Xavi?'

'Ik wilde u niet beledigen...'

'Wil je meer? Is dat het, meer geld, meer macht?'

'De mens wil altijd meer.'

'Dat klopt, en dat is wat de mens telkens weer te gronde richt,' zei Herman.

'Maar ook altijd weer doet opstaan,' antwoordde Xavi. 'Het is als honger.'

'Het zal je verbazen Xavi, maar ik weet wat honger is. Echte honger. Jij hebt geen honger.'

Er viel een stilte. Herman keek naar de mannen, voelde hun verwachting. Wat hadden ze van hem nodig? Wat wilden ze horen? Even wist hij het niet, de zon brandde op zijn schedel. Moest hij hen redden, net als padre Moisés, of was het juist andersom? Hij zag de koster aan zijn poort gespijkerd. Met dezelfde smeedijzeren nagels die ze hier op de salinas gebruikten om de rails aan de grond te verankeren. In de onbewogen gezichten van de mannen zag hij die van de koster, zijn ogen open, starend naar de grond. Hij kon hen niet aanzien, keek langs de mannen naar de smeltende lucht en daarachter, waar hij ineens witte gordijnen zag. Voor hoge ramen, gangen in grijs novemberlicht. Scheve noten van een piano kaatsten tussen muren en ramen die uitkeken op sneeuwvelden met granieten beelden. Was het een vloek of een zegen geweest die hem de gang door stuwde in de richting van het geluid van vlees op toetsen? Van karmijnrood op wit. Haar had hij niet kunnen redden. Zij was niet de laatste.

Vicente keek naar Herman. Hij herkende zijn blik die keek naar iets wat ver weg lag, naar ingevroren herinneringen die nog bewogen in het ijs. Zo had Herman het ooit beschreven. Vicente had één keer in de Sierra Nevada sneeuw en ijs meegemaakt. Hij herinnerde zich nog steeds het gevoel van sneeuw die smelt op je huid, hoe de kou van het ijs af kon slaan.

'Don Germán, Don Vicente, compañeros.' Pepe Pieldelobo bracht hen allen terug. Zijn oude strohoed met slappe randen wierp een schaduw over zijn gezicht. 'Ik ben anarchist, maar geloof eerlijk gezegd ook in God. Dus wie deze oorlog ook wint, ik ben gezien. *Jodido como un cabrón con tres pares de cojones.*'

Herman schoot in de lach, vroeg zich even af hoe Pepe eruit zou zien als een geit met drie paar ballen met hem de liefde zou trachten te bedrijven. Maar Pieldelobo was nog niet klaar. 'Die revolutionairen, *que se follan un pez*, laat ze een vis gaan neuken.' Het gelach van de mannen leek de wereld lichter te maken.

'En die fascisten mogen een haan in hun reet stoppen wat mij betreft. *Que se pongan un gallo por culo.*' Het beeld dat Pepe schilderde, vergrootte het plezier. 'Laat ze allemaal maar komen, ik ga het gevecht wel aan, graag zelfs, bij de ballen van de maagd! Al die zeloten met hun heilige geloof in de revolutie. Het zijn allemaal opgeblazen woorden.' Hij sloeg zijn buurman op de borst, en toen een ander, en de volgende: 'Ik geloof in dit, en dit, en dit', telkens sloeg hij een man op de borst. Ook Xavi, en ook Vicente en Herman. Sommigen kregen nog een tik tegen het hoofd, alsof dat de dommeriken waren. Hij lachte, zij lachten, hij keek Xavi doordringend aan, keek rond. 'Kom op, lamlullen, aan het werk!' Pepe draaide zich om en liep het verblindende licht van het zout in, met in zijn kielzog de mannen die uitwaaierden over de zoutpannen.

*

Ondertussen gingen Aviles en Romero ook aan het werk om de logica van de oorlog en de idealen van de revolutie bij de bevolking tussen de oren te krijgen en, als ze weerstand ondervonden, woorden te vervangen door een pak slaag. Waar ideologie tekortschoot was er nog altijd woede of waren er vetes te vereffenen. En kon je ze het kwalijk nemen? Mensen die hun hele leven lang, net als alle generaties voor hen, waren onderdrukt door de rijken die over hen regeerden als goden. Is het dan vreemd dat als de goden menselijk blijken te zijn, de wraak des te sterker is?

Waar de kerk, de Guardia Civil, de grootgrondbezitters en de industrie de meeste macht hadden gehad, waar de onderdrukking en uitbuiting het grootst was geweest, daar was de uitbarsting ook het hevigst. Burgemeester Paya had nog aangedrongen op terughoudendheid, maar na uitgelachen te zijn door de militie en na een blik in de loop van Romero's ongeduldige revolver had hij, verslagen, het advies van Aviles opgevolgd en ging naar huis.

Eerst vielen de *milicianos* de kazerne van de Guardia Civil in Xaraque aan. Ze omsingelden het gebouw, maar de guardia's waren goed bewapend en hielden met salvo's uit hun mitrailleurs de militie op afstand. Aviles en Romero bleven vanuit de dekking staan kijken terwijl de Xaraqueños met hun jachtgeweren en hun moed die grensde aan roekeloosheid het verzet van de guardia's trachtten te breken. Met name een van de lokale leiders, een man met grijs haar en baard, stond telkens op om de guardia's uit te schelden en te bespotten terwijl ze op hem schoten.

'Wat een serenade brengt u toch, señor...' zei Aviles.

'Gascon, José Gascon.'

'Erg mooi, maar soms werkt dynamiet beter dan zoete woordjes,' gromde Romero.

Binnen een paar dagen hadden ze de kazerne ondermijnd. Toen ze klaar waren, bracht Gascon opnieuw een aubade ten gehore die net als alle voorgaande keren beantwoord werd door een bijzonder heftig salvo uit verschillende geweerlopen.

'Volgens mij heb ik hen bijna overtuigd,' zei hij, waarna Romero de explosieven tot ontploffing liet brengen. Een deel van de voorzijde van de kazerne stortte in. De belegerden die niet in de ontploffingen of vlammen omkwamen, vluchtten naar buiten, recht in de armen van de militie. De guardia's die tijdens de ongeregeldheden na de kerkdienst van 1933 slachtoffers hadden gemaakt, werden met bijzondere zorg gedood. Degene die zes maanden cachot had gekregen, werd van de brug het ravijn ingesmeten.

De militie maakte zich meester van alle wapens uit de kazerne.

Onder leiding van Aviles trokken ze verder naar de kerk. In klein comité sleepten ze Carbonell uit de pastorie en marcheerden hem de brug over. Omdat het water van de rivier het lijk van de guardia niet had meegevoerd, reden ze stroomafwaarts verder waar het ravijn en het water van de Quisi het diepst was. Het lichaam van Carbonell zou nooit teruggevonden worden.

'Zo, nu de rijken.' Gascon wreef zich in de handen. 'Eerst maar die dikke pad Don Porfirio.'

'Die is al gevlucht, zijn haciënda is bezet door de militie van de Alta Solana. Er is zelfs al een eerste coöperatie gevormd,' zei Aviles, die onbewogen had toegekeken terwijl de guardia aan stukken werd gehakt.

'Die militie wordt aangevoerd door Alfonso Bardales,' zei Gascon. 'Een schoft is dat.'

'En het zijn godvergeten syndicalisten,' zei Romero.

'Geen conflicten tussen milities,' gebood Aviles, 'en er is geen plek voor persoonlijke vetes. We moeten eenheid creëren en eensgezindheid uitstralen.'

Gascon haalde zijn schouders op: 'Prima, dat zien we later wel. Dan gaan we morgen naar Don Julian. Die domoor is gebleven.'

'Ik help je eraan herinneren dat het erom gaat een boerencoöperatie op te zetten, geen slachthuis te openen.'

'Natuurlijk niet, *que viva la Revolución, camarada* Aviles,' riep Gascon, 'maar vandaag even niet, het is al laat en ik heb andere plannen.'

José Gascon had al jaren zijn vrouw amper onder ogen durven komen, maar nu – met de smaak van de guardia's en Carbonell nog in zijn mond – gooide hij haar op hun bed, trok de kleren van haar af en nam haar met woest geweld. Even was ze geschrokken, maar toen had ze hem van zich afgeduwd, zich omgedraaid op haar buik en zichzelf op haar handen en knieën aangeboden. Als een stier had hij op haar ingebeukt. Ze had zijn kracht gevoeld, zijn wraakzucht, het geweld van zijn lichaam had ook bezit genomen van dat van haar. Toen hij weer naast haar lag zei hij: 'Nu gaan we alles rechtzetten.'

'Eindelijk.'

*

Aina Such, die in de ochtend de hitte van haar man José Gascon nog tussen haar benen voelde, had net als hij gedacht aan alle mensen die haar misbruikt en vernederd hadden. Toen in de ochtend haar man met de militie op het punt stond te vertrekken naar Don Julian, had zij José aangekeken en om vijf mannen gevraagd. 'Ik heb in de stad een boodschap te doen.' Onder een grijze lucht waar miezerregen uit viel, waren ze naar het huis van haar baas gelopen. Een groot stadspaleis met hetzelfde familiewapen als de textielfabriek.

Don Miguel de Alas Buendía had hen beneden in de foyer gehoord. Waarom had hij gedacht dat het goed zou aflopen? Waarom had hij het gevaar niet herkend en was hij niet door de achterdeur gevlucht? Miguel, Miguelito? Isabela? Juan? Hij keek naar hun lichamen die op een hoopje tegen de bebloede muren lagen. Horen jullie de regen? Zijn '*porque*!?' kaatste heen en weer tussen de vier muren van de salon waar gezichten uit schilderijen waren gesneden.

'Waarom, waarom, waarom, waarom, het zijn maar kinderen,' huilde hij. 'Hoe kan je de kinderen... waarom de kinderen? Aina, waarom... je bent een moeder...'

De man voor wie ze al jaren de strontsporen uit zijn onderbroeken waste, die haar dagelijks mandenvol wasgoed meegaf die ze tot laat in de nacht moest wassen en drogen en herstellen om de volgende ochtend terug te geven, nog voordat ze naar de weefgetouwen van zijn fabriek moest; de man die haar dwong op haar knieën te gaan zitten terwijl hij haar uitschold; die zich in haar bijzijn uitkleedde en terwijl zij zijn kleding opvouwde vlak voor haar gezicht aan zijn gezwollen geslacht trok tot hij met een verlekkerde grijns van lust en macht schokkend klaar kwam; die man probeerde haar nu mededogen te ontlokken.

'Vraag je dat aan mij? Omdat ik een moeder ben?' Ze had net zijn derde kind bij de enkels gepakt, van de bank gesleept waar hij zich had trachten te verbergen in de schoot van zijn dode moeder. Krijsend en huilend. Eén keer had ze om haar as getold en Miguelito van vijf met zijn hoofd tegen de muur gesmeten. Zijn lijfje viel op de lichamen van zijn broertje en zusje.

'Porque *los niños*? Juist omdat ik moeder ben. Kinderen zijn de schuldigen van de toekomst. Jij was ooit een kind. Je vader voor jou ook, en de zijne. Alle generaties van jouw familie hebben de mijne onderdrukt en vernederd. De volgende generatie was bestemd dat ook te gaan doen. Toch? Juan daar zou jouw zaken overnemen, je erfgenaam, toch? Wat denk je dat hij zou gaan doen? Hetzelfde als wat zijn vader bij mij deed. Wat jij hem geleerd hebt. Had ik moeten wachten tot jouw Juan of Miguelito mijn Sara vernederde en verkrachtte? Waarom zou ik erop moeten wachten, Don Miguel, dat hij, jouw zaad, dat je overigens zo makkelijk morst, zich schuldig maakt daaraan, voordat ik hem ervoor straf?'

'Ik heb je nooit ver... jij zei nooit nee... jij wilde zelf...'

Ze snoof minachtend en schoot hem door het hoofd.

José Gascon ademde de geur van de regen en de natte grond in. Hij was eindelijk vrij te ademen. En met elke ademteug voelde Gascon hoe een bijzondere kracht en macht hem vulde. De tijd van angst en vernedering was voorbij. De kogels die hem niet raken konden, overtuigden hem ervan dat hij alles aankon. In de verte zag hij Don Julian en zijn voormannen aan de bomen hangen. Ze zwaaiden licht op en neer. Don Julians tong stak uit zijn mond. Binnen lag zijn familie.

Toen de moorden op Don Julian, Don Miguel en hun families Aviles ter ore kwamen, schrok hij van de omvang en de wreedheid. Het was noch noodzakelijk noch netjes gedaan. Het was één ding dat mannen gewelddadig waren en bij vlagen wreed, maar als vrouwen, moeders zelfs, overgingen tot de moord op kinderen, dan gingen ze met de revolutie de verkeerde kant op. Aviles gebood op gezag van Valencia dat alleen onder zijn auspiciën en na zijn goedkeuring onteigeningen mochten plaatsvinden of vertegenwoordigers van de fascistische vijfde colonne geëxecuteerd mochten worden. Mensen met rechtse sympathieën werden niet langer zomaar op klaarlichte dag gedood, maar in de gevangenis van Xaraque opgesloten om daarna eventueel in het donker te worden doodgeschoten.

*

Hay frescas guirlandes de llanto, dacht Herman, toen hij het nieuws uit Xaraque hoorde. Verse slingers van rouw versierden de straten van het dorp. De schrijver van die dichtregel, Federico García Lorca, was ondertussen door de Falange vermoord. Hij was dood, maar Herman bleef zijn gedichten lezen. En wonderlijk genoeg raakte het bijna magische surrealisme ervan het even werkelijke als gruwelijke realisme van de waanzin die over Xaraque spoelde.

Hector vertelde in detail over de wreedheden van het echtpaar Gascon. 'Het zit al generaties in die familie. Het zit in hun bloed. Die man moet tegengehouden worden voordat er nog meer doden vallen,' zei Hector. Herman verbood Hector naar Xaraque toe te gaan of op enige manier iets te doen wat de militie zou kunnen uitdagen. Hector zweeg. Maar ten slotte knikte hij.

Op aandringen van Herman verlieten Vicente en zijn familie dan toch hun haciënda en verhuisden naar de Alquería. De Urias-haciënda lag in het midden van een weidse vallei en was daardoor niet te verdedigen. Voor hen werden kamers in het grote huis klaargemaakt. De kinderen kregen de opdracht binnen de muren van het huis te blijven. Alleen op het terrein erachter, dat grensde aan de afgrond naar zee, mochten ze komen, onder toezicht. Daar was het enigszins veilig.

'Hoe gaat het? En met u, Don Urias?' Vader en zoon zaten tegenover Herman op het achterterras.

'Ach, jongen, wat zal ik zeggen?' zuchtte de oude Urias. De liefde voor hun haciënda, zo mooi gelegen tussen de boomgaarden op de Alta Solana, zat diep.

'Ik kan het ze niet eens kwalijk nemen.'

'Ik wel vader, wat geeft hun het recht?'

'Het recht is aan degene die het pakken kan. Degene met de sterkste arm wint het telkens weer. Maar let maar op, ze kunnen niet sterk blijven. We krijgen het huis weer terug.'

'Of wat ervan overblijft,' mompelde Vicente.

Herman kon zich alleen maar voorstellen hoe het moest zijn om uit zijn huis verdreven te worden. En dan was de Alquería niet eens de zetel van generaties.

Don Urias keerde zich naar Herman: 'Nu zijn wij even de nomaden, *hijo*, en zoals het een nomade betaamt, is onze wereld vernauwd en maken we onze reis. Gelukkig hebben wij een plek om te schuilen.'

Herman dacht aan zijn gesprek met Don Urias, lang geleden, en knikte: 'Dat hebben jullie zeker. Nu is het mijn beurt om jullie te helpen. Ik ga er alles aan doen dat jullie je huis weer zullen terugzien.'

*

Tijdens zijn slapeloze nachten vroeg Aviles zich af hoe hij de militie in de hand kon houden. Hun aanvoerder Gascon was bijna zo erg als Romero, maar met nog minder idealen. Hij was eigenlijk alleen uit op wraak op alles en iedereen. Het was ontegenzeggelijk een dappere man, hij zou veel waard zijn in de echte gevechten die nog geleverd moesten worden. Maar tot die tijd moest hij in toom worden gehouden. Het liefst door iemand die de ideologie van de revolutie begreep en er tegelijkertijd voor kon zorgen dat de productie van de nieuwe collectieven op niveau zou komen. De oorlogseconomie moest draaien. Aviles had bij zijn bezoek aan de zoutpannen gesproken met een jongen die schrander leek te zijn. Op een middag sprak hij in Bar Frau lange tijd met de jonge Xavi Morales. De jongen was misschien geen ideoloog, maar wel een strategisch denker. Daarom stelde hij Xavi als verbindingsofficier bij de militie aan. Hij moest hen op het rechte spoor houden. Die aanstelling had Gascon met zijn kenmerkende schouderophalen schijnbaar geaccepteerd.

Onder Xavi's leiding maakte de militie voort met de collectivisatie van de in beslag genomen landerijen. Men had de revolutionaire hoop dat de productie door de vereende krachten met sprongen zou stijgen. Helaas hielp het weer niet mee. De droogte van de zomer had meedogenloos toegeslagen. Alleen El Saladar bleef produceren. De mannen bleven de stalen wagons laden, duwden ze voort over de met vet gesmeerde sporen naar de Casa del Sal. De vrachtwagens bleven rijden, alhoewel de betalingen voor leveranties niet altijd doorkwamen. Het succes van het bedrijf werd Aviles een doorn in het oog. Ja, de oorlogsinspanning was ermee geholpen, maar toch. Misschien had Romero toch gelijk, een beetje.

'Het wordt tijd dat we iets aan de *Holandés* en die Urias doen.' Een vlieg cirkelde rond zijn glas wijn. Loreto Frau, de kastelein, legde er een bordje met wat pinda's op.

'*Gracias, camarada,*' zei Aviles.

Xavi staarde naar zijn eigen glas en antwoordde: 'Het zal niet makkelijk worden, ze zijn altijd gerespecteerd geweest onder de bevolking. En zijn mannen zijn hem trouw.'

'Wat een fascinerende figuur toch. Ik denk dat jij en ik hem een bezoekje moeten brengen.'

'Waarom?'

'Misschien is hij wel een redelijke man…'

'Dat zeker.'

'En dan kunnen we op zijn minst kijken hoe hij zich heeft ingegraven. Het is immers een soldaat.'

'Ken uw vijand?'

'Precies.'

*

Het was een onrustige dag, wolken hingen grijsgeel over het land. De wind waaide, slingerde zich om de bergen en over de bancales. Dan weer koude, dan weer hete vlagen. Aviles voelde hoe het hem onrustig maakte.

Ze hadden hen al aan zien komen. Zoveel was wel duidelijk. De blonde man stond hen wijdbeens voor de poort op te wachten. Aviles zag achter hem met geweren bewapende mannen staan. Hij keek naar het huis en dacht iemand in de toren te zien.

'Señor Aviles. Xavi.'

'Goedemiddag, señor,' antwoordde Xavi.

'Wij hebben een moment van uw tijd nodig, Don Germán.'

'Waarom?'

'Omdat we graag even met u spreken.'

'Uw acties spreken boekdelen. Voor mij is dat wel genoeg.'

Aviles steeg af, zijn paard schudde ontevreden met zijn hoofd, de teugels slingerden heen en weer en sloegen tegen Aviles' schouder. Hij trok fel aan de teugels, hoorde het bit klappen in de mond van het paard. Hij schikte de pistoolholster op zijn borst.

'We doen wat nodig is, Don Germán. Het is oorlog. We vechten om te overleven.'

Ze keken elkaar in stilte aan. Aviles met zijn handen op zijn heupen. Xavi stond onbeweeglijk achter hem. Herman met de armen voor zijn borst gekruist.

Een windvlaag hete lucht beladen met stof sloeg tegen hun ogen en droogde hun monden uit. Aviles spuugde, Xavi knipperde herhaaldelijk en voelde zijn ogen tranen.

'Kunnen wij niet even uit de wind stappen?' vroeg Xavi.

Herman keek hen nog even onbewogen aan, waarna hij knikte en hun voorging de poort door. Herman liet stoelen komen en gedrieën gingen ze zitten onder de immense algarrobo. Het was duidelijk dat ze niet meer zouden zien van het huis dan deze binnenplaats. Die strategie was dus al mislukt. Er waren weinig mensen te zien, deuren en ramen waren dicht. Buiten raasde de wind, maar hier bewogen alleen de hoogste takken van de grote boom.

'Wat brengt u hier?'

'Wij hopen dat we onze verschillen op een vreedzame manier kunnen oplossen. Anders dan bij de andere haciënda's.'

'Moet ik dat als dreigement opvatten, señor Aviles, want dan zijn we heel snel uitgesproken.'

Aviles aarzelde, hij had het zeker niet als een bedreiging bedoeld, maar was ook al lang niet zo toegesproken. Hij voelde zijn boosheid opkomen, maar onderdrukte die. 'Integendeel...'

'Want, laat ik duidelijk zijn. Met u is het geweld hier begonnen. Ik houd u persoonlijk verantwoordelijk voor alle acties van uw militie. En een lichaam aan mijn deur spijkeren... Als u achter mij aankomt, kom ik achter u aan, en dan weet ik wie van ons aan het einde nog staat.' De mededeling was emotieloos, klinisch.

'Soms neemt passie de overhand. Romero...' Hij vloekte inwendig over wat duidelijk als een verontschuldiging klonk. Een knieval.

'Romero is uw hond. Een bevelhebber is altijd verantwoordelijk.'

Aviles slikte. 'Laat ik op mijn beurt ook heel duidelijk zijn. De koster was van de kerk, net als de padre. En ook voor hem kan er geen genade zijn. Noch voor degenen die hem verbergen. We grijpen hem gauw genoeg, Romero heeft zijn spoor al in de neus.'

'Het is maar goed dat u dat beest niet bij u hebt.'

'Waar is de priester?'

'Ik kan het u niet vertellen.'

'Werkelijk, welnu, dan zal ik u wat vertellen: ik, de regering, eist dat de controle van El Saladar en de Alquería hier, over wordt gedragen aan een op te richten coöperatie die beide bedrijven in dienst zal stellen van de oorlogsinspanning. U en Don Urias mogen bij uitzondering aanblijven, maar als onderdeel van de coöperatieven met evenveel inspraak als anderen.'

Herman keek omhoog naar de lucht. 'Ziet u de wolken, voelt u de warmte van de wind? Dat is de Llevech. Die wind komt uit het zuidoosten. Het is een droge, verbijsterend hete wind vol zand van Afrika. Het is aan het opzetten, u zult het gaan voelen de komende dagen. Na de wind komt de regen en als het gaat regenen zal de regen het zand op de stenen van dit huis achterlaten. Het droogt dan weer, en wij spoelen het zand eraf waarop dat zand uit de woestijn zich mengt met onze aarde hier.'

'Wij kennen deze wind in Valencia ook. Mij valt het op dat die altijd de golven vlak blaast.' Aviles wreef de irritatie uit zijn ogen. Hij pakte een pakje sigaretten uit zijn binnenzak, stak er een op zonder zijn gastheer er een aan te bieden. 'Dat u beiden niet opgesloten wordt, of erger, is een gunst die ik u kan verlenen. Door hierheen te komen met deze slimme jongeman en niet de militie, bewijs ik u een gunst, ik hoop dat u zich dat realiseert.'

Herman antwoordde niet, maar keek naar de bladeren van de boom boven hen.

'U hebt zich niet schuldig gemaakt aan onderdrukking, ik heb de moeite genomen daarachter te komen.' Aviles keek opzij naar Xavi. 'U bent geen fascist, dat zie ik wel, maar de militie ziet dat niet, en Romero interesseert het niet. Als dat zo was, was u al dood. Dan had dit alles al in brand gestaan.'

Aviles zoog op zijn sigaret, en terwijl hij de rook uitblies zei hij: 'Maar u bent wel een deel van de traditie, zelfs zonder persoonlijke schuld. Arbeidersbloed bevlekt ook uw handen omdat u die van de fascistische bazen hebt geschud.'

'Don... Aviles.' De belediging was bewust. 'Denkt u dat ik mij, in mijn eigen huis, dit laat zeggen? Denkt u echt dat ik verantwoording moet afleggen aan u? Wat bent u? Een klerk. Een krachteloze, met macht u gegeven door omstandigheden, niet door karakter of kwaliteit. U verruilt de ene traditie van machtsmisbruik voor de andere. En dat u over bloed op mijn handen durft te spreken? U hebt zelf burgemeester Verdú door het hoofd geschoten, Carbonell ongetwijfeld ook; u bent een moordenaar.'

Herman boog voorover, Aviles zag zijn grote lijf dichterbij komen, als stieren door de straten. Aviles had zijn sigaret tot halverwege zijn mond gebracht, waar hij in het luchtledige bleef hangen.

'Ik moet zeggen dat ik zelden zo ben toegesproken.' Aviles dwong zichzelf een trekje te nemen van zijn sigaret.

Hij was natuurlijk wel eerder zo toegesproken, maar dat was in een ander leven. Het was het bestaan van, inderdaad, de klerk Aviles, die zijn hele leven was afgeblaft. Hij had geleerd het te verdragen, zijn haat te onderdrukken. Het hoefde eigenlijk niet meer, maar het was een tweede natuur geworden en hij haatte zichzelf om de gedweeheid die zich naast dit soort mensen van hem meester maakte. Hij haatte hen er nog meer om.

'Ik had gehoopt een beschaafd gesprek met u te kunnen voeren. Maar u staat erop mij te beledigen. Laat ik u eraan helpen herinneren dat ik een vertegenwoordiger ben van het wettelijke gezag in dit land. En laat ik dan op mijn beurt maar gewoon zeggen wat er gaat gebeuren.'

Aviles werd onderbroken door Xavi. Er stond een woedende uitdrukking op zijn gezicht terwijl hij zei: 'We hadden graag de stem van de rede willen zijn, kameraad Aviles en ik, we hadden u graag in een redelijk gesprek willen overtuigen van de verstandige weg. Maar u bent niet voor rede vatbaar. Dus, wat er gaat gebeuren: u gaat dit huis verlaten, dit zal het hoofdkwartier worden van de plaatselijke militie. De Saladar wordt gecollectiviseerd, zo ook deze landerijen. U wordt van uw eigendom en taken ontheven en als u tegenwerkt, wacht u gevangenisstraf of het executiepeloton.'

'Als u verstandig bent, gaat u terug naar Holland,' voegde Aviles toe.

Herman barstte in lachen uit. 'Lieve Xavi, ik heb nog betere voorspellingen gekregen van oude blinde, dove zigeunervrouwen uit Jerez.'

'Houdt u op ons te beledigen. Anders staat hier vanavond de militie, met Romero. En dan zullen er meer lijken aan de deuren hangen.'

De Hollander schoot naar voren. 'Kom maar op met je militie. Kom maar op met Romero, die is al dood wat mij betreft, de kogel komt vanzelf wel. Wat je ook wilt denken, ik ben je vijand niet, ik draag de Republiek een warm hart toe en wat Franco doet vind ik verwerpelijk. Wil jij me doden, met je pistool op je borst, doe je best maar. Maar ik laat me niet zomaar afslachten zoals je andere slachtoffers. Ik ben niet weerloos.'

Aviles zweeg, hij trilde van woede. Hij voelde het gewicht van het pistool op zijn borst. Hij zou het wapen kunnen trekken en de man tegenover hem een kogel door de blonde kop jagen. Hij zou in zijn eentje het huis doorgaan, van kamer naar kamer, met het pistool in de hand. Ouders voor de ogen van hun kinderen doden en andersom. De vlam erin. Hij kon het echter niet, kon zich niet bewegen, niks zeggen. Hij herkende de zwakte in zichzelf, de jaren van vernedering en onderdrukking die hem niet loslieten. Angst. Wat hij had gezien en geroken in de mannen en vrouwen die hij de afgelopen maanden had zien sterven, sloeg nu van hem af. De laffe stank.

'Weet je waarom je nu niks meer kunt zeggen? Omdat jij een *torero* bent die nooit voor een volwassen stier heeft gestaan. Een *corrida* met jonge stieren in de straten, dat wel misschien. Met het hele dorp erbij. Met wijn op. Maar nuchter, oog in oog, alleen, tegenover duizend kilo spieren, dat is wat anders. En zoals zovelen bevries je. Ik hoef alleen maar… De mannen van El Saladar noch de mensen hier op de berg willen een coöperatie. Als gemeenschap werken we samen, eten samen, en iedereen heeft een eigen bed om in te slapen.'

'Maar uw bed is wel het grootste,' gromde Xavi.

'Volgens mij zijn we klaar hier,' antwoordde Herman.

Aviles stond op, wierp zijn sigaret met een boos gebaar van zich af: 'Integendeel, Don Germán...'

Zonder om te kijken steeg hij op zijn paard, en reed weg met Xavi in zijn kielzog, die nog eenmaal omkeek naar Don Germán die roerloos op zijn stoel zat.

8

September 1936
Urias-haciënda

Xavi zat op het natuurstenen bordes en keek uit over de binnenplaats. Bloeiende bougainvilles stroomden als paarse watervallen van de muren van het huis. Een salamanquesa schoot tussen de takken op de muur onder dakpannen weg. De stenen gloeiden na van de warmte van de dag en de lucht was nog heet van de Llevech. Die zou de hele nacht doorblazen en het slapen onmogelijk maken door de hitte die vanuit Afrika over het land joeg.

Xavi zuchtte, hij keek achterom naar de houten deur die half uit zijn scharnieren hing. Hij hoorde binnen het lawaai van zijn mannen, die op hun vruchteloze zoektocht naar onderduikers met steeds meer frustratie door de haciënda raasden. Natuurlijk was de Uriasfamilie al vertrokken. Waarschijnlijk waren ze in de Alquería, waren de ogen die hij tijdens hun bezoek een dag eerder op zich had gevoeld, die van Vicente Urias geweest. Op mensen konden de milicianos hun woede dus niet koelen.

Wel op al het andere, de deuren en ramen, en op schilderijen die aan rafels gesneden waren, op beelden en vazen, antiek glaswerk en serviesgoed dat nu in scherven lag, met houtsnijwerk versierde meubels die aan stukken werden geslagen. Hij hoorde de vleugel met valse klanken sterven onder bijlslagen. De cultuur van de elite was het eerste wat in revoluties sneuvelde. Het was bij uitstek de decadente belediging van de onderdrukten: eerder geld uitgeven aan een portret van ijdelheid dan een boer genoeg eten gunnen. Kunst gaf de illusie van macht, maar was zwak, fragiel, weerloos. En toch betreurde hij in weerwil van zijn eigen revolutionaire denkbeelden de vernietiging van al die schoonheid en al dat verloren ambacht.

José Gascon niet, hij liep briesend door de haciënda.

'Niemand!'

'Ze zijn gevlucht. Puta mierda,' zei een van de militieleden.

Gascon haalde zijn schouders op. Zei toen: 'Dan gaan we door naar de volgende.'

'Welke volgende?' vroeg Xavi.

'Porfirio Arechavaleta's finca.'

Ishmael Herrero, een van de milicianos van het eerste uur, was het huis uitgekomen, zijn zwarte baard en dichte bos haar op zijn hoofd beide bestoft met hout- en steensplinters. 'Die is allang gevlucht. Daar zijn de boeren al de baas.'

Gascon keek hem boos aan. 'Dat is de militie uit de Solana Alta. Die coño Francisco Bardales denkt dat hij de nieuwe baas daar is. Doet precies wat hij zelf wil. Zeg toch eerlijk, Xavi, die moet toch met ons meedoen, zich schikken naar de hogere kaders.'

Xavi dacht aan het gebod van Aviles: geen strijd tussen de milities. Maar dit was niet zomaar een andere militie. Het waren syndicalisten, die vonden dat de bevrijding van de arbeiders in de eerste plaats alleen door henzelf ondernomen moest worden. De autonomie van hun strijd was het heiligste goed. Het gezag van de republikeinse regering in Valencia accepteerden ze niet, noch waren ze solidair met de revolutionaire strijd.

Maar Xavi wist ook dat Gascons voornaamste drijfveer niet solidariteit was, noch revolutie. Het was haat; de bloedvete was zijn enige strijd. Met een zucht stond Xavi op. Zijn lijf deed pijn.

'We gaan morgen wel met Aviles.'

'We gaan vanavond naar de haciënda van Arechavaleta, met of zonder jou.' Gascon keek hem vlak aan.

'Niet alles hoeft vernietigd te worden.'

Gascon grijnsde: 'Soms wel.'

*

Later, op heel donkere momenten, zag hij de gebeurtenissen weer voor zich. Of bij het horen van kerkgezang, dan was het als een film die zich afspeelde. Vertraagd, om hem alle details weer te tonen. Een stomme film. Op een of andere manier had zijn geheugen de geluiden van die nacht gewist.

In stilte was de militie in een brede waaier op de haciënda van Don Porfirio Arechavaleta afgelopen, een indrukwekkend groot gebouw van drie verdiepingen waartegen vele vleugels waren gebouwd. De leden van het collectief van de Solana Alta, hele families bij elkaar, hadden hier hun intrek genomen en lagen al grotendeels te slapen. Ze hadden op het voorterrein een aantal slecht bewapende wachten uitgezet. Francisco Bardales had vooraan gestaan. Xavi was op hem afgelopen, had hem begroet als een vriend. Bardales had wat teruggezegd, maar midden in zijn zin was hij stilgevallen toen hij Gascon uit de duisternis achter Xavi zag opdoemen. Gascon was zonder een woord te zeggen langs Xavi gelopen en had in een enkele beweging het bijlblad in het hoofd van Bardales geslagen. Bloedspetters troffen Xavi in het gezicht. De andere mannen van het collectief waren in verbijstering bevroren, waarop de militieleden, ondanks of juist dankzij hun eigen schok, de geweren richtten en begonnen te schieten.

Gascon had zijn zucht naar vuur direct verzadigd. De fakkels die het buitenterrein verlichtten, waren naar binnen geworpen. Mannen, vrouwen en kinderen renden daarop het huis uit. De militie schoot op alles wat bewoog. Velen vielen gewond neer, om daarna afgemaakt te moeten worden. Afgewende hoofden doorstaken hen met bajonetten. In het schijnsel van het brandende huis had José Gascon naar Xavi gekeken, zijn grijns breed. Hij had iets gezegd, en pas in de diepste duisternis zou Xavi zich herinneren wat dat was geweest.

'Ik geloof niet dat ze meedoen.'

*

Josep Romero wreef genoegzaam over zijn kin. Aviles had hem, na diens bezoek aan de blonde grootgrondbezitter, een vrijbrief gegeven te doen wat nodig was om de Hollander te breken. De militie had nog andere opdrachten, maar zou weldra tot zijn dienst staan. En zo stond hij van een afstand in de groeiende duisternis tussen de pijnbomen op een heuvel te kijken naar het licht van de Alquería. Normaliter zouden rond deze tijd de cicades een voor een zwijgen, waarna de krekels het na een kortstondige stilte zouden overnemen. Maar met deze hete wind bleven de cicades krijsen. Hij hoorde noch zag Carlitos Yerbabuena, een van de wachtposten die Vicente en Herman rond de Alquería hadden geposteerd om een oog te houden op de weg van Benimelha naar de Alquería.

'Hij stond heel stil, heel lang en bleef kijken naar ons. Als een *brujo*, een boze tovenaar, stond hij daar,' zei de jongen, die zich dicht tegen zijn vader aandrukte.

'En je hebt jezelf goed verborgen gehouden?' vroeg Vicente.

'Ja, ik ben weggekropen in de struiken. Zelfs de krekels wisten niet dat ik er was.'

Herman klopte hem op de schouder. 'Goed zo, jongen. En toen?'

'Toen, na heel lang, kwamen twee andere mannen aanlopen. Ik hoorde de brujo praten en die zei dat ze hier moesten blijven en dat ze de... hij zei een grof woord, maar hij bedoelde dat ze u niet uit het oog mochten verliezen, Don Germán.'

Herman moest lachen. 'Geef die jongen maar wat lekkers, Maruja.' Toen Carlitos met Maruja naar de keuken was, zei hij: 'Het zijn milicianos, maar de militie nog niet. Ze houden ons dus in de gaten. Dat kan alleen de opmaat zijn voor een aanval.'

'Vanavond rijd ik naar Gascon en vermoord hem,' gromde Hector. Het zachte gele licht van de olielampen dompelde zijn gezicht onder in schaduwen.

'Dat gaat niks helpen.'

'Jawel hoor.'

Herman keek Hector aan, die terugstaarde. 'Het gaat niet alleen om jou, Hector.'

Vicente legde een hand op Hermans arm. 'Wat wil je doen dan?'

'Ze bezighouden zodat ze ons niet zomaar kunnen vastzetten. En we moeten bondgenoten zoeken. De regering is naar Valencia verhuisd en probeert door het hele land het geweld van de milities in te tomen.'

De internationale pers deed gretig verslag van de wilde moordpartijen die de reputatie van de Tweede Spaanse Republiek in het buitenland veel schade toebrachten. De massamoord van Paracuelos, waar rechtse gevangenen uit de gevangenis werden gehaald en dagelijks bij honderdtallen werden geëxecuteerd, was niet goed gevallen.

'De regering is niet onze bondgenoot,' snoof Hector.

Herman kon hem geen ongelijk geven.

'Misschien niet, maar wel die van Paya,' zei Vicente.

Herman keek naar zijn vriend. 'Paya?'

'Ja, hij mag dan wel door Aviles helemaal buitenspel zijn gezet. Maar hij is wel de rechtmatig verkozen burgemeester van Xaraque en een goed mens. Als hij een appel doet op Valencia zullen ze wellicht luisteren. Er zijn daar zeker ook mensen die oprecht afschuw hebben van wat er gebeurt.'

Herman knikte, zelfs Hector keek enigszins positief. 'Het kan bijna niet anders dan dat hij met hetzelfde idee rondloopt. Misschien heeft hij alleen een beetje steun en een zetje nodig.'

'Als de militie daar maar geen lucht van krijgt,' zei Hector en nam een hap.

'Jullie hebben gelijk, allebei. Ik denk dat we niet moeten treuzelen. We moeten naar Paya toe en hem op weg helpen.' Herman veegde met zijn servet zijn mond af, legde het met een smak naast zich neer op tafel en keek de mannen aan. 'Morgen lok ik die twee vogelverschrikkers hier weg. Ze moeten mij in de gaten houden, dus de kans is groot dat ze me zullen volgen. Dan rij jij naar Paya, Hector, ik zal een brief voor hem schrijven die je mee kunt nemen. Je moet hem overtuigen, desnoods ga je met hem mee naar Valencia.'

Vicente keek naar het raam waardoor de wind naar binnen sloeg. De toonhoogte van de cicades was scherper dan ooit.

'Morgen is het de tweede dag van de Llevech.' Hij dacht aan Afrika.

*

Coño Aviles, hij wilde veel te graag soldaatje spelen. Hij was het, de vervloekte, die hun deze slechtzittende uniformen had opgedrongen. Bij elke stap sloeg het stof eraf en hun transpiratie deed oud opgedroogd zweet opnieuw en nog meer stinken. En die afgetrapte soldatenlaarzen met versleten zolen waren volstrekt niet opgewassen tegen het land. De droogte maakte hier alles scherp, de stenen, de planten langs de weg, gewapend met haken, stekels, speren. Zelfs de zon stak. De wind die hun ogen uitdroogde als in een oven en het stof dat erin waaide en ze deed tranen. Met moeite hielden ze zicht op hun doelwit.

Alleen bij de gratie van de heilige maagd – die zij ondanks de revolutie nog altijd diep in hun hart droegen – liet de blonde man zijn paard rustig voortstappen. Als het paard was gaan draven hadden ze hem nooit kunnen bijhouden. Bij het uitgebrande klooster van Pedrablanc had de man zijn paard ingehouden en enkele woorden gewisseld met een van de plaatselijke geitenherders. De kudde geiten stond verspreid rond het verlaten gebouw en de stinkende beesten knaagden aan alles wat ze tegenkwamen. Zelfs het met bloed besmeurde onkruid dat tegen de witgeverfde muren groeide.

'Wat doet die hoerenzoon?' vroeg een van de twee militieleden. Zijn hoofd was bijna kaal en hij had een platgeslagen neus. Hij keek naar het geblakerde gebouw dat zich op enkele honderden meters afstand bevond. Het deed hem direct denken aan het vuur dat ze de nacht daarvoor hadden aangestoken in de haciënda van Porfirio Arechavaleta.

'Rustig aan, hij praat alleen maar.' De pafferige wangen van zijn maat konden diens bloeddorst niet verbergen. Gisteravond waren ze van inspanning rood gekleurd. Waarom hadden ze revolutionaire kameraden aangevallen? Het waren geen grootgrondbezitters, geen falangisten of fascisten, maar arme landarbeiders net als zij. Ze waren de verkeerde kleur rood, had Gascon gezegd. De jonge jongen, Xavi uit Benimelha, had het uitvoeriger uitgelegd. De man met de platgeslagen neus had het niet begrepen. Hij verlangde ook naar een vrij leven in een rechtvaardig Spanje, maar moesten ze daarvoor ook alle mannen en vrouwen vermoorden die er ook maar iets anders over dachten dan zij? Wanneer zou hij dan zelf aan de beurt zijn?

Op dat moment begon de wind nog harder te waaien, alsof God zelf hem antwoord gaf. Een droge wind als een blaasbalg die het vuur van de smidse tot witgloeiend aanwakkerde. Die sloeg als golven in de branding van alle kanten tegen hen aan. Soms koeler, dan weer heet. Het stof van het land waaide in wervelingen op en vermengde zich met het fijne woestijnzand dat ze weldra overal op hun lijf konden voelen. Tot slot was er niks dan die wind, een constante, niet-aflatende, wild bewegende hitte.

'Ik vind het maar niks hier.' Hij bond een zakdoek voor zijn mond en platgeslagen neus.

'Hou je bek nu maar. Hij kijkt.' Ze hadden amper moeite gedaan zich achter een stel rotsen te verbergen. De man mocht best weten dat ze hem volgden. Ze zagen hoe hij een doek als een bedoeïen om zijn hoofd bond.

'El Moro Rubio, hij kleedt zich naar zijn eigen legende,' spuugde de dikke man.

En toen hij wegreed, liepen zij achter hem aan. Ze volgden hem over de kam van Pedrablanc en langs terrassen en over stukken verwilderde berg weer naar beneden, waar zijn paard zich ondanks het kreupelhout eenvoudig een weg doorheen baande. Het bos, opgezweept door de wind, leek wel een marcherend leger. Voor hen lag de rivier de Quisi in een diep uitgesleten ravijn tussen hoge rietkragen verscholen. Aan de overkant lag een geitenpad dat nog dieper het kreupelhout en de bossen steeneiken in zou leiden. Moeizaam zwoegden zij voort, vermoeid en verstoft, alsof het zand van de wind in de gewrichten tussen hun botten was gaan zitten. Ze bewogen traag langs de helling naar beneden tot ze bleven staan aan de rand van een oud vervallen terras boven de Quisi, die in de droge maanden niet meer was dan een langzaam stromende beek en nu onzichtbaar tussen het hoge riet.

Aan de overkant zagen ze dat Don Germán de rivier al was overgestoken en nu stilstond en naar hen keek. De man met de pafferige wangen hijgde. '*Puta cabrón*, als hij over de heuvel is, dan zijn we hem kwijt. Hij speelt met ons. Hij hoeft zijn paard maar de sporen te geven. Ik ga niet verder, hoor.'

De man met de platgeslagen neus keek naar de steile afgrond aan hun voeten, het riet beneden. Hij zag zichzelf er niet doorheen waden, laat staan die dikzak die erbij stond alsof hij elk moment in elkaar kon zakken. 'Wat zeggen we tegen Aviles?' mompelde hij terwijl hij zijn geweer aan zijn schouder zette. Hij had het meegenomen uit de haciënda van Don Julian. Het had een richtvizier waardoor hij hun prooi ineens dichterbij haalde. In de heel lichte versterking van de lenzen zag hij hoe de man naar hen keek, zijn gezicht gehuld in die hoofddoek.

'Wat we Aviles vertellen? Wat ik net zei... hij gaf zijn paard de sporen. We raakten hem kwijt.'

'Goed idee, ik ben hier klaar. Kom, we gaan.' Hij liet het geweer zakken. 'Hoe moeten wij iemand te paard volgen met deze belachelijke laarzen, vooral...' De zin maakte hij nooit af. Hij voelde een verbijsterend harde stomp tegen zijn borstkas. Pijn ontplofte in zijn longen. Hij hoorde een tweede schot klinken, een schreeuw naast zich. Hij zag Don Germán aan de overkant staan, die zijn geweer liet zakken. Toen keek hij naar het steeds roder wordende gat in zijn borst en realiseerde zich dat hij doodging. Angst en een diep verdriet waren het laatste wat hij voelde.

*

Het riet en de bossen dempten de schoten, de wind blies de kreten weg. Het lichaam van de dikkere man, geraakt door het tweede schot, viel als eerste geluidloos tussen het riet. De lange man die het geweer op hem had gericht, wankelde een paar passen en zakte op zijn knieën waarna zijn bovenlichaam vooroverklapte, net over de rand van de kleine afgrond. Herman zag het lijf langs de zanderige afgrond schuiven, een stofwolk volgde toen het in het hoge riet verdween.

Even stond hij stil en keek naar het riet. Zijn geweer borg hij op in het foedraal. Hij wreef met zijn hand langs zijn neusbrug over zijn mond naar beneden, alsof hij de teleurstelling van zijn gezicht wilde trekken. Maar daar zat het niet. Waarom had hij geschoten? Hij wist het wel natuurlijk: zij hadden op hem gericht. Hij had niet verwacht dat ze dat zouden doen, zijn instinct had het overgenomen. Kolf tegen zijn schouder, loop tegen zijn wang en hij had hen gevonden. Voor het eerst in bijna vijftien jaar had hij weer een mens in het vizier. Zij hadden de kaart van de dood gespeeld, zijn hand was sterker.

Herman draaide zich om en reed door, hopend dat Hector burgemeester Paya had kunnen bereiken. Hij fronste zijn wenkbrauwen toen hij na een tijd rijden in het oosten, vanuit een van die vouwen in het landschap, een rookpluim zag opstijgen. Hij wist dat Don Porfirio's haciënda daar lag. Terwijl zijn paard rustig doorstapte, staarde hij naar de rook en vroeg zich af waarom de haciënda brandde. Arechavaleta was allang gevlucht. Zijn landgoed was al bezet, gecollectiviseerd. Misschien zouden ze in Venta la Chata meer weten.

*

Het was de Llevech die de geur van rook het huis binnendreef. Even dacht Vicente dat de hete lucht zelf was ontbrand. In de schemering van de kamer keek hij naar Catarina, die nog lag te slapen. Vicente rook de woestijn waarin hij zo vaak had gelegen, tussen brandende hutten, stukgeschoten versterkingen en verkoolde lijken, turend naar de vijand in het altijd verblindende licht.

Hij kuste Catarina op de wang en stond op. Was Andrés misschien snoeihout aan het verbranden? Met deze wind leek hem dat onwaarschijnlijk. Hij keek uit het raam dat uitzicht bood op de Tossal del Moro. Daar bewogen alleen de bomen, heen en weer gezwiept door de niet-aflatende wind. Hij liep de kamer uit en merkte dat in de gang de geur nog sterker was. De kinderen sliepen in de kamers die uitkeken op de grote binnenplaats. Naast het geluid van de wind dacht hij stemmen van buiten te horen. Hij voelde de beklemming in zijn buik, hoe zijn ademhaling omhoog kroop. De angst die zich richting zijn hart klauwde.

Hij wilde de kinderen niet wakker maken en liep daarom de gang door, de trap op naar de torenkamer. Toen hij boven aankwam, zag hij dat de rook van de binnenplaats kwam. Vlammen vraten aan de poort. Buiten de muren zag hij een groep van minstens twintig man. Geweren in de aanslag, klaar om door de poort te komen zodra deze het begaf. Vicente herkende Romero, die als een gekooid beest heen en weer liep. Maar ook Xavi Morales, die juist stilstond, als een bleek standbeeld. Hij herkende Gascon, en nog meer mannen uit Xaraque. Mannen die weleens op zijn landerijen hadden gewerkt, anderen van wie hij groente kocht op de markt. Sommigen droegen hakmessen in hun broeksbanden.

Vicente rende de trap weer af, opende de deur naar Hermans kamer waar het bed onbeslapen was. Toen naar Catarina. Hij schudde haar voorzichtig wakker. Even later was iedereen in het huis gewekt, de wapens werden uitgedeeld. Met Alfonso en Andrés keek Vicente aan de voorzijde uit een raam dat uitzicht bood op de binnenplaats. De vlammen sloegen al door de massieve houten poort heen.

'Waar is Don Germán?' vroeg Andrés.

Vicente wist dat als Herman er was, ze zouden vechten. Maar hij was er niet en Hector ook niet. Misschien wist de militie dat ook wel, waren ze daarom juist nu gekomen. Vicente liep de woonkamer in, waar de kinderen, de vrouwen en zijn vader zich hadden verzameld.

'Ik weet niet waar hij is. Maar we moeten weg hier.'

Andrés en Alfonso keken verschrikt op. 'We kunnen het huis toch niet verlaten?'

'Als we blijven, overleven we het geen van allen. Romero loopt daar buiten, ik zag vanuit de toren het schuim op zijn lippen.'

'Waarheen dan?'

'Er staan huisjes op de berg,' zei Alfonso, 'eigenlijk ruïnes, oude herdershutten. Veel ervan staan verborgen, maar ik ken ze.'

Vicente knikte. 'Andrés, hou jij de voorkant in de gaten, Alfonso en ik gaan kijken of het achter veilig is.'

Andrés rende weg, zijn karabijn onhandig in zijn hand terwijl hij de trappen naar de torenkamer opliep. Alfonso was als jager meer vertrouwd met het wapen, maar de man had nooit op mensen hoeven schieten. Vicente pakte zijn arm vast, kneep er zacht in.

'Gewoon rustig blijven doorademen. Kijk naar mij, we doen het samen.' Woorden die hij zo vaak had gesproken tegen jongens die tien minuten later dood lagen te bloeden; bruin bloed in het zand van de woestijn. Samen liepen ze naar de achterkant van het huis en keken naar buiten. De militie was daar niet te bekennen. Met zijn ogen op de tossal gericht rende hij over het open terrein naar de voet van de helling. Daar lag de toegang tot het paadje dat de berg op liep. Hij klom een stuk omhoog, luisterde naar de geluiden van het bos. De wind waaide nog, maar hij hoorde ook het geluid van de cicades dieper tussen de bomen. Daar kon dus niemand zijn die hen opwachtte.

Even later kwam de groep, aangevoerd door Alfonso en zijn vader achteraan, bij het pad. In het voorbijgaan gaf Vicente zijn vrouw een kus, zijn kinderen een knuffel en zijn vader een hand. In stilte beklommen ze de berg en waar ze langskwamen zwegen de cicades kortstondig. Vicente keek hen na totdat ze tussen de bomen uit het zicht waren verdwenen en keek vervolgens naar het huis dat beneden lag te wachten. Hij dacht aan zijn ouderlijk huis, dat door de militie uitgebeend was. Zou dat hier óók gebeuren?

9

September 1936
Alquería del Moro

De rook van het vuur, zwart van olie en alle andere vuiligheid die door de eeuwen heen in het hout van de poort was getrokken, werd door de wilde wind uit elkaar geslagen. De geur was overal. Xavi keek langs het vuur onbewogen naar het grote huis erachter. Hij vroeg zich af wat zich binnen afspeelde. Wie er was. De wachtposten waren verdwenen, misschien was Don Germán helemaal niet in het huis. Even hadden Romero en Aviles getwijfeld, maar toen ze lucht kregen van het feit dat Paya naar Valencia was vertrokken, wisten ze dat ze niet konden wachten. Ze moesten nu de absolute macht in het gebied pakken, de rust terugbrengen, zodat alles al in hun handen zou zijn, mocht er inspectie komen. Dus hadden ze de militie verzameld. De Alquería moest vallen, Don Germán en Don Urias moesten gedood worden, zo simpel was het.

Maar niet voor Xavi. Alles was chaos sinds de moordpartij op de Alta Solana; hij had Gascon niet kunnen beteugelen, de milicianos niet. Hij keek naar hun gezichten, zoals ze rustig zaten te wachten in de schaduw van de olijfbomen. Ishmael Herrero, vader van vier kinderen, een zachte man, in de afgelopen weken hard geworden. Een litteken van strijd over zijn slaap. Hij pulkte er nerveus aan terwijl zijn zwarte ogen de Alquería niet loslieten. Wat speelde zich in hun binnenste af, waren het dezelfde beelden van die nacht, hoorden zij wel de schoten en het geschreeuw? Hij was het verlangen naar het ideaal van de revolutie, die nieuwe eerlijke wereld, de afgelopen weken steeds sterker gaan voelen. Ze moesten het bereiken, anders waren de gruwelen voor niets geweest. Ze moesten erdoorheen, hij moest erdoorheen, hard zijn zonder een koude moordenaar te worden als Gascon of een waanzinnige als Romero.

'Dit duurt allemaal veel te lang,' brieste Romero, terwijl hij als een gekooid beest voor de poort heen en weer liep. '*Y este puto viento.*' Hij liep naar zijn paard en trok twee staven dynamiet uit een tas. Zonder iemand te waarschuwen gooide hij ze in het vuur. De mannen om hem heen doken weg, Romero draaide zich om, Gascon keek recht in het vuur toen de ontploffing door de poort en de vlammen scheurde.

*

Hij rende door het huis toen hij de doffe klap hoorde, gedempt door tonnen steen van het huis. Vanuit de torenkamer zag Vicente hoe de eerste milicianos door de opgeblazen poort kwamen. Vicente schoof de loop van zijn geweer door het raam en schoot op hen, het droge geluid sloeg tegen de aanvallers aan, het echode van de muren. *Pa-co!* klonk het, net als bij de scherpschutters toen in de Rif, die daardoor naar het geluid werden vernoemd. De aanvallers doken weg, op zoek naar dekking. Vicente schoot nogmaals, raakte een man in het been. Hij zag hoe José Gascon de binnenplaats opliep, schoot op hem maar miste.

'Wegwezen, Andrés. Snel!'

Hij hoorde hoe Andrés de trap af rende. Hij schoot nog een paar keer naar de mannen die zich tussen de bogen van de riurau hadden verschanst. Kogels sloegen in op de stenen rond het torenraam.

Romero liep de poort door, richtte zijn machinepistool op de toren en haalde de trekker over. Terwijl de kogels tegen de dikke stenen muren kapotsloegen en door de ramen naar binnen vlogen, kroop Vicente de kamer uit, de trap af. De voordeur was gesloten, een dikke dwarsbalk lag ervoor. Hij rende naar de keuken, wilde controleren of de kleine deur naar de oostelijke riurau gesloten was. Op het moment dat hij zijn hand op de klink legde, schopten de milicianos van de andere zijde tegen de deur, die schudde in de sponning. Het was een sterke deur maar lang zou die het niet houden. Uit zijn ooghoek zag hij beweging, slingerde zijn geweer in die richting. Het was Hector die op hem toeliep.

'Je bent terug?'

'Ja, Paya heeft de brief en heeft gezegd dat hij gaat. Ik heb hem weg zien rijden. Gisteren al.'

'Goed gedaan, Hector.'

'Ik kwam over de tossal en kwam Alfonso en iedereen tegen. Ze zijn veilig, Alfonso kent de weg.'

De deur kraakte al onder het voortdurende beuken.

'Waar is Don Germán?'

'Ik weet het niet, hij is nog niet terug.'

Hector knikte, keek boos.

'*Vamos!*' riep Vicente, maar Hector bleef staan.

'Kom op man, we gaan nu het nog kan.'

'Ik laat me hier niet zomaar wegjagen. Dit is ook mijn huis.'

Vicente keek Hector aan, zijn benen uit elkaar, zijn lijf onbeweeglijk.

'We kunnen dit niet winnen.'

'Ik hoef ook niet te winnen, maar ik ga wel vechten. Ga maar, dan heb je meer tijd.'

Vicente dacht aan Catarina en de kinderen. Die zouden zijn hulp nog nodig hebben. 'Een paar schoten, Hector, en dan rennen voor je leven.'

*

Na het salvo uit zijn machinegeweer kwamen er geen schoten meer vanuit de torenkamer. De *paco* was dood of verjaagd. Romero glimlachte en beval zijn mannen de binnenplaats binnen te vallen. Als de angsthazen die ze waren, doken ze in paniek de dekking van de riurau in. Een van hen kermde van een schot in het been. Alleen José Gascon, de gek die zich onschendbaar waande, liep kalm de open binnenplaats over, ondanks dat momenten daarvoor een kogel vlak langs zijn gezicht was gescheerd.

'Nog even,' zei hij tegen Xavi, die vanuit de schaduw van de riurau toekeek.

'Geen moordpartijen deze keer,' zei Xavi.

'Dood gaat, wie dood moet.'

'Nee, er wordt niemand afgemaakt. We hebben zo al problemen genoeg.'

Valencia was misschien op komst, maar voordat die er waren, lag dit huis in puin, wist Romero. De Hollander moest dood. Misschien zou hij zich met de rest inhouden. Ook Aviles had hem bevolen zich te matigen. Die was in Xaraque achtergebleven met het andere deel van de militie om het antwoord uit Valencia eventueel op te vangen, en kon niet nog meer bloed gebruiken waarop hij kon uitglijden. De lafaard.

Tot zijn genoegen hoorde Romero de deur die vanuit de riurau toegang gaf tot de keuken, breken. De mannen stormden naar binnen. Vanuit het huis klonken schoten. Vraag en antwoord. Romero rende de deur door, zag zijn mannen schuilen.

'Ze zijn nog binnen.'

Vanuit de schaduwen in het huis werd inderdaad op hen geschoten. Hij voelde de opwinding stijgen. Naast zich hoorde hij José Gascon grinniken.

'Laat mij maar.' Met zijn revolver in de hand sprintte Gascon de gang door. Ze hoorden een schot van een karabijn, toen meerdere schoten van de revolver. Toen stilte.

Gascon verscheen om de hoek, leunde tegen de deurpost.

'Zo, dat was heerlijk.' Hij liet hun het lichaam van hun tegenstander zien en schopte tegen het lijf. 'Hé, Hector! Nu zijn we weer vrienden.' Gascon spuugde op het nog schokkende lichaam.

'Maak hem af dan,' zei Romero.

'Nee, niet deze. Zijn broer was er veel te snel vanaf, dus hij mag er even van genieten. Hij gaat vanzelf wel dood zo. Tot nooit, Hector!' riep Gascon en ging de overige militieleden kalm achterna die door het huis raasden. Uiteindelijk kwam hij weer bij Romero terug.

'Hector was de enige, die Hollander is er niet,' zei Gascon.

'Nee dat was het punt juist, imbeciel. Maar hij gaat wel komen.'

'Nou, ik ga daar niet op wachten,' zei Gascon. 'Ik ben weg, het was niet bar opwindend.'

'Jij blijft hier, de Hollander gaat terugkomen en hier gaan we hem opwachten.'

Gascon keek op Romero neer. 'Doe wat je wilt, ik ga lekker naar huis, mijn vrouw neuken.'

'Jij staat onder bevel en je moet gehoorzamen.'

'Denk je dat echt... kameraad? Ik ben hier niet in opdracht van jou, of van die slappe lul hier.' Hij wees naar Xavi. 'Kruipen jullie maar lekker samen in zijn bed, maar ik prefereer kut.'

Een aantal militieleden die om hen heen stonden, grinnikten en volgden hun leider het huis uit. Een zestal bleef uiteindelijk met Romero en Xavi achter. Hector verplaatsten ze naar een van de kamers van de bedienden, waar hij kon sterven zonder hen lastig te vallen. Xavi keek Hector zwijgend aan voordat hij de deur achter zich afsloot.

Xavi zou met één man de wacht houden bij de doorgebroken deur. Romero met vier anderen in de woonkamer bij de achterdeuren. Een laatste man werd in de torenkamer geposteerd. En daar bleven ze op wacht en ging de dag voorbij. Terwijl de zon zijn baan doorliep en langzaam naar de horizon zakte, ging de wind langzaam liggen en werd het steeds stiller.

*

Achteraf dacht hij het al bij Venta la Chata geroken te hebben, en met elke kilometer werd de geur, evenals het angstgevoel in zijn borst, sterker. Toen hij de rook en de vlammen zag, voelde hij heel even de razernij in zich opsteken. Hij joeg zijn paard op, het geluid van de hoeven dreunde in zijn oren en toch hoorde hij de ontploffing en de schoten en besefte hij dat hij te laat zou zijn. Toen hij bij de oprijlaan aankwam waar hij zich tussen de bomen verborg, zag hij militieleden vrolijk het huis uitlopen. Hij herkende Gascon, maar ook andere mannen uit Xaraque. Opgewekt en met de geweren over hun schouder liepen zij de weg af naar Xaraque. Hij zag een van hen in de richting van de Alquería zwaaien, een stem vanuit de binnenplaats riep iets terug. Een aantal was dus gebleven. Blijkbaar waren ze binnen al klaar, en even stelde Herman zich voor wat hij daar zou aantreffen. Scherven, splinters en lijken. Hij knipperde een aantal keren met zijn ogen, keek naar de zon in de hoop dat die de beelden zou wegbranden. Hij kon zich daar nu niet in verliezen.

Vanuit de beschutting van de bomen keek Herman naar het terrein voor de poort. De deuren lagen in stukken op de grond, op veel plekken brandde het hout nog, aan één kant waren de massieve scharnieren uit de stenen gescheurd. In de boog van de poort zaten enkele stenen los. Maar de boog stond nog, zijn machtige stenen eigenlijk onbeschadigd. Even twijfelde hij wat te doen. Hij voelde de drang elke miliciano die daar nog was, dood te schieten. Ze waren zijn huis binnengevallen om hem en zijn familie te vermoorden. Hij wist zeker dat hij er vijf of misschien wel tien kon doden. Er zaten negen patronen in zijn pistool.

Hij zou beschoten worden, maar een enkele kogel zou hem niet stoppen. Tegelijkertijd wist hij niet wie er binnen waren, hoeveel militieleden. Hadden ze Catarina, Maruja of de kinderen in gijzeling? Leefde Vicente nog? Wie zouden er zijn, Romero, misschien Aviles? Die zouden hem dan opwachten. Hij moest wachten op het donker en dan het huis binnengaan. Met het mes tussen zijn tanden. Zoals toen. Het voelde vertrouwd in zijn hand. Hij ademde diep door zijn neus in, verwachtte de geur van modder, maar hier rook hij alleen de wind uit Afrika. Hij voelde zich wel rustiger worden. Ontspannen maar scherp. Zoals het hoorde. Even keek hij om zich heen. Het land, de zee, de zon. Hij keek naar het huis en wist waarvoor hij hier was. Hij voelde weer dat vernauwde bewustzijn. Hoe de wereld op zo'n moment van doodsstrijd heel klein werd. Als een blik door een richtvizier.

*

Hij kwam vanaf het achterterrein, schoof het ijzeren hek voorzichtig open, stak de patio over en glipte de zijvleugel in. Alle kamers waren leeg, behalve een die op slot was. Hij legde zijn oor op de deur en hoorde niets. De ruimte van de keuken voelde hij eerder dan dat hij iets zag. Hij hoorde het zware ademen van slapende mensen. Eén lag op de grond, de ander zat met zijn rug tegen het keukenblok. Het was slechts een profiel, een zwarte uitsnede van een mens, waarin hij, ondanks de duisternis, Xavi herkende. Hij onderdrukte de neiging om naar hen toe te sluipen en hun direct beiden de keel door te snijden. Hij moest eerst weten wat hem verder te wachten stond.

Geluidloos trok hij zich terug, de lucht sloot zich weer achter hem. Hij liep terug de gang in, stak de patio over en opende de aangrenzende deur naar zijn werkkamer. Herman prees in gedachten Alfonso, die het als een persoonlijk falen zag als een scharnier of slot waar dan ook in het huis piepte. Ook de deur van de werkkamer naar de grote woonzaal ging geruisloos open, als een gordijn dat de wind opzijblaast. Staand in de donkere deuropening zag hij vijf mannen: vier op de banken, de vijfde, Romero, zat in een fauteuil die hij in de richting van de achterdeur had geschoven. Zijn gezicht lag in de schaduw, hij leek niet te ademen. Als hij had opgekeken, had hij Herman in de deuropening van de werkkamer kunnen zien staan. Maar die leek bevroren in de nacht.

Toch was hij de vijand gewaargeworden en had in diens richting gekeken. Romero's lijf spande zich toen hij besefte dat de vijand, opgebouwd uit scherven van grijs licht en schaduwen, in de deuropening stond. In één tel doken die schaduwen op hem, zo snel dat hij niet meer had kunnen knipperen. Er ontsnapte nog net een geluid, verrassend fragiel, uit zijn mond voordat die werd dichtgedrukt. Hij voelde hoe droog zijn ogen waren, dat misschien nog wel meer dan het mes dat zich in zijn keel boorde. De punt die bij zijn nek uit zijn lichaam stootte. De ruwe hand over zijn openstaande mond. Zijn laatste geluid gesmoord. Het gezicht van de demon was dichtbij, hij bekeek het terwijl hij zich voelde wegzakken. De Hollander had zijn eigen ogen gesloten.

Toen hij zijn ogen opende keek hij naar de milicianos, allemaal nog diep in slaap, en vroeg zich af wat met hen te doen. Als officieren sneuvelen, vluchten de soldaten vaak vanzelf. Zeker deze mannen, bange meelopers. Bij eenieder nam hij met twee vingers Romero's bloed van het lemmet en trok, in een bijna tedere beweging, twee korte verticale strepen over het voorhoofd. Bijna een H. Als ze wakker werden, Romero zouden zien, en het bloed op hun voorhoofd ontdekten, zouden ze weten welke genade hun was betoond. Er dankbaar maar vooral doodsbang voor zijn.

Met het mes in zijn hand sloop hij naar de eetkamer en de keuken rechts. Hij aarzelde, besloot eerst links de trap op naar boven te gaan. Alle kamers waren overhoopgehaald maar verlaten. Iedereen was weg. Alleen in de torenkamer lag een slapende man die vanachter zijn dikke baard luidruchtig de nacht wegsnurkte. Herman grinnikte, smeerde zijn genade op diens voorhoofd en sloop weer naar beneden. Met zijn vrije hand volgde hij de muren, hij voelde het huis, was er een deel van, alsof hij bij een onverwachte ontdekking zou kunnen wegsmelten in de muren. Zijn blote voeten waren geluidloos over de stenen.

Het was niet meer dan een fluistering die Xavi deed omkijken waarop hij recht in witte ogen keek die overdag helblauw waren. Don Germán had zijn vinger op zijn lippen gelegd, vervolgens gewezen naar de slapende jongen, op wiens keel een groot mes balanceerde.

'Als je ook maar piept, snij ik zijn keel door.'

De fluistering. De lippen leken amper bewogen te hebben. Had hij het begrepen? Xavi knikte. De vingers, donkere vlekken op de toppen ervan, wenkten hem op te staan. Ze daalden de trappen af, de kelders in, waar het volstrekt donker was. Hij rook de lucifer voordat het kleine licht ontbrandde. De duisternis voelde nog zwaarder.

'Daar, die deur. Erdoorheen.'

Alsof het zwart tegen hem sprak. De deurklink weerkaatste het vlammetje van de lucifer. Hij dacht het geluid van het brandende houtje te horen. Hij opende de deur, stapte naar binnen. De deur ging dicht, de grendel ging erop. En het was alsof hij was gestorven. Zonder pijn, maar de duisternis leek te klein voor de angst die hem vanuit zijn buik vulde.

*

Romero dood, Xavi verdwenen, de anderen met de stigmata van zijn genade; de militie was bijna gebroken, wist Herman toen hij over de grote Pont Sant Josep van Xaraque reed. Hij liet het paard even stilstaan midden op de brug. Luisterde naar de rivier beneden hem. Hij keek naar de stand van de maan, schatte in dat hij nog drie uur had voor de dageraad zou aanbreken. Alleen Gascon en Aviles restten nog. Hij moest beginnen bij de gevaarlijkste.

De deur naar het oude stadspaleis van Don Miguel de Alas Buendía ging makkelijk open. Gascon, die met zijn gezin het huis van het slachtoffer van zijn vrouw had geconfisqueerd, waande zich onaanraakbaar. De deur duwde hij tergend langzaam open, om elk geluid te vermijden. Hij liep de trap op naar de eerste etage, de gangen door, op zoek naar de slaapkamer van Gascon en zijn vrouw.

Ze kwam ineens een kamer uit, een klein meisje. Gekleed in een nachtjaponnetje dat ooit van iemand anders was geweest, een kind dat nu dood was. Haar zwarte haar in een vlecht, een slaapmutsje op haar hoofd. Ze kwam uit zijn ooghoek tevoorschijn. Hij draaide zich om en stootte, het mes in zijn hand. Even waren beiden bevroren, toen versterkte Herman de grip op zijn mes, slikte. Haar lijfje trilde, hij zag een plas bij haar voeten ontstaan. Herman voelde zich misselijk worden, alsof hij van zure melk had gedronken. Hij keek naar het mes, de punt ervan enkele centimeters van haar buikje. Hij had al bijna gevoeld hoe het haar vlees was binnengedrongen. Hij bracht het mes langzaam achter zijn rug terwijl hij zijn vinger voor de tweede maal die avond op zijn lippen legde en fluisterde: '*Como te llamas?*'

'Sara.'

'Sara, ik moet met je papa en mama praten. Zolang je niks zegt, komt het goed met hen. Oké?' Hij glimlachte naar het meisje.

Haar lippen trilden. Ze knikte.

'Ga maar terug naar je bed.'

'Ik heb geplast,' fluisterde ze angstig, keek omlaag naar het kleurloze plasje. 'Dan krijg ik straf van papa.'

'Maak je geen zorgen, ik leg het wel uit aan papa. Ga maar naar je bed.' Ze draaide zich om en rende met vlugge, lichte voetjes haar kamer in. Herman sloot de deur achter haar.

*

Hij veegde het lemmet schoon op een van de wandkleden van het paleis, stak het grote mes in de schede op zijn heup. Toen hij naar buiten stapte, was het al licht aan het worden. Hij realiseerde zich dat hij geen tijd zou hebben om Aviles te bezoeken, en ook dat hij het niet meer wilde doen. Niet meer, niet weer de geur van bloed. Niet weer de angst in andermans ogen. Zijn handen deden pijn.

Het mes wilde hij niet meer oppakken. Hij stond even stil, haalde diep adem, een snik. Waartoe hadden ze hem gedwongen? Waarom? Of was hij het zelf, die de hem bekende weg had gekozen? Doden onder een wassende maan. Het meisje, bleek in het grijze licht van die marmeren gang, als zijn moeder. Alle pijn gecomprimeerd. Ontdaan van kleur, alleen de plas, licht op de vloer, als transparant bloed. Dat dat hem had teruggebracht. Hij had daardoor zijn belofte aan haar gehouden. Hij zou het misschien betreuren, maar wat betreurde hij niet?

'Hallo?'

Hij schrok, hand naar zijn mes, keek om. Blauwgrijs dook zij op uit de dageraad. Haar woeste bos haar, haar donkere jurk. Haar sterke schouders.

'La sultana.'

Ze fronste even haar wenkbrauwen. Toen herkenning. 'El Moro.'

Hij glimlachte.

'Wat doet u hier?' vroeg zij.

Hij aarzelde. 'Ik moest een boodschap doen. En u?'

'Ik ga naar mijn werk.'

'Uw werk?'

'In het ziekenhuis, ik werk als verpleegster, sinds kort.'

'O ja?'

'Zelfs de hulp van zigeuners kunnen ze wel gebruiken, nu er zoveel gewonden van het front komen.'

'Ja, natuurlijk.' Even was het stil tussen hen.

'Nou, dan wens ik u een fijne dag.'

'U ook.' Ze keek nog even naar de deur van het stadspaleis en liep toen door.

*

Pas toen hij door de poort reed, verdween haar silhouet uit zijn hoofd en richtte hij zich op zijn huis. Hij had eerst een tijd gekeken of er beweging was, maar het huis was leeg, verlaten. Hij zag bloedspatten op de plavuizen. De toren met de gaten van kogelinslagen, de ramen en vensters stukgeschoten. Hij liep het huis in, overzag de verwoesting. Het lichaam van Romero, onderuitgezakt in de fauteuil. De bekleding ervan doordrenkt met bloed. Het druppelde nog op de vloer waaronder hij Xavi Morales opgesloten wist. De andere militieleden: verdwenen, gevlucht, de dood op hun gezicht geschreven. Het waren gewoon boeren, arbeiders. Misleid en misbruikt. Herman kon het ze niet kwalijk nemen. Hij dwaalde door de kamers, vroeg zich af waar iedereen naartoe was gevlucht. Hij liep de berg achter het huis op, zag de sporen van de groep en volgde ze zo ver hij kon, voordat ze verdwenen achter de rotsen. Hij keek om zich heen en floot kort en schel zoals hij van Andrés geleerd had. Een fluitsignaal terug, en daar kwam Andrés tevoorschijn.

De kinderen werden weggehouden van het lijk van Romero. Andrés en Alfonso hadden het opgepakt, naar buiten gebracht en onder de verste riurau gelegd.

'Waar is Hector?' vroeg Vicente.

Toen pas herinnerde Herman zich de gesloten kamer in de zijvleugel. Toen ze de deur eenmaal open hadden, zagen ze hem liggen. Zijn gezicht lijkbleek. De twee wonden in zijn bast hadden zijn hemd met bloed doordrenkt. Herman ging naast hem zitten en voelde zijn ademhaling.

'Ongelofelijk, hij leeft nog, maar we moeten een dokter halen.'

'Die gaat niet komen, nu de Alquería aangevallen is,' zei Vicente.

'Ik weet misschien nog iemand. Zorg jij dat de deur van de keuken hersteld wordt, zorg dat iedereen gewapend is, zet ze bij de ramen, Alfonso in de toren...'

'Ik weet hoe ik een verdediging moet organiseren, Germán,' zei Vicente.

'Doe het dan deze keer ook,' beet Herman hem toe.

'Denk je dat ze terugkomen?' vroeg Andrés.

'Ik weet het niet, misschien wel, niet allemaal. Het ligt eraan wie Aviles op de been krijgt.'

Voordat Herman uit de Alquería vertrok, nam hij Vicente apart en zei: 'Morales zit in de kelder, die heb ik daar opgesloten.'

'Wat?'

'Ik leg het nog wel uit, maar hij mag er niet uit. En vertel het niemand.'

Het was niet meer dan twee uur sinds hij Xaraque had verlaten dat hij het dorp weer binnenreed en pas stilhield toen hij het ziekenhuis had bereikt. Ondanks de zorg dat hij gegrepen zou worden, steeg hij af en beende het gebouw in, de gangen door, totdat hij haar eindelijk vond.

'Señorita, ik heb u nodig.'

'Pardon?'

'Wij hebben een gewonde, hij is in levensgevaar.'

'Dan moet u een dokter hebben.'

'Het betreft kogelgaten, van de militie.' Ze draaide zich ter plekke om, verzamelde in alle haast wat medische voorraden en volgde hem het ziekenhuis uit.

*

Het kostte Josefa Flores Montoya, of Pepa, zoals la sultana bleek te heten, veel moeite om Hector het leven te redden. Het lukte haar de kogels uit Hectors wonden te krijgen. De wonden desinfecteerde ze en naaide ze dicht. De benodigdheden voor een bloedtransfusie hadden ze niet, dus was het afwachten en hopen dat Hector zo krachtig was als hij altijd had geleken. Pepa bleef bij hem waken, overnachtte zelfs in de Alquería en was er nog steeds toen de militie de volgende dag terugkeerde.

Door de hitte en het stof werkte zich een colonne over de oprijlaan naar het huis. Voorop een open auto die stapvoets reed, erachter een dozijn mannen te voet, die hun gezicht afwendden voor het stof dat de auto opwierp. Naast Aviles zat José Gascon in de open wagen. Zijn gezicht was zwaar toegetakeld, en toen hij uit de auto stapte, had hij een stok nodig om te kunnen staan. Bloedvlekken waren door het witte verband om zijn knie te zien. Herman zag het vanuit de torenkamer, Vicente stond naast hem.

'Je hebt hem in leven gelaten?'

Herman had hem kort verteld wat er die nacht was gebeurd. 'Ik had het zijn dochter beloofd.'

'En zijn vrouw?'

'Ze lijken nu erg op elkaar.'

Vicente snoof. 'Hij kent in ieder geval geen angst.'

De auto stopte buiten de poort. Aviles stapte uit, laadde zijn pistool door, schoot eenmaal in de lucht.

'Don Germán!' schreeuwde hij, zijn stem net hoorbaar. 'Don Germán. Geef je nú over. Zo niet dan wordt iedereen gedood, ook alle kinderen, en steken we het huis in brand.'

Het bleef lang stil.

'Waarom?' schreeuwde Herman uiteindelijk.

'Wat?' hoorden ze van buiten.

'Waarom?'

'Wat waarom?'

'Waarom willen jullie iedereen doodmaken? Daar is toch geen reden voor?'

'*Me cago en tus muertos, cabrón*! Je hebt me bijna doodgeslagen, mijn kniebanden doorgesneden,' brulde José Gascon.

'Ja, ik had het je dochter beloofd.'

'Wat zeg je nou, godverdomme?'

'Het had ook je keel kunnen zijn. Maar ik had je dochter beloofd je niet te vermoorden. Je zou haar dankbaar moeten zijn.' Hij zag Gascon zijn revolver heffen om vervolgens het wapen leeg te schieten op het huis. Furieus herlaadde hij het wapen, morste patronen op de grond waarop Aviles hem de revolver afnam.

Aviles keerde zich terug naar de Alquería. 'Waar is Romero?'

'In de riurau.'

'Is hij dood?'

'Ja.'

'En Morales.'

'Weet ik niet.'

'Luister, geef je over, en iedereen blijft ongedeerd. Laatste kans.'

'Een klerk, een manke en twintig angsthazen. Moet ik daar bang voor zijn? Luister, Aviles. We hebben hier tien geweren op je gericht. Jouw kop zie ik in mijn richtvizier. Als je nu omkeert zal jullie niks overkomen. Ook Gascon en zijn vrouw de kindermoordenaar niet. Ga jij terug naar Valencia, hier zijn we je allang zat. En jullie, mannen, ga aan het werk. Hier, als je wilt! Ik heb altijd iedereen goed betaald en ben altijd eerlijk geweest...'

'Genoeg, godverdomme!' Aviles riep de mannen bevelen toe, gaf Gascon zijn revolver terug.

Het vuurgevecht duurde uren. De militie probeerde de poort door te komen, maar telkens sloegen de kogels bij hun voeten in. Een van hen glipte binnen en werd door het geweervuur uit de toren onder de riurau vastgezet. Hij zocht huilend dekking achter het lijk van Romero.

Uiteindelijk was het een grote stofkolom die het einde van het gevecht inluidde. Een legerauto reed de oprijlaan op, met daarachter een vrachtwagen die maar net tussen de bomen paste. Uit de wagens stroomde een contingent republikeinse soldaten. Vicente zag Paya uitstappen en gevolgd door een officier liepen ze op Aviles af. Hij werd direct ontwapend en in de vrachtwagen geladen. Ook Gascon moest instappen, net als de milicianos. Twee van hen haalden het lijk van Romero op en schoven het moeizaam aan de voeten van Gascon en Aviles.

*

José Gascon en Aviles werden in de Cárcel Modelogevangenis in Valencia opgesloten. De regering had naar Paya geluisterd en met de broedermoord in de Alta Solana was er een grens gepasseerd. De moorddadige militie zou de *causa* van de Republiek alleen maar schaden. De militieleden werden in de coöperaties aan het werk gezet en hielden hun ogen op de grond gericht. Zij telden hun zegeningen, en toen de rode waas waarin ze verkeerd hadden verbleekte, zagen ze ineens hun daden scherper dan hun lief was. Ze zagen hun kinderen die nog leefden, terwijl ze die van anderen gedachteloos hadden vermoord.

Ze legden direct het verband met de stigmata van Don Germán die ze nog op hun voorhoofd voelden. Meer dan wraakzucht of woede was er bij de mannen een vreemd soort dankbaarheid. Als een leerling die zich realiseert dat hij toch echt beter is geworden door de strengheid van de leraar. Er was ook angst dat hij op elk moment, als een boeman, net als bij Gascon, hun huis zou kunnen binnensluipen. Ze konden alleen maar hopen dat hij hen zou vergeten. Ze deden er dan ook alles aan om onzichtbaar te zijn.

De boeren van Xaraque, die in de vroege ochtenden met hun muilezels naar hun velden bij Pedrablanc togen, bleven op veilige afstand van het grote huis. Zij zagen de poort in de verte, de open wond. In Bar Frau werd het verhaal van de sluipmoordenaar van de Alquería grif verteld. De geschiedenis van de 'Moor met het Mes tussen zijn Tanden' werd met elke vertelling groter en bloediger.

Hector Bardales kwam er dankzij de goede zorgen van Pepa bovenop. Hij bleef nog lang zwak, wekenlang liep hij als een oude man door het huis. Hij werd door iedereen geholpen en langzaam kwam zijn kracht terug. Hij wreef nog regelmatig over zijn wonden, mompelde dan 'Puto Gascon', maar herinnerde zich ook de blik van Xavi, die de deur achter hem had gesloten, alsof het de deksel van zijn doodskist was geweest.

Nadat Xavi's angst was gezakt, ging hij in het donker van de keldercel zijn gedachten methodisch af. Don Germán begreep hij. Het was een man die zich weinig aan emoties gelegen liet liggen, dacht Xavi. Hij zou straks niet meer boos zijn op Xavi, geen wraakgevoelens koesteren. Wanneer hij Xavi zou doden, zou het snel en methodisch zijn. Er was geen pijn waaraan Xavi hoefde te ontsnappen, er was geen licht dat hij hoopte nog te kunnen zien. De afloop leek zeker en pijnloos, en gaf hem rust.

Maar Herman was niet met Xavi bezig. Hij zat met zijn hoofd in zijn handen, luisterend hoe de radio de opmars van Franco's troepen en de onafwendbaar lijkende nederlaag van de Republiek aankondigde. Ze ontvingen ook hier de radiotoespraken van generaal Queipo de Llano, zijn uitspraak overdreven, zijn klinkers vergroot, gesproken alsof hij ze als elastieken oprekte, de medeklinkers diep in zijn keel verstopt. Een licht hysterische klank, waarbij de toonhoogte ervoor zorgde dat zijn nasale stem haast oversloeg. Maar wat hij zei was nog veel erger.

10

Juni 1937
Alquería del Moro

'Nuestros valientes Legionarios y Regulares han demostrado a los rojos cobardes lo que significa ser hombres de verdad. Y, a la vez, a sus mujeres.'

Spaans kan de mooiste taal ter wereld zijn. Maar het wiegende metrum en de rollende klanken konden de gruwel van deze boodschap niet verbloemen. 'Onze dappere legionairs en *regulares* hebben aan die rode lafaards laten zien wat het betekent om een echte man te zijn. En ook aan hun vrouwen.' De stem van luitenant-generaal Queipo de Llano sleepte zich voort als een stervend paard. 'Dit is volledig gerechtvaardigd, omdat deze communisten en anarchisten de vrije liefde prediken. Nu zullen zij tenminste kennisnemen van echte mannen in plaats van de nichten van de militie. Ze zullen zich niet bevrijden, hoeveel ze ook krijsen of trappen.'

Verkrachting als middel om de wil van het verzet te breken. Natuurlijk. De psychopaat met generaalsstrepen beloofde hardop genocide, eigenlijk de massamoord die al plaatsvond in de door de fascisten veroverde gebieden, met een bloeddorst gericht en versterkt door methode en intentie van een gedisciplineerd leger, met bevelen die niets aan duidelijkheid te wensen overlieten. 'We moeten een grote indruk maken: eenieder die openlijk of in het geheim verdediger van de Frente Popular is, moet gefusilleerd worden.'

Rookwolken hingen boven Málaga, Córdoba, Valladolid, Zaragoza, Sevilla, Granada; duizenden en duizenden doden, executies, moorden door de hand van Franco's soldaten. Op de kustweg tussen Málaga en Almeria, die later de *carretera de la muerte*, de dodenweg, genoemd zou worden, werden duizenden vluchtelingen door Franco vermoord.

Franco's leger duwde een bloedrode vloedgolf voor zich uit, een stroom vluchtelingen die aan de dood trachtten te ontsnappen. Ze kwamen langs de kustweg Benimelha binnen en zegen neer op de pleinen van Benimelha en Xaraque waar ze zo goed en zo kwaad als het ging werden opgevangen. Er werd onderdak voor hen gezocht en al gauw bleek dat, ondanks alles wat er was gebeurd, Don Germán de Alquería openstelde voor iedereen die wilde schuilen. Onder de amandelbomen langs de oprijlaan ontstond een tentenkamp, de oude vervallen huisjes op de berg werden opgeknapt en in gebruik genomen. Herman gaf hun delen van de bancales in bruikleen om er zelf mee te doen wat ze wilden, en zo ontstonden overal moestuintjes waar al gauw de eerste groentes groeiden. Aan het einde van de week kwamen ze, op uitnodiging van Herman, samen op de binnenplaats van de Alquería. Om te eten, te drinken, en in hun gemeenschappelijke muziek de ellende van zich af te schreeuwen. Het leek wel een boerencollectief, grapte Pepe in Bar Frau en keek over de lange houten toog grimmig naar Loreto Frau.

*

Een van de vluchtelingen die de poorten van de Alquería passeerde, was een zigeuner die uit Granada kwam, waar zijn volk al eeuwenlang woonde. En hij nam ook de muziek uit die stad mee. Al op een van de eerste avonden na zijn aankomst zat hij tussen de andere vluchtelingen en de bewoners van de Alquería, een gitaar op zijn been. Voor veel van de vluchtelingen was het de muziek die door hun aderen stroomde en ze stonden te genieten, riepen aanmoedigingen, klapten ritmisch mee. Zijn vingers schoten over de snaren, sloegen, streelden, braken ze bijna. Hij zong erbij met een stem die rauw was, hoog, gebroken, bijna 'vals' maar zo zuiver.

Ay cuando el amor se ha perdido
y sólo queda el recuerdo,
ay es bonito recordarlo
pero muy triste por dentro.
Del moro yo te he traío
una yerba fresca y rara,
un pañuelo y un vestío.
Ay vengo del moro,
del moro, del moro, del moro.

O, als de liefde verloren is
en alleen de herinnering blijft
o, is het mooi het te onthouden
maar erg verdrietig vanbinnen.
Van de Moor heb ik
een vers en zeldzaam kruid meegebracht
en een zakdoek en een jurk.
O, ik kom van de Moor,
van de Moor, van de Moor, van de Moor.

Alles zat in deze muziek, en Herman was overweldigd. De toeschouwers zongen mee op bekende liedjes. Barbareta danste, het kleine stevige lijf ineens elegant, vrouwelijk, sierlijk zelfs. Een trotse kin geheven, vuur in de ogen. Vonken leken van haar klappende handen te slaan. Het stof van de vloer sloeg op, zweefde in de namiddagzon. Barbareta trok Vicente de kring in, hij hief zijn armen, als een stierenvechter, trots, intens, zweet op zijn gezicht.

De oude Urias was naast hem komen staan. 'Dat heeft hij van zijn moeder, die was Andalusische. Wat een vrouw was dat.'

Herman hoorde het gemis in zijn stem. 'Ik heb dit nog nooit meegemaakt, dit... deze energie.'

'Ze noemen het duende.' Don Urias zag dat Herman het woord niet kende. 'Een verhoogde staat van emotie... bloed op je tong, zeggen ze weleens. Het is onverbrekelijk verbonden met deze muziek, maar ik hoor het ook in de wind in een pijnboom.'

Toen het laatste akkoord ontplofte, klonk er luid geklap en geroep: '*Viva el arte gitano!*'

'Caballero,' zei Herman, 'wat kunt u geweldig spelen.'

'Dat was mijn lijflied, Don Germán. Ik kom van de Moren, de muziek van de soefi is in mij! Ik heb in de gangen van Alhambra gespeeld en ook in dit Moorse paleis zingt het rond.' Hij spreidde zijn armen, draaide om zijn as, omvatte in zijn gebaar het hele huis. 'Patrón! Toen ik hoorde van deze Alquería del Moro, wist ik dat dit de enige plek was voor mij. Mijn muziek, mijn ziel, patrón, is als de olijf. Het moet zijn plek vinden, wortelen en groeien.' De families om hen heen lachten, hadden de onbevangen man al in hun hart gesloten: zijn glimlach met daarboven de van plezier samengeknepen ogen, hoog opgetrokken wenkbrauwen, een uitdrukking van tegelijkertijd verontschuldiging, vertedering en liefde.

'Deze plek kan wel wat muziek gebruiken.' Van alle kanten kwam instemming. 'Wat is je naam, vriend?'

'Ignacio Morao Amaya. Ofwel Morao, de grootste gitarist ten oosten van Sevilla. Ook wel bekend als el Dulce de Granada.'

'El Dulce?'

'Jazeker patrón, el Dulce, omdat ik zo zoet en verslavend ben.' De anderen lachten.

Morao klemde zijn gitaar tegen zijn borst en begon weer te spelen. 'Hier hoort eigenlijk de fluit onder, palmen en een danseres. Dan hoort u de Arabische nachten in Spanje terug. Sheherazade zingt, patrón!'

Direct was er weer de bijval van de anderen, en terwijl hij terugliep en ging zitten op zijn stoel, onophoudelijke aanmoedigingskreten, het ritmische geklap, alsof ze al jaren samen deze muziek maakten.

'Que bonito! Oley.'

'Vivan los Moros!'

De muziek wervelde weer om hem heen, ritmisch en dan weer melodisch. Herman begreep het niet, maar voelde het wel. Tracht-te net als Vicente mee te klappen. Voor het eerst sinds hij hier was, voelde hij zich weer echt buitenstaander. En zijn gedachten gingen dan altijd naar de man die hij had opgesloten in de kelder. Zou hij ook de muziek horen?

In de weken daarna leek Morao overal te zijn, altijd behulpzaam. Hij beantwoordde niet aan het beeld dat men van een typische gitano had, hij was een man die voor iedereen en alles ruimte maak-te. Als hij een hond op straat tegenkwam, stapte hij beleefd opzij zodat het beest voorbij kon, een paard bij de stal, geiten in de *co-ral*, kippen op de binnenplaats. Hij liet allen voorgaan. Dat leverde soms kolderieke taferelen op: Morao die een kip de weg naar de ren wees met een gebaar dat een maître d'hotel in een duur restaurant niet zou misstaan, Morao die de deur openhield terwijl een kat de keuken uitliep met een even hautaine als talmende tred, de staart in de lucht langs zijn benen strijkend.

Hij hielp nieuw aangekomen vluchtelingen hun weg te vinden, ondersteunde Maruja en Barbareta bij het verdelen van het eten. Praatte onvermoeibaar met lotgenoten die de verschrikkingen van de oorlog nog in hun ogen droegen. Hij speelde waar nodig op zijn gitaar. Met een eindeloze energie en vriendelijkheid maakte hij zich onmisbaar in de Alquería. Meer dan alles bracht de muziek van Morao hen samen. En steeds zat Herman met verbijstering te kijken hoe zijn Spanjaarden soms volledig tot stilstand kwamen, luisterend naar *seguirillas*, de meer verdrietige of melancholische liederen. Om dan weer volledig om te slaan naar wild wervelende *alegrías* en *bulerías*, waarbij mannen en vrouwen opstonden en dansten, een organische ontwikkeling van de muziek die heen en weer vloeide tussen hen. Herman klapte voorzichtig mee, weerstond het gevoel dat hij zich belachelijk maakte. De vrouwen trokken hem af en toe overeind om in de cirkel mee te dansen. Erg zelfbewust en weinig op zijn gemak probeerde hij Vicente na te doen, die samen met hem danste. Herman stampte dan net als zijn vriend wat met zijn voeten, probeerde de sierlijke handbewegingen te benaderen, om na het eerste applaus snel weer te gaan zitten. Hij had geen duende, die ondefinieerbare alchemie van pijn, passie, trots, kracht, worsteling en vreugde die niet begrepen maar alleen gevoeld kon worden. Hij verontschuldigde zich dan, tot grote teleurstelling van de anderen.

Morao bracht vreugde en blies leven in de Alquería waar de rest van Spanje langzaam leek te sterven. En zo bleef hij, ook toen de meeste vluchtelingen verder trokken naar Valencia. De zijvleugel was al vol, maar er was nog een kleine kamer vrij in het hoofdgebouw naast de familie van Vicente. Hij werkte dag en nacht, hij dompelde zich er volledig in onder, en de Alquería omarmde ook hem. En alhoewel het soms leek of Morao met zijn muziek de buitenwereld tot zwijgen had gebracht, liet de schreeuw van de geschiedenis zich niet lang smoren.

*

'Hij heeft mij voor dood achtergelaten! Hij zit er al weken. En u doet niks. Hij heeft mijn broer vermoord,' riep Hector Bardales.

'Hijzelf?'

'Wat mij betreft wel. Hij en *ese* puto Gascon, die me neerschoot. En alleen omdat Francisco niet de juiste kleur rood was. Mijn laatste broer.'

Bardales' ogen waren rood doorlopen van verdriet en bloeddorst. Ze zaten bij elkaar in de werkkamer, Hector, Herman en Vicente. Herman had enkele weken eerder verteld dat Xavi Morales in een van de opslagruimtes van de kelders zat opgesloten. Samen moesten ze hem verzorgen en bewaken. Hector had de mededeling eerst zwijgend aangehoord, hij lag toen nog op bed. Maar naarmate de weken verstreken, zag Herman de woede bij Hector gelijke tred houden met de kracht die hij terugwon.

'Hector, ik begrijp je, echt waar. Ik begrijp dat je hem dood wilt. Soms moet je wel doden, om jezelf of een ander te beschermen. Kwaad te voorkomen of te bestraffen. Maar vaak ook niet. Mijn gevoel zegt dat Xavi doden niet goed is. Hij moet wel gestraft worden, en dat doen we…'

'Wie ben jij om rechter te spelen?' Alle beleefdheid en ontzag voor Herman was bij Bardales verdwenen.

'Ik heb hem gegrepen, in mijn huis, ík heb hem opgesloten; en totdat iemand hem uit mijn handen wrikt, blijft hij hier. Het is een kwestie van wil, Hector. Niet van autoriteit, recht of macht.'

'Ik eis hem op.'

'Ik ga hem je niet geven.'

'Hector, wraak kan verdriet niet vervangen,' zei Vicente.

'Waar heb jij het over?'

'Je voelt nu je boosheid, en het lijkt alsof dat het enige is wat tussen jou en je verdriet staat; het enige wat je nog overeind houdt, denk je. Maar het duwt je juist onder. Zo word je het slachtoffer van de dood van je broer.'

Herman sloot even zijn ogen. Zijn vriend bezat de mildheid die hij zelf niet kon opbrengen, maar die Hector eigenlijk nodig had.

'Iemand moet boeten. Het onrecht!' riep Hector. Hij vloog op uit zijn stoel en beende de kamer uit. Zijn stappen weerklonken even op de oude plavuizen. Om langzaam plaats te maken voor de geluiden van het huis. De vrouwen in de keuken, de mannen buiten op het land, het geluid van metaal dat in de lichtbruine aarde hakte. Kindergelach ook ergens. Maar toen ook een roep, een vloek, geschreeuw, gedempt door stenen.

Maruja kwam de werkkamer binnenrennen: 'Don Germán, kom snel, Hector is bij de jongen.'

Met Vicente achter hem aan rende Herman de kamer uit, het huis door naar de kelders. De eerste die ze daar aantroffen was Morao die zijn hand over zijn mond hield; tussen zijn vingers druppelde bloed. Uit de donkerte kwamen de onmiskenbare geluiden van slagen die op een lijf aankwamen, doffe dreunen. Een paar stappen verder zag Herman Andrés ineengekrompen op de grond liggen, zijn armen over zijn buik, en door de open deur naar Xavi's keldercel zag hij Hector, gebogen over het lijf van Xavi, zijn rechtervuist die onophoudelijk neerkwam. Herman greep de arm van Hector die zich omdraaide en Herman trof met een vuistslag in het gezicht. Herman strompelde achteruit en kreeg nog een trap in zijn buik waarop Hector zich terugdraaide naar Xavi. Herman wierp zich op Hector, klemde een arm om diens nek en trok hem naar achteren de keldercel uit. Als een razende schreeuwde en vloekte Hector en ontworstelde zich bijna aan Hermans wurggreep. Hij schopte nog even wild om zich heen totdat Hermans greep zich sloot en Hector van het ene op het andere moment weg was. Herman liet het slap geworden lijf zacht op de grond glijden.

'Is hij dood?' vroeg Vicente.

'Nee, hij komt zo wel bij.' Nog nahijgend stapte Herman de keldercel in en zag het lichaam van Xavi. Zijn gezicht was een bloederige massa, zijn hemd gescheurd, zijn linkerarm stond bij de elleboog in een vreemde hoek. Een reutelend ademhalen. Vicente, Morao en Andrés waren erbij komen staan.

'Jullie twee brengen Hector naar zijn kamer,' zei Vicente. 'Doe de deur op slot.'

De twee pakten Hector onder zijn oksels en met moeite droegen ze hem de trappen op en de kelder uit. Vicente boog zich over Xavi.

'En is hij dood?' vroeg Herman.

'Nog niet. Maar die Hector kan slaan, zeg, wat een klappen. Die heeft niet lang meer denk ik. Misschien wel beter voor iedereen.'

'We kunnen niet iemand zomaar laten sterven, toch?' zei Herman.

*

Ze barstte vanuit de duisternis het lichtschijnsel van de cel binnen met een uitdrukking waarin woede en bezorgdheid om voorrang streden.

'Señorita Josefa van het ziekenhuis,' zei Morao die haar op verzoek van Herman was gaan halen. Het had wel moeite gekost haar mee te krijgen. Toen ze de vrouw van José Gascon had zien rondlopen met haar stukgeslagen gezicht, wilde ze niks meer met Don Germán te maken hebben. Ze dacht terug aan die vroege ochtend dat ze hem was tegengekomen in het dorp. Zijn vriendelijke voorkomen had een storm in haar buik veroorzaakt, zijn charmante antwoorden hadden haar doen verlangen naar meer. Niets had verraden dat hij twee mensen tot aan de rand van de dood had geslagen, met zijn mes had bewerkt. Zo verraderlijk was hij.

'La sultana,' zei hij, net als toen.

'Ik ga bij Hector langs, misschien moet u hem straks ook nog zien,' zei Vicente.

Pepa boog zich over Xavi, zakte door haar knieën. De schaduwen van de keldercel omsloten haar.

De stilte was vrijwel compleet, alleen het zachte schuiven van katoen over gebarsten vlees, in een emmer het klotsen van water dat allengs roder werd. Hij zag de lamp erin weerkaatsen. Dezelfde weerschijn in haar ogen toen ze naar hem omkeek.

'Heeft u dit gedaan?'

'Nee, hij redde hem,' antwoordde Morao. Hij vertelde Pepa wat er gebeurd was.

'Waarom zat hij hier? Deze man heeft frisse lucht nodig, licht. Hij sterft in dit donkere hol.'

'Buiten sterft hij eerder,' zei Herman.

Ze stond op, spuugde op de grond. 'Moordenaar.' Ze liep de cel uit, de duisternis van de kelders in.

'Maakt u zich geen zorgen, ik ga achter haar aan. Zal het uitleggen,' zei Morao en ook hij verdween in de duisternis, liet de lamp achter op het tafeltje naast het bed waarop Xavi lag, diens gezicht in een veld van rood-zwarte scherven. Schuivende schaduwen op een borst die nog net ademde.

'Alles komt goed, jongen.' En direct wist Herman dat het een gefluisterde leugen was waarvan hij de reden niet kende.

De deur dichtdoen ging zwaarder dan gedacht. Hij liet de grendel in het slot zakken. Roest schaafde over roest. Even legde hij zijn hand op de deur.

Boven stond Pepa in de keuken te discussiëren met Morao terwijl ze haar handen waste. Ze vielen beiden stil toen ze Herman zagen. Pepa veegde haar handen af aan een droogdoek, vouwde hem op en hing hem aan een stang boven de wasbak. Ze nam daarvoor de tijd en draaide zich toen naar hem om.

'Wilt u terugkomen om zijn wonden te verzorgen?' sprak Herman voordat zij iets kon zeggen.

'Ik... als u maar niet denkt dat ik hier elke dag ga komen.'

'Morao kan u ophalen. Ik zal u betalen voor de moeite.'

'Ik kan hier niet elke dag komen.'

'U zult mij niet zien als u komt.'

'Ik kan hier niet elke dag komen.'

'De jongen zal zonder u sterven.'

'U moet die jongen niet in dat hol houden.'

'Hij heeft geluk dat hij niet in een graf ligt, juffrouw, of in zee.'

De ogen, zou hij later vertellen, de ogen waren het niet alleen, ook die brede mond, het zwarte krullende haar dat neerviel over haar brede schouders... Alles aan deze vrouw klopte, betoverde, verbijsterde.

In tegenstelling tot wat ze had gezegd, kwam ze wel regelmatig. De eerste tijd werd ze steeds begeleid door haar twee broers. Lange, pezige jongens. Onder hun wijdvallende kleding, broekspijpen in grove laarzen gestoken, stonden spieren strak van te weinig eten en te veel fysieke arbeid. Uiteindelijk vertrouwden ze door Morao erop dat de Alquería veilig was voor hun zus, en kwam ze alleen.

Vaak keek Herman uit de toren hoe ze aan kwam lopen, aards en etherisch tegelijk. Hoe ze de binnenplaats overstak, samen met Morao, met wie ze praatte en lachte. Hij haalde haar op en bracht haar weg, hield lange gesprekken met haar, speelde als hij maar even kon gitaar in haar bijzijn, wierp zich dorstig in haar ogen en wentelde zich in haar lach.

*

Soms is het verlangen naar de dood een hunkering. Geen verdriet of wanhoop, maar een vorm van weemoed waarmee je het leven van je afschminkt. Xavi's hele lijf deed zeer, zijn hoofd vol van een zure, schurende dan weer stekende pijn. Het bloed en pus dat uit zijn wonden sijpelde voelde in de lucht van de keldercel koud op zijn huid. Pijn trok scherend over zijn gezicht. Hij voelde hoe zijn huid wilde openbarsten, alsof de zwellingen zich met kracht een weg drukten door zijn vlees.

'Alles komt goed, jongen,' had Don Germán gezegd. Geen woede, geen teleurstelling, eerder zorg en gelatenheid. Was het berusting? Wat betekende het, wat zou goed komen? Wat won de Hollander ermee hem hier opgesloten te houden? Xavi vroeg zich af of hij herboren zou verrijzen of dat hij in stilte zou oplossen in wat het allerdonkerste was; of de keldercel een baarmoeder was of een graf. Hij zag zichzelf in een spiegel van duisternis. Heen en weer gingen zijn door pijn en wanhoop gezwollen gedachten. Alles sloegen ze kapot. Nooit was het stil in het tijdloze schervenpaleis in zijn hoofd.

Het enige zachte was de zigeunervrouw. Vooral in de eerste dagen, die door de pijn oneindig lang leken, was zij er vaak. Het schrapen van de grendel was telkens weer een bewijs van leven, een bestaan buiten de pijn in het donker. Scharnieren die kreunden, lucht die binnenstroomde. Licht dat hem de ogen deed sluiten. Het gewicht dat neerzat op het bed, naast zijn lijf. Hij lag in die tijd altijd op zijn rug, te gebroken voor een andere houding. Haar heup voelde hij dan tegen zijn flank; haar ademhaling stuwde de zijne op. Het geluid van het water, de aanraking met de zachte stof op zijn wonden. De pijn ervan. Dan kwam de injectie in zijn arm waarvan hij alleen de druk voelde, even later gevolgd door een minieme afname van de pijn. Alleen dan was het even stil. Waarna de gedachten weer kwamen, de geluiden in zijn oren, het zoemen en krijsen, als cicades op het heetst van de dag; hij krabde dan zijn pijn in lange lijnen in de gepleisterde muren van de kerker.

*

Waar Xavi in de kelder zat, was Hector opgesloten in zijn kamer. Daar hadden ze zijn bewusteloze lijf heen gesleept en daar was hij wakker geworden van de pijn in zijn knokkels, die hij op Xavi's lijf kapot had geslagen. Zo lag hij, starend naar zijn bebloede handen, toen Herman de kleine kamer binnenstapte. Hector had naar hem opgekeken, tranen in zijn ogen waaruit dezelfde woede en wanhoop spraken als toen zij elkaar voor het eerst hadden ontmoet. Herman ging op de stoel zitten naast de deur. Hij keek naar zijn bestofte laarzen, druppels bloed erop.

'Hallo Hector. Hoe gaat het met je?'

De Spanjaard wreef over zijn nek. 'U moet me die truc maar eens leren. Ik was ineens weg. Als ik iemand zo knijp dan is-ie dood.' Het licht van buiten wierp schaduwen van de rejas op de muren. Meer dan ooit deden ze denken aan tralies.

'En is hij dood?'

'Nee, hij leeft nog, hoelang weet ik niet.'

'Ik ben een christen, toch voel ik geen spijt of schuld.'

'Ik begrijp het wel, Hector. Maar toch kan ik het niet tolereren.'

'Waarom kunt u wel doden en ik niet?'

'Ik weet het niet, Hector, ik weet niet hoe het leven precies werkt.

Het enige wat ik weet is dat ik hier de baas ben. Je kunt niet tegen mijn wensen in iemand in mijn huis doodslaan. Wat je buiten doet, in je eigen huis, op je eigen veld, in je eigen bouwplaats, dat is aan jou. Begrijp je dat?'

'Nee... dat is niet genoeg. Dit is ook mijn huis, ík heb eraan gebouwd, heb ervoor gevochten en ben er bijna voor gestorven.'

Herman zuchtte. Het was toch onheil wat hij jaren geleden had gezien in die ogen.

'Ik weet het, Hector. En ik ben je daar ook dankbaar voor, heel erg zelfs. Maar ik kan je niet meer vertrouwen, en je kunt hier dus niet meer blijven.'

'Wat? Waarom? Omdat die cabrón...'

'Nee, omdat je mijn regels hebt overtreden. Je bent niet loyaal geweest en dat is juist nu het allerbelangrijkste. Er is iets gebroken tussen ons. En dat is niet meer te repareren.'

'Is het omdat ik u geraakt heb? Mijn excuses...'

'Nee... deels misschien. Nee. Om eerlijk te zijn, ik zie het huis schudden zolang jij hier woont. Je woede en je haat zijn te groot, Hector. En ik zal er alles aan doen om ervoor te zorgen dat je geen moordenaar wordt. Daarom moet je gaan, Hector.'

'Wat moet ik doen, wat...'

'Er is een huis in Xaraque van Vicentes familie. Jij kunt daar wonen. Ik weet van Paya dat er veel herstelwerk is aan gebouwen in Xaraque, hij heeft werk voor je.'

'Dan woon ik daar, tussen diezelfde mensen die erbij waren toen mijn broer en zijn familie vermoord werden? In het dorp waar mijn verloofde...' Hectors ogen vulden zich met tranen.

'Wat bedoel je, je verloofde?'

'Ik had een verloofde. Voordat ik hier kwam.'

'Dat heb je nooit verteld... Wat is er gebeurd?'

'*Falangistas.* Achter de kerk, in de pastorie zeggen sommigen.'

'Daarom wilde je Carbonell toen...'

Hector knikte.

Wat een chaos moest het zijn in Hectors hoofd. Zijn vrouw door rechts verkracht en vermoord, zijn broer door links geslacht. Hoe kon hij ergens loyaal aan zijn? De Alquería was een goed toevluchtsoord voor hem geweest, maar nu was hij een bedreiging voor het huis en alles wat hij had helpen opbouwen.

'Dan zoeken we wat anders voor je, in Benimelha bij de Casa del Sal.'

'Maar dit is ook mijn huis. Mijn muren. Ik heb het huis verdedigd, ben ervoor neergeschoten. Door die puto Gascon en door Morales voor dood achtergelaten.'

'Dat begrijp ik, maar je kunt hier nu niet meer blijven, misschien over een paar jaar, als dit allemaal achter de rug is. Hier niet, maar mijn hulp daarbuiten heb je, zoals altijd.'

'Ik hoef je genade niet. En dit is niet het einde.' Al Hectors kwetsbaarheid verdween. 'Je moet maar hopen dat Morales in die kerker sterft, want anders kom ik hem halen. Dan maak ik af waar ik mee ben begonnen. Zorg dan dat je niet in de weg staat.'

In de weken na Hectors vertrek herstelde Xavi langzaam. Pepa bezocht hem regelmatig, drong er bij Herman meermaals op aan dat hij Xavi vrij moest laten. De spanning in de Alquería was nooit groter geweest. Het werk ging door, maar in een beladen stilte. De kinderen waren moeilijker, prikkelbaar, er werd veel ruzie gemaakt en gehuild. Zelfs de muziek van Morao bracht geen licht in de duisternis, die als een mist uit de stenen vloer leek op te stijgen en het huis vulde.

11

Juni 1937
Xaraque

De stille beweging, het geluid van luchtbellen, het tikken van stenen tegen elkaar, allemaal door dat filter van die doorzichtige muur. Elk deel van je huid kon je voelen, omdat het water je overal raakt. De weerstand van het water, die eigenlijk nooit echte weerstand was. Je hoofd boven water, deel zijn van twee werelden tegelijk. Kijken naar het statische terwijl je zelf steeds in beweging bent. Drijven, oog op de wolken. Het water draagt je. In het water kun je nooit vallen. Zacht, zout. Herman dacht zijn naam te horen. Wilde niet geroepen worden. Wilde alleen drijven, zich vrij voelen. De stem van een vrouw: 'Señor Germán!'

Nog op zijn rug tilde hij zijn hoofd een fractie uit het water, zijn oren vrij. Op de cala stond Pepa.

'Señorita. Wat is er?'

'Ignacio zegt dat Hector Bardales weg is.'

'Morao heeft gelijk.'

'Waarom zit Xavi Morales dan nog in die kerker?'

Herman zwom dichter naar het strandje, voelde de stenen onder zijn voeten, waadde langzaam naar de waterrand.

'Ik wil u het graag uitleggen. Wilt u gaan zitten?'

'Niet bepaald, nee.'

'Als u me dan toestaat dat ik me afdroog en aankleed? Of wilt u liever met me praten in deze staat van ontkleding?' Hij glimlachte toen ze zich omdraaide. Toen hij aangekleed was, ging hij op een rots zitten en stak een sigaret op.

'U kunt zich omdraaien. En gaat u toch alstublieft zitten,' zei hij, en wees op een rots tegenover hem. 'Het zit zachter dan het lijkt.'

Schoorvoetend ging ze zitten, haar rug recht, natuurlijk, voeten uit elkaar.

'Fijn dat we even rustig kunnen zitten.'

'Waarom?'

'Omdat ik weet dat je het niet eens met mij bent, en dat is niet erg. Maar je begrijpt me niet en dat is wel erg.'

'O.' Ze leek even van haar stuk gebracht dat hij haar tutoyeerde.

Hij begreep het niet: wat was er in die ogen, die magnifieke mond, dat ze nog niet tegen hem gelachen had? Hij wilde net zo met haar lachen als Morao. Hij wilde dat ze niet meer boos naar hem zou kijken. Hij schoof dichter naar haar toe. Zijn handen voor zich open op zijn knieën, alsof hij zou willen dat zij die van haar in de zijne legde. Ze keek hem aan, wachtte op hem.

'Hij is daar beneden veiliger dan buiten. Voor zichzelf en voor ons. Bardales vermoordt hem zo gauw hij de kans krijgt. Of de soldaten arresteren hem en hij wordt opgesloten in de Cárcel Modelo. En mocht hij toch uit hun handen blijven, dan zal hij ongetwijfeld wraak op ons willen nemen. Dit huis, deze mensen. Daarom kan ik hem niet zomaar laten gaan, dan begint het geweld weer.'

'Por dios, hoe kunt u dat nou zeker weten?!'

'Ik weet alleen zeker dat ik het risico niet wil nemen. Als ik hier zit, op deze plek, en naar mijn huis kijk, naar het land, de rotsen, de zee, dit alles, dan... daarvoor...'

'Daarvoor zou u een moord doen.'

Hij had haar aangekeken. Zou er een moment komen dat ze door die boosheid heen zou komen, naar een ander soort samenzijn? Ze had het gezegd om hem te kwetsen, dat zag hij ook.

'Nee Pepa, juist niet. Het onnodig doden, onnodige wreedheid, onnodig verdriet; dat kan ik niet accepteren.'

'Romero, de Gascons, wat was dat dan?'

'Nodig. Je weet waartoe ze in staat waren, wat Aina heeft gedaan, wat José deed, wat Romero met de koster en al die anderen deed, en wat ze nóg eens zouden doen…'

'Zoals bij padre Moisés had kunnen gebeuren,' ze aarzelde even, 'het is goed wat u voor padre Moisés hebt gedaan.'

Hoe wist zij van Moisés? Hij wilde ontkennen, maar waarom zou hij? Hij vertrouwde haar.

'Bij padre Moisés was ik op tijd. Bij vele anderen te laat.'

'Bent u al bij hem geweest?'

'Een paar keer, al een tijd niet meer.'

'Ik wil naar hem toe; kunt u mij meenemen als u gaat?'

Op dat moment hoorden ze voetstappen op de trap en zagen Morao die was komen aanlopen. Beiden gingen verder van elkaar af zitten, nu pas merkten ze hoe ze naar elkaar toe hadden bewogen. Ze glimlachte naar Morao die vrolijk naar hen zwaaide.

'Hebben jullie een fijn gesprek gehad?' vroeg hij halverwege op de trap.

'Ja hoor Ignacio, we zijn bijna klaar.' Ze keerde zich naar Herman. 'U moet die jongen op zijn minst licht en frisse lucht geven.'

'Ik zal erover nadenken.'

*

Dagen later zwommen de letters voor zijn ogen, alsof iets ze los had getrild en ze aan de dik op elkaar gedrukte zee van woorden op het droge papier wilden ontsnappen. Hij sloeg een bladzijde van de krant om, nam een slok van zijn koffie. Nadat Pepa hem op de cala had aangesproken, had ze hem niet in rust laten nadenken. Ze bleef van Herman eisen dat hij de jongen zou vrijlaten. Ze had Xavi weer op de been geholpen. Zijn fysieke wonden waren geheeld.

'U bent nog erger dan de fascisten. Hun gevangenen hebben tenminste licht en lucht.'

Terwijl hij in de krant las over de opmars van de fascisten, vroeg hij zich af of ze gelijk had. Het dorp was het in ieder geval met haar eens. Een halfuur geleden was het in de bar net zo lawaaiig geweest als dat het nu stil was. Loreto, zijn vrouw, twee dochters, hun mannen en twee oudere kinderen hadden af en aan gelopen om alle klanten te bedienen. Nu stond alleen Loreto uit zijn ooghoeken naar Herman te loeren. Hij was aan het einde van de lunchservice binnengekomen. Hij kwam wel vaker, om de krant te kunnen lezen en de sfeer in het dorp te proeven. Gesprekken werden afgebroken, donkere blikken geworpen, sommige gasten knikten juist vriendelijk, maar al gauw was bijna iedereen verdwenen.

De grote bar was nu vrijwel leeg. Slechts vier gasten aan wankele houten tafeltjes, twee man stonden bij de toog. Aan hun voeten een slagveld van sigarettenpeuken, servetpropjes, tandenstokers, schillen van zonnebloempitten en doodgeslagen vliegen. Een oude man, nippend van een kopje koffie, klom met moeite op de barstoel. Bungelende benen en bestofte voeten in afgetrapte touwsandalen. Hij kon nog net zijn armen op de toog leggen en zwaaide geïrriteerd naar de vliegen bij zijn gezicht. Een paar meter van hem vandaan stond Herman. Met een hand sloeg hij de bladzijden van de krant om, de ander breed op de bar als een zijbeuk die hem stutte.

Achter zich hoorde hij de deur opengaan, hij keek om. Natuurlijk was zij het. De mannen aan de tafeltjes keken op, Loreto Frau stak zijn norse kop om de hoek van de keuken. Ze kon nooit ergens ongemerkt binnenlopen, altijd waren er mannen die eerst verlustigd naar haar verschijning keken, om zich vervolgens, als hun hersens hun piemels hadden ingehaald, te realiseren dat ze een gitana was, en bijna verbolgen waren dat haar verschijning hen zo op het verkeerde been had gezet. Ook nu weer.

'En, heeft u er al over nagedacht?'

Hij was even van zijn stuk gebracht en was zich sterk bewust van zijn grote postuur, hij kon haar lijf makkelijk omvatten; zijn handen, knokkels verdikt, haar handen slanker, maar ongetwijfeld sterker dan hij voor mogelijk hield. Een vlieg liep ongestoord over zijn arm. En voor het eerst, in die bar, zag hij haar fysiek op hem reageren. Dacht hij. Hij dacht haar beklemming te voelen, haar middenrif dat millimeters terugweek. Hij zag haar naar zijn lippen kijken, heel even maar.

Hij vouwde de krant dicht. 'Begint u daar nu alweer over? En dan hier?' sprak hij zacht.

'Ja, ik... ik was op weg naar huis en zag u staan.'

'En u dacht, laat ik naar binnen lopen en ons allen in gevaar brengen?'

'Ja. Zolang u geen antwoord geeft.'

'Of een dat u niet bevalt.'

'Ha!'

Dat had te hard geklonken, maakte hen bewust van hun omgeving. Het was al stil, maar nu waren de andere gefluisterde gesprekken ook stilgevallen. Zelfs het oude mannetje aan de bar, dat bijna aan de toog leek te hangen, zijn hoofd er net bovenuit, keek hen aan. Herman wenkte Loreto Frau terwijl hij het geld voor zijn koffie neerlegde.

'Gracias, Loreto.'

De cafébaas mopperde iets, waarschijnlijk een scheldwoord. Herman draaide zich om en liep weg. Pepa stond nog bij de bar, hij voelde haar ogen in zijn rug branden. Bij de deur draaide hij zich om.

'Zal ik u begeleiden naar uw huis?' vroeg hij beleefd.

*

Was hij nog een gevaar of was hij gebroken? Zo zat hij er wel bij, kapotgemaakt, misschien wel voor de rest van zijn leven. Een jongen nog, vochtige ogen. Maar wat hij had gedaan, kon niet vergeten en amper vergeven worden. Herman voelde zich weer verharden. Het bloed van zijn verwekker stroomde door zijn aderen. Nee, zo wreed zou hij nooit worden. Aan de andere kant, na de Urias-haciënda, na de moordpartij op de Alta Solana, had Xavi de Alquería aangevallen, Hermans heiligdom, de mensen, zijn familie. Die zou hij tegen elke bedreiging beschermen, op het meedogenloze af. Hoezeer hem dat ook tegenstond. Maar toen werd hij haar aanwezigheid weer gewaar, haar ademhaling achter zich, alsof een golf binnenliep die zijn bloed koelde. Daarom nam hij de jongen mee naar boven. Hij had het er met Vicente en Don Urias over gehad, Xavi had immers met de militie ook hun huis verwoest, en vooral de oude Urias had ingestemd met de nieuwe regeling die Herman voor ogen had. Hem helemaal vrijlaten kon niet, daarvoor was de dreiging nog te groot. Overdag zou hij beneden in de kelder blijven, met voldoende licht en lucht. Als de kinderen 's avonds naar bed gingen, mocht hij naar boven, naar Hectors oude kamer, waar hij ook mocht slapen, in een normaal bed, met frisse lucht. De deur zou gesloten blijven: hij moest niet denken dat hij vrij was, of verlost van zijn straf. Xavi had de tranen uit zijn ogen gewreven, geknikt en verder gezwegen.

Het onverwachte gevolg van de nieuwe regeling was dat Pepa naar de Alquería bleef komen. Met minder weerzin tegen Herman – zo stelde hij zichzelf voor – voelde ze zich vrij Xavi te bezoeken en ook Morao ontmoette ze steeds vaker. Herman zag hen zitten onder de bomen op het veld, Morao met de gitaar waar hij zacht op speelde, zij zong mee, samen lachten ze, voerden lange gesprekken met elkaar.

Bij een van deze gelegenheden was Herman net teruggekeerd van de salinas. Hij was te paard en nam de geitenpaadjes door het kreupelhout. Zo zag hij van een afstand hoe Morao en Pepa elkaar kusten toen ze afscheid namen en zij op weg naar huis ging. Herman draaide zijn paard bij en volgde haar op ruime afstand toen ze het voetpad over de heuvels nam en door de ravijnen richting Xaraque. Hij zag haar gestalte achter, boven, tussen de bomen en uiteindelijk verdwijnen. Hij kende het voetpad dat ze nam en wist waar het uit zou komen. Hij klopte het paard op de zweterige hals en dreef het rustig over de hoofdweg. Toen hij de plek bereikte waar het voetpad de weg weer zou ontmoeten, bleef hij op afstand in de schaduw wachten totdat zij tevoorschijn zou komen.

'Waarom volgt u mij?' hoorde hij tot zijn verbazing achter zich. Hij draaide zich om en begreep op dat moment dat hij niet meer om haar heen kon. Hoe ze daar stond, in de hitte van de namiddag. Het stof op de donkere jurk die om haar lichaam viel. De krachtige schouders.

'Wij gaan slechts in dezelfde richting volgens mij,' opperde hij.

'Is dat zo?'

Hij haalde zijn schouders op. 'Nu ik u toch zie: ik wil binnenkort naar padre Moisés. Ik denk dat het tijd wordt dat hij bij ons komt logeren.' Moisés zat al sinds de dag dat Verdú vermoord was, ondergedoken in de stenen hut van Pepe Pieldelobo op een kale berg.

'Is dat wel veilig?'

'Veiliger dan buiten. Wilt u meegaan... om te zien of hij sterk genoeg is de reis te maken uit de bergen naar hier? Overmorgen voor zonsopgang vertrek ik. Ik heb ook voor u een paard, zo u wilt.'

'Ik zal er zijn.'

'Dank u, señorita Flores.' Hij draaide zijn paard en reed weg.

*

Met een ruime omweg, eerst in de tegenovergestelde richting, reden ze naar het stenen hutje van Pepe Pieldelobo. Ze verlieten aan de noordkant van de Sierra de la Alta Solana het pad en zochten de weg naar boven, richting de Sierra de Aljuzar. Links van hen keken ze tegen de kam van de Alta Solana aan, waarachter ze Xaraque, Benimelha en de zee wisten. Rechts liep het land in groen golvende heuvels van oneindige pijnbossen van hen weg.

Boven hun hoofden de witte zon; de verzengende hitte omvatte hen. De paarden zochten moeizaam hun weg tussen stenen en struiken door. Droog en scherp schuurden ze langs hun benen. Met hun hoofden laag stapten ze voort. Hun schoften waren doorweekt, vliegen streken op hen neer, zochten het zout van het zweet dat op hun flanken schuimde. De soms diepe stappen deden hun berijders van links naar rechts schokken. De stilte van het landschap was overweldigend. Het leek gestold in die hitte.

Waar de helling steiler werd, stegen ze af en liepen met de paarden stap voor stap verder. Een serie vervallen terrassen als een trap voor reuzen leidde hen naar een ondiepe kloof waar in vochtiger jaargetijden een rivier liep, de Estretet. Herman veegde het zweet uit zijn ogen en kneep in zijn doorweekte shirt.

'Verderop is een huisje, daar waar de bomen dichter op elkaar staan. Het is nu verlaten, maar daar is een waterput. Hopelijk staat die niet droog en kunnen we de paarden daar drenken.'

Ze zakten de helling af en liepen een poos langs de drooggevallen bedding van de Estretet. Bij het huis steeg Herman af en liep voorzichtig tussen de struiken door in de richting van het huis. In de stilte en in het licht dat door de bladeren schoot zag hij een van die vele koude, witte ochtenden van lang geleden doorschemeren: ochtenden waar achter elke muur de dood loerde of feestte; toen zijn bataljon kapotgeschoten dorpen moest innemen die uren later, met achterlating van honderden lijken – een spoor van obsceen schoon rood op de grijsgrauwe smerigheid van de oorlog – weer moesten worden teruggegeven. Jongens zoals hij, maar toch anders.

Waar toen kogels langsfloten en mortiervuur gillend overkwam, waren het nu alleen de cicades die massaal krijsten. Ze zaten in de bomen om hen heen. Bij elke stap die Herman zette, zwegen de cicades die het dichtstbij waren om achter hem weer te starten; als de zee voor Mozes, zo sloot en opende zich het geluid.

Het gebouwtje was opgetrokken uit gestapelde stenen. Het dak leek intact. Hier en daar stak de zon door de beschutting van de bomen, als onbeweeglijke zuilen fel licht, onberoerd door stof: er had daar al in tijden niets bewogen. Achter het huis vond hij de put. De roestige katrol draaide nog en hij hees een emmer water omhoog waarmee hij de paarden drenkte. Binnen was het leeg en koel. Er lagen oude resten van een vuurtje en wat aardewerken potten. De grond was met stro en pijnboomnaalden bedekt. Ze gingen zitten, dronken wijn uit de wijnzak en aten een paar plakken droge worst.

Achteraf probeerde hij erachter te komen wat het was geweest. Waren het de geluiden in die lege wereld, de wakende cicades en het gefluisterde protest van de paarden buiten, de van zweet doorweekte stof die zich losmaakte van haar huid? '*Los rumores de la tarde tibia*', de geruchten van de zwoele middag, had García Lorca geschreven. Of was het die geur? Haar geur. Was het de hitte, de wijn? Dat ze alleen waren en verder alleen zwegen. Had hij die eerste minuscule beweging gemaakt in haar richting? Of had zij iets gedaan? Had zij met haar handen over haar lichaam gestreken?

Uit het niets was de ruimte tussen hen verdwenen. Had hij haar jurk in één beweging uitgetrokken, over haar hoofd. Onder de witte onderjurk, vies van stof en zweet, zag hij haar borsten. Ze trok zijn overhemd uit en hem over zich heen. Hij keek in haar ogen en zij keek terug, haar ogen bewogen heen en weer, zochten iets in de zijne. Ze kusten elkaar niet zoals minnaars doen, alleen hun lichamen drukten tegen elkaar aan, klam, vochtig geurend. Dierlijk. Hij verborg zijn gezicht in haar nek, haar haar, en hij ademde diep in, snoof haar op. Dronk haar geur met zijn mond en tong, uit haar nek, achter haar oren. Zijn mond zakte af, begroef zich in haar, tussen haar borsten. Hij proefde het zout, stof tussen zijn tanden. Lager zakte hij af, totdat haar lichaam zich spande, ze haar heupen tegen zijn gezicht aan drukte, haar handen op zijn hoofd. Ze greep zijn haar. Hij wilde daar blijven; Lorca: '*Dejaré mi boca entre tus piernas*', ik laat mijn mond tussen je benen. Hij kon bijna niet ademen, alleen haar vlees was daar, haar dijen omkleedden zijn hoofd. Hij dronk haar. Pepa's hele zijn leek besloten in die aardse smaak.

Haar lijf schokte, als bij een koortsaanval. Uiteindelijk had hij haar omgedraaid en zat achter haar, hij liet zijn handen over haar blote rug en heupen lopen. De naalden staken in zijn knieën. Haar haar viel langs haar schouders. De lucht was koel, ze keek achterom, tussen de lange haren zag hij haar blik even op zich gericht.

*

Toen ze het ravijn van de Estretet uitklommen zagen ze in de verte Pepe's kudde die als een bruidsjurk om de heupen van de berg waaierde. Ergens tussen de beesten moest zijn huisje staan. Herman steeg af en zocht naar het geitenpaadje dat ernaartoe leidde. Hij vond het al gauw en leidde Pepa en de paarden door het gangetje tussen de bomen. Toen het paard zijn gevoeg deed, stopten ze om de drollen te begraven. Herman kwam overeind, keek naar zijn handen, de groeven erin gevuld met het fijne stof van de aarde. Hij sloeg ze af aan zijn broek en keek op. De wereld stond nog steeds onbeweeglijk in de hitte, geen zuchtje wind, nog steeds het gillen van de cicades. Het geitenpaadje liep van terras naar terras, sommige muurtjes donker van ouderdom, misschien wel duizend jaar geleden gestapeld. Vroeger waren dit ook boomgaarden, al lang geleden hadden de wortels van de olijf- en amandelbomen zich een moeizame weg gezocht door de weerbarstige grond.

Zonder hem te zien waren ze hem voorbijgereden totdat hij hen een stevig '*Alto, por cojones*!!' in de rug wierp.

'Pepe, cabrón!' riep Pepa.

'O, dat was grappig, zeg! Jullie hadden je gezicht moeten zien, als een betrapt stelletje,' en weer lachte hij uitbundig. 'Jullie komen zeker voor Moisés? Kom mee.'

Net als Pepe zag je zijn huisje pas als je er vlakbij stond. Muren van gestapelde grijze stenen, het dak met schalie bedekt. De paarden stalden zij in de coral, waar gewoonlijk de schapen 's avonds verbleven. Ze liepen van het huis naar een rond gesloten bouwseltje dat op het eerste gezicht leek op een ingestorte muur van een hoog terras, totdat je de koepel ontwaarde. Het was een oude aljibe, een diepe put met een koepel om het kostbare water te beschermen en een stalen deur om het af te sluiten.

'Toen ik de paarden hoorde, heb ik hem even weggestopt,' zei Pepe. 'Gelukkig staat het water laag.' Hij klopte driemaal op de stalen deur en opende die vervolgens. Beneden weerkaatste het zonlicht in de ogen van padre Moisés en in het water waar hij tot aan zijn borst in stond. Ze hesen hem aan een touw naar boven en hij klom, geholpen door Pepe, met veel moeite de put uit.

'Padre Moisés, hoe gaat het met u?'

'Goed genoeg, Don Germán. Bedankt voor uw hulp.'

Herman was al vaker langsgekomen, maar telkens weer bedankte de priester hem. De kleine man leek verder gekrompen. Zijn zwarte krullende haar, grijzer bij de slapen. Een lang geworden baard, de waterige ogen met droevige wenkbrauwen. Er zat geen kwaad in de man, misschien zwakte en angst die hij probeerde te stutten met het geloof. Hij herkende de blik, had die wel vaker gezien, in jongere ogen. Weerloosheid en onschuld. Moisés kon hij misschien wel helpen.

Padre Moisés zei later dat hij het die dag aan hen had gezien. Voor een man die het celibaat hoog in het vaandel had staan, had hij volgens eigen zeggen een goede neus voor het carnale: 'Dank God voor de zonde, anders hadden we geen Kerk nodig om hem te aanbidden,' grinnikte hij en sloeg dan altijd een kruisje. Maar nu deed hij niets meer dan kijken en zwijgen. Daar was hij goed in geworden, daar op de berg. De woorden waren vergaan, verkruimeld in de hitte als de schellen van cicadenlijkjes. Dichter bij de hel hoopte hij nooit meer te komen. Pas bij Pepa's opluchting en blijdschap hem te zien, voelde padre Moisés zich een beetje opengaan.

'*Mi hija*, wat een verrassing om in jouw ogen te mogen kijken.' Zijn stem leek te wankelen. 'Don Germán, wat een genoegen, maar wat brengt u hier, het is toch veel te gevaarlijk voor u om hier te komen?'

'Dat valt wel mee, padre. Ik… wij zijn hier om u mee te nemen.'

'Hier weg?'

'Maakt u zich geen zorgen. Ik zou het niet voorstellen als het niet kon. We kunnen u hier niet in een put laten zitten. En bovendien, Pepe heeft zijn vrijheid nodig.'

Herman glimlachte naar Pepe in wiens baard een glimlach verscheen. Pepe Pieldelobo, die hardnekkig en langdurig zwijgen afwisselde met even hartgrondige als luidruchtige litanieën vol profaniteiten, al maanden als enig gezelschap voor Moisés; ja, als íémand bevrijd moest worden…

'In de Alquería is voldoende ruimte, en we hebben meer… onderduikers.'

'Maar als ze mij bij u komen zoeken?'

'Dat zullen ze niet gauw meer doen, padre, en als ze aankloppen zullen ze u niet gauw vinden.'

Hij knikte. 'Ik ben señor Pieldelobo buitengewoon dankbaar voor zijn hulp en zorg. Hij heeft werkelijk zeer goed over me gewaakt, mij misschien bij gelegenheid iets te gauw in het water van de put gekieperd. Desondanks heb ik God gevraagd hem te zegenen, maar zegt u dat alstublieft niet tegen hem.' Hij aarzelde even. 'Ik moet toegeven dat het me beangstigt, dat ik liever hier blijf. Dan ben ik toch dichter bij God.'

Pepe lachte hardop.

'Of u met Pieldelobo dichter bij God bent, waag ik te betwijfelen, padre, maar ik begrijp uw zorgen,' zei Herman. 'Ik zou u ook niet meevragen als de nood niet aan de man was. Er is een jongen die geestelijke en spirituele bijstand nodig heeft.'

'Och, wat mankeert hem?'

'Hij is onderduiker, maar hij is ook een gevangene.'

'Uw… gevangene… maar waarom? Wie…?'

'Xavi Morales.'

'Morales? Hij heeft toch…'

'Uw god is er een van genade? Ja, hij heeft bijgedragen aan de dood van de koster, en vele andere dorpsgenoten. Hij is niet voor niets een gevangene.'

'En een patiënt en een gijzelaar,' voegde Pepa toe.

'Señorita Flores heeft zijn lichamelijke wonden verzorgd, maar zijn geestelijke wonden vertrouw ik niet helemaal.'

'Daar is een heel theologisch discours over te voeren...'

'En dat zullen we dan voeren, zo u wilt, op het koele terras van de Alquería, met een volle maag en een vochtige keel.'

'U had daar ook mee kunnen beginnen,' glimlachte padre Moisés.

Moisés zat al op het paard toen Pepe Herman aansprak: 'Het is zwaar voor hem geweest. Die *cojonudos* van de militie zijn hier regelmatig geweest, soms dagen achtereen om vanuit hier de berg af te zoeken. Hij was vlak onder hun neus. Ze hebben ook in de aljibe gekeken; in het water geschoten waarin hij zich had laten zakken. Als hij was boven komen drijven, had je daar twee rottende lichamen in teruggevonden.' Pepe haalde luidruchtig zijn neus op en spuugde.

'Dat je in deze droogte nog kunt spugen.'

'Ik kan altijd spugen. Dat hij nog leeft, verbaast me. Taai voor een verdomde pater.'

'Dank je wel, Pepe. Ik weet dat het niet makkelijk voor jou is geweest. Je hebt meer met de republikeinen dan met de klerikalen.'

'Ik ben niet loyaal aan die ideologen. Moordenaars zal ik altijd tegenwerken.'

'Woorden uit mijn hart gegrepen.'

'Ik ga nu, de schapen moeten terug zijn voor het donker wordt.' Ze schudden elkaar de hand.

'Kom gauw eens langs, je neef mist je volgens mij.'

12

November 1938
Xaraque

Ze luisterden zoals altijd naar het land: de sinaasappels die rijp waren voor de pluk, druivenplanten die op tijd gesnoeid moesten worden, olijfbomen die met slagen van hun last werden ontdaan. Geiten- en schaapskuddes zwierven over de heuvels. De timpan met de ezel bleef draaien, vanuit de salinas bleven vrachtwagens rijden, maar minder, en vaak kwamen ze met hun vracht terug. De druivenranken en fruitbomen bleven vruchten leveren, maar de boeren konden hun producten steeds moeilijker kwijt. Door onenigheid tussen de regionale coöperaties en een tekort aan mankracht rotten de vruchten aan de bomen weg. Zwermen wespen werden aangetrokken door de zoete, weeïge geur die zwaar over de landerijen hing. Vissersboten bleven uitvaren, maar niet te ver uit de kust en met de ogen op de horizon, hopend dat silhouetten van marineschepen niet aan de kim zouden verschijnen. Want daarachter kroop de oorlog in hun richting. Ze voelden hem komen, net als de koude, donkere maanden die naderden. Groene klaver begon de bruine grond van de boomgaarden te bedekken. Slagregens kwamen aan wal en lieten ingestorte bancales achter.

Herman zat steeds vaker op de rotsen van zijn cala. Daar keek hij hoe de zee zich te pletter sloeg tegen de kaap, en hij vroeg zich met steeds grotere regelmaat af wat hij hier deed, in dit land. Hij was van de ene oorlog de andere ingevlucht. Hij had een fort op een heuvel, maar wat had hij eraan? Hij volgde steeds zijn eigen interne kompas, zoals hij met zichzelf had afgesproken. En waar had het hem gebracht? Naar een belegerd huis en een reeks gemaakte keuzes die in normale tijden misdadig genoemd zouden worden. Hij had weer moeten doden. De ene helft van de bevolking haatte hem, de andere helft vreesde hem; hij begeerde een vrouw die verliefd was op een andere man; hij had een vijand als gedwongen gast; hij vermeed zijn eigen reflectie in spiegels en in de ramen van de Alquería.

De aanwezigheid van padre Moisés versterkte zijn ongemak. Niet omdat de stille priester hem op enige manier verwijten maakte, maar omdat Herman zich in diens aanwezigheid tekort voelde schieten.

'Hoe gaat het met Xavi?' Herman liep met Moisés tussen de olijfbomen op de bancales ver beneden de Alquería, bijna bij de vloedlijn. De oogst was net voorbij, de nog groene olijven waren verzameld, met ezels de steile hellingen opgedragen en naar de molen in Xaraque vervoerd. Herman pakte een achtergebleven olijf van de grond en rolde deze tussen zijn vingers die stram voelden in de koude novemberlucht.

'Hij heeft het vaak koud in de kelder, ondanks de stoof. Het is geen plek voor zo'n...'

'Zou een extra deken helpen?'

'Misschien, maar de kou komt vooral van binnenuit.' Moisés aarzelde even. 'Hij maakt het onder die omstandigheden verrassend goed. Hij lijdt, natuurlijk. Maar er is ook veel gelegenheid tot introspectie, er zijn momenten van inzicht, best diepzinnige moet ik zeggen. Hij heeft zijn gevangenschap volledig geaccepteerd, ziet het als een gelegenheid diep in zichzelf af te dalen, ziet het als uw opdracht aan hem.'

'Ik heb hem niks opgedragen.'

Moisés haalde zijn schouders op. 'Hij is buitengewoon eerlijk tegen zichzelf, ook in zijn wanhoop, waar hij kracht uit put. Wel interessant, de diepte van de menselijke geest.'

Herman knikte, ze waren aan het einde van de boomgaard aangekomen en keken uit over zee. 'Hoe zou God over mij oordelen?'

Moisés grinnikte. 'Vergeef me, maar hoe moet ik dat weten? Hoe meer ik meemaak, hoe minder ik denk te weten wat Gods plan is, Don Germán.'

'Geeft uw geloof u geen houvast?'

'Niet hierin. Ik kan niet namens God spreken, ik weet zelf niet eens of u goed of slecht bent, noch of dat er eigenlijk toe doet. U heeft mij het leven gered. Op een bepaalde manier doet u voor Xavi hetzelfde.' Hij hief zijn handen in vertwijfeling. 'Ik weet het ook niet. Wat ik wel weet, is dat de jongen nog niet verloren is, en dat u hem bij de eerste gelegenheid die zich voordoet, moet verlossen.' Hij legde zijn hand op Hermans vest. 'Zijnentwille, maar ook voor uzelf. U hebt niet alleen Xavi opgesloten.'

*

De woorden van padre Moisés zwierven door zijn hoofd. Hij had gelijk, Herman voelde zich gevangen. Natuurlijk door de dreiging van zowel de republikeinen als Franco. Maar ook de gedachten aan Sara Gascon, wat hij die nacht had gedaan, ook zijn twijfels over wat met Xavi te doen, zijn onmacht om Vicente te helpen met zijn verloren thuis. Vicente die hem vaker dan normaal vroeg hoe het met hem was, en tegen wie Herman zei dat alles goed ging.

'Hermano,' zei Vicente dan, 'je kunt tegen mij liegen, maar doe dat niet tegen jezelf. Wat wij doen, want ik ben hier ook, is niet verkeerd. Morales had ook dood kunnen zijn. En kijk naar hoeveel mensen we helpen...'

Herman knikte dan, legde een hand op de knie of de schouder van zijn vriend.

En over al die gedachten en twijfels hing de schaduw van de vrouw wier silhouet hij in de schemering van zijn slaap zag zweven. Bijna elke nacht bezocht zij hem en keek naar hem zoals ze had gekeken door het gordijn van haar krullende haar. Hij rook nog steeds haar geur, achtergelaten in dat moment buiten de tijd en de werkelijkheid, als in een andere dimensie gesponnen door licht, lucht, verlangen en vergetelheid. Dat moment, dat net zo makkelijk was ontrafeld als het moment dat zij elkaar hadden losgelaten, maar dat ze steeds trachtten te herbeleven. Na die eerste keer op de berg zochten ze elkaar in de stilte van de middaguren op in de verborgen plekken waar het landschap rijk aan was. Hij gaf zich zonder nadenken over aan de betovering van haar lichaam en haar ogen en mond en alles wat ze was. Hij had haar immers ingeademd. Ze spraken vrijwel niet met elkaar, woorden zijn ook niet nodig als je elkaar zo volledig ontmoet.

Soms werden ze bewaakt door het gekrijs van de cicades, soms was het in de avond, wanneer ze samen ademden op het ritmische lied van de krekels, *el canto del grillo*, een metrum van liefde. Nooit kwam zij voor hem naar het huis, laat staan naar zijn bed. Het was altijd daarbuiten, in de stoffige bruine brokkelige aarde, in de koelte van de zeewind of juist de verzengende hitte als ze kletsnat van zweet over elkaar heen gleden. Hij droomde van haar lichaam, haar geur. Hij proefde haar met elke hap die hij nam. Zijn lijf voelde anders, het huis voelde anders. Zij had iets in hem doen ontwaken. Hoop op liefde was lang geleden door zijn verwekker kapotgeslagen en door de jaren alleen als sediment neergeslagen in een diepdonkere en bijna dichtgeslibde poel van wat ooit verlangen was. Een poel waar de sultana doorheen was gewaad. Door die donkere troebele waas dacht hij de contouren, de schimmen te zien van een toekomst met haar. Hij wilde met haar praten, als gelijken, als zijn vrouw. De mensen zouden er schande van spreken, haar broers zouden hem willen vermoorden. Ze zou afscheid moeten nemen van Morao, het zou hem en haar verdriet doen. Maar hij zou de strijd met de onmogelijkheid van hun liefde nietsontziend aangaan en zij, zij was toch onbevreesd?

Toen de herfst van 1938 zich aandiende met hevige regens en harde wind, kwam het einde toch geruisloos. Ze hadden elkaar nog eenmaal ontmoet, in een vervallen stenen schapenschuurtje. De regen was door het kapotte dak op hen gevallen. Ondanks de kou hadden ze zich ontkleed, en misschien wel door de kou was hun vrijen nog heftiger dan in de hete maanden van de zomer. Zijn lichaam leek te klein voor alles wat hij voelde, fysiek, in zijn geslacht en zijn buik en borst en hoofd, maar ook voor het overweldigende verlangen om voor altijd bij haar te zijn. Maar ze was opgestaan en vertrokken. Zomaar. Halfnaakt was ze de regen in gestapt, met donderwolken die over zee kwamen aanrollen. En daarna was ze gewoon niet meer gekomen. Zij was uit dat deel van zijn leven verdwenen. Herman zag haar alleen in het voorbijgaan, in het dorp, op de markt, onderweg naar haar werk, onderweg naar huis, naar Morao. Niet veel later hoorde Herman van Morao dat hij zich verloofd had met Pepa. Morao's glimlach was van een man die zich in de hemel waande. Herman kon niet boos op hem zijn. Als hij iets begreep dan was het de liefde voor Pepa. Hij had ook geglimlacht toen Morao het nieuws kwam brengen.

'Ik ben heel blij voor je, Morao, maar pas op voor haar moeder, en die broers zijn ook tamelijke types.'

'Ja, maar dat is *mi gente*, dat zijn gitanos, zoals ik, wij begrijpen elkaar.'

Een paar weken later waren de twee getrouwd. Haar broers hadden Herman vriendschappelijk op de schouders geslagen, opgelucht dat hij geen bedreiging meer was voor de eerzaamheid van hun zuster. Herman had gezegd dat de nieuwe bruid en bruidegom welkom waren om in de Alquería te komen wonen. Het was immers al een thuis voor Morao. Zelfs de moeder van Pepa had geglimlacht. Herman klapte tijdens het huwelijksfeest op de maat van de *sevillanas*. Maar 's avonds in de stilte van de nacht hoorde hij geen gitaren of handgeklap, geen gezang en gestamp van voeten. Alleen de krekels die een beeld bezongen van een leven samen dat hij zijns ondanks voor ogen had gehad, en dat keer op keer als duizend spiegels uiteenspatte.

Die explosie dreunde nog steeds in hem na, toen de oorlog zich ineens aandiende met het vallen van bommen op Xaraque.

*

In Xaraque hadden ze gehoord van het bombardement op Alicante, enkele maanden daarvoor. Maar niks had hen kunnen voorbereiden op de komst van tien bommenwerpers. Het geluid begon diep in hun buiken, maar al gauw was de lucht ermee gevuld, die zichtbaar leek te beven, ze ademden de angst ermee in. De ramen, zelfs de stenen van hun huizen leken mee te trillen. Het luchtalarm ging af en door hun angst heen trachtten de dorpelingen naar de bomvrije kelders te komen die burgemeester Paya na Alicante had laten bouwen.

Zes keer kwamen de vliegtuigen over om in totaal 624 bommen af te werpen. Vooral op de textielfabrieken en de paar ijzersmederijen, maar sommige kwamen ook elders neer. Vooral op huizen waar veel families bij elkaar woonden, vaders en moeders die met hun lichaam hun kinderen dachten te kunnen beschermen, alleen om als eerste de instortende huizen op hun rug te voelen, hun kinderen gesmoord en verpletterd onder hun verwoeste lijven. Een van de bommen viel vlak bij de ingang van een schuilkelder en doodde zes families. Vaders, moeders, broertjes, zusjes. Ook het hospitaal, waar veel gewonde republikeinse soldaten van het front werden verpleegd, werd getroffen. Het werk dat aan het front was begonnen werd hier vanuit de hoogte afgemaakt. De vallende bommen gierden continu, de inslagen volgden zo snel op elkaar dat de aangezogen lucht een orkaan van geluid werd, een muur die je haast kon aanraken. Met elke inslag, elk instortend huis werden wolken stof en zwavel en gruis de lucht ingeworpen en door de straten geslingerd. Er was amper ruimte in de nauwe straten, zodat de stof- en gruiswolken er als stormen door joegen. Het stof baande zich een weg de huizen in, door de kieren van deuren, ramen en luiken, tot bij de in radeloze paniek schuilende families.

*

De doffe dreunen die zelfs de johannesbroodboom op de binnenplaats van de Alquería lieten trillen, hadden iedereen wakker geschud. Ze verzamelden zich op de binnenplaats en hoorden in de verte de vliegtuigmotoren. Herman kende het geluid, voelde zijn lijf verkrampen in een poging overeind te blijven.

'Iedereen moet hier weg, de Alquería is vanuit de lucht een makkelijk doelwit.'

De families verlieten het huis en liepen de Tossal del Moro op om zich te verschuilen tussen de bomen.

'Ik haal de jongen op,' zei hij tegen Vicente, die zijn dochter op de arm had en de achterdeur uit liep.

Xavi hoorde ze wel, maar ver weg. Gedempt door aarde, steen en duisternis. Zou de dood zo klinken? Niet dat hij er bang voor was. Want hoe vaak was hij hier al gestorven? De lijnen in de muur gekrabd voor elk overlijden. Welke hel zou nog indruk op hem maken? Hij lachte hardop, maar ook dat geluid viel dood neer. Alsof zijn woorden niet bestonden. Wanhoop maakte zich op zulke momenten van hem meester. Maar ook de wanhoop ebde weer weg en in plaats daarvan was er verwondering: hij was niet gek geworden, hij had een uitweg gevonden. Al vroeg had hij geleerd zijn ogen met de duisternis te sluiten. En op dat zwarte canvas bracht hij herinneringen tot leven: het zicht op de zee vanuit zijn raam thuis, hoe de nevel op de Solana op koude ochtenden in november uit de dauwdruppels leek op te stijgen, de zinderende zoutvlaktes in de zomermaanden. Hij schilderde zichzelf ook op het zwarte canvas, een vlek van levend licht in de stille duisternis.

En nu het dreunen. Naderende verdoemenis, verlossing. Het geluid van de grendel.

'Kom mee,' hoorde Xavi, verrassend dichtbij.

In de keukens smeulden nog de houtskoolvuren, de pannen ervanaf gehaald. In de woonkamer bolden de gordijnen in de wind die door de open deuren vrij naar binnen waaide. Toen Don Germán de voordeur opende, stegen ze op alsof ze als vliegende tapijten ook het huis wilden ontvluchten. Op de binnenplaats klonken de dreunen scherper. Xaraque zelf konden ze niet zien, maar wel de vliegtuigen erboven, de kolommen zwarte rook van vuren, de grijswitte rookwolken die opbolden om in het nagekomen geluid van hun ontploffing verder te groeien tot waar ze de wolken raakten.

'Ze nemen de fabrieken op de korrel,' zei Don Germán.

En ineens was het voorbij; de vliegtuigen waren leeg en keerden om, als boodschappers die genoeg hadden gezegd. Een ervan vloog in een rechte lijn naar zee, laag over de Tossal del Moro. Xavi en Herman zagen het komen, de bomluiken stonden nog open. Het toestel vloog zo laag over dat het geluid hen bijna uit elkaar trilde, de bomen sloegen wild heen en weer. Een aantal dakpannen waaide van het dak, maar de Alquería gaf geen krimp. Herman zag de piloot vriendelijk naar hen zwaaien voordat het toestel zich bij de rest voegde, waarna ze in de helblauwe lucht verdwenen. Hun motoren echoden nog lang na.

*

De brug was als door een wonder niet getroffen, maar daarachter zag Herman dat Xaraque was gehuld in een nevel van stof en rook. Het had de geur van Frankrijk. Hier was de lucht natuurlijk droger, zeker met het stof dat nog in dikke wolken het dorp verhulde. Maar metaal op je tong, zwavel, verbrand vlees, brand, rook. Het aanzicht van het dorp was anders, maar hem ook bekend: gevels die uit huizen waren geblazen, of juist andersom, huizenblokken tot bergen puin gereduceerd waar enkele façades eenzaam en verdwaasd tussen het puin leken te balanceren.

De meeste bewoners liepen doelloos rond. Met stof bedekt, natte doeken tegen hun mond om niet te stikken, bloed dat erin aankoekte. Rode ogen als spoken die je tot in het oneindige kon proberen aan te spreken. Bij velen zou het gehoor nooit helemaal terugkeren, de beelden nooit meer verdwijnen. Scherven in hun schedel die nooit helemaal opgeruimd zouden worden.

Vicente was bij de Alquería gebleven, maar Morao had erop gestaan mee te gaan; Pepa was in het ziekenhuis aan het werk geweest tijdens het bombardement. Ze reden zo snel ze konden door de straten, hun paarden zenuwachtig, met hooggeheven hoofden en wilde ogen, nerveus en al gauw ook rood van het stof. Om hen heen werd met blote handen wanhopig in de bergen puin gegraven. In de straten, op de stoepen, het dorpsplein, overal lichamen; de ongeschondenen probeerden de gewonden te helpen. Wie was wie? Ze reden door, op weg naar het ziekenhuis. Als Pepa in het dorp was, dan was ze daar.

'La hostia, patrón,' zei Morao bij het zien van de vernietiging van het gebouw. De binnenkant was volledig verwoest en de buitenmuren waren in delen naar binnen gevallen. Het kleine voorplein was bezaaid met doden en gewonden. In de mist van stof liepen schimmen rond, huilende mannen en vrouwen, roepend, op zoek naar iemand die hen of hun geliefden kon helpen. De paar artsen en zusters die tijdens het bombardement geen dienst hadden, deden wat ze konden in de wetenschap dat alles wat ze nodig hadden bedolven lag. Op de puinhopen stonden dorpelingen met scheppen, *azadas*, houwelen, rieken, alles wat ze konden gebruiken om het puin te verwijderen.

Een aantal riep naar Herman en Morao: 'Kom hier met de paarden.'

'Ga jij Pepa zoeken, Morao, ik help die mannen wel.'

Herman hielp door met de paarden stukken muur weg te slepen en holtes in het puin te vinden waarin overlevenden schuilden, maar nog veel meer gebroken lichamen lagen. Tegen het einde van de dag, toen de zon onderging en zelfs de paarden niet meer verder konden, waren de meeste vermisten gevonden. Hij schudde de hand van de zwaar bebaarde man met een litteken over zijn slaap naast wie hij de hele dag had gewerkt. Hij wilde hem net aanspreken, toen Herman Morao aan zag komen lopen met Pepa. Ondanks het stof en bloed op haar gezicht liep ze nog rechtop. Herman voelde tranen in zijn ogen.

'Señora Flores, wat ben ik blij u te zien. Bent u niet gewond?'

'Nee, het gaat goed.' Haar lange vingers streken langs de wond langs haar haarlijn, een dikke korst van bloed en gruis.

'Ignacio, ik ga naar mijn familie.' Haar stem was nog rauw van het geïnhaleerde stof.

'Ga met haar mee, Morao. Neem het paard,' zei Herman. 'En als jullie willen, kom met je familie naar de Alquería.'

Ze schonk Herman een glimlach. Een zuinige, maar een die Herman zijn leven lang niet zou vergeten, want het was de eerste.

Voordat de zon goed en wel onder was, heerste de schemering al in de straten. De straatlantaarns waren inderhaast aangestoken en het licht worstelde zich door het stof dat nog niet helemaal gedaald was. Herman reed door het dorp en in die spookachtige mist zag hij op een lage muur een gedaante zitten. Herman herkende hem. Het was de man die hem jaren geleden in de Ermita het Nuestro Señor had geleerd. Als een omgekeerde piëta lag het lichaam van een vrouw in zijn schoot. Haar hoofd hing tegen zijn schouder.

'Hector.'

Herman keek naar de vrouw, herkende haar niet, maar wist wel wie ze was. Andrés had hem verteld hoe Hector enkele maanden als een waanzinnige door Xaraque had gestormd, ruziënd met iedereen. En hoe hij pas enigszins tot rust was gekomen toen hij in de textielfabriek een vrouw had ontmoet. Volgens Andrés was ze een van de vluchtelingen uit Málaga die de carretera de la muerte had overleefd. Uiteindelijk hadden de bommen haar toch ingehaald.

Hector keek Herman aan. Net als bij de andere dorpelingen waren ook zijn ogen rood, ook bij hem een grillig landschap van stof en gruis op zijn gezicht, dooraderd met door tranen getrokken beddingen.

'Dit is Alba, mijn vrouw. Ik was getrouwd.' Een snik trok door hem heen.

'Hector, ik wist niet...'

Hij keek naar zijn vrouw. 'Alba had me overtuigd niet boos op je te zijn. Je had namens mij wraak genomen, zei ze. Zonder jouw... strengheid hadden we elkaar niet ontmoet, zei ze. Nee, jij hebt genoeg gedaan. Ga maar terug naar de Alquería, naar je veilige kasteel. De bommen zullen je wel overgeslagen hebben, hè? Die vallen altijd ergens anders...' Zijn ogen sloot hij kort, en toen hij ze opende zag Herman dat het voorbij was.

'Je zult het misschien wel nooit willen, maar als ik je ooit kan helpen, echt helpen, kom dan alsjeblieft,' zei Herman.

'Je kunt me maar met één ding helpen. Geef me Xavi. Hij moet boeten.'

'Je weet dat ik dat niet doe. Ik laat niemand zomaar vermoorden.'

'Sterf dan maar met je hulp. *Te odio*, ik haat je, ik haat je.'

'*Adiós*, Hector.' Herman draaide zich om en liep met het paard aan de hand weg.

Vlak voordat hij de hoek van de straat omsloeg, hoorde hij Hector nog roepen: 'Je denkt dat je overal mee wegkomt. Maar wacht maar, jouw tijd gaat ook komen.'

Herman steeg op en reed met gebogen hoofd door de straten. Toen hij de Plaza Mayor opreed, hoorde hij geschreeuw. Hij keek in de richting van het geluid en zag Aina Such met achter zich een groep dorpelingen, voormalige militieleden.

'Hoe durft u zich hier te vertonen, schaamteloze moordenaar. Komt u het werk van uw fascistische vriendjes bewonderen?'

Hermans paard voelde de agressie van de groep en begon nerveus heen en weer te stappen.

‘Integendeel, señora. Ik ben gekomen om te helpen. Het is afschuwelijk wat hier is gebeurd. Maar u mankeert niks, zie ik.’

‘Nee, niet dat u daar blij mee zult zijn.’

‘Ik ben blij dat u, u allen, in orde bent.’

‘Dat zal wel. Iemand moet hiervoor boeten.’

‘Ik begrijp…’

‘Alle fascisten en alle fascistenvrienden zullen boeten.’

‘Gaat u hun kinderen dan weer vermoorden, señora?’

Ze trachtte te antwoorden, maar kon het niet, de woede en schaamte deden haar adem stokken.

‘Zoals ik al zei, ik heb alleen willen helpen, en ga nu terug naar huis. Als mijn hulp nodig is, weet u mij te vinden.’ Herman draaide zijn paard maar werd tegengehouden door de milicianos. De teugels werden vastgegrepen. Zijn hand bracht hij al naar het geweer op zijn zadel. ‘Mannen, laat me, er valt hier niks te winnen. Ik kwam alleen maar helpen.’

‘Compañeros, compañeros! Stop! Hij heeft gelijk!’

Herman herkende zijn compagnon van die dag.

‘Hij heeft de hele dag meegeholpen bij het hospitaal. Met behulp van zijn paarden hebben we zes overlevenden onder het puin uit gehaald.’ Ishmael Herrero keerde zich naar Aina Such. ‘En wie ben jij om te bepalen wie boete moet doen? Wij hebben zijn huis aangevallen en toch is hij komen helpen. Laat hem gaan, mannen. Hij is de vijand niet.’

‘Gracias, Ishmael,’ zei Herman. ‘Heren, mevrouw.’ Hij gaf zijn paard de sporen en draafde de Plaza Mayor af. Hij hoorde nog een schrille krijs van Aina Such.

*

Hij lag wakker, luisterde naar de geluiden van buiten. Het regende, dat zou het stof in Xaraque helpen dalen. Herman dacht aan Hectors gezicht, zijn ogen en zijn woorden. Hij kon zich niet herinneren ooit zo'n intense, op hem persoonlijk gerichte haat te hebben ervaren. Niet eens in de loopgraven.

Herman stapte uit bed, keek bij de glazen deuren de donkere regenachtige nacht in en daalde af naar de begane grond. Zonder het licht van buiten was het ook in de Alquería aardedonker en doodstil, als in een tombe. In de woonkamer stond hij even stil voordat hij op de vloer ging liggen. Boven hem de ruimte van het gewelfde plafond, met de delicate ribben die het met onvermoede kracht stutten. Onder hem de stenen, als eeuwenoude dekstenen op graven, waarvan de kilte direct tegen zijn huid aankroop.

Hij draaide zich om, op zijn buik, zijn wang op de stenen, zijn oor erop, en luisterde. Of hij Xavi kon horen. Natuurlijk niet, hij had een mens levend begraven. Bij dat besef stond hij direct op alsof hij zich gebrand had aan de koude vloer.

'Haat jij me?' vroeg Herman even later. In de keuken had hij een olielamp ontstoken die nu op de grond tussen hen in stond.

'Haat? Ik zou het niet weten.'

'Het zal je misschien verbazen, maar ik ben niet vaak gehaat, en dan praat ik over een echte persoonlijke haat, om wie ik ben. Een haat die bijna intiem is.'

'Door wie wordt u dan nu gehaat?'

'Hector Bardales.'

'Bardales, hij wilde me vermoorden.'

'Dat wil hij nog steeds. Hij haat jou ook.'

'Is dat wat u kwam zeggen?'

'Jij moet hier weg.'

'Waarom?'

De olielamp sputterde, wierp onrustige schaduwen op de muren.

'Ik weet het niet, Xavi. In ieder geval omdat Hector, als hij de kans krijgt, je hiervandaan sleept en iedereen vermoordt die hem in de weg staat. Al moet hij het hele huis ervoor afbreken.'

'Gaat u me vermoorden?' Zijn stem schokte even.

'Ik ben geen moordenaar.'

'Dat bent u wel.'

Ja, dat was hij wel. Hij zag Sara Gascon voor zich, gered door haar plasje, haar ouders eveneens. Romero. Lijken in het riet.

'Ja, misschien wel.'

'Ik vind het niet erg als u me nu doodt. Ik begrijp dat het niet anders kan. Moord is slechts een nuance.'

'Ik ga je niet doden. Daarvoor heb ik je hier niet opgesloten.'

'Maar om me te redden?'

'Deels, ja.'

'Waarom? Ik verdien te sterven.'

'Jij en ik allebei. Dat dicteert de rede. Maar ik heb een hekel aan dictaten. En wij, jij en ik, moeten nog boete doen. Niet na de dood, maar nu, bij leven. We moeten leven om te kunnen lijden. Daarom wil ik je redden.'

'U wilt me redden zodat ik kan lijden?'

'Ik heb geen andere verklaring. Het zal mijn opvoeding wel zijn.'

'En als ik nu geen wroeging voel? Niet lijd onder wat ik anderen heb aangedaan?'

'Dan hoop ik dat je verblijf in dit hol je zoveel leed heeft berokkend dat je elke nacht zwetend wakker zult worden. Totdat je je menselijkheid hebt herwonnen.' Bijna tastbaar spookte de vertwijfeling rond in het schutterende lamplicht. 'Zeg maar waar je heen wilt. Dan breng ik je.'

Xavi had daar lang in het donker over nagedacht. Waar zou hij heen vluchten als hij de kans kreeg? Het was de gedachte die hem al die tijd overeind had gehouden. 'Barcelona.'

'Waarom Barcelona?'

'Daar heb ik familie wonen. En ik wil vechten. Na al die tijd hier... wil ik vechten... en fascisten doden. Als er één plek is waar Franco is tegen te houden, dan is het Barcelona. Misschien word ik dan wel gedood.'

Herman knikte. Xavi wilde de strijd in vluchten om verlost te zijn van de duisternis, van hem. Hij dacht aan een jongere versie van zichzelf, vluchtend voor zijn vader, de ene duisternis verruilend voor een andere.

Over land zouden ze de frontlinie twee keer moeten passeren om het vrijwel omsingelde Barcelona te bereiken. Dat zou vrijwel onmogelijk zijn.

'Je zult je zeebenen nodig hebben.'

13

December 1938
Alquería del Moro

Sinds het bombardement had het onophoudelijk geregend. Starend naar het achterterrein waar de regen de grond in klei had veranderd – het enorme gewicht ervan was bijna voelbaar – twijfelde Herman of hij vooruit- of achteruitging. Hij wist dat hij de loopgraven alleen had overleefd – naast de ijzeren wet van de willekeur – omdat hij zich niet in de modder had laten begraven. Als je in een loopgraaf zat, dacht je al gauw dat er alleen vooruit en achteruit was. Vooruit de vijand en de dood, achteruit een kans op leven. Maar zijn reis had van links naar rechts gelopen. Altijd liep hij zijwaarts vooruit. Er was niemand in de geschiedenis van de wereld die gebogen of gehurkt harder kon lopen dan hij. Overal waar hij was, verdween hij.

Hier was hij gebleven, op één plek. Hij had een doel gehad. Een huis, familie, vrede. En wat had hij? Geen modder maar stenen, ja. Vicente en zijn vriendschap, ja. En hij dacht aan Pepa, en voelde de pijn. Zag de doden. Hij dreigde erin vast te lopen. Hij moest weer bewegen, zijwaarts. Weg van alles om er uiteindelijk naartoe terug te kunnen keren. Xavi moest hij persoonlijk ergens, zo ver mogelijk weg van alles, afzetten. Misschien zou dat de vrede en rust dichterbij brengen, dacht Herman. In ieder geval voor de inwoners van het huis, die zich medeplichtig voelden aan de voortdurende opsluiting. Weg zijn van Pepa kon ook goed zijn. Misschien zou zijn liefde op zee verdrinken, of in de koude winter wel bevriezen. Als hij geluk had.

Hij hield al die chaotische gedachten voor zichzelf, besprak ze niet met Vicente, die hem afraadde om naar Barcelona te varen.

'Wat moet ik dan doen, Vicente? Als jij een oplossing weet?'

'Niet direct...'

'Als hij hier blijft, gaan er doden vallen.'

'Als hij gaat waarschijnlijk ook,' antwoordde Vicente.

*

De haven van Benimelha was geen optie, die werd streng bewaakt door de republikeinse soldaten. Daarom lag in de avondschemering, die door de regen nog donkerder was dan normaal, het kleine roeibootje op de stenen van de cala te wachten. Het zou hen, onder, dekking van de duisternis, naar het vrachtschip brengen dat verderop lag te wachten en beladen met zout, vlees en groente naar Barcelona zou varen. Het was de enige manier om de stad te bereiken. Tussen Castellón en Tarragona lagen de troepen van Franco die waren doorgestoten naar de kust en zo de Republiek hadden doorkliefd. De zee was de enige toegangsweg, maar ook die was niet zonder gevaren, want Franco's vloot heerste over de Spaanse wateren.

Xavi was goed ingepakt. De afgelopen weken had Pepa erop toegezien dat hij aansterkte voor de reis. Het was Herman daarbij niet ontgaan dat Pepa's buik groeide. Dat overtuigde Herman er nog meer van dat Xavi weg moest. Er mocht geen duisternis over die geboorte liggen. Vanaf het achterterras zagen Vicente, Andrés en Morao hoe Herman met Xavi naast zich de trap naar de cala afliep.

'Hermano, pas goed op het huis.'

'Natuurlijk, Germán.'

'Pepe komt logeren met zijn honden,' voegde Andrés toe.

'Dat doet me goed, Andrés. Ga niet te ver van het huis weg.

Vooral jij niet, Vicente. Xaraque is nog boos en wraakzuchtig. De bommen hebben sommige milicianos wakker gemaakt en die willen bloed zien; Hector wil Xavi aan het spit.'

'Als ze komen is Xavi aan zijn verwondingen overleden. We hebben hem een zeemansgraf gegeven. Heeft Bardales toch zijn zin.'

'En ik ben ziek. Te ziek om uit bed te kunnen komen, akkoord?'

'Zullen we zeggen dat het om liefdesverdriet gaat, patrón?' glimlachte Morao. Herman schrok. 'Dat u uw hart verpand had aan mevrouw Aina Such?'

'God bewaar me, die heks.'

'Maar serieus, Germán,' zei Vicente. 'Dat je niet zichtbaar bent, is misschien wel even goed. Maak je geen zorgen.'

Herman dacht aan Pepa. Zou hij haar missen? Of zij hem? Met welke gevoelens zou hij terugkeren?

'Pas goed op je vrouw, Morao, en op je ongeboren kind.'

Morao glimlachte. 'Met mijn leven, patrón.'

*

Kort nadat de regen was opgehouden, waren de wolken opengebroken. Herman keek uit het raam van de stuurhut naar de schittering van de maan op de golven. Een koude wind sloeg vanuit het oosten ongehinderd over het onrustige water tegen de stuurhut. Xavi zat op een stoel naast Herman, beiden weggedoken in dikke jassen. De jongeman keek niemand aan, keek naar niets, behalve naar de horizon. De kapitein en de stuurman speurden met verrekijkers voortdurend de zee af naar tekenen van de nationalistische vloot. Ze voeren dicht langs de kust, die op veel plekken inhammen bood waar ze zich hopelijk konden verstoppen als er vijandelijke schepen in zicht kwamen.

Herman keek naar Xavi, naar die grijze ogen, de sproeten op zijn bleke wangen. Hoe zou het voor hem zijn, ineens deze vrije ruimte in te kijken? Toen de horizon begon te verkleuren schonk hij koffie in, gaf een beker aan Xavi die hem zonder te kijken aanpakte.

'Vooral de zee toont je pas echt de geboorte van een nieuwe dag. Dan is een dag meer dan tijd, je kunt hem bijna aanraken. Als ik de gloed van het licht op de gekromde kim zie en het verdrijft het donker, dan voel ik bijna de aarde draaien en hoe we op het licht afstormen. We kunnen niet meer dan vasthouden.'

Xavi reageerde niet, had dat ook niet gedaan sinds Herman hem uit de kelder had laten halen. Hij keek onafgebroken naar het licht van de dageraad, de ruimte buiten. In zijn dikke jas leek hij een gebroken wezen, een homunculus die Herman had geschapen. Onder de grond gestopt, door de stille alchemie van de duisternis afgebroken, en nu gehaast en slordig terug op de wereld gezet. Zijn vroegere zelf? Verloren, kwijtgeraakt. Herman vroeg zich af wat in hemzelf in die duisternis ook was uitgewist.

In de stuurhut haalde Herman een zwart gekaft boek uit zijn reistas. Hij pakte de pen die hij de rest van zijn leven zou hanteren, om niet nog eens zo te verdwijnen... Het grijswit van de bladzijde vloeide over in het licht van de lucht buiten het raam.

*

Middellandse Zee, in der Nähe von Vinarós
15. Dezember 1938

Die eigentliche Flucht ist immer eine nach innen. Das kann nicht anders sein. Da ist die Dunkelheit, die versteckt. Die eigentliche Flucht ist ein Verschwinden. Und nirgendwo verschwindest Du tiefer und länger und vollständiger als in Dich selbst. Die ständige Implosion ist der einzige Weg, sich wirklich von allem zu befreien, was Dich quält, von allem, das Dich einschließt, Dir den Atem raubt, Dich kraftlos und machtlos macht. Es ist nicht Frieden oder Ruhe, die Du suchst, denn das verursacht Lärm in Deiner Seele.

Waarom schrijf ik dit in het Duits? Het ging vanzelf... Misschien omdat het de laatste taal is die ik sprak vóór het Spaans. Het is de taal van het leger waar ik een deel van was. De taal van alle grote vragen die ik mezelf heb gesteld. De taal waarin ik vrienden tevergeefs en telkens te laat waarschuwde voor de dood. De taal waarin ik orders opvolgde en smeekbedes negeerde. De taal waarmee ik me een weg baande door een kapotgeschoten wereld.

Wellicht schuif ik ermee het Nederlands van mijn jeugd, tegelijk met die jeugd, terzijde. Omdat die pijnlijker was, en is, dan de loopgraven ooit zijn geweest. Maar ik moet naar het Nederlands terugkeren. De taal die toch de grondslag van mijn denken is. Ondanks de jongeman die zich in het Duits tot mij verhoudt. Ondanks de afgelopen bijna tien jaar alweer, dat de warmte van het Spaans me omvat. Nu dan, in dit cahier zoek ik het weer op. Misschien vind ik wel een weg terug, misschien zelfs naar Nederland. Als het denken aan dat land mij minder angst aanjaagt dan nu.

Wat schreef ik zojuist in de taal die ik kwijt wil? 'De daadwerkelijke vlucht is altijd naar binnen' en 'Nergens verdwijn je dieper en langer en vollediger dan in jezelf'. Ja, de vlucht naar binnen is wat ik hier beschrijf.

Ik heb dit cahier al heel lang. Ik kocht het ooit in Parijs. Wilde een dagboek bijhouden van mijn zwerversbestaan. Om te begrijpen wat ik deed. Als een Goldmund voor mijn Narziss. Ik wilde getuigen of misschien wel verantwoording afleggen. Maar al zwervend merk je dat de wereld sneller aan je voorbijgaat dan je kunt vastleggen met een pen. En je kunt die schijnwerper van het schuldgevoel niet altijd op jezelf gericht houden. Al het andere trekt namelijk je aandacht. Maar nu voel ik het weer, dat ik moet bijhouden wat er met mij gebeurt, wat ik denk en doe, en hoe ik dingen beleef. Juist om te onthouden en proberen te begrijpen. De afgelopen jaren, alles wat er is gebeurd, wat ik heb gedaan, dwingen mij ertoe. Ik wil alles bekennen op deze grijze bladzijden. Zo direct als ik kan, zonder de luxe van het achteraf vergoelijken van mijn daden; daar heeft de mens te veel talent voor.

Redden.

Ik heb niemand kunnen redden, nooit. Sara Gascon misschien, maar dat was van mezelf en telt niet mee. Dat eerste verlies, dat van mijn moeder, die ik niet kon redden, is de slinger geweest die mij in de richting van het doden heeft geworpen. Ik doodde mensen om anderen te kunnen redden, maar ook zij gingen verloren. En na de oorlog zwaaide de pendule weer de andere kant op, en kon ik alleen nog maar verliezen… ach, achteraf is het makkelijk patronen ontwaren, terwijl tegelijkertijd alles willekeur is wat de klok slaat. En als je op de pendule zit weet je niet waar je bent in de zwaai. Van alles wat je verliest, blijven de sporen nog dieper in je ziel dan als je het altijd bij je had kunnen dragen. Werkelijk verlies leidt tot een intens diep bezit.

Onderweg, na de loopgraven, neuriede ik vaak liederen van Schubert.

Drüben hinterm Dorfe
Steht ein Leiermann

Ben ik de reiziger of der Leiermann? *Ik weet niet waarom, ik weet oprecht niet waarom ik hier met deze jongen zit. Ik sloot hem in eerste instantie op omdat hij wakker was en ik hem niet als Romero wilde doden. Maar daarna, waarom ik ervoor koos zijn opsluiting voort te zetten, waarom ik dacht zeker te weten… dat het beter voor hem zou zijn? Dat ik hem tegen anderen, en anderen tegen hem beschermde? Waarom twijfelde ik pas zo laat daaraan? Wat zegt dat over mij?*

El Raval, Barcelona
21 december 1938

Onze schipper gaf de papieren die voor ons waren klaargemaakt. Vodden met de juiste stempels. Xavi stopte ze weg en keek niet om toen hij over de loopplank de steiger opliep. Geen laatste blik op zijn kwelgeest. Ik ben benieuwd of hij mij zo zal zien, als de jaren voorbij zijn, en de herinneringen aan mij niet meer zijn dan fossielen onder lagen nieuw leven. Zal hij me haten, zal hij begrijpen wat ik zelf niet begrijp? Zal hij het me ooit kunnen verklaren?

Zag ik mezelf in hem, was dat het? Ging het om een wedergeboorte? Ben ik zelf ook niet herboren uit die donkere, ontelbare maanden in de modder? Toen echt alles vergeven was van de dood. Mijn huid rotte weg op mijn lichaam en toch bleef ik leven. Als je dan vanbuiten niet doodgaat, is het dan niet normaal dat je vanbinnen sterft? Ik heb daar, stervend, ervaren dat men fundamenteel alleen is. Niemand bestaat echt behalve in zichzelf. Dat volledig lege, men noemt het eenzaamheid; het is een vacuüm dat zichzelf uiteindelijk niet kan velen; erdoorheen het suizen van het niets.

Heeft dat geleid tot mijn wedergeboorte? Ben ik uit de materie van eenzaamheid herschapen? Dat kan wel verklaren waarom ik me sinds mijn komst hier heb gestort op het scheppen van een gemeenschap. Je zou kunnen zeggen dat ik mensen om mijn eenzaamheid heen heb verzameld. En wat heb ik ervan genoten! Om bezig te zijn, om nodig te zijn. Om van betekenis te zijn voor anderen. In die betekenis mijn eigen bestaan te billijken.

Xavi zal nooit meer eenzaam zijn. De demon die hem kwelde, zal altijd bij hem zijn. In zijn donkerste momenten ben ik; is het de echo van mijn voetstappen in die kelder, komend en gaand, die hij hoort, is het mijn wil die alles overheerst. Zijn gedachten dreven altijd naar mijn wil, want mijn wil bepaalde alles. Hij zocht die te kennen; verloor juist daarin zichzelf.

Het is het wreedste wat ik ooit heb gedaan, iemand doen verdwijnen in zichzelf. En zijn verdwenen zelf zal hem denkelijk nooit verlaten. Zijn eigen stem, vreemd geworden door schier oneindig zwijgen, maar ook gebroken door alle smeekbedes. Ook dat zal mij niet snel verlaten, hoe Xavi gesmeekt heeft. Het enige wat hij zelf nog kon bepalen, waar hij macht over had, was hoe hij reageerde op mij. Maar ook dat verloor hij, en hij heeft me gesmeekt, op me gescholden, is voor mijn ogen in elkaar gestort. Ik heb zijn laagste zelf gezien, toen niets meer van hem over was dan naar mij opkijkende ogen, een schokkend lijf, vingers krachteloos om mijn enkels. De geur van pis en stront, en stromen kwijl en snot langs zijn gezicht. Zelfs toen kon ik geen medelijden tonen. Ik, de onmenselijke, liet hem daarin, schopte zijn handen los, liet hem daar in het donker en ging weer naar boven. Waar het huis licht was, en schoon, en ik de zeelucht kon ruiken en de meeuwen hoorde roepen om de wind.

El Raval, Barcelona
24 december 1938

Ik kan nog niet terug. Niet met alles wat in mijn hoofd rondspookt na de boottocht, nadat Xavi in de haven tussen de mensen verdween. Het vrachtschip is weer vertrokken, zonder mij. Ik heb een hotelkamer genomen waar ik dit schrijf, en ik dwaal al dagen door de stad. Alleen onderbroken door de vele controleposten waar mijn papieren door nerveuze jongemannen met trillende handen worden gecontroleerd. Ik stapte vandaag een donkere kerk in Barcelona binnen. Althans, wat ervan over was. Bij de ingang stonden opengewrikte stoffige kisten van gespleten en vergaan hout met de mummies van prelaten die de onderdrukte massa's uit de crypten hadden gesloopt. Een morbide poging het perverse failliet van de Kerk te tonen. Ik liep langs de holle stoffige schedels die me verbaasd aankeken. Hun leven en hun dood had hiernaartoe geleid, om in knekelvorm als oorlogsbuit te worden uitgestald.

Ik keek om me heen, naar de omvergeworpen banken, de stukgeslagen altaren. Zwartgeblakerde rozetten om de lege ramen. En terwijl ik die beeldenstorm binnenstapte, voelde ik dat ik God eigenlijk uitdaagde. Ik, een demon in zijn uitgebeende tempel. Bij de doopvont keek ik om me heen of ik onbespied was zodat ik een kruisje kon slaan. Ik zag mijn moeder voor me, voor wie het meer was dan een rituele handeling. Er stond tot mijn verbazing een laagje water in de doopvont. Ik voelde mijn natte vinger op mijn voorhoofd, ook toen ik mijn handen weer in mijn zakken had verborgen en verder liep. Er vielen slechts her en der zonnestralen door de kale kerkramen de duisternis binnen.

In een van die zuilen van licht zat zij, het licht schitterde op haar blonde haar, spreidde zich uit over haar lichte huid, haar bleke lippen, haar ogen verborgen in de scherpe schaduwen. Maar dat ze droef waren, dat zag ik meteen.

Ik moest wel naar haar toe, ik herkende te veel in haar om weg te blijven. Ik sprak eerst Spaans tegen haar, maar zij hoorde al gauw dat ik geen Spanjaard was. Toen ze me vertelde dat ze Nederlandse was, voelde ik het branden in mijn bast. Ik moet te lang stil zijn geweest, want ze keek me verschrikt aan. Toen ik mijn eerste Nederlandse woorden in jaren sprak, die er niet accentloos uitkwamen, moest ze lachen. En terwijl zij in onze taal antwoordde, voelde ik vreemd genoeg bij haar een vertrouwdheid en veiligheid die ik lang niet heb gevoeld. Het kan liggen aan de taal, waarin ook een groot deel van jezelf huist. Dat merk je pas als je het heel lang niet hebt gesproken. Een taal die voor mij smaakt als marmer en graniet, als ijsbloemen op de ramen, een taal die doet fronsen, die hard en dichterlijk tegelijk is. Een taal met te weinig woorden, die meestal tekortschiet; een taal die nooit went. Maar waarmee ik wel verbonden ben, en die mij nu verbond aan Beatrijs.

Ze is een Nederlandse journaliste die door socialistische idealen gedreven naar Spanje was gereisd om verslag te doen van de burgeroorlog hier. Het heeft haar geen goed gedaan.

El Raval, Barcelona
16 januari 1939

Buiten is het koud, behalve als je langs een van de vele branden loopt die in de stad woeden. Het nieuwe jaar ligt achter ons en Franco's troepen zijn dichtbij. Er vallen vrijwel elke dag bommen. De oude stad, waar de nauwe straten en stegen naar adem happend ingeklemd liggen tussen dichtbevolkte huizenblokken, heeft de bijzondere aandacht van de Italiaanse bommenwerpers. Het is niet meer te stoppen. Er is geen hoop. Bij elke controlepost kan je zomaar doodgeschoten worden als je de juiste stempels niet hebt. In de frustratie en wanhoop worden, voordat de milities echt vertrekken, nog wat derechistas, *mensen van rechtse signatuur, op de stoep van hun huizen gefusilleerd. Van het front komen zwaargewonde republikeinse soldaten die de ziekenhuizen vullen. Daar liggen ze tot in de gangen, terwijl de paar doktoren en zusters machteloos langs de levende lijken lopen.*

Wat doe je als de wereld vergaat? Wij verdronken in elkaars vlees. Het is een bijkans ondragelijke gemeenplaats. Ons kreunen moet als een perverse galm hebben geklonken van het overige lijden in de stad, want er zat in ons meer pijn en verdriet dan geluk, waarmee de liefdesdaad meestal mee vereenzelvigd wordt, denk ik.

Vanaf het moment dat we de kathedraal verlieten, leven wij 'in zonde', zouden sommigen zeggen. Zij nodigde mij uit in haar appartement waar we vrijwel direct op haar bed neervielen, alsof iets anders onmogelijk was. In haar kleine appartement, met alleen uitzicht op een afbrokkelende blinde muur, vrijen wij. Maar het is verliefdheid noch hartstocht. Zij geeft zich aan mij over, kruipt in mij, klampt zich aan mij vast, alsof ze veiligheid zoekt. Zij is ergens bang voor, hoopt haar angst op te lossen in mijn vlees. Dat denk ik. En ik? Mijn drift verdrijft de gedachten aan Xavi en aan Pepa, althans dat hoop ik telkens weer. We glimlachen naar elkaar, Beatrijs en ik, maar ik denk vooralsnog niet dat we het geluk hebben gevonden dat we in elkaar denken te vinden.

Natuurlijk zijn er momenten dat het genot zó explodeert dat het op geluk lijkt. Maar wij zijn niet met elkaar bezig; ik voel een enorme afstand tot haar in de momenten dat ik me in haar begraaf op zoek naar mijn genot, en zij naar het hare, met mijn lijf niet meer dan een instrument dat ze ervoor nodig heeft. En vice versa. Ik denk op die momenten regelmatig aan Pepa. Hoe zij mij had bereden en bezeten, haar geur die ik had opgedronken met alles wat ik had. Ik probeer ook Beatrijs te ruiken, te proeven en te zien, maar zij heeft altijd haar ogen gesloten, haar zweet is geurloos, ze is altijd ergens anders. In haar eigen stilte, op zoek naar de explosie die alles zou verstommen. En ik net zo.

Gisteravond nog. Na het wegebben van de schokgolf van het orgasme is er weer die totale ontreddering. Geen vredig samenzijn, integendeel; ik voelde, en Beatrijs ook denk ik, hoe alleen we in werkelijkheid waren. We keken elkaar aan en glimlachten. Ze legde haar hoofd op mijn borst en ik rookte een sigaret met haar mee. Het had romantisch kunnen zijn. Maar met elke inademing kwam alles terug waarmee mijn hoofd zich altijd gevuld wist. Het vacuüm van de verdwenen lust vulde zich direct met schuld, spijt en verwijt.

Voor mijn geestesoog zag ik mijn huis staan, de Alquería, die stil op mij wachtte. Terwijl ik niet wist of ik naar haar kon terugkeren. Naar de mensen die ik verlaten heb; als een deserteur. Juist op het gevaarlijkste moment lig ik hier in Barcelona naast en op en in een vrouw en doe niks anders dan elke dag voorbij laten gaan. Wat zou Vicente ervan zeggen als hij mij hier zou zien rondlopen? Verdwaasd, in een overspannen, drukke en lawaaiige, naar stront en de dood stinkende stad. Waar mijn kustland licht en open is, is hier alles duisternis, een gat in de wereld. De stegen van de Raval, de gevels als kwijlende kaken van een zich langzaam sluitende muil. Ik zie mezelf steeds verdwijnen. Vicente zou me niet herkennen.

Soms zit ze voor het raam van haar kleine woonkamer en probeert een streepje lucht te zien boven de blinde muur. En in dat licht zie ik haar, mijn moeder, die ook vaak zo zat te staren terwijl ze oploste in haar gedwongen maar daardoor niet minder eigen, eenzame opsluiting, een grijs en wit en zilverachtig verdwijnen in schimmen van mist en hoge tonen, weggeblazen ankertouwen die op de wind ontrafelden, spinrag verbonden aan groen bevroren gras. Lichte gordijnen waar ik haar doorheen zag wegvliegen, zelfs haar bloed grijs. Met in haar borst een leegheid, zo zie ik haar in mijn dromen, met een gat in haar borst, waar haar hart en maag zaten, grijs vlees, ontdaan van bloed, haar ogen onzichtbaar, op mij gericht. In mijn dromen vraagt ze me niks, verwijt ze me niks, want ik ben er niet meer, zij ziet alleen haar eigen leegheid. Als ik haar hoor roepen is het om mijn verwekker, pilaar van onmetelijke onverschilligheid. Hij haat haar onderwerping aan hem, het is een zwakte, een ziekte. Hij vernedert haar door naar haar te kijken, door te tonen hoe hij haar ziet. Hij ziet haar wel, miserabel schepsel, samenballing van alles wat een mens min maakt.

Zo zie ik Beatrijs niet en dat lucht mij op. Ik voel zorg, en ook liefde, zeker. Maar ik weet niet hoe me tot haar te verhouden dan door haar lichamelijk te bezitten. En zoals ik steeds, ik, lafaard, voor alles vlucht, vlucht ik nu ook in haar en voel met elke zaadlozing die zij gulzig ontvangt, mijn verlangen naar verbondenheid. Welke dan ook.

El Raval, Barcelona
20 januari 1939

Af en toe moet ik de straat op. Om boodschappen te doen bij de kleine kruideniertjes die niet anders kunnen dan openblijven. La Boquería blijft ondanks alles ook bevoorraad, en ik kan bijna de sfeer proeven die ik heb gevoeld toen ik jaren geleden door Barcelona trok op weg naar het zuiden. Maar eigenlijk verwacht ik ook Xavi om de hoek bij het volgende stalletje tegen te komen. Mijn hoed heb ik dicht over mijn haar getrokken. Ik vermijd oogcontact met iedereen. Snel en stil loop ik door de stad. De geuren in de stegen, van ontbrandende straatlantaarns tot goten vol huisvuil, bloed en ratten en lijken.

Ik ben te gewend geraakt aan de zuiverheid van de lucht rond de Alquería, verlang naar de geur van sinaasappelbomen, amandelbloesem in februari. De stenen van Barcelona zijn altijd nat en beschimmeld, met mos op de donkerste plekken. Je longen zuigen zich vol met die schimmel, die lucht geworden verrotting, en als ik thuiskom ben ik altijd uitgeput.

En als ik dan terug ben en de paar spulletjes die ik heb gekocht heb weggezet, drink ik wijn, hoest ik de lucht van Barcelona uit en kruip ik weer bij Beatrijs in bed. Als ze wakker is, vrijen we. Als zij slaapt, probeer ik ook te slapen. Maar haar lichaam naast me houdt me wakker. Omdat ik niet snap waarom zij hier is, en ik aan mijn kant van het oude bed, aangeschurkt tegen oud versleten behang onder een lampenkap die al vergaan is. Met vliegen die even woedend als radeloos tegen de ruit van onze kamer slaan. Omdat zij, net als ik, geen antwoord kan vinden op de vraag waarom wij hier zijn.

*

De sfeer in de stad was afschuwelijk. Dat Barcelona zou vallen, wist iedereen, en als dat gebeurde zou een nieuwe hel zich aandienen. Franco was genadeloos, deed wat generaal Mola beloofde. In elk dorp en elke stad die veroverd werd, joegen zijn soldaten op verslagen tegenstanders. Shirts werden opengescheurd, en als je de blauwe plekken had – het bewijs dat je recent een geweerkolf tegen je schouder had gezet – werd je zonder omhaal doodgeschoten. Maar ook zonder sporen was je je leven niet zeker. Rook je rood, dan was je dood. Het was zeker dat dit lot ook Barcelona zou treffen.

De toenemende bommenvracht kondigde de val aan en bracht grote delen van de bevolking tot de rand van de wanhoop. Ze pakten hun paar bezittingen bij elkaar en sloten zich aan bij de toenemende stroom vluchtelingen die in de richting van de Franse grens trok, waar hun niet meer wachtte dan primitieve vluchtelingenkampen.

El Raval, Barcelona
23 januari 1938

Niet iedereen vlucht. De meesten omdat ze niet kunnen. De ziekenhuizen liggen er vol mee. Beatrijs en ik komen bij het Vallcaraziekenhuis en zien de wanhoop op de gezichten van de achtergelaten gewonde soldaten. Ze verlieten aan het front niet hun post, maar nu verlaat iedereen hen. Ze kruipen het ziekenhuis uit, verminkt en verbonden met vieze bandages, sommigen bijna naakt, in de januarikou. Ze smeken om niet achtergelaten te worden. Zonder benen slepen ze zich voort, jonge mannen huilen van angst, de ouderen in woede. Ze proberen zich vast te grijpen aan voorbijrijdende vrachtwagens beladen met huisraad, vogelkooien, matrassen, zwijgende vrouwen, onverschillige ouderen en doodsbange kinderen. Ze krijsen, huilen, vervloeken degenen die vluchten en hen verlaten.

Met anderen proberen we hen te helpen. Beatrijs troost de angstigen, ik draag een soldaat zonder benen terug naar binnen. Hij houdt zich als een aapje aan me vast, zijn hoofd op mijn schouder. Ik leg hem neer op een bed, hij kijkt me aan met tranen in zijn ogen die onafgebroken zijn baard in stromen. Ik zie hem een gebed prevelen. Alles is pijn aan deze man.

Er is nog één arts die verdwaasd rondloopt en als een eindeloos herhaalde bede de mannen toespreekt dat Franco zich vast mild zal tonen. De oorlog is gewonnen, Franco zal zich in zijn overwinning genadig tonen. Hij weet veel mannen te overtuigen en brengt rust, ze moeten het wel geloven.

14

Barcelona
19 februari 1939

Bij de statige appartementen langs de Avenida del Caudillo worden de grote balkons voorzien van enorme draperieën met pompeuze afbeeldingen van krijgslust en victorie. Daar zal Franco morgen staan en het militaire defilé afnemen. Het is klaar, het is over. Ze hadden natuurlijk al lang gewonnen. Je weet het wel, maar als je het hoort of ziet; dat definitieve beneemt je de adem. Ik voel mijn hart in mijn borst, voor het eerst van mijn leven. Terwijl het in de loopgraven nooit een slag oversloeg, lijkt het zich nu af en toe in te houden, zich extra te vullen met bloed, waarna de volgende slag als een vallende steen voelt, als een lawine in mijn borst. Ik voel een sterke drang om te vluchten, rennen, weg en niet meer stilstaan. Onmogelijk, de stad is met militairen verzadigd, hermetisch afgesloten, niemand kan erin of eruit. Voor de kust ligt de marine, met daarbij het vlaggenschip Canarias. In de heuvels rond de stad ontelbare regimenten.

*

Op 20 februari 1939 marcheerden Franco's fascisten met vijftigduizend man sterk Barcelona binnen. Herman en Beatrijs stonden langs de kant van de weg te kijken toen ze langskwamen. Laarzen, hoeven, rupsbanden; de stad trilde onder hun voeten. Herman had zich het spektakel graag bespaard, maar Beatrijs wilde absoluut gaan kijken. Als journaliste was dat immers haar taak. Ze was er ook drie jaar eerder geweest, toen Franco's opstand in eerste instantie neergeslagen was en de stad overliep van revolutionair enthousiasme. Over deze zelfde straat, die toen nog de Avinguda Diagonal heette, reden de republikeinse milicianos in een ratjetoe van aftandse bussen, vrachtwagens en gepantserde voertuigen die van karton leken. Geen uniform te bekennen, maar bewapend met oude karabijnen en vol van vuur en gejuich. Op weg naar het front, om de 'laffe fascistische militairen zonder eergevoel' mores te leren. Al die idealistische mannen en vrouwen, met de kreet *'no pasarán'* in hun harten gebeiteld, maakten uiteindelijk geen schijn van kans tegen de beroepssoldaten van Franco.

Ze zagen Franco in zijn auto staan. Langzaam reed hij langs. Direct achter hem zijn trots, la Guardia Mora, de Moorse garde. Een werkelijk oogverblindende verzameling ruiters, van hun glanzende laarzen tot hun blinkende epauletten en witte tulbanden en capes. Hun paarden dansten nerveus heen en weer, klaar om een charge in te zetten. Speren met banieren aan de top staken trots de lucht in, alsof ze de hemel zelf voor El Caudillo droegen. Hele drommen mensen stonden met de arm schuin vooruit geheven. Je zag dat het hen vulde met kracht. Herman voelde het in zijn buik en vroeg zich af waar al die vuisten van drie jaar geleden heen waren. Hij keek om zich heen, over de zee van donkere hoofden; zou Xavi ergens in deze menigte staan? Had hij zijn strijd gevonden, leefde hij nog? Stond hij daar ergens tussen al die mensen en zag hij Herman staan?

Franco stapte uit, nam zijn plaats in op het balkon en groette zijn oorlogsmachine. De oneindige rijen infanteristen leken onder die schuin geheven arm door te lopen. In het gelid, karabijnen met bajonetten over de schouder. De Duitsers van het Legioen Condor marcheerden langs; Herman dacht hen te herkennen, realiseerde zich dat hij eens vocht naast hun vaders. Trots liepen zij over de boulevard, mannen die vanuit vliegtuigen burgers hadden gebombardeerd, ze kapot hadden gemitrailleerd. Het was hun aan te zien dat ze nog lang niet klaar waren. Waar zouden ze hierna naartoe gaan? Waar zouden de volgende bommen vallen?

Terwijl zich een droevige woede van Herman meester maakte, werd Beatrijs aan haar elleboog getrokken. Ze dook bijna in elkaar, alsof iemand haar wilde slaan. De man was geen Spanjaard. Hij merkte Herman niet op en omarmde Beatrijs op een vrijpostige, zelfs bruuske manier.

'*Darlin*',' schreeuwde hij hard in het Engels, '*I've finally found you!*'

Herman zag angst in Beatrijs' ogen, en gooide zich bijna tussen haar en de man.

'Con permiso señor, ik geloof niet dat wij u kennen, met wie heb ik het genoegen?'

Beatrijs stak haar arm door die van Herman, drukte zich tegen hem aan. Hij voelde haar trillen.

De man keek Herman aan, met verbazing en irritatie. 'O, Beatrijs kent mij wel! Ik ben William P. Carway, aangenaam. U bent geen Spanjaard?'

'Nederlander.'

'Een landgenoot van je, *querida*?'

'Zeker, en u bent Engelsman?' antwoordde Herman.

'Amerikaan, van geboorte, trotse Texaan, maar vooral wereldburger en correspondent. En u kent de charmante Beatrijs...'

'Zij is mijn verloofde.'

'Maar Beatrijs, dat had je niet verteld. Gefeliciteerd! U heeft een lot uit de loterij, mijn vriend, een gouden pen heeft deze meid, en een van de dapperste vrouwen die ik ken.'

Beatrijs keek weg, alsof ze een vluchtweg zocht.

'Maar meer moed dan common sense, *sentido común* zouden ze hier zeggen, geloof ik. Hé, darling? Het had weinig gescheeld of je was aan de verkeerde kant van de geschiedenis terechtgekomen.'

'Hoe bedoelt u?'

'Nou, ze heeft op het lijstje van Queipo de Llano gestaan, gelukkig maar heel even, maar toch, poeh.'

Hij schudde zijn hand alsof hij zijn vingers gebrand had. Op dat moment werden ze overstemd door de colonnes van Italiaanse zwarthemden, trots rechtop in ratelende rupsbandvoertuigen. Snorren gekamd, haar in brillantine. Ze keken strak naar El Caudillo. Pas toen zij voorbij waren en de volgende regimenten passeerden, het voetvolk van het fascisme, soldaten uit Aragón, maar ook Marokkaanse regulares, hervatte Carway het gesprek.

'Met een goede vriend van me, een hoge ome zal ik je zeggen, hebben we haar van die lijst af gekregen. Tja, wat een geluk hebben we allemaal. Ik dacht dat we deze dame nooit meer terug zouden zien, toen we haar kwijtraakten in Málaga. Wat een glorieuze chaos was dat, een victorie natuurlijk, maar chaotisch was het wel.'

Herman had verhalen gehoord over de val van Málaga, veel van de vluchtelingen die ze hadden opgevangen in de Alquería kwamen ervandaan. Was Beatrijs daarbij geweest? Aan de kant van de fascisten?

'Ik leg het nog wel uit,' fluisterde ze in het Nederlands.

'We dachten even dat de Lieve-Heer haar tot zich had genomen. Maar het is en blijft een echte oorlogscorrespondente, hè. Ik heb genoten van je verslagen van achter de frontlinie, beetje rood gekleurd, maar dat zij je vergeven. En het verheugt me je weer te zien. Luis Bolér, dat is de vriend die ik zojuist noemde, zal ook blij zijn,' zei hij met een knipoog.

Hij voelde haar verstijven.

'Hij is even uit de gratie geweest sinds zijn wat doorzichtige jokkebrokkerij over Guernica, maar is weer helemaal het mannetje tegenwoordig, en is nog steeds gek op je. Pas maar op met deze mooie blonde dame. Die Spanjaarden zijn er dol op. Ze heeft heel wat harten op hol doen slaan.'

De Amerikaan lachte zo hard hij kon en keek tegelijkertijd hoe Herman zou reageren. Herman werd echter ineens op zijn schouder geslagen. Hij draaide zich om en keek in het ronde, rode gezicht van Don Porfirio.

'Don Germán, ik dacht al dat u het was, die blonde kop uitstekend boven mijn zwartharige landgenoten. Wat een verrassing, wat een genoegen.'

Hij omarmde Herman enthousiast, zijn stank van zweet, vermengd met de geur van alcohol, sigaren, halfvergaan reukwater, talkpoeder en stijfsel golfde over Herman heen.

'Don Porfirio, wat een toeval,' wist hij nog uit te brengen.

'Wat nu toeval?! Natuurlijk niet! Voorbeschikking! Ik wist wel dat u een patriot was. Wij zijn het nieuws van thuis blijven volgen en sommigen zeggen dat u de republikeinen had omarmd. Maar ik zei: Nee! Dit is een man die als enige is blijven staan tegen die rode honden. Een rechtschapen man.' Hij liet Herman los en draaide zich naar Carway. Legde zijn harige hand op diens schouder en wees met de andere naar Herman alsof hij een paard aan het aanprijzen was. 'Ondoorgrondelijke wegen had deze man af en toe, señor; ik kon hem niet altijd volgen, maar hij is in goed gezelschap zal ik maar zeggen, toch? Dios mío! We kunnen gelukkig weer katholiek zijn hier in Spanje.'

Carway sloeg een kruis en stelde zich daarop aan Porfirio voor.

'U bent journalist?! Dan moet u een stuk schrijven over deze man. Hoe hij zonder enige hulp standhield tegen de milicianos. Tot in de muil van de leeuw. Eigenhandig. Heldhaftig. Ongekend. Een legende.'

'Dat klinkt bijzonder interessant wat u daar zegt.'

'Wat ik je brom, meneer de journalist. Weet u, jullie zijn bij deze allen uitgenodigd voor een kleine soiree die een goede vriend van mij op de Passeig de Gràcia geeft ter ere van deze dag van victorie. In Casa Milà. U kent het ongetwijfeld. Het kan zijn dat El Caudillo zelf ons zal vereren met een bezoek.'

Franco zelf dus. Herman dankte Porfirio beleefd, verzekerde hem dat ze erbij zouden zijn en beloofde Carway dat ze hun gesprek dan zouden voortzetten. Herman zei alles om ervoor te zorgen dat ze daar weg konden. Want Beatrijs, haar gezicht bleek, leunde steeds zwaarder op zijn arm.

'Ik geloof dat de warmte en alle indrukken van al die mannen in uniform allemaal wat te veel zijn voor mijn geliefde verloofde. Ik denk dat wij wat rust en koelte opzoeken. Tot later, heren.'

Toen ze zich terugtrokken uit de menigte en het geluid en het overweldigende gevoel van rampspoed achter zich lieten, voelde Herman Beatrijs wegzakken. Ze sloegen een hoek om en direct moest zij hevig overgeven. Herman nam haar uitgeputte lichaam in zijn armen en droeg haar naar het appartement. Ze had haar armen om zijn nek geslagen, haar gezicht tegen zijn borst verborgen.

*

Hij had haar op bed gelegd, het raam gesloten tegen het geluid van *el Gran Desfile de la Victoria* – de grote mars van de overwinning; dan weer was het motorgeronk, paardenhoeven, dan weer stampende laarzen, steeds marsmuziek, gejuich. Met het verdringen ervan begon ze beetje bij beetje rustiger adem te halen. Hij kroop tegen haar aan, legde zijn hand op haar buik. En toen ze hem eindelijk aankeek vroeg Herman: 'Gaat het?'

Ze schudde haar hoofd, begon weer te huilen, bedaarde toen. Hij zag hoe ze telkens wilde spreken, maar leek te struikelen over obstakels in haar hoofd. Even probeerde ze hem te kussen maar liet zich uiteindelijk terugvallen, en terwijl ze naar het door lekkage verwoeste rozet op het plafond staarde, begon ze uiteindelijk te vertellen.

'Ik leerde Carway kennen in Madrid. Ik voelde me daar thuis tussen de andere correspondenten; we waren immers gelijkgestemde zielen. Hij viel daar op omdat hij, in tegenstelling tot velen van ons, duidelijk tegen de Republiek gekant was. Al vóór de oorlog had hij gelezen over de moord op en verkrachting van nonnen door republikeinse krachten; hij was katholiek en werd dus pro-Franco. Ik wees hem erop hoe vreemd het was dat hij als Amerikaan, die zo opgaf over "*the greatest democracy on earth*", de kant koos van de partij die een democratisch gekozen regering omver wilde werpen. Je had hem moeten horen, Herman; hij fantaseerde geruchten tot feiten, schilderde republikeinen af als beestachtige verlengstukken van het joods-communistische complot. Franco en zijn generaals waren daarentegen de heroïsche bevrijders van het oorspronkelijke rooms-katholieke Spanje.'

'Ik ken het type,' zei Herman en dacht aan dat etentje lang geleden. 'Wat ze allemaal voor krankzinnigs verzinnen, hoe wilder de theorieën, des te fanatieker ze erin geloven...'

'Ja maar, Herman, de wereld vrat zijn verzinsels maar al te graag. Omdat die zogenaamde democratische landen banger zijn van de bolsjewieken dan van de fascisten.'

'Ze zijn beide vrij eng wat mij betreft.'

Ze zuchtte, stak een sigaret op en keek hoe de rook naar het plafond kringelde. 'Desondanks keek ik naar hem op. Hij schreef toch voor de *New York Times*, een echte krant met miljoenen lezers; wel anders dan de *Wieringer* waar mijn verslagen misschien een keer, als ik geluk had, op pagina zes werden afgedrukt. Hij overtuigde mij er ook van, dom kalf dat ik was, dat als Madrid zou vallen, hij als enige mijn veiligheid kon garanderen. Hij had immers connecties in het nationalistische kamp. "Met jouw socialistische denkbeelden zul je die nodig hebben, mijn liefste," zei hij dan. Hij noemde mij altijd darling, het zwijn. Om dat te bewijzen nam Carway me mee de frontlinie over. Hij vond dat ik de oorlog vanuit een andere kant moest zien, de goede. We liepen mee met de colonne van Queipo de Llano, een afschuwelijke man. Een markies, wist je dat? Een zogenaamde edelman. Nou, er is niks edels aan, hij kon je het ene moment vriendelijk aankijken, maar ook, als hij met halfgesloten ogen...' Ze nam een trek van haar sigaret, blies de rook met kracht uit. 'Wat ze daar hebben gedaan, Herman, die hele bende... Zag je die Moren op hun mooie arabieren net? Ik heb ze zien steken, schieten, hakken... zoveel bloeddorst. Nee! riep ik steeds, nee! Maar Herman, ze waren met tienduizend man sterk aan het moorden. En toen we bij de stad aankwamen, nog tienduizend Italiaanse zwarthemden met hun tanks. Ik had nog nooit een tank horen rijden. Het is alsof de aarde je van zich af wil schudden. Met honderdtallen kwamen die machines. Duitse bommen vanuit de lucht, en dan het bombardement vanuit zee. Heb jij ooit een salvo meegemaakt van batterijen uit zo'n schip?'

Hij schudde zijn hoofd, waar het geluid van trommelvuur weer even hoorbaar was.

'Het is alsof de wereld uit elkaar barst, Herman, alsof er een scheur ontstaat waar alles in verdwijnt. En dan die inslagen. Ik was telkens verbaasd als de wereld nog leek te bestaan, dat er nog iets over was waarop de vliegtuigen hun bommen konden laten vallen. De stad was al lang verslagen... de inwoners zagen we vluchten.' Ze sloot haar ogen. 'Ik weet nog de blik in de ogen van Queipo de Llano, wat hij zei: dat de schepen uit zee en de vliegtuigen de vluchtelingen wel zouden "vergezellen", dat ze dan wat harder zouden doorlopen, dat ze allemaal dood mochten... En maar lekker lunchen met Carway. Pata negra schoven ze naar binnen. En maar grappen maken. Ik kon het niet, ik kon daar niet zitten en medeplichtig zijn aan die slachting.' Ze drukte haar sigaret uit. 'Ik was niet moedig; ik ben nooit zo bang geweest. Maar toch ging ik. Ik wilde liever met die vluchtende mensen sterven dan dat ik moest leven met deze afgrijselijke mannen, zeker nadat...' ze slikte. Stopte. Ze huilde even, Herman hield het schokkende lijf vast. Ze wreef de tranen uit haar ogen.

'Ik ben toen met een smoes de stad in gegaan. Ik had mijn papieren bij me, daardoor werd ik niet op straat doodgeschoten. Voor die soldaten was ik een Franco-gezinde journaliste. Maar projectielen of bommen weten dat niet. En op een gegeven moment schoten ze gewoon op alles wat bewoog. Uiteindelijk kon ik me aansluiten bij de stroom vluchtelingen. We gingen over de weg naar Almería die pal langs de zee loopt. Als je daarvandaan op het water uitkeek, naar die blauwe vlakke zee, zag je de slagschepen, luie moordenaars die op hun dooie gemak met ons meevoeren. Steeds waren ze daar, en steeds schoten ze op ons. Ik heb de naam gevonden van een van de kapiteins, Francisco Bastarreche, van de kruiser Canarias, Franco's vlaggenschip. Wat voelde hij toen hij door zijn verrekijker de projectielen uit zijn batterijen op kinderen zag inslaan? Voltreffer na voltreffer. Dat vraag ik me weleens af. Ik zag een hele groep mensen die gewoon werd weggeblazen. Een vrouw vloog door de lucht, haar peuter aan de borst geklemd. Bij het neerkomen kon ze het kindje niet houden. Ze is opgestaan, pakte het kindje weer op en is naar Almería gelopen, met het dode kind in haar armen. De rest van haar gezin was verdwenen in de explosie.'

Hij voelde haar tranen op zijn borst, ze huilde een tijd in stilte.

'We hebben tweehonderd kilometer gelopen, gestrompeld, gekropen soms. Ik werd aangeklampt door zoveel kindjes, acht-, negen-, tienjarigen, Herman. Wezen van één dag, verloren, vaders allang kwijt, op zoek naar hun moeders, broertjes en zusjes. Altijd dorst, vooral door het stof. Stof op de weg, van schoenen, hoeven, wielen. Stof van bommen die bleven vallen. En we voedden ons met het eten dat we konden vinden, vaak in tassen van mensen die vóór ons waren vertrokken, maar langs de weg waren gestorven. Hun eten namen we mee, en aten we op. Het eten van de doden, Herman, en we namen hun dekens en jassen ook mee. Het was zo koud, zo koud op die weg. En weet je wat me nog steeds het meest verbaast, dat de republikeinse krachten ons niet hielpen. Onze eigen soldaten! Ze hebben al die families aan hun lot overgelaten, laten sterven. Ze hadden vrachtwagens kunnen sturen, of tanks, of soldaten. Ze hadden kunnen helpen. Maar ze lieten de slachting toe. Ze lieten het gewoon toe. Toen ik eindelijk in Valencia aankwam, wilde ik daarover schrijven. Over wat de fascisten hadden gedaan natuurlijk, maar ook hoe de republikeinen ons in de steek hadden gelaten. De censor was echter onverbiddelijk en verbood elke rapportage over de carretera de la muerte, zoals ze dat toen al noemden.'

'Ze waren natuurlijk bang voor gezichtsverlies.'

'En terecht! Maar ik kon niet tegen het idee dat dit niet verteld zou worden. Dus reisde ik naar Barcelona om het bericht daar het land uit te krijgen. Maar daar was het volledige chaos. Er was helemaal geen centraal gezag, alle linkse bloedgroepen stonden elkaar naar het leven. Ik was er nog geen week of een straatoorlog brak uit. En daar ben ik niet gevlucht.' Ze stond op van het bed en liep naar het raam waardoor ze naar buiten keek.

'Ik weet niet wat het was, misschien was ik te boos om bang te zijn. Ik beleefde urenlange vuurgevechten, verscholen achter barricades van straatstenen, ik was scherpschutters te snel af die zich verborgen in kerktorens, sprong over de lijken in de goot. En ik heb ze allemaal gesproken: de syndicalisten, anarchisten, trotskisten, communisten en socialisten die vooral bezig waren elkáár te vermoorden. Wat een puinhoop. Als ik al socialistische idealen had...'

'En kon je dat verhaal wel kwijt?'

'Ja... maar niet via de republikeinse kanalen.' Ze draaide zich naar hem toe. 'Er was maar één man die mijn verhalen Spanje uit zou kunnen krijgen.'

'Carway.'

'Ja. De dodenweg kreeg hij niet gepubliceerd, de straatoorlog wel, maar alleen onder zijn eigen naam.'

'De schoft.'

*

Barcelona
20 februari 1939

Beatrijs vertelde zojuist haar verhaal, en ik weet niet of het aan mij is om het allemaal op te schrijven in dit cahier. Het is immers niet mijn verhaal. Ik ben wel verbaasd hoe ze erover sprak. Veel mensen die soortgelijke dingen hebben meegemaakt kunnen het er niet over hebben. Daar beuken en dreunen de inslagen een leven lang die woorden weg, naar een plek vlak onder de aardkorst van wat hen geestelijk gezond houdt. Zij praat wel, misschien omdat ze van woorden houdt, omdat verslag doen van gebeurtenissen in haar bloed zit. Zo spreekt ze er ook over, neemt er daardoor misschien wel afstand van. En ik luister van een afstand.

Ik bespeur namelijk niet alleen verdriet, angst en schuldgevoel, maar ook schaamte bij Beatrijs. Dat laatste kan ik niet helemaal plaatsen. En ik vermoed dat in de stortvloed van woorden andere verborgen blijven. Maar ik kan haar er niet naar vragen, en dus ook niet zeggen dat ze zich niet hoeft te schamen of schuldig te voelen. Ik voel dat ik, door het uit te spreken, juist minder begrip zou tonen. De gemeenplaatsen van mijn verzachtende woorden zullen geen recht doen aan de diepe ellende in haar. Vicente en ik hebben elkaar nooit zo getroost. Ik twijfel, misschien moet ik die troostende platitudes wél aanbieden. Omdat ik door mijn zwijgen haar misschien alleen laat in haar ellende. Troost is altijd een cliché, maar moet je het daarom overslaan?

Beatrijs' verhaal blijft door mijn hoofd spoken, en als ik denk aan Carway voel ik haat, moordlust; dat is echt een nieuwe sensatie voor me. Ondanks alles en ondanks al die jaren oorlog heb ik nooit verlangd naar het doden van een ander. Het was altijd noodzaak, niet meer, en daar heb ik me dan ook nooit schuldig over gevoeld. Dit verbaast en overvalt me.

15

Barcelona
Februari 1939

Beatrijs weigerde mee te gaan. Smeekte me om niet te gaan. Ik zou me begeven tussen de grootste schoften van Spanje. Massamoordenaars, genocideplegers, verkrachters, beulen, propagandisten en allen even schaamteloos. Maar ik zei dat het juist daarom ging, het monster in de bek kijken. Als ik dan toch voor nationalist en fascist word aangezien, wilde ik hen ook kennen, en ontmoeten en zonodig omarmen. Erachter komen of zij anders zijn dan ik. Me ervan vergewissen dat zij hun menselijkheid inderdaad aan bajonetten, geweren, bommen en batterijen hebben uitbesteed, haar hebben beleend in het pandjeshuis van de vergelding, waar ik ook geen vreemde ben. Wat moet je betalen om die verwaarloosde menselijkheid terug te krijgen? Ik trok mijn beste pak aan, kuste haar en liep de trap af.

Vanaf het moment dat ik de straat op stapte, waren er tekenen dat ik me om moest draaien, weg moest gaan. Direct Barcelona moest verlaten. Mensen gingen me in stromen voorbij. Soldaten zwalkten trots en triomfantelijk langs, meestal dronken. Van menigeen kreeg ik een jolig opgeheven arm. De meeste inwoners van de stad liepen grijs langs, in de hoop niets te zien en niet gezien te worden. Maar toch voelde ik overal ogen. Van dichtbij, mensen die kwamen en verdwenen achter mijn rug, waar ik alleen hun ademhaling wist. Maar ook in de ramen boven me, voorbij de ondiepe balkonnetjes, afgezet met smeedijzeren balustrades, vanachter dichtgetrokken gordijnen werd er naar mij gegluurd. Het regende onuitgesproken verwensingen. Soms, in een portiek of om een straathoek, dacht ik Xavi te zien. Ik weet dat hij hier ergens rondwaart. En ik weet dat hij mij ziet.

En het vreemde deed zich voor dat in die avond alles me deed denken aan de Alquería. Ik kwam op de Passeig de Gràcia, die nu vernoemd is naar General Mola. Hij is al dood, maar niet zijn naam noch zijn doctrine. Zijn uitspraak 'We moeten terreur zaaien' heeft zijn vruchten afgeworpen. De Gràcia-boulevard is de breedste van Barcelona en toen ik de ruimte daar voelde, ademde ik diep in. Het was even alsof ik de lucht op mijn Tossal del Moro rook. Ik zag het heiige, overbelichte landschap met daarachter die eindeloze zee. Een visioen dat een belofte leek van een oneindige vlucht. Ik voelde het roepen. Ik kom, echt waar, ik ga, maar nog niet. Ik, sukkelaar, liep door...

... en kwam even later langs een gebouw waarvan de façade voor mijn ogen golfde alsof ik dronken was. Het huis leek uit nat strandzand te zijn gedruppeld en gegoten om vervolgens als betoverd te verstenen. Veelkleurig mozaïek tegen de gevel, boogvormige vensters, balkons als de opengewerkte muilen van onbestaande reptielen. De avondzon glansde op het gebroken glazuur zoals ook de zee kan schitteren. De top van het huis golfde als een drakenrug, de schubben liepen over in het dak van het torentje. Een kruis als een strik erop. Omdat de Alquería zich in elk detail dat ik zag aan mij opdrong, liep ik door, om even later het rumoer van een feest te horen. Verderop kwam ik aan bij een verlicht gebouw, de grote broer van het vorige. Het leek alsof een serie grotwoningen uit een rotswand was gehakt die eerst nog gevormd en geslepen was door millennia van wind en water. Op de balkons die als omgekeerde golven uit de stenen oprezen, prijkten ijzeren balustrades die deden denken aan bossen zeewier en onderwaterplanten die voorbij mijn cala in de eindeloze deining van het water zweven, zwerven en dansen. Maar deze waren in hun beweging bevroren, door de smid tot tijdloosheid gedwongen.

Daar bij Casa Milà stonden Carway en Don Porfirio op me te wachten. Ze namen me mee naar binnen, door een deur als een waaierkoraal van gietijzer en glas, door een gang als een drooggevallen onderwatergrot met aquamarijn mozaïek aan de muren, naar een atrium waar de fine fleur van het Spaanse facisme zich had verzameld. Nadat hij ons de belangrijkste mensen had aangewezen, begon Carway Don Porfirio uit te horen over mijn verhaal omdat ik geen antwoord wilde geven op zijn vragen. Midden in ons gesprek begon hij ineens te zwaaien naar een grote knappe man met een keurig getrimde snor en een brede glimlach die een perfecte driehoek tekende op zijn gezicht. Carway was als een kind zo blij toen de man bij ons kwam en ze elkaar omarmden. Ze verbraken even hun omhelzing, spraken in bloemrijke bewoordingen hun wederzijdse genoegen over het wederzien uit, en knuffelden elkaar opnieuw omstandig. Even dacht ik dat ze zich publiekelijk zouden verliezen in de herenliefde. Toen pas stelde Carway de man aan ons voor als Luis Bolér Bellen, honorair kapitein van het vreemdelingenlegioen, de zeer gerespecteerde en gevreesde voormalige perschef van Franco, sinds kort directeur van het nieuw opgerichte Spaans Bureau voor Toerisme.

'En dit, waarde Luis, is de verloofde van een gemeenschappelijke kennis van ons,' had Carway gezegd. 'De jonkvrouw Beatríz.'

'Nee toch?!' riep Bolér met een glimlach. 'De ontembare Dulcinea? De onbereikbare beminde die woorden als parels met gouddraad borduurde. O, wat bewaar ik warme herinneringen aan haar.' Dat waren zijn letterlijke woorden. Zijn glimlach was vriendelijk, oprecht.

'Maar wist u, Don Bolér, dat deze heer eigenhandig zijn land en bedrijf – zoutpannen waren het toch? – heeft weten te beschermen tegen lokale milities en instrumenteel is geweest in de onderdrukking van de rode terreur in zijn gebied?' zei Carway.

'Een held!' riep Don Porfirio, en proostte met het lege champagneglas in zijn hand.

'Hij heeft met het blanke staal de militie onschadelijk gemaakt,

tot in hun hoofdkwartier is hij doorgedrongen!' vulde Carway aan, en hief ook zijn glas.

Ik zag op dat moment alleen Sara's plasje voor me.

Sinds ik in Barcelona ben, draag ik dat mes weer in een schede onder mijn jas. Ik voelde het ineens heel bewust tegen mijn lijf aan drukken. Ik keek Carway aan en het lukte me niet te antwoorden. Bolér merkte mijn onbehagen op.

'Als slechts de helft van wat Carway zegt waar is, en meestal is dat ook zo, dan nog kan ik alleen mijn bewondering uitspreken. Het zal niet makkelijk zijn geweest de afgelopen jaren.'

Hij keek me vriendelijk aan. Ik waardeerde het grapje dat hij ten koste van Carway maakte. Was dit dan die fascistische vijand die ik wilde ontmoeten? Zo erg leek hij me niet. Toen zei hij: 'Ik hoop wel dat u de lijken hebt verbrand.'

Ik dacht echt dat ik hem verkeerd verstond. Hij lichtte toe dat het raadzaam was om de geëxecuteerden te verbranden. Ik verzekerde hem dat ik mensen noch executeerde, noch verbrandde.

'Ach... ieder heeft zo zijn methodes, zullen we maar zeggen,' zei hij. 'Ik zeg alleen, graven worden vaak monumenten. En dat willen we natuurlijk niet.'

Ik keek nog eens naar dat in eerste instantie zo vriendelijke gezicht. En zag toen pas wat erachter zat: een onbuigzame hardheid, een diepe haat, een onmenselijke minachting.

En als ik nu, terwijl ik dit schrijf, die kop weer voor me zie, dan zie ik in het kaarslicht zijn snor groeien, bakkebaarden kruipen over zijn gezicht, zijn mond wordt kleiner, zijn volle lippen dunner, de lachrimpels bij zijn ogen verdwijnen en ik zie zijn kleding veranderen. Achter hem, om ons heen, zijn de rondingen van Casa Milà verworden tot strakke lijnen; de kaarsen en de bruine stenen die goud gloeien in het gele kunstlicht worden vaal, alsof een voile van mist ze overdekt. Alles is rechtlijnig geworden, het licht door de ramen is wit, verkild, koud. En ik voel een slag op mijn gezicht. Met de rug van de hand, de zegelring met adelaar trekt een schram over mijn gezicht. De hand zwaait terug, dreunt tegen de zijkant van mijn hoofd. Mijn benen zijn ineens weg, op de grond trek ik een vinger langs mijn gezicht. Een druppel op het marmer. Weer dat helderrode bloed op wit. Ik lig, maar hij schopt me. Ik voel zijn rijlaars tegen mijn lijf. Schreeuw het uit. Achter mijn verwekker verschijnt mijn moeder. Zo mooi, zo ijl, zo doorschijnend; ik mis alleen haar vleugels nog. Haar mond staat open, in haar ogen angst. Ze ziet hoe de man mij schopt, en nog eens. Als ik van zijn voeten wegrol, loopt hij om me heen. Schopt nog eens. Buigt zich dan voorover. 'Nooit!' spuugt hij in mijn gezicht. En slaat nog eens met zijn vlakke hand mijn hoofd tegen de grond.

Ik sluit mijn ogen, druk mijn verwekker weg, naar achter, terug de duisternis in.

Ik denk dat ik toen in dat atrium ook mijn ogen even sloot. En toen ik ze opende stond tot mijn verbijstering Franco voor ons. Ik had hem niet zien aankomen, maar ineens stond hij daar, en sprak hij met Bolér en Carway die bezig waren mij aan hem voor te stellen.

Als Medusa keek hij me aan en ik versteende. Zijn slangen om hem heen. En ik, ik voelde het mes op mijn borst, ik wilde zijn keel doorsnijden. Ik moest in weerwil van mezelf glimlachen. Was dit waar ik voor gekomen was, mijn lot dat zich altijd voor mij verborgen had gehouden? Moest ik de moordenaar van Franco zijn? Engel der wrake, beul der rechtvaardigheid? Het zou mijn leven de zin geven die het nooit heeft gehad. Het warme gevoel van lotsbestemming golfde over me heen, door me heen. Ik voelde me ontspannen. Dit had ik te doen. Door willekeur in deze gelegenheid gebracht. Dit toeval was het bewijs, want toeval is immers het venster naar de waarheid.

...

Er zit een aantal uren tussen de vorige zin en deze. Al die tijd kon ik niet meer dan voor me uit staren en wijn drinken. Ik weet dat ik er mijn hele leven aan zal denken. Zelfs als ik als oude man op mijn terras uitkijk over een kalme zee en mijn kleinkinderen buiten zie spelen, zelfs als ik rust en vrede heb gevonden, dan nog zal dit moment blijven echoën. In mij, en in de wereld om me heen. Ik had het kunnen veranderen. Hoe ziet die andere wereld eruit? Gewoon een andere generaal als dictator, een interne machtsstrijd in het nationalistische kamp misschien? Misschien zal Madrid, dat al jaren standhoudt, niet vallen. Wat het ook zou zijn, door Franco niet te doden ben ik op voorhand medeschuldig aan alle doden die nog door zijn hand zullen vallen.

Dat waren niet de overwegingen die toen door me heen gingen. Het klinkt nobel, maar ook over nobele gedachten mag ik eerlijk zijn. Ik zou sterven, natuurlijk, net als Franco. Maar ik zou ook anderen in onze dood meesleuren. Porfirio die me had uitgenodigd, Beatrijs zouden ze vinden, haar verdenken en vermoorden. Ik zag Bolér dat al doen. En dan zouden ze de Alquería vernietigen en iedereen die daar nog was. Dat alles ging door me heen.

Maar ook dat was niet wat mij tegenhield; het was slechts beleefdheid die Franco's leven die dag redde. Ik had met mijn rechterhand al het mes onder mijn jas vast, maar toen hij mij de zijne aanbood, liet ik het mes los. Een reflex van hoffelijkheid. Dat had mijn verwekker er toch goed ingeslagen; de harde hand van het ene monster redt het leven van het andere. Franco's hand voelde zacht, lange vingers, een enigszins droge huid, maar slap. Alsof ik een dood dier vasthad. Zachtmoedig en enigszins hooghartig keek hij me aan. Wenkbrauwen hoog op zijn voorhoofd, daarboven een glimmende schedel. Toen hij na Bolérs introductie sprak, was zijn stem enigszins hoog, en praatte hij met een lichte slis. Ik zag zijn fijn getrimde snorretje bewegen. Hij sprak zijn genoegen uit:

'Que placer *caballero, om een held van het verzet achter de linies, deel van de vijfde colonne, te ontmoeten.* No tanto placer, sino, un honor!' *Ik glimlachte, weer was ik beleefd. Ik voelde me echter niet vereerd, ontkende zover ik kon en bedankte hem voor zijn vriendelijke woorden.*

'Ik moet u bedanken,' zei hij. 'Spanje is een tragisch slagveld geweest. Het eerste in de grootste worsteling tussen de krachten van God en beschaving enerzijds, en anderzijds het perfide communisme dat alles wat we kennen bedreigt. Ook uw volk heeft hierin meegestreden, en terecht, want het heeft datzelfde gevaar nu aan de eigen grenzen. Alleen een totalitaire staat kan de strijd aan die komt.'

Alsof hij een zegen over mij en mijn familie had uitgesproken, liet hij mijn hand los en trok de zijne terug.

Ik weet nog dat Arechavaleta helemaal in de zevende hemel was. Ook hij had de hand van El Caudillo mogen schudden. Carway was achter Bolér aan gevlogen als een meeuw achter een vissersboot. Ik werd door mensen om mij heen met bewondering aangekeken. Mijn hand werd door wildvreemden geschud. Alsof er residu op zat van die slappe hand van Franco.

Zo gauw ik kon, vond ik mijn weg naar buiten. In een waas liep ik de brede straat door, waar de winteravond een diepe kille mist overheen legde. Ik nam dezelfde weg terug als heen, dook vanuit de boulevards de stegen van de Raval in, waar de mist nog niet was doorgedrongen, maar het vocht druppelde van de daken en regende langs de kromme gevels naar beneden. De muil van het beest kwijlde. Alles was zwart, het vocht glinsterde in het zwakke schijnsel van de straatlantaarns. In de stegen galmden voetstappen. Ik voelde de ogen weer. Ramen als vuurspuwende ogen van katten.

Ik kwam uitgeput binnen. Even dacht ik Beatrijs' lichaam nodig te hebben om alle opgehoopte frustratie en woede in haar te laten oplossen. Maar zij sliep, ze slaapt nu nog, ongestoord. Iets knaagt nog aan me, ik kan niet tegen dat gevoel bekeken te worden. Of is het mijn schuldgevoel dat ik op de stad projecteer? Ik kijk door het raam waar ik de blinde muur weet en ineens, uit de ooghoek van mijn bewustzijn, schiet me te binnen dat vanaf de hoek van ons steegje een man mij had staan bekijken toen ik vanavond de deur van ons trappenhuis opende en naar binnen stapte. 'Hay mendigos por los tejados': *er staan zwervers op het dak, fluistert Lorca in mijn oor.*

Ik ga nu toch proberen te slapen en morgen gaan we hiervandaan.

*

Het Spaanse woord voor duisternis is *el oscuro*. De klank van het woord trilt in zijn binnenste. Er zit iets occults in. Hij voelt het in zijn keel, zijn borst. Het heeft iets boosaardigs. Het is geladen met wat verborgen is, zich verbergt, wat niet gezien mag worden. Herman moest denken aan de donkere nachten op zijn berg. Waar hij altijd weg kon kijken, waar het ondergaan van de zon de wereld groter maakte omdat het hem in staat stelde van de wereld weg te kijken, de oneindigheid in. Maar in deze nacht, toen de geur van bloed, kruit en petroleum nog in de straten stond, was de wereld klein geworden. De nacht was gekrompen en stond strak gespannen om hem heen. Hun kamer, hun bed, Beatrijs naast hem. Ze ademde zacht. Herman luisterde naar haar, en toen hij zijn adem inhield, besefte hij ineens dat hij niet alleen naar haar luisterde.

Het is onwerkelijk hoe je ineens iemand gewaarwordt in het donker. Er is een moment waarop je het weet, maar nog niet beseft. In dat enkele moment zit een enorme angst verborgen.

'*El oscuro tiene muchas formas, Don Germán. La oscuridad del útero no es del sótano,*' hoorde hij in zijn oor. Het duister komt in vele vormen. Het duister van de baarmoeder is niet dat van de kelder. Een fluistering was het, niet meer. 'De duisternis onderdrukt de liefde, onderdrukt het leven, maar brengt ook genade en de oneindigheid van dromen. Omdat ze jezelf in duisternis hult en de monsters verbergt.' De woorden en de stem hypnotiseerden hem bijna. 'Als de duisternis breekt, komt de rampspoed.'

De vlam werd ontstoken, vlak voor zijn gezicht. En Herman zag Xavi. Hij wist zeker dat het Xavi was, hoewel hij maar een enkele seconde dat gezicht zag. Binnen minder dan een tel stond het bed in lichterlaaie. De geur van petroleum was niet alleen die van de straat geweest. Met de vlam werd alles direct ijskoud in Hermans hoofd, en was hij weer de man die de loopgraven overleefd had. Die niet nadacht maar handelde. Hij duwde Beatrijs van het bed en rolde er zelf ook vanaf. Hij kroop onder het bed, rolde door naar waar Beatrijs aan haar kant op de grond lag, haar nachthemd brandend en zij waanzinnig van angst. Herman duwde haar verder tegen de muur, sloeg de vlammen van haar kleding. Hij zette zijn voeten en handen tegen de onderkant van het bed en stootte het met alle kracht die hij had van zich af naar de tegenoverliggende muur. De vlammen leken even om te vallen, kort te doven. Herman stond op, trok Beatrijs van de grond. Beatrijs hijgde en schreeuwde en kermde tegelijk. Het bed brandde, lag deels voor de deuropening en de binnenmuur vatte langzaam vlam.

'We moeten erdoorheen.'

Beatrijs keek hem aan met een open, van angst vertrokken mond, alsof haar leven eruit wegliep. Hij zag hoe haar kleren van schouder tot heup waren weggebrand. Hij duwde haar voor zich uit, naar het vuur. Ze schreeuwde. Nee. Nee! Maar ze moest door en hij ook. Herman bleef haar duwen, snel door de vlammen die onmiddellijk weer leken te plakken aan hun kleren. Herman voelde de huid van zijn onderbeen smelten. De pijn erger dan hij ooit gevoeld had.

*

'Vieze, vuile, smerige lafaards,' zei Bolér. Binnen een paar uur was hem ter ore gekomen wat er gebeurd was. Het appartement van een Nederlands stel dat afbrandde, viel blijkbaar toch op in Barcelona. Beatrijs lag in het ziekenhuis, de linkerkant van haar lichaam met kompressen bedekt. Hermans rechteronderbeen was ingezwachteld.

'Wees ervan verzekerd dat we er alles aan doen om degene te vinden die dit gedaan heeft, en dat we goed zullen zorgen voor señorita Beatríz. En dat we vanavond nog een nieuw huis voor u hebben.'

Herman twijfelde er niet aan, er stonden zoveel huizen in Barcelona leeg. Maar het laatste wat hij wilde was het verlaten huis van een vluchteling of iemand die gearresteerd was. Als de afgelopen nacht iets had duidelijk gemaakt, dan was het dat ze uit de stad weg moesten. Iets wat hij veel eerder had moeten doen. Hij had weer te lang geaarzeld.

'Gracias, Don Bolér, maar dat is niet nodig. Ik moet naar mijn eigen huis, voordat dat ook afbrandt.'

'Dat begrijp ik, maar wat ik niet begrijp is waarom u dan in Barcelona was tot nu toe. U was er al voordat de *Generalísimo* de stad binnenviel.' Bolér deed een stap terug.

'De reden waarom mijn huis nog overeind staat, is dat ik een van de leiders van de militie heb gedood en de ander in gijzeling had genomen.'

Bolérs wenkbrauwen gingen omhoog.

'Dat brak hun wil enigszins, totdat eind vorig jaar het nabije dorp Xaraque werd gebombardeerd. De militie wilde wraak, eiste haar leider terug.'

'Als de honden die ze zijn.'

'Hem vrijlaten, vasthouden of vermoorden; het zou in alle gevallen leiden tot een nieuwe bestorming van mijn huis. Dus ik zegde toe hem weg te brengen – zodat ik zeker wist dat hij echt weg was – naar waar hij wilde als hij de militie zou bevelen mijn huis ongemoeid te laten.'

'En uit Barcelona kon hij niet terugkeren. Voor de rooien is het een gevangenis of begraafplaats gebleken. Een goede strategie.'

'Ik wilde direct terug, maar kwam Beatrijs tegen en raakte… afgeleid.'

'Dat kan ik me voorstellen, beste vriend. *Que guapa es.*' Bolér glimlachte kort. 'Het zou deze militieleider kunnen zijn die wraak op je wilde nemen.'

'Die gedachte is bij me opgekomen.'

'Ik begrijp het en begrijp u. Wij zullen u helpen.'

Toen Bolér vertrokken was, nam de arts Herman apart. Ze stonden in de deuropening van Beatrijs' kamer. Hij vertelde dat Beatrijs met veel rust en goede zorg zou herstellen. Haar wonden waren minder erg dan ze leken. Maar haar zwangerschap vergde ook veel van haar lijf.

'Haar wat?' vroeg Herman.

'U wist niet...'

'Nee.'

Beatrijs en Herman werden op bevel van Bolér naar het zuidelijk front gereden. Vandaar zou een snelle boot hen langs de kust van Valencia naar zijn cala varen. Vanuit de boot keek Herman naar de rotsen van Sierra Calderona ten noorden van Valencia; de aardlagen schuin op elkaar gestapeld als neergesmeten planken. Hij herkende het landschap weer en snoof gulzig de bekende geuren op. Achter in de boot lag Beatrijs onder een tarp die een beetje schaduw gaf. Haar brandwonden deden pijn en de ruwe zee maakte haar misselijk. Herman keek vanaf een afstand naar haar terwijl ze met een ruime boog langs Valencia voeren. Hij zag vliegtuigen boven de stad, rookpluimen schoten uit de grond om kort daarna gevolgd te worden door het dreunen van de explosies. Hij dwong zichzelf naar de stad te blijven kijken in het besef dat zij in veiligheid naar de Alquería werden vervoerd door hetzelfde leger dat de stad vanuit de lucht vernietigde. En terwijl de stad langzaamaan aan hen voorbijtrok en de koude wind om hen heen sloeg, vroeg Herman zich af wat hij thuis zou aantreffen.

*

De oorlog was bijna voorbij. Hij had de dag ervoor gehoord dat Barcelona was gevallen. Het zou niet lang meer duren of Franco's legers zouden Valencia platwalsen. Met regelmaat hoorde hij in de verte de vliegtuigen, het geluid golfde als gemurmel over het land en de zee. Een gefluisterde nagalm van de dag dat hij door het bombardement zijn vrouw Alba had verloren. Toen hij de haat sterker dan ooit in zich had voelen oplaaien.

De kou leek zo langzamerhand tot in zijn botten te zijn doorgedrongen. Hector bivakkeerde al enkele dagen in een hutje op de Tossal del Moro, niet ver van het graf van de koster, tussen de jeneverbessen die ook nu hun naalden hadden behouden, zelfs in de tumultueuze wind die tegen de top sloeg. De aflandige wind stortte zich daarna op de zee en geselde de golven. De wind zwiepte ook de geur van brandende haarden over de top, en terwijl hij beneden de ramen van de Alquería in een oranje gloed de donkere nacht in zag kijken, moest hij denken aan al die avonden dat hij daar binnen had gezeten. In alle rust, met het bevredigende gevoel van hard werk in zijn spieren, steengruis in zijn huid. Zijn buik volgegeten. En om zich heen het huis dat hij mee had opgebouwd, waar hij deel van was. Hij dacht aan Don Germán, die op zo'n avond ongetwijfeld in zijn werkkamer aan het werk was, lezend of schrijvend. Of in zijn grote slaapkamer was. Als een sultan. Dan keek hijzelf rond in zijn eigen kleine kamer, dat ene raam dat uitkeek op de kleine binnenpatio, en voelde het verschil tussen Don Germán en zichzelf. De man die hem had gered, alleen om hem daarna te verdoemen.

Daaraan denkend vroeg hij zich af waarom hij Arechavaleta niet haatte en Don Germán des te meer. Op Arechavaleta's land was hij vele malen slechter behandeld dan in de Alquería. Maar Don Porfirio had nooit gedaan alsof hij zijn vriend was, had hem niet verraden ten gunste van een moordenaar, hem niet verbannen, alleen maar om in dat bombardement zijn enige hoop op een goed leven te verliezen.

Het moment komt nooit als je het verwacht, en even weet je dan niet wat te doen. Je aarzelt, mist het begin, dan voel je de haast. De dwang van handelen beneemt je bijna de adem. Waar Hector had bedacht rustig te kunnen aanleggen met zijn geweer, was de gedaante die door de donkere winderige avond over het achterterrein liep, het vrije stuk veld al overgestoken en liep langs de rand waar de trap naar de cala begon. Schieten zou niet lukken, maar deze kans zou hij niet onbenut laten. Zo gauw hij kon klauterde hij de helling af naar het achterterrein. Toen hij de vlakke grond had bereikt, keek hij even om zich heen. Hij ademde zwaar en zijn arm en borst deden pijn van het schuren langs de rotsen. De honden van Pepe Pieldelobo waren nog niet aangeslagen. De aflandige wind waaide zijn geur en het geluid dat hij maakte weg naar zee. Hij zag de gestalte staan, uitkijkend over de zee. Hij herkende de houding van Don Germán, zelfs de plek waar hij altijd stond te mijmeren, was dezelfde. Zijn gezicht was verborgen in de schaduwen van de pet en kraag die hij had opgezet tegen de koude wind. Terwijl Hector naderbij kwam, speet het hem dat hij dat gezicht niet zou zien.

Het plotselinge aanslaan van de honden was een startschot. Hector rende in volle vaart op Don Germán af. Nog vijftig meter, veertig, dertig. Don Germán draaide zich in de richting van de honden. Hij leek Hector niet te hebben gezien. Nog twintig, tien meter en in een enkele beweging, op volle snelheid, met uitgestrekte armen, hamerde Hector tegen zijn doel aan. De hoest van lucht uit diens longen vervloog in de wind, was niet meer dan een zucht, net als het geluid van zijn achterwaarts struikelende voeten waarna het lichaam over de rand van de rotswand verdween.

De honden werden gek van razernij. Hector probeerde nog over de rand te kijken, keek naar de Alquería. Hij zag licht flikkeren in de woonkamer die eerder donker was geweest. Hoorde stemmen. Teruggaan was geen optie, en daarom vloog hij de trappen af naar beneden, in het donker gleed hij bijna van de treden, maar bereikte toch de cala. Hij zag het lichaam een stuk verderop liggen. Hij was op de rug gevallen, en als een ster lagen armen en benen gespreid. De pet was verdwenen, de haren donker van de golven die tegen het hoofd aan spatten. Alles lag in de schaduwen van de rotswand, de golven sloegen wild tegen de stenen en hij hoorde de honden bovenaan de klif. Ze waren losgelaten en kwamen met grote snelheid naar beneden. Hector keek uit over zee en wist dat er maar één vluchtweg was. Gelukkig had Don Vicente hem, tijdens zwempartijen op ditzelfde strand, leren zwemmen. En terwijl hij God en Don Vicente met een klein schietgebedje bedankte, dook hij de ijskoude zee in en zwom met moeizame slagen weg.

16

April 1939
Xaraque

'Zwijg toch, Pepe!' siste Loreto Frau en wees naar de guardia's die zich in de hoek van de bar vrolijk maakten met flessen wijn. Een wolk sigarettenrook zweefde boven hun tafel. Enkele weken terug had Pepe ze de brug over zien steken en het dorp zien binnenrijden, een *grupo móvil* van de Guardia Civil en een groep falangisten. Voorop, in de mooiste auto, Don Porfirio Arechavaleta als nieuw hoofd van de Falange in Xaraque. Naast hem kapitein Eugenio Olazabal y Fuentes van de Guardia Civil, met onder de traditionele tricornio glanzend haar en puntsnor. Pofbroek en gepoetste rijlaarzen. Ze hadden direct alle controle in handen genomen over het dagelijks leven in Xaraque.

'Het is toch zo? We zijn allemaal acojonados, we zijn verraden, allemaal, door iedereen. Die Stalin van jou als eerste, Frankrijk en Engeland erkennen Franco ook al maanden. En nu worden we verkracht, Spanje wordt verkracht, ze zijn echt nog niet klaar.'

'Misschien wel,' zei Andrés die over Pepe's schouder de guardia's ook in de gaten hield. 'Nu ook Valencia en Madrid zijn gevallen en hij zijn doel heeft bereikt...'

'Ga nu niet zeggen dat je denkt dat hij genade zal tonen. Dat heeft hij niet één keer gedaan, niet in Sevilla, of Badajoz, of Guernica, of Barcelona, en in Madrid al helemaal niet. Zijn hele apparaat is gericht op *exterminación*. Zijn generaals roepen het, de Moren schuimbekken erbij, zijn soldaten, de guardia's, die moorden dat het een lieve lust is, de falangisten vieren feest. Ik heb het gezien in Valencia: executies in elke straat, de Cárcel Modelo vol, daar sterven ze vanzelf...'

'In hun hoofd betalen ze met gelijke munt terug, met rente weliswaar...' zei Andrés.

'Wij zijn ook geen heiligen geweest, maar wat we hier hebben gedaan valt in het niet bij wat die machine vermaalt,' zei Loreto Frau. 'Con permiso.' Hij nam een bord eten en een mand brood over van zijn dochter die uit de keuken kwam en bracht het naar de guardia's. Toen hij terugkwam zei hij: 'Gisteren hebben ze de schoolmeester en zijn assistent opgepakt en naast Paya in de gevangenis gesmeten. De baas van het hospitaal zit er ook al weken.'

'En die komen er niet meer uit, hoor,' zei Pepe. 'Overal, in elk dorp is het meteen arbeiders, boeren, schoolmeesters, bibliothecarissen, iedereen die links ruikt, of op de verkeerde plek op het verkeerde moment is, wordt genadeloos en methodisch geëlimineerd. Voor het minste of geringste flikkeren ze je van de brug.'

'En Don Germán dan?' vroeg Loreto en pikte met een tandenstoker in zijn mond. 'Die heb ik lang niet gezien. Nog steeds ziek? Of is hij aan de beterende hand nu zijn vriendjes gewonnen hebben?'

'Hou toch je bek man, dat is geen fascist, Loreto. Hoe vaak moet ik je dat nog zeggen, *bufat!*'

'*Cállate* Pepe,' fluisterde Andrés. Een van de guardia's had geïrriteerd opgekeken toen Pepe zijn stem had verheven.

'Kan ik u helpen, heren?' vroeg Loreto hem.

'Zorg dat er geen lege flessen op tafel staan!'

Loreto glimlachte, knikte hun toe en zei toen met zachte stem: 'Ik zal het toch nooit geloven. Hij is een rijke. En dat hij zich in de Alquería verstopt heeft tot nu toe, zegt toch al genoeg?'

'Er is toch gewoon op ze gejaagd, Loreto, wat zou jij doen?'

Loreto haalde zijn schouders op. 'Het zal wel. Nu worden de jagers de prooi. En komen ze misschien wel tevoorschijn.'

'Je bent een valse hond Loreto, hoe komt het trouwens dat jij als communist niet op de lijsten van de Guardia of de Falange staat?' vroeg Pepe.

In de afgelopen weken hadden de plaatselijke falangisten lijsten helpen opstellen van rode vijanden en gingen ermee van huis naar huis. Patrouilles werden de straat op gestuurd en vielen alle adressen op hun lijst binnen.

'Een kastelein is altijd immuun voor vervolging, dat weet je toch? Wijn smaakt links en rechts hetzelfde en iedereen wil drinken.' Om dat te benadrukken schonk hij hun glazen nog eens vol.

'Ik ben benieuwd of ze de milicianos gaan vinden,' zei Andrés. 'Je kunt je hier overal verstoppen.'

'En al die guardia's komen van buiten, die kennen het land niet. Nee, ze zijn spoorloos en hebben hun wapens allang weggesmeten, in kloven, putten of gewoon in het riet, het kreupelhout en de ravijnen. Ze hebben iedereen al ondervraagd die het zou kunnen weten...'

'Wat nou ondervraagd... gemarteld por cojones!' zei Pepe. Weer had hij iets te hard gesproken. Een van de guardia's stond op en liep op hen af. Hij stond even voor hen stil zonder iets te zeggen, staarde van de een naar de ander.

'Laat me je schouder zien,' zei hij tegen Pepe. Hij knoopte zijn hemd open en trok het naar beneden.

'Puta mierda, hij lijkt wel een aap,' riep de guardia tegen zijn vrienden bij het zien van Pepe's borsthaar dat doorgroeide tot over zijn schouders. 'Tussen dat struikgewas ga ik niet zoeken.'

De sergeant van de Guardia stond op en liep op hen af terwijl hij zijn snor met duim en wijsvinger in vorm streek.

'Maar dat is wel waar die rooien zich verbergen. Misschien moeten we voor de zekerheid maar een *paseo* maken met hem.'

Het bloed uit Loreto's gezicht trok weg en hij deed een stap terug, weg van Pepe, die met dat woord, dat onschuldige woord, al veroordeeld leek. Er waren in de afgelopen weken tal van 'wandelingen' gemaakt door de Guardia met mannen en vrouwen op hun lijsten. Pepe's lijf verstramde, hij balde zijn vuisten. Hij zag het voor zich, hoe ze tussen de guardia's het dorp uit gemarcheerd zouden worden. Hij en Andrés, omringd door de paarden van de Guardia. De brug zouden ze overslaan, het water in de rivier stond te laag. Ze zouden naar een verlaten terras rijden. Hij vroeg zich af of hij zou blijven lopen, de bevelen van de Guardia zou opvolgen, gedwee in de wetenschap dat alles onontkoombaar was. Dat de kogels van voren zouden komen. Of dat hij zou vechten en in zijn rug geschoten zou worden. Uit welke handelingen zou de meeste moed spreken? Hij keek naar Andrés en voelde een onnoemelijk verdriet bij de gedachte dat zijn lieve, zachte neef, die nooit iemand iets had misdaan, ook zou sterven. Hij stelde zich de angst voor die nu door Andrés' lijf stroomde. Maar waar Loreto wegslonk, bleef Andrés naast hem staan, zijn ogen verdrietig maar wel op de guardia gericht en vroeg: 'Porque?'

'Omdat hij een rooie hond is natuurlijk. En die moeten uitgelaten worden. Wil jij dan ook mee?'

'Waar mijn neef heen gaat...'

De guardia haalde zijn schouders op, wenkte de andere mannen die hun tricornios opdeden en de geweren pakten die geduldig tegen de muren leunden. Toen de neven omringd waren door de guardia's, draaide Andrés zich naar Loreto toe en zei: 'Loreto, vertel Don Germán dat we vanavond niet thuiskomen.'

De kastelein, die al bijna in de keuken was verdwenen en alleen nog angstig om de hoek van de deur keek, knikte.

'Don Germán?' vroeg de sergeant die net op het punt had gestaan zijn slachtoffers naar buiten te duwen.

'Ja.'

'El Holandés? Jullie werken voor hem?'

'Ja.'

Onder zijn dikke snor ontstond voorzichtig een glimlach en hij sloeg Pepe hartelijk op de schouder. 'Zeg dat dan meteen, cabrones! Jullie baas is een legende!'

Nadat de guardia's hen uitgebreid hadden gefeliciteerd met het verslaan van de militie, met een bewondering die de twee gelaten ondergingen en waar Pepe zich smerig bij voelde, duwde de sergeant hun een plakkaat in de handen dat ze op verschillende plekken in het dorp al hadden zien hangen. Daarop stond dat iedereen die iets van de milicianos wist, en niet direct aangifte deed, schuldig was aan verraad waarop de doodstraf stond.

'En omdat jij me een rat lijkt,' zei de sergeant en keek naar Loreto, 'zeg ik er maar bij: de kapitein looft een aardige beloning uit voor informatie.'

*

Pas toen ze de brug over waren en dwars door het kreupelhout en de bossen het voetpad naar de Alquería waren ingeslagen, voelde Pepe zich iets ontspannen. Weer was de dood zo dichtbij gekomen, realiseerde hij zich, en hij dacht terug aan die zwarte dag, nu alweer bijna twee maanden geleden. Toen het land nog gebukt ging onder de laatste winterstormen.

In de winter van 1938-'39 was alles anders geworden. Nadat Herman was vertrokken naar Barcelona, hadden de overgebleven mannen overleg gehad. Ze wisten niet of en wanneer de militie zou komen, of Bardales. Vooral die laatste kende het huis en het terrein goed. Pepe bracht zijn honden, die normaliter half verwilderd achter zijn kuddes liepen, over naar de Alquería. Hij bond ze aan kettingen in de binnenpatio achter het huis waarvandaan ze het achterterrein in de gaten konden houden. Morao zou eventuele bezoekers te woord staan. Vicente en zijn familie zouden binnenshuis blijven. Andrés zou het nodige werk op het land doen en de overgebleven arbeiders aansturen. En zo ging het lange tijd goed.

Ook zo ver zuidelijk viel de winterse kou over het land. Diepgrijze wolken hingen zwaar over het land, de Alta Solana en de Aljuzar waren ermee bedekt. Binnen de dikke muren van de Alquería brandden alle haarden, net als in de huisjes op het land die nog steeds bewoond waren door vluchtelingen. Kerst vierden ze met een bescheiden maal en Morao speelde liedjes in de woonkamer. Het nieuwe jaar kwam en de kou hield aan.

De vier families, Yerbabuena, Morao, Gorina en Urias, met Pepe erbij, aten samen aan de grote tafel, de stoel van Herman bleef onbezet. Vicente keek naar hun gezichten en verwonderde zich hoe hecht deze gemeenschap voelde. Buiten was de maalstroom; ze wisten dat ze alleen elkaar hadden. De band die dat smeedde was wat het huis overeind hield. Hij keek ernaar, naar het plafond, de muren, en dacht het huis te horen lachen. Hij grinnikte in zichzelf en besefte dat het huis wel overeind zou blijven, met of zonder hen. Maar of muren veel waard zijn zonder leven, was de vraag. Hij dacht aan Herman, het werk dat zij samen hadden gedaan aan het huis. Het werk aan de salinas, hun eindeloze gesprekken samen. Hun discussies, de ruzies, de stiltes samen. Vicente vroeg zich af waar zijn vriend nu was, Barcelona was levensgevaarlijk, waarom was hij nog niet terug? Wat als hij niet zou terugkeren? Moest hijzelf dan de Alquería overnemen, met zijn gezin? Herman had altijd gesproken over een toekomstig, eigen gezin, zoons, dochters. Zouden zij dit huis ooit bewonen, of zou het aan hem en zijn Catarina vallen om het in leven te houden?

Hij keek naar de drie kleintjes. Raúl, die naast zijn moeder zat. De tweeling die aan beide zijden van zijn vader zat. De oude Urias maakte grapjes met hen, wisselde een glimlach met Pepe Pieldelobo. Dit is het nieuwe Spanje, waarin een oude grootgrondbezitter als zijn vader met een anarchistische herder uit de hoge bergen kan lachen en grapjes kan maken met kinderen. Althans, het Spanje zoals het zou moeten zijn. Blijkbaar moeten we hier doorheen... Maar er zou een dag komen dat de razernij zou doven en de warmte weer zou komen. Hopelijk.

Zijn kinderen. De wereld waarin hij hen met Catarina had gebracht, was onrechtvaardig en vol haat en bitterheid. Zij waren zo weerloos ertegen. Hij zag hen ineens alleen in de wereld staan, zonder Catarina en hemzelf. Zo kwetsbaar. Hij moest ze beschermen. Vicente werd overmand door droefenis bij het besef dat dit de wereld was waar ze het mee moesten doen. Waarin doden langs de weg lagen. Hij kuchte en stond op.

'Ik ga even een frisse neus halen.'

'Zal ik meelopen?' vroeg Morao, opkijkend van zijn gesprek met Pepa.

'Nee, blijf lekker zitten. Ik ben zo weer terug.'

Catarina keek heel even op, maar toen weer naar Raúl die gloedvol vertelde dat hij en Carlitos Yerbabuena die dag een bijzonder hoge amandelboom hadden beklommen.

Die avond hadden de honden iets opgemerkt, dat wist Pepe achteraf zeker. Ze blaften vaker, maar aan de toon had hij gehoord dat er iets mis was. Hij was van tafel opgestaan, in eerste instantie rustig. Misschien was het wel niks. Toch een blik op Morao dat hij mee moest komen. In de kamer waar de wapens klaarstonden, hadden ze twee geweren gepakt en waren het achterterrein opgelopen. Pepe had de honden losgelaten. In een rechte lijn renden ze naar de rand van de afgrond, waar de trap begon die naar de cala beneden liep. Na een korte aarzeling renden de honden de trap af, hun furieuze geblaf kaatste tussen de rotsen heen en weer. Met moeite volgden Pepe en Morao en ruim na de honden kwamen ook zij beneden aan. In het donker hadden ze het wellicht gemist, maar de honden stonden bij het lichaam van Vicente. Even hielden ze op met blaffen, snuffelden aan het lichaam, en toen, de oren gespitst, blaften ze naar de zee, waar in het donker het geklots en gespetter van water te horen was.

*

Het was maar een paar dagen later dat Herman de Alquería had zien opdoemen. Eerst de *cabo*, de rotspartij die uitstak in zee. Hij zag de hoge pijnbomen en toen de toren van het huis, het rode pannendak tussen de takken. Hij moest de neiging onderdrukken ernaar te zwaaien. Zijn huis lag er nog!

'Beatrijs.' Ze opende haar ogen. 'We zijn er, je kunt het huis zien.' Ze knikte, een beweging die de pijn over haar gezicht deed schieten. Voorzichtig hielp Herman haar een beetje overeind, en toen de boot tussen twee golven net iets naar beneden dipte, kon ze de kaap zien, met daarop het huis dat steeds prominenter in zicht kwam.

'Dat is mijn huis. We hebben daar een groot zacht bed met uitzicht op zee. En we gaan goed voor je zorgen, reken daar maar op.'

Hij dacht aan al die mensen die daar waren, zijn mensen, zijn familie. In Barcelona had hij vooral Vicente gemist, zijn kalme aanwezigheid. Zijn vriend was eigenlijk meer dan al het andere wat hem had verankerd aan Spanje. God, wat had hij hem veel te vertellen.

Aanleggen bij de cala kostte wat moeite, en tegen de tijd dat de boot tegen de stenen lag, kwamen ze de trap al aflopen: Pepe, Morao en Andrés. De laatste zag Herman zwaaien en hij zwaaide terug. Boven het geluid van de brekende golven begroetten ze elkaar.

'Welkom terug, patrón,' zei Morao. Hij keek in de boot en zag Beatrijs. 'We hebben een gast, zie ik?'

Herman knikte. 'Ja, ze is gewond, brandwonden, dus we moeten even voorzichtig zijn. Introducties moeten even wachten.'

Ze droegen Beatrijs naar de grote slaapkamer. Barbareta pakte haar bagage uit, hielp haar in een nachthemd terwijl Maruja eten maakte en Pepa een kompres maakte voor brandwonden. Herman zag hoe Beatrijs de zorg van de vrouwen over zich heen liet komen. Toen Pepa met haar grote buik zich voorstelde, zag Herman Beatrijs helemaal ontspannen. Hem verwarde de aanblik van Pepa juist. Hij liep de trap af, naar het achterterras waar de mannen op hem wachtten.

'Hombres, sorry dat ik zo lang weg was, maar er is nogal wat gebeurd daar in Barcelona. Maar voordat ik daaraan begin, wil ik weten hoe het hier is.' Er was iets in hun blik wat hij niet kon thuisbrengen. Hij keek om zich heen. 'Waar is Vicente?'

Alquería del Moro
2 maart 1939

Ik zie de hazen, ze zitten aan de rand van het terrein in de lage ochtendzon die nog gebroken is door schaduwen. Zo schrijf ik meestal over dingen. Beschrijven, ik wil ze zien, navoelen, herbeleven via woorden, om gebeurtenissen te onthouden, vast te houden.

Maar wat moet je doen met dingen die daarvoor te pijnlijk zijn? Als schrijven zelf pijn doet. Loslaten, vergeten, weg. Vicentes herinnering gaat dus niet gepaard met beschrijvingen, zijn dood wordt niet bloemrijk in de annalen vastgelegd. Ik word even een Hollandse koopman, zonder Duitse weltschmerz, het drama van de Spanjaard of het gevoel van duende dat Vicente nooit echt heeft kunnen uitleggen.

Wat moet ik zeggen over de dood van mijn eerste en allerbeste vriend?

Vicente is dood. Hij is van de rots geworpen. Daarvan ben ik overtuigd. Pepe vertelde het verhaal. Hoe de honden blaften. Hij is ervan overtuigd dat de moordenaar over zee is ontsnapt. Het is dus gebeurd toen ik in Barcelona met Beatrijs in bed lag, hoogstwaarschijnlijk. 'Una vida viene, y otra se va,' *had Pepa gefluisterd toen ze dacht dat ik het niet hoorde. Zij streek over haar buik en keek naar Beatrijs. Het is te aanlokkelijk en te sentimenteel om te denken dat het nieuwe leven dat komt op enige manier verbonden is aan het leven dat ging. Dat zou een rechtvaardiging suggereren die ik niet kan accepteren.*

Hij is vermoord. In het donker, door een laffe moordenaar. En ik moet nu bedenken wat ik ermee moet doen. Een deel van mij wil beginnen met huilen en niet meer stoppen totdat mijn kind geboren wordt. Maar wat zal dat betekenen voor dat kind? Dan verbind ik het een wél met het ander.

Ik moet bedenken of ik dit land overhoop ga halen, op zoek naar zijn moordenaar. Maar het kan iedereen zijn. En dan is iedereen een moordenaar. En tegelijkertijd kan het ook niemand zijn. Ik kan daarvoor kiezen. Moet daarvoor kiezen. Want het moet klaar zijn. Ik moet ophouden, het moet ophouden. Die woede en wraak. Ik ben moe. Ik voel vooral dat ik moe ben. Ik ben verslagen door zijn dood.

Om echt door te kunnen moet ik je eigenlijk vergeten, Vicente, maar ik zal het niet kunnen. Later zal ik huilen. Mi hermano. Mijn broer.

*

Don Urias nam Herman mee naar de kleine weide op de Tossal del Moro waar de koster lag. Daar had Don Urias zijn laatste zoon begraven. Herman bracht er veel tijd door, gezeten aan de rand van de weide, kijkend naar het stenen kruis dat Vicentes graf markeerde. Hij bleef steeds dat levende gezicht van zijn vriend voor zich zien, zijn aanwezigheid voelde hij nog. Als het gevoel te sterk werd, liep hij naar het graf, omarmde het kruis en huilde. Innerlijk riep hij om Vicente en het was de stem van Beatrijs' afhankelijkheid die ervoor zorgde dat het geen oorverdovende kakofonie werd in zijn hoofd.

Hij zat op het voeteneinde van het grote bed, het bed waar zijn dromen van Pepa zich grotendeels hadden afgespeeld. Maar Pepa was hoogzwanger, met Morao's kind. Ook haar was hij kwijt. Dus in plaats daarvan keek hij naar Beatrijs. En praatte met haar, over de Alquería en het ommeland. Welke bomen er stonden, over de olijfoogst, de druivenpluk, het persen van wijn, normaliter gemeenschappelijke gebeurtenissen met grote feesten aan het einde.

Hij vertelde over de salinas, hoe ze zout wonnen. Hij vertelde wat Maruja allemaal kon met de peul van de algarrobo, de johannesbroodboom. Hij vertelde haar over de bloei van de amandelbomen, die ze dat jaar gemist hadden, maar waar ze volgende jaar van zouden kunnen genieten. Hij beschreef de geur, bijna zo zoet als wilde jasmijn, en Beatrijs zoog haar longen vol. Hij voelde hoe het uiteenzetten van haar lijf de littekens van haar brandwonden op spanning zette. Het leek alsof de brand nog nagloeide op haar huid.

'Ik denk dat het een mooie plek is voor onze zoon of dochter om op te groeien,' zei hij tegen haar, toen hij dacht dat ze het gesprek over haar zwangerschap aankon. Ze keek hem geschrokken aan.

'De arts in Barcelona vertelde het.'

'Sorry, Herman.'

'Waarvoor?'

'Dat ik niet eerder een goed moment kon vinden.'

'Het was ook vroeg.'

Ze keek hem even aan, kwam overeind en omarmde hem. Liet zich weer zakken waarbij tranen geluidloos over haar gezicht liepen.

Hij keek naar het verse verband dat Pepa had aangelegd. Zij en Beatrijs hadden het direct goed met elkaar kunnen vinden. Eindelijk een vrouw dichtbij, na het teveel aan mannen. Beatrijs vond rust en veiligheid bij Pepa. En op haar beurt was Beatrijs voor Pepa enerzijds de manier om Herman niet in de ogen te hoeven kijken en anderzijds het bewijs dat haar keuze voor Morao de juiste was geweest. Toen padre Moisés Herman en Beatrijs in een korte, intieme ceremonie trouwde, stond Pepa naast Beatrijs. Herman zag hen beiden, keek bij zichzelf naar binnen, naar het verdriet dat hem had overspoeld bij thuiskomst in de Alquería.

Alquería del Moro
Mei 1939

Ik moet geloven dat dingen om een reden gebeuren. Ik kan niet anders. Ik heb even gedacht dat geloof in willekeur me zou helpen. Maar de willekeur geeft geen antwoorden, je wordt er niet wijzer van. Dingen moeten elkaar verklaren, elkaar nut geven. Ik moest naar Barcelona om Beatrijs te ontmoeten, Beatrijs kan het verlies van Vicente dragelijk maken, er moet een reden zijn waarom ik 'ja' tegen haar zei.

Beatrijs, die zachte vrouw, met meer idealisme en naïviteit dan moed, leek al haar levenskracht te hebben verbruikt in die laatste maanden voor ik haar tegenkwam in die uitgebrande kathedraal. Ze was op. Ze kon niet anders dan opgeven. Ik kon haar daar niet laten zitten. En haar dankbaarheid voor dat moment bindt haar aan mij, dat kan niet anders. Dat zie ik aan haar. Zij zal mij nooit verlaten, dat gevoel geeft mij zoveel kracht.

Eenmaal de angst van Madrid en Málaga en Barcelona voorbij, lijkt ze nu een rust te hebben gevonden die mij verrast. Zij heeft geen wensen en geen dromen, zoveel is duidelijk. Ze wil niks meer. 'Willen heeft me alleen maar ellende gebracht,' zegt ze. En ze heeft gelijk. Wil, wensen, ambitie; welk goeds heeft me dat gebracht, en dan aan de andere kant, wat is goed? Wat is goed?

Ze heeft genoeg aan nu, zegt ze. Aan het besef dat de oorlog voorbij is. Aan een vriendin als Pepa en aan de baby die groeit in haar buik. Dit heeft zij te doen nu, ze hoeft voorlopig alleen maar moeder te zijn. Moeder van mijn kind. Mijn kind dat ook geboren zal worden om een reden. Waarschijnlijk om mij vooruit te helpen, richting te geven. Om het leven te vervangen dat ik verloren heb met de moord op Vicente, mijn eerste en beste vriend. Vermoord toen ik weg was, toen ik wegkeek omdat ik mijn spiegelbeeld niet aankon. Terwijl ik mij de vergetelheid in neukte, werd hij vermoord. Ik hoop dat ik het ooit anders kan zien, ik hoop dat ik het niet aan mijn kind doorgeef. Anders is er toch geen reden voor wat er gebeurd is.

*

In juni beviel Pepa Flores van Francisco Morao Flores, roepnaam Paco. Hij kwam met open ogen en spartelende armen en benen de wereld in. Als hij had kunnen lachen, had hij het gedaan, daarin leek hij op zijn vader. Zijn lichtbruine haar en lichtbruine ogen weet zijn moeder aan haar eigen grootvader, Juan Pájaro Granados, de blonde zigeuner van Jerez.

Herman keek naar het jongetje, hoe hij in de armen van Morao lag. Zijn huid licht, zijn haar in kleine golfjes die mee leken te deinen op de zonnestralen. Soms leken die stralen zich uit te strekken naar zijn handjes en zijn in het luchtledige grijpende vingertjes. Het was duidelijk dat Paco het leven wilde vastgrijpen. En dat het leven door hem vastgegrepen wilde worden. En als hij het leven dan de hand had geschud, sabbelde hij aan zijn vuistjes en schudde hij extra energiek zijn lichaam heen en weer.

Ook Herman mocht hem vasthouden. Het jongetje paste feilloos op zijn arm, alsof die arm voor niks anders gemaakt was dan het dragen van deze baby. En het jongetje, aan wie normaliter alles bewoog, kwam daar tot rust. Met die heldere bruine ogen – de irissen als van kristal, Herman kon het licht erdoorheen zien vallen – keek Paco omhoog, eerst naar zijn peetvader en toen langs hem heen naar het licht dat door het gebrandschilderde raam de kapel van de Ermita de Pedrablanc binnenviel. Onafgebroken had hij naar het licht gekeken, behalve toen padre Moisés hem doopte, toen had hij zijn oogjes even gesloten en geproest. Nu keek hij alweer naar de ogen van Herman.

'Hij lijkt wel gehypnotiseerd door je ogen,' zei Pepa zacht. Pas na de geboorte van Paco had zij voor het eerst weer tegen Herman gesproken. Alsof het jongetje hen verbond en tegelijk een barrière tussen hen opwierp vanwaarachter ze op veilige afstand zich tot elkaar konden verhouden.

Beatrijs was fysiek volledig hersteld en was overdag steeds langer op de been. Ze praatte honderduit met de andere vrouwen, hielp mee in de keuken en het huishouden. En ze stortte zich op het aanleggen van een tuin bij het achterterras. 'Het is zo'n kale bedoening hier,' zei ze. Naast Andrés zat ze uren te werken, een grote strohoed op haar hoofd. Lavendel, wilde rozemarijn, jasmijn en bougainvilles plantte ze, met grassen en zelfs drie dadelpalmen erbij. Ze leek de oorlog achter zich te hebben gelaten, alleen op de momenten waarop het geluid van geweerschoten over het land rolde, zag Andrés haar verbleken. Zij keek dan om zich heen, zocht Don Germán, meestal tevergeefs.

*

Toen de arrestaties, executies en martelingen in de gevangenis niets hadden opgeleverd, had Don Porfirio Arechavaleta zijn eigen geld beschikbaar gesteld als beloning. Dat was ongetwijfeld waar de kleine man met het pezige lijf voor kwam.

Don Porfirio en de kapitein zaten net aan het ontbijt in de eetzaal van het casino, toen hij voor hen werd gebracht. De man nam zijn pet af en draaide zijn hoofd rond op zijn nek, bracht zijn oren om beurten naar zijn schouders. Alsof hij zijn nek, waarover zichtbaar dikke spieren en strakke pezen liepen, moest oprekken om ruimte te maken voor het verraad dat uit hem moest komen. Don Porfirio dacht de man te kennen, maar het was te warm en er waren te veel vliegen in de kamer waar de plafondventilator lusteloos om zich heen sloeg, om zich daarover het hoofd te breken. Met een waaier wuifde hij zich wat warme lucht in het gezicht.

'Dus jij weet waar de militie zich schuilhoudt,' sprak kapitein Olazabal y Fuentes. Zijn wat hoge stem klonk schel in de hitte. De middelste zoon van een rijke familie uit Asturias wreef met beide vingers langs zijn dunne snor. Meer kon hij op zijn gezicht niet kweken.

'Nee, maar ik weet wel wie het weten,' antwoordde de man met een afgeknepen stem, alsof hij gif achter zijn tanden hield.

'O, vertel?' grijnsde Arechavaleta. Ze hadden hier met een rat te doen, bedacht hij zich. Ratten kunnen nuttige dieren zijn.

'Con permiso, Don Arechavaleta,' zei de pezige man. 'Twee dingen, ik wil u graag helpen uw haciënda te herstellen. Ik ben steenhouwer en *constructor.* Mijn muren zijn de sterkste in het land...'

Porfirio hief een wenkbrauw. 'Als jij mij helpt met de militie, help ik jou daarmee. Is dat je voorstel, señor...?' De dikke cacique herkende de man niet die jarenlang op zijn land had gewerkt.

'Bardales.'

Hij keek de ellendeling voor hem kort aan, aarzelde, maar glimlachte toen. 'Bueno, señor Bardales. *Un placer.*'

'En... zeg op,' eiste de kapitein, amper in staat zijn ongeduld in te tomen.

'José Gascon en Xavi Morales. Zij waren de leiders van de militie.' Een intendant noteerde de namen.

'Waar zijn zij?'

'Gascon zit in de Cárcel Modelo in Valencia opgesloten,' antwoordde Hector.

'Dan moeten we hem laten overbrengen om ons hier te helpen.' De intendant knikte en maakte weer een notitie in zijn schrift. 'En de andere.'

'Morales, die wordt verborgen gehouden in de Alquería del Moro.'

Arechavaleta schoot naar voren. 'De Alquería, bij Don Germán?!'

De pezige man kuchte licht. 'Juist.'

Porfirio liet zijn grote lijf weer terug in zijn fauteuil zakken. Glimlachte. Hij keek de man aan, en begreep toen waar hij hem van kende.

'Ik heb jou daar ooit gezien. Werkte jij niet voor Don Germán?'

'Ja, ik werkte en woonde bij hem.'

'Waarom nu niet meer?'

'Morales is schuldig aan de moord op mijn broer. Die had uw

haciënda onder zijn hoede genomen, die was toch leeg. Hij deed goed werk. De militie van Xaraque, van Morales en Gascon, was het daar niet mee eens. Ze hebben mijn broer en zijn coöperatie tot de laatste man en vrouw en kind afgeslacht en uw haciënda in brand gestoken.'

De kapitein klapte lachend in zijn handen. 'En dat rapaille dacht ons te kunnen weerstaan? Terwijl ze elkaar aan het afmaken waren? Ongelofelijk.'

Don Porfirio deelde die fascinatie voor de linkse stommiteiten niet en zag er ook de humor niet van in. Hij voelde vooral een ongelofelijke razernij opkomen. Al die tijd gescheiden van zijn bezit, de vernedering die hij had gevoeld. De blik in de ogen van zijn gelijken die hem achter zijn rug om veroordeelden om zijn vlucht, terwijl hij gewoon verstandig was geweest. En dan terugkomen om te horen dat zijn landhuis, de haciënda van zijn vader, van diens vader voor hem, tot zes generaties terug, door rabiate rode hoerenzonen was vernietigd.

'Ik geloof er niks van. Don Germán zou nooit een militieleider onderdak verlenen. Zijn beste vriend Vicente is door een van die rode honden vermoord.' De man voor hem zag hij slikken.

'Maar als deze Morales...' zei de kapitein.

'Als die Morales bij Don Germán is, moeten we dat met beleid aanpakken. Het is een gerespecteerd man. Hij was bij de val van Barcelona, heeft de hand van El Caudillo geschud en zelfs met hem gesproken. Dat is toch alleen aan een speciaal soort mens voorbehouden.'

De kapitein knikte.

Porfirio keek de man aan, zag iets vreemds in die ogen. Het irriteerde hem. 'Nou, dank je wel en je mag nu wel weer gaan. De intendant geeft je wel je beloning.'

'En onze afspraak...'

'Ja, ja, dat komt nog wel.' Hij wuifde de man geïrriteerd weg, als een van de vele vliegen in de kamer.

Hector moest zich inhouden om niet het casino uit te vluchten, maar eenmaal buiten rende hij de brug op, ging op de rand zitten en ademde diep in. Behalve het geraas van het water ver beneden hem, was het doodstil. Hij keek over de rand van de brug naar de wasplaats van het dorp. Het was de plek waar hij zo vaak met zijn Alba had gezeten, vele middagen zoals deze, in de koele schaduw van de drie populieren. Hij dacht aan Don Vicente. De man die hij van net zo'n hoogte had geduwd. Het had Don Germán moeten zijn, hij had er moeten zijn, de klootzak, dan was Don Vicente niet dood geweest. Hij voelde nog zijn eigen handen, duwend met al zijn kracht, stotend, op diens borst, die laatste zucht. De val, het lichaam beneden op de rotsen. De helse kou van de golven waar hij zich doorheen had geworsteld. Hij voelde het nog in zichzelf. Don Germán zou boeten.

*

Regelmatig hoorden de inwoners van de Alquería schoten in de verte, lichte rollende echo's die steeds dichterbij kwamen. Op een heldere ochtend zagen ze aan de overkant van de vallei rennende figuren. Drie mannen en een vrouw en twee soldaten te paard, in volle galop achter het groepje aan. De vrouw viel als eerste, de andere mannen volgden. Ze zagen het voordat ze de schoten hoorden. De paarden kwamen tot stilstand. Er klonk nog een schot. De soldaten reden weg en lieten de lichamen liggen.

Die avond vertelde Pepa hoe kapitein Olazabal y Fuentes met een contingent soldaten het ziekenhuis was binnengelopen en alle gewonde en revaliderende republikeinse soldaten van hun bed had gelicht. Achter het ziekenhuis liep een steile helling af naar het brede dal met druivenvelden. Aan de rand ervan werden ze een voor een doodgeschoten. Als een lichaam niet uit zichzelf de helling afrolde, schold de kapitein het vuurpeloton uit: 'Je moet ze ook goed neerzetten! Hoerenzonen', waarop hij eigenhandig, zwaar ademend van de inspanning, met zijn glimmende laarzen de lijken over de rand van de helling duwde. Onderaan de helling mocht het dorp het verder uitzoeken; met bloed besmeurde rotsen en stenen bleven achter.

Stofwolken van militaire wagens verraadden de niet-aflatende jacht op republikeinse aanhangers. Herman had er een voorbij zien razen met een groep mannen in de open laadbak. Hun stukgeslagen gezichten, boven geboeide handen. De wagens reden altijd naar het centrale plein van Xaraque waar de gevangenen werden uitgeladen. Ze stonden daar in de hitte bij elkaar, bibberend van angst. Kapitein Olazabal y Fuentes liep ertussendoor, maakte groepjes en rijen, stelde vragen en krabbelde aantekeningen op zijn papieren, hield nauwgezet zijn lijst bij. Een enkele keer werd de angst iemand te veel en vluchtte de gevangene in paniek weg waarop de kapitein zijn pistool uit zijn glimmende holster pakte en schoot.

Op een hete dag in juni, het geluid van de cicades legde een oorverdovende deken over het land, reden twee auto's tot voor de poort van de Alquería. Bij het opstuiven van het stof van de weg renden Carlitos Yerbabuena en Raúl Urias zo gauw hun korte benen hen konden dragen naar de Alquería. Andrés sloot het ijzeren hek achter hen en draaide het zware slot dicht. De twee jongens deden hijgend verslag bij Herman waarop hij alle mannen beval zich te wapenen, de vrouwen en kinderen moesten naar hun kamers gaan. Ze keken vanachter de ramen op de begane grond door de rejas toe hoe Herman de binnenplaats betrad terwijl de mannen zich in de riuraus verborgen. Alfonso Gorina bezette Vicentes oude plek in de torenkamer.

Bij het gesloten hek hielden de auto's stil. Op de achterbank zat Don Porfirio Arechavaleta. Naast hem een officier die, dacht Herman, alleen maar kapitein Olazabal y Fuentes kon zijn. Don Porfirio stapte lachend uit, beende met grote stappen op het hek af en rammelde aan de poort. Zijn grote stem klonk over de binnenplaats waarover Herman al kwam aanlopen. Ze begroetten elkaar door de smeedijzeren spijlen van het nieuwe hek.

'Haal even de sleutel,' vroeg Herman aan Pepe Pieldelobo die met hem mee was gelopen, een karabijn over zijn rug en een revolver in zijn riem gestoken.

'Germán! *Viejo*, hier zijn we, gekomen om je te bevrijden. De poort kan open! Spanje is gered.'

'Buenos días, Don Porfirio. U bent teruggekomen.'

'Natuurlijk, mijn beste! Wat goed je te zien, gezond en veilig! Bolér had me al verteld wat er gebeurd was. De aanslag en dan toch teruggaan om je huis nog tot het laatst te verdedigen.' Pepe draaide het slot open, waarop Porfirio Herman in een warme omhelzing nam.

'Ongelofelijk, man. Maar die tijd is voorbij. Je gijzelaar kun je aan ons overdragen. Wij zullen goed voor hem zorgen. Alhoewel, we hoeven ook eigenlijk niet eufemistisch te doen.' Hij keek kort naar de kapitein. 'We zullen hem kort en snel een schot door het hoofd geven.'

'Ik heb geen gijzelaar.'

'Hoe bedoel je, je hebt die Xavi Morales toch? In je kelder opgesloten? Mijn nieuwe vriend Hector verzekert me ervan.' Hij wees op de man die uit de tweede auto was geklommen.

'*Hola* Hector, wat fijn je in goede gezondheid te zien,' zei Herman.

'Don Germán,' mompelde Hector, zijn gezicht bleek.

'Señor Bardales, die opzichter is bij de herbouw van mijn hacienda – overigens, ik hoop niet dat je het erg vindt dat ik je werknemer heb overgenomen –, heeft zijn patriottische inborst gevonden. Hij helpt ons die moordenaars van de militie te vinden.'

'*Compadre*,' gromde Pepe, 'je maakt je weer nuttig.'

'Don Vicente zal wel blij zijn, de jonge en de oude, dat zij ook kunnen terugkeren naar hun bezit. We hebben het huis al uitgemest van het rode rattentuig en klaargemaakt voor hun terugkeer.'

'Don Vicente is dood.' Herman zag Porfirio schrikken, en in zijn ooghoek zag hij ook reactie bij Hector.

'Je meent het niet, wat een ramp!' Hij wreef met zijn hand over zijn gezicht. 'Hoe is het gebeurd? Hebben die rode honden hem ook...'

'Enkele maanden geleden is hij gevallen. Tijdens een avondwandeling in het donker heeft hij zich verstapt. Denken we,' zei Herman. Naast hem gromde Pepe Pieldelobo in zijn keel iets onverstaanbaars.

'Weet je zeker dat het een ongeluk is geweest? De militie...'

'Ik weet niks zeker, ik was in Barcelona. Maar ik wil de gedachte aan moord niet onderhouden. Het is tijd dat we ophouden met wraak nemen en nog meer moorden en doden. De afgelopen dagen hoor ik steeds schoten, en ik hoor van buitengerechtelijke executies. Moeten we daar niet eens mee ophouden, Porfirio?'

'Germán, je keurt toch niet af dat dieven en moordenaars hun rechtmatige straf krijgen? Ongetwijfeld heeft een van die *malparidos* Don Vicente, God hebbe zijn ziel, van de rotsen geduwd, ongetwijfeld hadden ze gehoopt hetzelfde met jou te kunnen doen. Dus ik zou het maar persoonlijk nemen ook.'

Herman keek naar de dikke landeigenaar en voelde hoe de pendule van zijn gemoed, die de afgelopen tijd stil leek te zijn gevallen, loskwam en langzaam terug zwaaide in de tegenovergestelde richting.

'Ik neem het ook heel persoonlijk, en élke dief en moordenaar krijgt zeker zijn verdiende loon.'

Don Porfirio zweeg kort, slikte. Hij was geen soldaat, maar herkende de dreiging die van deze man uitging. Hij snapte nu meer van de verhalen. Hij zag het mes al tussen die tanden. Deze man was een eigengereide koppige idioot, en juist daarom niet de moeite waard om tot vijand te maken.

'Kapitein Guillermo Olazabal y Fuentes, tot uw dienst, Don Germán. Ik heb veel over u gehoord. Het is mij een eer u te ontmoeten. Mij is de nobele taak, gegeven door God en mijn Generalísimo, om in dit gebied orde en recht terug te brengen. Mijn bevelen zijn klip-en-klaar: er kan geen genade zijn voor vijandelijke troepen.'

Don Porfirio en Herman keken de man aan, reageerden geen van beiden, diskwalificeerden hem met hun stilte.

'Wat zou jij dan willen voorstellen, Germán?'

Herman aarzelde en wist het eigenlijk ook niet. Wat dan wel? 'Gerechtigheid in plaats van blinde wraakzucht.'

'Gerechtigheid is een fantastisch idee! Laten we rechtszaken gaan organiseren,' zei Don Porfirio.

'Mijn bevelen zijn duidelijk...'

'Ja toch, kapitein, anders is het ook zo saai. Zomaar mensen doodschieten zonder een goed verhaal is ook zonde. En bovendien, Don Germán, in zijn wijsheid, heeft gelijk. Orde en rechtvaardigheid moeten zegevieren. Daarvoor staat onze Caudillo General Francisco Franco ook pal. Ik had het er nog over met hem in Barcelona. Wat een avond was dat, toch, Germán?' Hij klopte Herman op de schouder en zei: 'Nou, als je dan die Xavi Morales aan ons overhandigt. Je hebt hem keurig opgesloten gehouden als de rode schoft die hij is. En alle begrip, hoor. Maar goed. Nu we het rode gevaar in de omgeving aan het... berechten zijn, haha, is er ook voor hem een mooi plekje gereserveerd.'

'Dat zal dan onbezet moeten blijven, Xavi Morales is in Barcelona,' zei Herman. Hij zag Hector opkijken.

'O... nou, dan zal hij al lang en breed dood zijn,' zei Don Porfirio en haalde zijn schouders op.

'Hij liegt, deze...' zei Hector.

'Oyé, niet voor je beurt praten, Bardales! Señor Bardales heeft een goed gevoel voor leugenaars... daar kunnen verschillende gevangenen wel van getuigen, hè Bardales? Maar er is geen reden om Don Germán niet te geloven.' Hij klapte Hector op de schouder. 'Nou, dat is dan opgelost. Maar zeg, waarom kom je binnenkort niet bij me eten? Ik ben net terug en heb nog geen behoorlijk gezelschap gehad, dat bedoel ik natuurlijk niet persoonlijk, kapitein.'

'Natuurlijk, Don Porfirio, met genoegen.'

'En nu ik toch uitnodigingen aan het verstrekken ben, ik wil je ook dan… dringend uitnodigen om tijdens de rechtszaak tegen de militie te getuigen, want die zal er zijn. Met of zonder Morales.'

17

Alquería del Moro
1 augustus 1939

Buiten mijn kamer zie ik de hitte, alsof het vagevuur vlak om de hoek, net buiten ons zicht brandt. De dood is overal, buiten zeker, en hier binnen heeft het Vicente gegrepen. Ik moet er aandacht voor hebben, maar toch houdt iets heel anders mij bezig. Ik dacht mijn verlangen naar haar in Barcelona begraven te hebben, maar bij elke glimp van Pepa voel ik me erdoor verscheurd: die vanzelfsprekendheid van onze aanraking wil ik terug. Het is alweer maanden geleden, maar toch denk ik er elke dag aan. Ondanks Beatrijs. Als je elkaar zonder grenzen en bedenkingen overal hebt aangeraakt, gestreeld, gepakt, gekust, huid, lippen, haren… toen; hoe kon het dan nu zo ongepast voelen om zelfs maar naar haar te glimlachen? Hoe kon de werkelijkheid zo op zichzelf terug zijn gekeerd? Wat zo dichtbij was, is nu zo ver weg en met elke minzame glimlach die ze me gunt, gaapt het gat tussen ons wijder. En ik ben volstrekt machteloos ertegen, het lijkt soms alsof ik haar net zomin kan bereiken als Vicente, terwijl ze elke dag…

Herman keek op van zijn schrift en zag haar binnenkomen met de kleine Paco op haar arm. Ze groette hem en ging tegenover hem zitten. Het grote bureau tussen hen in. Hij sloeg zijn schrift dicht.

'Hallo… Pepa. Hoe kan ik je helpen?'

Ze wiegde de slapende Paco in haar armen heen en weer, kroelde hem met een hand door zijn blonde haar, fluisterde hem een paar woorden toe en zei toen: 'Gaat u echt getuigen?'

'Ja, ik... ja, dat ga ik doen.'

'Ze helpen terechtstellen?'

'Nee, berechten.'

'En u verwacht dat dat goed gaat aflopen?'

'Ik weet niet wat ik kan verwachten...'

'Dat gelooft u toch zelf niet?'

'Wat wil je dat ik dan doe, Pepa?'

'Stop, stop er toch mee... blijf stil, blijf hier, bij ons, bij je...' ze aarzelde even, haar hand op Paco's hoofdje, 'bij je vrouw, en...'

'Je weet niet half hoe graag ik dat wil, maar ik kan moeilijk Don Porfirio, laat staan de kapitein, zonder verzet hun gang laten gaan.'

'Een bloeddorstige hond is het.'

'Dat klopt, en iemand moet weerstand bieden, zoveel als kan.'

'Mijn broers weten precies waar je een mes moet steken...'

'Ik ook, maar dan komen er weer anderen. We kunnen niet van hen winnen, alleen proberen overeind te blijven en zo min mogelijk bloed laten vloeien. En ik wil niemand vermoorden.'

'Maar je liet wel Xavi in de duisternis wegrotten? Was dat omdat je wist dat de Republiek zou verliezen?!'

'Nee, ik...' Hij keek door het raam van de werkkamer naar buiten. 'Nee...'

'Waarom zeg je niks?!?'

'Ik weet niet wat, Pepa.'

Ze liep net mijn werkkamer weer uit. Ze rees op uit de stoel, als een vlucht kauwtjes die ik lang geleden in Nederland in dikke drommen in de herfst over het land zag scheren. Snel en langzaam tegelijk, ongericht en vastbesloten tegelijk, onhandig en gracieus tegelijk. Haar lichaam, dat ik even vast heb mogen houden, heb mogen beminnen. Niet meer.

...

Ik moet steeds denken aan hoe ze Paco net vasthield en streelde. Hoe zou het zijn als het jongetje onze zoon was? Zo met haar verbonden te zijn. Belachelijke gedachte natuurlijk, waar ik niks mee opschiet. Het kan ook niet, telkens heb ik haar op tijd verlaten. Alleen die laatste keer ging het bijna mis. Samen waren we geëxplodeerd. Ze had me direct weggeduwd en daarna was ze met Morao gegaan. Teruggekeerd naar wat ze kende. Ik begrijp dat wel, en ben dolgelukkig voor Morao en Pepa dat ze hun lieve zoontje hebben, zeker in tijden als deze en met het leven dat zij geleid hebben. Het gaat ook niet om Paco, maar omdat ik me de hare wil voelen, en haar de mijne wil weten.

Zoals Beatrijs, die mijn kind in haar buik draagt. Die mijn vrouw is, en ik haar man.

*

De brandwonden waren verborgen onder een elegante jurk die haar groeiende buik niet aan het zicht kon onttrekken. Ook Don Porfirio was die buik niet ontgaan. Zijn begroeting aan de deur van het stadspaleis van wijlen Don Miguel de Alas Buendía was warmer dan ooit geweest, hij had haar stoel bijna teder aangeschoven.

'Doña Beatríz, het is een ongelofelijk genoegen u in deze staat te zien. In blakende gezondheid, in blijde verwachting en ook nog eens getrouwd met dit heerschap. Mag ik u complimenteren en feliciteren?'

'Dat mag u zeker, Don Porfirio. U bent te vriendelijk.'

'Zeker niet, ik faal jammerlijk bij het aanschouwen van zoveel lieflijkheid. En mag ik daarbij zeggen dat u wel het gras voor de voorheen hoopvolle voeten van een aantal señoritas in dit gebied heeft weggemaaid. Don Germán is een zeer gewilde trofee, wás, moet ik zeggen. Ik denk...' en hij boog zich samenzweerderig naar Beatrijs toe, 'dat hij zonder de oorlog allang getrouwd was. Het werd wat dat betreft tijd! Voor Spaanse begrippen is hij al een oude vader!'

'Zonder de oorlogen was Hermans leven inderdaad anders gelopen, Don Porfirio. En ondanks dat ik hem het had gegund die oorlogen niet mee te maken, ben ik blij dat wij elkaar daardoor hebben gevonden.'

'Wat mooi gesproken en een fraai filosofisch sentiment. U bent niet alleen een vrouw van grote schoonheid, maar ook van grote klasse, Doña Beatríz, en dit land is rijker met u hier. Mag ik overigens voorstellen,' hij wees daarbij naar de wat kleinere versie van zichzelf die naast Beatrijs zat, 'mijn beste broer, de edelachtbare Abimael Arechavaleta, rechter uit Valencia.'

De man die hun vriendelijk toeknikte leek wel een kleine, uitgedroogde versie van Don Porfirio. Een net zo prominente neus maar met kraaienpoten aan zijn kleine ogen die, ondanks de zware wenkbrauwen erboven, helder stonden. Hij liet een korte pauze vallen voordat hij antwoordde, zijn stem verrassend diep: 'Wat een genoegen u beiden te ontmoeten.'

'Aangenaam, Don Abimael,' zei Herman.

'Er is geen rechtschapener man dan mijn broer, Don Germán. En hij zal de rechtsplegingen gaan verrichten.' Hij keek daarbij nadrukkelijk en met een spoor van genoegzaamheid naar Herman. Op dat moment werd het eten op tafel gezet en Don Porfirio was er direct aan begonnen.

Don Abimael was rustiger, keek geamuseerd naar zijn broer: 'Honger, Porfe?'

'Altijd, Abi, maar hoe gaat het in Valencia?' vroeg Don Porfirio met zijn mond vol.

'De orde is weer wat weergekeerd, de rust nog niet helaas.'

'Ik hoor dat jullie mooi werk doen in de Cárcel Modelo.'

'Mooi zou ik het niet willen noemen, Porfirio. Nodig wel.'

'Ach kom nou, je kunt me niet vertellen dat wat daar gebeurt niet ook goed is. De mensen die je daar opruimt, hadden ons allemaal vermoord als ze de kans hadden.'

'Als het waar zou zijn, zouden we hier toch niet zitten?' zei Herman zacht.

'Zeg dat maar tegen Julian, die bungelde aan een boom… de kinderen van Miguel die ze tegen deze muren aan hebben gesmeten!' Hij wees met een kippenbout naar de muur naast zich. Herman keek ook onwillekeurig naar de grijze gang waar kleine Sara Gascon uit het niets was verschenen. De gang baadde in warm licht.

'Julian was een monster. Miguel buitte zijn arbeiders op een misdadige manier uit.'

'En? Natuurlijk, Don Julian was een bruut. Miguel een slavendrijver. U heeft aangedrongen op een rechtvaardige behandeling voor de militie, maar Julian en Miguel verdienden het wel zo afgeslacht te worden? Dood te bloeden op de vloer van hun huis? En hun kinderen, verdienden die het?'

'Don Porfirio, meneer de rechter. U beiden, ik ook, wij verdienen allemaal per direct te sterven. Wij hebben zoveel afschuwelijke dingen gedaan dat we Gods vergiffenis niet eens verdienen.' Herman keek kort naar Beatrijs wier ogen op haar bord gericht waren.

De broers stopten met kauwen, zagen de Hollander met de blauwe ogen glimlachen. Ze wisten beiden wat in het huis had plaatsgevonden.

'Maar dat geldt niet zomaar voor iedereen. Natuurlijk geldt dat niet voor de kinderen van Don Miguel. Die hebben de kans nooit gehad schuldig of onschuldig te zijn. De militieleden verdienen straf, zeker, maar misschien niet de dood.'

'Misschien niet,' zei de rechter, 'en het is onze, mijn plicht om dat te bepalen. En het maakt mij niet gelukkig deze te moeten vervullen.'

'Het tempo van de executies in de Cárcel Modelo lijkt toch te getuigen van enig enthousiasme.'

De ogen van de rechter verloren iets van hun vriendelijkheid. 'Integendeel. Ik ben mij nadrukkelijk bewust van het feit dat ik beschik over het leven van mensen. Maar juist nu zovelen als eigen rechter optreden, moeten we niet treuzelen. Als het recht niet krachtig spreekt, wordt het overschreeuwd door de haat. Ik betracht daarbij altijd zorgvuldigheid en verantwoordelijkheid. Ik zoek naar aanwijsbare feiten, en leef de wetten na.'

'En de wetten zelf? Wat als die onmenselijk zijn?' vroeg Beatrijs.

'De wetten zijn wat ze zijn, Doña Beatríz. Het is niet aan mij om het wel of niet met een wet eens te zijn, of om deze toe te passen zoals mij goeddunkt. Dat zou willekeur alleen maar in de hand werken.'

Herman bood geen weerwoord op de redenering van de rechter. In de stilte die viel, pakte de rechter zijn bestek en nam de eerste hap van zijn eten.

'Door al dat praten is uw vis koud geworden,' zei Herman.

'Ach ja, het is belangrijk de tijd te nemen voor een goed gesprek.'

'Je hebt gelijk, we houden van een goed gesprek,' vulde Porfirio aan.

Herman glimlachte, moest denken aan wat Vicente, nu alweer een paar jaar geleden, had gezegd. 'Jullie praten inderdaad meer en mooier dan in het land waar ik, mijn vrouw en ik, vandaan komen.'

De broers keken hem nieuwsgierig aan.

'Ik heb er lang over nagedacht, en ik denk te weten waarom jullie zo graag praten.'

'Ach, vertel.'

'Omdat jullie zo verdomde verliefd zijn op die schitterende taal die jullie spreken.'

'Dat zou best eens kunnen Don Germán, het is ook een fabuleuze taal, misschien wel de mooiste...'

'Hoe kan het dan dat jullie Spanjaarden zoveel praten, maar toch komen tot net zoveel desastreuze beslissingen?'

'Ha! Anders zouden we niks om over te praten hebben natuurlijk! Venga!'

*

'De beschuldigden staan terecht op verdenking van hoogverraad, moord en terrorisme. Dit is geen militaire rechtbank, en de verdachten worden niet aangemerkt als vijandelijke soldaten in de zin van de Geneefse Conventies.' De rechter sprak met heldere stem. Toen hij zweeg, hoorde je de spanning over het centrale plein van Xaraque waaien, als een onweersstorm die de lucht heeft geladen met aankomende explosies. Het dorp was samengekomen voor een gruwelijk theater.

De rechter zat achter een tafel op het bordes, voor de deuren van de kerk. Het was duidelijk dat de tijdelijk verbroken, onverbrekelijke band tussen Kerk en Staat in Franco's Spanje weer was hersteld. Links voor hem zat de aanklager, kapitein Olazabal y Fuentes, en rechts de advocaat voor de verdachten, een muizige jongen die als klerk bij de *gestoría* van Xaraque had gewerkt. De militie had zijn baas en collega's vermoord. Naast Herman zat Pepe, de enige die met hem mee had willen gaan naar Xaraque. De rest nam afstand van de executies, zoals ze de rechtszaak noemden. De uitslag stond bij voorbaat al vast, en gaf het geen rechtvaardiging aan de fascisten voor hun moorddadige optreden?

Herman kon het ze niet kwalijk nemen. Aan de overkant van het plein zag hij Pepa in de menigte staan, een hoofddoek over haar weelderige krullen.

Don Porfirio Arechavaleta zat naast de nieuwe burgemeesters van Xaraque en Benimelha en andere rechtse notabelen. Tegenover hen, aan de andere kant van het plein, stonden de beklaagden in een stoffige rij. Mannen die nog misschien een paar uur te leven hadden. Onder hen zag Herman Ishmael Herrero, José Gascon, maar ook burgemeester Paya. Hij voelde zijn lijf reageren; het wervelen in zijn maag, een trilling in zijn vuisten, verkramping. Hoelang geleden had hij zich zo onmachtig gevoeld? Hij zocht naar Pepa. Tussen de mensen was hij haar even kwijt en voelde dat meteen. Alsof koorts over zijn huid raasde. Toen vond hij haar ogen weer.

'Omdat el Generalísimo Franco hecht aan een wettige rechtsgang zijn de beschuldigden vertegenwoordigd door een verdediging en zullen wij getuigen horen in deze zaak.'

Tijdens deze woorden keek hij uit over de verzamelde toeschouwers die uit Xaraque en Benimelha waren gekomen en die in rijen op haastig getimmerde bankjes zaten. Alsof het een huwelijk was, zaten aan de ene kant de families van de beschuldigden en aan de andere de slachtoffers van de militie en degenen die waren gekomen voor het bittere spektakel. Ook Hector Bardales zat tussen de mensen.

Don Porfirio stond op en alsof hij het had gerepeteerd riep hij, zijn hand leunend op Hermans schouder: 'Meneer de rechter, met uw welnemen. Vreemde ogen dwingen, zegt men weleens, en ik wil bij deze Don Germán, buitenlander maar evenwel Spaans patriot, danken dat hij er ons aan heeft helpen herinneren dat rechtvaardigheid altijd verheven is boven wraakzucht en van beslissend belang is als wij de wonden in ons land willen helen. Zonder hem zaten wij hier niet vandaag.'

'Laat het een voorbeeld zijn voor de nieuwe orde die wij in Spanje nastreven,' voegde de rechter toe.

Don Porfirio ging zitten, legde zijn hand op de vuist van Herman en keek hem tevreden aan. Hij had de Hollander de mantel van medeplichtigheid omgehangen. Weg was diens morele superioriteit die zo aan Don Porfirio had geknaagd.

'Eerst wil ik de aanklager het woord geven.'

Kapitein Olazabal y Fuentes, die nooit verlegen zat om aandacht, stond achter zijn gammele tafeltje op en pakte zijn revers vast.

'Hartelijk dank, uwe edelachtbaarheid. Laat ik met de deur in huis vallen. Weet u, het maakt mij eigenlijk weinig uit, ik hoef niet te weten of u, de beklaagden, onschuldig bent of niet. De aantijgingen tegen u interesseren mij niet. Noch zal ik luisteren naar enige excuses, alibi's of verzachtende omstandigheden die u of uw... advocaat naar voren zou willen brengen. Ik baseer mijn aanklacht simpelweg op het dossier dat is opgebouwd uit het onderzoek, de ondervragingen van uw dorpsgenoten en de aanklachten en getuigenissen van uw eigen... compadres.' Hij spuugde het woord uit. 'Ik vertegenwoordig slechts het recht. Ik beschuldig noch veroordeel u, dat doet uw eigen dorp, dat doen uw buren.' Hij liet een pauze vallen, zodat deze beschuldiging goed kon binnenkomen.

'Ik geef een stem aan de aanklachten tegen u die velen, al dan niet discreet, hebben gedaan. Mijn attitude is wreed en meedogenloos, en het kan lijken alsof ik er slechts ben om het vuurpeloton te voeden. Maar niets is minder waar. Willen wij de oorlog ten einde brengen, dan moeten wij onze nieuwe orde opleggen en alle weerstand ertegen uitwissen.' Tijdens zijn voordracht liep de kapitein heen en weer om nu terug te keren naar zijn tafeltje.

'Daarom kan ik ook kort zijn. Omdat de aanklachten in alle gevallen bloedmisdaden betreffen, eis ik het vuurpeloton voor de eerste veertien van de lijst, voor de laatste twee de wurgpaal en tien jaar gevangenisstraf voor de laatste op de lijst.'

Hij overhandigde een vel papier aan de rechter. Burgemeester Paya behoorde tot degenen die aan de wurgpaal moesten sterven. Alleen Gascon zou aan de doodstraf ontsnappen en opgesloten worden in de Cárcel Modelo.

Nadat de aanklager was gaan zitten, kreeg de muizige jongen het woord. 'Na de aanklachten tegen alle verdachten te hebben gehoord en het dossier te hebben gelezen, kan ik niet meer doen dan de rechter om mededogen smeken.' Hij ging weer zitten en keek naar zijn handen.

De rechter keek streng naar beide mannen. 'Ik moet zeggen dat ik niet onder de indruk ben, noch van de kwaliteit van uw pleidooi, kapitein, noch over het ontbreken van dat van u, meneer de advocaat. U moet zich beiden schamen. Ík neem het recht wel heel serieus. De mannen daar zijn beschuldigden en geen veroordeelden. Een of allen van hen kunnen door mij onschuldig of schuldig worden bevonden. Dat hangt af van hun bewezen schuld of onschuld die u beiden blijkbaar volkomen koud laat. Nogmaals, u moet zich schamen, en doet u dat ook, terwijl ik uw werk doe.'

Zo trokken die dag de wandaden van de militie voorbij. Meerdere Benimelheños hadden de moord op burgemeester Verdú en de koster zien gebeuren. Een boer uit de buurt van de Alquería kon met trillende hand de mannen aanwijzen die het lichaam van de koster op de deur van de Alquería hadden gespijkerd, en zo waren er meer getuigen. Dorpelingen uit Xaraque hadden enkele mannen onder aanvoering van Aina Such, de vrouw van José Gascon, met bloed op haar kleren het huis van Don Miguel zien verlaten. Helaas was zij nog niet gevonden dus moesten de aanwezigen de volledige schuld maar dragen. Er waren meerdere getuigen van de moorden die in het dorp op klaarlichte dag waren gepleegd, onder andere op de *gestor* van Xaraque. Twee mannen van de militie zelf, onder wie José Gascon, getuigden tegen hun collega's over de slachtpartij bij Don Julian, de moord op Francisco Bardales. Volgens Gascon had Xavi Morales hem de schedel ingeslagen. Alleen de verbijsterde ogen van de murw geslagen beschuldigden getuigden van de valsheid van deze verklaring. Een enkel zwak protest werd gesmoord in de nadruk die de rechter legde op een ordentelijk proces en de dreiging van de geweerkolven van de Guardia Civil.

Uiteindelijk was het de beurt aan Herman. Hij mocht in zijn stoel blijven zitten voor de vragen die de rechter voor hem had.

'Op 21 september 1936 is uw huis, gelegen vlak buiten Xaraque, belegerd door een lokale militie met het doel dit te collectiviseren. Klopt dat?'

'Ja. Onder aanvoering van twee vertegenwoordigers van de republikeinse regering uit Valencia. De wettig gekozen regering waartegen Franco en Mola in opstand zijn gekomen.' Gemompel naast zich, gesmoord geluid uit het publiek.

'Ik wil u erop wijzen dat noch de rechtmatigheid van de Republiek noch het ingrijpen van el Generalísimo onderwerp is van deze zaak.'

‘Toch is het fundamenteel voor de vraag welk recht ten grondslag ligt aan deze zaak. Het bepaalt namelijk of deze mannen vijandelijke soldaten zijn of juist niet.’

De rechter keek hem meewarig aan. ‘Heeft u enig bewijs dat de genoemde heren namens de republikeinse regering optraden?’

Herman keek de rechter aan, aarzelde. ‘Luís Aviles Luna, opgesloten in de Cárcel Modelo, kan hiervan getuigen. Die naam heb ik aan de advocaat van de beklaagden gegeven.’

De rechter bladerde in zijn dossier. ‘Ah, inderdaad, maar ik zie hier ook dat Luís Aviles Luna acht dagen geleden in de Cárcel Modelo is geëxecuteerd.’

‘Komt dat even goed uit,’ zei Herman.

‘Inderdaad. En de andere leider, Josep Romero Iñagi, zie ik hier, is ook dood. Xavi Morales, een derde zelfs, is vermist, lees ik hier. Daar hebben we dus niks aan en we blijven ervan uitgaan dat het een burgermilitie was. Ik hoop dat we ons vanaf dit moment dit soort tijdverspillingen kunnen besparen.’ De rechter keek streng naar Herman die niet reageerde. ‘En, waren de beschuldigden onderdeel van deze militie?’

‘Burgemeester Paya in ieder geval niet, en hij hoort hier niet te staan. Hij heeft altijd zo veel mogelijk mensen, zowel rechts als links, gered en de militie uiteindelijk aan banden gelegd.’ Er klonken instemmende geluiden uit het publiek.

‘Ik noteer uw getuigenis ten aanzien van burgemeester Paya. Daar komen we later op terug.’ Hij maakte een aantekening, het gekras van zijn pen hoorbaar in de stilte op het plein. ‘Welnu, en de anderen?’

‘Zover ik weet, waren zij deel van de militie.’

‘De militie die uw huis aanviel.’

‘De militie wisselde van samenstelling. Het was donker, het ging snel, ik kan niet met zekerheid zeggen wie het precies waren die avond.’

‘Van geen van hen?’ vroeg de rechter.

Herman aarzelde even. 'José Gascon was er zeker wel bij.' Hij zag Gascon staren, haat en angst raasden over zijn gezicht.

'Was het voor hem niet te donker?'

'Ik had hem eerder mijn huis zien verlaten.'

'Alleen? Of in het gezelschap van anderen?'

'Niet alleen.'

'Maar meneer Gascon is de enige die u daarbij herkende?'

'De enige die ik met zekerheid herkende.'

De rechter haalde zijn wenkbrauwen op. 'Ik help u en iedere andere getuige eraan herinneren dat u verplicht bent de waarheid te vertellen. De rechtvaardigheid eist dat. Wie kwaad heeft gedaan, zal moeten boeten, anders kan er geen vrede zijn. Nogmaals, Don Germán, was José Gascon de enige die u herkende toen een deel van de militie uw huis verliet?'

'De enige die ik met zekerheid herkende,' herhaalde hij. 'Aan zijn grijze haar en baard.'

De rechter kuchte, maakte een aantekening. 'Akkoord. Nu dan. Was u op de hoogte van eerdere daden van de militie tegen andere landeigenaren?'

'Ik heb gehoord van de moord op Don Miguel en zijn familie, de gebeurtenissen op de haciënda's van Don Julian en Don Porfirio, die al was gevlucht.'

'En geweld tegen de Kerk?'

'De koster van Benimelha is door Aviles vermoord.' Hij zag het lichaam aan zijn poort gespijkerd voor zich. 'Ook de dood van de inwoners van de hermitage van Pedrablanc zou het werk van de militie zijn geweest. Later is ook sacerdote Carbonell ontvoerd en verdwenen.'

'En u weet niet of de beklaagden dat hebben gedaan.'

'Nee.'

'U bent niet doof en blind, Don Germán. U moet op de hoogte zijn geweest van de samenstelling van de militie. Laat ik het u makkelijk maken. Zijn er onder de beschuldigden individuen van wie u zeker weet dat zij geen deel uitmaakten van de militie?'

'Zoals gezegd, burgemeester Paya was nooit deel van de militie. Hij heeft persoonlijk ingegrepen toen de militie voor de tweede keer mijn huis aanviel. Hij verdient geen straf.'

Er werd gefluisterd, boos, opgewonden, geschrokken. Door alleen Paya te noemen had hij de veroordeling van de rest al uitgesproken.

'Voor de rest weet ik niet wie betrokken waren bij de andere gebeurtenissen,' voegde Herman toe.

'Akkoord. Dan heb ik geen vragen meer. Maar ik wil wel mijn bewondering uitspreken over de wijze waarop u rust hebt gebracht in dit gebied.'

'Rust?!' schreeuwde iemand over het plein. Hector was opgestaan: 'En zijn misdaden dan? Moord, mishandeling, ontvoering?!' Er klonk gemompel vanuit het publiek.

'Deze getuige staat niet terecht, meneer. Als u een aanklacht wilt indienen kan dat. Maar voor nu zult u zwijgen of ik laat u opsluiten.'

'Hij heeft een militieleider weggesmokkeld! Hij is een verrader!'

De rechter moest meermaals om stilte roepen voordat de rust terugkeerde en hij zei: 'Don Germán, hartelijk dank voor uw getuigenis. Is er nog iets wat u kwijt wilt?'

'Ja. Ik wil mijn diepe treurnis uitspreken over alles wat er gebeurd is, en wat hier nu gebeurt. Ik heb mij vaker uitgesproken tegen de grote verdeeldheid, de grote armoede in dit land, en de machtsverschillen. De wandaden van de grootgrondbezitters. Die hebben...'

'Geen politiek graag, Don Germán.'

Herman stak bezwerend zijn hand in de lucht.

'... die kunnen leiden tot wanhopig handelen. Het maakt mij zeer bedroefd dat Spanje niet aan deze spiraal heeft kunnen ontkomen. In deze omstandigheden kan elk mens wandaden begaan. Dat moet u meewegen, dat is ook rechtvaardigheid.' Hij viel stil, keek naar de rechter. Naar Pepa, Hector, naar Porfirio Arechavaleta.

'Dank u voor deze getuigenis,' zei de rechter met een zucht.

Aan het einde van de dag sprak de rechter zijn vonnis uit. De wurgpaal werd vervangen door het vuurpeloton. De rechter wilde geen middeleeuwse toestanden. Burgemeester Paya werd als enige vrijgesproken van de beschuldiging deel te hebben uitgemaakt van de militie, maar werd direct aangehouden wegens opstand en verraad tegen Spanje. José Gascon werd, ondanks zijn medewerking, tot twintig jaar celstraf veroordeeld. Twee jongere jongens, zoons van ter dood veroordeelde vaders die met vastgebonden handen naast hen stonden, ontliepen ook de doodstraf en kregen beiden tien jaar cel.

Kreten van wanhoop klonken over het plein, ze stegen op tussen de palmbomen die in de avondzon hun lange schaduwen over de verzamelde mensen wierpen. Herman keek hen aan, keek in hun ogen, en hoorde hun stemmen. Het deed hem onwillekeurig denken aan de muziek van Morao en Pepa.

De veroordeelden werden meegenomen naar de helling achter het ziekenhuis. In hun kielzog de optocht van de wanhopigen, de families die afscheid trachtten te nemen van de veroordeelde mannen, maar ook de anderen volgden de stoet, slachtoffers van weleer, die grijnsden, een vuist balden. Die rechtvaardigheid vierden. Tussen de soldaten liepen de veroordeelden, sommigen huilend, met gebogen hoofd. Anderen staarden voor zich uit, alsof ze al voorbij het grijze gordijn konden zien. Ishmael Herrero keek doorlopend omhoog, naar de hemel waar hij ondanks alles toch vurig hoopte te komen. Even kruiste zijn blik die van Herman. Zachtjes prevelde hij een psalm van David.

Kapitein Olazabal y Fuentes stond met een vreemde glimlach te kijken. Hij zette zijn tricornio af en streek steeds nerveus over zijn haarlok, een sigaret tussen zijn lippen geklemd. In zijn mondhoek was een kleine glimlach te zien. Hij liep achter de veroordeelden langs, stond telkens even achter degene die aan de beurt was, alsof hij het uitzicht op het vuurpeloton ook wilde ervaren. Soms pakte hij de veroordeelde bij de schouders en schoof hem iets naar links of naar rechts, naar voren of een beetje terug, als een fotograaf die zijn onderwerp precies op de goede plek wilde neerzetten. De wachtende mannen keek hij in de ogen, veegde hier en daar een traan weg. Sprak een schokschouderende man moed in.

In een rij wachtten zij op hun dood. Keken toe totdat zij aan de beurt waren. Voor elk een eigen salvo. Een voor een vielen de mannen neer en rolden keurig van de heuvel. Zestien salvo's in totaal. Ook Ishmael Herrero eindigde onderaan de heuvel, met zijn lijf tegen een oude druivenrank.

*

Alquería del Moro
3 augustus 1939

Ze zijn allemaal gevallen. Misschien niet allemaal, maar te veel. Hun families halen hen uit de greppel waar ze dood en gebroken liggen. De huizen in het dorp zijn leger, stemmen verstomd, voor altijd. Maar de echo's blijven, van wat zij deden, van hun slachtoffers voordat zij het zelf werden. Niets wordt vergeten.

Als ik mijn vingers over de kogelgaten in mijn muren laat glijden, de pijn voel van mijn burcht, zijn er ook de sporen van dat koude huis waar rood op grijs afstak. Waar mijn verwekker mijn moeder al had laten verdwijnen. Al wat hij deed was kijken uit de hoge ramen naar het berkenbos achter het huis. Als een zwijgend leger van voorvaderen vol verwijt. Het bos van de verloren zielen. Zo noemde ik het. Poëet die ik ben. Ergens daar stond mijn moeder ook. Daar geplant door mijn vader. Of niet? Kon zij er wel tussen staan, tussen dat legioen van ijskoude mensen? Ik keek nog eenmaal in zijn gezicht. En nogmaals. Ik heb er lang in proberen te kijken. Hij registreerde mijn vertrek. Niets meer.

Ik weet dat aan die kale berkentakken in de lente groene blaadjes ontspruiten. Dat een berkenboom in de wind lieflijk gefluister voortbrengt. Dat de schilfers van de bast dunner dan papier zijn, tondel voor vuurtjes. Maar ik zie het alleen in de winter, de witte bast die de mist zelf lijkt uit te wasemen, de met rijp bedekte grond, bevroren bladeren die knisperen onder je voeten. Ik loop door een begraafplaats, de bomen zijn zerken.

En hier tussen mijn olijfbomen, hun bast houdt mij vast, de laaghangende takken omvatten me. Verderop de pijnbomen met hun kaarsrechte stammen, hun geur die binnentreedt, een hoog baldakijn van naalden dat zo fraai kan zingen in de wind.

Hier leeft mijn ziel in een bos dat blijft zinderen en zingen.

Ik kijk naar de slaapkamer waar Beatrijs is, waar het leven groeit. Ik moet hem, of haar, iets anders geven dan wat ik heb ontvangen.

Het verlies wordt generatie op generatie doorgegeven. Ik vraag me af of ik me aan die ijzeren wet van overerving kan ontworstelen. Of ik de leegheid die aan mij is doorgegeven kan omzetten in iets anders. Of mijn bloed anders kan kleuren dan rood op grijs.

*

In de maanden na de executies trad de zomerse hitte in. Augustus en september brandden alle tranen naar binnen. In de vroege ochtenden en warme namiddagen werd er gewerkt, natuurlijk. De druiven moesten worden geplukt. De amandelen moesten van de bomen geslagen en van hun viltige schil ontdaan. Wanneer het midden op de dag te heet werd, zag je de arbeiders in de schaduw van de johannesbroodbomen liggen. Het leek alsof ze sliepen maar vanonder hun strohoeden keken ze naar de bewoners van de Alquería en fluisterden vervloekingen.

Een van de weduwen kon haar verdriet niet verbergen. In het

koele water van de wasplaats aan de Quisi voelde ze de huid van haar man toen ze die voor het laatst aanraakte. Barbareta, die op de hoek de was uit manden haalde, moest het ontgelden. Haar werd de huid vol gescholden en ze liet het over zich heen komen. Het had geen zin te zeggen dat ook zij en haar Alfonso zich niet meer thuis voelden in de Alquería; dat ze daarom waren verhuisd naar het kleine huisje in het dorp waar ze bij haar zus waren ingetrokken. Het had geen zin om haar eigen angst te beschrijven toen de militie de poort in brand stak, toen ze de geweerschoten hoorde die ook voor haar bedoeld waren. En later nog eens, toen de fascisten aan de poort stonden. Een angst waar eerst nog het monumentale blok dat Don Germán was, haar tegen had gewapend.

Met dat grote, fel kloppende hart van de kleine Spaanse ging ook een deel van het hart van het huis verloren. Herman kon niet boos op ze zijn en omhelsde Barbareta. Toen hij haar losliet, zag hij de teleurstelling in haar ogen, en voelde het verwijt aan zichzelf, dat hij en het huis hen niet hadden kunnen beschermen. Hoe hadden zij de vijand binnen kunnen laten? In het vertrek van Barbareta en Alfonso zag Herman het huis, de familie die hij had proberen op te bouwen, uiteenvallen. Het was alsof het fundament onder zijn leven langzaam leek weg te zakken. De anderen zagen het gebeuren, en hoewel Herman het niet kon benoemen, was zijn angst groot dat zij Barbareta en Alfonso zouden volgen. Op verschillende momenten in de dagen die volgden spraken ze hem erover aan.

Werkend op het land greep Andrés in de aarde en zei tegen niemand in het bijzonder, maar zeker tegen Herman die een paar meter verderop stond: 'Dit is geboortegrond, de druiven zitten vol, de amandelen springen uit hun schil, de olijven komen eraan... net als de winter die koud wordt. We hebben aardig wat werk te doen.'

Pepa had hem aangesproken, weer in de werkkamer. 'We moeten voorbereidingen treffen, er moet een baby geboren worden, Germán,' zei Pepa. Het was voor het eerst dat ze zijn naam zo uitsprak. 'Jouw zoon of dochter. We kijken er zo naar uit.'

Niet veel later hielpen ze de oude Don Urias samen met Catarina en Vicentes drie kinderen weer terugverhuizen naar hun haciënda. Samen met Pepe Pieldelobo werkten ze wekenlang door om de verwoesting van het huis ongedaan te maken, en Herman dacht elke dag aan die dagen toen Vicente hem met zijn ruïne had geholpen.

'Jij bent altijd welkom hier, mi hijo,' zei Don Urias.

Herman zag de emotie in de ogen van de oude man. Met het verlaten van de Alquería liet hij ook zijn zoon los. Herman had aangeboden het lichaam van Vicente te herbegraven in het familiegraf buiten de Urias-haciënda. Don Urias had zijn hoofd geschud.

'Hij ligt waar hij hoort. Zijn beste jaren waren die met jou, zijn hermano.'

'We zien elkaar maandag weer bij de salinas,' zei Herman.

Alquería del Moro
28 augustus 1939

Andrés en Maruja zijn gebleven, en Morao en Pepa met Paco. Ik glimlach. Beatrijs is er ook nog, natuurlijk, ze ligt boven op bed. Maar het vertrek van de anderen heeft toch een leegte achtergelaten. Het is ook niet gering, vier volwassenen en drie kinderen minder. De muren, het dak, de hoge plafonds voelen ineens breekbaar, alsof de ruimtes werden gestut door levens die nu leegte achterlaten.

Ik dacht ontsnapt te zijn aan stille lege huizen. Steeds in mijn hoofd: verlaten vertrekken in leeggelopen licht, het bevroren mausoleum, mijn geboortehuis. Uitgestrekte armen, lang ongekamd haar voor halfdichte ogen. Kille omhelzingen die eindigen voor ze begonnen zijn. Ik voel de vorst in mijn lijf, terwijl buiten de krekels de warme nacht van zich afslaan.

II

18

September 1939
Alquería del Moro

Op 3 september 1939 verklaarden Frankrijk en Engeland de oorlog aan nazi-Duitsland. Hitler was twee dagen eerder Polen binnengevallen. Waar de grote Europese democratieën eerder met een beleefde glimlach Franco zijn gang hadden laten gaan – hij vermoordde immers alleen Spanjaarden – kwamen ze nu wel in actie tegen het fascisme. Op diezelfde dag werd Levi Vicent Kruijssen te vroeg geboren. De hoogst gemeten temperatuur in Spanje op die dag was 43 graden. De cicades krijsten. De zon scheen genadeloos op de achtergevel van de Alquería. Hij toonde zich ongevoelig voor de strijd van de vrouw die in de grote slaapkamer lag waar de hete lucht tegen de muren leek op te stuwen, alsof die tevergeefs door de stenen een weg naar buiten zocht. Omdat het ziekenhuis nog in puin lag en de doktoren dood waren, probeerde Beatrijs de weeën, die sinds het ochtendgloren door haar heen scheurden, thuis te doorstaan met alleen Pepa en Maruja die grotendeels hulpeloos toekeken. Het was een weeënstorm die haar trof. Een genadeloze branding van pijn die meer leek op een martelgang die zou eindigen in de dood in plaats van in een geboorte. Het enige wat haar redde, was dat het relatief kort duurde, alhoewel de pijn seconden oprekte tot in het oneindige.

Na slechts zes uur lag haar zoon op haar borst. Beatrijs was te uitgeput om hem vast te houden. Het jongetje was stil. Hij ademde licht, bewoog weinig, en telkens als hij de oogjes opende, sloot hij ze snel, alsof hij schrok van de wereld. Dan huilde hij ook. Niet boos, niet hard, maar klaaglijk en verzwakt.

Omdat zelfs het water te warm was om hen te verkoelen, verplaatsten ze moeder en kind naar de kelders. Daar kwam Beatrijs in de donkere koelte langzaam weer tot leven en kon Levi zijn ogen openen. Pepa zag het jongetje omhoogkijken naar de ogen van zijn vader. Het blauw ervan zou hij niet kunnen zien, het lag in schaduwen van de lampen die het gezicht van Herman goudgeel kleurden. Pepa dacht aan een duivels gezicht en sloeg een kruisje. Levi bewoog minimaal. Ze legden hem bij Beatrijs aan, en na lang proberen dronk hij iets uit de borst. Hij gaf het al snel vermoeid op en lag dan weer stil in de armen van zijn ouders, of in zijn houten wiegje.

Na twee dagen verplaatsten ze moeder en kind weer naar boven. De temperatuur buiten was iets gedaald, en ze schermden het felle licht in de ouderslaapkamer af met lappen. Gelukkig was een lichte bries vanuit zee voelbaar, en het leek alsof Levi daarvan opleefde. Hij bewoog meer en huilde wat harder.

Herman zat vaak in een stoel te kijken hoe Beatrijs het jongetje de borst gaf. Zij zat daar uren, omdat Levi nooit lang genoeg wakker bleef om genoeg te drinken. Herman voelde de glimlach op zijn eigen gezicht. De vertedering die de kleine jongen met zijn lichte groene ogen in hem losmaakte. De liefde die hij voelde voor Beatrijs, die zo had geleden onder de laatste maanden van haar zwangerschap. Die de geboorte van Levi amper had overleefd. Ze keek af en toe met een zwakke glimlach op naar Herman, maar sprak amper.

In de weken na de geboorte, normaliter een tijd van geluk, was Beatrijs vooral terneergeslagen. Ze trok zich het nieuws van de onderdrukking in Spanje zeer aan, voelde zich schuldig dat zij wel in vrede en veiligheid leefde. Als Herman haar herinnerde aan haar eigen ervaringen, zei ze: 'Soms heb ik het idee dat ik te weinig lijd voor wat ik heb meegemaakt. Waarom kwelt het mij niet meer?'

‘Wat is genoeg om een goed mens te zijn, lieverd? Moeten we de hele dag huilend in een hoekje zitten?’

Hoe schuldig zou je je moeten voelen om ‘goed’ te zijn? Wat zei het over hem dat hij niet elke dag aan zijn slachtoffers dacht, zich niet elke dag kastijdde voor de fouten die hij had gemaakt?

Beatrijs keek hem dan aan. ‘Nee natuurlijk niet’, maar ze wist verder niks te zeggen. Zij die altijd zo goed gebeurtenissen kon analyseren en beschrijven. Het geweld van de geboorte had ze daarom naar haar eigen mening misschien wel verdiend.

Als hij zijn zoon en vrouw bekeek, zag hij zijn toekomst: vader, vrouw, kind, kinderen. Een levend huis met een levendige familie. Vrede. Hij draaide zich dan om, om zijn geluk te delen met die beste vriend, die er altijd was geweest en er nooit meer zou zijn. In plaats daarvan zag hij zijn verwekker terugkijken. Herman zag hem als jongeman, zittend aan het bed waarop dat bleke schepsel was bevallen. Hij vroeg zich af wat die man had gevoeld bij zíjn geboorte. Leek het op wat hijzelf nu voor Levi voelde? En zo bracht blijdschap hem altijd weer tot verdriet; het raakte telkens aan zijn gemis, aan een verloren toekomst en aan een verleden dat hij wel wilde, maar nooit kon vergeten.

*

Alquería del Moro
13 oktober 1939

Ik heb al die jaren van oorlog, het doelloos zwerven en mijn verbeurd verklaarde jeugd met kracht doorstaan, om nu, met de geboorte van mijn zoon, te worden overspoeld met een verzwakkend soort somberheid. Ik voel me onmachtig en simpelweg verdrietig. De dag besteed ik aan het terugdringen van tranen. Twee families hebben me al verlaten. Andrés en Maruja, Morao en Pepa en Paco, die kan ik niet ook nog kwijtraken. Vroeger droeg ik hen, nu dragen zij mij, denk ik. Maar kan ik op andermans kracht vertrouwen? Misschien Pepe Pieldelobo, hij is zo sterk, ik probeer me aan hem te spiegelen. Maar hij komt en gaat, is steeds aan het voorbijgaan. Nee, eigenlijk, sinds Vicente is gestorven, ben ik alleen. Ook met Beatrijs. We houden ieder van de ander, maar ik vraag me af of we houden van 'elkaar', van 'samen'. Ik ben met haar alleen.

Ik hou Levi voorzichtig vast. Weet dat ik alles om hem moet geven, maar voel het niet. Dan kijk ik om me heen en zie niemand.

In de zee laat ik de tranen wel gaan. Dan merk ik het minder. Het water daar is ook zout, de golven omarmen mijn schokkende lichaam. En onder water is het stil en mooi en beweeglijk en weeg ik niets. Niemand ziet me hier. Ik ben alleen en voel me daardoor minder eenzaam.

God, wat is dit sentimenteel en theatraal. Spaans, zou je bijna zeggen. Als het schitterende woord lagrimas, *dat, in tegenstelling tot zijn Nederlandse tegenhanger – tranen – wel stroomt, en wel voldoet aan wat het moet uitdrukken. Nu glimlach ik. Ik heb er gewoon mee te leven. Ja, ik zal verdrietig zijn, en soms niet weten hoe ik verder moet. Wat dan nog? Dan gaat de zon op, of onder, we zaaien en oogsten, het zeewater loopt de* embalses *binnen en verdampt. Het water moet tot rust komen, stilstaan en is niet meer dan een reflectie van de wereld. Uiteindelijk verdampt het, en met wat het achterlaat moeten we het doen.*

Dat probeer ik nu ook, ik wil het blijvende, het onverschillige van de bergen en de zee in mezelf zien. Daarin lijk ik ergens onzichtbaar te zijn geworden voor de mensen om me heen, die, omdat ik zwijg, mij ontzien. Beatrijs kijkt me aan, maar ook langs me heen. Levi kijkt me aan en keert zich af. Pepa kijkt me aan en kijkt weg, naar binnen toe. Andrés is zoals altijd met de bomen en de planten bezig. Hij neemt mij mee, duwt me gereedschap in de handen. We werken in de velden.

De oorlog galmt nog na. Kapitein Olazabal y Fuentes is te ijdel om de terechtwijzing van de rechter ter harte te nemen. Het werk van de guardia's is nooit klaar. De waslijnen in Xaraque kleuren steeds zwarter van de rouwkleding. Het is in dit gebied niet zo erg als op andere plekken waar elke dag mannen en vrouwen verdwijnen, maar we horen geruchten dat baby's bij hun rode moeders worden weggehaald door nonnen en paters. De katholieke Kerk haalt zo zijn gram. We horen spreken van gevangeniskampen die nog armoediger schijnen te zijn dan de gevangenissen, met nog minder verzorging en zelfs amper bewaking van gevangenen. Die zijn toch te verzwakt, en het land rond de kampen is de beste bewaking die er is. De hitte, de droogte, het uitgestrekte, dorre, dode land en de wetenschap dat daarbuiten de rest van Spanje ligt, waar de vijand heerst. Als je ooit sympathie hebt gekoesterd voor de Republiek, is heel Spanje één grote gevangenis. Er is geen ontsnapping mogelijk.

Paya zit in zo'n kamp, en misschien heeft hij wel geluk gehad. Want ook hier verdwijnen geregeld mensen. Niemand wordt meer beschuldigd, laat staan berecht, ze worden gewoon opgepakt en vermoord. Het is een begrip geworden, de sacas, waarbij ze uit huizen, de gevangenis of het ziekenhuis mensen meenemen. Soms hoor je een schot, vaak in de nacht, soms overdag, een droog geluid, in de verte, waarna het wegrolt over het land. Maruja hoort de echo's ervan op de markt, Andrés en Morao horen het bij Bar Frau, in de verhalen van de dorpelingen. Maar alleen als zij daar alleen zijn. Als ik erbij ben, is het stil. Dan zitten al de stamgasten elkaar aan te kijken totdat ze hun drankje op hebben om vervolgens de bar te verlaten. Loreto Frau kijkt me met onverholen boosheid aan. Ik ben nu slechter voor zijn omzet dan tijdens de oorlog.

Het dorp is stiller en leger, ook al is een deel ervan, het 'zwarte' deel zullen we maar zeggen, dat jaren in angst voor het 'rode' deel heeft geleefd, uitgelaten. Zij gaan wel naar buiten, bevolken de straten tot laat in de avond. Praten honderduit, spreken mij wel aan. Dankbare, soms zelfs bewonderende blikken. Het zijn geen gemene of slechte mensen. Ze voelen nog steeds de angst die ze voor de 'roden' hadden. Hoe ze met dat deel moeten omgaan, weten ze ook niet precies. Zij voelen ook het gewicht van alle weduwen en wezen.

Olazabal y Fuentes niet. Op zijn bevel moeten de deuren van 'rode' huizen openblijven. Gordijnen worden weggehaald. Ze mogen niks verbergen. De armoede onder dat deel van de bevolking is groter dan voor de oorlog. In veel gevallen wordt hun land onteigend en ingepikt door hun buren. De buren zijn de bezetters. Veel van de vrouwen van de dode of gevluchte milicianos moeten kiezen voor het verkopen van hun lichaam om hun kinderen te kunnen voeden. De soldaten, guardia's en falangisten zijn hun beste klanten. Dat zijn de echte fascisten: die kunnen niet ophouden hun tegenstanders te vernederen. Niet Aina Such overigens, zij is ondergedoken en moet ergens verborgen zijn, in een van de vele scheuren in het land.

Ik bezoek de Urias-haciënda regelmatig. De oude Don Urias is een harde, ongelofelijk sterke man. Hij was al oud toen Vicente en ik elkaar ontmoetten, maar binnen enkele maanden heeft hij het landgoed weer op de rails. Alsof na Vicentes dood diens levenskracht in zijn vader is gekomen. Hij praat nachtenlang met Catarina, vertelt zij mij. Houdt haar vast als ze eenzaam is, als de vader die hij ook voor haar is geworden. Hij neemt Raúl aan de hand; overal gaat de jongen met hem mee. Hij heeft op zijn landerijen werk gegeven aan 'rode' mannen en vrouwen. Sommige prostituees trekt hij persoonlijk onder hun klanten vandaan en neemt hen op in zijn gemeenschap. Hij spreekt zich binnen de nieuwe gemeenteraad hardop uit tegen de activiteiten van kapitein Olazabal y Fuentes. Met zijn blik als een viejo buitre, een oude gier, die maar niet wil sterven, zet hij de nieuwe rechtse burgemeester Lopez Prieto op zijn zetel klem. Ik zit daar dan bij, mag er zijn omdat ik ook een landeigenaar ben. Ik denk dan aan burgemeester Paya, die iedereen zo goed bij elkaar kon brengen en houden. Maar hij is na zijn veroordeling voor opruiing en landverraad naar een heropvoedingskamp vlak bij het dorpje Castuera in Extremadura gestuurd.

Als mij gevraagd wordt naar mijn kijk op de bestraffing van linkse *misdaden, stel ik me telkens op het punt dat de executies een eindpunt hadden moeten zijn. Dat wat nu gebeurt ook misdadig is. Kapitein Olazabal y Fuentes is dan woedend, maar kan weinig, omdat hij steeds geïsoleerder staat in zijn harde bloederige lijn. Zelfs Porfirio gaat het langzaam zien zoals de oude Urias en ik. Dat, of hij maakt zich gewoon zorgen over het tekort aan arbeiders. Don Urias echter verheft zich boven ons allen. Hij predikt onvoorwaardelijke vergiffenis. Hij kijkt dan ook naar mij en zegt: 'Het enige waar jij je schuldig aan hebt gemaakt is niet lijdzaam toezien en afwachten. De vraag is of je dat vergeven moet worden. Ik ken het antwoord al. Nu jij nog.'*

Ik knik, probeer te begrijpen, te voelen wat hij zegt. Ik spiegel me ook aan hem, en kom er daarbij vooral achter dat een ander vergeven veel makkelijker is.

*

Ze konden over de tuin praten, kijkend naar de nieuwe aanplant, oleanders, palmen, vijgenboompjes, een paar citroenbomen. Over de grond en muren kropen bougainvilles, lavendel, wilde rozemarijn en jasmijn; er stonden grote struiken tijm en wolfsmelk had ze geplant, zonneroos en nog veel meer. Beatrijs maakte met Andrés op muilezels lange tochten door het land. Hij liet haar de wilde orchideeën zien die op de steilste rotswanden groeiden, en ze namen in hun rieten manden allerlei plantjes mee.

Samen liepen ze langs de planten. Beatrijs vertelde over elke soort, welke kleur de bloemen zouden hebben, hoe groot de struiken konden worden, wanneer welke bomen fruit zouden dragen. Alles wat Andrés had verteld en wat ze van andere boeren op het land had geleerd. Herman luisterde aandachtig. Hij genoot van haar enthousiasme, hoe haar gezicht oplichtte. Haar huid droeg nog de lichtbruine tint die de zomer had gegeven, de sproetjes rond haar neus en op haar konen waren beter zichtbaar. Ze zag er jonger uit, haar blonde haar lichter door de tijd in de zon. Haar lieve ogen stonden blij. Herman ademde haar teruggekeerde kracht weer in. Het waren goede dagen, lichte dagen. Beatrijs sprak over luchtige zaken, over vlinders en bijen. Over haar oom, in Holland, die imker was.

Maar in de avond werd het stil en besefte Beatrijs dat Herman amper iets terug had gezegd, en dat ze eigenlijk nooit gesprekken voerden. Daarom nam ze zijn typemachine. Telkens als de stilte tussen hen te lang duurde, stond zij op, liep naar de werkkamer, ging zitten en vulde de ruimte met scherp getik.

Hallo papa,
Hoe gaat het met u? Met mij is alles goed. Het spijt me dat ik niet eerder van me heb laten horen. Als jullie post naar mijn adres in Barcelona hebben gestuurd, is dat niet aangekomen. Ik ben daar niet meer. U zult misschien nieuws hebben gehoord van wat er hier allemaal gebeurd is. Of misschien ook niet, omdat het bij jullie natuurlijk gewoon oorlog is, wat afgrijselijk. Laat me alsjeblieft weten dat het goed met jullie gaat. Maken jullie je erg zorgen? Hier is de oorlog voorbij. Godzijdank. Er wordt niet meer gevochten, maar het gevaar is nog niet helemaal geweken; iedereen die door Franco is verslagen, moet alsnog op zijn tellen passen. Fascisten nemen geen genoegen met overgave: ze eisen totale onderwerping en vernietiging van alles wat hun tegenstaat.

Maar ik ben veilig. Ik heb vóór de val van Barcelona daar een Nederlandse man ontmoet en ben kort geleden met hem getrouwd. Hij leeft al heel lang hier in Spanje en is een heel gerespecteerd man met een goedlopend boerenbedrijf ten zuiden van Valencia. Hij heeft tijdens de oorlog hier verzet geboden tegen de ergste uitwassen van de revolutie. Er heerste hier een gewelddadige communistische militie die hij het hoofd heeft geboden. En later heeft hij diezelfde mensen na een bombardement door de fascisten onder het puin vandaan gehaald. Ik kwam hem in Barcelona tegen nadat hij iemand met gevaar voor eigen leven het gebied hier heeft uit gesmokkeld. Het is echt een dappere, goede man.

Ik had graag gewild dat hij u om mijn hand had kunnen vragen, zoals dat hoort. Maar in tijden van oorlog... het is soms alles een grijze chaos. We hebben ook samen een kind gekregen. Jullie kleinkind. Het is een heel lief rustig ventje en hij heet Levi. We zijn erg gelukkig met elkaar.

Papa, ik besef dat u en mama weleens boos of verdrietig zouden kunnen zijn. Maar ik moest gaan. Ik kan niet zeggen dat ik blij ben dat ik ben gegaan, daarvoor heb ik te veel afschuwelijke zaken gezien en meegemaakt. Ik heb geleerd dat niet het leven, maar de mensen onrechtvaardig zijn. Maar het is wel goed, of zo, en nu ja, het is zo gelopen en gedane zaken nemen geen keer. Ik ben gezond en veilig, Herman waakt over me en kleine Levi laat duidelijk blijken dat ik nodig ben.

Ik mis jullie en hoop dat ik op een dag, snel, jullie weer zal kunnen zien.

Beatrijs

*

Levi huilde heel veel. Hele nachten huilde hij. Geen hard gekrijs, maar een klaaglijk gehuil, alsof hij te zwak of bang was voor het echte werk. Paco zette zijn borstje op als iets hem niet zinde. Dan lachte iedereen om de kracht en boosheid die uit het jongetje knalde. Maar het doorlopende huilen van Levi legde, naarmate de weken verstreken en de wolken donkerder werden, meer en meer een sluier over het huis.

Herman probeerde vooral zijn irritatie, vaak overlopend in een machteloze woede, te onderdrukken. Hij was boos op zijn machteloosheid, boos op Beatrijs dat het haar niet lukte voor hun kind te zorgen. Beatrijs voelde zich op haar beurt schuldig dat ze het jongetje niet kon kalmeren, maar dacht ook terug aan zijn verwekking, waarin zij vooral de bron van zijn klagen zag. De angst, de pijn en het verdriet waar het mee gepaard was gegaan. En de schuld daarvan droeg zij ook als een juk door de dagen en nachten dat de Alquería wakker bleef. De enige die altijd doorsliep in die donkere nachten was Paco.

De dagen werden korter en de nachten werden kouder. Zowel de cicades als de krekels zwegen.

Alquería del Moro
18 november 1939

Als Levi even stil is, proberen Beatrijs en ik gesprekken met elkaar te voeren. We komen erachter dat we beiden een interesse hebben in muziek. We spreken vaak over Satie, zijn Gymnopédies. *Ik zeg dan dat ik die muziek zo bij haar vind passen, en dat ik die graag weer eens zou horen. Ze kijkt mij dan aan, met wat ik denk dat liefde is. Een blik als toen in de kathedraal in Barcelona, toen het zonlicht op haar gezicht viel en ze mij zag. We proberen erdoor iets van de verbinding terug te vinden die we in Barcelona voelden. We spraken elkaar in die donkere stad ook eigenlijk amper. Ja, over wat er om ons heen gebeurde, maar niet wat in ons gebeurde. We vreeën veel, maar spraken er nooit met elkaar over. En nu ook niet. We vinden niet de woorden om over die tijd te beginnen, noch deze tijd. We vinden elkaar ook niet meer in het lichamelijke. Waar het in Barcelona onvermijdelijk leek, liggen we nu in het grote bed naast elkaar zonder elkaar aan te raken. Het zijn niet alleen haar brandwonden die tussen ons in liggen.*

En dan heb ik het niet over Levi, die daar inderdaad vaak ligt. Als hij stil is, het huis stil is, en ik naar haar ademhaling luister, verscholen achter de muur van haar rug, realiseer ik me dat er een niemandsland tussen ons is komen te liggen zonder dat een van ons een loopgraaf heeft hoeven graven. Een paar keer probeer ik het over te steken. In een machteloze imitatie van onze vanzelfsprekende intimiteiten in Barcelona, schuif ik haar nachthemd omhoog, haar ondergoed naar beneden en druk mijn gezwollen geslacht tegen haar billen. Maar zij geeft geen ruimte, ontvangt mij niet, trekt mij niet met haar ranke vingers naar binnen zoals toen. Meestal wend ik me dan af. Eén keer druk ik door en dring bij haar naar binnen. Ze ademt diep, maar zij reageert niet, keert zich niet naar mij toe. Geen aanraking als een fluistering van begeerte. Ik val stil, trek mij terug uit haar. Draai me van haar weg. Ze is doodstil als ik mijzelf verbeten voorbij mijn lust werk, en met het slinken van mijn opwinding en groeien van mijn schaamte, besef ik dat wij elkaar kwijt zijn, nu al. Waarom weet ik niet.

Na die avond is Beatrijs een aantal weken af en aan ziek. Ze moet veel spugen, blijft op bed, wil mij amper zien. Levi voedt ze wel, maar verder doet ze weinig met hem. Gisteren was ze ineens een hele dag weg. Ook Pepa kon ik niet vinden. Uiteindelijk in de avond kwamen ze samen het pad af, vanaf de Tossal del Moro. Beiden keken ze bedrukt, zwegen. Ik heb hun niks gevraagd, als ze mij wat wil vertellen dan is het aan haar. Ik weet dat het de afstand tot ons misschien groter maakt, maar ik weet niet meer hoe ik haar moet benaderen. Het lijkt onwaarschijnlijk dat we elkaar zullen vinden, en dat terwijl we ons hele leven nog met elkaar te delen hebben.

Levi verdient twee ouders die door meer verbonden zijn dan alleen zijn leven. Die verantwoordelijkheid moet hij niet hoeven dragen. Maar misschien voelt hij het al, en is dat de bron van zijn weeklagen.

*

De winterstormen kwamen eraan. Dagelijks zweefden flottieljes van de meest massieve wolken laag over het land. Vanaf de Alquería kon je ze over zee zien aankomen, grijs als lood, soms kilometers hoog, soms borrelend als een woedende grijze soep, soms tegen een achtergrond van verraderlijk wit. Ze sloegen zichzelf kapot tegen de berg met Hermans burcht erop. De wolken weken om het gebouw uiteen, slokten het op en alles was van het ene op het andere moment onzichtbaar. Regen en soms zelfs hagel sloegen dan tegen de onwrikbare muren, enorme plassen, moddervelden en weggespoelde terrassen in hun kielzog.

Herman liep al een paar uur met Levi op de armen, midden in de koude nacht, gerommel van onweer in de verte. Met het jongetje was hij de trap afgedaald, zodat Beatrijs kon slapen. In de haard de gloed van sintels. Het ritme van zijn voeten op de plavuizen. Hij boog zich over zijn zoon, alsof hij hem moest beschermen tegen het koude gewicht van het grote huis. Hij keek omhoog, naar het plafond dat in de duisternis verscholen lag. Het huis begreep niets van die kleine stem, als een voortdurende boventoon in het rumoer. Zou Levi het onbehagen van het huis voelen? Herman ging in een van de twee zware zetels voor de haard zitten. Toen het jongetje daarop harder huilde, klemde Herman hem tegen zijn borst, het kleine hoofd tegen het zijne, het gezicht op zijn schouder. Herman voelde zijn eigen lijf zachtjes meeschokken.

Achter zich hoorde hij een geluid. Hij keek om, had geen hand vrij om zijn tranen uit zijn ogen te vegen. Pepa kwam binnen met Paco die ook wakker was.

'Hebben we jullie wakker gemaakt?'

'Nee. Paquito kon de slaap niet vatten,' loog ze. Ze ging in de andere zetel zitten, maar niet voordat ze de kinderbox die Morao en Andrés hadden gemaakt erbij trok, Paco op de schapenvachten die erin lagen legde en die om hem heen schikte. Als een lieveheersbeestje op z'n rug trappelde hij met armen en benen in de lucht. Kleine geluiden. Herman keek naar hem. Voelde toen het jongetje tegen zich aan dat nog steeds huilde.

Pepa stond op en nam Levi van Herman over. Nam hem in haar armen, kuste hem zachtjes op zijn hoofdje en legde hem na een paar tellen bij Paco in de box. Door tranen die hij wegwreef keek Herman zwijgend naar de beide jongetjes. Ook al was Paco maar een paar maanden ouder, in vergelijking met Levi was het een reus. Als Paco omrolde zou hij Levi pletten, zo leek het wel. Maar het grotere mannetje draaide zijn hoofd naar het klaaglijke geluid naast zich. Glimlachte, proestte geluiden uit, reikte met een arm naar die van Levi. Ze raakten elkaar, Levi's ogen gingen open. En langzaam stierf het geluid in zijn keel. Hij ademde steeds rustiger, totdat hij zijn ogen sloot, zijn armen zich ontspanden op de schapenvachten, zijn knieën uit elkaar.

'Hij slaapt,' mompelde Herman.

'Misschien had hij alleen een vriendje nodig.'

Herman keek naar Pepa. 'Of een kus.'

'Dat is niet zoals het in sprookjes gaat. Daarin wekt de kus de slapende.'

'Sprookjes zijn niet waar.'

Traag sloot en opende Pepa haar ogen, keek in het vuur. 'Misschien,' fluisterde ze. Behalve het geluid van de vlammen was het binnen stil. Door de dikke muren hoorden ze het buiten spoken.

Die avond leerde hun dat Levi in het bijzijn van Paco rust leek te vinden. Met hen beiden in de kinderbox bracht Herman veel tijd door in de werkkamer en luisterde daar op de radio naar het nieuws van de oorlog in het Noorden. Een storm van een heel andere soort raasde over Europa. Hij hoorde hoe de Sovjet-Unie, die in Spanje het onderspit delfde tegen het fascisme, zich neutraal verklaarde, maar wel Finland binnenviel. Hij hoorde hoe in Polen alle Joden een Jodenster moesten dragen. Hij hoorde over zeeslagen tussen de Duitse en Britse marine. Het zinken van schepen in donkere koude wateren, gevechten in het Saarland. Hij hoorde de stem op de radio vertellen hoe de wereld – na de Grote Oorlog slordig weer in elkaar gezet – barstte en in brokstukken afgleed, waarnaartoe wist hij niet. En hij keek om zich heen, het huis van steen, gehouwen uit de rotsen, het merg van een land dat de neergang al had meegemaakt. Hij vreesde dat het kinderspel zou zijn bij wat de rest van de wereld te wachten stond.

*

Het winterweer hield lang aan en met de wolken kwam de kou. Het sneeuwde zelfs, sneeuw die in Xaraque spoedig smolt, maar op de bergtoppen bleef liggen. De Rasalcalb, de Sierra de Aljuzar en zelfs de Tossal del Moro waren wit. Er lag sneeuw op de stenen kruisen van Vicente en de koster. In Xaraque en in de omgeving stierven verarmde en uit hun huis verdreven mensen van de kou en de honger.

In weerwil van kapitein Olazabal y Fuentes en burgemeester Lopez Prieto, die hulp aan de rode vijand 'die nog steeds onder ons is' strafbaar hadden gesteld, openden vele dorpelingen hun deuren voor hun dorpsgenoten. Ook in de Alquería kwamen uitgeputte gezinnen verkleumd aanlopen. Tot zijn verbazing zag Herman ook de vrouw en vier kinderen van Ishmael Herrero voor de poort staan. Hij opende het hek voor hen.

'Ishmael zei dat u een goede man bent,' zei zijn vrouw Maria, haar kinderen dicht tegen haar aan. De wind joeg de sneeuw tussen hen door.

'Hij ook,' antwoordde Herman.

Maruja bracht hen naar de oude kamer van Hector waar ze de winter zouden blijven. Andere families sliepen in de woonkamer. Rond de kerstdagen brandden overal kaarsen en alle haarden in de Alquería waren aangestoken.

Beatrijs versierde het overvolle huis met hulst en Andrés vlocht van espartogras sterren en engeltjes. Ze probeerde de Spaanse families en kinderen haar favoriete kerstliedjes te leren. Het kerstdiner dat zij met de hulp van Maruja en Pepa op tafel zette, was indrukwekkend, met groentes, zelfgebakken broden, gebraden varken, gepekelde vis, kaas, honing, melk, bier, wijn en zelfs turrón. Er was veel meer dan ze met elkaar op konden.

Op kerstavond deden ze alle deuren op slot, het hek sloeg met een zwaar ijzeren geluid dicht. De jongetjes waren dik ingepakt.

Morao en Herman liepen voorop met de kleine bundeltjes dicht bij elkaar. Als Levi in de buurt van Paco was huilde hij niet. Met alle families die bij hen woonden en die het teveel aan eten meenamen, liepen ze door de sneeuw naar Benimelha. Padre Moisés predikte weer in de Nuestra Señora de la Merced, de kleine maar trotse kerk die uitkeek over zee. In de verte hoorden ze het vlakke gebeier van de kleine bronzen kerkklokken.

De wandeling was lang, maar de sneeuw gaf de kinderen genoeg afleiding, en hun vreugde danste vrolijk op de stilte van het besneeuwde landschap. De wind was gaan liggen en de sneeuw dwarrelde in tere vlokken op hen neer. Voor Herman en Beatrijs was het bijna alsof ze in Nederland waren, behalve dat de grillige bergkammen en rotspartijen en het laagje sneeuw op olijfbomen wat vreemd aandeden.

Beatrijs had haar hand door de vrije arm van Herman gestoken en kroop tegen hem aan. Ze keek daarbij goed naar de grond, om elke oneffenheid onder de sneeuw voor te zijn. Met kleine waarschuwingen onderbrak ze doorlopend het gesprek dat Herman met Morao probeerde te voeren. Hij vertelde de Spanjaard over de kerst van 1914, hij was er zelf niet bij geweest, maar toen hij twee jaar later de loopgraven inging, waarde dat verhaal nog steeds rond; hoe de Engelse en Duitse soldaten elkaar met Kerstmis ontmoetten in niemandsland om te leren dat hun vijand niet zo monsterlijk was als alle propagandisten, die ver van het front bleven, hun hadden wijsgemaakt.

'Dagen later leek men nog dronken van de schnaps en de whisky, want telkens werd van beide kanten veel te hoog gemikt.'

De mannen lachten.

'Totdat de hogere echelons er genoeg van kregen en bevel gaven tot trommelvuur.'

'Officieren hebben geen gevoel voor humor,' zei Morao. 'Dat zei Don Vicente weleens.'

Herman glimlachte. 'Dat klopt, ja.' Hij keek om zich heen.

Wenste dat Vicente dit had kunnen zien: het landschap dat door de sneeuw oplichtte, als een geestverschijning, een wereld uit een andere dimensie, gezien door voiles van koude lucht en onzichtbaar licht. Het liep achter de groep met hen mee, trok rechts om hen heen om zich naar voren toe uit te strekken. Alleen links was een grote donkere leegte, daar waar de zee was. De zee die zich niets aantrok van de sneeuw, er geen graad kouder van werd.

De kinderen probeerden hun eigen adem in de lucht te vangen. Grepen naar de wolkjes die oplichtten en weer oplosten in het maanlicht. En zo daalden ze af naar Benimelha. In de verte zagen ze de verlichte ramen van het dorp. Het waren er niet veel, en toen ze het dorp binnenliepen, waren de straten leeg en donker. In sommige vensters zagen ze het zwakke schijnsel van kerstolielampjes branden. Pas toen het centrale plein in zicht kwam, zagen ze weer kleur in het monochrome palet van zwarttinten. De ramen van de kerk waren oranje en rood; alle kaarsen en olielampjes in de kerk moesten aangestoken zijn. Net zoveel kaarsen als mensen. De banken waren gevuld, maar ook langs de muren stonden en zaten gezinnen. Velen van hen op matrassen. Er stonden waterkruiken naast serviesgoed en tassen. Boven het altaar het crucifix, het hoofd gevallen, de doornenkroon schitterend in het kaarslicht. Padre Moisés zag hen binnenkomen.

'Welkom allemaal, wat een genoegen dat u bent gekomen.'

'Wij zouden nergens anders willen zijn,' glimlachte Beatrijs.

'Wat is het druk,' zei Herman.

'Ja, het dorp houdt van Kerstmis.'

In de banken zaten veel dorpelingen in hun mooiste kleren. Herman wees op de anderen, die als zwervers in vuile lompen langs de muren zaten.

'Ja, er zijn veel families die hun huis... kwijt zijn geraakt, die wonen hier in de kerk.'

'Hun huis kwijtgeraakt? Er is toch geen brand of bombardement geweest?'

'Nee, maar er is minder werk, velen kunnen de huur van hun huisjes niet meer betalen.'

'De mensen die in de kou geen onderdak meer hebben, zitten nu dus in dezelfde kerk als degenen die hun dat onderdak hebben ontnomen,' stelde Beatrijs.

'Ja, dat klopt,' erkende Moisés.

'Het is allicht een stapje beter dan elkaar naar het leven staan.'

'En de Heer en ik heffen in dit huis geen huur,' glimlachte de priester.

'Nou, dan is het de voorzienigheid geweest dat we eten overhadden,' zei Beatrijs.

'Ik denk eerder dat het goedheid is geweest.'

Voordat de mis begon, werd het eten dat ze hadden meegenomen uitgedeeld onder de armen. Er waren meer mensen dan ze hadden verwacht, dus de porties kleiner dan ze hadden gehoopt.

De Misa de Gallo – de mis van de haan – was ingetogen. Pepa stond daarbij met Paco dicht tegen Herman aan; Beatrijs voelde hij aan zijn andere zijde, zij hield zijn arm nog steeds vast. Ignacio kreeg van Moisés een gitaar aangereikt en zong een gloria. Zijn stem schalde door de stilte in de kerk. Hij zong waar padre Moisés over sprak, over compassie, genade, mildheid, vergiffenis en moed.

'Hij had niks geoefend, niks voorbereid. Alles ontstond daar, in die man, in de samenhang met zijn instrument. Dat is de ware kunst. Dat iets uit niets ontstaat. Het enige was een verlangen en het ambacht om dat verlangen te transformeren in expressie,' schreef Beatrijs later in een brief aan haar zus. Herman had Morao nooit zo ingetogen gezien. De muziek raakte iets heel dieps en donkers en tot zijn verbazing ook iets hoopvols. Hij keek naast zich naar Pepa die met betraande ogen naar haar man keek. Ze gaf Paco telkens een heel licht kusje op zijn voorhoofd, sloeg met haar kusjes de maat van de muziek. Als een metronoom van liefde die ook in haar afwezigheid altijd door zou gaan.

De mis was pas na middernacht afgelopen. Een deel van de kerk liep leeg, zij die zelf huizen in de buurt hadden, vertrokken. De groep uit de Alquería bleef tot het ochtendgloren in de kerk. Herman praatte lang met Moisés. Hij sprak ook met Don Urias, die met Catarina en de kinderen was gekomen. Pepa liep met Beatrijs en Catarina langs de armen, ze spraken met hen, voelden aan voorhoofden en zorgden ervoor dat ook de kindjes in vodden aan de beurt kwamen bij het uitdelen van het eten dat ze hadden meegenomen.

Paco en Levi sliepen in reismandjes bij het Maria-altaar. Uiteindelijk sliepen ook de anderen. Alleen Herman, met Beatrijs tegen zich aan, en padre Moisés bleven wakker. In de stilte van de kerk met alleen de ademhaling van de slapenden om zich heen, voelden ze hoe alert ze eigenlijk nog waren.

Bij het eerste licht dat over de horizon kroop, vertrok de groep weer naar de Alquería. Tot hun verbazing zat Pepe Pieldelobo buiten te wachten toen ze de kerk uitkwamen.

'God man, waarom ben je niet binnengekomen, idioot!' riep Herman uit.

'Van de kerstwarmte van God gaan mijn ballen zweten,' zei hij opgewekt, zijn gezicht blauw. Doña Catarina liep tussen hem en Don Urias het dorp uit.

De tocht terug was van een ingetogen, etherische schoonheid. Het landschap zweeg onder de laag sneeuw. Het witte kleed liep door tot op het strand. Zelfs de zee had zich laten temmen en was spiegelglad. Hun voetstappen maakten amper geluid, alleen het tevreden gezucht van de sneeuw. De kinderen waren moe, maar liepen zonder te klagen mee. Paco en Levi waren wakker en keken met grote ogen om zich heen. Toen ze thuis aankwamen, trok eenieder zich terug. De arbeiders naar hun huisjes op het land waar ze smeulende sintels opstookten, en de inwoners van de Alquería naar hun kamers. Maruja en Andrés zorgden nog voor de vuren in de twee grote haarden. Herman liep achter Beatrijs aan de trap op. Zij ging hun slaapkamer binnen terwijl hij doorliep naar de kamer waar Vicente altijd sliep als hij in de Alquería logeerde. Die stond leeg. Het bed opgemaakt in grijs licht.

Levi viel in slaap in zijn wiegje op de grote slaapkamer. Ze stopten hem goed in tegen de kou. Herman en Beatrijs keken van het kindje naar elkaar. Zonder woorden kropen ze onder hun dekens. Ze kuste hem en hij kuste haar terug.

19

Alquería del Moro
18 maart 1940

Hallo papa,
Bedankt voor uw brief. Het was fijn om van jullie te horen. Wat afschuwelijk wat er nu allemaal gebeurt. Ik lees dat men in Holland hoopt neutraal te kunnen blijven, maar als de afgelopen jaren iets hebben bewezen, is het dat fascisten grondig zijn en geen genade kennen. Helaas heeft de wereld volgens mij niet echt gelet op wat hier is gebeurd. Blijf alstublieft veilig en rustig, papa.

Mama vroeg om een foto van mijn nieuwe gezin, van uw kleinzoon, maar ik heb die niet. In het meest nabijgelegen dorp was een fotograaf, maar die is in de oorlog gedood en er is nog geen nieuwe. Er is sowieso niet veel, we wonen hier best afgelegen, meer dan honderd kilometer van de stad Valencia. Daar zijn wel boulevards en restaurants en net geklede mensen, wel elektriciteit, en trams en automobielen en warenhuizen. In het dorp Xaraque, waar wij in de buurt wonen, is er wel industrie en zelfs een casino, maar daarbuiten zijn het onverharde verstofte wegen, een paar gaslampen rond het centrale plein van de kleine dorpjes, een stoffig café en verder muilezels die karren trekken, ezels en een enkel rijpaard. Olielampen en walmende talg bieden in de meeste huizen verlichting.

Misschien vindt u het leuk te weten dat we hier met twee andere families wonen in een middeleeuwse Alquería, zo wordt het hier genoemd, een versterkt Moors landhuis. Voor Hermans komst was het een ruïne, en die heeft hij dus herbouwd. Het ligt mooi op een kaap die uitsteekt in zee. We hebben de winter net achter de rug. Dan kan het storten van de regen, hele stukken berg kunnen dan wegspoelen. En koud wordt het ook. Afgelopen winter hadden we zelfs een paar dagen sneeuw maar die dikke muren houden de warmte goed vast, waar ze in de zomer juist de hitte buitenhouden. Dan kan het werkelijk zinderen, zo heet en zo droog. Maanden schijnt de meedogenloze zon, en alles wordt dor en bruin en stoffig. Dan hoor je ook de hele dag door de cicades, een soort krekels zijn dat. Soms een ritmisch raspend gefluit, maar meestal aan één stuk door, een kabaal dat dan een streep door je hoofd lijkt te trekken. Andrés waarschuwt dat als je te lang dichtbij staat, je voorgoed je oren kunt beschadigen. Herman noemt het 'gekrijs' maar het is gewoon een paringsroep waarmee de mannetjes hun verlangen naar een vrouwtje de wereld in schreeuwen.

Ondanks dat er in de oorlog verschrikkelijke dingen gebeurd zijn, waar ik soms nog wel van wakker lig, voel ik me hier zeer welkom en geliefd. De Spaanse mensen zijn zeer warm en lief. Ik heb een vriendin in Pepa, zij is een zigeunervrouw, en heeft mij hier op sleeptouw genomen. Een hele mooie, sterke vrouw. Ze woont hier ook, met haar man en zoontje. Haar man werkt voor Herman. Zij zijn allen heel hecht en kennen Herman in veel opzichten beter dan ik.

U vroeg me iets over Herman te vertellen. Welnu, met de deur in huis: hij heeft in de Grote Oorlog in de loopgraven gevochten aan de Duitse zijde. Hij was nog maar zeer jong toen; hij praat er weinig over. Als hij slaapt, heeft hij nog weleens nachtmerries. Maar ik kan hem dan meestal helpen. Soms ook niet, en dan voel ik me weleens angstig en alleen. Mijn haven is toch daar bij jullie, ver van mij. Ik mag natuurlijk niet klagen, en dat doe ik heus niet, maar ondanks alles hier, zonnige dagen in blauw water zwemmend, verlang ik naar Holland.

Ik leef in vrede en in rust, papa. De mensen zijn lief tegen mij en de boosaardigen is de deur gewezen. En dat is in deze tijden een heel groot goed. Ik ben gezegend, vertel ik mezelf, elke dag, zoals u me geleerd hebt. En ik blijf naar de radio luisteren en probeer te volgen wat er bij jullie gebeurt. Met Pepa, die katholiek is, bid ik weleens, en dan gaan mijn gebeden altijd naar jullie.

Je dochter Beatrijs

*

Vaak liep Pepa met Beatrijs over het land, maar de dag dat ze hen aantrof was ze alleen. De wolken van hun ademhaling vanachter een grote struik gaspeldoorn hadden hen verraden. Ogen in een vuil gezicht. Korsten van verse en sporen van oude verwondingen. Aan haar handen zwarte vingers; blote voeten. Een bos verwilderd aaneengeklit haar. Vuile tanden, lappen stof die amper kleren genoemd konden worden. Naast zich het kleine meisje, Sara. Pepa had om zich heen gekeken, er was niemand in de buurt. Ze wist wie de vrouw was, wist ook wat Aina Such gedaan had. Maar woede legde het al snel af tegen haar mededogen. Ze had hen weggestopt in de ruïne van een hutje vlakbij, onder een lekkend dak, in een hoek van afbrokkelende stenen muurtjes.

Ze bracht eerst dekens tegen de koude winter en daarna een olielamp, eten en drinken. Toen had ze de vrouw van Gascon helpen wassen, haar zwerende wonden schoongemaakt, ontsmet, verbonden. Maar elk moment bij deze vrouw in de buurt viel het haar zwaarder door te gaan. Wat zei het over haar, dat ze een kindermoordenaar hielp? Haar hart ging natuurlijk vooral uit naar de kleine Sara, maar ze zag ook de pijn in de ogen van Aina. En toen vertelde de vrouw haar over de vernederende spelletjes van Don Miguel. Pepa had het aangehoord. Met afschuw. En woede. Ze wist dat ze moeder en dochter nu niet meer in de steek kon laten, maar het geheim was voor haar te veel om alleen te dragen.

Vreemd genoeg gingen haar gedachten niet naar Morao, maar direct naar Herman. Hij zou waarschijnlijk woedend zijn, maar hij zou helpen, dat wist ze zeker. Want hij zag de wereld niet in de kleuren van goed en kwaad, juist of fout. Bovendien deelden ze al onuitsprekelijke geheimen met elkaar.

In de avond nam ze Herman mee. De Tossal del Moro op, in de richting van de zee, waar ze na een poosje lopen op een diepe *barranco* stuitten. Ze volgden de bodem ervan, om een rotspunt heen, en daar stond het huisje. Met de rug naar de zee. Ingestort; een steeneik groeide door het dak. Herman herkende de plek, de geur van Pepa's naakte lichaam leek er nog zwaar te hangen. Hij was er een aantal keren met haar geweest. Het ene geheim werd in het andere gevouwen.

'Señora Such.'

'Don Germán,' mompelde ze terug, hield haar dochter tegen zich aan. Het meisje staarde hem aan. Hermans adem stokte, net als jaren geleden in die gang. Ze zag er toen zo netjes en schoon uit, een standbeeldje van marmer, glanzend in het bleke maanlicht. Nu was het een verwaarloosde miniatuurversie van haar moeder die vanaf de grond naar hem opkeek. Herman zag door Aina's gezicht ineens dat van zijn moeder. De tijd en het huisje leken om hem heen te draaien. Hij liep het huisje uit en trok Pepa achter zich aan.

'Hoe kan je dit doen, Pepa? Weet je niet hoe gevaarlijk dit is?'

Ze had van alles verwacht maar niet deze reactie. 'Wat is gevaarlijk?'

'Als iemand hiervan hoort, krijgen we die bloedhonden weer op ons dak. Er wordt naar haar gezocht.'

'Daarom juist moeten we haar goed verbergen.'

'En wat als ze ons verraadt? Ze moet mij haten. Na wat ik...'

'Ze begrijpt het, ze haat je niet meer. Daarvoor is zij te ver heen.'

'Heeft ze ook verteld dat ik haar dochter bijna vermoordde?'

'Wat?'

'Ik kwam haar op de gang tegen, Sara, en ik heb haar toen op een haar na doodgestoken. Ik kon maar net op tijd stoppen. Ze liet haar plas lopen, ik stuurde haar terug naar haar kamertje.' Hij zag de kleine vochtige voetafdrukken weer.

Pepa deed een stap achteruit. Ze had in het dorp erover horen vertellen. Wel een andere versie: hij had gemist, Sara had op het nippertje aan zijn moordzucht kunnen ontsnappen door snel haar kamer in te duiken en de deur op slot te doen. Pepa had het toen niet geloofd. Ze zei nu niks terug, keek hem nadrukkelijk zwijgend aan. Sprak toen toch. 'Dan zou jij haar, die kindermoordenaar, juist moeten begrijpen.'

'Wat zeg je?'

Pepa's gezicht op enkele centimeters afstand. De scherpe neus, de kin die beschuldigend vooruitstak, haar haar, dik en solide als de nacht. Uit het niets schoot zijn hand naar voren en hij greep haar bij de keel.

'Wat zeg je?' Haar lichaam schrok van de druk van zijn hand, haar ogen niet.

'Jij hebt ook op die tweesprong gestaan. Sara had kunnen sterven, maar leeft nog. Jij had controle want jij was niet jarenlang vernederd en verkracht. Don Miguel spoot met regelmaat zijn zaad op haar gezicht, haar borsten, in haar anus. Zijn vader had haar moeder meermaals verkracht.'

Herman liet haar los, zijn hand viel machteloos langs zijn zij. Hij keek naar de grond. Ademde zwaar zijn schuldgevoel en schaamte naar binnen, of van zich af. Hij wist het niet.

'Jij hebt het niet gedaan. Ik weet dat je het nooit had gedaan.'

Haar trots en onverschrokkenheid overweldigden hem. Hij voelde zich ineens klein.

'Sara heeft nooit gevaar gelopen bij jou.'

'Ik... jij had haar niet zomaar hier mogen onderbrengen. Ik heb er alles aan gedaan om het huis veilig te houden...'

'En tegelijkertijd anderen wel onderdak geboden. Waar Olazabal ook moeilijk over had kunnen doen...'

'Dat is anders...'

'Weet ik, ik begrijp het wel, Germán. Ik begrijp het verschil tussen hen en haar. Ik begrijp het verschil tussen jou en haar. Echt waar. Maar jij weet ook dat de meetlat nooit recht loopt. Net als met Xavi is goed en fout volstrekt onduidelijk.'

Ze keken elkaar aan en voor het eerst realiseerde Herman zich dat Pepa hem echt begreep. Zij kende hem echt. Hij zag haar en zoals ze voor hem stond, stroomde het gemis in intense golven over en door hem heen. Doordat het zich in zijn hoofd en gedachten vermengde met het verlies van Vicente, was het geladen met angst. Hij pakte haar lichaam, omarmde haar, begroef zijn hoofd in haar haar, bleef daar. Haar armen ook om hem heen. Hij ademde haar in; die geur, die machtige geur. Even stonden ze. Waar de een eindigde en de ander begon, was verdwenen.

'Ik weet het, Germán, ik voel het ook en wil het ook, maar het kan niet. Nu niet. Misschien nooit,' fluisterde ze. 'Ik draag jou elke dag mee.'

Toma este vals que se muere en mis brazos, neem deze wals die sterft in mijn armen.

'Ik ook. En ik weet het ook.' Hij liet haar los. Keek naar het hutje. Deed een stap achteruit.

Hij dwong zich te concentreren op Aina Such, trachtte de geur van Pepa en het beeld van Sara in de gang van zich af te zetten. Hen uitleveren of alleen hier laten, waren geen opties. In de Alquería konden zij niet terecht. Het was uitgesloten dat nog iemand verborgen of opgesloten zou worden in de kelders. Hij wilde de trouw van Andrés en Morao niet op de proef stellen, en Beatrijs, die eindelijk iets van balans leek te hebben gevonden, kon hij er niet mee belasten.

'Dit is wel nog steeds een risico. Zij kan niet leven zo. Dat huisje knap ik wel op, en jij kunt haar 's avonds eten brengen. Niemand mag hiervan weten. In de tussentijd moeten we een manier zoeken om haar naar elders te brengen. In dit gebied is er geen toekomst voor haar.'

'Ik kan mijn familie wel vragen om voor haar een nieuw thuis te zoeken.'

Dat was wat ze besloten. De dagelijkse zorg voor Aina en Sara Gascon bleef hun geheim. Het verbond hen op een veilige afstand.

*

'Zij houdt van u.'

Hij liet het stalen blad van de azada neerkomen op de harde aarde rond het gat dat de ontwortelde steeneik had achtergelaten. Een scherp geluid van gesneden aarde. De grond moest gelijkgemaakt worden zodat hij het bed kon neerzetten.

'En u houdt van haar.'

Hij keek niet achterom. Reageerde niet.

'U bent al samen geweest, is het niet?' Even een aarzeling in het ritme van het ijzeren blad dat in de grond neerkwam. Hij liep naar buiten, vulde een mand met aarde die hij binnen in het gat stortte.

'Ze is beeldschoon, en een goed mens,' zei ze.

Hij stampte de grond aan.

'Niet zoals ik, ik weet dat ik dat niet ben. Niet meer.'

Herman liep weer naar buiten, pakte het houten bed dat hij ter plekke in elkaar had gezet en sleepte het naar binnen.

'Als ik het enige was... maar het meisje. Mijn meisje. Kunt u mij omwille van haar aankijken?'

Herman, die op zijn knieën bij het bed zat, hield zich stil. Keek om. Hij zag de vrouw in de hoek, op de aarden grond met haar dochter tegen zich aan. Pepa had hun haren geknipt, hen in het zeewater gewassen. Ze hadden schone kleding, dikke jurken, en hadden hoofddoeken om. Alsof het twee zigeuners waren die in het huisje schuilden.

'*Cariña*, waarom ga je niet fijn even naar de meeuwen kijken buiten?' Het meisje stond op, maakte een vreemde buiging naar Herman, alsof ze wist dat hij in hun kleine wereld almachtig was, en liep als een angstig geitje naar buiten.

'Don Germán, ik vervloek mezelf en ween dagelijks om die kinderen. Ik haatte hem zo, hem moest ik pijn doen, de ergste pijn die er bestaat. Maar ik haatte hen ook, ik haatte hen zo vanwege hun vader en de zekerheid, de absolute, afgrijselijke zekerheid dat zij zouden worden als hij. Zij zouden Sara gaan verkrachten. Hadden het eigenlijk al gedaan. Ik haat ze er nog steeds om. Maar er was nog onschuld in hen, dat besef ik nu, want ik voel het elke nacht in Sara als ze tegen mij aan ligt.' Even was het stil, in de verte het geluid van golven. 'Ik geloof dat het haar onschuld was die haar van u redde, die nacht. U bent iemand die de onschuld kan zien.'

'Waarom vertelt u me dit?' vroeg Herman. 'Die onschuld straalt niet af op u.'

Ze aarzelde. Keek naar haar mismaakte handen. 'Nee, natuurlijk niet. Schuldig blijf ik altijd. Daarom. Ik wil dat mijn meisje niet opgroeit zoals ik, en zoals de kinderen van Miguel waren opgegroeid zoals hij.'

'U wilt afstand van haar doen.'

'Ik moet afstand van haar doen.'

'Ik had haar kunnen vermoorden, en nu wilt u uw dochter in mijn handen leggen?'

'Daar is zij veilig.'

'Kunt u dat zo eenvoudig?'

'Zo eenvoudig als het is om afstand te doen van je ziel.'

'Dat is ook een manier om boete te doen.'

'Zo is het niet bedoeld. Het is voor haar, niet voor mij.'

'Dat begrijp ik... Ze is welkom bij ons.'

'Dank u wel.' Ze zweeg, was stil. Leeggelopen. Toen keek ze nog op. 'Wist u dat señora Pepa zwanger is?'

*

'Dat zijn *golondrinas*,' zei hij tegen Beatrijs. 'Zwaluwen.'

'Wat een mooi woord.' Ze glimlachte.

'Golondrina?'

‘Ja, het klinkt direct als een sprookje, of een droom.’

Hij keek naar zijn vrouw, haar lichte, groene ogen, ze volgden de vogels. De zwaluwen vlogen laag, ze scheerden over hun hoofden en landden bij de ingang van hun nest, dat ze onder tegen de dakpannen hadden geplakt, beetje bij beetje tot schuilplek uitgespuugd van klei en zand en takjes en grassen.

‘Golondrina klinkt als een warme, luie zomerdag.’ Ze zaten in de schaduw van het achterterras, onder de bogen, uitkijkend over het achterterrein met daarachter de zee. Het was warm en windstil. Beatrijs lag op een ligbed van gevlochten riet, ze rustte van een ochtend werken in de tuin. Levi zat op de grond naast het bed te spelen en sloeg af en toe op een klein trommeltje. Tot hun verbazing sloeg hij echt een ritme. Herman keek verrast naar Beatrijs en beiden lachten om hun zoon.

‘Nou, dat wordt nog eens een muzikant, als we niet oppassen.’

Beatrijs glimlachte die liefdevolle zachte lach. Het leek haar direct weg te voeren. Ze was er vaak stil onder, en dreef of droomde weg, waarheen wist Herman niet. Het was geen glimlach die ze deelde met een ander.

Ze keerde terug toen een jong meisje op blote voeten uit het huis kwam en bij Levi ging zitten. Hij keek met grote ogen naar het oudere meisje, leek te glimlachen en keerde toen terug naar zijn spel. Beatrijs keek ook naar haar, moest nog een beetje wennen aan de aanwezigheid van het stille meisje, een dochter van waarschijnlijk een ondergedoken of verdwenen republikeinse moeder. Ze was aan komen lopen en roerloos voor de grote ijzeren poort blijven staan waar ze eigenlijk door de spijlen heen had kunnen stappen. Het was Maruja die het kind opmerkte en mee naar binnen nam. Sindsdien draaide het meisje, Sara heette ze, in het gezin Yerbabuena met Carlitos en Mariflor mee. Ze was stil, wat angstig, zachtmoedig, en keek met halfgesloten ogen de wereld in.

Toen het meisje ging zitten, stond Herman op en kuste Beatrijs op haar hoofd.

‘Ik ga het land op,’ mompelde hij door haar haren heen.

Het was een vast patroon geworden dit voorjaar. Elke dag na het middageten, als iedereen eigenlijk tot rust kwam, stond Herman op, zadelde zijn paard en reed het land in. Hij reed dan langs de huisjes die verspreid stonden op verschillende terrassen. Vaak nam hij ook wat mee voor de mensen die er woonden. Een aardewerken búcaro met water, of wat rijst of groentes. Soms een stuk vlees of vis, afhankelijk van wat er was.

Beatrijs wist dat het niet uit overvloed was dat hij zoveel deelde; de oogsten waren tegengevallen, en de markt voor hun producten was ook niet geweldig. Herman weigerde inkomsten uit El Saladar aan te nemen; die moesten naar de familie van Vicente blijven gaan. Wie wist hoelang Don Urias de landerijen met succes kon blijven besturen, en wat bleef er dan over, als hij stierf, voor Catarina en de kinderen? Dus had Herman een aantal dagtochten naar Valencia moeten maken om daar geld bij de bank op te halen om hun tekorten aan te vullen. Het waren tochten waar hij altijd zwijgend aan begon en bedrukt van terugkwam. Beatrijs wist niet precies waarom, maar het moeten halen van het geld maakte hem zwaarmoedig.

Toen Herman de vijf huisjes langs was gegaan en er nog een búcaro en een zak met eten over was, nam hij het verborgen rotspad dat naar Aina Such leidde. Terwijl het paard aandachtig de hoeven plaatste, keek Herman naar de zee aan zijn rechterzijde, tientallen meters lager, en hoorde hoe de golven zich onder hem stuksloegen tegen de rotsen. Boven het rommelen en ruisen hoorde hij ineens stemmen. Hij keek achter zich en vooruit, maar zag niks. Toen keek hij links de berg op en zag een figuur lopen, stilstaan, roepen. Antwoord van een ander, verderop. Hij zag het schitteren van een loop in de zon. Een zwarte, glimmende tricornio. Guardia’s! Ze bevonden zich een meter of dertig hoger en zagen hem niet. Ze liepen over het hoger gelegen, vaker gebruikte pad. Als ze doorliepen, zouden ze aankomen bij de kloof die uiteindelijk naar het huisje leidde.

Herman drukte zijn hakken zachtjes in de flanken van het paard dat met tegenzin over het smalle pad langs de afgrond begon te draven. Toen ze uiteindelijk aankwamen bij het huisje, steeg hij af en liep het huisje in.

'Guardia's!'

Ze had al uitgezocht waar ze zich in geval van nood kon verbergen, liep richting de klif naar zee en klauterde op handen en voeten naar beneden waarna ze uit het zicht verdween. Herman keek het huis in. De sporen van bewoning kreeg hij niet zomaar weggewerkt, daarvoor was geen tijd. Hij verstopte wel de spullen die hij bij zich had in het struikgewas, reed toen de kloof omhoog en nam het pad dat hem op de guardia's zou doen uitkomen. Even later stuitte hij op de eerste soldaat die voor de anderen uit liep. De man keek verschrikt op en hief zijn geweer. Herman legde zijn handen op de voorboom van zijn zadel. Tegen zijn knie wist hij de Mauser in zijn foedraal, maar zijn handwapen had hij niet mee.

'Goedemiddag, soldaat.'

De guardia schrok, knikte een nerveuze begroeting en tilde zijn geweer iets hoger op.

'Mag ik vragen wat je op mijn land doet?'

'Don Germán, de kapitein, hij is verderop, daarachter.'

Hij draaide zich om naar waar zijn maten moesten zijn. Waar waren ze? Herman nam de gelegenheid en trok de Mauser uit het foedraal. Het ging zo snel dat de soldaat niet meer zeker wist of de landeigenaar voor hem nou wel of niet net ook al zijn geweer in de hand had.

'Breng je mij naar hem toe?' zei Herman.

De guardia knikte, draaide zich om en ging Herman voor over het pad. Met de rug van de guardia naar hem toe laadde Herman de Mauser door. Hij had geen plan of strategie, anders dan hen afleiden, maar een kogel in de kamer gaf altijd meer opties. Even later kwamen ze op een verbreding van het pad waarover enkele pijnbomen op de helling een diepe schaduw legden. Een paard met een rijk versierd en vers ingevet zadel stond met het hoofd omlaag, sloeg met zijn staart de vliegen van zijn flanken. Omringd door zijn mannen zat kapitein Olazabal y Fuentes een stuk worst af te snijden die hij met rode wijn uit een wijnzak wegspoelde. Toen Herman verscheen, keek de kapitein op en stopte even met kauwen. Hij kwam overeind, veegde met een glimlach zijn 'ik-ben-betrapt'-blik van zijn gezicht, stak zijn borst naar voren en riep iets te hard: 'Don Germán, wat een genoegen!'

'Ja, kapitein Olazabal y Fuentes. Het genoegen is geheel wederzijds. Kan ik u helpen, bent u verdwaald?'

Een van de strak gekamde lokken van de kapitein raakte los en wiebelde voor zijn gezicht heen en weer. Hij probeerde het weerbarstige ding terug in het gelid te krijgen. Gaf het op en streek in plaats daarvan zijn snorretje glad.

'Nee... hoe komt... nee, wij...'

'Ik vraag het omdat u op mijn land bent met uw soldaten zonder dat ik daarvan afweet.'

'Ik hoef u niet te verwittigen als ik hier een patrouille wil uitvoeren.'

'Het is wel zo beleefd. Wat zou Don Porfirio doen als u over zijn land rijdt zonder zijn toestemming?'

'Dat...'

'Die ziet u waarschijnlijk aan voor de vijand en schiet u een kogel door het hoofd.'

De kapitein trok bleek weg, zag de loop van de Mauser.

'Alhoewel, met zijn kwaliteit als scherpschutter is het waarschijnlijker dat hij u in de kont raakt.' Herman glimlachte. 'Niet verklappen dat ik dat gezegd heb, hoor.' Hij knipoogde naar de kapitein. 'Maar goed, als u dan de beleefdheid en goede manieren niet kunt opbrengen even langs te komen, mag ik dan vragen wat u hier brengt?'

De kapitein keek naar zijn mannen, en zoog zichzelf vol. Sneed een stuk worst af en propte het in zijn mond. 'Onze taak, Don

Germán,' smakte hij. 'De veiligheid van dit gebied. Uw land is nog steeds Spaanse grond, voorheen opstandige grond. Wij patrouilleren voor ieders veiligheid.'

'Wat ongelofelijk fijn, kapitein. En wat bijzonder dat u persoonlijk meedoet aan patrouilles. Toen ik soldaat was, bleven mijn bevelhebbers altijd tijdens patrouilles rustig bij de commandoposten. U bent een bijzondere leider. Mijn complimenten.' Uit zijn ooghoeken zag Herman een paar guardia's besmuikt glimlachen. Een van hen grinnikte net iets te hard. De kapitein kauwde zijn stuk worst en slikte het door. Keek omhoog naar de blonde man op zijn paard dat met laaghangend hoofd naar iets eetbaars zocht.

'U heeft verschillende huizen hier op uw land. Bewoond.'

'Door mijn arbeiders, ja. Natuurlijk. Is daar iets op tegen?'

'Als zij vijanden van Spanje zijn wel.' Hij keek naar Herman zonder zijn gezicht naar hem toe te heffen. Onder de donkere wenkbrauwen keken de ogen van een fanaticus.

'Volgens mij is die rechtszaak al gevoerd, kapitein.'

De kapitein leek zijn antwoord te wegen. 'Zeker, Don Germán. We hebben allemaal arbeiders nodig. Maar er zijn ook voortvluchtigen...'

'Dus u bent niet op patrouille, maar op mensenjacht.'

'Het een sluit het ander niet uit.'

'Dat is ook waar. En naar wie bent u op zoek?'

'Aina Such.'

'En u denkt dat zij op mijn land te vinden is?'

'Uw voormalige werknemer Bardales koestert dat vermoeden.'

'Denkt u dat ik een kindermoordenaar onderdak zou bieden?'

De kapitein wist dat deze man de hand van Franco had geschud. 'Nee, nee natuurlijk niet, Don Germán.'

'Noch ik noch mijn mannen, die mij dit zouden melden, hebben iets van haar gezien. En wij rijden hier dagelijks over het land.'

'U bent alert.'

'Als uw huis was aangevallen, zou u dat ook zijn.'

De kapitein stond op, knikte, veegde zijn handen af, zette zijn tricornio op en nam de teugels van zijn paard. 'Nou, dat scheelt ons dan weer werk en veel zweten.' Hij steeg op en voordat hij een bevel kon geven, reed Herman al weg.

'Volgt u mij maar, *capitán*.' Hij spoorde zijn paard aan tot een snelle pas waardoor de guardia's te voet moesten draven om hem bij te houden. Bij de kloof aangekomen maakte hij aanstalten om de droge bedding omhoog te nemen, de berg weer op en weg van zee. Olazabal wees in de andere richting, naar beneden, naar waar het huisje stond.

'Wat is daar?'

'De zee, de ruïne van een oude hut.'

'Bewoond?'

'Zover ik weet niet. Maar ga gerust kijken. Het is er wel steil, en glad.' De kapitein keek naar beneden, naar zijn mannen die stonden uit te hijgen, hun kleding donker van steeds groter wordende zweetvlekken. Ze keken hem grimmig aan.

'Goed, nee, dat is goed.'

'Akkoord. Nou, als u de barranco omhoog volgt dan komt u op de weg naar Pedrablanc.'

'Goed, Don Germán. Laat u vooral weten als u enig spoor van Aina Such vindt.' De kapitein reed op Herman toe en strekte zijn hand uit. 'Dan handelen wij de rest wel af.'

Herman schudde de natte palm van de man. 'Ongetwijfeld. En kom vooral nog eens langs, door de voordeur is het makkelijkste.'

*

Alquería del Moro
16 september 1940

Ze moest weg en is weg. Pepa's moeder had een oom in de bergen. Het kostte weer geld, nou ja, mijn vaders geld. Ik ben wel opgelucht.

Het zien van die vrouw, wat zij gedaan heeft, en dat ik niet anders kon dan haar toch helpen... Nachten achtereen word ik wakker met het gevoel dat ik in mijn broek heb geplast, het beeld van de kleine Sara die mij aankijkt in de gang. Het gewicht van het mes, haar dood in mijn handen. Mijn reflex, dat wat in mij zat, zit, had al besloten haar kleine lijf te doorsteken. Wat was er gebeurd, wat heeft mij tegengehouden? Ik weet het nog steeds niet, ik kan niet met zekerheid zeggen dat ik mezelf tegen heb gehouden. Ik kan het mezelf dus ook niet toe-eigenen, niet mezelf ermee complimenteren. Aan de andere kant, het was ook niet iets van buitenaf, wat had het in hemelsnaam moeten zijn?

Mijn gedachten gaan alle kanten op. Ik moet erdoorheen snijden. Ik denk aan Levi, aan Paquito. Sara Gascon. Zij woont nu bij ons, blijft totdat het op een dag misschien veilig genoeg is om naar haar moeder terug te keren. Ik kijk naar hen, naar haar. Wat was het? Haar ogen, het plasje, de onschuld waar Aina het over had? Misschien wel, maar dan moest er toch iets in mij zijn waarin die onschuld resoneerde. Iets in mij wat het mes tegenhield. Het simpele gegeven dat ik nooit een kind zou doden. Nooit. Dat weet ik zeker. Ja. Ik weet zeker dat ik nooit zou hebben doorgezet. Nee. Nooit. Ik mag mezelf met mildheid beschouwen.

Ik ben geen beest. Ik sluit mijn ogen.

Even geen echo.

Alquería del Moro
22 oktober 1940

Alfonso is dood, ze hebben Alfonso doodgeschoten, in zijn rug. Het is de wraak van die gore klootzak, die kapitein. Omdat ik hem mijn berg heb afgestuurd, zo laat hij zien dat hij me kan treffen. Niks blijft zonder consequentie. Alfonso, die nooit een ziel kwaad deed. Barbareta stond huilend aan de deur, de nacht dat ze hem waren ko-

men halen. Ze hadden op de deur gebonsd, een geluid dat bijna elke avond ergens in het dorp te horen is. Hij had opengedaan, zijn shirt was kapotgetrokken en ze hadden naar zijn schouder gewezen. Hoe kwam die blauwe plek daar?

'Hij is jager, iedereen weet dat in het dorp, iedereen weet dat,' huilde Barbareta.

Ik ben direct midden in de nacht naar de kazerne van de Guardia Civil gereden. De deuren stonden al open en ondanks het late uur stond Olazabal y Fuentes omringd door mannen op me te wachten. Ik vroeg hem waar Alfonso Gorina was, dat ik voor hem instond, dat hij jager was, geen miliciano. De militie was al maanden geleden verslagen, riep ik, geen schot hadden ze sindsdien gelost, die blauwe plek kon daar niet van zijn, dat was van het jagen. Hij schoot wild voor mij.

'Dat kan allemaal wel zijn,' antwoordde de kapitein, die me stond toe te lachen. 'En dat wilden we ook rustig met hem bespreken, maar hij vluchtte. Hij sloeg op de vlucht, Don Germán. Waarom deed hij dat dan? Mensen die vluchten zijn niet onschuldig, en laten ons geen keus.'

Dezelfde zo doorzichtige smoes die ze telkens vertellen. Standaard. Waarom ze de moeite doen om hun moordzucht zo slordig te rechtvaardigen is mij een raadsel. De kapitein beval een van zijn mannen mij mee te nemen naar het lijk en wierp mij nog achterna dat het spijtig was dat Gorina klaarblijkelijk toch verkeerde vrienden had en dat het gelukkig niet op mijn land was gebeurd. De guardia, een jonge jongen die mij niet durfde aan te kijken, nam mij mee, de brug over, de weg af naar de Alquería, uiteindelijk naar de voet van een van mijn eerste terrassen waar mijn land begon. Daar, tegen een hoge terrasmuur, lag Alfonso. Zoals al die anderen had Alfonso ook kogelgaten in zijn rug.

Alquería del Moro
3 februari 1941

Niets blijft zonder gevolg. Barbareta is nu weer vaak bij ons. Toen Alfonso vermoord was, heeft zij wat over was van haar ziel bij elkaar geschraapt, de zwarte jurk van de weduwe aangetrokken en zich met kracht geladen. Elke guardia die ze tegenkomt spuugt ze in het gezicht. 'Totdat ze ook mij doodschieten, maar dat zal niet in mijn rug zijn.' Geen van die laffe mannen doet iets terug. Haar kracht maakt mij op een vreemde manier blij. Zij heeft een vrijheid gevonden in haar doodsverachting die ik niet heb, die ik niemand gun, maar haar eigenlijk wel benijd. Ik heb namelijk te veel te verliezen om wraak op de kapitein te nemen, alhoewel ik daar heel vaak aan denk.

Overigens heb ik wel minder te verliezen dan voorheen, want Pepa is weer zwanger. En mijn hoop op haar, op ons, die op een kier was gezet met die omarming bij het hutje van Aina Such, is gestorven. Ik kijk uit mijn ooghoeken naar haar groeiende buik. Beatrijs streelt die buik vaak als ze samen op de bank zitten te praten, Beatrijs met haar benen onder zich opgetrokken en Pepa naar haar toe gedraaid. Alsof het kind dat groeit in Pepa's buik van hen samen is.

Als Rosalía Morao Flores geboren wordt in het ziekenhuis van Xaraque is Beatrijs erbij, Morao en ik ook. We hadden liever gehad dat ze in de Alquería was bevallen, maar toen het kindje te vroeg kwam, besloten we toch naar het ziekenhuis te gaan. Het ziekenhuis waaruit baby's verdwijnen.

We staan op wacht. De broers van Pepa ook, zij kijken grimmig vanonder hun laag over het hoofd getrokken gleufhoeden. Ik laat de hoofdarts in niet mis te verstane bewoordingen weten dat ik verwacht dat Pepa en haar baby de best mogelijke zorg krijgen. Soms helpt een kwade reputatie wel. Wij verliezen het kindje niet uit het zicht. Twee nonnen met gezichten als grafzerken slinken weg onder het duistere staren van Pepa's broers. En zo gauw Pepa en het kindje zijn aangesterkt, nemen we hen mee naar huis.

Op de binnenplaats van de Alquería is het feest. De familie van Pepa komt met ezels over de stoffige weg aanlopen. Barbareta komt uit Xaraque om Maruja en de moeder en zussen van Pepa te helpen met een groot feestmaal. Rosalía, het meisje met donkere ogen en dikke krullen haar op haar hoofdje en nu al de trotse neus en kin van haar moeder. Don Urias en Catarina komen ook, er is wijn en eten in overvloed. Pepe vertelt schunnige moppen en Morao zit glunderend naar Pepa te kijken.

Als het eten bijna op is maar de wijn nog lang niet, gaan ze in een kring zitten en worden de instrumenten erbij gepakt. Morao speelt samen met zijn zwagers de vrolijkste alegrías en bulerías, de zussen van Pepa dansen, haar moeder ook, haar vader, tandeloze oudtantes erbij, en onder luide aanmoedigingen danst Pepa ook heel even. Ingetogen, kleine maar zo expressieve bewegingen. Pijn op haar gezicht. Of dat de pijn van haar lijf is of nog iets anders weet ik niet. Ze kijkt mij heel even aan en er staan op dat moment tranen in haar ogen die overvloeien in het zweet op haar gezicht. Op een gegeven moment pakt ze haar dochter op en houdt haar tegen de borst terwijl ze danst. Ze houdt Rosalía vast als ze gaat zitten en naar Morao kijkt, en als ze zingt over de geboorte van haar dochter. Over de hoop en vreugde en pijn zoals alleen een gitana dat kan.

Deze vrouw, ik moet haar vergeten, maar als ik haar zou verliezen, blijft er maar weinig van mij over, denk ik. Ik voel Beatrijs die dichter tegen me aan kruipt. Op de achtergrond de krekels als de ademhaling van de avond die bijna onmerkbaar samenvalt met de palmas, *het handgeklap bij de muziek.*

Als het even stilvalt, zeg ik: 'Oye, los grillos tienen duende.' De krekels hebben duende.

Men lacht mij toe. 'Oley los grillos' *en* 'Vivan los grillos!' *wordt er geroepen, men klapt mee op dat ritme van de krekels, ze zingen en klappen en dansen door de nacht. Levi, die wisselend op mijn schoot en die van zijn moeder zit, klapt mee, ik zie een kleine glimlach om zijn mond.*

20

Alquería del Moro
11 maart 1942

Zijn angst voor de wind viel mij in eerste instantie helemaal niet op. Wie denkt daar dan ook aan? Dat je bang kunt zijn van de wind. Maar als ik nu terugdenk, zie ik het wel. Het zal vorig jaar zomer zijn geweest. Ik liep met hem over het achterterrein. Hij had mijn hand nodig en ik gaf hem die. En voelde me trots. Dat had ik in ieder geval verbeterd ten opzichte van mijn verwekker. Als je niet de ellende wilt doorgeven, begint dat in dit soort kleine dingen. Een hand zijn.

Dus liepen we daar. Hij met beentjes die nog steeds moesten wennen aan de grond onder zijn voeten. Ik herinner me hoe hij ineens opzijschoot, bijna opsprong alsof hij gebeten was; hij hield zich vast aan mijn been. Hij huilde. Ik keek om me heen, zag niks. Ik troostte hem, mijn hand om zijn hoofdje, hij bedaarde, schrok toen weer. Hij kroop weg, het moet voor de wind zijn geweest die door zijn dunne kinderhaartjes streek. Hij omhelsde me, trachtte zich in mij te verschuilen om te ontsnappen aan de tastende vingers van de wind die aan de ene kant op hem drukte, en aan de andere kant aan hem trok en zijn kleertjes deed wapperen.

Ik voelde slechts die welkome zeewind die als zo vaak verkoeling bracht, een van de redenen waarom dit huis hier stond. Ik had me op dat moment nooit kunnen voorstellen dat het de wind was. Wie is er nu bang voor de wind? Ik realiseerde het me toen niet en begrijp het nog steeds niet. Hij bleef maar huilen. Ik werd ongeduldig, vertelde hem in boze tonen dat hij op moest houden. Welke ouder doet dat niet? Maar welke ouder heeft ooit een kind echt stil gekregen door ertegen te schreeuwen? Daarmee drijf je de tranen alleen maar naar binnen toe. Hij probeerde zich los te rukken, weg te rennen. Ik vreesde dat hij zichzelf in gevaar zou brengen, met de afgrond zo dichtbij. Een muurtje of hek had ik nog niet gebouwd. Dus liet ik zijn handje niet los. Hoe moet hij zich gevoeld hebben? Vechtend om te ontsnappen aan die onzichtbare terreur en mij.

Pas toen ik hem uit ongeduld oppakte en met grote passen terug naar huis liep, hem dicht tegen me aan houdend, bedaarde hij echt. Want hij was uit de wind… besef ik nu. Toen dacht ik dat het goed vaderschap was. Maar ik liet hem in mijn ongeduld achter bij Beatrijs die in de woonkamer zat te lezen. Ik keek haar aan, van boven, van een afstand, van een hoogte keek ik op haar neer zoals ze op de bank zat, het jongetje de tranen uit zijn ogen wiegend.

Ze zitten er nu niet. Ik zit aan een schrijftafel in de hoek en kijk naar de grijsbruine schakering van onverzadigde kleuren in deze gran sala, *zoals Maruja hem noemt. Ik kan geen genoeg krijgen van de grootse gewelven. De manier waarop het licht zich schikt naar de krommingen en de zichtbare ruimte inkleurt met pasteltinten. De kamer is de afgelopen jaren steeds meer een fijne ruimte geworden. Met dank aan Beatrijs die vanuit Valencia en Alicante mooie meubels liet komen, glaswerk en servies kocht, kleden vanuit het zuiden aanschafte, sommige vanuit Marokko. Ze heeft zelfs een piano gekocht en speelt daar liedjes op. Als ze de* Gymnopédies *oefent, wordt het overal stil. Levi kijkt dan met grote ogen naar zijn moeder, je ziet elke noot dat kleine hoofdje in gaan en wat het daar doet weet ik niet precies. Het schept daar een eigen wereldje, vermoed ik.*

De muziek verplaatst zich rustig door de kamer. Paco, Levi en Rosalía zijn hier eigenlijk altijd te vinden. In hun eigen speelhoekje dat Beatrijs heeft ingericht. Aan dezelfde tafel waaraan ik nu schrijf, zit Beatrijs ook met grote regelmaat. Eigenlijk is het haar bureau waar ze haar artikelen en brieven typt. Ze heeft fraaie stukken geschreven over de val van Barcelona en probeert deze tevergeefs in Nederland gepubliceerd te krijgen. Er is in het bezette Nederland geen interesse voor; men is met andere zaken bezig. Het weerhoudt haar niet om dagelijks geconcentreerd te werken.

*

Hallo papa,
Dank u wel voor de brief. Die heeft er enkele weken over gedaan om hier te komen. Dat ik deze in handen heb en uw woorden op papier zie, is op zichzelf al een wonder te noemen. Uw handschrift, de opgedroogde inkt uit uw pen, dat in het minuscule reliëf van het papier is gezogen, geeft me het gevoel dat u dichtbij bent. Ik moet oppassen dat mijn tranen (van blijdschap) u niet uitwissen. Ik hoop dat het niet erg is dat ik mijn brieven typ.

Ik schrok toen ik het artikel las dat u meestuurde. Wat een afgrijselijk blad is Volk en Vaderland *toch. U vraagt zich af hoe ze in hemelsnaam in Nederland kunnen hebben gehoord van Herman en de gebeurtenissen hier? Dat zal ik vertellen: 'Onze correspondent in Spanje, Dhr. W.H.G. Carway' is een bekende van mij, een journalist, althans in naam. Hij is een leugenaar en een fantast. Een schoft. Wat in het artikel staat, is op zijn minst overdreven, en ondanks dat niet alles onwaar is, is Herman niet de fascistische held die de 'joods-communistische horde' eigenhandig jarenlang weerstand heeft geboden. Hij heeft ook niet de afrekening met een 'bloeddorstige rode militie' geïnitieerd en met 'doeltreffende efficiëntie' ten uitvoer gebracht. Het ligt allemaal zo anders.*

Wat hij wel heeft gedaan? Herman heeft zijn huis en haard beschermd, wat elke man zou doen, en hij heeft daarbij altijd de zwakkeren proberen te helpen en de kwaadwillenden trachten te bestrijden. De executies waarover wordt gesproken, daar heeft hij zich tegen verzet. Het is aan hem te danken dat ze niet standrech-

telijk waren en dat er überhaupt een rechtszaak was, en een aantal mannen is toen vrijgesproken van de doodstraf. Hij heeft hen gewoon gered.

Het is hier een stuk rustiger dan bij jullie, als ik de radioberichten mag geloven. Ik hoop dat jullie het goed redden met de rantsoenering en dergelijke. Als het niet lukt dan moet u het laten weten. Herman heeft het er weinig over, maar hij komt van een vermogende familie en is ook niet onbemiddeld. Het zal niet makkelijk gaan maar we kunnen geld proberen te sturen. Ik weet zeker dat Herman zal willen helpen.

Met Levi gaat het goed. Hij groeit gestaag door, heeft in Paco een goed vriendje. Paco is de zoon van Pepa Flores waar ik eerder over vertelde. Paco en Levi zijn net broertjes. Vaak is Levi's ledikantje 's ochtends leeg en dan is hij ergens in de nacht bij Paco in bed gekropen. Het is dan zo koddig, hoe die twee kleine mannetjes tegen elkaar aan liggen. Levi is niet zo goedlachs en energiek als Paco, maar kijkt eerder bedachtzaam om zich heen. Hij leeft wel helemaal op als er gitaar wordt gespeeld en wordt gezongen. Dan gaat hij met zijn handjes meeklappen en meezingen, op zijn manier dan.

Hij spreekt al een heel aardig woordje Nederlands, ook Spaans lijkt hij goed te begrijpen en hij praat zelfs een beetje terug. Het is best een gevoelig jongetje. Zo werd na een tijdje duidelijk dat hij veel last heeft van de wind. Het beangstigt hem, het onverwachts bewegen van dingen om hem heen. Het gevoel ervan op zijn gezicht, het lawaai dat het kan maken, daar wordt hij ongelukkig van. Herman wil weleens proberen te stoeien met hem, zoals Paco en zijn vader Ignacio doen, maar Levi schrikt telkens als het een beetje te snel of ruw gaat, waar Paco er vrolijk op los slaat en worstelt met zijn vader en ook vaak genoeg boven op Herman duikt. Levi niet. Je kunt hem niet ongelukkiger maken dan door hem speels in de lucht te gooien zoals vaders dat plegen te doen. Herman vind dat weleens lastig.

Hij houdt wel erg van een soort salamandertjes die hier over de muren schieten, la salamanquesa, of dragón de la pared, *de draak van de muur, heb ik ze horen noemen. Hoe dan ook, kleine schattige beestjes, die met elke stap op het terrein over de muren, onder de dakpannen of de plantenbakken of vlak langs je voeten wegschieten. Maruja, de vrouw van Hermans opzichter, vindt ze vreselijk omdat ze denkt dat ze gaten in de kleren vreten, en ze ruziet geregeld met haar man Andrés, omdat hij juist zegt dat ze de eitjes van de motten van tussen de kleren eten. Hij weet alles van de planten en dieren, dus ik geloof hem graag. Hij vertelt ook dat de salamanquesa muggen en andere insecten eet, en die zijn er hier te over.*

Dank voor uw korte verslag van hoe het in Holland is en hoe het gaat bij jullie op het platteland. Gelukkig is het redelijk rustig. Blijf verstandig en rustig, papa, maar dat zal mama u ook wel zeggen. Misschien lijkt het wel enigszins op hoe het hier gaat. We kunnen in relatieve vrijheid leven, maar eigenlijk is de oorlog hier nog niet echt voorbij. Of een nieuwe is begonnen, een stillere misschien, maar een die nog steeds slachtoffers eist. Een tijd geleden verloren we een van de oud-bewoners van het huis aan een buitenrechtelijk vuurpeloton, Alfonso, een lieve zachte man die geen vlieg kwaad deed. Hij was noch de eerste, noch de laatste. Ik merk het in het dorp, waar de weduwen in zwart het overtal lijken te krijgen, maar ook in de grote stad Valencia. De spanning tussen de mensen. Hoe ze elkander allemaal wantrouwend aankijken. De dagelijkse taferelen die hetzelfde maar toch heel anders zijn. Overdag treffen we regelmatig Guardia Civil op het land – de militaire politie is dat – die nog steeds op zoek zijn naar 'landverraders', die als ze niet direct in de nacht in de rug geschoten worden, verdwijnen naar kampen. Op zijn minst verliezen ze hun huizen en werk waardoor hun families verhongeren. Pepa, die in het ziekenhuis werkt, vertelde dat ze tot drie keer toe een kerngezonde baby ter wereld hielp, en dat in één geval de baby door nonnen werd opgehaald omdat de moeder alsnog de gevangenis in moest, en dat in twee gevallen uren later werd gemeld dat de gezonde baby's overleden en al begraven waren. Maar waar ze lagen, daar konden ze Pepa niets over vertellen. Mijn haren gaan er recht van overeind staan.

Al met al kan het soms voelen alsof er nog steeds een bezettingsmacht is. Ook hier.

Ach papa, weet dat ik jullie heel erg mis. Wees heel voorzichtig en pas goed op elkaar. Zo gauw de mogelijkheid er is, kom ik naar Holland en dan kunnen jullie mijn jongetje en Herman ontmoeten.

Liefs van je dochter,

Beatrijs

*

De oorlog spookte in vele gedaantes door het land. In herinneringen en boze dromen, in de armoede van grote delen van de bevolking, in de voortdurende angst van de onderduikers, in de voortdurende aanwezigheid van guardia's, in volle gevangenissen, executies, moeders zonder kinderen. In militaire parades waarvan over de radio verslag werd gedaan. In het wantrouwen in de ogen van dorpelingen die naast hun vijanden woonden: beul, verklikker, gemartelde en weduwe kochten bij hetzelfde marktkraampje hun groentes, zaten in dezelfde rij in de kerk.

En het spook verscheen in geschiedenissen die opgedoekt en voorbij leken, maar die van het ene op het andere moment weer tot leven kwamen. In de drukke jaren na de oorlog merkte Luis Bolér dat zijn gedachten met regelmaat teruggingen naar de blonde Hollander en de schone Beatrijs die hij had helpen ontsnappen. 's Nachts in zijn bed bevredigde hij zich menigmaal terwijl hij aan Beatrijs dacht, het bleek-blonde van haar huid, de onderwerping in die lieve, angstige ogen. Wat genoot hij van zijn herinneringen aan haar. Toen hem, als hoofd van Spanjes Bureau voor Toerisme, een lijstje werd aangereikt met mogelijke locaties voor nieuw te ontwikkelen mondaine badplaatsen en hij een bekende naam zag staan, liet hij zijn adjudant weten dat hij dit dorp zelf zou bezoeken. Het aangename met het nuttige combinerend reisde hij af naar Xaraque, waar de lokale kapitein van de Guardia Civil – zijn kruiperige strooplikkerij en met pommade strak achterovergekamde haar deden hem denken aan een naaktslak in de regen – hem persoonlijk tot aan de poort van de Alquería del Moro had begeleid. De figuur had geschrokken gekeken toen Bolér had verteld zijn goede vriend Don Germán te willen bezoeken.

Het zwartgeverfde ijzeren hek, het moest tonnen wegen, was gesloten, een massief slot waar geen beweging in te krijgen was. De schaduwrijke binnenplaats die hij door de spijlen van het hek kon zien, was leeg. De wind veroorzaakte kleine stofwervelingen die steeds oplosten in de grote johannesbroodboom op de binnenplaats. De boom zat vol met peulen, maar de grond eronder was keurig aangeveegd. Een klimplant groeide en bloeide paars tegen de gevel op. In plantenbakken tegen de binnenmuren allerlei kleurrijke bloemen waarvan Bolér bij God niet zou weten hoe ze heetten.

Hij keek naar boogvensters, liet zijn hand over de stenen van de poort gaan; eeuwenoud, robuust. Inderdaad een echte burcht, zoals Don Porfirio had gezegd. Links van de poort zag hij kogelgaten in de muur en Bolér reconstrueerde in zijn hoofd het verhaal dat hij van de dikke cacique had gehoord. Hij schrok pas op toen hij de voordeur open hoorde gaan en zag dat de Hollander zelf kwam aanlopen. Ze hadden hem blijkbaar al gezien. De blonde man stak de binnenplaats over met in zijn hand een grote sleutel. Hij groette Bolér met een beleefde glimlach.

'Don Bolér. Wat een verrassing. Wat brengt u hier?'

'U natuurlijk. Wat anders?!' Bolér zag de blonde man naar de kapitein kijken die nog bij de auto stond te wachten.

'Die komt hier niet binnen,' zei Herman.

Bolér glimlachte verbaasd, haalde zijn schouders op. 'Wat je wilt, het is jouw kasteel, Germán. Kapitein, u wacht in de auto.' Zonder verder iets te zeggen liepen de mannen naar binnen. In de hal nam Herman Bolérs jas aan en ging hem voor de woonkamer in. Bolér keek om zich heen en toonde zich onder de indruk van wat hij zag.

'Wat een geschiedenis heeft ons land toch eigenlijk.'

'Zeker.'

'Het zijn natuurlijk ketters, maar dios mío wat hebben die Moren mooie dingen gebouwd. Die details, schitterend gewoon. Ik heb in Granada ook uitgebreid rond mogen lopen in het Alhambra, heb jij dat ooit bekeken? Moet je zeker doen, het waren bouwkundige genieën.'

'Toch bijzonder dat Spanje eeuwen geleden alle Arabieren het land uit heeft gekeild, we hebben ze onlangs nog bevochten in Marokko, en dat ze dan toch aan het hoofd van de parade in Barcelona reden.'

'Dat lijkt zo, maar let op, de Rifstammen – de Berbers – zijn een verre van verfijnd volk, díé hebben wij bevochten tijdens de Rif-oorlogen, en die hebben een godsgruwelijke hekel aan de Arabieren die naast hen leefden en andersom ook. Die Arabieren hebben uit dankbaarheid voor de Spaanse strijd tegen de Rifeños aan onze zijde meegevochten.'

Herman dacht aan Vicente, die zoveel over die oorlogen had verteld. Zijn gedachten werden onderbroken door de stem van Beatrijs.

'De Arabieren hebben bij elkaar wel meer Spanjaarden hier gedood dan de Berbers daar.' Ze stond in de deuropening die naar de werkkamer leidde. Haar lieve ogen stonden hard.

'Altijd scherp, *y que guapa la Doña Beatríz*,' glimlachte Bolér.

Herman volgde hem met geknepen ogen terwijl Bolér op haar toeliep, haar hand pakte en er een natte handkus op duwde. Ze veegde haar hand aan haar jurk af. Bolér liet zich in de grote sofa zakken, zuchtte, keek naar het plafond, haalde zijn hand door zijn haar en keek toen naar Beatrijs.

'Het is een krijgshaftig volk, dat is zeker. Minder ontwikkeld, dus meedogenlozer. Barmhartigheid kennen zij niet. Maar dat konden wij ook niet tonen tegenover de hordes van Stalin...'

'Zal ik u wat vertellen, Don Bolér, over die regulares waar u zo trots op bent?'

'Trots is wel... sterk uitgedrukt, ik zou eerder zeggen...' stamelde Bolér, duidelijk verrast door Beatrijs' toon.

'Een vriend van mij, een echte vriend, John Whitaker, een Amerikaans journalist, die moet u kennen.'

'Ik ken hem ja,' zei Bolér.

'Natuurlijk. Geen socialist, op zijn minst.'

'Nee.'

'Whitaker vertelde mij dat hij tijdens een bezoek aan het front zag hoe twee Spaanse meisjes die niet eens achttien jaar waren, door El Mizzian – hij was de enige Marokkaanse officier in het Spaanse leger, u moet ook van hem gehoord hebben – dat ze door hem werden meegenomen naar een schoolgebouw waar een groep van veertig van uw geliefde regulares was ingekwartierd. En daar werden ze naar binnen geduwd, de soldaten wild ululerend. Whitaker protesteerde, waarop El Mizzian met een grijns tegen Whitaker had gezegd: "Maak je geen zorgen, die leven toch niet langer dan een paar uur."' Er hadden zich tranen in haar ogen gevormd. Ze hield ze nog net tegen. 'Dat is toch walgelijk?!'

'Als dat waar is...'

'Whitaker heeft het me persoonlijk verteld, waarom...'

'Áls dat waar is, dan is dat natuurlijk heel spijtig, maar zo kan ik je ook verhalen vertellen over verkrachte en vermoorde nonnen door zogenaamde loyalistische troepen. En wat je man zelf hier heeft ervaren, kom toch. De oorlog brengt het ergste in mensen boven. Aan alle kanten. Met die wetenschap zullen wij moeten leven.'

Beatrijs zuchtte, liep leeg, veegde in een snelle beweging de tranen uit haar ogen. Bolér keek haar vol vals medeleven aan.

'Maar je hoeft er niet trots op te zijn,' voegde Herman nog toe.

Bolér haalde zijn schouders op en kuchte in de stilte die de ruimte ineens had gevuld. Toen keek hij naar Herman. 'En vertel nu eens over die rechtszaken die hier gevoerd zijn.'

Summier vertelde Herman het verhaal, waarop Bolér hem complimenteerde om zijn rechtvaardigheid en principiële stellingname.

‘Een dapper standpunt, zeker voor een vreemdeling in dit land.’

Maruja had ondertussen een middagmaal op tafel gezet en daar stak Bolér weer van wal. Hij vertelde uitgebreid over hoe het er allemaal aan toeging in Spanje. Over het vele werk dat verzet moest worden om het land vrij te houden van de bolsjewieken. Over het contact met de nazi’s in Vichy-Frankrijk, waardoor ze eindelijk gevluchte rode Spaanse politici terugkregen die hun straf in ontvangst konden nemen. Het ging niet vanzelf, maar het werken loonde. En niet alleen in Spanje.

‘Twee jaar geleden is Hitler bij el Generalísimo in Madrid geweest. Wat een charisma en een kracht heeft de Führer. Ik mag het niet hardop zeggen, maar misschien had het met hem als leider hier geen drie jaar gekost. Aan de andere kant kan onze geliefde Caudillo Hitler wel laten zien hoe je het communisme moet bestrijden. En daar bedankte Hitler hem ook voor.’

‘Frankrijk, Engeland, laat staan Nederland, dat zijn toch ook niet echt communistische landen,’ glimlachte Herman in een poging de aversie die ook Beatrijs moest voelen op afstand te houden.

‘Misschien niet, maar ook daar loerde het gevaar…’ antwoordde Bolér.

‘Hitler sloot wel met de Sovjet-Unie een niet-aanvalsverdrag toen wij hier in Spanje net klaar waren.’

‘Strategie, allemaal strategie. Heeft ook niet lang geduurd. En nu ligt hij voor Stalingrad dat op het punt staat te vallen.’ Hij hief zijn wijnglas in een soort toost op het succes van het nazileger.

‘De loopgraven zijn daar getrokken, en in mijn ervaring is een loopgraaf nooit meer dan een echt graf,’ zei Herman.

‘Mooi gesproken, Don Germán, maar laten we het niet te veel over politiek en de oorlog hebben. Ik merk dat u beiden er anders tegenaan kijkt dan wij, en ik begrijp het ook, aangezien uw moederland bezet is. Maar ik wil niet hoeven twijfelen aan uw loyaliteit jegens Spanje, toch nu uw thuisland. Dan zouden wij tegenover elkaar komen te staan. En als ik moet kiezen tussen onze vriendschap en mijn trouw aan Spanje...' Hij keek Herman nadrukkelijk aan, streng. Herman beantwoordde zijn blik, zich bewust van het gegeven dat deze man, op elk moment dat het hem goeddunkte, hen kon aangeven als communistische collaborateurs en dat zijn woord genoeg was om hen allemaal te veroordelen. Olazabal y Fuentes zou geen seconde aarzelen om de trekker persoonlijk over te halen.

'Ik sta tegenover niemand meer, Don Bolér. Daar ben ik te oud voor.'

'Que va, te oud! Ik hoorde dat u net vader bent geworden! U bent in de kracht van uw leven. Mijn felicitaties overigens. Een zoon toch?'

'Dat klopt, hartelijk dank.'

'En waar is uw kleine spruit? Mag ik die zien?'

Beatrijs keek verschrikt op van haar eten.

'Hij zal op zijn kamer liggen. Hij slaapt nog tussen de middag,' zei Herman.

'Och, een siësta, ziedaar, een echte Spanjaard.' Hij lachte hard om zijn eigen grap. 'Maar ik moet zo weer gaan en dat kan echt niet voordat ik hem toch even gezien heb. Dat kan toch hopelijk wel? Ik ben dol op kinderen.' Hij glimlachte en trok aan de sigaar die hij had opgestoken.

'Als u de sigaar hier laat, lopen we even naar hem toe. Dan kunt u hem zien en hoeven we hem niet wakker te maken. Anders slaapt hij vanavond wel en vannacht niet,' zei Herman en zag bij Beatrijs een uitdrukking die het midden hield tussen woede en angst.

De mannen liepen achter Beatrijs de trap op naar Levi's kamer. Beatrijs duwde voorzichtig de deur open en liep naar zijn bedje. Ook Bolér kwam de kamer in. Op fluistertoon toonde Bolér zich vertederd en complimenteerde hen. Toen Levi toch zijn oogjes opendeed, trok Bolér zijn hoofd een stukje terug, hij viel stil en keek met een glimlach naar Beatrijs.

'*Que guapito*, wat een mooie groene ogen heeft hij toch. En hoe heet hij?'

'Hij heet Levi,' zei Herman.

'Een Joodse naam?'

'Een Bijbelse naam...'

'Maar zeg, dat is grappig, wat lijkt hij op een werknemer van mij,' zei Bolér en keek naar Beatrijs. 'Juan Lopez Prata, volgens mij moet u hem kennen, Doña Beatríz?'

Beatrijs stamelde: 'Juan... hij? Nee...' Haar gezicht grijs in het duister van Levi's kamer.

Herman fronste even, lachte toen, liep naar het bedje en pakte Levi op. 'Nou, dat is dan toevallig.'

'Vergeef me, ik geloof dat het eten niet goed is gevallen,' zei Beatrijs. Er stonden zweetdruppels op haar haarlijn. Ze draaide zich om en liep weg.

Ze hoorden de zware deur van de grote slaapkamer dichtvallen en ook het slot werd dichtgedraaid.

Met Levi op zijn arm, die met grote ogen en een ondoorgrondelijke blik naar Bolér bleef kijken, nam Herman bij de voordeur afscheid van de Spanjaard die zijn jas en hoed van de kapstok pakte. Buiten de poort wachtte nog steeds de auto met Olazabal y Fuente erin.

'Nou, Germán, ik wil je heel hartelijk danken voor je gastvrijheid. Hopelijk krijgen wij geen last van het eten. Het was ook bijzonder om op de plek van je heldendaden te hebben mogen vertoeven. Maar goed, ik ga naar Benimelha, daar heeft een vriend van mij sinds kort een oud hotel overgenomen dat hij in bedrijf wil brengen. Ik denk dat ik daar een paar daagjes van de zon en de frisse wind ga genieten.'

'Dat klinkt als een goed idee.'

'Als ik je nog van advies mag voorzien, als vriend. Wees voorzichtig met je kritiek op de oorlog en het handelen van onze kant. Veel kan je vergeven worden omdat jullie beiden buitenlanders zijn, maar Spanjaarden zijn om minder in massagraven beland en met ongebluste kalk overdekt. En ongetwijfeld liggen er ook genoeg van jouw landgenoten met bleke beenderen hier onder de Spaanse grond. Na alles wat er gebeurd is, na alles wat je hebt doorstaan, zou het heel spijtig zijn als jou dat ook zou overkomen.' Hij keek Herman doordringend aan.

Herman keek niet weg. 'En ik maar denken dat discussiëren over politiek een nationaal tijdverdrijf was dat net zo geliefd is als stierenvechten,' glimlachte hij.

Bolér schoot in de lach. 'Daar heb je weer helemaal gelijk in. Maar pas op de hoorns! Een gewaarschuwd mens, zullen we maar zeggen. En wens Doña Beatríz vooral veel beterschap toe. Wat vervelend dat zij onwel werd. Dag kleintje,' wierp hij Levi toe, die met grote ogen zijn hand een klein beetje optilde. 'Het ga je goed, Germán. En als er ooit iets is waar ik jou of Beatríz mee kan helpen, schroom dan vooral niet. Ik beschouw je als een vriend, en vrienden help ik altijd zo goed als ik kan.'

'Dat is heel vriendelijk. Ik zal eraan denken.'

Alquería del Moro
24 juni 1943

Luis Bolér is enkele dagen geleden langs geweest. Een man die ik had gehoopt nooit meer te zien. Andrés riep dat de kapitein voor de poort stond met een vreemdeling. Ik voelde mijn lijf direct reageren, maar toen ik zag dat het Bolér was, voelde ik het in mij kolken. Ik pakte de grote sleutel en met de beste glimlach die ik kon opbrengen, liep ik hem tegemoet. Ik weet niet of ik deze afwijking ooit zal kwijtraken, ik hoop het wel, maar het schoot door mijn hoofd wat ik zou doen als het mis dreigde te gaan. Hoe ik hem zou doden, waar ik hem zou begraven. Dat gebeurt ook als ik Olazabal tegenkom, of Porfirio.

Tegen de tijd dat ik het hek opende had ik al drie scenario's klaarstaan. De kapitein die bij de auto stond te wachten, had ik ook al tien keer vermoord. Ik maakte direct duidelijk dat Bolér wel, maar de ka-

pitein niet welkom was, en Bolér heeft dat mispunt urenlang in de hete auto laten wachten. Wat die fascisten zich toch allemaal laten aanleunen in hun eeuwige gekruip om hogerop te komen.

Maar Bolér moest ik toelaten, en we hebben het middagmaal gedeeld. Maruja had lekker gekookt, ongetwijfeld had ze in Bolérs eten gespuugd. Dat valt te verwachten. Beatrijs' gedrag was wel verrassend. Het had mij niet verbaasd als ze wat afstandelijk en gedwee was geweest, Bolér herinnert haar natuurlijk aan een akelige tijd, en vlak onder die gladde glimlach is het ook een akelige man. Maar ze was niet gedwee, integendeel zelfs. Ze was vijandig, ging haast agressief de discussie aan. Totdat het gesprek uiteindelijk op Levi kwam en we naar zijn kamertje gingen omdat Bolér hem graag wilde zien. Daar sloeg ze weer helemaal om, en leek ze in paniek te raken. Ze vluchtte onze kamer in en sloot zich op. Ik weet niet wat, ze heeft er nooit iets over gezegd, maar er moet iets gebeurd zijn tussen hen.

Toen Bolér met zijn nare hoofd eindelijk weg was, heb ik de reservesleutelbos uit mijn werkkamer gehaald, Levi teruggelegd in zijn bedje waar hij gelukkig weer insliep en met een reservesleutel onze kamerdeur geopend. Beatrijs vond ik op bed, opgevouwen, nee, beter gezegd opgerold in foetushouding. Er kwam geen geluid uit haar, maar haar lichaam trilde en schokte. Ik probeerde haar te ontrafelen, maar haar spieren waren zo gespannen dat ik mijn hand niet eens tussen haar verstijfde ledematen kon wrikken om haar te omarmen. Ik liep om het bed heen, ging naast het bed zitten zodat mijn gezicht op gelijke hoogte was met het hare. Ik zag de natte vlekken op het laken en wat ik van haar gezicht kon zien, glinsterde van de geronnen tranen. Ze had overgegeven en leek van de spanning koorts te hebben gekregen.

De koorts hield enkele dagen aan waarna ze langzaam ontspande. Ze ligt op dit moment nog steeds op bed maar met de typemachine, die ik haar, op haar verzoek, heb gebracht. Levi speelt met Paco in de box in de woonkamer.

*

Papa, ik wil naar huis. Naar u toe, naar mama en jullie allemaal. Ook al is het daar oorlog. Sorry dat ik het zo opschrijf. U zult wel schrikken. Ik dacht het allemaal achter me gelaten te hebben. Maar gisteren stond ineens een demon uit de oorlogsjaren voor de poort. Hij was een hotemetoot onder Franco en… ik, o god, ik kan het niet eens… mijn vingers lijken geen kracht te hebben de toetsen van deze schrijfmachine naar beneden, de hamers op het papier te krijgen… Ik kan alleen maar schrijven dat ik tijdens de oorlog in Barcelona een hele rottige ervaring heb gehad waar deze man bij was, die hij… Het is niet iets voor in een brief… en als ik u ooit weer zie dan vertel ik het wel, u en mama alleen, maar nu…

Ik wilde het aan Herman vertellen, maar kan het niet. En ik realiseer me daarmee dat als je niet volledig open kunt zijn tegen iemand, je je ook nooit veilig bij zo iemand kunt voelen. Hoe lief hij ook is. En daarom ben ik vastbesloten naar huis te komen, zo gauw het kan. En tot dan berg ik alles terug in mezelf op. Druk ik dat gezicht – die demonische gedaante – alle gezichten weg in de duisternis waar ze horen. Weg ermee.

Hermans aanwezigheid, vanaf het begin in Barcelona, hielp me ze te verdrijven. Maar ik ben sinds dat moment zo bang. En ik denk dat al die angst ook in Levi is. Dat hij daarom zo bangelijk is. Hemel papa, u wilt dit natuurlijk helemaal niet lezen, hoe kan het zijn dat ik u dit zo vertel, ik weet niet of ik deze brief op de post kan doen. Ik ben bang, voor Levi en voor Herman, en ik voel me zo schuldig. O, was ik maar nooit naar dit land gekomen. En was ik maar nooit zo naïef geweest om te geloven dat je dingen kunt vergeten en vergeven. Dat is zo goed als onmogelijk.

Zo gauw ik kan, kom ik naar jullie.

Beatrijs

*

Na het bezoek van Bolér leek Beatrijs leeg, haar binnenste verbrand. Haar hoofd kookte, achter haar oogkassen voelde het schraal. De hitte en droogte sinds het voorjaar droegen daaraan bij. Ruim anderhalf jaar lang regende het niet. Graanvelden bleven kaal, de moscatel hing als een doodgeboren rozijn aan zijn ranken, de citroenbomen die nog weldadig hadden gebloeid, leverden uiteindelijk uitgemergelde vruchten. Aan de olijfbomen hingen alleen slappe vergeelde blaadjes. Zeventienduizend rijstvelden rond Valencia bleven onontgonnen, het vee stierf waar het stond. Gemummificeerde karkassen in de zon. De rivieren droogden op en de waterreservoirs die dorpen voorzagen van drinkwater stonden binnen enkele maanden leeg. Waar stuwdammen de grote steden en fabrieken van elektriciteit moesten voorzien, stond het water nu zo laag dat de fabrieken stilvielen en het 's nachts donker was in de steden. Slechts de dorpen die zo achtergebleven waren dat ze nog gaslampen op straat hadden, bleef de nachtelijke duisternis bespaard. Er ontstonden conflicten tussen dorpen die hoger en dorpen die lager aan de laatste paar nog stromende riviertjes lagen. De eerste namen stroomopwaarts het water af en de laatste keken met woede en wanhoop naar drooggevallen rivierbeddingen. Onder de brug van Xaraque was de Quisi opgedroogd.

De textielfabrieken in Xaraque vielen regelmatig stil en de arbeiders werden zonder loon naar huis gestuurd. Werk was geen afleiding meer voor de honger die ze elke dag al voelden en die nu alleen maar erger werd. Als ze niet net al een oorlog hadden verloren, als de repressie niet zo zwaar was, waren ze misschien in opstand gekomen. Maar zoals het ervoor stond, keken ze toe hoe alles steeds grauwer en grijzer en droger werd, hoe hun kinderen ondervoed raakten. En het was niet alleen in het zuiden waar honger heerste, maar in heel Spanje. Franco had tijdens de wereldoorlog alle varkens en runderen naar Duitsland gestuurd, en als er al een veestapel was om over te spreken, dan nog hadden ze niet gevoed kunnen worden. De dictator die had gezworen dat er bij elke familie in Spanje brood zou zijn, elke dag, gaf de schuld van het ontbreken ervan aan de geallieerden die volgens hem de levering van graan en hulpgoederen blokkeerden. Maar aan de andere kant, Spanje kon het alleen wel af, dat geloofde hij, en velen met hem.

Zo niet de arbeiders die op het domein van de Alquería woonden. Zij trokken schoorvoetend weg uit de huisjes en gingen op weg naar Alicante en Valencia. Werken op het land was onmogelijk geworden, in de huisjes was het niet uit te houden, en er was in het hele gebied te weinig eten en drinken. Herman had geen inkomsten om hen nog langer te betalen. In de droogte draaide alleen El Saladar door en de vissers van Benimelha konden hun vangsten nog aan land brengen, alhoewel door het zuurstofarme warme water de visvangst ook minder was.

En zo onderwierp de zon al het leven aan een continue geseling van niet-aflatende hitte. Wanneer Herman vanuit de toren om zich heen keek, zag hij een dor land. Het vocht was eruit gebrand, de lucht gloeide boven de bruine aarde, met een vacht van gestorven groen; in golven brandde en fonkelde het. Het was als een venster van oud glas dat was opgetrokken tussen de wereld binnen, waar de dikke muren van de Alquería nog iets van koelte bewaarden, en buiten, waar de wereld in een onzichtbare brand leek te staan. Nooit in al de jaren dat hij in Spanje woonde, had Herman zich zo gescheiden gevoeld van het land. Het leek een andere dimensie waar hij ineens buiten stond. In de schaduwen van het huis keek Herman naar Beatrijs en zag hetzelfde.

21

Alquería del Moro
December 1944

Hallo papa,
Maakt u zich niet te veel zorgen. Met mij gaat het goed.

Wat een verhalen. En wat een toestand. En wat goed dat jullie het samen zo goed uithouden. Blijf alstublieft rustig. Het zal overgaan, daar moeten we in blijven geloven, allemaal. En wat een ironie: waar jullie een hongerwinter hebben, is het bij ons een hongerzomer geweest. Vanaf dit voorjaar heeft de zon onophoudelijk geschenen en is er geen druppel regen gevallen. De temperaturen in de zomermaanden waren om gek van te worden. De Spanjaarden hebben het natuurlijk in dat vulkanische bloed van ze; zij leven al eeuwen met die hitte. Die door de zon tot leer gelooide huiden kunnen zoveel hebben, maar de afgelopen maanden werd het zelfs hun te veel. Normaal gaan ze al verstandig om met de zon en schaduw, je zult hen niet aan de zonnige kant van de weg zien lopen, en de middagen, als de wereld echt onbewoonbaar wordt? Dan moet je schuilen en je terugtrekken in de siësta, zoals ze de middagrust hier noemen. Maar ook zij zuchtten en steunden, en elke wandeling, elke verplaatsing door het land werd een soort doorlopende vlucht van schaduwplek naar schaduwplek.

En als het voor de Spanjaarden niet te doen is, dan kan je je misschien voorstellen dat het voor mij als noorderling niet uit te houden was. Herman woont hier al zoveel jaren en is fysiek zo sterk dat het hem weinig leek te deren. Maar ik zweette van 's ochtends vroeg tot 's avonds laat, en had doorlopend dorst. En dan zaten we met een tekort aan water waardoor je onmogelijk genoeg kon drinken.

De zon deed dan denken aan die vuurtjes die je met een loep kunt maken. Dat je de zonnestralen zo richt dat een witheet plekje ontstaat op het papier? Zo leek het wel of de zon een gat branden zou in het perkament van de bleke lucht boven ons. Ik wachtte tot de hemel vlam zou vatten. Toen raasde ook nog een cicadenplaag over het land, waardoor alles werd weggevreten wat nog over was gebleven. De beesten zaten overal, zelfs tot in de badkamers en de kelders achtervolgden ze ons, we moesten ze elke dag uit het huis ranselen, we sloten ons op met de hitte om die beesten maar buiten te houden. De Alquería was dus alweer 'omsingeld', maar nu door een woest krijsend leger dat pas verder trok toen alles dood was. Mijn tuin is helemaal kaal en kapot.

Wij hebben nog geluk overigens, want de dikke muren van dit huis hielden de hitte en het gekrijs van de cicades – dat tot onmogelijke kracht en hoogte reikt – nog een beetje buiten, de kelders waren bijna koel te noemen, en regelmatig waaide de wind vanuit zee over de berg. We gingen ter verkoeling nog weleens in zee zwemmen, maar na maanden hitte was zelfs het zeewater opgewarmd en veel zouter. Er zwemmen ook minder vissen en de koralen onder water zijn bleker.

Het is hier sinds een paar weken niet meer zo heet als het al die lange maanden is geweest, maar het heeft nog steeds niet geregend en alles lijkt hier dood te zijn. De natuur heeft zich teruggetrokken. Ingedroogd in zichzelf. De grond is keihard, zelfs met een pikhouweel kan je er slechts stompe gaten in slaan. Hoe hier ooit nog iets moet groeien is mij een raadsel. Andrés maakt zich eigenlijk niet heel veel zorgen, stelt dat het volgend jaar wel weer komt. Bomen kunnen makkelijk een seizoen overslaan. Maar wij niet. Net als bij jullie is de schaarste enorm: er is weinig brood, groente en fruit zijn onbetaalbaar, melk en vlees is er amper, de meeste koeien en scha-

pen zijn verkocht aan Duitsland of dood, en wat er aan voedzaams is, ligt achter vitrines in Valencia waar meterslange rijen voor staan. Vis is er gelukkig nog wel, maar na een poosje komt dat ook je keel uit. De guardia's met hun glanzende hoeden, hun donkere capes en geweren staan langs de wegen op de straathoeken in de dorpen. Als zwarte raven kijken ze om zich heen, en hun duistere aanwezigheid alleen al smoort elke vorm van protest.

Tweeduizend kilometers scheiden onze werelden, de ene wit bevroren en de andere bruin verbrand, maar verenigd in onderdrukking, schaarste, honger en dood. Het is afschuwelijk. We kwamen twee weken terug langs de weg de lichamen tegen van een vrouw en drie van haar kinderen. Een van de vele gezinnen die geen man of vader hebben die kan werken, geen huis om in te wonen, niks. Misschien waren ze wel onderweg naar ons. Want vaak staan ze bij ons aan de poort, en we geven wat we kunnen. Wat minder is dan vroeger.

Herman kwam onlangs onverrichter zake uit Valencia terug waar hij geld had proberen op te halen om eten te kopen voor ons en de hongerigen hier. De bank wil geen geld meer vrijgeven. De rekeningen waarop Hermans geld stond, zijn geblokkeerd of leeggehaald. Wat het ook is, we kunnen alleen nog beschikken over het beetje wat hij in de loop der jaren hier in Spanje op een eigen rekening heeft gezet. Tussen alles wat is gespendeerd aan het boerenbedrijf, en de zoutpannen... en alle lonen van de arbeiders waarvan hij er altijd meer dan noodzakelijk op de rol had, is er volgens mij weinig over. En ik heb ook eigenlijk geen cent op mijn naam. Maar goed, we leven nog, we zijn nu nog gezond.

Wie het wel goed hebben, natuurlijk, zijn de rijkere klassen. Die kunnen de torenhoge prijzen van wat er nog verkrijgbaar is nog betalen. Zij hebben hun appeltjes voor de dorst waar ze in hun eentje op sabbelen, en mensen die voor hen in de rijen gaan staan terwijl zij zich schuilhouden in hun huizen met elektrische ventilatoren. Die houden het wel uit. Ach papa, het is overal hetzelfde ben ik bang, we

leven eenvoudigweg niet in een fijne tijd. Maar ik voel dat het moet veranderen. En dan kom ik naar jullie. Hopelijk snel.
Beatrijs

Wat Beatrijs niet in haar brieven durfde te schrijven, was dat zij het onrecht in Spanje, dat Herman schijnbaar geaccepteerd had, niet meer verdragen kon. Dat zoveel mensen nodeloos stierven, zoveel nog steeds werden vermoord, zo lang na het aflopen van de oorlogshandelingen. Dat de vijand nog overal was: Arechavaleta, Olazabal y Fuentes, burgemeester Lopez Prieto. Zij en Herman kregen geregeld uitnodigingen voor diners waar ze niet altijd onderuit konden. En dan voelde ze zich een collaborateur. Een verrader. Een NSB'er. En op elk moment verwachtte ze Bolér voor de deur, met in zijn kielzog luitenant Juan, die haar zoon als zijn kind zou komen opeisen. Terwijl zij hier tussen vijanden woonde, zag ze dat het fascisme in Europa de aftocht aan het blazen was. De geallieerde landing op Normandië had al maanden geleden plaatsgevonden, Parijs was bevrijd, de Britten rukten sinds begin van het jaar op door Italië, de Duitsers waren bij Leningrad verslagen, de Sovjets bestormden Europa. Franco had zich gedistantieerd van Hitler en Mussolini, hij had zelfs zijn aan Hitler uitgeleende División Azul teruggeroepen.

Juist in Nederland leek het offensief te stokken. De bruggen bij Arnhem schenen een onneembare horde, maar voor Beatrijs was het duidelijk dat Holland binnen niet al te lange tijd bevrijd zou worden. Het idee dat zij weer naar familie toe zou kunnen, vervulde haar met licht en lucht die haar bijkans de adem benamen. Ze keek dan naar Herman en Levi, tegen wie zij zweeg over dat verlangen, en ze voelde de afstand tussen hen en haarzelf met de dag groter worden. Haar schuldgevoel hield gelijke tred.

*

Alquería del Moro
17 april 1945

Tijdens de droogte ging ik vaak in zee zwemmen. Het water was warmer en zwaarder, zouter door de voortgaande verdamping van het water. Vanaf mijn strandje duik ik het water in. Ik draag dan niets meer dan een duikbril. Heel even is daar dan een moment van verkoeling, als het water langs mijn benen en billen en rug stroomt, waarna je het al gauw weer warm hebt. Maar als je een paar meter dieper duikt, koelt het water echt af. De lagen water stromen over elkaar heen, en net als de warme lucht boven een weg, kan je soms het water voor je ogen zien trillen. De overgang tussen die lagen is verrassend plotseling. Eenmaal in zo'n laag aangekomen laat ik de ingehouden lucht uit mijn longen ontsnappen waarop mijn lijf loom de diepte in zakt. Vaak kijk ik alleen maar, naar de vissen die hier ook hun verkoeling lijken te zoeken, de koralen die nog kleur hebben. Ver weg van buiten. Het is een weldadig koude, stille wereld hier beneden. Een deel van mij wil niet anders dan hier beneden blijven. Het is een fantastisch graf. Als ik een testament laat opstellen, wat ik echt eens moet doen, ga ik verordonneren dat ik in een stenen kist hier afgezonken word. In deze koele, vredige schemering onder golven die altijd omhoogkijken.

Ik voel mijn longen knijpen, mijn borst klopt, zet uit, op zoek naar lucht. Ik duik veel en kan langer beneden blijven. Steeds komt dat pijnlijke gevoel later. Ik hou het gevoel steeds langer vast, soms verschijnen beelden voor mijn ogen, alsof het de laatste momenten zijn waarop je leven zich weer aan je opdringt. En dan zie ik Pepa en Levi.

Het is vandaag de eerste dag waarop het echt geregend heeft. Wat er dan gebeurt, is onbeschrijfelijk. De regen ontketent een olfactorische storm. Al die geuren! Het aroma van het land bedwelmt me; zelfs hier binnen, waar ik het vocht in de muren kan ruiken, komt de geur met een kracht waar niks tegen bestand is. Ik wil er ook niet tegen bestand zijn. Ik adem het met liters tegelijk in, zuig mijn longen ermee vol. Ik voel het in de poriën van mijn huid. En ik weet dat over een week de terrassen, die al bijna twee jaar dor en bruin staan, een lichtgroene waas zullen tonen. En dat weer een week later de wereld een groene baard zal hebben. Alles zal uitlopen. Vertraagd, verlaat, weer geen oogst. Maar alles zal zich volzuigen, overdadig en uitbundig tonen dat het nog leeft. Ik hoop ook dat de uitgemergelde gezichten, de ingevallen borstkassen van mannen en de lege borsten van vrouwen, dat ook die zich zullen vullen met leven. Ook wij hebben hier veel honger gehad, alhoewel het niet zo erg was als daar buiten. En als de honger je lichaam heeft verorberd, vreet het uiteindelijk aan je ziel. Alles wordt dof, zelfs uit Pepa's ogen dreef de diepte weg.

Ik merk dat een opluchting zich van mij meester maakt. We hebben lang geleefd met ingehouden adem als het ware. Zo min mogelijk energie spenderen, veel binnen, behalve in de wintermaanden die koeler waren maar toch geen verlichting boden omdat het alleen maar koud en dor was in plaats van heet en dor.

Andrés, Maruja met Mariflor, Carlitos en hun Sara zijn een klein wereldje op zichzelf. De afstand tot Sara geeft me rust. Ze leven vooral in de keuken en in de vertrekken van het bijgebouw die hun domein zijn geworden. Met Andrés werk ik natuurlijk in en rond het huis, maar verder zijn ze stil en teruggetrokken. Er zijn ochtenden dat Maruja mij bezorgd aankijkt, maar als ik haar daarop betrap, kijkt ze meestal snel weg naar Beatrijs en glimlacht. Wat het betekent weet ik niet. Ik hou het erop dat ze blij is dat ik een lieve vrouw heb gevonden die voor me zorgt. Maruja heeft altijd moederlijke gevoelens voor mij gekoesterd, en dat terwijl ze zes jaar jonger is dan ik.

Morao, Pepa, Paco en Rosalía leven veel meer met ons samen. We eten met elkaar, in de woonkamer klinkt weer vaak muziek. Morao op zijn gitaar, Beatrijs op de piano, en Pepa zingt met Rosalía op haar schoot. Wat een mooi ventje is die Paco aan het worden. Hoe hij met dat zevenjarige lijf door het huis stuitert. Net als ik vroeger, altijd op zoek naar een uitweg, voordat mijn verwekker het eruit sloeg. Paco duikt regelmatig op mij, stompt me in mijn buik en dan stoeien we stevig. Als ik per ongeluk te ruw ben, schudt hij de pijn van zich af en duikt nog fanatieker op me. Paco is voor de duvel niet bang, wat me soms verontrust. De drang is sterker dan het denken.

Ik heb dat ook in mezelf moeten stillen, mijn hele leven is één groot temperen van mijn eigen drang. Hopelijk kan ik hem als peetoom – hij noemt me ook tío – daarbij helpen, omdat ik hem begrijp en snap wat hij voelt. Maar het levert ook zoveel moois op. Paco gaat er dus gewoon bij zitten en zingt met die jonge stem uit volle borst. Hij zet een kinderlijke versie van de rauwe keel van zijn vader op. Levi pendelt dan tussen Beatrijs en Morao om een pianotoets voorzichtig in te drukken of een snaar te plukken, en kijkt vol verbijsterde bewondering toe als Pepa zingt. Wat ik voel als ik haar zie zingen, probeer ik te verdrijven door oogcontact te zoeken met Beatrijs, die zelden terugkijkt.

Mijn hunkering naar Pepa is niet verdwenen. Het is een constante, een laag sediment in de waterloop van mijn leven. Dat blijft eroverheen stromen, dat leven, maar met elke seconde die verstrijkt voel ik dat deeltjes van liefde, of ergernis, bewondering of verdriet worden afgezet; terwijl het water blijft stromen, blijft het groeien. Het voelt zwaar, massief, definitief. Ik kan mij er niet meer schuldig over voelen. Ik leef er nu zo lang mee, dat onderdrukte verlangen, dat zoveel meer is dan lust of begeerte of smachten. Het is een zekerheid dat zij bij mij hoort, die gelijke tred houdt met het besef dat we nooit samen zullen zijn. En met het besef dat ik een manier moet vinden om mijn bedding van haar schoon te spoelen, om van Beatrijs te houden en Beatrijs te zien als mijn bestemming.

En zo zoek ik steeds het gesprek en de intimiteit op met haar, niet louter het fysieke. Ik tracht gesprekken te voeren die niet zozeer gaan over wat er met ons gebeurt, maar over wat er ín ons gebeurt. Desondanks raken we elkaar daar eigenlijk nooit echt. En als we vrijen, soms gebeurt dat, dan missen we elkaar ook, we vrijen aan elkaar voorbij als het ware. Ik probeer haar te ontmoeten in onze liefde voor Levi. Want god, wat houd ik van dat kleine jongetje. Ik dacht dat zijn angst en kwetsbaarheid ons van elkaar gescheiden zouden houden, maar het doet mij alleen maar meer van hem houden.

Ik zie hem daar liggen in zijn bed. Mijn kleine man. Ik vraag me af of mijn verwekker ooit zo op mij heeft neergezien. Of hij ooit zo heilig in mijn onschuld heeft geloofd als ik geloof in die van Levi. Of hij ooit vertedering heeft gevoeld. Ik weet het echt niet. Zou hij zichzelf in mij hebben herkend, of juist niet, zoals ik mezelf niet in Levi herken. Hij is zo anders dan ik. Behalve nu, in zijn slaap zie ik het jongetje dat hij zou kunnen zijn. In zijn slaap zie ik zijn angst verdwijnen. Ogen vredig, gezicht ontspannen, mond een klein beetje open. Zijn lijf uitgestrekt, zo anders dan als hij wakker is. Dan kruipt hij in elkaar, zo gauw hij zijn ogen opendoet; alsof hij van het aanbreken van de dag schrikt.

Ik ga op de rand van zijn bed zitten, leg mijn hand op zijn blote rug. Wat ik dan door me heen voel gaan… Het enige wat er een beetje op lijkt, is gek genoeg het moment waarop de rechter, alweer een paar jaar geleden, de doodstraf over die mannen uitsprak. Het doet zoveel pijn, ik voel zo'n diepe wanhoop, omdat ik ze niet meer kon helpen; ik kan hem ook niet helpen, dat kleine jongetje. Ik voel aan alles dat ik er niet voor hem kan zijn. Omdat ik angst niet begrijp, die niet kan voelen. Mijn liefde is niet genoeg.

Ik zou hem een broer of zus gunnen. Beatrijs en ik hebben het een paar keer geprobeerd. Na de kerst van 1939 hebben we een tijd regelmatig gevreeën. Het voorjaar van 1940 was licht. Een fijne periode, waarin we veel tijd met elkaar doorbrachten. Waarin ik rustig sliep. Waarin de geur van de amandelbloesem rijk en vrij de kamer binnenzweefde en wij in de ochtend zachtjes in elkaar klommen. Ik weet niet zeker of Beatrijs of ik wel een tweede kindje wilden. Natuurlijk hoort het zo. En we zagen wat een goede invloed andere kinderen, vooral Paco, maar ook Rosalía en Sara, hadden op Levi. En ik wilde die familie opbouwen. Om die redenen wilden we het wel. Maar ik weet ook dat de geboorte van Levi voor Beatrijs heel zwaar was geweest. We lachten samen om het feit dat we in het voorjaar vreeën, dan zou het tenminste koeler zijn als het kind geboren werd. Maar in het najaar werd geen kind geboren. En het voorjaar daarop ook niet. Beatrijs werd een keer zwanger, maar zes weken later volgde een miskraam. We begroeven de foetus op de Tossal del Moro. Zij huilde. Ik kon het niet.

Al die tijd heb ik zo hard geprobeerd iedereen om me heen te beschermen. En nu er eindelijk een soort vrede is, en ik een kind heb, kan ik hem niet beschermen tegen het bleke van zijn eenzaamheid. Want ik zie hoe alleen hij opgroeit. Met een vader die niet weet hoe hij van het jongetje moet houden, een moeder die, ik weet niet of het waar is, maar het volgens mij niet kan. Er is iets gebroken in Beatrijs na de tweede zwangerschap. Ze leefde zo op, alle schoonheid en vreugde in haar kwam tot bloei, om met de miskraam in elkaar te storten. Ze herstelde daarna wel weer, maar niet helemaal, en met de droogte trok ze zich weer verder terug. Liet Levi huilen totdat ik naar hem toe kwam. Troostte hem niet, moedigde hem niet aan. Was voor hem afwezig. Keek af en toe naar hem als ze dacht dat ik niet oplette, met op haar gezicht een uitdrukking van wat ik alleen angst of schrik kan noemen. Ze geeft hem pianoles als een gouvernante, gaat nooit met hem buiten wandelen, waar hij zo van houdt. Begrijpt zijn leven niet.

*

Alquería del Moro
4 juni 1945

'Ze haten ons,' zei hij laatst. Zes jaar oud is hij nu. Zijn schooluniform slobbert om zijn tengere schouders. Zijn platte pet ligt op tafel. Het stof zit nog op zijn broek en zijn geschaafde knieën. Het is duidelijk dat hij op school heeft moeten vechten, iets wat hij niet kan. Sinds

de droogte voorbij is, is de school weer open. Paco en hij zitten bij elkaar in de klas, waar Paco vooral Levi tot steun is. Op school krimpt Levi. Tracht onzichtbaar te zijn. Hij leeft pas op als hij met Paco over het land zwerft. Steeds verder gaan ze en steeds langer blijven ze weg. Ze klimmen op terrassen of springen er juist vanaf, zacht opgevangen door het omgeploegde zand van een terras lager. Ze klimmen in bomen en slingeren aan takken. Ze nemen touwen mee, knopen er ladders en loopbruggen van en vlechten ondoordringbare muren als spinnenwebben waarachter ze zich verstoppen. Hele avonturen beleven de jongens, ze stuwen elkaar op in de meest ingewikkelde fantasiespelletjes. Paco is de man van de grote lijnen, degene die de vijand bedenkt, en de helden benoemt. Levi kleurt ze dan in, brengt de details en nuances aan. De ooglap van de held, de bochel van de heks, het haar uit de neusgaten van de roverhoofdman. Ik kom ze weleens tegen. Diep verloren in hun spel zie ik ze dan uit een van de huisjes stormen, of samen op een rots op de Tossal del Moro staan, of juist helemaal beneden, in de cala bij zee, roepend naar bondgenoten die alleen zij zien, verwensingen schreeuwend naar vijanden die alleen zij kunnen verslaan, en dat alles in het onbegrijpelijke Valenciaans-Spaans-Nederlandse taaltje dat ze tussen elkaar hebben geschapen. Hetzelfde taaltje waarmee ze zich overeind trachten te houden op het dorpsschooltje in Xaraque waar Carlitos en Mariflor Yerbabuena ook op zitten net als Sara Gascon die Sara Lloret heet.

De kinderen krijgen in de pauze wat waterige soep en een stukje brood dat ze vaak meenemen naar huis om met hun families te delen. Voor velen is het de enige reden om naar school te komen. Want het is niet alleen de voortdurende honger, het is de oorlog die het leven op school domineert. Zoons en dochters van nationalisten en republikeinen zitten door elkaar heen. De vader van de een heeft de oom van de ander vermoord. Die vader wordt nu gevangen gehouden door een opa. Een oudere broer heeft een moeder verkracht, hij zit ondergedoken. Soms verdwijnt weer een vader, verklikt door een andere, en met rode ogen zitten de halfwezen toch in de klas, nemen dat stuk brood aan. Maar ik, de vader van Levi, ben er nog steeds, ik heb de grootste reputatie van allemaal. Ik heb aan alle kanten slachtoffers gemaakt. En Levi is er dus een van. Dat weet hij donders goed. Paco doet het iets beter, omdat hij van zich afbijt, maar hij is een zigeuner met lichte ogen en lichtbruin haar, dus hij zal er nooit helemaal bij horen.

'Natuurlijk haten ze je niet. Hoe kom je daar nou bij, lieverd?' Beatrijs ziet niet dat hij gelijk heeft. Natuurlijk haten ze hem. Dat weet Levi ook wel, hij ziet alles, maar omdat hij zo jong is, begrijpt hij veel minder. Daarom leeft hij in angst. Ik probeer me in hem te verplaatsen, hoe hij ziet dat de kinderen in zijn klas hem anders aankijken, ook al is hij in Spanje geboren en getogen en spreekt hij accentloos Spaans en Valenciaans. Als hij met mij in het dorp is, ziet hij hoe de ouders van zijn klasgenootjes doen alsof ze mij accepteren. Ik denk dat hij dat ziet. Dat ze toneelspelen. Alsof ze me hebben vergeven voor mijn rol in de executies, alsof ze het me niet kwalijk nemen dat ik mijn mensen wel nog kan voeden. Als hij mij aankijkt denk ik dat hij mijn verdriet leest, mijn schaamte, maar hij kan het niet begrijpen. Het is als een lied waarvan je de emotie voelt, maar de woorden niet snapt. Dat maakt hem bang. En wie helpt hem daarbij. Ik? Ik sta machteloos tegenover hem. Omdat hij alles in mij leest, sluit ik mezelf af met een glimlach die hem moet geruststellen maar dat zelden doet. Ik kan hem niet het waarom geven, omdat dat een brandend mes is dat alles doorsteekt. En Beatrijs? Die vraagt nooit waarom.

'Anders neem je ze een keertje mee, nodig ze uit om hier te komen spelen. Ik weet zeker dat je vader ze wel wil ophalen in onze nieuwe automobiel. Vinden je klasgenootjes vast heel leuk, en spannend.' Zij denkt alleen maar in oplossingen. Of die nou passen bij het probleem of niet. Ze heeft altijd een 'hoe' klaarstaan, hoe lossen we iets op, hoe krijgen we het voor elkaar? Wat dan, wat krijgen we voor elkaar?! schreeuwt het bij mij vanbinnen. Ze denkt alleen in 'hoe' omdat het antwoord op het 'waarom' te gevaarlijk is. Dat brengt haar

gevoel van veiligheid aan het wankelen. Het waarom maakt alles vloeibaar. En dat is wat haar werkelijk benauwt. Ik zie dat ze bang is, zich steeds vaker terugtrekt in het praktische, het dagelijkse. Ze is zich aan het indekken, maar waartegen weet ik niet.

Levi kijkt na zo'n voorstel altijd naar mij, omdat hij ook wel weet dat die kinderen nooit bij ons komen spelen. Een van de jongens is de oudste zoon van Hector Bardales, Manolo. Een klas lager maar een kop groter met een boosheid en gewelddadigheid die hij van zijn vader heeft geërfd.

'Weet je, Levi, soms is het belangrijk om te blijven staan en soms moet je een beetje vechten.' Ik voel Beatrijs verschrikt naar me kijken.

'Net als Paco?'

'Misschien een beetje net als Paco.'

'Zoals ook… zoals jij?'

'Ik heb ook weleens moeten vechten, ja.'

Levi kijkt naar zijn handen, maakt er vuisten van die hij dan snel weer loslaat. Hij weet dat hij niet kan vechten. Dat heeft hij in ieder geval niet van mij.

Als Levi naar Paco is om hem te vragen hoe hij moet vechten, kijkt Beatrijs in stilte voor zich uit.

'Soms moet je vechten, Beatrijs.'

Ze zwijgt, kijkt me kort aan. 'Weet ik. Maar hij…'

'Ik weet wat je wilt zeggen: hij is zo klein, hij kan niet vechten, hij zal klappen krijgen. Maar die krijgt hij nu ook en van een paar klappen ga je niet kapot. Van altijd je hoofd buigen ga je wel kromlopen.'

'Je klinkt als La Pasionaria… Maar dat wilde ik niet zeggen.'

'Wat wilde je dan zeggen?'

'Ik wilde zeggen,' en ze draait haar hoofd naar mij toe, 'dat hij jouw strijd moet vechten. Hoe kan je dat van een jongetje van amper zes jaar verwachten?'

Kortom, het is mijn schuld dat hij wordt gepest, wordt geslagen door andere schoolkinderen. Ik sta op en loop weg.

Ik zie haar alleen nog als we spreken over haar briefwisseling met haar vader in Holland. Uren zit zij achter de Remington en hamert er hele epistels uit. Lange brieven krijgt ze terug. Haar brieven laat ze mij niet lezen en brengt ze goed verzegeld eigenhandig naar het postkantoor in Xaraque. Ze vertelt wel over wat haar vader schrijft over de situatie in Holland. Hoe de oorlog daar verloopt. Dat de capitulatie na lang uitstel en fel Duits verzet eindelijk een feit is geworden. Steeds meer details worden duidelijk. Dat de geruchten over wat er met de weggevoerde Joden is gebeurd toch echt waar zijn. Het is te gruwelijk om je voor te stellen. Ook wij hebben hier concentratiekampen. Maar de vernietiging waarover gesproken wordt is van buitenaardse proporties. We kunnen alleen maar hopen dat Franco zich hierdoor achter de oren zal krabben en spoedig de concentratiekampen zal sluiten. Hij zal toch zijn best moeten doen als hij wil dat Spanje aansluiting vindt bij de Verenigde Naties die ze willen gaan oprichten. Er is sprake van hulp die door Amerika aan Europa verleend zal worden voor de wederopbouw. Als Franco iets aan de armoede in Spanje wil doen, is dat een mogelijkheid. Over dat soort dingen praat Beatrijs wel, en dan zie ik de vrouw die ze eigenlijk is, of zou kunnen zijn. Levendig, intelligent, spraakzaam en betrokken. Ik gun het haar zo. Die levensvreugde.

En ik kan alleen maar denken: het fascisme is verslagen. Overal behalve hier in Spanje. Hier vechten we nog steeds.

*

Alquería del Moro
30 november 1946

Hij leeft nog, en ik nu ook weer voor hem. Ik heb het in mijn cahier op de bladzijde hiernaast ingeplakt, die brief.

Huis Op 't Veld, 1e november 1946

Herman, zoals je gemerkt hebt, de rekening waarvan jij de afgelopen jaren geld hebt getrokken, is geblokkeerd. Je hebt zonder taal noch teken steeds gretig gebruik gemaakt van mijn vrijgevigheid en geen aanstalten getoond je waardering, laat staan dankbaarheid daarvoor te tonen. Dat ondanks de oorlog die gewoed heeft en die wellicht bij jou aanleiding had kunnen geven tot enige uiting van zorg dan wel interesse. In wezen interesseert mij dat niet en ik heb het laten gaan omwille van het feit dat je mijn naam draagt.

Welnu, het zal je goeddoen te weten dat ik op sterven lig. Ik weet dat je mij je hele leven dood hebt gewenst; je wens komt uit. Ik ben ziek en heb nog enkele maanden te leven. Het doet mij geen zier als ik je niet meer zou zien voordat ik dood ben. Maar er is ook nog zoiets als decorum. Jij noch je moeder hebben dat ooit begrepen, maar toch is het zo.

Jij erft al mijn bezittingen, niet omdat ik denk er goed aan te doen of dat jij het verdient, maar omdat jij mijn eerst- en eniggeborene bent en onze familienaam als enige nog draagt. Het is nodig dat jij naar Nederland komt zodat alle lopende zaken geregeld kunnen worden. Omdat ik er geen fiducie in heb dat je uit eigen beweging zult komen, ontzeg ik je de toegang tot het geld totdat je hierheen komt. Daarenboven, als je iets van plichtsbetrachting hebt en niet louter bestaat uit ondankbaarheid, kom je.

Was getekend, Frederik Amsfelt ter Kruijssen

Godverdomme, hoe heeft die man me kunnen bereiken? Het zal dat artikel van Carway zijn geweest. En hij weet natuurlijk vanuit welke bank ik het geld van die rekening haalde. Ik, huichelaar, heb dit huis met zijn geld, dat hij voor mij had weggezet, gekocht. De bank in Valencia was de navelstreng die ik gebruikte toen het me uitkwam. Ik heb het niet gedachteloos gebruikt. Ik zag het als zijn aflaat. Ik zag in het beschikbaar blijven van het geld zijn minimale schuldbeken-

tenis. Het enige wat hem interesseerde was status en macht, beiden te koop. Dus hem geld afhandig maken, daar had ik geen problemen mee. Maar anders dan een aflaat aannemen, heb ik hem nooit vergeven, en is zijn schuld nooit helemaal betaald. Desondanks is mijn leven hier op zijn geld gebouwd. Zo simpel en huichelachtig is de waarheid ook.

De afdruk van zijn zegelring in het karmozijn van gestolde was. Als een korst op een wond die ik, hoewel ik zijn zegel herkende, open heb gekrabd. Het doet me vanzelfsprekend denken aan al die keren waarop mijn moeder en ik door diezelfde zegelring geraakt zijn. Dus mijn verwekker gaat dood, en zelfs op zijn sterfbed kan hij het niet nalaten zijn gal te spuwen. Om de vrouw die hij eigenhandig vermoordde schaamteloos de les te lezen. En nu denkt hij dat hij me met het geld kan dwingen naar zijn pijpen te dansen.

Ik ga wel, niet om het geld. Maar ik moet naar hem toe, dat weet ik direct. Ook al is het om hem voor zijn dood in het gezicht te spugen, als ik hem al niet eigenhandig vermoord voor hij aan natuurlijke oorzaken sterft. Als hij iets niet verdient, is het een vredige dood. Ik vrees oprecht dat hij mij ertoe zal drijven hem te vermoorden. Zodat hij op die manier altijd over mij zal heersen. Ik vermoed dat dat zijn laatste wens is.

22

Voorjaar 1947
Alquería del Moro

Herman liet kerst en oud en nieuw voorbijgaan zonder Beatrijs te vertellen over de brief van zijn vader. Hij kon hem niet lezen zonder weer razernij te voelen. De winter was koud, maar de sneeuw van die magische winter van 1939 was niet meer teruggekomen. Ze hadden wel de traditie van de Misa de Gallo in ere gehouden en zo brachten ze met Kerstmis weer de hele nacht door in de kerk. Levi luisterde aandachtig naar de muziek, Paco stuiterde iets minder met Levi naast zich. De kerk was gevuld maar anders dan toen, want er waren geen daklozen meer in Benimelha. De meeste waren weggetrokken naar de steden, de rest was eenvoudigweg gestorven, van honger of kou, langs de kant van de weg of in de overvolle gevangenissen.

De kerken zaten weer vol en de geestelijken gingen zich weer nadrukkelijk bemoeien met het dagelijks leven. In Xaraque gingen de preken van de nieuwe sacerdote Valdéz consequent over de moraal en het zuivere christelijke leven. Hij verbood werken op zondag en vrouwen te fietsen omdat 'het passeren van een vrouw op de fiets in ons dorp een grote stofwolk veroorzaakt van ontaarde adoratie en onfatsoenlijke gesprekken tussen mannen, kritiek onder mensen en gewoon protesten van godvrezenden'. Op basis van christelijke zeden en met het oog op vrouwelijke betamelijkheid bemoeide hij zich met de lengte en taillering van dameskleding. Hield een vrouw zich niet aan zijn voorschriften, dan sloot hij haar uit van de heilige communie. Hij stond erop de zieken te bezoeken als barmhartige, maar door veel families werd hem de toegang geweigerd. 'Als u binnenkomt sterven de zieken,' werd hem meer dan eens toegebeten, of: 'Hij is erg nerveus en de aanblik van een soutane zal hem een toeval geven.' Sacerdote Valdéz beklaagde zich dat hij als dank voor zijn liefde voor de armen deze vernederingen moest doorstaan.

In Benimelha ging het anders, met de soms vermoeid ogende padre Moisés, die zijn langdurig verblijf in Pepe Pieldelobo's aljibe op de Sierra de Aljuzar nog steeds niet van zich af leek te kunnen schudden, die met zachte stem sprak over mildheid, zelfreflectie, vergiffenis en naastenliefde.

Toen de Misa de Gallo was afgelopen en de kerk al leeg was, zat Herman nog op een van de voorste banken. De kinderen sliepen, de vrouwen praatten zachtjes tegen elkaar en padre Moíses zette zich met een zucht naast Herman neer. De geur van wierook sloeg van hem af.

'Gaat het goed?'

'Ach, ik word ook ouder, Don Germán, en zo'n lange mis gaat mij niet in de koude soutane zitten.' Hij glimlachte om zijn kleine grap. 'Hoe is het met u? Ik zie u niet vaak meer.'

'Nee, dat klopt,' zei Herman.

'Met Levi en Paco gaat alles naar wens?'

'Zeker.'

Er viel een stilte.

'Mag ik u een theologische vraag stellen?'

'Dat mag zeker, alhoewel ik niet meer zeker weet of ik zo'n soort vraag kan beantwoorden.' Weer dat lachje.

'De vader, de zoon, de heilige geest. Een heilige drie-eenheid, nietwaar? In deze Kerk wordt dat heel letterlijk genomen. Maar heeft het alleen een theologische toepassing? Zou het ook niet kunnen gaan over de werkelijke verbinding die er zou moeten zijn tussen vader en zoon? Dat zij een "geest" met elkaar delen die juist daardoor heilig is?'

'Ha! Weet u dat in heel de Bijbel de term drie-eenheid niet voorkomt? Die is eerder van menselijke dan van goddelijke makelij. Dus ik zie weinig in een letterlijke interpretatie ervan. Maar verklap dat niet aan de bisschop van Valencia.'

'Ik zwijg als het graf,' lachte Herman.

'Voor mij is Jezus eenvoudigweg de zoon en God is de vader. Waar de vader eindigt en de zoon begint, is natuurlijk de vraag. Geen mens staat op zichzelf, hij draagt altijd delen van de ander in zich mee. Zo ook, en zo zeker, vader en zoon. Die innige band, de immanentie, het in elkaar besloten zijn van vader en zoon in de liefde, dat is wellicht wat "heilige geest" genoemd kan worden.'

'En als er geen sprake is van liefde?'

'Hoe bedoelt u?'

'Als die wederkerige... immanentie noemt u het, er een is van minachting, verwerping, zelfs haat?'

'Er is altijd liefde.' Moisés keek Herman doordringend aan. 'Dat geloof ik niet eens, dat weet ik zeker. De bron is altijd liefde. Dat zorgt er tegelijk voor dat alle gemis des te pijnlijker wordt.'

'Eenvoudig gezegd?'

'Uw vader heeft van u gehouden. Houdt nog steeds van u. Zijn onvermogen, zijn tekortkomingen, het gemis dat hij met zich meedraagt, ongetwijfeld ook verbonden met zíjn vader, leggen lagen van pijn op die liefde. Juist door liefde geven we onze eigen tragiek door aan onze zoons. Daar waar onze glorie het sterkst zou kunnen schijnen, falen wij vaker dan ons lief is. Zo kan liefde veranderen in wrok.'

'Waarom denkt u dat ik het over mijn vader heb?'

'Omdat ik zie dat de pijn die u meedraagt niet alleen uw eigen pijn is. Wij zijn hier in Spanje redelijk bedreven in het meedragen en doorgeven van pijn van meerdere generaties. Ons woord *aguantar* betekent zowel volharden als standhouden. We houden stand door onze volharding, we doorstaan wat ons kwelt, maar houden het daarmee ook in stand. Het is een mes dat aan twee kanten snijdt.'

‘Door te volharden houd je het dus eigenlijk ook vast.’

‘Precies, en wat kunnen we als mens toch trots zijn op *nuestro aguante*. Op onze volharding. De belangrijke vraag is niet wat uw vader u heeft gegeven, maar wat u vasthoudt en daardoor doorgeeft aan uw zoons.’

Herman keek op, verwachtte dat Moisés de meervoudsvorm corrigeerde. Moisés aarzelde toen hij Herman in de ogen keek. Hij veegde over een oorlel. ‘Ik heb makkelijk praten, dat weet ik, maar zijn pijn hoeft niet uw pijn te worden, niet de pijn van uw kinderen. Ik denk dat het de grootste opgave van de mens is: breken met wat niet bloeit. Pijn loslaten is het moeilijkste wat er is.’ Moisés draaide zijn hele lichaam naar Herman toe, legde een hand op zijn schouder.

‘Weet je wat ik echt geloof, Germán? Ik geloof dat we altijd moeten zoeken naar schoonheid. De schoonheid, de liefde die overal achter schuilt. Dat kan je de heilige geest noemen. Het is niet eenvoudig, maar als we die kleinste vonk kunnen vinden, veranderen we met elke vondst het lot en de richting van de mensheid. Dat geloof ik echt. En het is niet gezegd dat die schoonheid en die liefde altijd blijdschap of zelfs geluk brengt. Ik ben nooit zo verdrietig geweest als op momenten dat ik een volle goddelijke schoonheid ervaarde. Maar het is een liefdevol verdriet, en er zit hoop en verlangen in. Dat maakt het mooi en zuiver en waardevol.’

‘Misschien wel.’

‘Inderdaad, misschien wel.’

Herman liet Beatrijs de brief in februari lezen. Vanaf het terras zagen ze de amandelbomen die vol in de knop stonden. In sommige konden ze het roze-wit van de tere bloemblaadjes al zien. Opgevouwen en opgekropt, klaar om tevoorschijn te springen als het maar iets warmer werd. Toen Beatrijs de brief uit had, legde ze het blad op haar schoot.

‘Waarom laat je me het nu pas lezen? Dit is in november gestuurd, hij zou nu al overleden kunnen zijn.'

'Ik weet zeker dat hij nog leeft.'

'Dus je wilt gaan?'

'Nee, ik wil niet gaan, maar ik ga wel.'

'Wanneer vertrekken we?'

'We? Jij wilt mee?'

'Natuurlijk ga ik mee. Zo te lezen is het geen makkelijke man, wat ik al begrepen had van dat beetje wat je mij over hem hebt verteld...'

'Veel woorden wil ik niet aan hem vuilmaken.'

'Dat begrijp ik Herman, dat hoeft ook niet. Maar ik wil je graag bijstaan...'

'Dat hoeft niet.'

'... en bovendien geeft het mij gelegenheid om ook mijn ouders en zussen weer te zien.'

'Natuurlijk... natuurlijk kan je meekomen. Ik zou het fijn vinden.'

*

Alquería del Moro
27 februari 1947

Sinds ze die brief heeft gelezen en we ons zijn gaan voorbereiden op de reis naar Holland, hebben Beatrijs en ik ruzie. We hebben nog nooit ruzie gehad. Maar nu wel. Vooral over de vraag of Levi meegaat of niet.

Ik wil dat hij meegaat. Ik laat hem hier niet achter. De laatste keer dat ik hier wegging, verloor ik mijn beste vriend. Dus Levi achterlaten is absoluut geen optie. Maar hij durft natuurlijk niet. Als hij achter Paco aan kan, komt hij ver; samen zwerven ze over de tossal, en als ik Paco mag geloven hebben ze wel dertig geheime plekken gevonden, die Levi onverschrokken verkent, en honderd nieuwe paadjes die niemand kent en waar Levi vooroploopt. Grotten in de rotswand waar nog nooit iemand geweest is behalve zij. Paco waant zich de koning van de tossal. El Sultan noemt hij zichzelf, en Levi is zijn grootvizier.

Maar hij heeft het altijd moeilijk als we van de berg af moeten. De straten van Xaraque benauwen hem. Het schooltje waar hij en Paco elke dag heen gaan, accepteert hij als ware het zijn noodlot. Het strand kan hij aan, vooral op windstille dagen. Op de salinas komt hij gek genoeg wel graag. Dan zit hij bij de ezel in de buurt en kijkt om zich heen. Praat met Pepe Pieldelobo, gaat soms met hem naar de Sierra de Aljuzar, waar het nog stiller is omdat de wind uit zee er niet komt.

Hij wil dus niet mee. Gewoon omdat hij bang is. Als ik hem erover spreek en vertel waarom het ook voor hem leuk is om te gaan – ik vertel hem over de trein, over dat andere land waar ik vandaan kom, over elektrische trams en grote steden en misschien gaan we wel vliegen – dan durft hij mij ook niet aan te kijken. Niet eens omdat ik boos doe of boos praat, maar omdat hij bang is voor mijn teleurstelling, mijn irritatie om zijn lafhartigheid. Op dit papier zijn die woorden keihard, alsof ik walg van mijn zoon, maar dat is verre van waar. Ik hou van hem en daarom is het zo belangrijk dat hij die angstvalligheid overwint. En dat kan niet door ervoor weg te kruipen. Maar zijn ogen, als hij wel naar me kijkt, de angst daarin, dat breekt mijn hart telkens opnieuw. Hij glimlacht ook nooit naar mij. Vanaf het moment dat Levi mij echt gewaarwerd, heeft hij nooit meer naar mij geglimlacht. Als baby wel, dan gunde hij mij timide lachjes als hij in mijn neus kneep of als ik zachtjes zijn voeten kietelde, maar als hij me in de ogen keek, schrok hij altijd. Alsof hij beducht was voor wat hij daar zag. Dat is niet meer veranderd. Hoe dan ook, aan het einde van onze gesprekken maak ik duidelijk dat hij gewoon meegaat.

En daar maken Beatrijs en ik ruzie over. Zij wil dat Levi hier blijft, bij Paco, in de goede zorg van Pepa, die zij vertrouwt boven alles. Beatrijs snapt niet waarom ik per se een achtjarig jongetje mee naar Nederland wil nemen.

Ondanks dat ze zelf wel per se mee wil, is ze voor zichzelf ook bang om gearresteerd te worden. Nederlandse vrijwilligers die zich bij de Internationale Brigades aansloten en hier vochten, hebben hun Nederlandse nationaliteit verloren. Zij is dan wel als journalist gegaan, is niet 'in krijgsdienst van een vreemde mogendheid getreden', ze heeft haar papieren van toen nog. Maar ze weet niet zeker wat haar te wachten staat. Haar zus verzekert haar dat ze gewoon kan komen.

Beatrijs is ook bezorgd voor mij. Als iemand erachter komt dat ik voor de Duitsers heb gevochten, ook al was het in de Grote Oorlog, dan zou ook ik gepakt kunnen worden. Ik verzeker haar dat het geen probleem zal zijn. Ik ben staatsburger van Spanje en Nederland onderhoudt gewoon diplomatieke relaties met Spanje. Den Haag was zelfs een van de eerste die Franco als staatshoofd erkende, nog vóór de val van Madrid. Haantje-de-voorste om fascisten te erkennen. En nu Nederland fascisten toch maar fout vindt, nou ja, Franco mag dan wel een fascist zijn, maar hij heeft niet echt meegedaan met de oorlog, dus ontspringen we vast de dans. Beatrijs is mijn vrouw en ik heb ook voor haar Spaanse documenten geregeld. Levi, mijn zoon, is helemaal geen probleem.

'Dus hou nou eens op met dat gezeur. We gaan gewoon. Punt uit,' hoorde ik mezelf laatst zeggen. En ook: 'Ik snap niet waarom je hem hier wilt achterlaten. Welke moeder wil haar kind nu achterlaten?' Ze kijkt me aan met woede in haar ogen. Kille, onderdrukte woede. Zo vreemd in die voorheen zo lieve ogen. Maar ze accepteert het.

*

In de laatste week van maart vertrokken Herman, Beatrijs en Levi naar Holland. Met rode ogen en omarmingen waar geen einde aan leek te komen, nam Beatrijs afscheid van de anderen. Vooral

Andrés en Pepa kon ze niet loslaten. Hermans opmerking dat het maar voor enkele weken was, bood Beatrijs geen verlichting. In de auto naar Valencia zat ze stilletjes achterin, met een trillende kin en het gezicht naar buiten gericht. Levi zat naast haar, zijn handen om de kleine knapzak op zijn schoot, en keek afwisselend naar zijn moeder, naar zijn vader in het achteruitkijkspiegeltje en naar buiten, naar het landschap dat voorbijtrok terwijl hij stilzat. Alles wat hij zag was nieuw. Hij hield zijn hand op de ramen, om er zeker van te zijn dat het lawaai van de wind niet betekende dat de auto weldra uiteengescheurd zou worden in een ontploffing van gruis, staal, stof en stinkende benzine. Morao, die de auto vanaf Valencia weer terug zou rijden, sprak honderduit.

'Als je straks weer thuis bent, leer ik je een *malagueña, amiguito.* Wat zal het toch bijzonder zijn uw ouders en zussen weer te zien. U moet ze ook vooral uitnodigen om eens onze kant op te komen! Vooral uw blonde zussen! Pepa's broers hebben wat afleiding nodig. Andrés weet zeker dat de oogsten dit jaar weer op niveau zullen zijn. Maak je geen zorgen, Germán, wij onderhouden alles en ik zal mijn charmantste zelf zijn tegen Don Porfirio.'

'Weet ik Morao, dank je.' Herman had alle zaken uitgebreid met Morao en Andrés besproken. Pepe Pieldelobo was uit de Sierra de Aljuzar afgezakt om op het huis te helpen passen in Hermans afwezigheid. 'Hou Don Urias voor me in de gaten, Pepe, alsjeblieft. Het is echt een oude man,' had Herman gezegd.

'Germán, die man is zo verweerd en versteend als het fossiel van een oude steeneik. De dood is hem voorbijgereden, of ze kaarten elke week, dat zou ook kunnen. En bovendien heeft hij tres pares de cojones.'

Het zou niet moeilijk zijn een oogje in het zeil te houden. Pepe was immers voorman bij El Saladar geworden en de favoriete aangenomen oom van de tweeling. Ook Catarina lachte altijd om zijn gemopper, waarbij hij het in hun bijzijn nooit over cojones had.

Herman schudde nog een keer de hand van Morao vlak voor de

trein uit het station van Valencia vertrok.

'Pas goed op jezelf en je gezin en kom snel terug.'

'Dat is wel de bedoeling en jij natuurlijk ook, compadre.' Ze omarmden elkaar.

Levi hield met een hand Hermans broek vast. 'Adiós Morao,' zei hij met een zacht stemmetje.

'*Hasta luego* zal je bedoelen, vriendje! Goed om je heen kijken hè, als je op reis bent, en alles onthouden. Dan maken we een liedje over je reis. Ik weet al een titel: *Entre dos Aguas*, snap je, omdat je een reis tussen twee wateren maakt, de Middellandse Zee en de Noordzee.'

Levi knikte naar Morao. 'Dat is een goede titel voor een liedje.'

'Precies. En ik wil natuurlijk alle verhalen horen. Niets tegen *la tía* Pepa zeggen, het licht in mijn ogen, maar je moet me alles vertellen over de blonde meisjes die daar verliefd op je gaan worden, afgesproken?'

'Nee, gadver.' Levi dook weg achter Hermans been, de mannen lachten.

'En Morao, nog een laatste ding. Als je Bardales ook maar in de buurt ziet van de Alquería, schiet hem dan dood,' zei Herman zacht, zodat Levi hem niet hoorde. Morao keek even geschrokken en knikte toen. De fluit van de conducteur klonk en direct daarop reed de trein weg. Ze zwaaiden naar Morao die steeds kleiner werd.

*

Hotel American, Amsterdam
31 maart 1947

Vandaag in Amsterdam aangekomen en intrek genomen in Hotel American aan het Leidscheplein. Het is vreemd in Holland te zijn. Al is het maar omdat er overal Nederlands klinkt, een taal die ik jarenlang heb moeten missen en pas de laatste jaren weer met Beatrijs sprak. Met Levi spreek ik ook meestal Spaans of Valenciaans. Dat hoor je hier in ieder geval niet.

Zoals verwacht ging de reis probleemloos. Al onze documenten waren in orde, ook bij de grens met Nederland ging alles van een leien dakje. Beatrijs zat de hele reis in de rats, maar uiteindelijk zijn we hier en zij lijkt opgelucht. Alhoewel ik merk dat ze nog erg gespannen is.

Levi heeft van Valencia tot Amsterdam naar buiten gekeken. Hij stelde een boel vragen als we door steden kwamen. Ik vertelde hem uitgebreid over Marseille, dat ik er een paar weken had doorgebracht. Vooral mijn verhaal over de haven, met alle nationaliteiten die daar door elkaar heen liepen, de donkere zeemansbars waarover ik spannende fabels spon, kon hem bekoren. Toen we door het Noord-Franse landschap reden, voelde ik het in mijn bast. Ook al is het zo lang geleden, ik zie onder de nu groene heuvels nog steeds dat kapotgeschoten landschap van toen voor me. Ik vertelde Levi dat ik hier lang geleden soldaat was. Hij luisterde aandachtig terwijl ik het verhaal van die oorlog vertelde, die onder het gewicht van de meest recente lijkt te zijn weggezakt. We dachten dat het na de Grote Oorlog niet erger kon, we hadden ongelijk; het werd nog veel, veel erger. Dat vertelde ik Levi overigens niet. Hij vroeg of ik toen vrienden had en waar die nu waren. Zonder de gruwelijke details vertelde ik hem wat ik naar boven durfde te halen. Ik merkte dat Beatrijs meeluisterde, en haar hand tot slot op mijn knie legde.

Vanaf het Centraal Station liepen we, koffers in de hand, door Amsterdam naar het hotel. Het doet me hier een beetje denken aan Valencia, dat grootstedelijke, maar veel groter, en met mensen die zich totaal anders kleden ook. De moderne mode is totaal voorbijgegaan aan ons hoekje van de wereld. Ik zie vrouwen met jurken van lichte stof, nauwsluitende hoeden op korte kapsels. Mannen met driedelige pakken, ook nauw gesneden. Gilets met vele knopen en hoge boorden met dunne dassen. De hoeden en bontmutsen en de platte petten van de arbeider lopen hier door elkaar heen. We wor-

den opgeschrikt door een blikken stem die ons aanspreekt. Het is een politieman met luidspreker die ons weggebruik corrigeert. We lopen op de weg en moeten op de stoep. De man staat rechtop in een open Jeep en heeft het niet alleen op ons voorzien. Iedereen spreekt hij aan. Fietsers die niet dicht genoeg langs de kant rijden, mannen die uit rijdende trams springen, een jongetje op een autoped dat de weg gebruikt, iedereen moet het ontgelden. En wij dus. Wereldvreemd als wij zijn.

Beatrijs is voor haar vertrek naar Spanje veel in Amsterdam geweest, maar net als Levi kijk ik mijn ogen uit. Al die grote gebouwen, de grachten waar allerlei boten doorheen varen. Kinderen spelen op de nauwe boorden van koolschuiten die zij aan zij in een brede gracht liggen. Fietsers rijden je bijkans van de sokken, vrachtwagens en auto's rijden af en aan met gegrom en de stank van benzine. Alles gaat gepaard met een onmogelijke hoeveelheid lawaai. De trams komen luid bellend op je af. Het zijn elektrische trams, de straatlantaarns branden hier elke nacht, ook op elektriciteit, en onze kamer hier heeft zelfs een eigen telefoonaansluiting. Levi kan er geen genoeg van krijgen dat hij met een knopje op een muur het licht aan en uit kan zetten. Ik neem me voor om zo gauw als ik kan ook mijn huis met het jonge elektriciteitsnetwerk in Xaraque te verbinden.

We gaan zo slapen, onze eerste nacht in Holland. De ramen houden de geur van de stad een beetje buiten. Want de stank van het verkeer, maar ook van het water in de grachten en de goten, overweldigde mij een beetje en deed me denken aan Barcelona. Terwijl ik dit schrijf, aan een klein tafeltje bij het raam – Levi en Beatrijs liggen al op bed –, denk ik aan mijn huis. De Alquería is verder weg dan ooit. Maar tegelijkertijd voel ik het overal om me heen. Ik zie het staan op de heuvel. De trotse Tossal del Moro. Het restaurant van het hotel beneden met zijn grote bogen en lichte gewelven doet me denken aan mijn woonkamer. Waar de gordijnen van zwaar velours hier het licht buitensluiten, mis ik de lichte vitrages van onze slaapkamer. Het drukke behang aan deze muren tovert sterretjes voor mijn ogen.

Alles is zwaar en druk hier. Net als mijn ouderlijk huis. Waar ik een dezer dagen heen zal moeten. Maar eerst slapen.

*

Terwijl Herman bezig was met het regelen van hun bezoek aan zijn vaders huis, nam Beatrijs Levi mee de stad in. Ze liepen naar het Vondelpark, keken onderweg naar alle mensen die in een razend tempo zich een weg baanden door de chaos die ze zelf creëerden. Het leven leek zich hier versneld af te spelen. Levi keek ongerust om zich heen, was bang dat mensen botsingen zouden hebben. Verwonderde zich dat kinderen, soms jonge mannetjes zoals hij, met hoog opgetrokken broeken, korte truitjes en kort, opgeschoren haar ook tussen de auto's en fietsen en trams door renden. Bij een speeltuin keek hij toe hoe kinderen in schommels zaten, van glijbanen gleden en op afgeladen carrousels in de kille voorjaarszon rondgeslingerd werden. Met zijn hand stevig in die van Beatrijs liepen ze verder om uiteindelijk bij een groot gebouw, groter zelfs dan hun hotel, aan te komen. Zijn moeder liep de trappen op en nam Levi mee naar binnen.

'Weet je waar we zijn, Levi? We zijn in het Concertgebouw.'

'O. Nou, het is groot en mooi, mama.'

'Dat klopt en hier spelen ze dus heel veel muziek. Het is zelfs een speciaal gebouw voor muziek.'

Direct keek Levi heel anders naar de muren en de glimmende vloeren en het plafond, de grote pilaren; hij probeerde te luisteren of hij muziek hoorde.

'Omdat jij zoveel van muziek houdt, wilde ik je meenemen hiernaartoe. En als je wilt kunnen we naar muziek luisteren.'

'Ja, dat wil ik wel, mama. Muziek als van tío Morao en tía Pepa?'

'Nee, muziek zoals mama die weleens speelt.'

'Op de piano?'

'Ook, en ook nog op heel veel andere soorten instrumenten.'

'Ook gitaren?'

'Soms, maar ook veel violen, en celli, en trompetten en hobo's en grote trommels en nog veel meer. En dan spelen ze hier ook met een orkest. Dat is als heel veel mensen op verschillende instrumenten samen spelen.'

Levi wist niet wat hij daarop moest zeggen. Het kwam hem ongelofelijk voor.

'Morgenavond is er een concert waar we misschien wel heen kunnen gaan. Lijkt je dat wat?'

'Ik denk het wel. Muziek is toch mooi?'

'Muziek is ontzettend mooi. Zeker, mijn jongetje.'

Levi keek naar de lieve maar altijd zo verdrietige ogen van zijn moeder. Hij vroeg zich al heel lang af waarom zijn moeder altijd zo verdrietig keek. Kwam dat door zijn vader? Die was nooit echt boos of onaardig, hij was lief, maar ook altijd een beetje spannend.

'Dan gaan we morgen naar een concert,' hoorde hij zijn moeder zeggen.

'Met papa?'

'Als hij mee wil. Het is wel een lang concert. En je moet bij zo'n concert stilzitten en beleefd luisteren.'

'Dat geeft niet.' Stilzitten en luisteren kon hij heel goed.

'En je mag niet klappen.'

'O?' Dat was vreemd. 'Wat doe je dan als je het heel mooi vindt?'

'Niks, gewoon zitten en luisteren.'

'O.'

Het was een avond die Levi zich zijn hele leven zou herinneren. Zijn ouders hadden zich netjes aangekleed, hij kreeg ook een net pak. Het kriebelde. Tijdens het avondeten in het restaurant van het hotel vertelde zijn moeder over het concert waar ze heen zouden gaan. Het was een stuk dat ze elk jaar voordat ze naar Spanje was gegaan, had gehoord, en dat haar ervan had overtuigd dat ze altijd de goede zaak moest proberen te dienen. Het ging over Jezus en hoe hij doodging.

‘Zoals de Semana Santa?’

‘Precies, Levi. Het is nu namelijk Pasen en het muziekstuk gaat over het passieverhaal. Zo noemen ze dat in Holland.’ Ze vertelde over de man die de muziek geschreven had, nu alweer tweehonderd jaar geleden. Bach, dat was een Duitser.

‘Een nazi?’

‘Nee, niet alle Duitsers zijn nazi’s,’ had zijn vader gezegd.

Na het eten waren ze naar het grote gebouw gelopen, en daar waren ook heel veel andere mensen. Zoveel had hij er nog nooit bij elkaar gezien. Zelfs niet tijdens de Reyes Magos-optochten of bij het stierenrennen. Allemaal grote mensen met donkere kleding, vrouwen met allerlei kleuren haar, en mannen van wie het haar zo strak achterovergekamd was dat het licht van de lampen erop schitterde. Hij moest denken aan capitán Olazabal y Fuentes die hem weleens een bloedlip had geslagen omdat Paco en hij hem bijna omver waren gerend op hun weg van school naar huis. Hij had thuis gezegd dat het Manolo Bardales was geweest, die deed dat wel vaker, want hij was bang dat papa anders te boos zou worden op de capitán. Hij had van andere kinderen gehoord dat zijn vader als een monster zo boos kon worden, dat hij ooit een rijke en belangrijke man in één klap had doodgeslagen. Dat hij ’s avonds huizen kon binnensluipen om mensen de keel door te snijden.

Terwijl hij de hand van zijn vader nog harder vasthield, vlogen al die gedachten door zijn hoofd. In een zee van mensen kwamen ze een enorme zaal binnen. De grootste waar Levi ooit was geweest. En op het podium zat het orkest. Zijn moeder wees alle instrumentgroepen aan, legde uit dat er twee orkesten waren en twee koren. Toen heel mooi geklede mensen het podium opliepen, vertelde zij dat dat de mensen waren die stukken alleen zongen, als acteurs in een toneelstuk. Of zoals Morao en Pepa ook om beurten zongen. Wat deed de man met dat stokje, waarom klapten de mensen voordat hij of het orkest iets had gedaan? Alles was ingewikkeld en alles was verwarrend. Totdat de muziek begon. Een geluid dat als een enorme golf over hem heen spoelde. Honderden stemmen, klanken van violen die hij nog nooit gehoord had. Hobo's die hem, zonder dat hij wist wat ze waren, bijna deden huilen. De koren, al die mensen die samen zongen. Niet hetzelfde, dat kon hij horen. Hij kon al verschillende stemgroepen horen – dat woord zou hij pas veel later leren – die verschillende melodieën zongen maar toch volmaakt klonken bij elkaar. De stemmen van de solisten waren anders dan hij ooit had gehoord. Waar de stemmen van Pepa en Morao direct en rauw uit hun keel schoten, leken deze stemmen in lijven te ontstaan, te zweven, lieflijk in de hoogte en troostend in de diepte.

Hij voelde de muziek overal, van zijn tenen die de grond niet raakten tot aan zijn haarpunten die strak weggekamd toch hun weg naar de vrijheid zochten. En daarbuiten, om hem heen, als een... als een... toen wist hij het, het was alsof hij onder water was, zoals hij geleerd had bij de cala met papa en Paco. Hij was in een warme zee van muziek. De muziek die hem droeg, die hem soms naar boven leek te duwen, maar hem ook, als hij uitademde, erin liet zakken, dieper weg. Waar hij doorheen kon zwemmen, en alles met één vinger tegelijk kon aanraken. Er was alleen die muziek, overal. En al die mensen die speelden en zongen bewogen samen, net zoals het zeewier en de vissen, zoals hij ook bewoog. Ook al zat hij stil. Hij was niet alleen, hij was niet alleen met die muziek!

De zit van drieënhalf uur was voor Levi te snel voorbij. De stilte na de afsluitende maten verstikte hem bijna. Hij keek voor het eerst sinds de eerste noten op naar zijn moeder, de tranen op haar wangen en in haar ogen. Ze hield de hand van zijn vader vast die ook verdrietig keek. Of niet verdrietig, maar anders. Ook blij, maar hij had ook gehuild, dacht Levi. En dat doe je alleen als je verdrietig bent, toch? En het meest van alles herinnerde hij zich hoe de muziek in hem bleef zitten. Dagenlang, zelfs maandenlang. Lang nadat hij weer in zijn bed in de Alquería lag, bleef hij die muziek horen.

*

De taxi reed hen door Driebergen-Rijsenburg richting Doorn. In de frisse ochtend lagen de buitenhuizen tevreden naast oude eiken en beuken met aan hun wintertakken de nog even ingehouden belofte van groen. Toen ze door de dorpskern reden, keek een enkele fietser om naar de langsrijdende auto. Buiten het dorp passeerden ze tussen weilanden gelegen landhuizen, een of twee ervan raakten Herman in diep verborgen herinneringen. Toen ze door Doorn reden voelde Herman zijn hart hoog kloppen, onder zijn longen, voelde het bijna tegen zijn keel aan duwen. Uiteindelijk wees Herman de chauffeur een weg links het bos in, de laan die hen uiteindelijk tot aan zijn geboortehuis zou brengen. De chauffeur mompelde iets over de onverharde weg en dat zijn gepoetste Morris vies zou worden van de bosgrond. Herman hoorde het als in de verte, terwijl de bomen buiten het raam langszweefden, de bomen waarvan hij elke dacht te kennen. Het moment dat het bos wijkt voor het open veld, hij kon het met zijn ogen dicht aan voelen komen. Hij deed ze weer open, zag links van de weg de plassen in het veld liggen waar hij in de winter zo vaak de schaatsen onderbond om op hout en ijzer te vluchten voor de granieten kilte in het huis. En na de bocht zag hij dan uiteindelijk de romp van dat eenzame huis en de zuilen bij de hoofdingang, waar de taxi hen afzette.

Vanuit het huis hadden ze de taxi al zien naderen. De opzichter had de enig overgebleven hulp gevraagd de oude heer, die in zijn hemelbed lag, in te lichten. Beiden hoopten ze dat dit het door hen allemaal gehoopte einde zou betekenen waaraan de oude man zich met zijn uitgemergelde skeletachtige vingers had vastgeklampt met het laatste beetje levenskracht dat hem restte. Of was het de woede die hem nog dreef, dezelfde woede waarmee hij al decennialang hun levens zo ondragelijk maakte? De opzichter wist nog goed hoe de oude heer, toen hij nog jong was, het laatste licht in zijn tere vrouw had gebroken. Hoe hij zijn zoon had uitgedreven, omdat die zoon voor hem een duivel was die uitgebannen moest worden. En die zoon had de oude dan toch, aan het einde, naar zijn zijde geroepen. Waarschijnlijk om dan toch vrede te maken. Niemand kon zo woedend de drempel van de dood overstappen, toch? Jaren had de oude man naar sporen van zijn zoon gezocht. Zou er dan toch liefde zijn, of was het gewoon omdat hij zijn gram wilde halen op zijn zoon die zich, als enige, aan die klauwen had weten te ontworstelen?

Uit de zwarte taxi die voor het huis parkeerde voor de trappen waar de opzichter en de oude hulp stonden, stapte de verloren zoon. De blauwe ogen van zijn vader, alsof je het hart van een gletsjer inkeek. Het rijke blonde haar. Zijn uitdrukking was echter mild, bijna zacht. Dat in tegenstelling tot zijn lijf. Waar de jongen ooit met dat tengere lijf was vertrokken, nog met de blauwe plekken van zijn vaders vuisten op zijn gezicht, stond nu een mannenlichaam dat onverwoestbaar leek. Naast hem een knappe blonde dame, met lieve zachte ogen; het leken wel haar ogen, die van die tere vrouw die de oude de dood in had gejaagd. En achter hen beiden een kleine jongen met donker haar boven zijn groene ogen waarmee hij, vanachter de benen van zijn ouders, angstig de wereld in keek.

'Meneer Herman.'

'Meester Diederik, mevrouw Olsthamer.' Herman gaf de oude opzichter een stevige hand, en de oude hulp een zachtere. Hij stelde zijn vrouw en zoon aan hen voor en liep achter hen aan het huis binnen. Beatrijs voelde Hermans lijf trillen terwijl ze door de hoge gangen naar de salon liepen. Daar stond lauwe, zwarte, bittere thee op hen te wachten, met domtorentjes. Met haar zachte stem vertelde mevrouw Olsthamer over de toestand van de zieke. Er was enige tijd na de oorlog, toen ze eindelijk een dokter hadden gevonden die bereid was naar de oude man te kijken, bij hem kanker in de longen geconstateerd. Kort daarop had hij zijn advocaat gevraagd zijn zoon, Herman dus, over wie hij tijdens de oorlog in een krant had gelezen, te ontbieden.

'En hoe bent u gevaren, meneer Herman?'

'Nou, niet zoals het in *Volk en Vaderland* beschreven stond,' zei hij alsof hij zojuist beledigd was. 'Het is een lang verhaal, best bewaard voor een andere keer. Wij wonen nu in Spanje waar we een boerenbedrijf hebben. Daar heb ik ook mijn vrouw Beatrijs ontmoet en is mijn zoon Levi geboren.'

'Wel, het is ons een ongekend genoegen kennis met u te maken. En wat een mooie ogen heb je toch, jongeman, tjongejonge,' zei mevrouw Olsthamer.

'Het is een genoegen u hier weer te zien, meneer Herman,' voegde Diederik toe. 'Wilt u dan nu naar uw vader toe?'

'Laten we dat doen. Beatrijs, het is misschien beter dat ik hem eerst zelf even bezoek, en dat jullie komen als ik je roep.'

Ze knikte.

Hotel des Pays-Bas, Utrecht
16 april 1947

Ik liep die trap op. Elke gefluisterde stap op die granieten treden dreunde door me heen. Het gaat te ver om op te schrijven, of om te proberen te begrijpen wat het in mij losmaakte. Het voelde in ieder geval heel slecht. Ik kreeg vlekken voor mijn ogen en mijn benen voelden zwaarder dan ooit. Bah... ik lijk wel een patiënt... laat ik het bij de feiten houden. De precieze woorden, weinig als ze waren, die ik met hem wisselde. Zoals gezegd, beschrijven wat er door me heen ging is onbegonnen werk. Dat zegt genoeg, denk ik.

De man die ik meer dan dertig jaar geleden voor het laatst had gezien, maar die bijna elke dag ergens in mij aanwezig is geweest, lag in het bed waar hij ooit ook met mijn moeder had gelegen. Mijn verwekker. Een skelet met vlees, en ogen die op mij vielen toen ik binnenkwam.

'Herman.'

'Hallo.' Ik kon het woord vader niet uit mijn mond krijgen, ging zitten op de stoel die bij het bed stond. Ik had er dikwijls in gezeten om de geselingen van deze man in ontvangst te nemen.

'Zo jong, je hebt je lieve tijd genomen.'

'Het is een lange reis van Spanje naar hier.'

Hij maakte een geluid als van een protest. Zoals hij vroeger zijn ongeloof en misnoegen uit kon proesten, maar wat nu niet meer was dan een krachteloos uitgespuugde vloek die overging in een hoestbui. Slijmerig bloed liep over zijn kin. Hij poetste het niet weg.

'Dus het geld heeft weer zijn werk gedaan.'

'Blijkbaar.'

We keken elkaar aan. Beiden wisten we eigenlijk niet wat we hiermee aan moesten. Wat hadden we elkaar in hemelsnaam te zeggen? Jij hebt mijn moeder vermoord en hebt mij het huis uit geslagen. Jij monsterlijke man, had ik kunnen zeggen. Waarom beginnen aan een gesprek waarvan je de inhoud en het wederzijdse onbegrip van tevoren al kunt optekenen. Ik had hem niks te zeggen, maar hij mij wel.

'Je moeder was net zo, die hele familie van haar. Alleen maar op mijn geld belust. Daar was ik wel goed voor.'

Hij keek mij aan, met die harde ogen die ook ik heb. Misschien is dat omdat er verder niks was, wilde ik zeggen. Maar ook dat had geen zin. 'Bespaar me je slachtofferschap en laat je laatste woorden niet een veroordeling van mijn moeder zijn,' was het enige wat ik uit kon brengen.

'Jij hebt mij altijd schuldig gehouden voor haar dood. Maar ze heeft zichzelf in die put geworpen. En toen heb je mij verworpen, je eigen vader, maar wel van mijn centen god weet waar een kasteel gebouwd. Je bent net als zij: een profiteur.'

In zijn ogen die giftige blik die ik zo goed kende.

Ik had hem de keel dichtgeknepen. Het was niet nodig, maar het voelde als een vereiste. Voor mijn moeder. Om door middel van wraak haar herinnering in mij rust te gunnen. Maar de muziek heeft mij gered. Ik hoorde het ineens, in dat hoge koude slaapvertrek met lange gordijnen van velours, de marmeren mantel van de schouw, de sierlijsten op de plafonds en de in een barok rozet gehangen kroonluchter met elektrische peertjes, die me deden denken aan het Concertgebouw. Ik hoorde de muziek die toen had geklonken. Muziek die ging over vergiffenis en barmhartigheid. Verklankte vrede. Het had mij de adem benomen, mijn gedachten tot zwijgen gebracht, de tijd in mij opgerekt. En tegen het einde zong de bas de woorden: 'Mache dich, mein Herze, rein.'

Het orkest golfde aan zijn voeten, de muziek dreef ons allen voort. Mijn wereld stortte in terwijl hij tegelijkertijd weer heel gemaakt werd en ik vroeg me af hoe dat moest, hoe een hart zichzelf weer rein kon maken.

'Ich will Jesum selbst begraben. Denn er soll nunmehr in mir, für und für, seine süße Ruhe haben.' *Was dat het, wat ik hier te doen had? Moest ik mijn onschuld, mijn moeder, die deze oude man gedood had, nu eindelijk ten grave dragen? Dat ging er door mijn hoofd, en dat voelde ik, kijkend naar mijn verwekker.*

En de man die daar lag in al zijn bitterheid, haat en diep duister verdriet, moest ik hetzelfde gunnen. Ik kon hem niet méér aanbieden dan wat ik had. Dat hoefde ook niet. En ik hoefde hem al helemaal niet te doden. Niet uit woede of rancune, zelfs niet uit medelijden. In zijn uitdagende blik en zijn verbeten mond zag ik mijn vermoeden bevestigd: dat mijn moord op hem zijn ultieme wraak zou zijn voor het kwaad dat ik hem had aangedaan.

'Ik heb een vrouw en een kind. Ze zitten beneden. Wil je hen nog zien?'

'Waarom zou ik ze willen zien? Zodat jij me kunt inwrijven dat je wel een goede vader bent, zoals jij denkt dat het zou moeten zijn, of dat jij een vrouw hebt in plaats van een hoer die na een eerstgeborene je niet meer aanraakt...' Hij haperde, viel stil, en toen toch: 'Ach, sterf toch.' En in het zwakste gebaar dat ik ooit heb gezien, zwaaide hij zijn klauw naar mij in iets wat het midden hield tussen een hand-

reiking en een klap. 'Je wilt niet eens...'

'Je wilde dat ik er een einde aan zou maken, of niet? Dat ik hier een kussen op je gezicht zou drukken. Zoiets. Is dat de ware reden dat je mij bij je hebt geroepen? Ik kan je ook dat genoegen niet geven. Vader, het spijt me, maar je zult zelf moeten sterven.'

Zo heb ik hem achtergelaten.

Negen dagen na dat bezoek belde Diederik dat de oude man dood was. We zijn net terug van de begrafenis. Hij ligt onder de grond. Het huis zal worden verkocht. De notaris heeft bevestigd dat ik zijn enige erfgenaam ben. Hij heeft Diederik en mevrouw Olsthamer niks nagelaten, waarop ik direct besloot dat zij de opbrengst van de verkoop van het huis onder henzelf mogen verdelen. Wat er nog op rekeningen staat, neem ik mee naar Spanje. Maar aan zijn huis wil ik niks anders overhouden dan slechte herinneringen...

... misschien een enkele zoete. Want ik heb nog eenmaal door het lege huis gedwaald, en zag daar de verschijning van mijn moeder. Haar lieve, verdrietige ogen, haar melkwitte huid, de witte kleding die zij droeg, die het etherische in haar versterkte, alsof ze al verdwenen was. Haar wegteren, de ijle strengen die haar verbonden aan mij, steeds dunner. Als er iets goeds is in mij, is het van haar. Met zijn sterven kan ik ook haar loslaten, denk ik.

23

April 1947
Utrecht

De dag na de begrafenis dwaalde Herman door de stad. Het was een koude dag in maart, maar wel een waarbij je merkte dat het voorjaar in de lucht zat. De grachten roken hier anders dan in Amsterdam, de voortdurende verkeersdrukte was ook afwezig. En zo liep hij, in gedachten verzonken, door de stegen en de straten van de oude binnenstad. Achter de Dom, Pausdam, de Nieuwegracht waar het water spiegelglad tussen de werven lag. De geur van het Geertekerkhof en de Zeven Steegjes deed hem in de verte denken aan de Raval, waarop hij onwillekeurig over zijn schouder keek, alleen om zich te realiseren dat hij hier wel vrij rondliep. Niemand die naar hem keek, niemand die hem kende, niemand die iets van hem wilde. Hij snapte nu pas wat hij bijna vanaf hun aankomst in Amsterdam had gevoeld: vrijheid. Hij was hier niemand, er was geen oorlog waar hij een rol in had te spelen. Hij was onbezwaard, hij was licht. Wat hij wel of niet deed, was zonder consequentie. Misschien was het ook wel dat hij zich bevrijd voelde van zijn vader, dat speelde zeker mee. Maar in dit land was er niks dat hem klemzette. Wat een mogelijkheden ineens!

Hij zou een huisje kunnen kopen, misschien zo'n oude vergane zolderetage langs de gracht. Die kon hij dan opknappen. Als hij een oud Moors landhuis uit de dood kon laten herrijzen, moest dát ook wel lukken. Beatrijs kon als journaliste aan de slag, hij zou wel wat vinden. Dit zou de wereld kunnen zijn waar alles van hem afviel, of waarin hij alles, zowel dreiging als wroeging, van zich af kon schudden. Misschien zou hij zelfs Pepa kunnen vergeten.

En Beatrijs zien als de nieuwe vrouw die ze leek te zijn geworden, vanaf het moment dat ze de Spaans-Franse grens overstaken. Steeds levendiger werd ze, en aangekomen in Amsterdam liep ze over van levenslust. Ze had hen meegenomen naar het Rijksmuseum, had kaartjes weten te bemachtigen voor de *Matthäus-Passion* en had zelfs ontmoetingen gehad met oud-collega's van *de Groene Amsterdammer.* En naast haar kon hij de rust opbrengen om de confrontatie met zijn vader aan te gaan. Maar ook de confrontatie met zichzelf. Het monster van haat diep in zijn buik, dat zijn vader had willen vermoorden. Hij had steeds in haar ogen gekeken, in de nacht dicht tegen haar aan gelegen. Ze had naast hem gestaan aan de rand van het koude graf, de kleine hand van Levi in de zijne.

En zo begon hij zich af te vragen of hij Spanje achter zich kon laten. Of hij Andrés of Morao een brief zou kunnen sturen met wat te doen, het huis verkopen, de landerijen, niet aan Hector, misschien wilde Porfirio ze wel. Zijn aandeel in El Saladar overdragen aan Don Urias, want ze verkopen aan de oude man zou een belediging zijn voor de herinneringen aan zijn zoon. Herman merkte dat zijn gedachten oversloegen, terug, net als grammofoonplaten regelmatig deden; terug naar die eerste: het huis verkopen. Het huis verkopen. Het huis verkopen. Hij herhaalde het in zijn hoofd, merkte wat de gedachte met hem deed. Het huis, zijn Alquería. De muren, de daken, de vensters, de bogen, die schitterende bogen, de koelte van de keuken en de duisternis van de kelders. De wind die door de open deuren van de grote slaapkamer naar binnen kon waaien. Daar in Utrecht voelde hij die zeewind op zijn huid, en rook alle geuren die hij meebracht. Van zout en venkel, vijg en jasmijn en kardemom, de geur van droge grond en van pas gevallen regen. Hij zag het avondlicht, als de zon net achter de bergen of wolken dreigde te zakken, hoe het dan over de welvingen van het land streek en schaduwen schilderde op de boomkappen van de pijnboombossen aan de overkant van de vallei. Bergen in de verte, in blauwe nevel. Met elke windvlaag blies de dag zichzelf verder uit, de naaldbomen ruisten als de zee en de door Beatrijs geplante jonge palmbomen klapperden als de regen. Het geblaf van een hond in de verte. Op de wind gesprekken van boeren op verder weg gelegen landerijen. Het wegstervende geluid van de cicades waar je de eerste krekels doorheen hoort zingen, zich voorbereidend op de nacht.

Lopend door de straten van Utrecht, een mooie stad, een stad waar hij zich vrij voelde maar die niet zijn thuis was, bedacht hij dat de definitie van thuis-zijn misschien wel betekende dat je niet vrij kon zijn, dat het ertoe doet, wat je daar thuis doet. Anoniem kan je alleen zijn daar waar je niemand hebt; vrij kan je alleen zijn daar waar je niet thuis bent. Als een nomade.

Met het overlijden van zijn vader en het verdwijnen van zijn geboortehuis, dat hij zonder één moment van twijfel ver achter zich had gelaten, realiseerde hij zich sterker dan ooit dat de fundamenten van de Alquería ook die van zijn leven waren.

*

Ongedateerd

Ik heb het aan haar gezien. Of had het kunnen zien in de manier waarop ze haar moeder omarmde, haar zussen met diezelfde ogen; ze wilde hen niet loslaten. Hoe ze tegen haar vader aan bleef staan, met wie ze bijna dagelijks lange wandelingen zou maken door dat sombere landschap. Ik wist het toen al.

De oude smid was het nooit eens geweest met haar keuze om naar Spanje te gaan. Niet uit nijd, eerder uit zorg en liefde. Hij bewonderde wel haar vastbeslotenheid, haar koppigheid. Hoe ze met die lieve ogen haar pad voor zich zag, haar Groningse kin voor zich uitstak en die vastberaden volgde. En nu, na al die jaren, was ze terug. Ze had een man en een kind en een heel leven in haar tas mee die ze plompverloren aan zijn voeten zette. Alles aan Hermans schoonvader was onbehagen. Zijn hoekige lijf, zondagse pak, zijn opgeschoren grijze haar, wenkbrauwen als zwarte daken die zijn ogen in schaduw dompelden. Een streep voor een mond en een geprononceerde kaak.

'En u bent Herman.' De man stak Herman een hand toe waarin hij de kracht van de smid voelde.

Beatrijs' ouderlijk huis in Vlagtwedde lag ingeklemd tussen de smederij van haar vader en het café waar haar moeder en zussen koffie, jenever, bier en kruidenbitter schonken. Achter het grote huis, voorbij de tuin, strekten zich de landerijen uit, met modderige voren waarin de waterplassen onbeweeglijk de donkergrijze luchten spiegelden.

'Aangenaam kennis met u te maken.' Herman knikte de smid beleefd toe. Meer wisten ze niet tegen elkaar te zeggen. Levi viel in betere aarde, alhoewel de oude man de naam van zijn kleinzoon niet één keer uitsprak. Hij noemde hem consequent 'jongeman'. Beatrijs' moeder en zussen waren wel vertederd en al gauw kwamen een paar opgeschoten boerenjongens en twee meiden met vlechten de kamer binnen. Zijn neven en nichten. Ze nodigden Levi uit om mee naar buiten te gaan, er waren paarden en koeien te bezoeken bij bevriende buren, en de smidse waar de leerjongens aan het vegen en poetsen waren. Tegen zijn liefste nichtje vertelde Levi trots dat hij in Spanje ook paarden had, maar schrok vervolgens toen hij de enorme Oost-Groninger werkpaarden zag, die in vergelijking met de kleine tengere paarden van zijn vader meer leken op harige monsters.

Zoals het blijkbaar hoorde, ging Beatrijs met de vrouwen de keuken in en werd Herman naar de 'mooie kamer' van het huis meegenomen waar het stonk naar sigaren en waar twee brede fauteuils bij een kachel – 'pas op, die is heet' – stonden. Hij werd uitgenodigd te gaan zitten en kreeg een drankje – 'een Grunneger Slokje' – en een sigaar aangeboden, waarvoor hij vriendelijk bedankte. Een sigaret wilde hij wel aannemen en hij trok de rook licht over zijn longen. Door de uitgeblazen wolk keek hij naar de smid die over zijn kin wreef en hem in stilte over zijn kleine glaasje kruidenbitter aankeek. Tegenover hem in die vreemde doodse kamer.

'Zo, dus jij bent mijn schoonzoon.'

'Dat klopt meneer, het spijt me dat u niet in de gelegenheid was om deel te zijn van het huwelijk.'

'Waarom zou je dat moeten spijten? Het was meer dan tweeduizend kilometer weg.'

'Ja, de omstandigheden...'

'Ben je met 'r getrouwd omdat het moest, of omdat je het wilde?'

'Ik trouwde met uw dochter uit liefde.'

'Wel wonderbaarlijk elkaar juist te ontmoeten tussen al die Spanjolen.'

'Ja, dat is misschien wel een klein wonder te noemen.'

De mannen keken elkaar aan en zwegen een poos terwijl ze rookten en slokjes van hun drank namen. Later zou haar vader Beatrijs vertellen dat een man die een stilte kon vasthouden wat hem betreft in orde was.

'Mijn vrouw vertelt dat je een boer bent?'

'Niet van geboorte, maar wel vanuit roeping.' Herman zag de man zich een beetje ontspannen. 'Op ons land hebben we olijfbomen, sinaasappelbomen, amandelbomen en druiven. Maar ook vijgenbomen en johannesbroodbomen.'

'Dat is wel wat anders dan hier. Aardappels, zover het oog reikt,' grinnikte zijn schoonvader. 'En paarden?'

'Jazeker. Er rijden maar weinig auto's of vrachtwagens door het land, dus we doen nog veel met paarden en nog meer met muilezels.'

De man knikte tevreden. 'Mooie beesten.' Hij fronste zijn wenkbrauwen. 'Je hebt ook gevochten?'

Herman knikte. 'In de Grote Oorlog, de Eerste.'

'Voor de moffen?'

'In het Duitse leger, ja.'

Hij keek Herman lang en intensief aan. Speurend. Keek vervolgens uit het raam, trok aan zijn sigaar. 'Dat was een andere oorlog. Ik ken jongens van hier die met de Duitsers hebben meegevochten. Deze oorlog. Oostfront. Geen nazi's. Gewoon goede boerenjongens. Ze wisten niet beter. Sommige wel, de meeste niet, hoor. Een ervan kende ik goed. Hij kon heel goed met paarden omgaan en was een atleet, nou! Hij zou olympisch kampioen zijn geworden in ik weet niet hoeveel disciplines. Maar hier kan zo'n sportende jongen niks. Ja, zakken aardappels over de sloot werpen, een paard optillen. Meer niet. Hier niet.' Hij blies een dikke rookwolk uit. 'Duitsland is zo dichtbij, als de wind goed staat, spuug je er een in zijn oog. We praten bijna dezelfde taal, we hebben hier eigenlijk altijd meer gehad met de Duitsers dan met het westen. En hij kwam via Wehrmacht-sportkampen al voor de oorlog daar in het leger terecht. Dan zit je vast. Hup naar de ss. Geweigerd trouw te zweren aan Hitler en daarvoor sloegen ze hem halfdood en toen weer de puinhopen van Stalingrad in. Hij, jongens zoals hij, die zitten nu in Vught, ter dood veroordeeld. Hollandse bewakers lopen daar 's nachts door de barakken te schieten en de lijken worden er pas 's ochtends weer uitgesleept.'

Herman ontmoette de blik van zijn schoonvader. 'Het is niet altijd eenvoudig.'

'Ik ben gewend… wij hier, we maken weinig woorden vuil, iets is goed of fout, maar toch…'

'Maar toch niet altijd?'

'Juist, ja.' Hij fronste, keek Herman aan. 'Ik las dat artikel over jou.'

'Ja.'

'Held van de zwarthemden.'

'Niet van… misschien voor.'

'Wat bedoel je?'

'Ik ben van niemand een held, mijn verhaal hebben ze verdraaid, ze hebben van mij de fascistische held gemaakt die ze zichzelf wensten.'

'Dus je bent niet…'

'Was Beatrijs ooit getrouwd met een fascist?'

De smid grinnikte weer. Schudde met zijn bonkige kop naar de deur. 'Wat was je wel?'

'U bedoelt goed of fout?'

De smid haalde zijn schouders en zijn wenkbrauwen op en knikte.

'Ik probeer goed te doen. Maar soms is het niet duidelijk wat goed is. En dat zal nog lang zo blijven. Bij ons is de oorlog nog niet voorbij. We leven nog steeds onder de bezetter.'

'Hoe dat zo?'

'Bij ons hebben de fascisten wel gewonnen. Franco, Hitlers Spaanse vriend, is de baas in Spanje. De concentratiekampen staan in Spanje nog overeind. Wat ze hier razzia's noemen, noemen ze bij ons sacas, die gaan gewoon door, zij het op kleinere schaal. Bij ons zijn het niet de Joden op wie gejaagd wordt, maar iedereen die ook maar riekt naar "links".'

'Zoals Beatrijs.'

'Beatrijs is met mij.'

De man keek hem weer in stilte aan. Geconcentreerd. Zoog aan zijn sigaar. 'Maar goed dat jullie hierheen zijn gekomen. Dat is geen land om een kind in te laten opgroeien.'

'Hoe bedoelt u?'

'Ik bedoel dat voor de jongen, de kleine. Die kan nu hier in vrijheid opgroeien. En dicht bij zijn familie.'

Ging de man er nou van uit dat ze naar Nederland waren gekomen om te blijven? Dat had hij niet zelf verzonnen, of wel?

'Waar we wonen is het veilig en leven we best in vrijheid. We konden zelfs naar Nederland komen voor dit familiebezoek.'

‘Bezoek.’

‘Ik heb nog wat zaken af te handelen omdat mijn vader overleden is, maar daarna, over een week, wellicht iets meer, gaan wij weer terug.’

‘O?’ Het gezicht van de smid betrok. Lijnen in zijn gezicht, als de voren op de modderige landerijen om hen heen. Zijn wenkbrauwen zakten als donkere wolken over zijn ogen. Hij haalde zijn hand van boven naar beneden over zijn gezicht, wreef even over de stoppels van de dag.

‘Eens kijken of het eten al op tafel staat. En gecondoleerd natuurlijk.’

’s Avonds lag Herman wakker in het krappe bed, met Beatrijs die onbeweeglijk in elkaar gekropen tegen de muur lag, een kalm en ritmisch ademen dat de dekens amper beroerde. Hij dacht aan de woorden van zijn schoonvader. Hij dacht aan dit land. Hij was er nu twee weken, en misschien verwachtte hij te veel, maar hij kon zich niet voorstellen dat dit ooit thuis zou worden. Zelfs in zijn jaren van rondzwerven had hij nooit zo sterk gevoeld dat hij op de verkeerde plek was. En toen hij vanuit de bedstee keek naar de ramen met de gesloten gordijnen ervoor, probeerde hij er toch achter te zien en wist: het was de ruimte buiten het raam die hij miste. In de stad waren er de huizen die hem een blik op de wereld misgunden en in dit vlakke land stond er ook altijd iets in de weg. Hier op het platteland zag je eigenlijk niks behalve een eindeloze herhaling van lijnen tot een vage horizon die vertwijfeld oploste in zichzelf. Hollanders hadden eigenlijk alleen hun wolkenluchten. En waar het grijze Hollandse land zich schaamteloos en zonder terughoudendheid aan de kijker toonde, deinde en danste het landschap in Spanje met zichzelf en verborg het in blauw en groen gedrenkte geheimen die het alleen aan je onthulde als je echt je best ervoor deed. Het eiste iets van je, en daarom voelde hij zich er zo aan verbonden.

En hij besefte dat hij terug moest. In de ochtend naar buiten kunnen, naar koele ochtenden voordat de zon echt heet werd, of juist die kille avonden, regendruppels op de vlakke, naar grijs verschoten zee.

*

De dagen daarna bleven de granieten wolken boven de velden van Oost-Groningen hangen. Zo laag dat het leek alsof de lucht tussen wolk en modder samengeknepen werd en alle ziel en warmte eruit drupte. Het was waterkoud, in het huis waren alleen de keuken en de mooie kamer door kachels verwarmd. Als het werk buiten gedaan was, kropen ze bij elkaar in de mooie kamer en luisterden ze op een platenspeler naar krakende muziek. Levi met zijn ogen wijdopen, Beatrijs met die van haar steevast op haar zoon gericht, keuvelend met moeder en zussen. Haar vader stil in een hoek, wrijvend over zijn kin, met een drankje of een sigaar.

Buiten op het veld had hij uit het niets gezegd: 'Daar verderop ligt Bourtange, een communistisch bolwerk, Beatrijs kwam daar regelmatig, ze had er een vriendinnetje.' Hij wees naar het oosten. 'Dit was vroeger allemaal moeras, het Bourtanger Moor. De wind die erover kon waaien, kon je leven uit je bast blazen. Hier is het land gemaakt door de turfstekers. Meters zijn afgegraven, met schuiten sleepten we het naar Stadskanaal. Ik heb daar ook staan graven, als jongeman, eerst onderin, waar de grond vast en kleiig is. Het onderste spit, noemden we dat, het zwaarste werk. De grond loskrijgen, omhoog werpen naar het bovenspit. "Het onderspit delven" zeggen ze tegenwoordig, als je verliest. Maar als je daar staat, onderin, dan is de hemel boven je vrij.'

Beatrijs en Herman liepen daags later over dezelfde weg tussen de veenbodems waar, onder de voren, de aardappels al verscholen lagen. Beatrijs wilde een rondje samen lopen. Met dikke jassen aan liepen ze in stilte over de weg en aan het einde van de eerste velden sloegen ze een laan in die was omzoomd door platanen. Verderop een herenboerderij. De ontbladerde takken leken de voorbijrazende wolken voort te zwepen.

Haar woorden leken uit de wolken en de wind te vallen: 'Ik ga niet meer terug.'

Herman twijfelde eerst of hij ze echt gehoord had. Ze waren alweer verdwenen. Weggeblazen. Ze had hem ook niet aangesproken toen ze het zei, haar ogen op de lange rechte weg voor hen die verderop, nauw geworden, oploste in het grijs van de dag.

'Ik kan daar niet leven.'

Weer leken de woorden verdwenen voordat hij ze gehoord had. Deze keer keek Herman haar aan, en zij keek even terug. Hij wist niks te zeggen. Zij was vastbesloten, wat had hij nog in te brengen? Had een gesprek zin, deden zijn gedachten ertoe? Nee. Zou hij later spijt krijgen van de dingen die hij niet zou uitspreken? Of de moeite die hij misschien had moeten doen?

'Zou het voor jou ook niet beter zijn om terug te komen naar Holland?'

Hij had erover nagedacht, lopend door Utrecht. Maar nee, de haast en de drukte. Het lawaai. Dat was hier misschien ver te zoeken, op deze boerenvelden, maar god wat was het land plat. Het benauwde hem. Hij miste de diepte, zijn bergen, de geuren, de zee. Het eten en de taal, het praten, altijd een tikkeltje te hard en opgewonden. Er werd daar misschien te veel gezegd, maar hier te weinig.

'Dit is mijn plek niet...'

'En zou het niet je plek kunnen worden?'

'... en gaat het niet worden, nee.'

Ze keek weer weg. Langs de laan stonden verslagen paardenbloemen, het gras hing krom van de druppels. In de sloot tussen de weg en de velden stond een laagje modderig water.

'Waarom?'

'Ik kan... er is te veel gebeurd in Spanje.'

Hij begreep het wel, de weg van Almería, Barcelona. 'Ben je niet gelukkig en veilig bij mij?'

'Ik was opgelucht, en blij, en beschermd door jou, en door Andrés, Pepe en Morao, en ik hou van Pepa.'

Haar naam deed zijn bloed trillen, het voelde alsof zijn buik onder hem uit zakte.

'Maar ik was niet gelukkig, zelfs op de beste dagen niet, en ik heb me nooit echt veilig gevoeld, zelfs op de stilste dagen niet. En nu ik hier ben, voel ik dat weer wel.' Ze aarzelde. 'Ik weet niet of ik het nu nog moet zeggen, maar ik wil dat je het begrijpt. Ik heb dingen meegemaakt daar en ik dacht dat ik ze los kon laten. Maar als ik Spaans hoor, dan hoor ik het bevel tot executies, dan hoor ik het gevloek van mishandeling, de smeekbedes van stervende mensen, Herman.'

'Dat slijt wel...'

'Nee, of wel, misschien dat wel...' Ze stond even stil, hij liep een paar passen door, ze aarzelde. 'Ik ben verkracht,' zei ze.

'Wat?'

'Door een... een paar Spaanse officieren. Bolér was erbij betrokken.'

'Bolér heeft jou verkracht?'

'Nee, maar hij... hij was erbij... Het was na een feestje bij hem thuis. Iedereen was stomdronken.'

Duizend vragen stortten zich de afgrond van zijn bewustzijn in, allemaal schoten ze tekort, alle waren ongepast. Hoe? Waar? Heeft ze teruggevochten? Wanneer?

'Het was kort voordat jij me ontmoette.'

En zij dan, die weken van lust in Barcelona, toen hij bijna doorlopend op haar lag, of zij op hem. Dat was toch niet het gedrag van iemand die verkracht was?

'Ik dacht dat het alleen verkrachting is als je het zelf niet wilt, en wilde die gedachten omdraaien, zodat ik er niet onder zou lijden. Daarom heb ik heel lang geprobeerd het niet te zien als verkrachting, maar als mijn eigen losbandigheid. Liever een slet dan een slachtoffer.'

Hij keek naar de boomtakken, hoog boven zich. Ze ratelden en rammelden in de wind.

'De angst en vernedering dacht ik te kunnen vervangen door jouw... geborgenheid en je tederheid... door jou, daarom... althans dat heb ik nu bedacht, dat het zo zou kunnen zijn.'

Dacht zij de pijn te kunnen wegneuken, is dat wat ze zei? Dat zij hem gebruikt had als een verdovend middel? Dat was hun liefde? Hij voelde de woede in zich, richtte die van haar op Bolér... de schoft. Hij zou haar wreken.

'Ik weet het niet, ik weet alleen dat het niet zo werkt, en dat ik me er hier pas een beetje vrij van voel. Jij toch ook?'

'Nee... en ik ga niet in Holland wonen. Mijn leven, ik dacht dat van ons, is daar.'

Ze antwoordde niet en keek weg de verte van het platte land in.

'Ons, hoorde je dat Beatrijs? Is er voor jou überhaupt een "ons"? Hou jij van mij?'

Ze bracht haar hand voor haar mond, als een afspiegeling van dat gebaar van haar vader. 'Ja, ik hou van je, Herman.'

'Verwar liefde niet met dankbaarheid, Beatrijs.'

En waar verwarde hij het zelf mee? En was dat het enige wat hij kon opbrengen: verwijt? Hij had niet eens medeleven getoond voor wat haar was aangedaan. Maar het was te overweldigend, vanwege alles wat erop gevolgd was. Alles wat erop gebouwd en uit voortgekomen was.

'En Levi?'

Hij keek haar op de rug. Ze leek in te storten, draaide zich om en keek hem aan. Wat zag hij in haar blik? Dat ze het niet kon zeggen, dat Levi haar te veel was, omdat hij Spanje in zich meedroeg? Moest Herman het dan zijn die het uitsprak, die desnoods de boze koppige vader speelde om haar schuldgevoel te verlichten?

'Zijn thuis is in de Alquería,' zei hij.

Ze knikte onmerkbaar.

De dankbaarheid die Herman zag, die dag waarop alles begon in die uitgebeende kathedraal in Barcelona, die schuilde weer achter haar verdriet. Toen was het een begin geweest, nu een einde.

Tegen Levi zeiden ze dat mama voorlopig in Nederland zou blijven. Maar Levi wist dat 'voorlopig' slechts een stoplap was; angst leert je heel goed te kijken en te luisteren. Hij nam het nieuws zwijgend in ontvangst, ze zagen zijn ogen wel vollopen, en hij hield Beatrijs lang vast. Zij trachtte hem, tegen de stroom van haar eigen verdriet in, te troosten; zijn lieve vader zou bij hem zijn, hij zou zijn vriendje Paco weer zien – daar glimlachte hij inderdaad bij – en Andrés, de gitaar van Morao, en het huis.

Er werden boze blikken op Herman gericht. Hij was het, in hun ogen, die het gezin uit elkaar scheurde met zijn besluit desnoods zonder zijn vrouw naar Spanje terug te keren. Terwijl ze toch allen Nederlanders waren. Herman merkte het en nam zwijgend die schuld op zich.

De dag daarna vertrokken ze. De vader van Beatrijs bracht hen zwijgend naar het station. Hij zette de auto stil en hielp met de bagage. Hij schudde Herman de hand, Levi gaf hij een aai over de bol.

'Je bent een goede man en ondanks de vrouwen ben je altijd welkom hier.' Hij begreep meer dan het leek. Wreef met dat zo kenmerkende gebaar over zijn gezicht. 'En ik spreek nog wel met mijn dochter, als het veen en de piepers haar de keel uitkomen.' Hij grinnikte.

Herman glimlachte terug. 'Sterkte met uw vrouwen en dank voor de gastvrijheid.'

Zijn schoonvader ging door zijn knieën en keek Levi in zijn ogen. 'Jongeman, het was een genoegen je te leren kennen. Je bent een reuzeknul, en weet dat je ouders veel van je houden. Mama blijft even hier, we zorgen goed voor haar, en papa zorgt goed voor jou. En doe de groeten aan die gekke krekels waar je over vertelde...'

'De cicades,' corrigeerde Levi hem.

'... de cicades inderdaad. Doe ze de groeten.'

*

Morao stond aan de uiterste rand van het perron te wachten. Hij week niet toen de trein vlak voor hem het station in reed. Toen de passagiers uitstapten, deed hij wat passen achteruit om ruimte te geven aan de mannen en vrouwen die met tassen en hutkoffers worstelden. Nog een paar stappen om kruiers doorgang te verlenen. En zo stond hij toch op afstand van de treinstellen toen hij Herman en Levi zag uitstappen. Het jongetje keek voorzichtig waar hij zijn voeten neerzette, Herman spiedde het perron af totdat hij Morao in de gaten kreeg. Een zuinige glimlach en een knik. Ze hadden slechts één koffer. Ze waren met meer weggegaan. Waar was Doña Beatríz?

'Ze is in Holland gebleven,' was het korte antwoord en duidelijk het enige wat erover gezegd zou worden.

Morao zakte door zijn knieën en gaf Levi een stevige knuffel. 'Hola amiguito! Wat fijn je weer te zien.' Hij voelde de tengere armen terugknijpen. Morao deed alsof hij door een beer gegrepen werd. 'Hombre, knijp me niet fijn, wat heb je daar allemaal gegeten, je krijgt al de kracht van je vader.'

Levi keek op naar Herman.

Het landschap rolde hun tegemoet, Herman keek naar buiten. Na de vlakte van Valencia rechtte het land zijn rug, en vanuit de kuststrook rees het land op. Grote rotswanden stonden rijzig te midden van geleidelijk oplopende heuvels met terrassen die er in nette rijen op lagen. Het gulden licht van de avondzon verzadigde alle tinten. Het was van een oogverblindende schoonheid, het palet van een landschapsschilder, met alle nuances van groen van alle bomen en struiken, het grijs en oker van rotswanden, het goud van het avondlicht en steeds die intens kobaltblauwe zee links van hen die in een harde rechte lijn afstak tegen het azuur van de avondlucht. Door het open raam stormden de geuren van het land naar binnen.

Hij voelde hoe de putten en stenen van de weg via het stuur zijn lichaam binnenschokten. De auto deinde moeizaam met de weg mee, zuchtte en steunde de steile hellingen op, en zweefde opgelucht weer bergaf. Levi zat op de achterbank met Morao te praten over wat hij allemaal gezien had: dat hij naar een concert was geweest, in een elektrische tram had gezeten. Morao vertelde dat de amandelen weldadig hadden gebloeid, het had lekker geregend, Paco had knorrig binnen gezeten omdat Levi er niet was, en ze hadden een verrassing voor hem.

Herman zag de hoge pijnbomen van de Alquería en al gauw draaide hij de oprijlaan naar het huis op. Rechts de olijfbomen en links de amandelen. De bomen stonden goed in het blad en de grond eronder was losgewoeld en vrij van onkruid. Met alles wat hij zag, voelde hij zijn liefde voor deze plek groeien, het gebouw, het schitterende dak, die elegante boogramen, die onverwoestbare muur, de gewelven die hij had helpen restaureren. Herinneringen aan die eerste lange maanden overspoelden hem. Al dat werk met Vicente, Andrés, Alfonso, de vrouwen en ook Hector. Toen het gebouw in volle glorie voor hem oprees, voelde hij een geluk en een emotie die hij nooit had gevoeld. Er was geen centimeter die hij niet had aangeraakt. Hij keek opzij naar Levi: diens ogen ook gericht op de Alquería. Herman kon alleen maar hopen dat zijn zoon iets vergelijkbaars voelde. Ze waren thuis.

Toen ze dichterbij kwamen toeterde Herman en zag hoe Andrés het hek open kwam maken, een glimlach op zijn gezicht. Paco kwam aanrennen om met alle kracht in zijn jonge lijf het tweede hekdeel open te trekken. Achter hen zag Herman Maruja en Pepa het huis uit komen. Hun gezichten stonden blij, totdat ze zagen dat na Morao alleen hij en Levi de auto uit stapten.

Alquería del Moro
13 mei 1947

Vandaag thuisgekomen. En het is thuiskomen. Holland heeft me dat duidelijk gemaakt. Als ik al twijfels had over mijn plaats in de wereld, zijn die nu gestild. Met elke meter die ik dichterbij kwam, werd een leegheid in mij gevuld; alsof er meer substantie aan mij was met elke inademing van de geur, met elk beeld dat mijn ogen gretig naar binnen zogen. Als magnetisme, zo voelde het, de steeds sterker wordende kracht die mij naar het huis trok. Ik voel me weer verbonden, met mijn grond, mijn muren, mijn dak.

En de mensen die mijn familie zijn. Ik ben zo blij hen weer te zien, het is zo vertrouwd. Paco en Levi renden als geliefden op elkaar af, schudden elkaar heel volwassen de hand, en begonnen meteen in het Valenciaans tegen elkaar te kletsen om vervolgens zonder om te kijken het huis in te verdwijnen. Wat overbleef waren de blikken van onbegrip en zorg bij de volwassenen. Waar was Beatrijs?

Ik begreep ook dat ik hun iets zou moeten vertellen. Ik ging zitten op de rand van de fontein, net in de schaduw van de algarrobo.

'Beatrijs is in Holland gebleven. Het weerzien met haar familie trof haar diep, zij heeft hen erg gemist en wil voorlopig bij hen zijn. Daarbij komt, zij heeft de verschrikkingen die ze heeft meegemaakt hier in Spanje niet van zich af kunnen zetten.'

'Dat laat je ook niet makkelijk los,' mompelde Andrés.

'Maar een moeder moet toch bij haar zoon zijn?' Maruja. Een echte Spaanse moeder. Haar woorden kwamen er bozer uit dan ze was.

'Dat wil ze wel, maar ze besefte ook dat dit Levi's huis is en jullie zijn familie. Paco is als zijn broer…'

'Wat een opoffering,' zei Pepa.

Ik liet hen dat geloven, volgens mij was het bij Beatrijs vooral… Ik kan mijn ware gedachten niet aan het papier toevertrouwen, stel dat iemand, Levi bijvoorbeeld, het zou lezen. Nee, deze houd ik voor me.

Ik zei tegen hen: 'Ze wilde dat ik jullie zou vertellen hoezeer ze van jullie houdt, hoe dankbaar ze is voor jullie gastvrijheid en dat het haar pijn doet dat ze niet bij jullie kan zijn.' Niks van dit alles heeft ze werkelijk gezegd.

'Misschien over een tijdje,' suggereerde Morao, optimistisch als altijd, 'als ze tijd heeft gehad om te helen.'

'Misschien,' zei ik.

Tijdens het eten kreeg Levi van Morao de verrassing die hij met moeite voor zich had kunnen houden. Hij kwam de eetkamer binnenlopen met een gitaar in een kindermaat. Zijn gezicht straalde toen hij Levi het instrument plechtig overhandigde. Iedereen klapte en moedigde Levi aan toen hij de gitaar op zijn rechterbeen zette, zoals hij Morao ook altijd zag doen. Hij probeerde een vingerzetting en toverde er direct een aantal zuivere noten uit. Glimlachte naar Morao.

'Nu gaat het beginnen, amiguito!' riep Morao. 'Elke dag krijg je les van mij, maar niet te vroeg, ik moet wel uit kunnen slapen.'

Pepa keek Morao vol liefde aan, en vervolgens keek ze vertederd naar Levi. Mijn blik ontweek ze.

Na het eten ging Levi vroeg naar boven. Ik zag hem met zijn kleine koffer de grote trap oplopen. Zijn schouders laag, zijn hoofd ook. Ik liep achter hem aan naar zijn kamer en daar zag ik hem staan.

Hij merkte mij niet op. Keek om zich heen. Naar de muren en het plafond van zijn kamer. Zijn koffer had hij bij zijn voeten neergezet. Hij had geen idee waar hij heen moest. God, wat moet hij zich alleen voelen. Zijn moeder heeft hem, en mij, verstoten. Of heeft zijn vader hem weggenomen bij zijn moeder? Wat moest hij denken? Hij draaide zijn hoofd en zag mij, ik zag de tranen in zijn ogen, maar natuurlijk durfde hij niet te huilen in mijn bijzijn. Ik liep naar hem toe, ging op zijn bed zitten waar hij naast stond en omarmde hem. Zijn lichaam bleef stram, zijn armen langs zijn zij. Hij legde zijn hoofd niet tegen het mijne. Ik liet hem los. Ik hoorde buiten de kre-

kels aan hun nachtconcert beginnen. Zachtjes deinde de donkere lucht buiten op hun lied.

'Het komt allemaal goed, jongen,' zei ik tegen hem. Maar wat ik bedoelde weet ik niet. Wat komt goed? Hij is zijn moeder kwijt, voor altijd. Alles waar hij bang voor is, is wel gebleven. Hij moet straks weer naar school, met diezelfde klasgenootjes die, omdat ze mij vrezen, hem angst inboezemen.

'Levi, ik wil dat je één ding zeker weet, en dat is dat dit altijd jouw thuis is, van jou, helemaal van jou. En dat iedereen hier van je houdt. En je moeder ook. Jij bent haar niet kwijt, zij heeft jou niet verlaten. Ook al is ze duizend kilometer, ook al is ze een miljoen kilometer ver weg, zij houdt van je en het enige wat je hoeft te doen is haar liefde te voelen.'

Ik zag hoe hij erover nadacht, hoe hij er niet helemaal uitkwam. 'Waarom kon ze niet mee terug, papa, houdt ze niet van jou?'

'Jawel, jongen. Maar ze is te verdrietig van de oorlog en vindt het hier te eng.'

'Ik ben niet bang hier,' zei hij dapper.

'Weet ik, maar jij bent hier geboren. Jij bent een zoon van dit huis, een echte man van het land.'

'Dat zei Paco ook al.'

'Paco begrijpt dat goed.'

Ik vroeg hem zijn pyjama aan te doen. In de badkamer maakte hij zich klaar om te gaan slapen. Ik hoorde het water lopen. Hij deed een plas. Kwam de kamer weer binnenlopen. Hij stapte zelf in bed. Keek mij aan, keek echt naar mij. Ik schrok er bijna van.

'Jij moet niet verdrietig zijn, papa, want ik ben er voor je, hoor.'

Echt waar, dat zei hij. Ik glimlachte, gaf hem een klein stompje, waar hij een beetje om lachte. 'Jij en ik, zoon.'

24

Juni 1947
Alquería del Moro

Beatrijs' spullen borg Herman op in hutkoffers die in de kelders werden opgeslagen. Hij keek naar de bloeiende bloembedden in de plantenbakken. De dadelpalmen die in de wind klapperden. Het paradijs van Beatrijs. Daar was zij nog, en daar zag hij haar staan met een glimlach op haar gezicht. Hij geloofde niet dat ze hier nooit gelukkig was geweest, ondanks wat ze gezegd had. Dagen zat hij op het balkon van hun slaapkamer, waar ze samen vaak genoeg in het donker naar de sterren hadden gekeken, en hij dacht na, herhaalde elk moment met haar samen, op zoek naar wat werkelijk was. Ja, hij had echt van haar gehouden, op momenten, maar nooit genoeg. Nooit zoals hij van Pepa hield. Niet zoals hij van Levi hield. Zoals hij bij hen hoorde.

Als Beatrijs met hem had gevreeën om de angst uit te drijven, was Levi in angst verwekt. En waar hij tot dan Levi diens angst had verweten, realiseerde hij zich nu dat het niet de schuld van de jongen was, maar van onbekende soldaten en Bolér. Met dat bezinksel van angst in zijn ziel moest hij strijd leveren. Het kwam nu op hem aan. Hij was het die Levi als een sterke jongeman aan de wereld moest afleveren. Dat was zijn opdracht. En dat zou hij ook doen. Hij wist niet direct hoe, maar hij was vastbesloten om ervoor te zorgen dat het jongetje niet verloren zou raken.

Als je iemand verliest, is het de verloren toekomst die het meest verdriet doet. Elke dag treurde Herman om alle momenten die hij niet met Vicente kon delen. Om de verloren toekomst met Beatrijs kon hij niet treuren.

Na terugkomst uit Holland had Herman het leven in Spanje opgepakt alsof hij de tijd moest inhalen. Er was veel werk te doen, op het land, in de gemeenteraad van Xaraque en die van Benimelha waar hij met Don Urias regelmatig zat om de belangen van El Saladar in de gaten te houden. Hij zou niet meer zitten afwachten op zijn rots, verscholen in zijn burcht, en alleen maar verdedigend leven. Hij zou vooraan staan in Levi's leven en ervoor zorgen dat het voor Levi makkelijker zou zijn om zijn weg te vinden dan dat het voor hem was geweest.

Hij ging daarom bij Don Porfirio langs die voor zijn herbouwde haciënda in een grote rieten stoel met kussens zat. Zijn overhemd leek boven zijn nog omvangrijker geworden buik zwartgrijs borsthaar uit te braken. Een gouden ketting met dito crucifix lag verborgen in dat struikgewas, zijn hoofd lag op het zachte kussen van zijn onderkinnen. Porfirio's gezicht gloeide van blijdschap toen hij Herman zag aankomen. Hij stond moeizaam op, schudde Hermans hand, legde zijn andere op diens schouder.

'Don Germán, wat een ongelofelijk genoegen. En wie heb je daar bij je?'

'Don Porfirio. We hebben elkaar te lang niet gezien, en ik wilde je graag voorstellen aan mijn zoon, Levi.'

'*Que guapo hombre!* Hoe oud ben jij?'

'Acht jaar... señor.'

'Nee toch! Je ziet er veel ouder uit. Je bent al zo groot. Kom eens hier jongen, en geef me eens een hand zoals je vader.'

Herman gaf Levi een strenge blik en een klein duwtje. De jongen deed wat hem gevraagd werd. Toen zijn hand in de harige knuist van Porfirio lag, was zijn hoofd op dezelfde hoogte als dat van de oude landeigenaar die zich weer in zijn stoel had laten zakken. Hij hield Levi's hand vast, keek geconcentreerd naar de jongen.

‘Hij heeft de ogen van zijn moeder. Maar de neus van zijn vader.’

Herman glimlachte.

Hij keek naar Herman. ‘Ik heb gehoord dat uw vrouw in Nederland is gebleven.’

‘Kom, Don Porfirio, we kennen elkaar zo lang, laten we elkaar tutoyeren.’

‘Je hebt gelijk. Neem een stoel.’ Hij riep over zijn schouder het donkere koele huis in voor wijn. ‘Wat brengt je hier, Germán?’

Levi stond achter de stoel van zijn vader.

‘Mag de jongen het terrein op?’

‘Natuurlijk, ga vooral.’ Hij zwaaide Levi weg met de rug van zijn hand. Toen de jongen uit het zicht was, zei de Spanjaard: ‘Hoe gaat het met de jongen, nu zijn moeder er niet is?’

Herman aarzelde. ‘Zo goed als je mag verwachten. Waar ik voor kom...’

‘En met jou?’

Herman had veel verwacht, maar niet de interesse van Porfirio. ‘Ook, goed, tja... soms gaan de dingen zo.’

‘Er zijn een boel dames in Xaraque die hun kans schoon zullen zien. Je was altijd al een aantrekkelijke vrijgezel.’

‘Ik ben daar nu veel te oud voor.’

‘Hoe oud ben je dan?’

‘Bijna vijftig.’

‘Pah, niet eens zestig. En bovendien, zaad is nooit te oud om geplant te worden, de grond kan wel minder vruchtbaar zijn. Maar goed, weet dat er veel over gesproken wordt in het dorp.’

‘Dat verbaast me niks.’

‘Sommigen juichen het toe, anderen zijn teleurgesteld en sommigen, Germán, wijten het aan je “gewelddadige karakter”.’

‘O?’

‘De meesten weten zeker dat met jou niet valt samen te leven, maar anderen kunnen niet geloven dat een vrouw haar kind zomaar zou verlaten. Al helemaal niet zo’n vriendelijke en beleefde vrouw. Sommigen zullen blijven praten zolang ze het werkelijke verhaal niet kennen.'

'En daarna praten ze nog harder door.'

'Dat is waar.'

'Met respect... Porfirio, ik ben hier niet gekomen om over mijn vrouw te praten, hoe leuk dat onderwerp ook is voor "sommigen". Ik weet dat we het niet altijd met elkaar eens zijn geweest, we zouden kunnen zeggen dat we tegenstanders waren...'

'Que va... tegenstanders,' weer dat gebaar met de rug van zijn hand, deze keer omhoog, alsof hij iets wat op zijn hand zat achter zijn hoofd wegwierp. 'Weet je, ik ga je wat vertellen, en laat me vooral uitspreken. Jij denkt misschien dat we hier wat achterlijk zijn, en daarmee wat bloeddorstiger of laten we zeggen, dat wij wat meer handelen vanuit primaire driften, zonder acht te slaan op het hoe en het waarom, van onszelf of onze tegenstanders.'

Herman zweeg; er was geen reactie op zijn gezicht te lezen.

'Ik ben het vaak niet met je eens geweest, maar ik begrijp je wel en ik respecteer je ook. En ik zal nog meer zeggen, ik begrijp de roden ook, niet of en waarom ze communisten, anarchisten, socialisten of wat dan ook zijn, dat interesseert me geen zier. Maar ik begrijp wel waarom ze in opstand kwamen. Ik heb leren begrijpen dat je het verlangen van mensen naar een beter leven niet kunt onderdrukken.'

De wijn werd gebracht en Herman liet zich achteroverzakken in de kussens van zijn stoel. Een vol glas werd op een elegant smeedijzeren tafeltje met een marmeren blad naast hem neergezet.

'Ik begrijp de aversie van het volk tegen de hypocrisie van de Kerk, ik begrijp de afkeer van arme boeren en arbeiders van mensen zoals ik. Ik begrijp dat ze verandering willen, maar ze wilden te veel. Dat is mijn analyse, Germán. Ze wilden te veel, en wij wilden ze niet genoeg geven. Velen van ons wilden het liefst terug in de tijd, zoals Don Julian.' Hij sloeg een kruisje en duwde zichzelf uit zijn kussens naar voren. 'En ik begrijp nu dat dat niet kan.'

'Je begrijpt veel,' glimlachte Herman.

Porfirio lachte. 'Ik heb veel tijd gehad om na te denken, Germán, ook over de dingen die ik verkeerd heb gedaan. Zoals zovelen hebben we vaak uit woede en angst gehandeld... maar jij niet.'

'Dat is niet waar...'

'Nee, onderbreek me niet. Jij niet. Jij hebt die woede en angst ergens weggestopt, dat heb ik steeds aan je gezien. Vooral toen we tegenover elkaar stonden. Dat beangstigde me het meest aan je, dat ik geen woede of angst kon zien. Een man zonder emotie is onvoorspelbaar, en dat was je. God bewaar ons allen als die emotie ooit toch aan de oppervlakte komt.'

Ze namen allebei een slok wijn. Herman keek om zich heen, achter zich zag hij Levi langslopen met een kleinzoon van Porfirio.

'Jij hebt steeds gehandeld naar wat jij dacht dat goed was.'

'Dat heb ik geprobeerd, ja. Maar dat is niet altijd echt goed gelukt.'

'Misschien ook wel. Het goede doen betekent nog niet dat het goede lukt, soms moeten de slechte dingen gebeuren.'

'Daar lijkt het wel op.'

'Slechte dingen gebeuren vaak als we handelen vanuit woede en angst. Onze eigen tekortkomingen zijn de oorzaak van veel ellende – veel vaker dan echte kwaadaardigheid. Er zijn veel ellendelingen, versta me niet verkeerd, ik ben er een van, bij tijd en wijle, maar de meeste mensen... de meeste mensen deugen wel.'

'Dat is een mooi sentiment.'

'Ik geloof het ook echt, Germán, en ik heb besloten dat ik me ervoor wil inzetten om een van degenen te worden die deugen. Misschien slaap ik dan beter. Ik ben geen Paya, maar ook geen Don Julian, God hebbe zijn ziel, dat was een schoft. Ergens daartussen moet ik een plek vinden. En ik denk dat we ook de rest van de schoften hier in dit gebied de wacht aan moeten zeggen.'

'De Falange...'

'Heeft al een tijd terug afgedaan, Franco heeft de partij verworpen. Ik ga mijn voorzitterschap opgeven, ik… het was voor mij altijd een middel, Germán. Ik ben nooit een idealist geweest.'

'Meer een opportunist.'

'Haha, juist.' Hij haalde zijn hand over zijn kale hoofd, in een gebaar dat het midden hield tussen schaamte en een troostende streling.

'Olazabal y Fuentes…'

'Die onmetelijke schoft handel ik wel af. En als ik jou een woord van waarschuwing mag geven, Hector Bardales is jouw persoonlijke schoft.'

'Waarom zeg je dat?'

'Hij noemt je om beurten een verrader, een fascist of een stalinist, wat hem uitkomt. Hij beweert dat jij Vicente Urias de dood in hebt gejaagd en zegt dat je schuldig bent aan de dood van zijn tweede vrouw.'

'Hector is een beschadigde man, ik heb niet meer dan medelijden met hem.'

'Ik weet niet of dat genoeg zal zijn. Maar goed.'

'Ik wil enkel alles in het werk stellen om de omstandigheden in ons gebied te verbeteren. Ik vind het onverteerbaar dat mensen nog steeds sterven van de honger.'

'Ik ben het met je eens. En ik huiver om het te zeggen, maar veel hulp zullen we van El Caudillo niet hebben. Hij kan prima oorlogvoeren, maar van handel… *pero que cabrón*.'

'Zijn arrogante geloof in een autarkisch Spanje heeft alleen maar geleid tot een chronische depressie.'

'Hij heeft weinig keus, de geallieerden hebben Spanje volledig geïsoleerd.'

'Vind je het gek, ze zitten achter nazi's aan die Franco hier gewoon huizen en inkomen gaf. De vriend van mijn vijand…'

Don Porfirio fronste, nam een grote slok wijn en zette het lege glas weer neer. 'Ja, om eerlijk te zeggen, daarin stelt hij me wel teleur. Wat de nazi's hebben gedaan… Een van de slachters die zo'n kamp heeft bestierd woont nu in een landhuis met uitzicht op zee niet ver hiervandaan, dat hij van El Caudillo heeft gekregen.'

Herman had er ook van gehoord. Meerdere hoge nazi's woonden in Spanje zo vrij als een vogel, vaak gerespecteerd en bewonderd, meestal aan de kust waar ze genoten van de zon en de zee.

'Als we kunnen proberen de oorlog achter ons te laten, en gewoon weer de grond gaan bebouwen en de fabrieken kunnen laten draaien en het zout...' zei Herman.

'Je hebt helemaal gelijk. Wat wil je doen?'

'Ik wil meer grond gaan bebouwen, arbeiders een eerlijker loon geven, dagloners meer zekerheid. De mannen die in de rijstvelden werken kunnen een paar maanden later in de salinas aan de slag. Zo verdienen ze steeds genoeg. Geld dat ze dan weer kunnen uitgeven aan eten, of kleding uit de textielfabrieken, begrijp je, en in de bars, of aan het herstellen van hun huisjes. Ik wil dat vissers in Benimelha geld kunnen lenen zonder woekerrentes, om een boot te kunnen kopen, en netten, en wat ze nodig hebben. Anders verdwijnen ze naar de andere havens, naar Alicante of Murcia, omdat daar meer werk is, meer afzet. Ik wil de weg naar Valencia en Alicante verbeteren zodat toeristen makkelijker hierheen kunnen komen. Langs de stranden van Benimelha kunnen minstens vier hotels gebouwd worden. En let maar op, er zijn veel stadse lieden met genoeg geld om vrije tijd te hebben die hiernaartoe te willen.'

'Wat een ambities en ideeën! Mijn steun heb je.'

'Maar eerst moet er een einde komen aan al die politieke arrestaties en verdwijningen, om mee te beginnen.'

'Zoals gezegd, Olazabal y Fuentes ga ik wegwerken, die vindt mensen laten verdwijnen veel te leuk. *Malparido hijo de puta*.'

'Alles is kansloos als het alleen van mij komt, ik ben immers nog steeds een buitenlander.' Met of zonder zijn voorzitterschap van de Falange was Don Porfirio dominant in de lokale politiek en zou Herman de dikke grootgrondbezitter nodig hebben. Don Porfirio nam een slok, haalde zijn schouders op.

'Voor een gedeelte wel. Geef me de tijd erover na te denken, en laat me met wat vrienden hierover spreken. Het kan zijn dat ik doe alsof het mijn ideeën zijn, je begrijpt...'

'Het maakt mij niet uit.'

'Goed, dan worden we camaradas.'

Hij lachte om zijn eigen grapje, hij wist maar al te goed dat de meeste kameraden in anonieme graven lagen.

Herman schudde de dikke harige hand. Aarzelde even en zei toen: 'Er is een gunst die ik u te vragen heb.'

'Vertel.'

*

Levi had met een paar jonge jongens, waarschijnlijk kleinzoons van Porfirio, over het grote landgoed gedwaald, had zwijgend het pochen van de oudere jongen aangehoord en had staan toekijken hoe ze kippen over het erf opjoegen en de jonge stieren vanachter de stevige houten hekken met stokken probeerden te slaan. Hij was blij toen zijn vader hem riep en ze weg konden.

Even later reden ze over de stoffige wegen terug langs de flanken van de Sierra de la Solana Alta in de richting van Xaraque en daarna naar de Alquería. De ramen hadden ze aan beide zijden naar beneden gedraaid zodat de warme voorjaarslucht naar binnen kon. Levi zat weggedoken achter de deurstijl met zijn handen op zijn oren tegen het geruis van de wind.

'Gaat het?' riep Herman boven het geraas van de wind en het dreunen van de motor.

'Nee hoor,' riep Levi terug.

Zijn vader keek hem even bezorgd aan, knikte toen, waarna Levi wegkeek en zich probeerde te concentreren op het uitzicht. In de verte verrees de Rasalcalb. Levi stak zijn hand uit het raam, probeerde de rots denkbeeldig aan te raken terwijl de wind gruis en insecten tegen zijn arm blies. Hij trok zijn arm weer terug, wreef erover, maar bleef kijken naar het uitgestrekte land, de zee daarachter en de horizon die op deze heiige dag vervaagd overliep in de lucht. Het was wonderbaarlijk hoe vanaf dit soort hoogtes de horizon van de zee bijna tegen de top van de Rasalcalb aan leek te liggen. Zijn vader had uitgelegd dat dat kwam door de ronding van de aarde. Dat je vanaf deze hoogte veel verder kon kijken en dat het daarom leek alsof de zee hoger lag dan de rots. Levi keek ernaar en probeerde te zien hoe diezelfde horizon in zijn ooghoeken afliep naar de rest van de onzichtbare wereld. Naarmate ze afdaalden naar lager gelegen gebied zakte de zee langs de Rasalcalb naar beneden alsof hij als een badkuip leegliep, en toen ze thuis aankwamen was de horizon weer waar die hoorde te zijn. Toen hij uit de warme auto stapte, verlangde Levi naar een duik in die zee, om ook zeker te weten dat die nog dezelfde was.

Terwijl Paco en Levi naar de cala gingen om te zwemmen, deed Herman verslag van zijn bespreking met Don Porfirio. Morao en Andrés hadden veel vragen, maar begrepen zijn ideeën en plannen en als altijd verklaarden ze direct hun steun. Pepa had ook aan tafel gezeten en had een heel andere blik in haar ogen gehad. Ze kwam even later zijn werkkamer binnen, de kamer leek te knetteren door de elektrische lading van haar woede.

'Ga jij met dat harige, dikke falangistische zwijn samenwerken?! Hij is een moordenaar!'

'Ik ook.'

'Ach, dat moet je niet zeggen, dat is...'

'Wat moet ik dan doen, Pepa? Ruzie blijven maken met iedereen? Een buitenstaander blijven? Alleen maar voor mezelf zorgen? Ik ga niks voor elkaar krijgen zonder zijn hulp.'

'Wat moet je dan zo nodig voor elkaar krijgen? Heb je dan niks geleerd? Waarom zou je steeds groots moeten leven, als de belangrijke man waar iedereen naar kijkt?'

'Dat wil ik helemaal niet.'

'Nee? Dat heb je altijd gewild, je bent altijd zo geweest. Dit absurd grote huis? Een Moorse burcht?! Nooit kleine plannen, nooit een stap terug. Altijd de confrontatie aangaan...'

'Maar begrijp dan dat ik dat juist niet doe nu...'

'... en zonder dat je rekening houdt met wat dat voor anderen betekent.'

'Ik doe het juist voor anderen.'

'O ja, voor wie, voor wie zijn al die ambities goed?'

'Voor Levi natuurlijk...'

'Voor Levi, hoe durf je hem...'

'Ja, voor Levi, zodat hij niet meer wordt uitgekotst en geslagen door al die klotekinderen in dat klotedorp.' Hij voelde nu het uitdijen van zijn eigen woede. Het nam steeds meer ruimte in zijn lijf in beslag. 'Zodat Paco niet altijd zijn persoonlijke lijfwacht hoeft te zijn. Zodat hij niet door kapitein Olazabal *de mierda* geslagen wordt als die hem tegenkomt. Zodat hij niet hoeft te denken dat iedereen hem haat. Zodat hij niet altijd zo verdomde bang is en ik me er niet zo verdomd hulpeloos over voel!' Woord voor woord was hij gaan schreeuwen. Nu ademde hij in. Pepa was stil, keek hem aan, zweeg. Buiten klonk het bescheiden geluid van krekels die de schemering begroetten. 'En voor anderen, zodat mensen niet meer doodgaan van de honger, zodat ik geen lijken vind op mijn landerijen. Zodat jouw Rosalía een gewoon kind kan zijn. Voor Sara... zodat Sara terug kan naar haar moeder. Dat Carlos een normale baan kan krijgen en Mariflor een goede man. Voor Andrés en Pepe die dan minder hoeven te ruziën in Bar Frau, voor Maruja zodat ze normaal wordt behandeld op de markt, voor Morao, voor... voor jou.'

'Voor mij?'

Een film van tranen trok over zijn ogen. 'Ja.'

'Hoezo voor mij?'

'Ik weet niet... Dat je veilig bent, dat jij en Morao misschien een eigen huis kunnen vinden, ik weet dat jullie dat zouden willen...'

'Zolang we hier mogen blijven, blijven we. Wij gaan je niet verlaten, Germán.'

De eb en vloed van haar emotie was zo krachtig dat je er makkelijk in kon verdrinken. Ze leunde voorover en legde haar hand op zijn arm.

'En bovendien, wat kan ik anders? Ik heb dit huis gekozen, en dit land, en gedaan wat ik heb gedaan. Anonimiteit en rust is me nooit gelukt, hoezeer ik er ook naar verlang. Soms, vaak, zodat ik... dat ik kan leven om, om met...'

'Met wat?'

'Wie.'

'Met wie?'

'Laat ik dat maar niet uitspreken.'

Ze was even stil. Natuurlijk had hij het over haar. Ze pakte zijn hand in de hare. 'Je doet het ook voor jezelf.'

'Wat?'

'Voor jou, zodat je niet steeds hoeft te denken aan Beatrijs, en Vicente, en aan je moeder en vader, en je vrienden in de loopgraven.' Ze zweeg, aarzelde. 'En dat je niet hoeft te denken aan ons.' Ze legde haar koele handpalm kort op zijn wang.

'Is er een "ons" dan?'

'Natuurlijk is er een "ons".'

'Wat is dat dan? Wanneer?'

'Laten we het niet uitspreken, Germán.'

Un fragmento de la mañana, dichtte Lorca, een fragment van de morgen. Het gedicht dat al zo lang met Herman meereisde, altijd met Pepa verbonden was, dat hem met haar verbond. Een band die een natuurkracht leek te zijn. En tegenwerking maakte het alleen maar sterker.

Die nacht hoorde Maruja de geluiden uit de grote slaapkamer weer door het huis waren. De pijn, het schreeuwen. Ze keek naar Andrés en stond op. Het zou in de jaren af en aan optreden, dat de nachtmerries terugkeerden en dat zij hem in de nacht in stilte vasthield. Ze zag dat het samenviel met de momenten waarop Herman zich verlaten leek te voelen. En zonder dat hij het wist, werd hij door haar vastgehouden.

25

Juli 1955
Benimelha

'Ik voel God niet in gebed, ik voel God op de momenten dat het stil is om me heen, als het echt stil is in mij,' zei padre Moisés. 'God is de stilte.'

'Zwijgt hij daarom zo vaak?' mompelde Levi en hij wist dat hij om dezelfde reden het liefst onder water was. Dat daarom de mooiste momenten in muziek misschien wel die net vóór de inzet waren, of juist na het wegsterven van een slotakkoord. Niet in de momenten van de grootste vervoering, niet de grootse en meeslepende, maar juist als alles stilstond leek hij de ademhaling van God te kunnen horen. Daarom hield hij ook van de kerk van padre Moisés, de koele stilte.

In de Alquería kon het ook stil zijn, maar anders. Als hij erdoorheen dwaalde, hoorde hij de aanwezigheid van zijn moeder. Als een verre spookachtige boventoon. Zij was er, net voorbij zijn ooghoeken. Hij wist niet meer of het hem verdrietig stemde of niet. Hij dacht zich delen van zijn vroegste jeugd te kunnen herinneren, toen zijn moeder nog bij hen was. Hij zag lieve, troostende ogen voor zich, op hem gericht, maar tegelijkertijd ook heel ver weg. Als een vogel die aan de overkant van de vallei van je vandaan vliegt.

In zijn herinnering was zijn vader ook ver weg, maar anders. Streng, ongeduldig, vaak geïrriteerd. Pas met de terugkomst uit Holland was dat veranderd. Alsof die irritatie helemaal niet met

Levi, maar veeleer met haar te maken had gehad. De eerste omarming van zijn vader die hij zich kon herinneren was op die eerste nacht terug in Spanje. Toen hij zich leeg en compleet verlaten had gevoeld. In zijn slaapkamer had hij gestaan, en toen hij zijn koffer losliet, leek het alsof hij ook zijn moeder liet vallen. Hij had het wel uit kunnen schreeuwen als een flamencozanger, als hij niet zo bang was geweest voor de klank van zijn eigen stem.

Na die eerste omarming verdween de afstand tot zijn vader. Steeds meer deden ze samen. Hij nam Levi vaak mee naar de cala om te zwemmen. Met een duikbril doken ze onder. Levi dook dan diep, totdat zijn oren pijn deden, en bleef daar zo lang mogelijk. Want het was stil daar, en vredig, donker en licht, en alles bewoog en waaide voor zijn ogen zonder geluid. Om zich heen de vissen, die onbevreesd om hem heen zwommen maar bij een te bruuske beweging wegschoten, niet uit angst maar uit instinct. Tussen de rotsen verscholen zich de diep donkerpaarse zee-egels en feloranje zeesterren. Op de rotsen groeiden kleurrijke koralen, onderwatermossen en planten, en bossen vreemde sponsachtige wezens waarvan hij later leerde dat ze zeeanemonen werden genoemd. In allerlei vormen en kleuren bewogen ze met het water, dat grote zoute blauwgroengrijze lichaam. Vanbuiten zo groot en onpersoonlijk, zo angstaanjagend als de stormen eroverheen joegen, maar als je erin dook, zelfs als de golven zo heftig waren dat de rotsen leken te schudden, omarmde de zee je.

Met de zwempijp die Amerikanen een 'snorkel' noemden, die Levi voor zijn verjaardag van zijn moeder vanuit Holland kreeg opgestuurd, was zijn verbinding met de zee compleet. Hij kon onafgebroken aan de oppervlakte liggen, drijven op de lucht in zijn longen en meedeinen op de eindeloze kracht en energie die hem droeg. En dook hij naar beneden, dan was daar die stilte, hij zweefde erin, je hoorde enkel het geluid van luchtbellen die als wolken van kristal haastig naar de oppervlakte stegen, met een tokkelend geluid alsof de zee op een houten xylofoon speelde. En als de zuurstof dan weg was, zonk hij dieper het water in, steeds dieper, en vond daar de volledige stilte. Zolang zijn longen het uithielden bleef hij daar, om pas dan met gehaaste slagen en brandende longen boven te komen. Uit zijn ooghoeken zag hij zijn vader die met hem mee zwom, vrijwel altijd in het licht dat bleek op zijn huid viel. Waar het bij Levi ging om die stilte, sprak zijn vader vaak over het licht dat door de golven viel, en de kleuren van het leven onder water.

Op windstille dagen maakten ze lange ritten te paard door een zwijgend landschap – als je de cicades niet meetelde – en vertelde Herman over wat ze tegenkwamen: de bomen, de planten, de grotten in rotswanden, de passen over de bergen, de verborgen paden die overal onzichtbaar liepen. Ze keken uit de verte naar de bouwwerkzaamheden in Xaraque, waar de vrachtwagens van Hector Bardales af en aan reden, ze zagen tussen de druivenvelden hoe de kustweg tussen Xaraque en Benimelha werd verhard. Ze keken hoe de haven van Benimelha groter werd, een zeewering werd aan de voet van de Rasalcalb blok voor blok in het water gelegd. Ze zagen het hotel dat aan de rand van de salinas in aanbouw was. Bij het zandstrand van Benimelha zagen ze de eerste nieuwe chalets verrijzen, en nog een hotel, recent door Bardales Construcciónes afgebouwd. Het strekte zich uit op gepaste afstand van het strand, de wijnvelden liepen door tot de achtergevel. Er stonden auto's bij, bezoekers vanuit het binnenland, vooral Madrilenen. Waar Franco woonde.

Er was veel veranderd in de afgelopen jaren, en zijn vader had er veel mee te maken gehad. Hij werkte al tijden samen met Don Porfirio, de oude grootgrondbezitter die eigenlijk alle touwtjes in het gebied in handen had. Een man die eerst een vijand was van zijn vader, verweten sommige klasgenoten hem, een fascist, falangist, die mensen uit het dorp had vermoord. Net als zijn vader. Levi kon dan niks terugzeggen. Hij wist te weinig over wat er allemaal was gebeurd, zijn vader vertelde hem niets over die tijd, er werd in huis ook niet over gesproken.

Meestal ging Paco mee op deze ritten en dan reed Levi achter zijn vader naast de jongen die hij als zijn broer zag; die twee spraken dan honderduit met elkaar, ze hadden zoveel met elkaar gemeen. En hij en zijn vader? Waren er overeenkomsten? Ze moesten er toch zijn? Misschien waren de onzichtbare wel de sterkste. Levi vroeg zich af of er dingen waren die je meenam zonder dat je wist dat je ze bij je droeg, als kiezels in het diepste puntje van je broekzak.

Maar vandaag was bijzonder, Paco was niet mee en Levi reed naast zijn vader, wiens lichaam moeiteloos meedeinde met de stappen van zijn grote ruin, terwijl Levi zelf ondanks alle paardrijlessen het gevoel had dat hij elke keer op het verkeerde been zat. Zeker als ze draafden was hij bang dat hij van zijn paard zou vallen. Onderweg kwamen ze nog regelmatig guardia's tegen, die telkens op onverwachte plekken langs de wegen stonden met hun tricornios, iets doffer misschien, en hun capes die nog maar over één schouder hingen, maar nog altijd een beeld dat angst met zich meebracht. Kraaien. Ook vandaag zag Levi hen in de verte uit de hitte boven de kustweg opdoemen. Levi voelde het in zijn buik, maar zoals altijd groetten de mannen zijn vader beleefd, en hij groette terug.

Verderop stond Bar Baydal, een nieuw gebouwde bar bij het strand die al eerder het eindpunt van hun ritten geweest. Daar dronken ze koffie met melk in de schaduw van rietmatten die tussen de pijnbomen gespannen waren. Ze spraken over wat ze gezien hadden, gesprekken die even onvermijdelijk als doorlopend onderbroken werden door zakenrelaties, bekenden, vrienden of arbeiders van Herman die stopten om een praatje te maken, een vraag stelden of Levi complimenteerden dat hij zo groot of knap was geworden. De jongen knikte dan verlegen. Zijn lange armen en benen leken sterker dan ze waren, hij bewoog er onzeker mee, maar wanneer hij stilzat, zijn ranke vingers op het hout van een tafeltje trommelden en zijn ogen op een droombeeld in de verte waren gericht, zag je iets van de rijke binnenwereld van de jongen.

Zijn donkerbruine krullende haar en de lange wimpers om zijn groene ogen leverden hem veel blikken op van de meisjes. Hij keek altijd weg. Het enige meisje met wie hij sprak was Sara Lloret, een stil meisje met steile zwarte haren die haar bleke gezicht omkaderden. Ze was een paar jaar ouder dan Levi, maar trok naar hem toe. Ze zat vaak van een afstandje te luisteren wanneer Levi oefende op zijn gitaar. Soms neuriede ze mee, legde fluisterend een melodie over zijn noten. Maar nooit zong ze. Spreken deed ze ook weinig, met Levi wel meer, en dan ging het vooral over noten, samenklank, de scherpe harmonieën van flamencoakkoorden, de kleuren die je met muziek in de ziel van mensen kon schilderen. Levi keek ook heimelijk naar haar, wanneer ze met haar huiswerk bezig was, of met taken in het huis. Als ze zich onbespied waande, bewoog ze als op het ritme van een onzichtbare *soléa* die alleen zij hoorde. Haar stilte moest je niet verwarren met verlegenheid. Zij was het die hem een kus gaf, op een blauw oog dat hij had opgelopen, nu alweer jaren geleden, toen hij zeven was.

Hij dacht nog steeds aan die kus, wenste zich soms een blauw oog. Maar sinds enkele jaren, eigenlijk sinds zijn terugkeer uit Holland, werd hij niet meer openlijk belaagd of geslagen. Zelfs op momenten dat hij alleen in de buurt van andere jongens uit Xaraque was, werd hij met rust gelaten. Ze keken alsof ze graag die lange armen zouden breken en die groene ogen zouden dichtslaan, maar hielden zich in, alsof een onzichtbare kracht hen tegenhield. Er waren wel confrontaties, en ze werden regelmatig uitgescholden, maar als Paco, die altijd bij hem was, niet begon met vechten, deden de anderen het ook niet.

Desondanks vermeden Levi en Paco Xaraque. In Benimelha waren ze welkom, daar had Levi's vader geen vijanden, en bij de Rasalcalb waren altijd avonturen te beleven. Dat was de plek waar veel jongens uit Benimelha in hun vrije tijd heen gingen. Bij die groep had Paco met zijn durf en zucht naar het sensationele aansluiting gevonden. Hij ging regelmatig met hen zeilen, hij kende de wind en de wateren rond de rots goed en kreeg het varen gauw onder de knie. Hij voer vaak in een kleine Snipe, een tweemanszeilboot die van een rijke toerist was. De man woonde een deel van het jaar in een van de nieuwe chalets en liet zijn bootje altijd in de haven liggen. Paco paste erop en mocht er in ruil af en toe mee zeilen. En dat deed hij ook. Vaak met een van zijn vrienden, maar meestal alleen. En als ze niet zeilden, spoorden ze elkaar aan de wanden van de Rasalcalb te beklimmen. Ze vogelden met touwen en haken en bouten, maar geen van allen had echt ervaring met gezekerd klimmen. Dus klommen ze meestal vrij tot ze niet meer durfden. Wanneer de zuidwand in de zomer door de zon te heet werd om aan te raken, besteedden ze al hun tijd bij de grote rotsen die half in zee lagen en waar ze met elegante duiken en woeste salto's vanaf sprongen. Levi was daar niet goed in, maar hij kon wel langer dan wie ook onder water blijven. Hij vond het leuk de reacties te zien als hij bovenkwam op een plek ver verwijderd van waar hij onderdook. Dat ze misschien even dachten dat hij voor altijd was verdwenen. En telkens wanneer hij onder water ging, zakte hij ver naar beneden en keek vanuit zijn wereld hoe de lichamen van de andere jongens in een ontploffende wolk van waterbellen het water doorkliefden. Hij zag hun bleke trappelende benen in het blauw van de zee, hoe ongemakkelijk ze zich door de golven terug naar de rotsen worstelden. Daarna klommen ze met blote voeten over het in scherpe punten geërodeerde kalksteen omhoog, om daarna met veel branie het hoogste puntje op de rots te vinden en weer te springen.

Van een kiezelstrand verderop keken de meiden toe, gekleed in badpakken waar priester Valdéz van Xaraque een toeval van zou krijgen. Levi zag Sara daar ook zitten. Ze merkte dat hij keek en glimlachte naar hem. De andere meiden liepen giebelend tot aan hun heupen het water in, maar ze doken niet van de rotsen en zwommen nauwelijks in de zee. Liever voerden ze gesprekken met veel gebaren en stemverheffingen alsof ze doorlopend ruzie hadden. De laatste tijd ging het over de aankomende feesten van de Moros y Cristianos. Tijdens dit eeuwenoude feest herdachten de dorpelingen de tijd waarin de laatste Moren door de Reyes Católicos het land uitgewerkt werden, waarna Berberse zeerovers nog jarenlang de kusten van de Costa Blanca afschuimden, op zoek naar rijkdom en slaven.

Zowel in Xaraque als Benimelha werden die feesten dagenlang gevierd. In Xaraque grootser dan in het armere Benimelha overigens; het geld van de textielfabrieken betaalde voor rijker versierde kostuums, een grotere fanfare en echte kamelen. Maar in Benimelha hadden ze weer een unieke gebeurtenis die centraal stond. Want daar hadden honderden jaren geleden namelijk ooit zeven Moorse galeien hun woeste opvarenden op het strand uitgespuugd. De massale, uiteindelijk weinig succesvolle aanval op de muren van Benimelha werd elk jaar nagespeeld en Paco wilde al jaren meedoen met deze enscenering. Dorpelingen die de rol van de Moren speelden, kwamen dan met vissersboten aan het strand waar een schijngevecht van man tegen man plaatsvond met dorpelingen die de Cristianos speelden en lustig oude donderbussen met doffe knallen afstaken. Ladders werden tegen muren gezet, en vanaf de muren werd dapper weerstand geboden. Uiteindelijk, net als zoveel elementen niet geheel historisch correct, deden de Cristiano-dorpelingen een uitval en joegen de Moros terug de golven in waarna een groot gezamenlijk feestmaal op het strand plaatsvond. De festiviteiten werden afgesloten met nog meer ladingen oorverdovend vuurwerk.

Dat was altijd op de laatste dag, maar de dagen daarvoor namen de Moren en de christenen om beurten bezit van het dorp in nagedachtenis van de vele jaren dat de bevolkingsgroepen in vrede met elkaar hadden samengeleefd. Er waren optochten met veel eten en muziek. Op de dagen dat de Moren bezit namen van Benimelha werd er ook flamencomuziek gespeeld. Morao en Pepa hadden er weleens gespeeld, en Levi, die samen met Paco ook veel speelde, hij op zijn gitaar en Paco als zanger, droomde stiekem van een mogelijk optreden. Hij had sinds kort bijna het zelfvertrouwen om het aan Paco voor te stellen. Op elk verloren moment zat hij met zijn gitaar in de stilste hoek van de Alquería die hij kon vinden. Met Sara als enige toehoorder.

*

Toen ze samen op een rots in de zon zich opwarmden en de anderen niet in de buurt waren, vroeg Levi: 'Zullen we tijdens de feesten spelen?'

Paco's haar was nat van het water, zijn lichte ogen spiegelden de zee. Hij was nog aan het uithijgen. Waar anderen om de rots heen zwommen en de makkelijkste weg uit het water namen, was hij als een aap, hangend aan het scherpe kalksteen van de rots, uit het water geklommen. Een fijnmazig netwerk van krassen liep over zijn buik en scheenbenen. Met zeewater vermengde straaltjes bloed stroomden langs zijn onderarmen en druppelden op de rots om in zee te verdwijnen.

'Durf je dat?' Als iemand anders dat zou vragen, zou Levi uit schaamte de rest van de dag zwijgen. Maar het was Paco.

'Ja, dat durf ik wel.'

'Ik ook.'

Levi lachte. Paco durfde alles.

'Ik zal aan mijn moeder vragen hoe we ons kunnen aanmelden of zo. Geen idee hoe dat gaat.'

Levi voelde de zenuwen in zijn buik, nu al, terwijl het nog onzeker was of ze wel konden optreden. En als het al lukte, was het nog weken tot de feesten.

'Ik wil ook aan de slag op het strand meedoen,' zei Paco.

'O?'

'Ja man, als Moro het strand op stormen. Beetje spelevechten met een stel Benimelheños...'

'Maar dan verlies je.'

'Natuurlijk, maar ik ben gitano, hè? Wij zijn de beste verliezers die er zijn. Altijd trots.' Hij keek naar het bloed op zijn onderarmen.

'Dat bedoel ik niet, je móét dan verliezen.'

De wijsheid dat je alleen aan gevechten begint die je kunt winnen, ging al jaren straal aan Paco voorbij. Hij ging elk gevecht aan dat hij de moeite waard vond, of hij nu bij voorbaat verloren had of niet.

'Als ik niet regelmatig bloed in mijn mond proef, kan ik nooit goed zingen!' grinnikte hij weleens. Pepa en Morao zuchtten dan diep. Hij was een vulkaan die altijd actief was, alleen bij Levi in de buurt kwam hij enigszins tot rust. Hun liefde voor de zachtere jongen was daarom even diep als die voor hun eigen zoon. Levi had eigenlijk twee vaders en twee moeders, van wie één afwezig, dat wel. En hij had een zusje in Rosalía, die in de schaduw van haar broer een beeldschoon meisje werd met een enorme bos wild krullend haar en een vuur in haar ogen als van haar moeder.

'Ja, met opzet verliezen... Ik denk dat ik wel een paar bloedneuzen zal moeten uitdelen, ze zullen me het strand wel moeten afslepen. Een beetje realisme in het gevecht is toch prima?' Hij lachte, stond ineens op en dook de rots af. Uit het zicht hoorde Levi de plons. Hij zag het voor zich, hoe Paco als eerste uit de boot zou springen, de branding doorploegde en hoe hij zich vooraan in de meute Moros op de verdedigers zou werpen.

Toen Paco weer terug was en ging zitten om een snee in zijn voet te bekijken, zei Levi: 'Ik denk dat ik ook wel wil meedoen.'

'Wat, aan de slag?'

'Ja, waarom niet?'

'Tja, verliezen in een gevecht is jouw specialiteit.' Hij stompte Levi net niet te hard op de schouder. 'Van Manolo hebben we dan ook geen last.'

Manolo Bardales was en bleef hun doodsvijand. Hij had de haat voor iedereen in de Alquería van zijn vader overgenomen. Paco had al meerdere malen zelfs Rosalía te hulp moeten schieten die door Manolo regelmatig getreiterd en soms zelfs geslagen werd. Er was tussen Manolo en Paco ook al bloed gevloeid. Morao was al eens tevergeefs naar Hector Bardales gegaan om voor vrede tussen de jongens te bemiddelen, maar kreeg bij de poort van het nieuwe huis van Hector bijna zelf een pak slaag. Tot Levi's verbazing was zijn vader nooit verhaal gaan halen bij Hector, terwijl Manolo's vuist, vooral in de vroege jaren, toch regelmatig blauwe plekken op Levi's lichaam had achtergelaten. Levi vermoedde dat zijn vader vond dat hij moest leren vechten, net als Paco. Misschien kon hij het wel tonen tijdens de slag op het strand.

*

Met de feesten die over twee weken zouden plaatsvinden, dacht hij aan weinig anders. Zeker nadat hij vanochtend een nieuwe gitaar had gekregen. Zijn eerste gitaar, die hij van Morao kreeg op de dag dat hij terugkwam uit Holland, was te klein geworden. Zijn vingers bewogen alsof ze over de verse snaren liepen. Ook terwijl zijn vader de gesprekken bij Bar Baydal steeds zo snel mogelijk afwikkelde. De zoveelste kennis was net bij hun tafel vertrokken en Herman glimlachte naar zijn zoon toen Pau Baydal twee bierglazen op hun tafel neerzette. Levi keek zijn vader aan; hij mocht nooit bier drinken, terwijl Paco en andere jongens al meerdere malen dronken waren geweest. Juist daarom, zei Herman als Levi dat argument naar voren bracht.

'Gefeliciteerd met je verjaardag, jongen. Met zestien jaar wordt het tijd dat je een biertje drinkt.'

Levi glimlachte en nam een slok.

Herman stak een sigaret op en bood er ook een aan Levi aan. 'Niet eerst over je longen.'

Wat Levi toch al niet van plan was. Hij had sigaretten meegerookt met Paco, vond het smerig maar wilde zijn vader niet teleurstellen.

En zo rookten ze, dronken samen een biertje en keken naar de zee die kalm naar de rotskust stroomde, het water voorzichtig tussen de rotsen legde en het even stil weer terugtrok. Aan deze kant van de Rasalcalb, achter Benimelha, was geen zandstrand maar een brede baai waar de uitlopers van de Sierra de Aljuzar hun stenen tenen in het water legden. En daar stond Bar Baydal in de schaduw van grote pijnbomen. De geur van de bomen, het zilt in de lucht en het zweet van mannen losten samen op in de milde wind uit zee.

'Don Germán.'

De zoveelste, dacht Levi, en nam een slok van het bier dat hem nog steeds niet echt smaakte. De man aan hun tafel was oud, en aan alles was te zien dat hij gebroken was. Hij stond voorovergebogen, met een hand leunde hij op het tafeltje, hij ademde zwaar, met rode uitpuilende ogen maar een grote glimlach.

Zijn vader keek naar de man, leek hem eerst niet te herkennen, maar stond toen op, wat hij bij de andere bezoekers aan hun tafel nooit deed. 'Alcalde Paya!' Hij omarmde de man waarna hij snel een stoel aanschoof en hem vroeg te gaan zitten.

Terwijl zijn vader een bier voor de oude man bestelde, bestudeerde Levi hem over de rand van zijn glas. Trillende handen die een armzalig sigaretje probeerden te rollen totdat zijn vader hem een sigaret uit zijn pakje aanbood. Lippen die de sigaret moeizaam omklemden toen Herman zijn brandende lucifer tegen de tabak aan hield. Longen die moeite hadden de sigaret aan te zuigen. Een lichaam dat toen eindelijk achteroverzakte, diep in zijn eigen pijn. Zoveel was duidelijk. Schouders die scheef stonden, een bochel in zijn rug, gekromde vingers met opgezwollen knokkels die slecht geheelde breuken verraadden.

'Levi, dit is burgemeester Paya...'

'Geen burgemeester meer, hoor.'

'Jawel, voor altijd! Hij was voor en tijdens de oorlog burgemeester in Xaraque en u heeft meer mensen het leven gered dan... dan het aantal seconden dat Levi onder water zijn adem kan inhouden, en Levi kan heel lang zijn adem inhouden.'

'Een genoegen om je te ontmoeten, Levi.'

'Het genoegen is wederzijds.'

Paya vertelde dat hij sinds kort terug was en in een klein huisje in Benimelha woonde, zijn geboortedorp immers. In Xaraque kwam hij niet, nee. Was er veel veranderd? Ja, dat klopt, hij was opgesloten geweest in het concentratiekamp in Castuera, in Extremadura.

'Wat is dat?' vroeg Levi.

'Ik denk niet dat de burgemeester het daarover wil hebben.'

'Juist wel, Don Germán,' antwoordde Paya en keek om zich heen. 'Ze willen het verzwijgen, niet alleen die plek, ook alle andere. Ze rekenen erop dat het zo afschuwelijk was, dat niemand eraan wil denken, laat staan erover spreken. Daar hopen ze elke dag op, dat niemand wat zegt, dat we gewoon doen alsof er niks aan de hand is. Daar zijn we goed in, in dit land. Zwijgen, en dan trachten te vergeten waardoor we alles zo goed onthouden.'

Zijn sigaret had hij opgerookt, waarop Herman hem er nog een aanbood.

'Het was een miserabele plek, jongeman, ontmenselijkt. De deconstructie van het menselijk hart heb ik daar gezien. En dat aan beide zijden van het prikkeldraad. Er waren gevangenen die hun kameraden hebben verraden om een broodkorst, en oudere mannen die zwijgend de plek innamen van jongens die mee de woestijn in werden genomen. We gaan *pallí*, zeiden de kampbewakers dan: "daarheen" of "naar ginds". Met volgeladen vrachtwagens reden ze weg. Naast de verdoemden in die laadbakken zaten mannen die op de maat van een paso doble gevangenen doodsloegen. Maar ook anderen, jongens die ons moesten doodschieten en die met tranen in de ogen terugkeerden en hun wandaden probeerden goed te maken door eten, sigaretten en geld het kamp binnen te smokkelen. Want er stonden altijd vrouwen en dochters aan de poort die er alles voor overhadden hun mannen in het kamp te helpen. Daar kwamen allereerst de monsters op af, de falangisten die met droge ogen en altijd een vileine glimlach de vrouwen meenamen de schuren in...' Zijn verhaal stokte even, hij keek naar Levi.

'Ach, wat zal ik zeggen, ik heb er niet lang gezeten, ze sloten het al gauw, heb nog in Ebrote gezeten. Daar waren ook veel buitenlandse strijders en een tijdlang waren de nazi's de baas. De Gestapo ondervroeg ons, ze waren op zoek naar geallieerde spionnen. Nederlanders waren er ook. Allen vermoord of gestorven van de honger en kou. Vooral de winters waren zwaar, met barakken zonder glas in de ramen, zonder verwarming, maar wel met de altijd aanwezige luizen, ach, de luizen.' En alsof hij ze nog kon voelen krabde hij aan zijn hoofd. Hij merkte wat hij deed, en nam lachend een slok wijn.

'Toen de oorlog voorbij was, kwamen hele contingenten uit Frankrijk gevluchte nazi's bij ons in het kamp wonen. Ze zaten wel apart van de geallieerde en Joodse gevangenen natuurlijk, en ze werden royaal behandeld. Ik hoor ze nog zingen bij het zwembad. Juichen om de door Franco vervalste papieren waarmee ze naar Zuid-Amerika gingen of hier in een mooi huis konden gaan wonen.'

'Ongetwijfeld in verlaten huizen van vermoorde republikeinen.'

'Zeker... maar met respect, Don Germán, is dit wel een onderwerp voor de jongen?'

Levi maakte even oogcontact met zijn vader die hem vragend aankeek.

'Geen probleem, señor alcalde,' zei Levi. 'Ik ken veel van de verhalen. Ik vind het heel erg wat u overkomen is.'

Er speelde een bittere glimlach om de mondhoeken van de oude man. 'Ik ook, jongen. Maar ik leef nog, en dat kan van velen niet gezegd worden.'

Uiteindelijk werd het kamp in 1947 gesloten en was Paya wederom verplaatst naar weer een ander kamp dat pas vorig jaar gesloten werd; blijkbaar was het zelfs voor de franquisten wel genoeg geweest. Van de ene op de andere dag was Paya, met nog meer gevangenen, buiten het kamp langs de weg afgezet met niet meer dan hun luizen en lege magen.

Alsof Pau Baydal het verhaal had gevolgd, zette hij naast het schaaltje amandelen dat er al stond een glas bier, *albondigas*, boquerones en een mandje brood. Herman moedigde de oude man aan om vooral te nemen, en enkele van de ansjovisjes in azijn werden rap gevolgd door de gehaktballetjes waarbij hij met brood de tomatensaus oplepelde.

'En wat nu?' vroeg Herman.

'Ik ben herenigd met mijn vrouw, die, God zegene haar ziel, me altijd trouw is gebleven. Ik probeer nu mijn licentie als gestor veilig te stellen zodat ik mijn diensten kan aanbieden. Als de fascistische bureaucratie niet te veel tegenwerkt.'

'Laat mij u daarmee helpen, en laat ik dan ook bij deze verklaren dat zo gauw het kan, ik uw eerste klant word. Persoonlijk en als mede-eigenaar van El Saladar, alhoewel ik dat natuurlijk wel moet bespreken met de nieuwe Don Urias, Raúl, de zoon van Vicente.'

'Natuurlijk, u bent te vriendelijk. Nu dan, ik heb u te lang gestoord...'

'Voor u maken we altijd gelegenheid. Het ga u goed en als wij u op enige manier kunnen helpen, schroom dan niet.'

Ze schudden elkaar de hand, ook Levi kreeg een verrassend krachtige hand.

Toen Paya vertrokken was zei Levi: 'Ongelofelijk dat zo'n oude man die kampen allemaal overleefd heeft.'

'Oude man? Hij is jonger dan ik, Levi.'

Levi keek geschrokken naar zijn vader en toen in de richting waar burgemeester Paya verdwenen was.

'Hij leeft tenminste nog,' zei Herman en legde zijn hand op die van zijn zoon. Hij zag wat er gebeurde, wist hoe Levi zich het leed van de wereld kon aantrekken. Dat hij andermans verdriet en pijn echt kon voelen. Daarom had hij Levi ook nooit zijn eigen verhaal verteld.

*

Toen ze van hun rit thuiskwamen, zat een medewerker van het postkantoor van Xaraque in de keuken met naast zich een kleine maar zware houten kist. De man was met de kist op zijn muilezel van Xaraque naar de Alquería komen rijden, en wachtte al een uur op de thuiskomst van Don Germán. Hij verzekerde Maruja – die de man vanwege de stank van ezel, zweet en wijn uit zijn mond zo snel mogelijk het huis weer uit wilde hebben – dat hij de kist persoonlijk moest afleveren en zich ervan moest vergewissen dat de inhoud in goede orde was ontvangen.

'Het komt uit Holanda,' zei de man gewichtig.

'Van mama,' zei Levi, bang voor de reactie van zijn vader. Beatrijs was al acht jaar 'voorlopig nog' in Nederland; aan die status was nooit iets veranderd. Vooral omdat er vrijwel nooit over haar gesproken werd. Herman kreeg in de eerste jaren regelmatig nog een brief waarin ze vertelde over haar nieuwe leven in Holland. Na een tijd werden de brieven aan Herman steeds korter en verschenen ze met steeds grotere tussenpozen om uiteindelijk geheel uit te blijven. Het feit dat Herman de meeste brieven ongeopend opborg en nooit een brief terugschreef, kan daaraan bijgedragen hebben.

Beatrijs schreef ook brieven aan Levi. Ze stuurde hem elk jaar op zijn verjaardag een cadeau. Het waren altijd cadeaus waarover goed was nagedacht, waaruit bleek dat ze Levi's antwoorden op haar brieven goed las. Op zijn negende verjaardag had Herman een dun vierkant pakket bij het postkantoor opgehaald waarvan

Levi in de werkkamer de touwen voorzichtig doorsneed en het papier bedachtzaam losmaakte. Het bleek een langspeelplaat met de *Matthäus-Passion* te zijn, te spelen op een platenspeler die ze niet hadden. Levi had Herman met grote ogen aangekeken.

'Wel lief van je moeder,' had Herman gezegd. 'Nu nog een platenspeler.' Waarop de jongen de plaat tegen zijn borst had geklemd, naar zijn kamer had meegenomen en hem prominent op zijn werktafeltje had neergezet. Daar stond hij al jaren, en aan het kopen van een platenspeler waren ze niet toegekomen. Levi had in een brief zijn moeder bedankt voor het lieve cadeau maar liet onvermeld dat hij het niet kon beluisteren.

Elk jaar kwam er dus een pakje uit Holland, waarvan de snorkel er ook een was geweest die hij veel had gebruikt. Toen Levi elf werd was het cadeau een soort klokkenspel van bamboe.

'Dit komt uit de Oost, een bevriende journalist nam het voor mij mee. Je kunt het in de boom hangen, en als de wind waait, dan maakt het een heel mooi geluid, als een houten windorgel.' Het windorgel had hij onder een ceder achter op het terrein gehangen, een plek waar je heerlijk kon zitten en uit kon kijken over de zee. Op dagen dat een milde wind waaide, zat hij daar te luisteren naar de muziek die de bries maakte. Het was Herman duidelijk dat Beatrijs veel moeite en liefde stak in haar cadeaus, en hoewel het hem irriteerde dat het grootste cadeau voor Levi, namelijk haar komst naar Spanje, blijkbaar niet in haar opkwam, probeerde hij altijd positief over haar en haar cadeaus te zijn. Zo zat hij ook nu met een glimlach toe te kijken hoe Levi in de woonkamer de kist uitpakte. Er bleek een bruine koffer in te zitten met een brief erbij.

Lieve jongen,
Gefeliciteerd met je verjaardag. Zestien alweer. Je moet al helemaal een man zijn bijna. Ik hoop dat alles goed met je gaat. Hierbij een cadeau voor jou waarvoor ik een tijdlang centjes opzij heb gelegd, en bij elke cent moest ik aan jou denken. En dat ik je, nu alweer ja-

ren geleden, een plaat stuurde met de Matthäus-Passion. *Weet je nog dat wij die hadden gehoord in het Concertgebouw met je vader? Je was er toen helemaal ondersteboven van. Ik wilde zo graag dat je het kon luisteren wanneer jij wilde. Daarom stuurde ik je de plaat. Maar ik snapte pas later dat er in het huis geen platenspeler was, en dat die misschien helemaal niet te krijgen zijn daar. Ook kwam ik erachter dat ze niet goedkoop zijn. Nu goed, het heeft dus even geduurd, maar het is gelukt, ook met een beetje hulp van een goede vriend van me, diezelfde journalist die ooit het windorgel meenam uit de Oriënt (gebruik je dat nog?).*

In de koffer zit een vrij nieuwe vinding van een Fransman, de Teppaz Présence. Klinkt chic toch? Hier in Holland is het helemaal populair onder jongeren die er allerlei plaatjes op draaien. Jouw plaat van de Matthäus zou het ook erop moeten doen, en voor de zekerheid heb ik er ook een andere plaat bij gedaan. Het is heel anders dan Bach, van de componist Eric Satie. Er staan liedjes op die ik ook weleens speelde op de piano, weet je dat nog? Waarschijnlijk niet, je was nog zo klein. Dan lag je in je box en speelde ik die liedjes. Zelfs als de wind op kousenvoeten door het huis blies, keek je even op, maar de muziek deed je uiteindelijk altijd zalig inslapen. Misschien herinner je je het nu niet, maar als je ze hoort misschien wel.

Ik hoor dat het langzaamaan beter gaat met Spanje, misschien wordt het weer tijd dat ik kom, dan kunnen we uitgebreid bijpraten. Ik mis je elke dag. Nu jongen, dat was het weer even van je moeder. Ik hoop dat je veel plezier zult beleven van je nieuwe platenspeler. Doe je vader heel veel lieve groeten. En als het lukt, vraag hem eens een foto van je op te sturen. Ik ben zo benieuwd naar de jongeman die je bent geworden.

Veel knuffels,

Je moeder

*

In de weken daarna zat Levi veel op zijn kamer, met de platenspeler. Ze hadden pas enkele maanden eerder hun aansluiting gekregen op het nieuwe en tergend langzaam uitdijende elektriciteitsnetwerk van Xaraque. Herman had zelf de palen moeten plaatsen vanaf de Alquería naar het herbouwde klooster van Pedrablanc, het dichtstbijzijnde aansluitingspunt. De draden liepen dwars over de heuvelrug en de terrassen, en kwamen dan langs de oprit bij de keuken het huis binnen. Nu waren er stopcontacten in alle kamers, en het wonder dat Levi in Amsterdam had meegemaakt, het licht in een kamer dat met een knopje aanging, was ook hier werkelijkheid geworden. Het zou nooit meer donker hoeven zijn in de Alquería. En toch gebruikten ze de lichten weinig, volgden ze nog steeds het tempo van de zon, en Herman hield van de koele schemering die ook midden op de dag in het huis kon heersen.

Hij zat vaak in de woonkamer en hoorde muziek uit Levi's kamer. Uiteindelijk kwam Levi ook met de koffer naar beneden, zette hem op de piano en begon de pianostukken van Satie noot voor noot te bestuderen en uit te vogelen totdat hij de meeste van de *Gnossiennes* en de *Gymnopédies* uit zijn hoofd kon spelen. Herman zat dan in zijn stoel in de schemering te luisteren en te kijken hoe zijn zoon die zoete melancholische noten met een blik van opperste concentratie speelde. Die lichte walsen van verloren middagen, waarop in groene tuinen geliefden in de verte voorbij zweefden. Hij zag het verdriet in Beatrijs' ogen voor zich. In sommige stukken hoorde hij de regen, zag zijn moeder, nat van de warme druppels; ze keek hem met grijze ogen aan. Dan moest hij zijn best doen te blijven zitten. Lorca kwam ook weer langs: *Hay una muerte para piano, que pinta de azul a los muchachos*. Er is een dood voor piano die de jongens blauw verft. Hij moest het opzoeken in de bundel die hij vaak doorlas terwijl Levi speelde. En terwijl Herman zijn hoofd brak over wat Lorca toch bedoeld kon hebben, was Levi al opgestaan en van de piano weggelopen. De woorden en de muziek bleven doorklinken in Hermans hoofd en verstomden slechts langzaam, waarna hij zijn ogen opende. In de grote lege woonkamer staarde hij naar het gewelf boven zich dat baadde in het grijze licht, met buiten felle gele vlekken zon. In haar vaste hoek bij een naaitafeltje aan het westelijke raam zat Sara vaak, die als een grijsblauwe schaduw ook naar Levi had zitten luisteren.

'Hallo Sara, gaat alles goed?' vroeg hij dan.

'Ja meneer,' antwoordde ze. Niet meer dan dat. Ze keek dan weg, alsof ze weer haar kamer invluchtte. En hij vroeg zich af of ze nog steeds zo zwijgzaam was omwille van zijn belofte aan haar.

Levi kon pas van de piano en platenspeler gescheiden worden toen het september was en het feest van de Moros y Cristianos dichterbij kwam. Pepa had met padre Moisés geregeld dat de jongens konden optreden. Sterker nog, ze zouden als familie een optreden verzorgen. Morao en Levi op de gitaren, Pepa en Paco palmas en zang en Rosalía zou dansen. Levi voelde zich opgelucht, in de beschutting van de familie zouden fouten mogelijk niet opvallen, alhoewel hij die eigenlijk nooit maakte. Het ontbrak hem eerder aan de energie en je had de emotie nodig van de ware gitanos, zei Paco weleens, waarop Levi antwoordde dat niet iedereen zijn emoties aan de buitenkant droeg.

'Maar in de flamenco dus wel, Levi. Daar kan iedereen je pijn zien,' zei Paco.

Levi vermoedde dat het dramatiseren van pijn en lijden een manier was om het op een afstand te houden. Als je er iets van maakt, kan je het buiten jezelf zetten. Maar hij kon dat niet. Daar was hij toch te Hollands voor, dacht hij. En hij herinnerde zich zijn moeder, wier verdriet altijd begon en eindigde in het trillen van haar kin, en kaken die de pijn wegbeten. Tranen die hij op haar ogen kon zien liggen maar die zelden vrijelijk stroomden als hier in Spanje, waarin huilen als iets moois werd gezien.

'Huil, dan leef je ook!' riep Paco en 'Tranen zijn het zweet van de liefde!', niet wetend waar hij die uitspraak nou weer vandaan had. Dus keek Levi goed naar Paco als ze samen oefenden. Hoe zijn meestal zo uitgelaten en stuiterende broer stilzat op de houten stoel, zijn ogen sloot en zijn handen in kuiltjes gebogen tegen elkaar sloeg. Zachtjes klapte hij met het ritme van de gitaren mee. Niet de harde, felle, droge klap van een vlakke hand, de *seca* zoals die heette, maar de *sorda*, de doffe klap, de belofte van meer. Een klap als een zachte hartenklop. Levi zag al zoveel expressie in dat klappen, een klap gevolgd door een zacht wringen van de handen, de voorslag van de emotie die zou komen. Paco veranderde in die voorslag compleet, alsof hij door de muziek een binnenwereld betrad die ouder was dan hijzelf, die hem verbond met anderen, met andere delen van zichzelf, een binnenkant die anders nooit zichtbaar was. En daaruit zong hij. Schijnbaar moeiteloos, soms zwaarmoedig, maar ook vrolijk en trots en krachtig en boos en vooral vol leven. Zo vol van leven. Het spatte en spuugde en zweette uit hem.

Morao beantwoordde zijn zoon met de muziek in alle vragen die hij stelde. Ze begrepen elkaar feilloos en als ze buiten de vaste patronen traden, voelden ze elke versnelling of vertraging van elkaar aan, elke arpeggio, *golpe*, elke inval, elke modulatie waar het lied van kleur kon veranderen, alsof ze wisten zonder te weten wat de ander zou doen. Levi wist dat niet altijd, maar kon ze bijbenen omdat hij luisterde en keek en snel kon reageren. Zijn vingertoppen vlogen over de hals, altijd juist tussen de fretten, zuivere aanslagen, steeds. Koning van de *picado*, noemden ze hem. Soms verloor hij zich heel kortstondig, wist hij niet wat zijn vingers zouden doen, en dan voelde hij hoe ze keken, met bewondering en trots.

'*Ay el gitano Holandés*,' riep Paco dan.

26

September 1955
Alquería del Moro

'Lafbekken, verraders! Dat zijn jullie,' brieste Manolo Bardales. De jongens van Xaraque hadden gehoord dat Paco en Levi aan de Moros y Cristianos in Benimelha meededen en niet in Xaraque. Ze waren weliswaar persoonlijk gezworen vijanden, maar Benimelha was de grotere vijand. Er waren in het verleden confrontaties geweest tussen groepen jongens uit beide dorpen. En Paco en Levi werden wel vaker opgewacht. De straat waarin ze elkaar deze keer tegenkwamen, lag aan de rand van het dorp en was nauw en verlaten. Er stonden een paar huizen, maar vooral gebouwen voor opslag.

'Ze collaboreren al veel langer met die fascisten uit Benimelha,' riep Gaspar Gorra, de zoon van een van de geëxecuteerde milicianos. 'Net als hun vaders.' Als er volwassenen bij waren, durfden de jongens dit soort dingen nooit te zeggen maar onderling... Levi hoorde dit al zijn hele leven.

'Onze vaders zijn geen fascisten, en al helemaal geen criminele stalinisten zoals die van jullie,' wierp Paco tegen. 'Weet je waarom wij optrekken met Benimelheros? Dat zijn tenminste geen ongelofelijke klootzakken.'

Manolo liep op Paco af en duwde met drie vingers meerdere keren tegen Paco's voorhoofd terwijl hij zei: 'Jij bent een schoft, een zigeuner zonder eer en de zoon van een hoer.'

Levi, die achter zijn broer stond, zag Paco zijn vuisten ballen. 'Niet doen, Paco.'

'En je homovriendje daar is een *gilipollas*, een slappe lul die zich in zijn kont laat nemen door wie ook maar.'

'En uit schaamte heeft zelfs zijn moeder hem verlaten,' vulde Gaspar aan.

'Laat ze, Paco.'

'Laat ze, Paco en zuig mijn piemeltje,' lachten de jongens.

'Weet je wat het met jou is, Manolito? Je durft wel stoute dingen te zeggen, maar vechten durf je niet. En weet je waarom? Ik weet dat wel. Omdat je het niet mag van je papaatje, toch, en jullie niet van jullie ouders, en weet je waarom? Omdat ze allemaal bang zijn voor zijn vader. El Moro met het mes,' zei Paco en klapperde zijn tanden tegen elkaar.

'Paco, hou je kop.'

Paco had dit wel vaker gezegd, en elke keer vond Levi het verschrikkelijk. De kinderen hadden allemaal het verhaal te horen gekregen van de Moor met het Mes tussen zijn Tanden. Zijn vader had hem er nooit iets over verteld; er werd in de Alquería niet over gesproken. Maar hij had door de jaren heen het verhaal door gefluisterde opmerkingen – soms complimenten en vaak pesterijen – aan elkaar geknoopt. Als hij eraan dacht, voelde Levi angst voor zijn eigen vader en dan vroeg hij zich af of zijn moeder dat ook had gevoeld, en of ze daarom vertrokken was.

Paco smulde juist van het verhaal en had het eens gevraagd aan zijn moeder, of het waar was. Dat tío Germán mensen in de nacht had vermoord, een hele familie. Zijn moeder had haar adem ingehouden, naar Paco gekeken en gezegd: 'Nee, hij heeft geen familie in de nacht vermoord. Denk je dat we anders hier zouden wonen?'

Paco keek naar Manolo. 'Weet je wat, Manolito, anders kom je toch ook naar Benimelha? Dan vechten we het op het strand uit. Ik ben een Moro, en jij een keurige kapitalistische Cristiano, net als je vader tegenwoordig is geworden, die huichelende nepsocialist.'

'Ik ga niet meedoen in dat gat,' protesteerde Manolo.

'Je hoeft ook niet mee te doen. Kom alleen maar naar het strand. Doe je moeders jurk aan of zo.'

'Alleen als hij er ook bij is,' en Manolo wees op Levi.

'Natuurlijk is hij erbij.'

'Paco, waarom moet dat nou? Waarom daag je hem uit voor een gevecht?' Levi stapte met lange passen door, wilde zo snel mogelijk thuis zijn. Achter dikke muren waar het stil was en hij alleen kon zijn. Zelfs aan Paco wilde hij nu ontsnappen.

'Omdat ik met hem wil vechten. Soms moet je een beetje vechten.'

Levi hoorde de woorden van zijn vader, zo lang geleden uitgesproken. Hij herinnerde zich nog de verontruste blik van zijn moeder.

'Dat lost toch niks op!'

Paco draaide zich naar hem toe. 'Het lost juist wel wat op. Hoe je het ook bekijkt, aan wiens kant je ook staat, de oorlog heeft ook iets opgelost.'

'Het gaat inderdaad een stuk beter nu... Meen je dat nou echt wat je zegt?'

'Ja, uiteindelijk wel. Mijn vader vertelde mij hoe het vroeger was, hoeveel armoede er toen was en de onderdrukking was nog veel groter. We hebben misschien niet gewonnen, maar er is wel wat gewonnen.' Paco rende een paar passen om Levi in te halen. 'Ik meen het, Levi. Ik praat erover met oudere mensen en die zeggen dat het ook zo is. Er zijn meer huizen, meer werk, en na de jaren van honger hebben de meeste mensen nu gewoon te eten. Er komen toeristen, de haven is groter. Jouw vader verdient meer dan ooit, de mijne ook.'

'Alsof dat belangrijk is.'

'Natuurlijk is dat belangrijk. Levi, stop nu even en kijk naar me.'

Hij pakte Levi bij de arm en draaide hem om. Het stof, opgeworpen door hun voeten, daalde weer langzaam. Ze stonden in de schaduw van een grote ceder. Levi hoorde de cicades in de boom aarzelen.

'Ik weet dat jij soms denkt dat je vader een monster is of zo, omdat hij zo gevochten heeft. Maar weet je hoeveel mensen jouw vader heeft gered? Met zijn geld, en door mensen in zijn huis op te nemen. Ik wel, mijn vader heeft me verteld hoeveel vluchtelingen in de Alquería hebben gewoond toen het moeilijk was, hoe gastvrij jouw vader is geweest, ik had niet bestaan zonder hem... Sara zelf...'

'En die moord? In ons eigen huis, was dat ook gastvrijheid?'

'Nu ben je mij kwaad aan het maken. Je weet best dat hij niet anders kon. Hij vocht ook toen het nodig was, ja.' Levi zweeg. Ook die verhalen kende hij, maar hij kon er niet aan denken. Altijd werd hij bang als hij eraan dacht, dat zijn vader die dingen had gedaan, dat hij die macht had gehad over anderen. Vaak wenste hij dat zijn vader een stille anonieme klerk in een grijs kantoor was.

'Ja...' Het geluid van zijn stem loste op in dat van de cicades die weer startten.

'Er is gewoon woede en haat in de wereld, en dat kan er soms alleen uit met vechten.'

'En al die doden dan?'

Paco haalde zijn schouders op. 'Daar zingen we voor. Maar maak je niet zo druk. Ik ga gewoon een beetje knokken, man. Kom, we gaan naar huis.'

*

De festiviteiten kwamen steeds dichterbij en Levi's zenuwen schoten heen en weer tussen de gedachten aan moeten vechten op het strand en muziek spelen voor al die mensen tijdens het feest. Herman zag alleen hoe spannend Levi het spelen vond. Ook Paco was gespannen, maar bij hem was het vooral opwinding. Samen oefenden ze regelmatig op de kleine binnenplaats onder de olijfboom.

Dan zaten Andrés en Maruja te luisteren. Aan hun voeten krioelden hun kleinkinderen, de kinderen van Mariflor. Zij was vijf jaar geleden getrouwd met Angel Herrero, de zoon van de geëxecuteerde Ishmael. Herman herinnerde zich die eerste keer dat Mariflor met een bezorgde blik Angel had meegenomen naar de Alquería. Ze nam hem vooral mee om kennis te maken met haar ouders, maar ook Herman had met de jongen gesproken. Hij had de donkere ogen van zijn vader.

'Hoe gaat het met je moeder?' had Herman gevraagd.

'Heel goed, Don Germán,' antwoordde de jongen; zijn diepe basstem klonk als die van Ishmael. 'Ze woont nog steeds op de Calle Sant Pere, ze maakt het goed, ze heeft toch vier kinderen en we zorgen goed voor haar.'

'Zoals het hoort.' Herman keek de jongen aan, dacht aan zijn moeder en hoeveel moeite het haar moest hebben gekost om voor haar vier kinderen te zorgen. Hoe ze toen, al die jaren geleden, in de kou aan zijn deur hadden gestaan. Hoe hij toen vurig had gewenst dat hij tijdens de rechtszaak haar man had kunnen redden. En nu voelde hij dat weer, dat hij die mannen niet had kunnen redden en daarmee net zo goed schuldig was aan hun dood. Hij vroeg zich af of Angel zich daar nog iets van herinnerde, of dat zijn moeder hem erover had verteld.

'Ik wil u nog bedanken voor de gastvrijheid van al die jaren geleden.'

'Dat hoef je niet te doen, jongen.'

'Ik herinner me er weinig van, maar mijn moeder des te meer. En hoe u haar heeft geholpen haar huis terug te krijgen.'

In die vreselijke winter van 1939 was Maria Herrero door haar huisbaas uit huis gezet omdat ze geen geld had om de verhoogde huur te betalen. Herman was met de man gaan praten. Uit rechtvaardigheids- of schuldgevoel, hij wist het niet zeker. Maria Herrero woonde er nog steeds en nu zou haar oudste zoon uitvliegen.

Herman keek naar de jongen, dacht aan diens vader, sloot zijn ogen en luisterde naar alle geluiden: de muziek, het gesprek over expressie, klank en ritme, naar hoe Morao Levi aanmoedigde en complimenteerde. Hij hoorde het gebrabbel van de kleintjes, af en toe huilde de baby. Hij hoorde mussen in de olijfboom, de korte fluitjes van zwaluwen. Door de muziek heen het geluid van Levi's nagels op de snaren, zijn vingertoppen die langs de snaren op de hals gleden.

In de nacht voor de feesten zouden beginnen, lag Levi wakker in bed en keek naar zijn handen. Vingers waarvan hij wist dat ze vrouwelijk leken. Vingers gemaakt om muziek te spelen. Om hem te helpen spreken. Moest hij met die vingers vuisten maken en iemand stompen? Hoe dan? Hij hoorde buiten de krekels. Zij zouden spoedig zwijgen als de nachten te koud werden. Maar nu hoorde hij ze zachtjes zingen. Alsof ze niet te veel geluid wilden maken. Hij legde zijn handen naast zich op het bed, greep in de lakens, liet weer los en probeerde naar de krekels te luisteren. El canto del grillo. Daar wilde hij nog weleens een lied op schrijven, op gitaar of piano, dat wist hij nog niet. En terwijl hij bedacht hoe dat zou kunnen klinken, viel hij eindelijk in slaap.

De volgende ochtend, op de vrijdag van de eerste dag van de festiviteiten, werd Levi zwetend wakker. Hij had onrustig geslapen, niet vanwege de spanning van de dag die zou volgen, maar omdat de ochtend ongewoon warm was. De lucht die door zijn raam naar binnen stroomde, was broeierig en dik. Hij keek uit het raam en zag het helwitte, doorschijnende licht van een heiige dag. Het deed Levi wegkijken, terug naar binnen, de schemering in zijn kamer. Naar wat in zijn eigen hoofd gebeurde. Hij dacht aan de avond die komen ging en wilde zich verstoppen, in zijn bed liggen en er niet meer uit komen. Alles liever dan spelen. Maar hij moest. Hij moest laten zien aan zijn vader dat hij de moed kon opbrengen. Hij zou spelen tegen de klippen van zijn vaders teleurstelling op. Hem laten zien dat hij niet alleen een angstig klein jongetje was. Hij voelde de wervelwind aan emoties, hoe ze hem lam dreigden te slaan, maar hij vertrouwde op de muziek. Omdat hij bij het spelen zijn emoties eigenlijk altijd kon stillen. De emoties van flamenco waren hem niet eigen. Zulke grote gevoelens had hij niet. Maar de perfecte noot spelen, ook al lag die verborgen tussen zoveel anderen, de klank daarvan, de stiltes eromheen. Daarom speelde hij. En om zijn vader iets te tonen, in de hoop van hem iets terug te zien. Trots verwachtte hij niet eens van zijn vader, eerder een blik van verbazing om zijn durf. Het tarten van diens verwachtingspatroon.

Levi had de hele dag gezwegen, had de anderen niet aangekeken. Herman zag hoe hij zich in de ochtend als een schim door het huis bewoog, zich trachtte onzichtbaar te maken. Hoe hij op weg naar Benimelha op de achterbank van de auto met een afwezige blik uit het bestofte raam keek, zijn gitaar als een geliefde op zijn schoot. Wat moet hij een angst voelen, dacht Herman, al die mensen. Al die blikken op hem gericht, die donkerblonde vreemdeling die ze beiden altijd zouden blijven. Herman had zich juist bij deze oer-Spaanse muziek altijd het meest een vreemdeling gevoeld. Alsof de muziek hem terechtwees, afwees zelfs. Levi had het zich eigen gemaakt. Maar was het contrast daarom niet nog groter, grotesker op een bepaalde manier? Kijk eens wat we ons komen toe-eigenen. Ik jullie land, jullie bedrijvigheid, een oordeel over jullie moraliteit, en mijn zoon speelt jullie muziek beter dan jullie het zelf kunnen. Want dat zag Herman maar al te goed, dat Levi beter gitaar kon spelen dan Morao. Dat hij nooit een noot miste, altijd exact het ritme volgde, nooit te vroeg of te laat was. Meester over zijn instrument. Ze moesten daar wel voor klappen, en die verplichting zouden ze Levi verwijten. Herman stond meerdere keren op het punt zijn zoon te vertellen dat het niet hoefde. Maar dan keek hij naar Levi's uitdrukkingsloze gezicht, het helle bleke licht erop, en wist hij niet wat te doen. Wat het juiste pad was. Want Levi's binnenwereld was een mysterie voor hem, en of daar plaats was voor zijn vader, was maar de vraag.

In de achteruitkijkspiegel zag hij zijn zoon, met Sara Gascon tegen hem aangeklemd, die uit haar ooghoeken naar hem keek, een blik die Herman ook zorgen baarde; welke plek had zij in zijn binnenwereld? En weer vroeg Herman zich af of Sara zich dat moment herinnerde, in die gang, en of hij Levi er ooit over moest vertellen.

*

Levi had Sara's lichaam gevoeld, zo dicht tegen het zijne. Ze had naar hem geglimlacht bij het uitstappen, toen niemand keek had ze hem een kus gegeven. Hij had naast Sara gestaan toen de officiele optocht begon, de Cristianos die vanuit de ene hoek het plein op kwamen lopen en de Moros uit de andere. Het muziekkorps van Benimelha speelde marsmuziek. Met het jammerende hoge geluid van de hoboachtige *dolçaina's* boven trompetten, klarinetten, cimbalen en trommels uit, maakten ze een hels middeleeuws lawaai. Levi voelde het in zijn buik, en had eigenlijk willen wegrennen. Maar hij stond tussen Sara en Paco. Zij aan zij schuifelden de Cristianos, in middeleeuwse kostuums over de eeuwenoude straatstenen, rij op rij, volwassen mannen, moeders, sommige met kinderwagens, en tot slot de kinderen. Het was een vrolijke bedoening toen onder luid gejuich door de Moros een kameel ten tonele werd gebracht. Voor het eerst dat ze in Benimelha de huur van een kameel hadden kunnen betalen. De vrouwelijke Moros vooraan wervelden als vertraagde derwisjen op de maat van de muziek om hun as. Als wentelende sterrenstelsels zogen ze iedereen in hun kielzog mee. De Moros, sommige groepen met zwart geschminkte gezichten, armen in elkaar gehaakt, zij aan zij omineus wiegend, namen bezit van het plein.

Toen de optocht uiteindelijk voorbij was, verspreidde het volk zich over het dorp, met op verschillende plekken optredens en overal gelegenheid om te eten en heel veel te drinken. Morao en Pepa werden aangesproken door padre Moisés, die ook de hand van Herman hartelijk schudde en aan Paco en Levi vroeg: '*Muchachos*, zijn jullie er klaar voor?'

'Claro!' riep Paco. De priester glimlachte en liep voor hen uit naar het grote plein waar voor de kerk stoelen klaarstonden waarop ze plaatsnamen. Levi naast Morao, daarnaast Pepa en Paco. Sara en Rosalía bleven achter bij zijn vader, die hem nog een onbeholpen 'veel plezier' toewierp. Morao sloeg de eerste akkoorden aan, Levi viel in, Paco's handen op de *cajon* sloegen het ritme, Pepa klapte zachte golpes mee. In eerste instantie bleef het stil; voor veel toeschouwers was hun muziek onbekend, maar langzaam kroop de kracht ervan in de lijven van de mensen op het plein. En toen Paco zong, klonken ook de eerste aanmoedigingen voor de muzikanten. Er werd meegeklapt door degenen die wisten hoe. Hun spel was als een wonderschone storm, en Paco's stem prikte gaten in de hemel waar engelen door naar beneden keken, zo leek het bijna.

Voor Levi was er alleen zijn gitaar, de muziek en zijn vader die hij in het publiek zag staan. Hij probeerde zich te concentreren op zijn spel, maar keek soms toch op, als het net een mooi stuk was geweest, om te zoeken naar zijn vaders ogen. Maar telkens waren die ergens anders. Keken ze naar Paco, of Ignacio, of glimlachte hij naar Sara die naast hem stond, begroette iemand in het publiek. En heel vaak keek zijn vader naar Pepa als zij zong. Net als alle andere toeschouwers, ze was een mooie vrouw die de aandacht trok, dat wist Levi ook wel, maar toch ook anders, realiseerde hij zich.

Als vanaf de overzijde van een wijde rivier die hij niet kon oversteken, keek Herman naar zijn familie. Naar zijn zoon: hoe hij daar zat, hoe zijn ranke vingers die zo breekbaar waren toch zo zelfverzekerd hun weg vonden over het instrument. Soms keek Levi op, en dan keek Herman weg. Niet omdat hij hem niet wilde zien, maar omdat hij wist dat hij Levi altijd van zijn stuk bracht wanneer hij hem aankeek. Zo ontvluchtte hij zelf het oogcontact met zijn zoon waarnaar hij zo verlangde, en als het te moeilijk werd, keek hij naar Pepa. Hoe ze daar zat op een rieten zitting met haar bovenlijf net zo recht als de hoge houten rugleuning waar ze net niet tegen leunde. Haar voeten stonden ver uit elkaar op de grond, die krachtige en trotse houding die Herman van haar gewend was, haar lange wijde rok hing tussen haar knieën.

En toen zong zij, alleen begeleid door Morao, een verstild liedje. Een lied over een luide, kale schreeuw. Een schreeuw ontdaan van verdriet en zang, een stilte, leeg en onbeweeglijk. Herman probeerde de tekst te volgen, hij had het lied niet eerder gehoord, maar voelde het direct in zijn hele lijf. Ze zong over een heup, een voet die de stilte binnentrad, een echo van haar stem, die uit de modder kwam, uit haar vrouwelijkheid, karamel. Ze zong over een beestachtige liefde, die kneep en brandde, danste en zong, zonder woorden. Hij keek naar haar, en wist dat zij door haar gesloten ogen hem zag, en in die stille schreeuw om hem riep. Hij voelde zijn hart in zijn maag, zijn borst, zijn keel, zijn hoofd.

Levi zag hoe zijn vader zich helemaal in haar verloor. Alsof hij verliefd was. En toen ook zij opkeek en oogcontact maakte met zijn vader, voelde Levi een angststorm in zich opsteken. Hij wist op dat moment zeker dat Pepa en zijn vader van elkaar hielden, hij zag een verlangen dat zelfs hij, met maar zestien jaar en geen ervaring in de liefde anders dan twee kussen van Sara, kon herkennen. Hij keek opzij, naar Paco, die alleen maar naar zijn vriendinnetje in het publiek knipoogde. Natuurlijk had Paco niks door. Hoe zalig moest het leven wel zijn, als je niks doorhad.

Het applaus was overweldigend, en na afloop kreeg hij veel complimenten. Zijn vader klopte hem op de schouders met een glimlach. 'Je eerste optreden, en voor al die mensen. Hartstikke goed, jongen.' Levi keek zijn vader in de ogen, zag hem kort wegkijken voordat Herman zei: 'Ik ben trots op je. Echt knap.' Zijn vaders ogen schoten steeds van de zijne weg alsof hij, die dappere sterke man die alles kon en naar zijn hand had gezet, zijn zwakke bangige zoon niet in de ogen kon zien.

'Dank je, pap.'

*

Alquería del Moro
19 oktober 1955

Het is alweer lang geleden dat ik in dit cahier heb geschreven. Her en der flarden met wat dagbestedingen, een notitie van een tijd terug, toen de oude Don Urias overleed, maar gedachten, of overpeinzingen, dat wat ik met mezelf had afgesproken in Barcelona, eigenlijk niet meer. Niet sinds Beatrijs in Holland achterbleef. Ik ben te zeer bezig geweest met leven om erover na te denken blijkbaar. Ik heb zoveel gedaan in de afgelopen jaren om dit gebied er een beetje bovenop te helpen. De honger heeft voortgeduurd tot ongeveer vijf jaar terug, toen Franco eindelijk begreep dat Spanje buitenlandse hulp nodig had. El Saladar draait nog steeds, nu is Raúl Urias bedrijfsleider met Pepe Pieldelobo naast zich. De landerijen floreren dankzij het harde werk van Andrés en Morao. Bardales heb ik een paar keer ingehuurd om nieuwe terrasmuren te bouwen, zijn bouwbedrijf doet het goed. Ik heb zelfs Porfirio een hand gegeven, hij heeft het falangisme ook achter zich gelaten, lijkt het. Ik had me zorgen kunnen blijven maken of dat goed of fout was, maar er is zoveel meer dan mijn morele dictaat. En wat is dat eigenlijk waard? De samenwerking met Porfirio is gewoon goed geweest. Zijn macht maakte de verandering mogelijk. Hij heeft om te beginnen kapitein Olazabal y Fuentes laten overplaatsen. Volgens Porfirio was dat een fluitje van een cent, de man was namelijk net zo corrupt als hij bloeddorstig was. Eén brief van Porfirio naar zijn broer en de commandanten van de Guardia in Valencia zorgden ervoor dat de kapitein gauw teruggeroepen werd.

En dat maakte veel uit. Geen schoten meer in de nacht, geen lichamen in greppels. De fabrieksbazen en de grootgrondbezitters overtuigden wij er samen van om na te denken over een beter economisch model. Porfirio nodigde vrienden uit die hij tijdens de oorlog had leren kennen toen hij naar het binnenland gevlucht was, om naar onze kust op vakantie te komen. En hij maakte via zijn invloed duidelijk dat Levi onaanraakbaar was voor de zoons van Xaraque.

Daar ging een van die aantekeningen over die ik terugvond. Maar meer ook niet. Meer heb ik niet te zeggen gehad. Maar na het lied van Pepa, en hoe ze mij aankeek, kan ik niet anders dan mijn gedachten opschrijven. Het stormt in mij. Ik ben naar Vicentes graf gegaan, dat ik tot mijn schaamte eerst moest zoeken tussen het schouderhoge onkruid en vervolgens moest ontdoen van de kruipplanten. Ik heb direct ook de zerk van de koster vrijgemaakt. Het deed me wel wat, die stille vergeten steen van de man die tussen het onkruid is verdwenen. Heel af en toe komt padre Moisés, en een zus van de koster staat elk jaar op de Día de los Difuntos voor het hek. Ik breng haar dan naar het graf van haar broer. Ze is slecht ter been, dus binnenkort kan ze die klim naar het graf niet meer maken. Dan is alleen Vicente er nog om hem gezelschap te houden. Twee mannen die elkaar niet kennen liggen tot in het oneindige naast elkaar. Hopelijk kunnen ze het goed met elkaar vinden.

Toen ik alles had vrijgemaakt, ging ik zitten op het stenen bankje dat we daar hebben geplaatst. Terwijl ik de geur van de jeneverbessen inademde, had ik allerlei zinnen in mijn hoofd die ik Vicente wilde toevertrouwen, zodat ik me zijn antwoorden kon inbeelden, alsof hij het echt was. 'Dat zou Vicente zeggen,' zou ik in mijn hoofd horen. En ik zou er wijzer van worden. Na al die jaren is het gemis niet veel kleiner, maar kan ik me zijn stem, of wat hij zou zeggen, eigenlijk nog maar moeilijk voor de geest halen. Langzaam is hij aan het verdwijnen. Dat toont weer dat we uiteindelijk alles vergeten. Net als dat grote delen van de loopgraven zijn opgelost, omgewoeld, begraven onder de rest van mijn leven. Dat betreur ik dan weer niet.

Ik ben zesenvijftig jaar oud, met een zoon van zestien. En over hem wilde ik met iemand praten. Over hoe hij groter wordt, een jongeman. Hoe hij om zich heen kijkt en probeert zijn eigen stappen te zetten. Terugdeinst en weer vooruitgaat, opzijstapt en zich terugtrekt. Ik zie hoe breekbaar, hoe kwetsbaar hij is. Hij voelt alles, ziet alles, met die groene ogen onder zijn lange wimpers. Het doet me zo'n verdriet dat ik hem niet kan helpen. Ja, misschien door de haat van zijn leeftijdgenoten bij hem weg te houden, maar het is er steeds. En hij weet dat. Ik heb hem daarmee opgezadeld, daar had Beatrijs gelijk in. Ik zie zijn leven weglopen van dat van mij. We spreken elkaar amper. Ik probeer tijd met hem door te brengen, maar er is zoveel waar ik niet bij kan. En daarover wilde ik zo graag met iemand praten. Over deze avond, die de zijne had moeten zijn.

Maar Pepa zong dat lied, zong over haar verlangen naar mij. Zoveel was duidelijk. Dat zij ook gelooft dat we bij elkaar horen te zijn, en de onmogelijkheid ervan. Sinds Beatrijs er niet meer is, heb ik geen vrouw meer vastgehouden. En Pepa, ze leeft natuurlijk hier, in het huis, met Paco, met Morao. Die haar verafgoodt. Ik kan niet om haar heen, maar te lang bij haar in de buurt zijn doet pijn. Zoals honger pijn kan doen. Meestal zijn er anderen bij, het is immers best druk in het huis, maar soms zijn we samen alleen. Dan beminnen we elkaar zonder elkaar aan te raken of iets van onze gevoelens uit te spreken. Juist de onderdrukking van alles wat we willen delen, verbindt ons dieper dan als we… nou ja. Maar mijn huid brandt soms van het gemis van haar aanraking.

Hoe dan ook. Vanavond moest het over Levi gaan. Wat hij deed was zo razend knap, niet alleen voor zijn doen, zelfs voor Paco was het spannend, dat zag ik onder diens bravoure ook wel. Maar voor Levi om daar te zitten. Op een plein met al die mensen en hun ogen op hem gericht. Ik heb hem altijd gezien als een bange jongen, misschien wel vanwege die eerste jaren. Zijn rare gedrag als de wind waaide. Dat hij nooit het dorp in wilde, of durfde, dat dacht ik. Maar als hij echt zo bang was aangelegd dan is hij ook een ontzettend dappere jongen, want echte moed is doen waar je bang voor bent.

En hij was goed, tot ieders grote verbazing. Ik denk dat mensen hem nu in een ander licht zien, en mij misschien in het verlengde daarvan ook wel. Als die engelachtige muzikant mijn zoon is, ben ik toch misschien een minder groot monster dan velen denken. Ik probeerde na het optreden zijn blik te vangen, te vertellen hoe trots ik op hem ben, maar zijn ogen gingen alle kanten op, het lukt hem niet mij aan te kijken. Toen ik de woorden van trots uitsprak, ik wist dat ik het ook echt moest zeggen met woorden, leek hij afwezig. En toen hij door Sara omarmd werd, was ik hem kwijt en was het moment helemaal voorbij. Ik ben vastbesloten, en dat leg ik bij deze op deze pagina's bij wijze van belofte aan mezelf en, nou ja, de wereld dan, vast, om hem het te gaan zeggen, hem aan te kijken en te zeggen hoe knap ik het vind wat hij heeft gedaan. Beloofd!

Herman sloeg het met leer gebonden cahier dicht en zette het in zijn boekenkast. Buiten was het donker, maar de drukkende warmte was gedurende de dag het huis binnengeslopen en had zich in elke hoek genesteld. Boven zee, voorbij de horizon, zag hij de donkere lucht opflikkeren door de bliksem waarvan gefluisterd gerommel als een vluchteling bij hen aan land kwam. Hij keek die diepe duisternis in, naar het weerlichten aan de horizon dat telkens de bomen op het land in plotselinge silhouetten aan- en uitknipte als inslagen van bijna vergeten bommen. Hij dacht aan Vicente, aan de jaren van oorlog hier op dit land. Hij dacht aan de driejarige Sara, een andere dan degene die zijn zoon had omarmd, maar toch dezelfde. Hij dacht aan Xavi in de kelder, waar elk geluid moet hebben geklonken als de donder nu klonk. Uit de verte, ongedefinieerd, spoken.

In zijn bed boven hoorde Levi hetzelfde, maar gedempt door de dikke muren van de Alquería, waar hij het huis dankbaar om was. Hij probeerde zich over te geven aan de slaap die niet kwam. De muziek van het optreden, de ogen op hem gericht, de intensiteit, het resoneerde nog in hem, terwijl hij alleen verlangde naar stilte. Naar slaap, een slaap van zachte en harmonieuze akkoorden, zonder de strijd en de spanning van de flamenco. Een wiegelied op het ritme van krekels, van tedere, stille, ijle klanken die hoog in de lucht klonken, misschien verdrietig, maar ook troostrijk. Een akkoord zoals zijn moeders ogen.

*

In de haven van Benimelha, aan de voet van de Rasalcalb, waren ze aan boord gegaan. De schipper van hun sloep – want meer kon je het eigenlijk niet noemen, ondanks het boomstammetje met zeil dat er tijdelijk op was gezet – keek nog bezorgd naar de lucht. Het wolkendek was die ochtend nog wit geweest, maar langzaam was het van kleur verschoten naar het diep donkergrijs dat nu zo zwaar boven hun hoofden hing dat ze het gevoel hadden te moeten bukken. De kaarsrechte zuidwand van de Rasalcalb torende boven hen uit, leek de hemel te stutten, de top verdwenen in de bewolking.

Levi's felgekleurde Moroskostuum jeukte op zijn zweterige huid, de slordig in elkaar genaaide hoed zat net te strak om zijn hoofd. Paco stond naast hem te stuiteren. Hij was die ochtend uit bed gesprongen en hield niet op met praten terwijl ze over het kustpad naar de haven liepen. Later zou de rest van de familie met de auto komen.

'*Vamos chavales!*' riep hij de andere opvarenden en de schipper toe, die de jongen lachend aankeken. Enkelen droegen antieke donderbussen die ze op het strand zouden afsteken om de landing luister en lawaai bij te zetten. Ze troffen voorbereidingen om het kruit droog te houden voor de regen die onafwendbaar leek.

'Wat heb je een haast, jongen! Heb je een afspraakje of zo?'

Paco grijnsde naar Levi. Lachte naar de schipper: 'Als het mijn boot was geweest, waren we allang vertrokken, commandant!' Hij kon niet wachten, voor hem was het gevecht al begonnen. Hij spande zijn spieren, balde zijn vuisten. Oefende een paar stoten.

'Je weet toch dat het allemaal alsof is, hè?' zei de schipper.

'Natuurlijk admiraal, natuurlijk. Maar je een beetje inleven mag toch wel?'

De schipper haalde zijn schouders op en ging van boord. Ze zagen hem overleggen met anderen. Toen kwam hij terug. 'Nou, jij stuiterbal, gooi de trossen maar los. We gaan vóór de regen losbarst.'

Een van de mannen naast Levi en Paco lachte: 'Zou toch wel grappig zijn dat door een storm alles dit jaar wel op tijd begint.'

'Wat bedoel je?'

'Nou, meestal liggen we hier een paar uur te wachten, op wie of wat is nooit duidelijk, en komen we aan land dan zijn de Cristianos er meestal niet, die hebben zo lang op ons gewacht dat ze weer het dorp in zijn. Dan moeten zij terugkomen en staan wij te wachten, en iedereen heeft zijn geweer al afgeschoten. En dan is het vuurwerk niet klaar omdat de kerels die het afsteken al uren aan de wijn zitten.' Om hen heen startten verschillende schepen hun motoren. 'Nou vertrekken we door het weer toch op tijd.'

Ze voeren de haven uit; om hen heen nog meer bootjes, één grotere die de vorm had van een oude *galeota* met een fraai grootzeil en een genua voorop. Het was maar een klein stukje varen naar het strand, maar voordat ze aan land liepen, stak een krachtige en vlagerige wind op. Het nepzeil op hun boot klapperde als een op hol geslagen paard en de giek raakte bijna een aantal van de opvarenden. De mannen aan boord haalden met moeite het staketsel uit elkaar en legden het op de bodem van de boot. Door de wind opgezweepte golven sloegen doorlopend over het boord en al gauw stonden ze tot aan hun enkels in het zoute water. Toen Levi bezorgd naar de schipper keek zei deze: 'Gelukkig komt de wind eerst.'

'Hoezo?'

Paco, die met zijn benen wijd en handen los, ondanks het gestamp van de boot, perfect in evenwicht bleef, lachte naar hem en zei: 'Als eerst de wind komt en dan de regen dan zitten we goed. Worden we wel nat. Maar andersom, als de regen eerst komt en dan pas de wind, dan wordt het pas echt leuk.'

Levi grimaste en keek terug naar het strand dat heftig op en neer ging. Hij voelde zijn maag ook alle kanten op gaan. De schepen wendden uiteindelijk een voor een hun stevens recht op de wal waar ze al groepen Cristianos ontwaarden. Met de golven in hun rug raasden ze op het strand af totdat de kiel in het zand vastliep, waarop Paco als een echte veroveraar als eerste de branding in sprong. Levi kroop wat moeizamer over het dolboord en schaafde zijn buik terwijl hij zich in zee liet zakken. Om hem heen gingen mannen van boord en liepen rustig lachend het strand op. Hij keek, zag Paco verderop staan die driftig om zich heen keek. Levi zag de Cristianos die naar hen zwaaiden, hun donderbussen laadden, ook de schutters bij de Moros deden hetzelfde. Levi keek verder het strand op, zag de toeschouwers langs de rand staan. Hij kon zijn vader er niet tussen vinden.

Op het moment dat hij bij Paco aankwam, gingen de eerste donderbussen achter hem af. Hij voelde zijn hart een aantal slagen overslaan, de angst gierde door hem heen. Alsof de donderbussen geladen waren met echte hagel die de wolken lekschoten, zette de hemel van het ene op het andere moment zijn sluizen open. De laatste schoten werden inderhaast afgevuurd waarna alles en iedereen definitief nat was. De Moros renden lachend op de Cristianos af die aan kwamen rennen met paraplu's. Er volgden her en der lacherige stoeipartijen, dronken mannen die hun al even beschonken vrienden in het natte zand gooiden. Het grootste gedeelte liep met rustige tred al richting de beschutting van het dorp. Paco tuurde door de regen en net toen Levi dacht dat ook zij naar Benimelha zouden lopen, hoorde hij zijn vriend zeggen: 'Daar zijn ze, de *pendejos*.' Hij wees met zijn hand naar drie jongens die over het strand op hen afliepen. Manolo Bardales, Gaspar Gorra en ene Luís van wie Levi de achternaam niet kende, ook een jongen uit Xaraque.

Toen ze een paar meter van hen verwijderd waren, begonnen de jongens ineens te rennen en zonder een woord wierpen ze zich op Levi en Paco. Manolo was als eerste bij hen en met zijn hele lijf hamerde hij Paco tegen de grond waarna hij met de steen die hij achter zijn rug verborgen had gehouden, Paco op het hoofd sloeg. Gaspar dook boven op Paco. Luís rende op Levi af, bleef vlak voor hem stilstaan. De jongens keken elkaar aan. Beiden onzeker, onbeslist. Ondertussen zat Manolo boven op Paco en probeerde zijn polsen die Paco had vastgepakt los te krijgen. Paco bloedde uit een hoofdwond maar zijn ogen stonden woedend. Gaspar stond voorovergebogen boven Paco, schopte hem herhaaldelijk in zijn zij en probeerde vervolgens ook Paco's handen onder controle te krijgen. Toen Levi een stap naar hen toe zette, voelde hij een klap tegen de zijkant van zijn hoofd. Hij wankelde maar bleef staan. Keek naar Luís die hem geslagen had. Hij probeerde terug te slaan maar weer kreeg hij een klap en daarna een schop waarna hij toch in het zand viel. Luís dook boven op hem, had al gauw zijn handen vast en ging op zijn buik zitten. Hij klemde Levi's handen in het zand maar wist daarna niet veel te doen. Ze keken weer naar de jongens naast hen, waar Manolo ondertussen zijn armen los had geworsteld en begonnen was met gebalde vuisten Paco in zijn gezicht te stompen. De klappen vonden doel, en met elke rake stomp groeide de woede in Manolo. Levi zag Paco's wenkbrauw openbarsten, zijn jukbeen scheuren, uit zijn neus stroomde bloed. En met elke klap werd zijn tegenstand zwakker. Zijn zwellende ogen gingen dicht. Levi probeerde zich aan Luís te ontworstelen en toen dat bijna lukte riep Luís om hulp. Gaspar was bij Paco niet meer nodig en ging boven Levi's hoofd staan. Hij grijnsde terwijl hij met zijn voeten op Levi's handen ging staan. Luís kon Levi's polsen loslaten en sloeg hem nu ook, in zijn buik en in zijn gezicht. Niet zo hard als Manolo bij Paco, maar de pijn scheerde over Levi's gezicht en tranen sprongen in zijn ogen. Gaspar lachte alleen maar en riep tegen Manolo dat Paco wel klaar was. Manolo stond met tegenzin op en kwam ook over Levi staan.

'Zo gilipollas. En nu wij.'

'Wat zullen we met jou doen?'

'We steken hem.'

'Dat is een goed idee.'

'Net als je vader, cabrón, hijo de puta!'

Levi worstelde om los te komen maar Gaspars voeten drukten steeds harder op zijn handen die dieper in het zand wegzonken.

Ook Manolo tilde zijn voet op en liet deze meerdere keren hard neerkomen op Levi's linkerhand. Ineens voelde hij hoe zijn hand op een steen onder het zand werd gedrukt. Bij de volgende stamp braken de botten in zijn handen. Hij schreeuwde het uit van de pijn. De jongens wilden hem net overeind trekken toen hij door zijn tranen en het regengordijn zag hoe een groep mannen Manolo wegtrokken en hem een paar klappen gaven waarop hij wegrende de regen in. Gaspar en Luís kregen van dezelfde kerels een stel schoppen. Paco lag nog steeds bewegingloos, Levi greep zijn pols vast, schreeuwde en huilde, zakte weer door zijn knieën op de grond, zand en regen en pijn en bloed in zijn ogen en mond, en hij spuugde en huilde. Een gezicht kwam dichtbij, een man met een bleek kindergezicht, regendruppels op sproeten.

'Rustig maar, jongen. Het komt goed. Je vader komt eraan.' Het gezicht verdween achter zijn tranen en pijn. Hij werd vastgepakt waarna hij ineens een bekende stem hoorde die nooit zo bezorgd had geklonken.

'Levi, Paco?' Herman had zijn zoon vast, keek hem aan, naar zijn hand. Keek naar de grond, waar Paco lag, omringd door mannen. Vlak achter hem kwamen Morao en Andrés aan. Morao knielde neer bij zijn zoon. Levi liet zijn hoofd tegen de schouder van zijn vader zakken en voelde zich slap worden. Herman tilde het lange lijf op, armen om zijn schouders, borst tegen borst, en als een baby droeg hij zijn zoon over het zand naar Benimelha, Levi's huilende gezicht in zijn nek verborgen, tranen en bloed liepen langs zijn borst. Boven hun hoofden schoot het vuurwerk de donkere lucht in en ontplofte in flitsen van rook en regen.

27

Najaar 1955
Alquería del Moro

In de weken nadat Levi's middenhandsbeentjes gebroken en verbrijzeld waren, huilde hij in de stilte van zijn kamer die met elke traan alleen maar groter en leger werd. Eerst was het de pijn in zijn hand, dat brandende, verkrachte voorwerp aan het uiteinde van zijn arm. Toen kwam de angst het gebruik ervan helemaal kwijt te raken, om als een invalide door het leven te moeten gaan. Maar langzaam zakte dat en maakte het plaats voor de herinneringen aan zijn machteloosheid. Liggend op dat strand, te krachteloos om zich onder de jongens uit te worstelen. De walging om zijn eigen zwakte. En toen dat wegebde bleef er alleen over wat hij had gezien in de ogen van Luís, Gaspar en vooral Manolo. De haat. De diepe haat voor hem, persoonlijk, terwijl ze hem amper kenden. Het schiep een somberheid in hem die hij nooit helemaal zou kwijtraken. Omdat hij die haat niet kon begrijpen, kon hij het ook niet vergeten.

Zijn vader klopte regelmatig op zijn deur, waarschijnlijk om te proberen te praten, hem zijn kamer uit te krijgen. Hij kwam altijd met een vastberadenheid binnen die direct oploste in de aanblik van zijn zoon. Alles wat broos en weerloos in hem was, stond op Levi's gezicht en in zijn rode ogen te lezen. Hij herinnerde zich hoe zijn vader hem over het strand had gedragen, en wilde eigenlijk alleen maar op die manier als een klein kind weer door hem gedragen worden. Maar erom vragen kon hij niet, zijn armen uitstrekken kon hij niet. Zijn vader zou hem zwak vinden, toch? En zijn vader stond daar dan, zoekend naar iets, woorden misschien; in die zoektocht blind voor wat hij wel had kunnen doen.

Uiteindelijk was het Pepa die zag hoe vader en zoon onbereikbaar dreigden te worden voor elkaar. Ze maakte Herman duidelijk dat de jongen vastgehouden moest worden, waarop Herman naast zijn zoon op het bed ging zitten en hem onhandig omarmde. Levi sloeg zijn armen om Hermans schouders en verborg zijn gezicht in diens nek. Herman voelde de tranen van zijn zoon en kon niet vermijden dat ook zijn schouders schokten.

'Waarom haten ze me zo, papa?'

Herman kon alleen zijn schouders in vertwijfeling ophalen. Hij wilde zeggen dat hij het niet wist, een gemeenplaats opdissen dat er altijd kwade mensen in de wereld zullen zijn die een ander nodig hebben om te haten, en dat hij het niet persoonlijk moest opnemen. Maar hij wist het wel. Het was wel persoonlijk.

'Levi, het is mijn schuld. Ze kunnen me niet vergeven voor wat er is gebeurd, ze haten mij erom en daarom ook jou.'

Die enkele zin heelde vreemd genoeg veel in Levi. Want hij begreep dat het dus niet over hem ging, althans niet over hem alleen. En belangrijker nog, hij voelde eindelijk waar hij al die jaren naar had verlangd: verbondenheid met zijn vader. De haat van de anderen verbond hen, zij hoorden daarin bij elkaar, en daarin vond hij uiteindelijk de stop op zijn verdriet.

Hij was zijn kamer uitgekomen en met Paco naar buiten gegaan, het land op. Levi schrok van Paco's gezicht, hechtingen lagen over de zwellingen die onder zijn rode strakgetrokken huid elk moment leken te kunnen openbarsten. Paco's ogen kon hij amper zien, en diens neus was op twee plekken gebroken. Zijn stem was onbeschadigd gebleven, en hij vertelde opgetogen hoeveel meer kussen hij kreeg van zijn vriendinnen, meervoud inderdaad; dat daar geen kompres of verband tegenop kon.

‘Een echte held is een stukgeslagen held, hermano. Vrouwen houden van helden en er is geen snellere weg naar het gouden land van aanbidding dan over de brug van zorgzaamheid die de rivier van medelijden overspant. Haha! Wacht maar tot ik weer beter ben, dan gaan ze me weer als een normale cabrón behandelen.’

Maar dat duurde wel even. Als een vertraagde caleidoscoop draaiden en zakten allerlei kleuren, rood, paars, oranje en geel over zijn gezicht.

Toen hij lachte, vielen zijn ontbrekende tanden pas op.

Rond die tijd leek ook Levi’s hand geheeld en Pepa moedigde hem aan te kijken of hij weer wat kon spelen. Hij had voor het eerst weer naar zijn gitaar gekeken, die al maanden stof verzamelde in de hoek; het licht uit het raam viel er half op. Het lichte cipressenhout stak af tegen de grijze muren. Uiteindelijk had hij de gitaar gepakt en geprobeerd te spelen. Zijn ongeschonden rechterhand kon de snaren nog wel bespelen, maar links wilde niet meer. Een enkel eenvoudig akkoord kon hij nog wel, maar grotere grepen of barréakkoorden, waar je vingers in vreemde hoeken moeten staan, waren onmogelijk. Een arpeggio spelen kon alleen nog heel langzaam, de koning van de picado was niet meer. En bovendien deed zijn hand binnen enkele seconden ongelofelijk pijn.

Alquería del Moro
Januari 1956

Ik zat net buiten Levi’s kamer, zoals wel vaker de afgelopen tijd. Ik hoor hem worstelen met zijn gitaar, alles wat hij probeert, zelfs wat hij vroeger moeiteloos deed, smoort in frustratie en pijn. Ik hoor het niet, hij kermt of klaagt niet, maar ik voel die pijn wel. Ik wanhoop voor hem, die muziek bracht hem zoveel, zoveel. En ik wil naar binnen lopen en hem vasthouden, hem dragen, zoals ik zijn grote jongenslijf door de stromende regen had gedragen. Ik zie nog hoe ik hem in de stoel van de dorpsarts van Benimelha heb gezet. Hoe Levi huilend zijn hand had vastgehouden, ernaar had gekeken alsof het zijn hand niet meer was. Paco was ook binnengedragen, hij lag op het bed en zijn bloed stroomde over de grond. Zijn dichtgeslagen ogen waren wel open. Twee kleine spleetjes met vuur tussen gezwollen roodblauw vlees. Paco zou wel helen. Hij zou het gevecht weer aangaan, met die klootzakjes. Die hem haten omdat hun vaders mij haten. Die haat is niet van hen, ze hebben hem zich toegeëigend. Ik heb het gezien, heb het aangezien, heb me ervoor verborgen, getracht Levi ervoor te verbergen. Ik heb Porfirio zelfs gevraagd ons ertegen te beschermen. Dat heeft ook maar even geholpen.

Maar nu is het genoeg. Verbergen kan niet meer, beschermen kan ik hem ook niet. Maar ik kan er wel voor zorgen dat die haat gericht wordt op waar die hoort, op mij. Laat ze mij dan maar haten, ik zal ze een reden geven.

*

Hij had de neiging onderdrukt zijn wapens uit de olie te halen, maar hij nam zijn mes mee. Natuurlijk had hij naar Sara gekeken toen hij het huis uit liep, zij keek hem na op weg naar buiten. Hij reed te paard naar het grote, lelijke, witte huis dat Hector vlak buiten Xaraque voor zichzelf had laten bouwen. Een massieve muur omringde het landhuis, dat in de verte deed denken aan de Alquería. Ook hier een poort die openstond. Kalm reed Herman zijn paard erdoor naar binnen. De lange laan voerde langs lange amandelboomgaarden aan weerszijden en kwam uit op een grote ronde binnenplaats waar allerlei exotische bomen geplant waren. Veel soorten palmbomen stonden daar roerloos, het felle groen scherp afgetekend tegen het blauw van de winterlucht. Een dienstbode kwam het huis uit, begroette hem vriendelijk en riep direct een hulp tevoorschijn, een jonge jongen op versleten touwschoenen die het paard bij het bit pakte.

'Je hoeft hem niet op stal te zetten, dit duurt niet lang,' zei Herman. De jongen knikte en bleef staan met het paard aan de teugel. Herman deed een paar stappen naar voren en bleef in de kille najaarszon staan, zijn ogen onbeweeglijk gericht op de voordeur van het huis. Als een vreemde entiteit die bezit van hem nam, voelde Herman een deel van zichzelf terug zijn lijf in vloeien. Het was een deel dat bij een jongere, sterkere man hoorde. Het deel dat in staat was te slaan en schoppen en steken en bijten en doden als het nodig was. Het was een deel dat hij lang had weggestopt. Hij had weleens voor de spiegel gestaan en zijn ouder geworden gezicht en lichaam bekeken en had zich afgevraagd of die vechter verdwenen was of niet. Hij had graag, heel graag gewild dat geweld geen optie voor hem zou zijn; geen keus die hij kon maken. En toen gingen de deuren open en kwam Hector naar buiten.

'Ik kom voor je zoon,' zei Herman.

'Mijn zoon?'

'Ik kom zijn hand breken, zijn gezicht openslaan totdat jij hem niet zult herkennen. Zijn tanden stomp ik uit zijn mond.'

Hector keek hem aan, de woede in zijn ogen en mond. 'Kan die *maricon* van je niet zelf zijn gevechten aan?'

'Vechtpartijtjes hebben ze genoeg gehad, dat hoort bij jongens. Daar heb ik nooit moeite mee gehad. Maar dit was anders, en dat weet jij ook. Als het een minuut langer had geduurd was mijn zoon nu dood.'

'Ga van mijn land af als je heel wilt blijven.'

'Weet je Hector, ik heb alles van je geaccepteerd, dat je mij de schuld geeft van de dood van je broer, of dat je die niet kunt wreken. Zelfs de dood van Alba verwijt je mij. En ik heb je vergeven dat je Vicente hebt gedood. Ik weet dat jij het was.'

Hectors kaken verstrakten. 'Rot op, klootzak, de tijd dat ik krom voor je heb gelegen en jouw bevelen opvolgde is allang voorbij.'

'En de tijd dat ik begrip had voor je boosheid en om je wraakzucht heen heb gedanst ook. De tijd dat ik accepteer dat je mij en mijn mensen dwarszit, dat je het leven van mijn zoon en Paco onmogelijk maakt door jouw zoon, je vrienden en eenieder die je tegenkomt tegen ons op te hitsen, is ook voorbij. Het is voor jou nooit genoeg. Mijn zoon heeft jou nooit wat gedaan en die schoft van een Manolo ook niet. Jullie zijn echt te ver gegaan.'

'Mij goed, wat wil je doen dan?'

'Vanaf nu is het oog om oog. Ik zal niet beginnen, maar alles wat je mij aandoet, mij of mijn familie of vrienden, krijg je dubbel terug. Te beginnen met vandaag. Roep jij je zoon of zal ik hem zelf halen?'

Herman zag even de bezorgdheid, zelfs de angst in Hectors ogen.

'Als jij denkt dat ik mijn zoon aan jou overgeef, dan ben je echt niet goed bij je hoofd.'

'Dat siert je in ieder geval. Maar hij krijgt het terug, wat hij heeft uitgedeeld, nu of later. Of jij moet zijn afstraffing zelf in ontvangst willen nemen.' Herman zette een stap naar voren, zijn armen hingen langs zijn lichaam.

Hector liep de trap af. 'Ik heb je altijd een pak slag willen geven, fascistische hoer. Je had het bij sluipmoorden moeten houden.'

De twee mannen stonden tegenover elkaar. De jonge hulp met het paard deed een pas naar achteren. Manolo, die vanuit een raam op de bovenverdieping van het huis angstig toekeek, zag hoe Hector met een grote zwaai van zijn vuist Herman probeerde te raken. Een slag die doel miste, waarop de blonde man met een snelle rechte stoot Hector tegen de grond sloeg. Hij stond over Hector heen en ze zagen hoe hij een lang mes uit zijn broeksband trok. Het mes van de Moor. Even dachten ze dat hij zou toesteken. Maar hij boog zich voorover. Drukte het mes op Hectors keel. Ze hoorden niet wat Herman in Hectors oor fluisterde.

Nadat Herman was vertrokken, was Hector de trap opgelopen en had Manolo een ongenadig pak slaag gegeven om de jongen vervolgens te verbieden ooit nog bij Levi of Paco in de buurt te komen.

Ook Gaspar en Luís waren door hun eigen vaders stevig onder handen genomen. De angst voor Herman, of in ieder geval het ontzag voor hem, dat na de jaren van de oorlog in Xaraque was opgelost, ingeruild voor een goedmoedig respect voor de man die zijn best deed om toeschietelijk, vriendschappelijk en behulpzaam te zijn, was op slag weer terug. Zijn reputatie van gevaarlijke buitenstaander ook. Porfirio vond het vermakelijk en complimenteerde Herman ermee.

'Je maakt je legende waar.'

'Ik heb het niet gewild, Porfirio.'

'Wat je wilt maakt over het algemeen niks uit, Germán. Je doet wat je moet doen. Ik had hem en zijn zoon de nek omgedraaid.' Hij had daarop in zichzelf gelachen en vervolgd: 'Misschien komt dat nog wel.'

Hij had Levi natuurlijk niets verteld over zijn confrontatie met Hector Bardales, maar het was in Xaraque het gesprek van de dag, en Levi puzzelde zoals altijd alle details bij elkaar tot een verhaal. Die ene slag, een galm van de legendarische klap waarmee zijn vader jaren terug Don Julian had neergeslagen. De ijzeren vuist, werd het genoemd. Maar nog meer het mes dat ooit mensen doodsangst had aangejaagd. Levi wist niet wat hij ervan moest vinden, wat hij moest voelen. Hij was wel blij dat zijn vader zich had opgeworpen om hem te beschermen. Zo onzichtbaar als Herman was geweest in Levi's jongste jaren, zo aanwezig was hij sinds die middag bij Bardales geworden. Op het paranoïde af. In elke tegenslag zag Herman de heimelijke hand van Bardales. Toen de elektriciteit in de Alquería uitviel door wat een doorgesneden draad leek te zijn, reed hij in de nacht naar het huis van Bardales en zaagde eigenhandig over een lengte van honderd meter alle elektriciteitsmasten om. Hij maakte niet alleen ruzie met Bardales, maar met iedereen die hem dwarszat. Als hij bij de olijfpersen het idee had dat hij benadeeld werd, dan schold hij de bazen de huid vol, als Andrés te weinig plukkers kon vinden voor de sinaasappels reed hij zelf het dorp in om mensen te ronselen. Toen door zware regenval in het najaar van 1957 niet alleen Valencia onder water stond – maar ook tientallen muren van bancales waren ingestort en de stenen ervan door het razende water de kloven in verdwenen, had zijn vader geen nieuwe kunnen krijgen. Hij had gevloekt en getierd over die hoerenzoon Bardales die weigerde stenen aan hem te verkopen, en ook de steenhouwers in de buurt, de meeste in dienst van Bardales, bleken allemaal bezet. Uiteindelijk was Herman met eigen vrachtwagens van El Saladar ruim honderd kilometer landinwaarts gereden naar een bergdorp om stenen bij een andere groeve op te halen en had daar direct een ploeg steenhouwers meegenomen. Niet lang nadat de laatste muren rond de Alquería waren hersteld, werd door een van de mannen uit de ploeg steenhouwers ten westen van Benimelha een nieuwe steengroeve geopend. De andere mannen van de ploeg richtten samen Nova Construcciónes op en bleven in het gebied wonen en werken. Daarmee was Bardales e Hijos Construcciónes nog wel de grootste, maar niet meer de enige aannemer in het gebied. Levi wist dat zijn vader een aandeel had in het nieuwe bedrijf.

Levi zag achter Hermans verbetenheid en woede de liefde van zijn vader voor hem. Maar het had niets veranderd aan zijn hand en het feit dat hij geen muziek meer kon maken. Paco kon alweer zingen maar zweeg terwijl hij toekeek hoe Levi probeerde gitaar te spelen en na vele vruchteloze pogingen uiteindelijk het instrument aan de kant zette. Ondanks dat hij het bloed in de mond waar hij om had gevraagd, had geproefd, voelde Paco zich schuldig. Hij probeerde Levi op alle mogelijke manieren op te vrolijken en aan te moedigen, maar met elke poging vergrootte Levi in een stilzwijgende aanklacht de afstand tot hem. Hij trok meer naar Sara toe en na een paar weken, op haar suggestie, kroop hij achter de piano. De *Gymnopédies* kon hij spelen en hij vond iets van de kracht in zijn handen terug. Hij ging op zoek naar nieuwe pianomuziek. Herman nam hem daarvoor mee naar Valencia waar ze bij een instrumentenmaker bladmuziek vonden en uiteindelijk bij het conservatorium van Valencia een pianoleraar, waar Levi vanaf dat moment wekelijks met de trein heen reisde.

Alqueria del Moro
November 1958

Ik denk dat ik lang te boos ben geweest om te schrijven in dit cahier. Zo bezig met me inhouden. Als ik mijn gedachten op papier had laten gaan, mijn angst voor Levi, mijn razernij om Levi, mijn haat tegen Hector, alhoewel ik hem ook eigenlijk helemaal niet haat... denk ik dat ik me in al die woorden had verloren. Maar nu kan het weer. Het leven is iets tot rust gekomen, Levi heeft een nieuwe bestemming gevonden in de piano, en reist alweer meer dan een jaar wekelijks naar Valencia. Sara is officieel zijn novia, *zijn vriendinnetje, hoewel dat woord in het Spaans ook 'verloofde' betekent. Dat zien we nog wel.*

Vandaag liepen hij en ik samen over het land. We liepen over de bancales waar de sinaasappels hangen. Andrés en Pepe liepen mee. We pakten op verschillende momenten een sinaasappel, rolden hem in onze hand en knepen erin. Op een muurtje bij de Quisi zaten we bij elkaar en proefden. Door de bittere schil heen bijten. Openscheuren en eten. Bij Levi spatte het sap op zijn gezicht, hij lachte.

'Que bien. *Je proeft er de kou nog in,' zei Andrés. Het vruchtvlees was rijk en het sap zoet.*

'Esta de cojones,' *beaamde Pepe met zijn mond nog vol. Andrés vertelde dat de limoenen er ook zo goed bij stonden. Na de lange barre jaren van tekorten en hongersnood duurde het nog enkele jaren voordat de oogsten ook maar enigszins leken op die van vroeger. Maar nu lijken ze weer terug te zijn. De barre jaren komen door Franco, daar is men het hier stilzwijgend over eens. Het was niet voldoende de helft van het land te vermoorden. Met zijn achterlijke economische politiek en zijn kleinemannenego heeft hij ook de eco-*

nomie die hij zo belangrijk vond de vernieling in geholpen. Hoeveel mensen door heel Spanje aan honger zijn overleden, zullen we wellicht nooit weten. Ontelbare anonieme doden. Jarenlang heeft hij de grenzen dichtgehouden omdat Spanje het zelf moest kunnen redden, althans, zolang de buitenlandse machten hem niet serieus genoeg namen. Alle Europese landen kregen geld uit Amerika, behalve wij, en dat door zijn koppigheid. Het is dat ze zo bang zijn voor de communisten, waardoor wij weer mee kunnen doen. Een paar jaar terug mochten we eindelijk bij de Verenigde Naties, en nu staan de graanvelden weer vol met zaden uit de Verenigde Staten, er loopt weer vee, kunstmest is weer verkrijgbaar. En eindelijk kunnen we onze producten weer afzetten, via de nieuwe weg of het herstelde spoor.

Allemaal vooruitgang natuurlijk, en eindelijk hebben mensen weer werk. Maar als ik naar de overkant van de vallei kijk, zie ik het volgende geweld zich aandienen. Daar loopt een geelrood litteken over de groene bergrug. Het is de weg die enkele maanden eerder uit de berg is geblazen. Dagelijks rijden de blauwe vrachtwagens van Bardales e Hijos Construcciónes eroverheen, op weg naar bouwkavels waar vakantiewoningen worden gebouwd. De kust is ontdekt door toeristen – daar zal Bolér wel een hand in hebben gehad – uit Spanje én uit het buitenland. Ik heb zelfs blonde hoofden gezien, maar blijf ver weg van ze. Langs de stranden van Benimelha en in de heuvels rond Xaraque wordt steeds meer gebouwd. In Benimelha staan al vijf hotels en tientallen vakantiewoningen langs het strand. De meer welvarende dorpelingen in Xaraque laten casas de campo *bouwen op ongebruikte grond die al generaties lang in hun familie was. En als ze geen grond hebben, kopen ze het van de gemeente die altijd te weinig geld heeft. Het doet pijn, al die witte huizen op de voorheen ongerepte groene heuvels om ons heen. In de kloof tussen Xaraque en Garat heeft Hector Bardales een concessie voor een steengroeve verworven. Het lijkt wel of een monster met een onstilbare honger naar steen elke week grotere delen van de bergen wegvreet. Het geelwitte steen van de groeve ligt als een open wond in het diepe groenbruin van de kloof waar de oude weg doorheen loopt en nu dus ook de trein die van Valencia via tal van kustdorpen naar Xaraque leidt. Ik ben niet overal blij mee, maar het is in ieder geval beter dan hongerdoden langs de weg.*

*

Levi zag de groeve langs het raam van het treintje voorbijglijden. In stof opgedroogde regendruppels vertroebelden het zicht op buiten. Hij opende en sloot zijn hand die na meer dan twee jaar nog steeds af en toe pijn deed, zeker wanneer het weer zoals nu kil en nat was. Hij liet zich weer achterover zakken en kroop weg in zijn dikke jas. Vanuit die beschutting spiedde hij naar Sara tegenover hem. Ze keek naar buiten. Haar smalle mond, scherpe neus en donkere ogen onder haar brede wenkbrauwen baadden in een diffuus licht waardoor haar trekken even zacht waren als toen ze veel jonger was en hij voor het eerst naar haar keek. Ze was een jonge vrouw geworden, had onder haar kleding een sterk en slank lichaam zonder de brede heupen die zoveel Spaanse vrouwen hadden. Op haar kleine borsten had Levi al met zijn hoofd mogen liggen terwijl ze bijkwamen van wat ze in stilte met elkaar deelden. Alleen Paco wist dat zij hun maagdelijkheid aan elkaar waren kwijtgeraakt. Ze waren wel officieel op elkaar verliefd. Een mededeling die zijn vader in stilte had geaccepteerd met de zuinige glimlach die Levi zo goed van hem kende. Die uitdrukte dat het zijn keuze niet zou zijn geweest, maar dat hij het zijn zoon gunde.

Ze deden veel samen, Sara en hij, omdat zij net zo op stilte gesteld was als Levi. Omdat ze wel dicht bij hem liep, maar niet op hem leunde. Haar hand op de zijne legde, maar niet vastpakte. Op afstand naar hem keek en luisterde zonder zich op te dringen. Zelfs toen hij voor het eerst onhandig maar teder bij haar naar binnen drong, en er een gevoel door hem heen raasde zoals hij nog nooit had meegemaakt, was zij stil, waardoor hij nog beter voelde wat er bij haar gebeurde. Haar angst en verlangen en verbazing en ook een soort leegte die zijn binnentreden in haar tijdelijk vulde.

In de trein voelde hij haar been tegen het zijne. Terwijl ze wegkeek, was ze toch bij hem. Hij vroeg zich af waar ze aan dacht, wat ze zag in het landschap dat buiten voorbijgleed. Het was een vraag die ze nooit aan elkaar stelden. Hun binnenwerelden waren gesloten voor elkaar. Met woorden trad je daar niet binnen. Hij vroeg zich af wie haar ouders waren, waar ze waren; hij wist dat ze nog leefden. Hij voelde dat Sara ergens op wachtte. Een deel van haar was altijd afwezig. Haar bestaan leunde tegen het zijne, ze raakten elkaar maar er zat altijd ruimte tussen. Alsof ze samen een dissonant waren, mooi en krachtig en ijl, op weg naar een oplossing, want een dissonant kon je niet laten bestaan. Dat vertelde zijn pianoleraar in Valencia. Levi was daar ruim een jaar geleden voor het eerst heen gegaan, toen de pijn in zijn hand niet zo overweldigend meer was, en hij had geaccepteerd dat hij de gitaar niet meer zo zou kunnen bespelen als vroeger, maar hij verlangde nog steeds naar muziek. Vaak ging Sara mee, vooral als hij op zoek ging naar nieuwe platen voor zijn platenspeler. Deze keer wilden ze ook een nieuwe platenspeler kopen, de oude Teppaz Présence van zijn moeder had het begeven. De naald was kapotgegaan en de transformator was doorgebrand.

Valencia was elke keer weer een kleine schok voor hem. Overal waar hij keek waren gebouwen, mensen die heen en weer liepen, pakken, stropdassen, vrouwen in modieuze rokken, maar ook nog altijd de mannen met arbeiderspetten die schuchter door de straten snelden. Hij moest altijd denken aan die dagen in Amsterdam, toen het had geleken alsof hij in een compleet andere wereld terecht was gekomen. Ook hier vele automobielen, de tram, maar ook nog steeds veel huifkarren en handkarren voor mensen die geen paard of muilezel konden betalen. En nog steeds veel meer soldaten en guardia's, altijd aanwezig met hun bijkans demonische tricornios, de donkere capes, vooral druk bezig met het verjagen van legers daklozen en bedelaars die rondhingen bij de trappen van het station en bij de ramen van de volle restaurants en de Mercat Central stonden. Ze werden verjaagd naar de droge rivierbedding van de Túria die het jaar daarvoor, na die bijna twee weken zware regenval, was overstroomd. De twee vloedgolven hadden meer dan vierhonderd zielen geëist. De rivier hadden ze daarna om de stad geleid, en nu liep de oude bedding als een afgedankte slangenhuid door de stad. Het was de afvoergoot voor de armsten en de honden, scharrelend naar voedsel.

Vlak na de overstromingen was Levi al naar Valencia gegaan. De stad was onherkenbaar geweest, met een centimeters dik tapijt van modderig sediment over alle straten en in elk huis en gebouw. De ingestorte huizen, de rijen voor uitgifte van voedsel en vers water. Hij had op de gevels gezien hoe het water tot meer dan twee meter hoog had gestaan. Hij had zich naar de instrumentenhandel van Don Lazaró gehaast, de kleine schriele eigenaar met zijn koddige potloodsnor. Zijn met modder bespatte nette zwarte broek was in te grote laarzen gestoken, zijn zwarte stropdas hing verkreukeld rond zijn magere nek en met lege ogen had hij gestaard naar de door modderwater verwoeste vleugels en een vloer van zompige partituren en bladmuziek. Dat was nog het gedeelte van zijn verzameling dat niet was weggedreven. Op verschillende plekken in de stad was tussen alle andere troep ook bladmuziek aangetroffen. Levi en Sara hadden hem zo goed als het ging geholpen de instrumenten schoon te maken en af te voeren wat niet meer te herstellen was. De gitaren, violen en celli had Don Lazaró op de eerste verdieping kunnen redden van het water en daar stonden ook nog een paar piano's en een enkele vleugel waarmee hij zijn zaak had kunnen voortzetten.

Toen Levi en Sara na de treinrit en hun wandeling door de stad de zaak binnenstapten, leek het alweer verleden tijd en vergeten, dacht Levi. De veerkracht van de mensen was oneindig, zo leek het. Don Lazaró begroette hen uitbundig, maar keek hem verbaasd aan toen hij de platenspeler noemde waar ze naar op zoek waren.

'Nee, daar doe ik niet aan, muziek moet je horen als het daadwerkelijk gespeeld wordt.' En hij zette Levi achter een piano en telkens nieuwe bladmuziek voor zijn neus.

'Moet je dit zien, Chopin, preludes. Poolse Fransman, weet jij natuurlijk, licht geaffecteerd, soms dromerig maar mooi.' En nadat Levi een paar noten ervan had gespeeld: 'Bach, *Die Kunst der Fuge*, transcript voor piano, contrapunten tot je ervan omvalt, moet je ook meenemen. Methodisch, mathematisch maar beeldschoon. En deze, Rachmaninoff, drama, zelfmoord, erg Russisch, dus speel niet te hard,' knipoogde hij. Toen hij zag hoeveel moeite Levi's hand met de noten had zei hij: 'Neem het allemaal maar mee, kijk wat Don Palau zegt en wat je ermee kunt. Wat je niet wilt, geef je gewoon terug.'

Levi bedankte hem vriendelijk en Don Lazaró, strijkend over zijn snorretje boven een guitige glimlach die gelukkig weer terug was gekeerd na de overstroming, zwaaide in de deuropening Sara en Levi uit.

Het was niet ver naar het conservatorium en zoals altijd genoot Levi van de wandeling door de stad; de bladmuziek in zijn tas droeg hij mee als een waardevolle schat. Hij vond het een voorrecht zoveel schoonheid met zich mee te dragen. In het gebouw liep hij met een glimlach tussen alle in- en uitlopende muzikanten met instrumenten en muziek die door de gangen stroomde en overliep uit openstaande ramen, en hij dacht met verlangen terug aan die eerste keer in het Concertgebouw, toen de wereld voor hem ineens zoveel groter was geworden.

'Chopin ja, sommige, lang niet alle. Bach misschien. Rachmaninoff geen sprake van.' Don Palau y Boix had de Rus met een boze klap weggelegd.

Levi keek zijn pianoleraar geschrokken aan.

'Geen politiek hoor, maar dat gaat niet met jouw hand. Veel te moeilijk.'

En zo gingen ze aan het werk met Chopin, Sara zoals altijd met een boek in de hoek van het lokaal waarin twee vleugels stonden. Ze keek vaak op, zag hoe Levi met zijn leraar bezig was. De oude aristocraat met zijn smalle hoofd keek met licht loensende ogen vanachter een bril met hoornen montuur naar Levi's worsteling aan de piano. Toen Levi zijn handen van de toetsen haalde en de pijn in zijn linkerhand probeerde weg te masseren, draaide de oude man zich naar hem toe.

'Jongeman, het wordt tijd voor een serieus gesprek.'

Levi liet zijn handen zakken, legde ze op zijn dijen en draaide zich naar de man toe die hem meer dan anderhalf jaar geleden, op aandringen van diens vriend Abimael Arechavaleta, als laatste leerling had aangenomen.

'Ik denk niet dat het veel wordt met de piano en jou,' zei hij.

Levi zakte iets in. Sara keek geschrokken op vanaf haar boek dat ze in haar schoot liet zakken. Palau y Boix kreeg altijd een beetje de kriebels van haar, ze had een oogopslag die hij niet begreep noch vertrouwde. Het deed hem altijd denken aan de rode terreur van 1936. Ook nu was haar blik uitdrukkingsloos op hem gericht en voelde hij wat hij alleen als dreiging kon interpreteren.

'Ik zeg niet dat je geen goede pianist bent, maar je zult nooit je werk ervan kunnen maken. Zou je je op het conservatorium voor pianostudie aanmelden, dan zou je niet aangenomen worden. Met je hand...' Hij perste zijn lippen nog meer samen dan ze al waren en haalde zijn schouders op in een uitdrukking van overgave. Stak toen een vinger in de lucht: 'Maar... ik heb het gevoel dat je op het gebied van compositie misschien wel ver kunt komen.'

'Compositie?'

'Ja, zoals je weet ben ik hier behalve directeur ook hoofddocent compositie, en ik denk dat je, als het van je vader mag, hier wel compositie kunt komen studeren. Jij snapt muziek, structuren, tonaliteit, sferen, idioom, en ideeën in de muziek doorzie je snel. Dat heb ik gemerkt. Alle eigenschappen die een componist moet hebben.' Hij zag de jongen aarzelen, verwerken wat hij zojuist had gehoord. Die bedachtzaamheid paste de componist ook beter dan de uitvoerende artiest.

'En dan ga je namelijk ook scheppen, en niet alleen reproduceren.' Palau y Boix zag dat het Levi even te veel was. 'Weet je wat, denk erover na. Je hoeft niet te stoppen met pianolessen, natuurlijk niet. Maar daarvoor zal ik je dan wel doorgeven aan een andere leraar. Ik moet mijn tijd aan andere dingen besteden. Maar ik zou je met plezier terugzien als student compositie.'

*

Natuurlijk vond Herman het een goed idee. Ook hij zag hoe Levi, toch de perfectionist, worstelde met wat zijn hand niet meer kon. Het idee dat de jongen in iets anders zo goed kon worden als hij verdiende te zijn, gaf Herman meer lucht dan hij zich had kunnen voorstellen.

Levi meldde zich aan bij het conservatorium en Herman huurde voor hem kamers in Valencia waar Levi door de week overnachtte. Hij begon met zijn studie onder Palau y Boix. Hij kreeg les over de regels van klassieke compositie, over de essentie van het compositieproces, over al die dingen die hij had gevoeld in de muziek en die hij nu kon definiëren. Hij leerde over muziektheorie, harmonieleer, alle instrumenten, hun kleuren, kwaliteiten en beperkingen. Hun resonantie, hun relatie tot elkaar, hun rol in een kamerensemble of een symfonieorkest. Hij las eindeloze epistels over componisten en muziekstromingen, over logica en emotie. Het verschil tussen melodie, thema's en motieven.

Hij begon overal composities te horen, in het geluid van verkeer op straten, in het ruisen van de pijnbomen, waar zijn vader het ook zo vaak over had, en vooral gedurende de warmere maanden in het gezang van krekels in de avond. In Valencia hoorde hij ze niet, maar zodra hij terug was op zijn kamer in de Alquería des te beter.

Het ritme van de nacht, hun contrapunt, hij hoorde hun boventonen, de ruimte tussen hun noten, de stilte voor hun inzet. Het was altijd het lied van zijn slaap geweest. Het vulde en definieerde de diepte van de nacht en maakte het donker minder eng. Hij begon al gauw met het componeren van korte stukken in de traditie van zijn leraar en werkte ze uit aan de piano, waarbij hij niet elke sequentie kon spelen die hij bedacht. Dus schreef hij meer dan hij kon spelen. En als ze dan tijdens de lessen gespeeld werden, klonken ze altijd anders, en zag hij zijn leraar fronsen. 'Je moet jouw stem nog vinden,' kreeg Levi dan als reactie.

In de weekenden kwam Levi thuis en vertelde uitgebreid over zijn studie, zijn nieuwe vrienden, de stad en het leven daar. Hij werkte bij Don Lazaró in de winkel om bij te verdienen en speelde in cafés regelmatig pianostukken die hij aankon, zelfs een paar keer eigen composities. Herman vroeg hem die ook thuis te spelen, en steeds kroop Levi met zijn kleine glimlach en enigszins schoorvoetend achter hun piano. Het viel Herman op hoe goed de muziek paste in de woonkamer, hoe elke noot ervoor geschreven leek. Of misschien wel hoe de muziek doordrenkt leek van de Alquería. De stilte van het huis, de rust op de berg, de zee dichtbij maar toch op afstand, de zeebries die het huis binnensloop.

Levi voelde zich zo op zijn gemak dat hij zelfs een paar keer met Paco ging zeilen. Hij voelde dan wel een bepaalde spanning als de wind door zijn krullen waaide, maar ook verkoeling en slechts het kleinste spoor van een oude angst. Elke keer in het bootje werd die knoop in zijn maag kleiner of losser misschien. Paco hield zijn broer altijd zorgvuldig in de gaten en aan de hand van Levi's gezichtsuitdrukking bepaalde hij hoe hoog hij aan de wind wilde varen.

Levi bracht nog steeds veel tijd door met Sara, die altijd geduldig wachtte tot hij er voor haar kon zijn. Telkens als hij bij haar in de buurt kwam, lachte ze haar minzame glimlach en liet hem tegen haar spreken, zei wat terug en creëerde door die weinige woorden die zwijgzaamheid tussen hen waarin Levi zich zo veilig voelde. En in die verademing gingen ze dan met elkaar naar bed.

Een onverwachte bijkomstigheid van het studeren in Valencia was dat Levi leeftijdgenoten leerde kennen die niet wisten wie hij was, en dus zijn familieverhaal niet kenden. Ze zagen alleen een rustige, vriendelijke jongen met ogen waar je dagenlang naar kon kijken. Hij ging overdag met hen mee naar cafés om koffie te drinken en zoete *bunyols* te eten en 's avonds doken ze donkere kroegen in, iets waar Levi niet altijd naar uitzag. Altijd spraken ze over muziek natuurlijk, maar ook over filosofie, ideeën en politiek. 'Kunst en politiek kan je niet los van elkaar zien. Het zijn twee arena's voor de oneindige oorlog van ideeën.' Ze spraken over onderdrukte kunst. Over een man als Stravinsky die de socialistische heilstaat de rug had toegekeerd, Sjostakovitsj die zich door Stalin had laten muilkorven en Prokofjev die zich voor het karretje van de Sovjetdictator had laten spannen.

'Ik wil geen revolutie starten,' fluisterde een van de jongens. 'Maar onze geliefde aristocraat Palau y Boix loopt ook voor een karretje.'

'Hoe bedoel je?' vroeg Levi.

'Hij heeft al aardig wat onderscheidingen van het regime. Zijn 2e symfonie staat ook bol van heroïsche pseudofascistoïde symboliek; oorlogstrommels en trompetten klinken er doorlopend in.'

'Niet alleen maar.'

'Nee, hij wisselt het keurig af met passages waar de sentimentele landelijke idylle van afdruipt met kitscherige Iberisch aandoende tralala's die van een lokaal kleurtje worden voorzien. Om duidelijk te maken naar welke conservatieve agrarische utopie die marsmuziek ons moet brengen. Het is toch muziek over de rug van de onderdrukten.'

'En bovendien gewoon niet zo goed.' De groep lachte hardop.

'De minister van Cultuur is een andere mening toegedaan,' zei Levi.

'Precies mijn punt, kunst is politiek, en daarom krijgen wij reactionaire kunst door onze strot geduwd.'

'Dat klinkt inderdaad erg revolutionair,' bracht een van de meiden in. 'Je hebt weer een bewonderaar, Levi,' vervolgde ze. Met haar ogen wees ze naar een man in de hoek van de kroeg die niet wegkeek, maar opstond en naar hun tafeltje toe liep. Even waren ze bang dat de Brigada de Investigación Social, Franco's geheime politie, hen betrapt had. Maar de man glimlachte vriendelijk naar hen allen en zei tegen Levi: 'Jij bent toch de zoon van Germán Kruijssen?'

Levi fronste, voelde angst in zijn lijf, maar herkende het bleke gelaat met sproeten, de volwassen man met jongensgezicht. Het was de man die Gaspar en Luís van hem af had getrokken. Die zijn andere hand had gered, misschien wel zijn leven. De keren dat Levi daarna in Benimelha was geweest, had hij uitgekeken naar de man, omdat hij hem wilde bedanken. Maar tot dit moment had hij hem nooit meer teruggezien.

'Ja, en ik heb u nooit kunnen bedanken.'

De man glimlachte. Wees vragend naar een stoel. Levi knikte. 'Kom er vooral bij zitten. Toch?'

Zijn vrienden knikten ook, enigszins gereserveerd.

'Deze meneer heeft mijn andere hand gered.' Het verhaal over Levi's hand was bekend. 'En ik heb hem nooit kunnen bedanken.' Hij draaide zich naar de man toe die met een glimlach was gaan zitten en rustig een slok van zijn bier nam. 'Ik heb u nog gezocht in Benimelha.'

'O maar ik woon daar niet, als jonge jongen wel, maar ik woon sinds de oorlog in Valencia. Ik was alleen in Benimelha voor de feesten en om mijn moeder te bezoeken.'

'Ah, ja dan snap ik het. En wie is uw moeder, als ik dat vragen mag, die ken ik dan vast.'

'Dat mag je zeker vragen, mijn moeder is Maria Auxiliadora Agulló Llopis, ik ben haar oudste zoon, Xavi Morales.'

28

Juni 1959
Alquería del Moro

Na die eerste drukke maanden kwam Levi voor het eerst een weekend niet thuis. Herman had vrijdagavond op hem gewacht en toen de zon onderging en de krekels inzetten, was hij teleurgesteld naar bed gegaan. Toen Levi zondag nog steeds niet was verschenen, zei Pepa: 'Hij heeft het waarschijnlijk te druk.'

'Dan had hij wel iets kunnen laten weten.'

Toen Levi het weekend daarop ook wegbleef zonder een teken van leven, probeerde Herman naar zijn kamertje in Valencia te bellen, maar de telefoniste meldde dat niemand de telefoon opnam. Herman stuurde een briefje dat onbeantwoord bleef.

'Germán, het kan natuurlijk zijn dat hij zich een beetje probeert los te maken van zijn ouderlijk huis. Dat is normaal,' zei Pepa toen ze aan het avondeten zaten.

'Niet in Spanje,' antwoordde Herman en hij wees naar Paco die lachend grote happen rijst zijn mond in schoof. Paco was aan het werk gegaan als bouwleider bij Nova Construcciónes. Hij had zijn vriendin ten huwelijk gevraagd, maar woonde nog steeds in de Alquería.

'Señora Maruja kookt gewoon te lekker,' grinnikte hij en keek Maruja met een stralende glimlach aan.

'Jij bent een schaamteloze slijmbal, Paco Morao.'

'Zeker! Even schaamteloos als trots, máár, señora Maruja...

geen leugenaar. U bent – en vergeef me, moeder – de beste kokkin ter wereld. Maar tío Germán, toen wij jonge jongens waren verdween Levi ook weleens uren het land in, hij heeft gewoon tijd nodig om alleen te zijn.'

Na het derde weekend, waarbij zelfs Sara zich hardop afvroeg waar hij zou kunnen zijn, kwam een gedachte bij Herman op die hem bijna ineen deed zakken: net als hij in de nacht was binnengeslopen, zo waren zij nu ook gekomen. Voor hem, via Levi. Hij zag zijn wandaden van al die voorbije jaren gespiegeld in het heden. En wie zou meer reden hebben om hem te treffen dan Hector? Hermans dreigement, het mes tegen Hectors keel, nu alweer jaren geleden, had zijn kracht verloren. Als een razende liep hij door het huis en schreeuwde: 'Het is die schoft Bardales! Ik vermoord hem!'

Hij stapte in de auto en reed naar het ommuurde huis van Hector. Paco was nog net in de auto gesprongen voor Herman gas gaf en vanuit de binnenplaats wegscheurde, waarbij hij op een haar na de poort raakte.

'Bardales, hijo de puta!' schreeuwde Herman even later voor Hectors poort die deze keer gesloten was. 'Waar is mijn zoon?! Open die godvergeten poort of ik rij hem omver.'

Paco probeerde Herman te kalmeren: 'Je weet niet of hij er iets mee te maken heeft. Praat rustig met hem en kijk hoe hij reageert.'

Herman keek de jongen aan, dat gezicht dat hij zo goed kende alsof het zijn eigen zoon was, en voelde zijn woede wegebben. Hij probeerde zich te herinneren hoe hij op zijn beste momenten was geweest. Niet zoals nu, in woede de weg kwijt. Maar kalm, koud. Toen de poort openging en Bardales verscheen met een pistool in zijn hand en twee bewapende mannen achter zich, keek Herman de man vlak aan.

'Ik ben op zoek naar mijn zoon. Weet jij waar hij is?'

Bardales keek verbaasd. 'Hoe moet ik dat nou weten?'

'Waar is mijn zoon?'

'Waar is Xavi Morales?'

Herman keek hem verbijsterd aan. Wat bedoelde Hector daar nou mee? Xavi was weg, waarschijnlijk dood, meer wist Hector niet. Zei Hector hiermee dat Levi ook dood was?

Paco pakte Hermans elleboog vast toen hij de razende blik in diens ogen zag, zijn kaken zo strak gespannen dat zijn tanden op barsten moesten staan.

'Als je hem iets hebt aangedaan, maak ik je helemaal kapot. Nu voorgoed.'

'Ik heb hem niks gedaan, die gilipollas betekent niks voor mij.'

Herman keek hem nog een keer aan, leek niet te vinden wat hij zocht en stapte in de auto. Terwijl hij wegreed riep Hector: 'Let zelf op je straathonden, klootzak! Als ik hem zie schop ik hem naar huis.'

In de auto terug zag Paco zijn peetoom met grote ogen voor zich uit kijken.

'Ik ga naar Valencia. Hij heeft nu wel genoeg tijd voor zichzelf gehad,' zei Paco.

Herman keek hem dankbaar aan, en een dag later bracht hij Paco naar het station van Xaraque. Herman bleef op het perron totdat de trein in de kloof van Garat uit het zicht verdwenen was. Later die week kregen ze een briefje.

'Levi gevonden. Vrijdag thuis. Groeten, Paco.'

Op die vrijdagavond, aan het einde van een drukkende dag, lieten de cicades het krijsen onwillig over aan de krekels. Even lagen de twee stemmen schel en scheef over elkaar heen. Paco was de trein uitgestapt met Levi achter zich aan. De Levi die Herman een hand gaf voor hij in de auto stapte was een andere dan Herman de afgelopen maanden thuis had meegemaakt. Hij was zwijgzaam en afstandelijk. Eenmaal thuis gaf hij Andrés en Morao een hand, Maruja nam met niets minder dan een knuffel genoegen en van een afstandje zwaaide hij naar Pepa. Hij mompelde iets en ging naar zijn kamer. Sara had hij in het voorbijgaan kort aangekeken en een halfuur later liep zij op kousenvoeten de stenen trap op. Herman hoorde Levi's deur open- en dichtgaan.

'Als hij haar zwanger maakt, moet hij ook met haar trouwen,' zei hij tegen niemand in het bijzonder. Alleen Pepa zat op dat moment in de woonkamer. Ze keek op, maakte oogcontact met Herman. Ze zwegen.

Die avond in zijn slaapkamer hoorde Herman alleen de krekels, die een echo leken, een vibratie van een andere tijd die tot hem probeerde door te dringen. Hij viel in slaap en kwam terecht in een nachtmerrie vol rode mist, gruwelijke beelden op de muren van de kelders schoven voorbij, beelden van Sara in een loopgraaf, de bleke handen van zijn moeder op haar schouders, zijn vader ziet hij opkijken uit de modder, Bolér gaat op diens gezicht staan, en in zijn droom slaat hij met zijn mes wild om zich heen naar alle schimmen die ongeschonden met ijzige schreden door hem heen trekken.

Toen hij wakker werd wiegde het gezang van de krekels door een gebroken raam naar binnen. Hij keek om zich heen en zag in de deuropening het bleke gezicht van Levi.

'Alles goed, pap?' vroeg de jongen, zijn stem bijna onhoorbaar zacht.

Herman knikte.

'Je bloedt,' zei Levi en wees naar zijn eigen hoofd.

Herman voelde aan het zijne, zijn vingertoppen plakkerig, het bloed zwart in het maanlicht dat de kamer bleekte. Levi's gezicht als dat van een geest. Herman stond op, liep naar de badkamer en zag in de gebroken spiegel een snee op zijn hoofd. Hij haalde er een stuk glas uit, pakte een handdoek en drukte die tegen de wond. Toen hij de slaapkamer weer in kwam, was Levi gaan zitten in de luie stoel die bij het raam stond. Hij zag Maruja in de deuropening staan.

'Señora Maruja?'

'Ik… we hoorden een geluid.'

Herman glimlachte naar haar. 'Het was een boze droom. Die heb ik soms. Maar het gaat weer goed.'

'*Vale.*'

'Dank je Maruja. Sorry dat ik je wekte.'

Ze glimlachte minzaam, draaide zich om en liep de kamer uit. Herman ging op de rand van het bed zitten en keek Levi aan. 'Ik ben blij dat je weer thuis bent. Ik was ongerust.'

Levi knikte, keek naar het maanlicht buiten. 'De krekels houden van de maan, wist je dat?'

'Waar was je?'

Levi haalde zijn schouders op. 'Gewoon, in Valencia. Ik moest even alleen zijn.'

'Is er wat gebeurd?'

'Nee… ik… ik heb iemand ontmoet.'

Natuurlijk, natuurlijk zou hij iemand ontmoeten. Herman had bij zijn bezoeken aan het conservatorium genoeg leuke meiden gezien.

'O? En weet Sara dat al?'

'Sara, hoezo?'

'Omdat je iemand… een meisje…?'

'Ik heb Xavi Morales ontmoet.'

Het duurde heel even, misschien was het zijn hoofdwond, maar toen de angst toesloeg, was het genadeloos.

*

De dag was helder, langs de hemel zweefden wolken als balen katoen door de lucht, de zon zette hun randen scherp af tegen het blauw. De paarden stapten rustig voort.

Herman en Levi waren vanochtend vroeg vertrokken, al voor zonsopgang. Alleen Andrés was wakker, zoals altijd. Hij had koffie voor hen gezet en was toen zonder veel te zeggen naar buiten verdwenen. De avond daarvoor had Levi zijn vader zien verstarren toen hij de naam van Xavi uitsprak. Iets in zijn ogen wat Levi nog nooit eerder had gezien, iets wat hij herkende in zichzelf. Zijn vader was bang geweest. Hij had angst gevoeld.

Het enige wat hij tegen Levi had gezegd, was: 'We praten er morgen over.'

'Slaap lekker,' had Levi geantwoord en was naar zijn eigen bed gelopen waar Sara nog in lag, haar ogen open in het bleke gezicht.

Vanochtend hadden ze gezwegen. Ze hadden de paarden gezadeld en waren de oprijlaan afgereden terwijl de laagstaande zon de amandelbomen tot lange schaduwen trok. Ze waren langs het klooster de heuvels van de Pedrablanc in gereden, en toen hadden ze de paarden zelf hun pad laten kiezen.

Toen ze uit het zicht van het klooster waren, en ver weg aan de overkant van de wilde vallei de velden zagen liggen, vroeg Herman: 'Hoe gaat het met Xavi?'

'Goed.'

'Hoe heeft hij je gevonden?'

'Hij heeft niet gezocht. Het was toeval.'

Levi vertelde hoe Xavi hem bij toeval in de kroeg was tegengekomen. Xavi had hem herkend als zoon van Herman, van die dag op het strand. Hij woonde niet in Benimelha, waar Hector Bardales een grote man was geworden. Daarom had hij na zijn jaren in Barcelona voor Valencia gekozen. Hij woonde daar, was leraar op een lagere school en tekende en schilderde in zijn vrije tijd. Hij was getrouwd en had vier jonge kinderen.

'Dat klinkt goed. Wat fijn voor hem.'

Levi zweeg daarna nadrukkelijk, wachtte op Herman. Het was duidelijk dat Levi wist wat Herman hem nooit had willen vertellen.

'Hij heeft je verteld over zijn opsluiting?'

'Dat jij hem gevangen hebt gehouden?'

Herman voelde zich wankelen op het zadel, kneep zijn knieën samen, voelde de hitte van de schoften van het paard in zijn dijen.

'Ja, dat heeft hij verteld.'

De waarheid lag dus nu tussen hen in, reed met hen mee, te paard door dit land. Beiden wisten ze niet wat ze verder moesten zeggen. Levi wist niet wat hij ervan vond, Herman wilde geen excuses verzinnen.

'Hij heeft het je vergeven, dat moest ik van hem zeggen.'

De opluchting die Herman voelde, verraste hem zelf. Uit het niets voelde hij een sterke behoefte om met Xavi te praten, hem te zeggen dat het hem speet dat het zo gelopen was. Dat zei hij ook tegen Levi.

'Dat het zo gelopen is? Niet voor wat je hebt gedaan?'

Herman dacht na, wreef over zijn kin. 'Nee, ik...'

'Het waren handelingen van een monster,' zei Levi, zijn stem vlak. Hij keek zijn vader aan. Probeerde te zien wat er in hem omging. Hij zag ineens dat Herman een oude man was geworden. Hij werd binnenkort zestig, zijn gezicht was al verweerd, zijn haren bijna helemaal wit en ook zijn lijf had aan kracht ingeboet. Zijn lange benige gestalte onder de bruine huid bewoog langzamer dan hij zich herinnerde, alleen zijn handen, zijn ijzeren vuist verroestte niet. In die vuist de teugels.

'Misschien wel. Maar soms zijn monsters nodig.'

'Denk je dat echt? Of hebben ze nooit recht van bestaan?'

'In een perfecte wereld misschien niet, maar die wereld bestaat niet, en ik denk dat als die wel zou bestaan, wij hem nog niet zouden herkennen. De mens brengt imperfectie de wereld in.'

'Wat filosofisch.'

'Levi, weet je, het was misschien niet de goede keuze, maar wel mijn keuze toen omdat ik mijn leven en dat van je oom en tante, en dat van Andrés en Maruja en hun kinderen wilde beschermen, en dat van Xavi zelf ook. Vergeet niet dat hij gewapend en met geweld ons huis was binnengedrongen, op jacht naar ons allen. Moest ik dat laten gebeuren? Hij stond aan het hoofd van een bende moordenaars. Heeft hij ook verteld hoe Bardales hem bijna doodsloeg, nadat Xavi hem voor dood had achtergelaten, om dood te bloeden uit twee kogelgaten?'

'Ja. En dat snap ik wel, maar de nacht, met die man, en de Gascons, dat heb je me ook nooit verteld...'

'Wie dan wel? Xavi?'

'Nee, tante Pepa, maar dat begrijp ik wel. De logica ervan en gelukkig is dat goed afgelopen, maar waarom sloot je Xavi zo lang op? Waarom was je zo meedogenloos, onmenselijk?'

Herman zag dat het Levi pijn deed om deze vragen te stellen, om de waarheid uit zijn eigen mond te horen komen.

'Omdat ik niet wist wat er zou gebeuren, niet precies wist wat ik moest doen. Niemand wist het. Dat vergeten veel mensen achteraf. Levi, het was zo'n chaos, iedereen stond elkaar naar het leven. Ik was ontzettend kwaad op Xavi, dat ook, maar ook bezorgd om hem, en ik was vastbesloten te doen wat nodig was om, nou ja, om iedereen die me nabij stond te beschermen. En ik wist niet wat de militie zou doen, misschien wilden ze wel wraak nemen...'

'En dan was hij jouw gijzelaar.'

'Ja. Ook dat is gelukkig niet gebeurd. Alles wat ik heb gedaan, elke beslissing, goed of fout, ik wilde alleen maar vermijden dat mensen zouden worden vermoord.'

'Jij hebt toch die miliciano doodgemaakt?'

'Dat was een moordenaar.'

'En jij?'

'Ik ben een soldaat, Levi. En ik vraag je niet dat onderscheid te begrijpen. Maar ik was in die strijd een soldaat. Ik kan me daar niet voor verontschuldigen, jongen. Ik weet wel dat als er geen oorlog was geweest, ik niemand had gedood. Dat is het verschil tussen mij en een moordenaar.'

'Dus elke dode die in een oorlog valt is oké?'

Herman zuchtte. 'Als je mij als monster wilt zien, dat zou mijn hart breken, maar ik zou het wel begrijpen, jongen. Zoals ik zei, soms zijn monsters nodig.'

Levi schreeuwde: 'Ik wil je niet als monster zien… stommerd! Anders was ik allang weg geweest, net als mama.'

'Je moeder is niet weggegaan omdat…' Herman stopte halverwege de zin. Als hij hem afmaakte zou Levi vragen 'waarom wel?' en moest hij dan wéér liegen? Hij zag de tranen langs Levi's wangen lopen.

'Ik wil niets liever dan een gewone vader.'

'Ik kan je alleen de vader geven die ik probeer te zijn, Levi. "Gewoon" is een gepasseerd station, vrees ik.'

Ze reden in stilte verder. Maar de stilte was anders, was haar gewicht kwijt. Hoog boven hen kwetterden de zwaluwen in hun vrolijke vlucht. Om hen heen het schelle geluid van de cicades.

Ze kwamen aan in de barranco waar het spoor van de regens van vorig jaar nog zichtbaar was. De bedding van de Quisi was ook hier omgewoeld, keien en stenen hadden rietvelden verwoest, dood struikgewas lag met verdorde wortels ondersteboven tussen de nieuwe begroeiing.

'Papa, wat is dat?' vroeg Levi opeens en wees.

Tussen de stenen zagen ze iets wat op een been leek, vergane stof, gemummificeerd vlees. Het was een lijk, en ernaast lag er nog een. Waarschijnlijk had het hoge riet hen jarenlang verborgen, en waren ze nu door het geweld van de rivier zichtbaar geworden. Herman herkende ineens de plek en hij wist ook van wie de lijken waren. Hij dacht vervolgens aan Xavi die ook door de aarde leek te zijn uitgespuugd; spoken komen nooit alleen. Hij keek van de twee lichamen, zijn kogels in hun resten, naar zijn zoon, die ondanks alles toch nog in zijn vader leek te geloven. Moest hij nu zeggen: deze twee heb ik ook neergeschoten? Niemand behalve hijzelf wist van deze twee mannen.

'Slachtoffers van de oorlog zo te zien.'

De kleding was te lang vergaan om iets te zeggen over welke soldaten hier lagen, dus een conclusie over waar de moordenaar gezocht moest worden, links of rechts, was ook niet te trekken. De sergeant van de Guardia Civil die ze erbij hadden gehaald, stond naast Herman en keek toe hoe zijn mannen de lichamen in zakken stopten en de helling opsleepten waar ze in een gereedstaande Jeep werden geladen. Twee guardia's keken van een afstand toe als kraaien die wachten op hun beurt.

'Wat gaat er met hen gebeuren?'

De inspecteur haalde zijn schouders op. 'Niet veel, denk ik. Er valt niks te identificeren, er is niks op de lichamen aangetroffen. We kunnen wel op zoek gaan naar de doodsoorzaak, of kogels, maar wat hebben we daaraan? Zo zullen er hier in de buurt nog wel tientallen liggen... Bovendien, wie wil dit nou weten?' Hij keek met een schuin oog naar de guardia's. 'Het was oorlog, hè? Nou ja, als we wat vinden dan hoort u het.'

'Dank u, inspecteur. Worden ze wel goed begraven?'

'Ze krijgen ongetwijfeld een fijn plekje op de algemene begraafplaats.'

Toen de Jeep wegreed, keek Levi naar zijn vader. Heel even vroeg Herman zich af of Levi de waarheid over de twee doden vermoedde, of hij dat in zijn ogen kon lezen. Maar Levi keek weg, naar de zon die aan de andere kant van de wereld weer lange oranje strepen trok. Ze stegen op en bereikten in de schemering het huis.

De kinderen en kleinkinderen van Maruja en Andrés waren gekomen voor het grote zondagse diner, en al gauw heerste er een rumoer waarbij de Alquería leek te spinnen van plezier. Levi had iets van zijn nieuwe uitbundigheid herwonnen, vertelde over de laatste weken in Valencia, de studie, kuste Sara op haar wang, wat door Pepe, die voor de gelegenheid samen met Catarina Urias was komen eten, werd beloond met applaus en een ferme klap op Levi's frêle schouder.

Aan het einde van het diner nodigde Levi ze allemaal uit om naar de woonkamer te komen. In de met schemerlampen verlichte kamer ging iedereen verspreid over de vele banken en stoelen zitten. Levi aan de piano. Hij draaide zich naar hen toe en zei: 'Dit is een pianocompositie die ik heb gemaakt. Ik noem het *El canto del grillo*.'

Er werd luid geapplaudisseerd waarna, vanuit de stilte die erop volgde, Levi begon te spelen. Eerst alleen een steeds repeterend thema met zijn gehavende hand, om daaraan een melodie, of meer een motief van niet meer dan twee of drie noten toe te voegen, ook weer steeds herhaald. In kleine variaties liep de melodie heen en weer, telkens op een zacht bed van het thema waarin, om de melodie ruimte te geven, Levi ook varieerde. De muziek leek in zichzelf te echoën met klankkleuren die van laag en omfloerst naar hoog en helder liepen. Het was ontdaan van versieringen, geen virtuositeit, geen melodie, maar was doordesemd van een sfeer en kleur die door de woonkamer zweefde en daar een rust creëerde die, ook nadat de laatste noten waren weggestorven, nog minutenlang onder de gewelven dreef. Herman, die niet had gemerkt dat hij zijn ogen had gesloten en zijn hoofd in ontspanning tegen de hoge leuning van zijn leunstoel had laten zakken, opende zijn ogen en keek naar zijn zoon die sereen maar ook enigszins verwachtingsvol naar hem keek.

'Ik kan er niet voor klappen, Levi,' zei hij. Pepa keek verstoord naar hem op. Ook haar ogen waren net weer open. 'Het is eenvoudigweg te mooi. Het is...' hij zag zijn zoon glimlachen, 'het is zo bijzonder, jongen, ik heb nog nooit zoiets gehoord.'

'Ik begrijp er in ieder geval helemaal niks van, hermano!' riep Paco toen de gedragen stilte het eindelijk toeliet. 'En dat is een goed teken. Zoals je vader zei, buitengewoon.'

Die avond vertelde Levi op het buitenterras dat hij het stuk ook voor Palau y Boix en de andere studenten had gespeeld. De oude componist had er met een afkeurende blik bij gekeken en hem bekritiseerd om het feit dat er geen enkele gelaagdheid of complexiteit in zat. Het was een dom, saai en sentimenteel stuk zonder begin en einde. Als dat het enige was wat hij had geleerd, moest hij zich maar stevig achter de oren krabben.

'Maar ik vind het gewoon mooi, pap, en het is de muziek die in mij speelt, als je snapt wat ik bedoel.'

'Ik denk het wel Levi, en wat je hebt gedaan... Ik dacht soms dat je altijd een bange jongen zou blijven, maar hier spreekt zóveel moed uit.'

'Een vreemd compliment, pap, maar dank je wel, geloof ik.'

'Dat is ook zeker zo bedoeld. Ik herken het nu pas, de moed die in jou zit is van een hele andere soort dan die ik ken. Net als dat jouw muziek zo anders is. Het is juist geweldig dat er geen kop en staart aan zit, want dat heeft het leven ook niet. De fabel dat alles een begin, een midden en een eind heeft, geldt alleen voor verhalen en boeken, omdat we ze anders niet begrijpen. Maar wat we begrijpen kunnen we vaak niet voelen. En wat we echt voelen is niet te begrijpen.'

Voor het eerst in zijn leven zag Herman dat zijn zoon hem echt aankeek, zonder reserves. 'Je begrijpt het wel...' fluisterde hij.

'Ik hoop het niet,' glimlachte Herman, 'maar ik denk dat ik het wel voel.'

Omdat Levi zo lachte, en hij ook, was het vanzelfsprekend dat Levi zijn vader vertelde dat hij van plan was om met Sara te trouwen.

*

Beste Herman,

Wat fijn om een brief van je te krijgen. Je weet niet half hoe fijn ik dat vond. Dank je wel daarvoor. En wat een nieuws. Ons jongetje wil gaan trouwen. En nu weet ik dat hij ons jongetje niet meer is, maar al een hele kerel. Van een afstand, vooral door alle brieven die hij me schrijft, heb ik zijn en jullie leven een beetje kunnen volgen. Ik volg beroepsmatig ook de Spaanse politiek en ik ben zo blij voor jullie dat de vrede eindelijk echt bestendigd is, en dat Franco's starheid een beetje minder wordt. Ik kan me hier natuurlijk eigen-

lijk maar moeilijk een voorstelling maken van de ontberingen die jullie en onze vrienden daar hebben moeten doorstaan in de voorbije moeilijke jaren, en ik ben zo trots dat jullie je er zo doorheen geslagen hebben.

Gunst, ik realiseer me nu pas dat hij groot is. Door de zin 'Levi gaat trouwen' zie ik het pas. Ik ben altijd over hem blijven denken als een kleine jongen. Een klein mannetje naast die reus die zijn vader is. Je weet niet half hoe blij ik ben dat Levi zo'n goede en sterke vader heeft. Je hebt hem in je eentje opgevoed – dat weet ik maar al te goed en ik betreur dagelijks dat ik je in de steek heb gelaten – en dat heb je zo goed gedaan. Ik lees dat in al zijn brieven terug. Wat een jongeman is hij geworden, en dat is aan jou te danken. Als ik terugdenk aan het voorbeeld dat jij van jouw vader hebt gehad, kan ik me alleen maar verwonderen dat jij je daarvan hebt kunnen losmaken. Ik heb Levi wel achtergelaten, maar in veilige en liefdevolle handen. Die wetenschap is mijn enige troost en sust mijn schuldgevoel tenminste een klein beetje.

Want geloof me, lieve Herman, ik voel me zo schuldig om de verloren jaren. Dat ik het niet aandurfde en niet aankon om terug te gaan. De redenen daarvoor waren mijn angst voor het land, mijn herinneringen, ook jouw liefde voor Pepa, die voor mij al te duidelijk was (ik heb je eens een uitgebreide brief erover geschreven, heb je die gelezen?). Jouw jarenlange stilte, geen enkel antwoord op mijn brieven – behoudens de afhandeling van onze scheiding – dat kwam daarbij. Ik kon daardoor boos op je zijn. Het waren allemaal excuses om niet te hoeven komen. Om mijn eigen schuldgevoel niet onder ogen te hoeven zien. Ik weet niet of wat ik heb gedaan onvergeeflijk is, dat zal ik gaan merken. Herman, ik wil namelijk graag naar Spanje toe komen, om jou en Levi te zien. Ik wil graag bij zijn huwelijk aanwezig zijn. Hopelijk kan je me dat toestaan.

Eén ding moet je weten: ik ben hertrouwd, zijn naam is David Molenmaker en wij hebben samen drie kinderen gekregen. Het liefst zou ik hem en hen meenemen. Maar ik kan me voorstellen dat dat misschien te veel gevraagd is. Vergeet anders dat ik het gevraagd heb. Ik hoop dat je me kunt of misschien wel hebt vergeven. Ik wil graag een deel zijn van Levi's leven. Hopelijk kun je me dat gunnen.

Met veel liefde,

Beatrijs

Hij legde de brief weg en keek om zich heen. Eerst Xavi, nu Beatrijs. Hoeveel spoken kon hij nog verwachten? En wilde hij ze zien? Hij had zich erop betrapt dat hij verlangde naar een gesprek met Xavi. Hij was benieuwd hoe het met de jongen ging, hoe het was gegaan. Of het hem was gelukt die duisternis uit zijn ziel te bannen; iets wat Herman zelf nooit gelukt was. Misschien moest hij Xavi eens opzoeken. En direct dacht hij aan Bardales, als die erachter zou komen dat Xavi in leven was... Hij kon al amper verkroppen dat José Gascon nog in leven was, weliswaar nog steeds opgesloten in de Cárcel Modelo in Valencia, maar niet dood. En zo gingen zijn gedachten naar Sara, het meisje dat hij bijna doodde en dat hij daarna als pleegkind had aangenomen, terwijl haar moeder... Aina, waar zou zíj zijn? Hoe zou het met de kindermoordenares gaan? Haar dochter ging trouwen met Levi.

Hij las de brief opnieuw en bleef hangen bij die zin over zijn liefde voor Pepa. Dat had Beatrijs dus geweten, en ze had hem erover geschreven. Het zou in een van die ongeopende brieven moeten staan die in een la van zijn bureau lagen. Herman stond op, liep naar de werkkamer en ging achter zijn bureau zitten. Hij deed de la open, haalde de brieven eruit. Een stapel, hij had ze niet willen lezen, nu eigenlijk ook niet. Vooral omdat Herman haar eigenlijk wilde vergeten en er niet aan herinnerd wilde worden hoe ze Levi in de steek had gelaten. Wat had Beatrijs geschreven over zijn liefde voor Pepa, wat wist zij? Zij waren beste vriendinnen geweest. Had Pepa wat tegen haar gezegd? Als Beatrijs het wist, zou Morao ook wat weten?

Hij pakte zijn mes en opende alle brieven. Elke brief zocht hij af naar de naam van Pepa, totdat hij er uiteindelijk een vond. Hij las de eerste zin waarin haar naam terugkwam:

Hoe gaat het met jou en Pepa? Verrast de vraag je? Je dacht toch niet dat ik het niet wist. Dat jullie seks hebben gehad met elkaar, misschien zelfs toen ik in je huis woonde?

Herman keek op van de brief, kon amper verder lezen. Hij voelde haar boosheid.

Ik kan het je niet kwalijk nemen, het is natuurlijk een prachtige vrouw, en iedereen die jullie bij elkaar ziet, denkt automatisch dat jullie bij elkaar horen. Niet dat dat kan in de klassenmaatschappij daar... Ik weet nog toen ik aankwam in het huis, dat ik direct dacht dat zij eigenlijk jouw vrouw was. Ignacio is natuurlijk een schat van een man, maar veel te zacht voor haar. Hij laat haar in alles voorgaan, en cijfert zichzelf zo weg dat er amper iets van hem over is gebleven. Ze hebben nooit ruzie, alhoewel Pepa het vaak genoeg probeert. Zij kan eigenlijk niet zonder tegenstand, en dat zal hij haar nooit geven.

Jij daarentegen, jij bent haar tegenstand. Jij bent degene waar zij zichzelf telkens tegen stukgooit, zodat ze zich elke keer nog sterker en mooier kan herbouwen. Ik weet dat het vreemd klinkt en ik weet ook, heb ook gezien hoe sterk jullie je proberen te beheersen. Heel knap op een bepaalde manier, maar ik zie ook het ongeluk ervan, het verdriet in jullie ogen. Verlangen dat maar niet vervuld wordt, kan je vergiftigen. Ik weet dat jij, omwille van anderen, omwille van jouw beeld van wat goed en fout is, haar nooit zult opeisen, maar ik denk het volgende.

Jij worstelt al sinds ik je ken met hoe je leven te leiden. Je vertelde me ooit dat je heen en weer zwaait, 'zwalkt' was het woord dat je gebruikte, tussen enerzijds de aandrang om je lot in eigen handen te nemen, daadkracht te tonen en van betekenis te zijn, maar ander-

zijds het verlangen om je terug te trekken, de wereld aan zichzelf te laten en je naar binnen te keren. Het is je vader versus je moeder, het geluid van cicades versus het geluid van krekels, daar had Levi het altijd over. En in geen ervan ligt de balans waar je eigenlijk naar zoekt. Ik weet het, het klinkt heel zweverig; je zou ze moeten zien, die types hier in de stad die allerlei nieuwerwetse wijsheden uit Azië hebben meegenomen. Boeddhisme – ooit van gehoord? – is aan het opkomen hier. En dat in dit land van verzuilen-tot-je-gal-spuwt. Ik snap het allemaal niet zo goed, denk ik, misschien ben ik te praktisch, maar wat ik wil zeggen… Ik las ergens dat een mens eigenlijk niet meer nodig heeft dan 'brood en schoonheid'. Dat vond ik mooi. En ik interpreteer het als volgt: brood is zekerheid, veiligheid. Geen honger in je buik. Schoonheid is het bijzondere, het onzekere juist, waar je hart naar verlangt.

Bij mij begint het bij brood, mijn brood ís mijn schoonheid. Als mijn taken erop zitten, mijn leven op orde, veilig en overzichtelijk, ben ik een gelukkig mens. Jij niet, al denk je al jaren van wel. Bij jou begint het namelijk bij schoonheid. Dat is je hoogste verlangen. Maar jij dacht dat brood voor jou belangrijker was, met vrede en rust als hoogste goed. Dat is ook niet zo vreemd, met je vader, of verwekker zo je wilt, die een doorlopende dreiging was; de loopgraven, waar de dood overal loerde. In Spanje dacht je vrede en rust, je brood, te hebben gevonden, maar het is de schoonheid Herman, die je heeft gebonden. Je burcht verenigde je verlangen naar schoonheid en je honger naar veiligheid. Dus dat werd je alles. Mensen om je heen om geliefd te worden, weer dat brood. Je overtuigde jezelf ervan dat je van me moest houden omdat je bang was je alleen – en dus onveilig – te voelen. En met Pepa, die schoonheid, hou je je in omdat je denkt dat als je eraan toegeeft, je zorgvuldig opgebouwde 'veilige' wereld uit elkaar valt. Maar Herman, misschien moet die ook wel uit elkaar vallen, hoe vreselijk dat ook klinkt. Want anders blijft de honger, hoeveel brood je ook hebt.

Pepa is jouw schoonheid, Herman. In haar, in jullie samenzijn, zit de schoonheid van jouw leven besloten, denk ik. Jij hebt het nodig helemaal gezien te worden, zodat je ook jezelf eindelijk in de ogen kunt zien. En zij is jouw spiegel, Herman, haar schoonheid is jouw brood.

*

Haar brief, die Herman zorgvuldig opvouwde, in de envelop terugdeed, verzegelde en in zijn kluis opborg, gaf de doorslag. Die avond trof hij Levi aan achter de vleugel, zoals eigenlijk elke avond, en vertelde hem dat Beatrijs naar zijn bruiloft wilde komen. 'Wat vind je daarvan?'

'Op zich prima,' zei Levi zonder van het klavier weg te kijken of zijn spel te onderbreken.

'Weet je het zeker?'

'Ja, hoezo?'

'Je klinkt niet zeker, als je het niet...'

'Het is prima, pap.'

'Ze wil graag haar man en kinderen ook meenemen.'

Levi stopte met spelen en keek om. 'Is dat niet moeilijk voor jou?'

Herman glimlachte, wreef over zijn kin. 'Ach... Ik heb wel moeilijker dingen doorstaan.'

Levi keek hem even indringend aan, draaide zich naar het klavier, sloeg een akkoord vol kruisen aan en zei: 'Van mij mag ze komen en mag ze blijven zo lang ze wil. Maar dan wel alleen.'

Hij wilde zo min mogelijk dat andere leven zien, geen stiefvader, halfbroertjes en -zusjes. Vooral omdat het zijne nu eindelijk op orde was. Hij had Sara, zijn vader begreep hem net genoeg. Hij studeerde en was niet langer de hele tijd bang.

Sterker nog, het was nu zijn tweede jaar aan het conservatorium en de zelfstandigheid die hij zich eigen had gemaakt op zijn kamertje in de stad, gaf hem ook het zelfvertrouwen om wat opstandigheid te voelen ten opzichte van zijn leraar compositie. De muziek die de man componeerde, de muziek die hij doceerde, was niet de muziek die in Levi zat en die eruit wilde komen. Wanneer hij opdrachten maakte die Palau y Boix' muziekleer volgden, kreeg hij een goedkeurende blik van de man, maar Levi vond die composities altijd zwak. Eens in de zoveel tijd liet hij iets van zichzelf horen, solo pianostukken vooral, om vervolgens van de oude man te horen dat hij niet aan het conservatorium compositie studeerde om pianoliedjes te schrijven. Hij moest concerti schrijven, symfonieën, minstens kamermuziek. Toen Levi het waagde ertegen in te brengen dat ook Bach solostukken voor instrumenten schreef, evenals Albéniz, Chopin, Granados, Satie en Schubert, was hoongelach zijn deel.

'Denk je werkelijk dat jij je kunt vergelijken met Bach? Of Chopin, of Albéniz? Je kunt hun stukken niet eens spelen, met die lamme hand. En wat jij niet schijnt te begrijpen is dat hun stukken gesublimeerde concerti zijn, de orkestratie van klanken achter de noten is waar het daar om draait. Niet om de sentimentele sfeerschetsen die jij schrijft. Feuilletonmuziek is dit, meer niet.'

Dat was niet fijn om te horen, maar het raakte hem minder dan hij had gedacht. Het bracht hem niet van zijn stuk en hij bleef leren. Maar het was duidelijk dat het soort muziek dat uit het conservatorium kwam, voor hem te druk was, te veel instrumenten, een brij van geluid en stereotiepe verwijzingen naar Spaanse muzikale thema's. Alsof elk muziekstuk bij een optocht gespeeld moest kunnen worden. Er was vrijwel geen ruimte voor koorzang, waar hij zo van genoot op zijn plaat met de *Matthäus-Passion*, die grijsgedraaid was, maar waarbij hij alles wat de naald oversloeg in zijn hoofd hoorde. Hij vond bij Don Lazaró een plaat van de Vespers van Rachmaninoff. Hij was verbijsterd over de extreme *basso profundo*, de lage baspartijen die een volle octaaf onder de normale baspartij over de bodem van de zee leken te rollen. Het gerommel van een storm in de verte. Palau y Boix vertelde dat het zogenaamde oktavisten waren, en dat in de Russisch-orthodoxe kloosters mannen met dit soort stemmen werden gekweekt. In Spanje kan hij dat wel vergeten.

Desondanks was Levi gegrepen door de mogelijkheden van de menselijke stem en wilde meer daarover leren. Toen hij Beatrijs schreef dat ze welkom was, vroeg hij ook direct of zij wilde uitkijken naar platen of partituren met meerstemmige koormuziek. Als huwelijkscadeau.

29

Oktober 1959
Luchthaven Valencia Manises

Het was een ongewoon heldere, frisse dag in het najaar toen het vliegtuig met Beatrijs aan boord landde op het vliegveld van Manises, vlak buiten Valencia. Het moment dat ze de cabine verliet en de trap afliep, werd ze getroffen door het licht dat elk detail van de bescheiden aerodroom van Manises met een scherpe pen leek te hebben getekend. De geur die ze dacht vergeten te zijn, overviel haar. Ze ademde bovenaan op de trap diep in, schermde met haar hand de zon af en zag toen in de verte, achter het hekwerk dat het vliegveld scheidde van de buitenwereld, Herman staan. Ze herkende zijn postuur, zijn houding. Die lange man met een aanwezigheid als die van een berg. Ze dacht dat ze zijn ogen kon zien. Bij sommige mensen kon je je afvragen of ze wel bestonden, of ze niet een schim waren van wat ze zouden kunnen zijn. Bij Herman was het precies andersom. Hij was onvermijdelijk, realiseerde ze zich, destijds in die uitgebrande kathedraal in Barcelona, maar nu nog steeds.

Aan de andere kant van de auto waar hij tegenaan leunde, zag ze een andere figuur. Bijna net zo lang als zijn vader, maar veel tengerder, ondanks de leren jas en de wijd zittende broek die hij droeg. Hij had een pet op naar de Engelse mode. Hij had dus smaak, dacht ze glimlachend, terwijl ze door medepassagiers beleefd gevraagd werd of ze door kon lopen.

Herman glimlachte toen hij het zag. Natuurlijk stond Beatrijs bovenaan die trap te dromen. Dat kon ze altijd goed, stilstaan en wegdromen. Hij zag hoe ze zich verontschuldigde tegenover de andere passagiers en de trap afliep. Halverwege keek ze op en zwaaide naar hen, struikelde daarbij bijna. Toen ze even later met haar koffer de luchthaven uit kwam, keek ze blij. Herman was vergeten hoe mooi ze was. Hoe die lieve ogen straalden, haar fijne glimlach, de zon die van haar blonde haar schitterde en haar huid zacht kleurde. Ze liep direct op Levi af, gooide haar armen om dat slungelige lijf heen, knuffelde hem intens.

'Mijn jongen.'

'Hallo mama.'

Ze keek hem lang aan. Herman zag haar iets zoeken op het gezicht van haar zoon. Een gezicht dat negen jaar ouder was dan de laatste keer dat ze het zag. Zocht ze die kleine jongen? Even verstarde haar blik, alsof ze schrok, maar direct daarop lachte ze weer. Ze draaide zich naar Herman, en hij zag hoe zij veranderd was, de fijne lijnen rond die halvemaanogen, de kraaienpootjes, heel delicaat. Ze liep om de auto heen naar hem toe. Herman gaf haar een hand, ze kuste hem op de wang. Toen omarmde ze hem ook.

'Ik heb je gemist,' fluisterde ze.

Hij voelde haar lichaam tegen het zijne, zo vertrouwd, haar bekken op precies die plek waar ze altijd zijn bovenbeen raakte, haar borsten tegen zijn buik, haar gezicht op zijn borst. Haar lichaam en gezicht waren iets ronder, nog zachter.

'Het is fijn dat je er bent,' antwoordde Herman.

In de auto terug naar huis praatte Beatrijs met Levi over de reis. Hoe het in het vliegtuig was, de turbulentie boven Barcelona en de sterke valwinden, zoals de piloot dat had genoemd, vlak voor de landing bij Valencia. Daarna ging het over allerlei onbelangrijke dingen, en Beatrijs merkte dat Herman en Levi al gauw uitgepraat raakten. Ze glimlachte, herkende die vertrouwde stilte tussen hen drieën. Ze had het altijd als een soort bedreiging gezien, bang voor wat er allemaal kon verdwijnen in dat hardnekkige zwijgen. Maar nu zag ze dat het niet hardnekkig was, maar gewoon hoe deze twee mannen waren. Zij en David spraken hele avonden met elkaar, over ideeën en ideologieën, over wereldgebeurtenissen, over hun kinderen, die ook al van die kletskousen waren. Ze zou zich weer moeten aanpassen en vreesde de zwaarmoedigheid die het peinzende zwijgen altijd bij haar naar boven bracht. Het was toch ironisch dat in dit lichte zonnige land haar gemoed zich donker kleurde, terwijl het in het grijze regenachtige Holland juist licht was.

Toen het geluid van de auto wegstierf, de geur van benzine oploste in de lucht van de binnenplaats en Beatrijs uit de auto stapte, rook ze het feestmaal al. Ze glimlachte, wist hoe de vrouwen waarschijnlijk al sinds de vroege ochtend met de verse groentes en de rijst waren begonnen, misschien met het weken van linzen. Dat konijnen gevild werden en kippen geplukt, dat Andrés naar de haven was gereden voor verse gamba's die in het kokende water van wit naar oranje zouden uitslaan. Maruja zou de bunyols al in de kokende olie hebben gelegd. Ignacio had waarschijnlijk het vuur klaargemaakt, in een uur tijd bouwde hij een bed van kolen in de grote schouw. De elektriciteitspalen waren Beatrijs al opgevallen, dus misschien hadden ze tegenwoordig een koelkast of een vrieskist. Ze stelde zich voor dat Pepe Pieldelobo flessen bier in het ijs had gezet. Misschien was er zelfs een varken geslacht om bloedworst te maken. De keuken zou een sauna zijn met zwetende vrouwen en mannen die steeds in de weg liepen.

Met al dat voorstellingsvermogen was ze toch niet voorbereid op het totale pandemonium dat ze aantrof. Want alle kinderen en kleinkinderen van Maruja en Andrés waren er, de broers van Pepa, de in het zwart geklede Barbareta en haar kinderen waren er ook bij en dan waren er nog Paco en Rosalía die haar met open armen tegemoet traden. Alle kamers in het huis leken vol enthousiaste en luid pratende mensen. Beatrijs was al vergeten hoe hard Spanjaarden konden praten, maar glimlachte bij de kakofonie waar Barbareta's stem zoals altijd bovenuit klonk.

Toen de auto eenmaal was weggezet in de riurau, werden ondanks het frisse weer tafels van planken op de binnenplaats gebouwd, lange banken neergezet en volle schalen met eten opgediend. Strengen met lichtpeertjes werden van de ene kant van de binnenplaats naar de andere gespannen en toen ze alle tegelijkertijd werden ontstoken steeg er een blij gejuich op.

Het werd een lange avond, met veel muziek, vooral gitaar en zang natuurlijk. Toen de schalen op tafel grotendeels leeg waren, riep Paco dat Levi *El canto del grillo* moest spelen.

'Maar de vleugel staat nu in de woonkamer en iedereen is hier,' mompelde Levi, waarop Paco en zijn ooms de vleugel in de woonkamer optilden en naar buiten droegen. Ze zetten hem onder de johannesbroodboom, waarvan het bladerdak in de afgelopen jaren zo groot was geworden dat het als een enorme groene koepel met een ruim gewelf een groot deel van de binnenplaats domineerde.

Levi ging zitten, zijn onbeweeglijkheid deed de aanwezigen zwijgen. Toen kwam hij in beweging en speelde zijn stuk. Herman kon horen dat Levi er de afgelopen maanden hard aan had gewerkt. Als een meubelmaker had hij met een scherpe schaaf al het overbodige weggesneden. Ballast had hij afgeschud. En wat overbleef was alles wat nodig was, geen noot meer. Zelfs de krekels zwegen en luisterden mee.

Met Herman op de houten bank naast zich keek Beatrijs naar Levi en voelde een ruimte in haar borst zich openen. Ze realiseerde zich dat ze nog steeds in Levi zag wat haar altijd angst had aangejaagd, maar ze voelde die angst nu niet meer. Daaruit was namelijk deze jongen gegroeid die deze muziek kon voortbrengen en zo goed kon spelen, geheel opgenomen in zijn eigen wereld van klanken. Hij trok de ademhaling uit de vleugel en wierp die de wereld in. Soms wachtte hij totdat een klank zijn laatste resonantie in de stilte verloor, maar hij liet ook golf op golf van noten en emoties klinken. Van aarzeling naar vastbeslotenheid, van melancholie naar hoop. Beatrijs keek, stak haar arm door die van Herman die zijn ellebogen op tafel had geleund, zijn gezicht op zijn ineengevouwen handen. Hij keek bij de aanraking naar Beatrijs, die hem toelachte en haar hoofd tegen zijn schouder legde. Herman keek naar Pepa, die naar hem glimlachte, en zo bleven ze zitten totdat Levi zijn handen van het klavier haalde, uitademde en er een overdonderend applaus klonk. Levi zag zijn vader en moeder tegen elkaar aan zitten en moest aan Sara denken.

*

'Wat fijn dat je moeder is gekomen,' fluisterde Sara tegen hem. 'Het is een lieve vrouw.'

Ze voelde hem knikken in het donker.

'Je speelde heel mooi.'

'Zij heeft me piano leren spelen.'

'Ik weet het.'

'Zij liet me die andere muziek horen.'

'Muziek die bij je past.'

'Ja. Ze heeft het wakker gemaakt of zo, in me.'

Hij ademde in alsof hij nog wat wilde zeggen, maar het bleef stil.

Sara zei niks, liet het donker en haar stilte het werk doen.

'Ik wist het niet, maar ik heb haar gemist.'

'Natuurlijk.' Sara draaide haar hoofd weg. Ze keek ook de kamer in, beeldde zich in dat Levi's vader in de verre hoek zat, met een grijs gezicht en witte ogen, een beeld waarvan ze niet precies wist waarom ze het nooit was kwijtgeraakt. Ze zag ook zichzelf zitten, zes jaar moest ze ongeveer zijn geweest, vieze haren, vieze kleding, weggekropen in de stinkende rokken van haar moeder.

'Mis jij je moeder niet?'

'Ja, elke dag.'

Ze had het ineens gezegd, onverhoeds. Maar ze voelde de wereld onder zich wegzakken. Hij zei niets, zijn lichaam stil tegen het hare, maar het kon niet anders dan dat hij alles in haar voelde bewegen, spieren die zich spanden en ontspanden, haar maag die zich omdraaide. Ze was blij dat hij niks zei. Daar was ze heel vaak blij mee. Dat was misschien wel waarom ze zo van hem hield. Omdat hij haar altijd alleen liet met haar eigen gedachten en eigen emoties en nooit wilde binnendringen in de wereld die ze vanbinnen had gebouwd, met sterke muren die alles overeind hielden en waarachter ze zich elke dag verschuilde. Maar die er ook voor zorgden dat niets naar buiten kon. Zolang ze zweeg, voelde ze zich veilig. Ze sprak niet over het gemis van haar moeder, maar ook niet over de angst voor haar en haar vader, wiens bloed nog bij haar door de aderen stroomde. Bloed van moordenaars. Ook al was ze pas zes toen haar moeder vertrok, Sara wist wat ze gedaan hadden. Pepa had het verteld toen ze ouder was en kon begrijpen wat er gezegd werd. Waarom haar moeder haar had verlaten, waarom haar achternaam veranderd was, wat er kon gebeuren als anderen zouden weten wie Sara echt was. Ze had die woorden aangehoord, bij elkaar geveegd met alles wat ze toen voelde en ze was in zichzelf ondergedoken, in donkere kelders zoals de Alquería ook had. Ze dacht aan die kelders onder de keuken waar ze vaak en graag heen ging. Van Don Germán mocht het eigenlijk niet, maar eens in de zoveel tijd sloop ze de stenen treden af. Met een klein lampje zocht ze een van de voorraadhokken in de kelders op, die als cellen langs de grote open kelderruimte lagen. En dan ging ze zo'n hok in, ging op het stenen bankje zitten en beeldde zich in dat ze opgesloten was. Ze doofde dan het licht en zag in het donker haar vader naar haar staren vanuit zijn cel die zowel gevangenis als graf was. Hij was er nog wel, maar kwam er nooit meer vandaan. Hij was begraven maar moest nog sterven.

Nee, die gedachten waren van haar, en niemand, ook Levi niet, kende ze. Maar vandaag waren de muren niet genoeg. Dat kwam door Levi's moeder die was teruggekomen; zijn moeder wel. En hoe ze naar hem had gekeken toen hij speelde. Hoe zou haar moeder naar háár kijken als ze elkaar weer zagen? Haar hele leven hield ze haar adem in, bang om opgemerkt te worden, bang om iets te doen wat dat moment van weerzien in gevaar zou brengen.

Met haar bekentenis dat ze haar moeder elke dag miste, één moment van onachtzaamheid, sloeg de paniek ineens toe. Ze keek naar Levi, ze vreesde een volgende vraag, hij moest niet doorvragen, hij moest niks zeggen. En met elke seconde die voorbij tikte, zakte de paniek een beetje.

In de dagen daarna keerden die woorden steeds terug. 'Ik mis haar elke dag.' Met het hardop uitspreken was er bij Sara iets losgekomen wat ze haar hele leven had proberen te ketenen. Het was tijd, besefte ze ook, om het onrecht ongedaan te maken.

*

Na die eerste feestelijke avond liep het huis weer leeg en al gauw hervond iedereen zijn ritme. Wat ongemakkelijk probeerde Beatrijs zich te voegen naar de dagelijkse rituelen. Maar aan alles was te zien dat ze een bezoeker was, hoe ze sprak en wanneer ze zweeg. Ze droeg een broek, en truien in felle kleuren. Als ze werkte in de tuin – 'wat is het allemaal schitterend geworden, Andrés' – bond ze een sjaal om haar hoofd. Ze had een zonnebril die eruitzag als vleugels van een mus, haar borsten staken puntig naar voren.

Herman zag haar van een afstand terwijl ze met Andrés langs de olijven liep, in de vruchtjes kneep die nog een maand moesten rijpen. Ze ging vaak naast Levi achter de vleugel zitten. Zij speelde de liedjes die ze nog kende, en Levi speelde de muziek die hij kon spelen, zijn eigen muziek. Hij zuchtte vaak diep als hij tegen de grenzen van zijn hand aan liep. Ze glimlachte dan, moedigde hem aan.

'Je muziek snappen ze hier misschien niet, maar het doet me heel erg denken aan nieuwe muziek die we in Nederland soms horen. Er zijn nieuwe componisten met bescheiden bekendheid en veel waardering. Daar is wel ruimte voor dit soort muziek,' hoorde Herman haar zeggen.

Ze maakte ook lange wandelingen met Levi. Herman zag ze in de verte over de wandelpaden lopen. Wanneer ze terugkwamen waren ze beiden moe, maar hadden een glimlach op hun gezicht. Als Herman ze begroette, keek Levi vaak weg, verontschuldigde zich en ging dan naar zijn kamer of kroop achter de vleugel. Of hij verdween met Paco om te gaan zeilen. Dat deden ze veel, zelfs nu de lucht en het water veel kouder waren. Paco hield de wind altijd goed in de gaten. Hij zei dan: 'Ik ruik de storm voordat hij zelfs een scheet heeft gelaten!' Om hen ervan te overtuigen dat alles veilig was, nodigde Paco hen uit een keer te komen kijken.

En zo, op een grijze winderige dag, zagen Beatrijs, Sara en Pepa hoe de jongens vanuit het haventje van Benimelha de zee op gingen. Rosalía liep verderop tussen de rotsen te zoeken naar skeletten van dode zee-egels. Herman en Morao zaten op de rotsen bij Bar Baydal te roken. Ze zagen de witte zeilen bollen. Morao zag hoe Herman keek en glimlachte: 'Paco past goed op hem, maak je geen zorgen.'

Herman legde een hand op de rug van Morao. 'We praten niet zoveel meer als vroeger, compadre.' Hij vroeg zich even af tegen wie hij het zei, zag door Morao heen Vicente zitten.

Morao inhaleerde en blies de rook de wind in. 'Tijden veranderen, denk ik. Als je elkaar zo lang kent, is er dan nog veel om over te praten?'

'Misschien niet.' Herman dacht aan de brief van Beatrijs, over zijn liefde voor Pepa. Zou Morao weten dat Herman van zijn vrouw hield? Dat hij haar begeerde, al jaren in stilte naar hen keek? Zou Morao dan hem, zoals met alles, voor laten gaan? Zou hij een stap opzij doen als Herman hem vertelde dat hij zich, sinds het lezen van die brief, alleen nog maar gelukkig zag met Pepa aan zijn zijde? Dat het leven zich leek te hebben vernauwd tot een bitter verlangen naar andermans vrouw?

'Denk jij nog vaak aan de oorlog?' vroeg Morao.

'Toen je nog "u" tegen mij zei, en mij "patrón" noemde?' lachte

Herman. 'Ja, ik denk nog veel aan de oorlog.'

'Ik bedoel onze oorlog hier in Spanje.'

'Die bedoel ik ook. Die andere is al zo lang geleden, dat lijkt iemand anders overkomen te zijn.'

'Maar je raakt het nooit kwijt.'

'Nee, het sijpelt altijd door. Wat daar gebeurde, bepaalde wat ik in onze oorlog deed, en wat ik toen deed, bepaalde elke beslissing die ik heb genomen, tot op de dag van vandaag. Wat dat betreft is het vandaag nog steeds oorlog.'

'Alles komt uit alles voort. Alles is met alles verbonden, nietwaar?'

'Daar lijkt het soms wel op. Het echoot in alles na.'

'We raken het dus nooit kwijt?'

'Dat weet ik niet, het is in ieder geval niet meer te veranderen. En ja, ik kan niet ontkomen aan die greep van wat is gebeurd...'

'Het verleden is het heden.'

'Mooi gezegd, ouwe *artista*, maar ik wou dat er ook toekomst in zou zitten.' Sigaret op zijn lippen, rook diep in zijn longen, rook die wegwaaide. Hij keek naar de witte zeilen op de grijze zee. Naar de vrouwen die op het strand met hun blote voeten door de koude branding liepen. Beatrijs en Pepa in gesprek, lachend en gesticulerend. Sara achter hen, in stilte; onbewogen leek ze door dat lage water te zweven. Een grijze ziel.

Op het strand voelde Beatrijs hoe Sara van een afstand naar haar staarde. Ze deed het vaker, en wanneer Beatrijs haar blik met een glimlach beantwoordde, zag ze dat het meisje zich telkens terugtrok. Een beleefd klein glimlachje, waarna ze wegkeek, meestal opstond en wegliep.

Beatrijs liep naar Sara toe en zei: 'Mooi, hè?'

'Ja.'

'Wist je dat Levi vroeger, als peuter, bang was voor de wind? Och, hemel, ik mag dat misschien helemaal niet vertellen.' Ze sloeg zich tegen het hoofd.

Sara lachte haar zuinige lachje. 'Maakt u zich geen zorgen, dat wist ik ja.'

'En moet je hem nu zien.'

'Als je luistert ben je minder bang. Hij heeft geleerd te luisteren naar de wind. Uw windorgel heeft geholpen.'

Beatrijs keek verrast op. 'Echt waar?' Ze voelde tranen komen.

Sara keek haar aan, zweeg, en ineens zag Beatrijs ook bij haar een traan lopen. Ze legde een arm om de schouders van het meisje, wat was ze tenger, wat staken haar schouders uit.

'Gaat het, liefje?'

Sara veegde de traan weg. 'Ja hoor, waarom zou het niet gaan?' zei ze, net iets te hard en vastbesloten.

'Zie je uit naar je bruiloft?'

'Ja.'

Dat was het enige wat ze zei. Ja. Toen loste de glimlach op, en keek ze weg. Op haar onderste ooglid zag Beatrijs de tranen balanceren. Toen ze knipperde gleden ze over haar wangen. Haar lichaam deed niets, was bevroren, maar de tranen bleven komen, uit haar ooghoeken liepen ze naar beneden. Elke keer liep een druppel over het spoor van zijn voorganger. Beatrijs wist niet wat ze moest doen, dus bleef ze staan met een arm over de benige schouders van het meisje dat geluidloos naast haar stond te huilen.

*

In de tweede week van haar bezoek aan Spanje, toen de avond vroeg viel en winterse wolken de lucht nog donkerder kleurden, was het stil in huis. Na het gezamenlijke eten had iedereen zich op zijn kamer teruggetrokken. Beatrijs lag in haar bed op de logeerkamer, de kamer die vroeger van Vicente was, en las bij het licht van haar nachtlampje een aantal pagina's uit haar boek. In de hoek stond een kleine elektrische radiator die Herman voor haar had laten neerzetten. Ze had het dus warm genoeg, maar toch kon ze zich niet concentreren op het boek. Ze moest steeds denken aan Sara, die haar schoondochter zou worden. Het huwelijk stond voor het voorjaar gepland, Beatrijs zou dan terugkeren naar Spanje. Ze vertrok over twee weken weer naar Nederland. Wat zouden de kinderen haar gemist hebben, en ze verlangde ernaar om met David aan tafel te zitten als de kinderen sliepen. Dat ze onder de hanglamp zaten en praatten. Wat had ze hem veel te vertellen. Wat had ze ook veel te doen als ze terug was. Maar hier had ze ook nog gesprekken te voeren. En een ervan kon niet wachten. Ze sloot haar boek en stapte uit bed. Voorzichtig deed ze de deur van haar kamer open, keek de koude donkere gang in en sloop er stilletjes doorheen tot het einde, waar ze de deurklink van de grote slaapkamer voorzichtig naar beneden drukte. Het geluid van het slot klonk hard door het doodstille huis en na een moment van aarzeling, een koude rilling door haar lijf, stapte ze de kamer binnen. De slaapkamer die ook ooit van haar was geweest.

Ze kon alles op de tast vinden. Net als vroeger liet ze haar hand over het kamerscherm met Moorse geometrische patronen glijden dat ze ooit zelf had gevonden bij een handelaar in het binnenland. Ze stond stil, ging in het elegante fauteuiltje zitten dat ze ooit in Garat had gekocht en fluisterde: 'Herman, ben je wakker?' Ze hoorde zijn lijf onder de dekens draaien; blijkbaar sliep hij al diep. Hij was altijd een vroege slaper, en in de ochtenden was hij al verdwenen voordat zij wakker werd.

'Herman, sorry dat ik je wek.'

'Geen probleem, wacht even.'

Ze hoorde hem overeind komen. Hij knipte het schemerlampje naast zijn bed aan. De kamer gloeide in het warme licht. Ze keek naar dat krachtige hoofd met die ogen die soms licht leken te geven, zoals nu. De jaren die lijnen in zijn gezicht hadden gegroefd, hadden daar niks aan veranderd.

'Wat is er?'

'Ik zit in mijn maag met Sara.' Ze zag een vreemde uitdrukking op zijn gezicht, nieuwsgierigheid natuurlijk, maar ook direct zorg en verontrusting.

'Vertel.'

'Ik kan geen hoogte van haar krijgen, ze is zo stil en teruggetrokken. Volgens mij speelt er veel in dat koppie van haar.'

'Dat zou goed kunnen, ze is dochter van vluchtelingen in de oorlog. Zij en haar ouders hebben het zwaar gehad.'

'Er zit volgens mij veel verdriet in haar.' Ze vertelde over de dag op het strand.

'Ik kan wel met haar proberen te praten. Misschien wil ze wel wat kwijt aan haar toekomstige schoonvader.'

Ze glimlachte met hem mee, en voelde hoe een rilling door haar lijf trok.

'Gaat het?' vroeg Herman.

'Ja, het is koud. Ik was bijna vergeten dat het hier echt koud kan zijn.'

'Dat is de zee die in de lucht zit.'

'Ja.'

Ze keek even naar de stilstaande schaduwen tussen het gouden licht. Ze rilde, haar tanden klapperden zelfs licht. Waarom ze bleef zitten en niet gewoon naar haar kamer holde, wist ze niet. De koude granieten stenen van de gang schrokken haar misschien wel af. Maar een kort sprintje en ze lag in haar eigen warme bed, dan kon ze misschien nog een paar bladzijden lezen. Nog schrijven aan een brief voor David.

Ze zag het bed in Barcelona voor zich. En ze stelde zich voor hoe zijn ouder geworden lichaam moest voelen. Ze zocht in zijn ogen de band die er tussen hen ooit was geweest, maar zag alleen een geduldig wachten totdat ze weer zou gaan.

'Ik praat wel met Sara.'

'Oké, dank je wel. Slaap lekker, Herman.'

'Slaap lekker, Beatrijs.'

*

Ze zat uit het raam te kijken toen er op de deur geklopt werd. Even hoopte ze dat ze het verkeerd had gehoord, concentreerde zich op de elegante lijn van de rejas voor het raam, naar de paarsroze bougainville die op de kleine patio bloeide. Ze volgde het licht dat in stoffige stralen de kamer binnenkwam. Bij het tweede klopje draaide ze zich om en liep naar de deur. Ze schrok even toen ze Don Germán zag staan.

'Mag ik binnenkomen, Sara?'

'Si señor,' zei ze.

Herman wees naar de stoel bij haar tafeltje. 'Mag ik gaan zitten?'

Ze knikte en ging op haar bed zitten. Don Germán keek om zich heen. Liet zijn hand over de muren lopen, leek zich te verliezen in gedachten maar vroeg toen: 'Hoe gaat het met je, Sara?'

'Goed hoor, meneer.'

Hij ging tegenover haar op een krukje zitten en keek haar zwijgend aan, aarzelde, leek te zoeken naar woorden, of een blik, een teken in haar ogen. Misschien dacht hij haar iets te tonen in zijn eigen gezicht, iets te onthullen. Maar zij zag alleen hetzelfde gezicht dat ze altijd zag.

'Ben je gelukkig met Levi?' vroeg hij.

'Zeker,' zei ze.

'Ik wil weten wat er in je omgaat, Sara.'

'Ik weet niet wat u bedoelt, sorry.'

Hij schudde zijn hoofd, 'Natuurlijk niet, ik ben ook onhandig, Sara. Ik wilde weten of je gelukkig bent hier.'

'Ik ben heel blij dat ik hier mag wonen.'

'Gelukkig maar, en… hoe was het om de moeder van Levi te ontmoeten?'

Ze voelde de storm in zich opsteken. De storm die ze had voelen aankomen op het strand. Ze glimlachte desondanks enthousiast, ging rechtop zitten, alsof ze de hemel die op het punt stond om in te storten, nog kon stutten. 'Heel leuk, Doña Beatríz is heel lief. Jammer dat ze over een paar dagen alweer vertrekt.'

'Ja, dat vind je jammer?'

Zijn vraag sneed door haar heen, ze voelde haar keel vollopen en de adem uit haar borst verdwijnen. Ze slikte. Haar kin trilde. Ze antwoordde niet. Hij ging achteroverzitten, wreef over zijn kin, leunde weer naar haar toe, toen ineens de deur openging en señora Pepa in de deuropening stond. De wasmand die tegen haar heup steunde, zette ze neer na een korte blik op hen beiden. Ze liep naar het venster en sloot het raam.

'Wat is het koud hier,' zei Pepa zachtjes. Ze ging naast Sara zitten en pakte haar hand vast. Don Germán glimlachte, en keek naar de gitana. Zo had Sara hem al zo vaak naar haar zien kijken, vol van liefde en verlangen.

'Sara, ik wil je een moeilijke vraag stellen. Denk je nog weleens aan je eigen moeder?'

Daar was het dan, de vraag naar die gedachte die haar nooit verliet, die bijna al haar ruimte innam. Slechts een klein plekje had ze erop veroverd, zodat Levi een deel van haar hart kon bewonen. Het overige deel behoorde de afwezige moeder toe. En die leegte vulde zich nu met angst. Want deze man wist waar haar moeder was, of ze leefde of dood was, een wetenschap waar ze tegelijk naar verlangde en die ze in het diepste van haar wezen vreesde. 'Nee, ja, soms.' Ze keek opzij naar Pepa; kon zij haar niet redden?

'Volgens mij ben je heel verdrietig, Sara.'

Ze voelde de golf in haar borst.

'Al heel lang. En ik begrijp het, echt waar. Je moeder missen...' zei hij, waarop ze zich voelde instorten. Meer dan alles wilde ze daar sterven, op dat moment. Om niet te voelen wat hij zojuist benoemd had. Het op elk moment verzwegen missen dat niet meer ontkend kon worden, dat door het zwijgen alleen maar aan gewicht had gewonnen. Ze huilde, geluidloos, maar haar hele lichaam schokte. 'Ik wil mijn moeder,' huilde ze, amper verstaanbaar. Ze begroef haar hoofd tegen Pepa's borst. Zo zaten ze een tijd en het meisje huilde, en herhaalde hardop steeds dat ene lang weggeduwde verlangen. Dat wat zesjarig in haar was en waarvan ze nooit afscheid had kunnen nemen. Uiteindelijk kwam ze overeind, herwon iets van haar kracht.

'Leeft zij nog?' vroeg ze. De vraag waar haar grijze wereld om draaide.

'Ja.' Hij zag wat het woord met haar deed. 'Ja, ja natuurlijk, Sara. Ze leeft nog.'

Alquería del Moro
26 oktober 1959

'Leeft mijn moeder nog?' Dat was de vraag die ze stelde. Hoe heb ik die zo lang onbeantwoord kunnen laten. Hoe heb ik niet kunnen zien dat ze haar hele leven lang haar adem inhoudt uit angst voor een antwoord op die vraag. Toen ik ja zei, god, je had haar moeten zien, alsof ze een andere wereld binnentrad, een wereld... zonder angst denk ik. Ik heb haar al die jaren in een doodsangst laten leven, zonder het te beseffen.

Ik zei ja, en toen huilde ze hardop, een huilen dat overging in lachen. 'Mama,' zei ze steeds, alsof ze het weer mocht zeggen en ze leek zich aan dat woord op te trekken. 'Waar is mijn moeder?' vroeg ze. Ik legde haar uit dat ze ondergedoken zit in een dorp in het binnenland, waar niemand haar kent. Dat het te gevaarlijk was voor haar om hier te blijven.

'Waarom mocht ik niet mee?'

'Dat zou te gevaarlijk voor je zijn geweest, hier was je veilig, hier ben je veilig, hijita,*' antwoordde Pepa. En het voelde heel even alsof dat meisje inderdaad onze dochter was, van mij en Pepa; misschien omdat ik me op dat moment zo met Pepa verbonden voelde, meer dan met Sara. Maar hoe had ik me met haar verbonden kunnen*

voelen, anders dan door mijn schuldgevoel over een gebeurtenis die zij zich klaarblijkelijk niet kan herinneren. Ze heeft zich altijd voor mij, voor iedereen eigenlijk, afgesloten. Al die jaren was ze afwezig. Je ziet het overigens zoveel in dit land, vooral in Xaraque; schaduwmensen noem ik ze, mensen die niks zeggen, niks doen, niks zien of horen, amper durven te ademen. De schuld van de voortdurende onderdrukking en terreur. Maar Sara, dat is mijn schuld.

Hoe ze mijn schuld zal verwoorden, hoe ze het Levi gaat vertellen over haar moeder, dat weet ik niet. En ik kan dat niet sturen. Hoe Levi zal reageren op het feit dat die waarheid al die jaren voor hem verzwegen is, weet ik ook niet. Ik ben bang dat hij zich niet alleen belogen maar ook bedrogen zal voelen.

Ik probeer het beeld dat zich aan me opdringt te verdringen: van Levi die met Sara vertrekt om haar moeder te zoeken, om misschien samen te leven met een kindermoordenaar in plaats van hier, op zijn plek in dit huis. Ik weet niet of ik het zal kunnen accepteren als hij beslist mee te gaan. Daar zal ik ook met hem over moeten spreken. Ze vroeg of haar moeder niet hiernaartoe kon komen. Pepa zei, zodat ik het niet hoefde te doen, dat dat onmogelijk was. Dat het te gevaarlijk was, zowel voor haar moeder als voor Sara zelf: 'Ze wordt nog steeds gezocht, er zijn mensen die haar kwaad willen doen. Het is te gevaarlijk hier voor haar, lieve Sara.'

Als Hector zou weten wie Sara was, zou hij weten dat Aina nog leefde. Ook de broers van Don Miguel zouden bloed eisen, en de franquistische autoriteiten. Zelfs zonder kapitein Olazabal y Fuentes wordt zij nog steeds gezocht. De lijsten zijn onuitputtelijk in hun geduld. En toen realiseerde ik me dat als ze met Levi trouwt, ook hij in levensgevaar zal verkeren. En hun kinderen ook. De vete sterft nooit, maar gaat gewoon op de volgende generatie over.

Beatrijs moet ik verslag doen van dit gesprek, zij had mij er immers om gevraagd. Wat zal zij zeggen? Dat ik een kindermoordenaar aan gerechtigheid heb laten ontsnappen? Dat ik een kind onderdak heb gegeven dat god mag weten op welke manier beschadigd is door die monsters van ouders en door mij toen in de gang. Dat ik heb toegestaan dat zo'n meisje verliefd werd op haar zoon. Hoe dan ook, ik zal het snel moeten vertellen, want binnenkort neemt ze weer afscheid van ons, laat ze haar zoon nogmaals achter om terug te vliegen naar haar man die ze in haar hoofd misschien wel bedrogen heeft. Want ik zag het in haar ogen, eergisternacht. Ik herkende die blik in haar ogen van Barcelona. Ik heb nooit geweten wat ze eigenlijk bij mij zocht, ik denk dat ze dat zelf ook niet weet. Nou ja. Ik wil niks kwaads denken over haar. Ze heeft toch veel voor me betekend, en haar brief over Pepa en mij, daar moet ik elke dag aan denken. Zo blind als ze is voor haar eigen binnenwereld, zoveel inzicht lijkt ze soms in die van anderen te hebben. Maar ik zal blij zijn als ze gaat.

Overmorgen vliegt ze terug, en daarom wil ze graag als familie in wat kleinere kring samen 'wat gezelligs' doen. Wat dat ook moge betekenen.

30

Oktober 1959
Hotel Vistamar Benimelha

Luis Bolér had zich jarenlang voor de ontwikkeling van het toerisme in Spanje ingespannen; er waren steeds meer mensen die zich vrije tijd konden veroorloven. Na zijn afscheid als directeur-generaal van het Spaans Bureau voor Toerisme, nu alweer acht jaar geleden, was hij het rustiger aan gaan doen en besteedde hij veel tijd aan het schrijven van zijn memoires.

Hij had al enkele maanden zitten schrijven en het weer in Madrid werd steeds kouder, toen hij bedacht dat hij een najaarsvakantie nodig had. Vreemd genoeg gingen zijn gedachten naar dat plekje waar hij al jaren niet meer was geweest: een dorpje aan de Costa Blanca waar de sinaasappelbomen tot aan het strand liepen. Hij had onlangs een filmpje gezien van twee dames die vanaf Valencia langs de kust reden in hun volkse autootje. Ze kwamen ook langs dat dorpje aan zee.

Hij belde zijn voormalige assistent Juan Lopez Prata, die een reis voor hen beiden regelde, zoals vroeger. Een week later zat hij op het balkon van zijn kamer in Hotel Vistamar, dat op de flank van de Rasalcalb was gebouwd en uitkeek over een vrijwel leeg zandstrand. Her en der lagen een paar families op het zand, maar wat een ruimte voor veel meer, bedacht hij zich. En voor restaurants en hotels en vakantiehuizen voor al die mensen. Niet alleen voor Spanjaarden maar ook buitenlanders, vooral uit Noord-Europa, en dan niet alleen die nazi's die her en der langs de kust woonden. Maar gewone nette mensen met geld. Nieuw en oud geld.

Ergens in die streek wist hij het huis te staan van de Hollander die hij zo lang geleden was tegengekomen, een keer had bezocht en nooit helemaal was vergeten. Hij vroeg zich af hoe het met hem ging en overwoog hem een bezoek te brengen. Maar het plezier dat hij vroeger had in het ongemakkelijk maken van mensen, in mensen angst inboezemen, was met het voorbijgaan der jaren gezakt. Hij had er eigenlijk geen zin meer in. Hij keek zijn hotelkamer in waar Juan op de sofa zat te wachten totdat hij klaar was. Ze gingen zo dineren in het restaurant beneden. Hij hoorde de muziek al door de koude avondlucht opklinken.

Toen ze beneden kwamen, was het nog vroeg. De eetzaal was nog leeg, behoudens een pianist die anonieme muziek speelde en een tafeltje waar een kleine maar stevig gebouwde man met zijn familie zat te eten. De man keek op, keek hen aan, een starende blik, geen glimlach, pezen in zijn nek. Hij knikte wel beleefd.

Bolér hief een hand en glimlachte: '*Buen provecho caballero.*'

Juan en hij vonden een tafeltje bij het raam. Buiten was de nacht donker, ze zagen nog wel de vage lijn van het schuim van de branding. Langs het strand lichten van de paar huizen die er stonden. Als hij nog directeur van het Bureau voor Toerisme zou zijn geweest, had het hier allang vol gestaan. Het weer in de zomer was zo aangenaam, het zandstrand breed en de zee veilig. Toerisme had dit gebied vooruit kunnen helpen, maar in plaats daarvan was het achterlijk gebleven. Een paar lichten in de duisternis van het strand en de bergen, alsof de hemel vrijwel leeg was.

*

Een van de lichten waar Bolér naar keek, brandde in de torenkamer van de Alquería. Daar strikte Levi zijn das, deed zijn schoenen aan en liep even later de trap af. In de woonkamer zat zijn vader in een net pak van dikke bruine wol, een wit gesteven hemd en een dunne stropdas. Zijn moeder had een nette jurk aan tot net over de knie zoals Levi die ook weleens moderne dames in Valencia zag dragen. Ze werd door zijn vader net in haar jas geholpen. Voordat hij iets kon zeggen kwam Sara de kamer binnenlopen. Zij droeg een jurk die net onder haar borst wat breder uitliep. Haar haar was mooi gemaakt, waarschijnlijk door Pepa die haar de kamer in volgde, gekleed in een fraaie lange jurk.

Levi keek verlegen om zich heen. Waarom zou zijn moeder erop hebben gestaan met elkaar uit eten te gaan? Ze konden hier toch prima diners hebben? Ze gingen eigenlijk nooit uit eten. Zijn moeder vertelde dat ze in Rotterdam bijna wekelijks uit eten ging. Gezellig in een andere omgeving, in de watten gelegd worden en mensen kijken, zoals zij dat noemde.

'En mensen ook wat te zien geven,' riep Paco die binnenkwam, gekleed in een jasje en broek volgens de nieuwste mode uit Amerika, met een dunne das en zijn haar vol brillantine. Hij ging wijdbeens staan, drukte een knie naar binnen zoals hij een popster op een aanplakbiljet had zien doen, en zei: 'Vamos, *chicas*', terwijl hij zijn heupen heen en weer bewoog.

De auto wierp moeizaam zijn lichtstralen de donkerte in. De weg was stoffig. In de verte zag Levi de lichten van Xaraque en zijn benauwde gevoel ging pas voorbij toen ze zonder te stoppen door het dorp heen reden en de weg naar Benimelha namen. De weg die vroeger door het natte weer modderig en plakkerig zou zijn geweest, was een aantal jaren geleden door Bardales Construcciónes voorzien van een betonnen bovenlaag. Op veel plekken was het beton alweer gescheurd. Er werd gesproken over het asfalteren van de weg, zeker met de gestage toename van het aantal toeristen dat in de zomer de kust bezocht. De nieuwe Seat die Herman eerder dit jaar had gekocht, rammelde vrolijk de weg af. De terugweg zou moeizamer gaan, met de kleine motor die regelmatig met de steile heuvels worstelde. Uiteindelijk zagen ze Benimelha beneden zich liggen, het silhouet van de Rasalcalb stak donker af tegen de nacht. In een bocht viel het licht van de auto op de salinas, het weerkaatste even op het water. Herman reed de auto langs de zoutpannen, passeerde het dorp en reed even later de parkeerplaats op van het restaurant dat Beatrijs had uitgezocht. Het stond op een prachtige plek – de Rasalcalb torende in het donker boven het witte gebouw uit – maar had een moderne bouwstijl die Herman niet kon bekoren, te hoekig en te groots opgezet. Een van de lelijke bouwsels van Bardales. Boven het restaurant waren een aantal ruime kamers waar rijke toeristen uit Madrid en Barcelona plachten te komen. Achter hen stopte de oude auto met Ignacio, Pepa en Paco erin.

Bij de ingang werden ze verwelkomd door de maître d'hôtel en naar hun tafel gebracht. Het was druk, bijna alle tafels waren bezet, maar door de grote zaal en de ruime opstelling oogde het toch niet vol.

Direct bij binnenkomst zag Herman Hector Bardales zitten met zijn vrouw en Manolo. Natuurlijk was hij hier, in het hotel dat hij gebouwd had, op een zaterdag. Herman had beter moeten weten. Hij knikte beleefd naar de drie, ontving een knik terug en liep door naar de tafel die voor hen gereserveerd was. Het was niet ongewoon dat hij Hector tegenkwam, hij was een belangrijk man in deze omgeving geworden, net als Herman. Na hun laatste confrontatie hadden ze nog maar een paar aanvaringen gehad, bijvoorbeeld over de aanbesteding van de bouw van de nieuwe *trinquet* in Xaraque waar nu professionele *pilota*-spelers hun ballen tegen de muren sloegen. Als ze elkaar tegenkwamen, konden ze het opbrengen een minimale mate van beleefdheid in acht te nemen. Levi had hen ook gezien. Hij zag de gespannen kaak van zijn zoon, die zijn hand opende en sloot. Manolo keek ook naar Paco, die met een brede glimlach terugkeek.

'Als ze maar niet gaan zingen,' zei Manolo net te hard.

Aan tafel praatte Beatrijs over van alles met Pepa, Paco en Levi grinnikten om hun eigen grappen en Herman en Morao bespraken de staat van de kustweg en hoe het vroeger was geweest toen Herman en Vicente elkaar daar ontmoet hadden, al die jaren geleden. De bomen langs de kant waren gerooid toen ze de weg hadden bestraat. Ook die johannesbroodboom waaronder Herman had gezeten, was gesneuveld.

Ze hadden sigaretten opgestoken toen Sara, de enige die had gezwegen, uit het niets sprak. Misschien was het de gezelligheid, de luchthartigheid van de gesprekken die Beatrijs met iedereen voerde en die ze de hele avond met haar ogen had gevolgd. Misschien dacht ze dat met het vertrek van Beatrijs ook de laatste kans om over haar moeder te spreken verloren zou gaan.

'Levi... ik wil graag mijn moeder weer zien.'

Het kwam er net te luid en onbeholpen uit, niet ongewoon voor mensen die niet gewend zijn veel te spreken. Levi keek verschrikt op, een beweging die door Manolo Bardales niet onopgemerkt bleef. Herman zag hem uit zijn ooghoeken naar hun tafel staren. Het gesprek tussen Pepa en Beatrijs viel direct stil. Pepa keek kort naar Herman, die met een rustige blik en met de zorg die hij altijd voor Levi uitstraalde, naar Sara keek.

'Ja... natuurlijk, je moeder... Weet je waar ze is?'

'Ja... of... señora Pepa...' Pepa knikte.

'Oké, ja... dan nodigen we haar uit. Hè, pap?'

Herman schudde eenmaal zijn hoofd. 'Zo eenvoudig is het helaas niet.' Hij keek naar Sara om te zien of zij het verhaal over haar moeder zou vertellen, hij zag het meisje aarzelen.

'Zal ik het vertellen, Sara?' vroeg Herman.

Sara knikte zachtjes, in haar handen een damasten servet dat ze nerveus in- en uitvouwde. Herman keek om zich heen, inschattend of de afstand van hun tafel naar de andere tafels voldoende was.

'Wat vertellen?' vroeg Beatrijs.

'Nee, het is mijn verhaal om te vertellen,' zei Pepa. 'Het was eerst mijn beslissing. Dit is wel een verhaal dat deze tafel niet mag verlaten, het leven van mensen hangt ervan af.'

Sara boog haar hoofd, haar handen lagen in haar schoot.

Pepa vertelde met zachte stem hoe zij Aina Such en Sara al die jaren geleden had aangetroffen op de berg, vervuild, verhongerd en bijna bevroren. Hoe ze hun onderdak had geboden. Hoe ze na een tijdje Herman in vertrouwen had genomen. Ze keek daarbij naar Morao die bezorgd terugkeek, zijn donkere oogopslag onzeker. Ze vertelde dat ze Aina, ondanks wat ze gedaan had, nooit zouden uitleveren aan Olazabal y Fuentes die al zoveel mensen had geëxecuteerd.

'Wat heeft ze dan gedaan?' vroeg Beatrijs.

Pepa vertelde summier het verhaal van José en Aina, hoe ze jaren misbruikt waren geweest en wraak hadden genomen. Dat José veroordeeld was en Aina was gevlucht voor haar leven.

'Ze verdiende straf, dat was rechtvaardig geweest,' zei Morao. Beatrijs knikte.

'Misschien wel,' zei Herman 'Maar iemand laten vermoorden is geen gerechtigheid. Haar berouw en schuldgevoel is straf, haar man die ze nooit meer zal zien is straf, de vernedering en verkrachtingen die ze vóór de oorlog heeft moeten doorstaan niet te vergeten, die zijn al een straf.'

Beatrijs sloeg haar ogen neer, Herman zag Sara ineenkrimpen.

'Gescheiden worden van haar dochter, nu alweer vijftien jaar, is een straf, en een straf die de dochter nooit heeft verdiend.'

'Ik ga met je mee,' hoorden ze Levi zeggen. De hele tafel keek hem aan. Sara als laatste.

'Ik ga met je mee naar je moeder.'

Herman zuchtte, glimlachte naar zijn zoon. Natuurlijk ging hij met haar mee. Als iemand wist wat het was om je moeder te missen, was hij het wel.

'Dan blijven we een tijd bij haar, totdat het goed is, en dan wil ik je meenemen naar Holland.'

Hermans gezicht betrok, hij keek naar Beatrijs. Toen hij haar uitdrukking zag, begreep hij ineens dat hij niet de enige was die dingen verborgen had gehouden.

‘Mama heeft me verteld over het conservatorium in Utrecht en Amsterdam waar ze wel mijn soort muziek spelen en mee experimenteren, en echt onderzoeken.’ Hij keerde zich naar zijn vader toe. ‘In Valencia loop ik vast.’

‘Dat weet ik, Levi.’

‘Mag ik?’

‘Natuurlijk, je bent een volwassen vent, jij mag doen wat je wil.’

En je mag altijd thuiskomen, wilde hij zeggen. Maar dat hoefde niet. Levi was slim genoeg. Herman kon alleen maar hopen dat hij genoeg had gedaan. Hij had de jongen misschien niet altijd genoeg vastgehouden, maar hij moest niet nu beginnen met het te veel te doen. Levi keek hem dankbaar aan. Beatrijs pakte zijn onderarm vast en zei: ‘Bedankt dat je hem laat komen.’

Hij keek haar strak aan, legde haar hand van zich weg op tafel. ‘Je had het met mij moeten bespreken.’

Ze knikte. ‘Ik kon de gelegenheid niet vinden. Sorry.’

Wat ze wilde zeggen was dat ze de moed niet kon vinden, dat ze bang was voor zijn woede. Ze zag dat hij niet eens boos was, maar het was duidelijk dat tussen hen de laatste verbinding verbroken was.

*

Na het eten verlieten ze het restaurant. De anderen waren al bij de auto maar Herman en Beatrijs stonden nog op het bordes van het restaurant waar Herman de maître d’hôtel vriendelijk bedankte voor een fijne avond en het lekkere eten. Net toen zij zich omdraaiden, hoorden ze een joviale stem.

‘Don Germán, Doña Beatríz. Wat een verrassing.’ Luis Bolér liep op hen af. Dikker, ouder, grijzer, maar net zo groot en aanwezig als altijd. Schuin achter hem stond een man met lichtgroene ogen en donkerbruine krullen. Beatrijs greep Hermans arm vast. Hij voelde haar angst. De onbekende man zag haar nu ook, schrok terug, keek weg. Herman zag schaamte op diens gezicht. Ook hij was bang.

'Don Bolér. Wat een verrassing, inderdaad.'

'Ik dacht al dat jullie het waren, maar jullie waren zo gezellig met elkaar in gesprek. Ik dacht, die moeten we niet storen. Nietwaar, Juan?'

De man naast hem knikte.

'Dit is overigens een oud-werknemer van mij. Juan Lopez Prata.'

'Aangenaam, meneer, mevrouw,' zei de man maar hij kon hen niet aankijken. Bolér keek over Hermans schouder, zwaaide naar de anderen en zag Levi staan.

'Nou zeg,' riep Bolér vrolijk uit, en keek van Levi naar Juan Lopez naast hem. 'Wat lijken Juan en jullie zoon toch op elkaar. Dat is jullie zoon toch? Levi? Vind jij ze niet op elkaar lijken, Beatríz? Juan had zijn vader kunnen zijn. Haha!'

Terwijl Bolér lachte, zag Herman hoe Beatrijs naar Lopez keek, alle bloed leek uit haar gezicht weggetrokken.

'Nee Luis, dat vind ik niet echt.' Herman draaide zich naar de mannen toe en wuifde de maître d'hôtel weg. Hij deed een stap hun kant op. 'Mijn zoon lijkt niet op een verkrachter.' Herman voelde de woede in zich opbouwen, als een toren die alleen nog kon omvallen. Hij hoorde het geluid van een naderende orkaan. Klemde zijn handen tot vuisten.

'Ik weet wat jij hebt gedaan,' beet hij Lopez toe. 'Als ik je ooit nog zie of ruik of hoor in de buurt van mij of mijn familie, vermoord ik je.'

Hij voelde wat de woorden met hem deden: ze leken een toekomst te voorspellen, maar tegelijk gaven ze definitie aan zijn woede, en hij merkte vreemd genoeg dat zijn lichaam zich ontspande. 'Het mes waarmee ik in de Grote Oorlog door de loopgraven liep, ga ik slijpen. Wacht maar, jij onmetelijke schoft.' Herman voelde zich kalmer worden, wist nu dat hij door het te zeggen, het niet hoefde te doen. De leugen die hij met zoveel woede opdiste, was voldoende.

'Nou zeg, Don Germán, waar komen deze verderfelijke beschuldigingen ineens van…'

'Jij… jij mag dan vroeger een hele man zijn geweest, nu ben je niks meer. Je bent een oude uitgerangeerde, afgeserveerde nietsnut. Je hebt als een perverse viespeuk toegekeken terwijl deze hond zich vergreep aan een meisje dat jou vertrouwde. Dus jij hebt schuld. Nu nog niet, morgen nog niet, maar ik kom voor jou. Dus je kunt maar het beste zo ver mogelijk uit de buurt blijven en hopen dat ik het vergeet. Want aan vergiffenis doe ik niet.'

'Bekenden?' vroeg Levi, die al in de auto zat.

'Nee, spoken.' Herman keek zijn zoon aan, glimlachte.

Alquería del Moro
30 oktober 1959

Vandaag ben ik erachter gekomen dat ik niet de biologische vader van Levi ben. Nu zie ik het pas. Natuurlijk nu pas. Hoe had ik het eerder kunnen zien of verwachten? Omdat Levi niet op mij lijkt, of is zoals ik? Zoveel zoons en vaders verschillen van elkaar. Hij heeft de genen van zijn moeder, dat was mijn gedachte altijd. Maar dat hij er geen heeft van mij… is hij mijn zoon daardoor niet? Ik ben niet zijn verwekker. Maar aan de andere kant, mijn eigen verwekker heb ik nooit 'vader' genoemd. Levi zal dat ook nooit doen. Hij noemt mij zijn vader en niemand anders.

Nooit ben ik meer vastbesloten geweest er altijd voor hem te zijn. Nooit heb ik sterker het vaderschap gevoeld dan nu ik weet dat Levi niet van mijn bloed is. En het meest overweldigende besef is dat nooit, maar dan ook nooit iemand anders aanspraak mag maken op mijn zoon. Dat hij nooit mag denken dat er iemand anders is dan ik, dat hij uit zoiets afgrijselijks als een verkrachting is geboren. Dat hij uit haat en angst is geschapen. Dat mag hij nooit weten. Niet eens vermoeden. Want hoeveel is echt zeker? Ook die gelijkenis kan toeval zijn. Bolér is van nature een nare bullebak, een pestkop. Misschien zag hij gewoon een gelegenheid om te pesten. Maar verder staat niks vast. Behalve de twijfel, het knagende dat zich in je kan vastzetten. Dat nooit.

Toen de nacht viel en de lichten uitgingen, liep Herman naar Beatrijs' kamer. Er kwam nog licht onder de deur vandaan en hij klopte zachtjes.

'Gaat het met je?'

Ze keek op vanuit het bed, legde haar boek opzij. 'Ja.'

'Het was wel schrikken. Of niet?'

'Ja.'

'Maar het gaat?'

'Ja… en dank je. Eindelijk waren zij een keer bang.'

'Ik hoop het wel ja.'

'Je meende wat je zei, tegen hen.'

'Ja. Ik meende wat ik zei.'

'Zou je het doen, wat je zei?'

Herman haalde zijn schouders op. Ze knikte.

'Ze waren heel bang.'

'En jij?'

'Niet meer… zo erg.'

'Gelukkig. Slaap lekker, Beatrijs.' Hij draaide zich om.

'Herman…'

Hij stond in de deuropening, keek haar over zijn schouder aan.

'Jij bent Levi's vader, niemand anders.'

Hij knikte, sloot de deur en liep de donkere gang in.

Beatrijs vertrok de volgende dag. Ze sprak op weg naar het vliegtuig uitgebreid met Levi en Sara over wanneer en hoe ze naar Nederland zouden komen, en waar ze konden verblijven. Ze zou alvast wat contacten aanspreken in Utrecht maar ook bij het Koninklijk

Conservatorium in Den Haag. Levi moest maar wat van zijn bladmuziek opsturen. Het ging helemaal goed komen.

De dag nadat hij Beatrijs had weggebracht, stond Herman aan de toog van Bar Frau. Hij had een koffie met melk besteld, een sigaret opgestoken en de krant opengeslagen. Hij las rustig en uitgebreid alle artikelen, zoals hij vaker deed. Op de derde pagina trok een klein artikel zijn aandacht. Er stond een foto van de Rasalcalb, waar aan de voet van de hoogste rotswand het lijk van een man was gevonden. Het was een man van middelbare leeftijd, een toerist uit Madrid die in Hotel Vistamar had gelogeerd. Een oudere man die zich in zijn gezelschap had bevonden, was kort voor de vondst van het lichaam uit het hotel vertrokken. Van hem ontbrak elk spoor.

*

Het was 1 november, Día de Todos los Santos, de dag dat heiligen en martelaren worden herdacht. Levi en Sara zouden de dag daarop naar Cuenca vertrekken, waar Aina Such woonde. Via Pepa's familie was bericht gekomen dat Aina zich verheugde op de komst van haar dochter. Ze werkte als schoonmaakster in een museum en woonde aan de rand van het ravijn van Cuenca in een van de beroemde 'hangende huizen' van de stad, vlak bij haar werk. Ze was nog alleen, er was in haar kleine woning wel plaats voor haar dochter en haar verloofde. Het plan was om tot Kerstmis bij haar te blijven en in het nieuwe jaar zouden ze samen naar Nederland gaan.

De weken voorafgaande aan hun vertrek trokken Levi en Paco veel met elkaar op. Ze maakten lange wandelingen en waren zelfs een paar keer in Bar Baydal doorgezakt, toch een unicum voor Levi. En ze zouden nog een keer samen gaan zeilen. Op 1 november, Día de Todos los Santos.

'Hoe kan je beter een heilige herdenken dan door je af en toe flink het doopsel toe te laten dienen,' riep Paco vrolijk. De wind stond goed, het beloofde een stevige dag te worden.

Paco controleerde nog of Levi echt wilde: 'Het gaat stevig waaien, hermano. Geen weer voor bangbroeken.'

'Ik ga trouwen, *hermanito*,' had Levi geantwoord.

Ze namen met zijn tweeën de Seat en waren naar het strand gereden.

Vanaf het achterterrein keek Herman naar de lucht en het water, naar de donkere wolken die zich samenpakten. De palmen op het terrein klepperden onophoudelijk en op de top van de tossal hoorde hij de pijnbomen razen. De jongens waren al een uur weg, en de wind was in die tijd flink aangewakkerd. Hij riep naar Morao dat hij naar Benimelha ging, waarop Morao ook instapte. Onderweg naar Benimelha regende het hard, stromen water liepen van het beton van de kustweg het land in. Toen ze bij het strand parkeerden, sloeg de wind de autodeuren dicht. Wolken rolden over elkaar heen, donkergrijs joegen ze over de Rasalcalb. De branding stortte zich gulzig op het strand.

Toen Levi en Paco een uur eerder waren aangekomen, was de wind nog niet zo sterk geweest. Het zeil klapperde bij het optuigen in de wind, maar op een ontspannen, bijna flegmatieke manier. De wolken waren donker, maar Paco had doorlopend gezongen en grapjes gemaakt. Alle andere boten lagen aan wal, de haven was verlaten. De ribben van boten in aanbouw staken nat en grijs af tegen de hemel.

Ze waren het water opgegaan en direct genoten ze van de kracht in het zeil, de versnelling van de boot over de deining van de zee, hoe ze werden opgetild en weer afdaalden naar een vallei tussen de golven. Soms brak de boeg door een golf heen en sproeide het water over hen heen. Levi keek hoe de zee onder hen door schoot. De donkere gedeeltes waar hij bossen zeewier wist, en dan weer lichte delen waar alleen zand op de bodem lag. Toen de wind toenam en de boot nog verder overhelde, reefde Paco het zeil een stuk en haalde de fok neer. Alleen op het grootzeil stoven ze over zee. Paco voer ruim aan de aanlandige wind en ze kwamen parallel aan de branding, dat woeste, onnavolgbare en onvoorspelbare natuurgeweld. Bruingrijs water, golven op golven, in gevecht met elkaar; de zee was boos.

Paco ging tegen de wind in overstag en voer een hoog rak terug, in de richting van de Rasalcalb. Zo voeren ze enkele rakken en bij elke keer overstag gaan leek de boot er meer moeite mee te hebben, sloeg de wind harder in het zeil als ze door de wind gingen. De wind floot schel in het want.

'We moeten terug. Het begint nu echt te stormen.'

'Nog één keer, we varen in een storm hermano, en je bent niet bang. Je bent genezen, ouwe! Ik wist dat mijn therapie zou werken.'

'Fijn, dokter Paco, maar we gaan nu echt terug. Het is ook nog eens hartstikke koud.'

Paco lachte uitbundig en knikte. Bij het rak terug leek de Rasalcalb steeds sneller op hen af te stormen.

'Blijf je wel weg bij de rots!' schreeuwde Levi. 'Je moeder zegt dat hij vervloekt is.'

'Mijn moeder is gitana. Die zien vervloekingen in de minste zaken. En wie zegt dat ze niet zelf de rots vervloekt heeft?'

Hij lachte een lach die was geboren om boven het geraas van de wind uit te klinken. Hard, ongeremd en zuiver. Ze zagen hoe het water hoog tegen de randen van de rots knalde, enorme ontploffingen van grijs schuimend water tegen het steen. Tientallen meters hoog. Ze keken naar het strand, waar ze enkele mensen zagen staan. Paco zwaaide vrolijk en keek toen scherp naar het zeil.

'Oké, we gaan terug,' zei hij. 'Maar ik moet even wat hoger, dan kunnen we ruim voor de wind de havenmond in varen.' De stormwind was gedraaid, had hen dichter naar de Rasalcalb geduwd, waar de wind altijd op een onnavolgbare manier rond de rots wervelde. Paco vocht om van koers te wijzigen en de havenmond in te varen, het zeil klapperde wild boven hen en de giek schoot van links naar rechts. Paco herstelde zich snel, zette een nieuwe koers.

'Iets verder naar de Rasalcalb, dan in de wind gijpen en in een rechte lijn vóór de wind terug,' schreeuwde Paco.

Levi zag de zorg maar vooral de concentratie en het genot van de uitdaging op het gezicht van zijn broer.

Gijpen ging niet meer, de wind kreeg vat op het zeil, de boot stuiterde over de golven. De stroming stuwde hen met de gedraaide wind naar de rotsen.

'Jezus christus Paco, dit gaat verkeerd!'

'Geen zorgen, broer,' zei hij, maar hij leek, voor het eerst in zijn leven, niet te weten wat te doen. Het zeil reven kon niet meer, en als hij het liet vieren was hij alle controle kwijt. En terwijl hij zo bij het roer stond ging er een enorme schok door de kleine boot. Een rots vlak onder water kraakte zich door de planken naar binnen. Het bootje helde over, de golven sloegen het tegen de rots aan. Paco leunde tegen de hoge kant, terwijl Levi in de boeg op de bodem lag. Alle angst die hij ooit had gevoeld was weer terug.

'Levi, springen! Overboord!'

'Wat?'

'Springen, de boot is verloren. Schiet op, ik zorg dat die niet op je klapt. We kennen het hier. Zwemmen!'

Levi keek over de rand. Op een kleine vijftig meter zag hij de rots waar ze altijd vanaf sprongen. Het kiezelstrand waar ze aan land gingen was verborgen achter bergen water die tegen de rotsen ontploften. Maar het moest er liggen. Hij zag figuren over de rotsen naar hen toe komen. Zijn vader en Morao? Hij dacht aan al die keren met zijn vader in en onder het water. Terwijl de golven tegen het vastgelopen bootje kapotsloegen, dacht hij eraan hoe zelfs de grootste golven onder water veel vrediger waren. Hij kwam overeind.

'Je hebt gelijk, oké, we gaan.'

Paco knikte, maakte zich op om te duiken. Levi als eerste, hij dook zo ver mogelijk weg van het bootje en kwam terecht in de hevig deinende koude zee. Achter zich hoorde hij een luid gekraak. Met zijn afzet en zijn gewicht uit de boot sloeg die direct om. Paco stond er nog, maar zijn gewicht was niet genoeg. Als de bovenzijde van een reusachtige muil sloeg de boot om en Paco verdween eronder. Levi schreeuwde, probeerde zich drijvende te houden, probeerde Paco te zien, dook onder water, met open ogen probeerde hij tegen het zeewater in te kijken. Zag niks. Hij hoorde het geschreeuw van de kant. Zag zijn vader wuiven dat hij moest komen. Het kleine strand met de witte keien en kiezels, als versteende eieren van reusachtige zeedieren, hij zag het liggen, daar moest hij heen. Tussen de rotsen. Daar zou Paco ook heen zwemmen. Ja toch? Hij maakte een paar slagen in de richting van de plek waar Paco verdwenen was. Golven sloegen over hem heen. Hij dook, zocht Paco. Niks. Hij moest al weggezwommen zijn. Naar het kiezelstrandje. Hij zou er misschien al bijna zijn. Moest er zijn. Met die gedachte dook Levi onder water, en ondanks het zout dat in zijn ogen stak, hield hij ze open. Hij maakte wijde slagen en ploegde door de onderwaterwereld die een mildere afspiegeling was van het geweld boven. Hij voelde zijn longen, wist dat hij nog een paar lengtes te zwemmen had, en zag toen de witte keien van het strandje, als een landingsbaan onder zee, ondanks het troebele water nog steeds zichtbaar. Hij kwam boven, haalde diep adem en dook weer onder, voelde de onderstroom aan hem trekken en duwen. Nog een paar slagen, hij bleef zwemmen, ondanks zijn uitputting. Kwam boven, zag dat hij nog maar enkele meters van de witte stenen verwijderd was, zag zijn vader het water in lopen, Morao achter hem. Een inkomende golf duwde Levi onder water, trok hem weer naar buiten. Nog meer slagen, toch nog, nog steeds zijn verzet. Een golf kwam van links aanrollen en dreigde hem alsnog tegen de rotsen te duwen toen hij handen voelde, in zijn kraag, handen als knoesten, die vastgrepen en niet meer loslieten. Als de golven te sterk waren geweest, was ook Herman meegesleept. Maar niks zou hem doen loslaten. En zo trok hij Levi aan wal.

'Waar is Paco?' vroegen ze tegelijkertijd.

'Achter mij?' proestte Levi. Hij stond op en hoorde boven de wind het gekraak van hout terwijl de boot verder verslonden werd.

'Paco!!'

Met de storm, die zelfs delen van de zeewering van de haven aan stukken sloeg en aan wal gesleepte boten de zee op trok, konden ze niks doen voordat de wind was gaan liggen. Toen was er hulp op gang gekomen. Herman had met Morao en een aantal vissers het kalmere water van de haven van Benimelha in een houten boot verlaten. Ze waren niet de enigen; mannen van de salinas waren ook gekomen en ze zagen zelfs Hector Bardales in zijn motorboot om de hele rotskust van de Rasalcalb varen, en verder naar de andere oevers van de baai. Herman en Morao waren langs de rand van de Rasalcalb gegaan, hadden uren op de golven heen en weer gevaren. Ze hadden niks gevonden, ja wrakhout, maar dat kon van alles zijn. Niets wat leek op het bootje, geen zeil, geen spoor. Ook de dagen daarna hadden ze gezocht.

Herman voorop, in stilte, maar onophoudelijk zoekend. Naast hem Levi, met het zout van tranen in zijn ogen; Morao, langzaam brekend. Met elke golf die tegen de kiel van zijn boot ontplofte, verdween een stuk van wie hij was. Samen zoekend in het water dat de volgende dag kalm was geworden, zonder enige deining, spiegelglad, alsof het spijt had. Met duikbril en snorkel en met zwarte flippers aan hun voeten hadden ze gedoken, ook bij de Rasalcalb. Levi was zelfs tot in de ingang van een paar onderwatergrotten gezwommen, maar Herman had hem verboden zich erin te wagen.

Pas na een week gaven ze het op. Nooit werd er enig spoor van Paco of de kleine Snipe gevonden. Het was alsof ze waren opgegeten door de golven, de golven en de Rasalcalb.

*

Alquería del Moro
11 november 1959

Ongeluk is laf, het komt nooit alleen. Er valt nooit maar één bom, dat heeft het leven me wel geleerd. Dat, en dat je wordt gestraft voor je geluk. Of is het geluk in deze tijd, het tijdperk waar we ons nu in bevinden, gewoon niet mogelijk? Hebben de oorlogen zo'n nagalm, dat het maar terug blijft kaatsen, heen en weer tussen onze daden, alsof het stenen muren zijn die een echo niet laten wegsterven maar eerder versterken? Ik kan niet anders dan de grote lijnen zien; behalve die naar Paco... Alhoewel.

Want ben ik niet schuldig hieraan? Was het Paco niet die Levi wilde genezen van zijn angsten, omdat ík zoveel moeite met die angsten had? Ach, wat maakt het antwoord eigenlijk uit? We zijn op een bepaalde manier medeschuldig aan alles wat er om ons heen gebeurt. We raken altijd de ander, gewild of ongewild. Ik vermoordde Vicente niet, maar onze vriendschap kostte hem zijn leven. Hierover voel ik me nog altijd schuldig. Juan Lopez Prata wierp zich van de Rasalcalb, mijn dreigement was de nagel aan zijn doodskist, misschien. Het doet me niks. Wat is schuld dan eigenlijk? Dat wat ons menselijk maakt? Waar begint en eindigt menselijkheid?

God, wat ga ik die jongen missen, Paco, Paquito. Die me zo nabij was als een zoon. Het ging altijd zo natuurlijk met hem, zo vanzelfsprekend dat ik hem daarom misschien voor lief nam. Zijn lichtheid en strijdlust, soms herkende ik zoveel van mezelf in hem. Hij was als ik, maar dan ontdaan van duisternis. Hij leek voorbestemd om altijd te schitteren, om te leven in oneindige schoonheid. En nu is hij verdwenen onder de golven. Er is weer een gat geslagen.

God straffe me dat ik het zo zeg, en hoezeer ik ook kapot ben over Paco, als Levi niet levend uit die golven was gekomen, was ik naar de top van die kloterots gelopen en had ik me er zonder aarzeling vanaf geworpen.

Het is soms achteraf pas duidelijk wat iemand betekende. Paco leek nooit een echte spil te zijn geweest, maar met zijn dood viel alles uit elkaar. En dat ging snel. Herman probeerde, ondanks zijn eigen verdriet, Levi overeind te houden, die volledig onderuitging. Hij had samen met Paco in de wieg gelegen, in de box hadden ze elkaars handen vastgehouden. Als jonge jongens hadden ze in hetzelfde bed geslapen. Ze waren geen broers, ze waren meer dan dat. Levi had Paco geaard, Paco had Levi opgetild. Wat was de een zonder de ander? Herman vreesde voor Levi, had regelmatig angstbeelden dat Levi van de rotsen zou duiken, zijn vriend achterna. Als hij naar buiten ging liep Herman met hem mee, dan liepen ze kilometers door het land, in stilte. Ze gingen snorkelen, samen. Levi was niet bang geworden van het water, het onder water zwemmen had hem juist gered, dat wist hij ook. Dus dook hij, en bleef steeds langer onder water. Dan zag Herman van een afstand hoe hij om zich heen keek, de donkere bodem voorbij. Zoekend.

Sara en Levi vielen uit elkaar. Vanaf dat ene moment waren ze onbereikbaar geworden voor elkaar. Zij kon hem niet helpen rouwen, er kon niet nog meer verdriet bij. Levi's verlies vergrootte alleen haar urgentie om haar moeder te zien, voordat die misschien ook zou verdwijnen. Ze was alleen daarmee bezig, was niet bij Levi en werd nog stiller, alsof ze haar adem inhield tot het moment dat ze kon gaan. Uiteindelijk dreef ze daardoor nog verder weg van Levi, die niet weg wilde, zoals ze gepland hadden. Hij moest afscheid nemen van Paco. Ook Herman zag dat, en zag dat het meisje alleen maar wilde vluchten. Op zijn aanraden was zij met Pepa's broers vertrokken, zonder nog een woord met Levi te wisselen. Op de middag dat ze vertrok, liep Herman Levi's kamer binnen en zag hem met zijn gitaar op schoot. Levi keek op. Keek zijn vader aan. Zuchtte.

Enkele dagen eerder had de afscheidsdienst voor Paco plaatsgevonden in de Iglesia de Nuestra Señora de la Merced in Benimelha. De kerk zat vol, Herman knikte naar Don Porfirio, kreeg een omhelzing van oud-burgemeester Paya, zijn ogen vol tranen. De frêle gestalte boog zich naar Morao en Pepa. Ook Hector Bardales was in de kerk. Ze liepen langs elkaar en Hector gaf hem een hand. De woede was even weg, de hardheid niet. Maar hij zag ook begrip. Bijna medeleven.

'God zegene zijn ziel.'

'Dank je Hector.'

Herman zat naast Morao die vanaf de eerste dag na de storm een grijze glimlach op zijn gezicht had. Hij was steeds druk met dingen doen, hij regelde alles met de kerk, deed boodschappen, maakte schoon in het huis, stemde zijn gitaar elke dag. Probeerde te spelen, waarbij Rosalía hem gezelschap hield. Hij probeerde Pepa te ontzien, vroeg steeds of hij iets voor haar kon doen. Maar hij wisselde eigenlijk geen echt woord met haar, ze kroop tegen hem aan, maar er was geen omhelzing, ze huilden niet samen. Hij kon zijn eigen verdriet niet aan, laat staan dat hij dat van haar kon omarmen.

Het altaar met een foto van Paco in zijn zeilboot, ooit door de eigenaar van de Snipe genomen. Kop in de zon, zijn donkerblond golvende haar als de manen van een leeuw wapperend in de wind, door de sluiterknop bevroren. Padre Moisés sprak over Paco, hij zei niet veel, maar voldoende. Morao stond daarna op, knikte iedereen in de kerk toe, dankte hen voor hun medeleven, probeerde woorden te vinden om Paco's leven te vieren. Maar elk woord schoot tekort, omdat ze de leemte niet vulden. Herman zag Pepa naar haar man kijken, en zag voor het eerst de afstand die er werkelijk tussen hen was. Toen Morao terugliep naar zijn plek stond zij op, een ruisen van zwarte rokken, ze keek naar haar man, toen naar Herman en liep naar het altaar. Ze ging staan tussen de twee hoge kaarsen. Hief haar gezicht omhoog, keek met gesloten ogen naar waar haar zoon moest zijn. Opende ze en zong. Over een wereld die zo weids was, de immense zee, onder de regen van de lucht het zilveren zeil, de wind die de gitaar deed huilen, zoals het water huilde, zoals de wind huilde over de gevallen sneeuw. Net als de wind was het onmogelijk de gitaar het zwijgen op te leggen: *Es imposible callarla, llora por cosas lejanas.* Hij huilt om verre dingen. Herman herkende zinnen van Lorca. Hij zag haar staan, de vrouw met wie hij zo innig verbonden was. De *llanto* die Pepa onbegeleid zong, haar lamentatie vloog op zwarte vleugels de hoogte van de kerk in, vulde de hele ruimte. Hartverscheurend haar stem, die kracht. Eerst vast, ogen nu steeds gesloten, dan de hoogte in, de verschrikking, het bloed verklankt. Het moment waarop het lied de onmogelijkheid bezong, de stem die meer werd dan de kerk kon omvatten, de klank die alles doorsneed, wind uit de woestijn, haar wankeling. Steun op de kist. En daarna de stilte. Honderd mensen met ingehouden adem, die daarna niets anders konden dan klappen, roepen. Eerst was Herman boos, toen dacht hij aan Paco, stond op en klapte en riep. En de ooms van Paco stonden op, Morao nam zijn gitaar aan, Levi kreeg er een in zijn handen gedrukt en speelde door zijn pijn heen. Duende. Rosalía zong een krachtig lied over liefde en verlangen, ondeugendheid en knipogen. Ook al was het nacht, zong ze, zij kende door haar geloof de koude bron, *la fuente fria*, waar de hemel en aarde van drinken. Herman klapte mee, naast zich wist hij Pepa.

In de weken daarna dreven Pepa en Morao steeds meer uit elkaar. Pepa droeg haar verdriet aan de buitenkant, strijdvaardig waadde ze door haar tranen heen. Maar van Morao kreeg ze niets terug. Hij liet haar verdriet voorgaan, was alleen bezig haar te troosten. Ze verweet hem zijn gebrek aan verdriet, werd op het onredelijke af boos, furieus. 'Hoe kan ik je het ook verwijten,' schreeuwde ze hem bitter toe, haar verwilderde ogen schoten van Morao naar alles om hen heen en terug, wanhopig op zoek naar zijn verdriet, zodat ze nog iets konden delen: '*No era tuyo!*'

Hij was niet van jou?! 'Wat...? Wat!?'

Wat er nog was, werd met die woorden weggeslagen. Ze realiseerde zich welke schade ze had aangericht. Kon niet meer terug.

'Ik ben een monster, Morao, ik... Natuurlijk was hij van jou, jij was zijn alles, lieve Morao. God vergeef me, Vader en Zoon, Heilige Geest, waarom nu de waarheid?' mompelde ze. Uit woede sloeg ze zichzelf in haar gezicht omdat híj het niet deed, en nog eens. Hij keek naar haar, hoe ze zichzelf sloeg. Haar wangen steeds roder, bloed op haar lippen.

'Ik heb het altijd vermoed,' zei hij.

'Wat?'

'Dat je zwanger was van Germán. Maar Paco was mijn zoon, vergis je niet,' zei hij beslist. 'Paco is mijn zoon! En niet iedereen huilt als jij Pepa, niet iedereen voelt zoals jij. Zo groot en theatraal. Ik niet. Ik word kleiner. Ik huil niet vanbuiten.'

Herman had geen weet van wat er gezegd was. Pepa vertelde het hem niet, wilde niet het verdriet van een verleden dat had kunnen zijn toevoegen aan het verloren leven dat was, aan een toekomst die niet meer kwam. Zoals hij haar niet vertelde over Levi. Over al het andere spraken ze wel. En dat dreef haar naar Herman toe. Samen met hem liep ze door het land, pratend over Paco, herinneringen bezoekend. Samen lachend om zijn gekke karaktertrekken. Soms voegde Levi zich bij hen, hij sprak niet maar luisterde en genoot op zijn manier van alle verhalen. Uiteindelijk was het ook daarom, omdat hij zijn zoon tot rust zag komen, dat Herman hem op het vliegtuig naar Nederland kon zetten om naar zijn moeder te gaan, zijn muziek te gaan studeren.

Pepa stond naast hem toen hij naar het vliegtuig keek dat in de zon verdween.

*

Morao zag het van een afstand aan, zag helder wat hij altijd ergens had gevoeld. Hij speelde op zijn gitaar, keek om zich heen en was zich bewust van zijn leven. Dat hij er maar één had. Als Paco hem iets had geleerd, is dat het. Hij lachte om een bittere gedachte: hij, de man die altijd voor iedereen opzij was gegaan, had al die jaren de ruimte in Pepa's hart bezet gehouden. In die schaduw wilde hij niet meer leven.

Kerst kwam en ging in stilte, het nieuwe jaar brak aan. Driekoningen kwam en ging met cadeaus en snoep aan de Alquería voorbij. Ergens in die eerste maand sprak Morao hen aan. Het was avond, Herman schreef in de hoek van de woonkamer in zijn schrift, Pepa zat met haar benen onder zich gevouwen op de bank kleding te herstellen. Morao zag dat ze gehuild had. Rosalía stond naast hem. Hij spande zijn hart aan.

'Wij gaan,' zei hij.

Herman en Pepa keken op. Morao vertelde dat Rosalía naar Granada wilde om flamenco te studeren. Haar stem was tot wasdom gekomen, en nu was het moment om zich te verbinden met haar wortels, zei ze trots. Morao glimlachte erbij. Herman zag dat hij zich concentreerde op zijn dochter, zij moest voorgaan, het verlies van zijn zoon was hem nog steeds te veel. Hij moest het vanbinnen oplossen, voor zichzelf en met zichzelf. Hij kon niet wat Pepa wel kon.

'Ik ga mee,' zei Pepa.

'Nee,' antwoordde Morao. 'Nee.'

Pepa keek naar Herman, naar Morao, stond toen op en omarmde haar dochter, leek haar niet los te willen laten. Maar wist dat ze het recht niet had haar vast te houden.

'*Siempre*,' zei ze alleen. Altijd. En toen stapte ze naar haar man. Omarmde hem ook en fluisterde: 'Sorry, sorry, sorry, het spijt me zo, Ignacio. Ik hou van je.'

Hij kuste haar tranen. 'Ik ook. Gitana.'

Diezelfde avond vertrokken ze. Herman gaf Morao de sleutel van de Seat. Schudde zijn hand, omarmde de man die al zo lang naast hem leefde. Ze keken elkaar lang aan, zo lang dat ze elkaar niks konden zeggen.

'Zorg goed voor haar,' zei Morao.

De eerste avonden na het vertrek van Morao en Rosalía lag Herman uren wakker. Hij keek naar het plafond. Voelde het huis om zich heen. Het was bijna zo leeg als toen hij hier, al die jaren geleden, begonnen was. Toen de maan hoog stond, viel hij pas in slaap.

De ochtenden braken leeg en stil aan. Hij hoorde Andrés en Maruja in hun vleugel doen wat ze altijd deden. Totdat ze op een ochtend bij hem kwamen zitten en uitlegden dat ook zij de Alquería gingen verlaten. Andrés legde uit dat ze als grootouders nodig waren om, als hun kinderen werkten, voor de kleinkinderen te zorgen. Met zijn allen gingen ze in een huis wonen dat Carlos en Mariflor hadden gekocht om met hun gezinnen in te wonen. Als de Alquería hun iets had geleerd, dan was het de kracht van familie: de dood van Paco, en hoe belangrijk het was om dicht bij je kinderen te zijn. Zo lang mogelijk. Andrés wilde graag blijven werken op de Alquería en Maruja beloofde dat ze bij hem bleef schoonmaken en opruimen en koken als het nodig was. Natuurlijk kon dat. Hij hoorde hen aan, zag alleen de leegheid die ze achterlieten.

'Het gaat goed komen, Germán,' zei Maruja. 'Je hebt nu de vrouw die je zal vasthouden.'

Het huis was stil, de ochtend was stil, de avond was leeg. Hij ontbeet buiten om daarna aan het werk te gaan. Zo deed hij dat elke dag. Hij dwaalde door het huis. Pepa zag hij in die dagen weinig. Zij die in een oogwenk alles had verloren, zoon, dochter en man. Ze was veel bij haar familie, bij haar broers en moeder die niet begrepen wat er allemaal gebeurd was. Ze was dagen weg en toen ze terugkwam zag ze er moe uit. Ze sliep veel, bleef lang in haar kamer. Op een gegeven moment werd ze ziek, met dagen van hoge koorts. Ze huilde veel, niet waar hij bij was. Hij hoorde haar door de muren heen. Haar tranen drongen zijn dromen binnen die nog nagloeiden van zijn eigen verdriet en waarin hij Paco zag langskomen in die stoet spoken die hem zo regelmatig bezocht.

Wakker geworden door een van die dromen stapte hij midden in de nacht uit zijn bed en liep naar Pepa's kamer. Hij hield haar vast, brandde zich bijna aan de hitte van haar koortsige lijf. De kleine kamer was te veel. Hij pakte haar op, droeg haar door het huis naar zijn bed en legde haar onder de witte lakens. Hij sloot de ramen waar de stille avondlucht door naar binnen kwam. Een heldere lucht, een net niet volle maan die het land om hen heen verlichtte, de schaduwen van alle bomen die er altijd al stonden en de nieuwe die geplant waren, de vers geploegde aarde. De zee met enkele glinsteringen.

Hij ging naast haar liggen. Ze hoorde hem bijna onhoorbaar fluisteren, in losse zinnen.

'*En nuestra cama de la luna*, in ons bed van de maan... *te quiero, te quiero, te quiero*, ik hou van je, ik hou van je, ik hou van je... *por el melancólico pasillo*, voorbij de weemoedige doorgang.' Hij keerde zich naar haar toe, zij keek hem aan.

'*Por el silencio oscuro de tu frente,*
toma este vals del
te quiero siempre.'

Tranen in haar ogen die hij van haar wangen veegde.

'García Lorca,' zei hij.

'Ik weet het.'

'Natuurlijk.'

*

Pequeño Vals Vienés

En Viena hay diez muchachas,
un hombro donde solloza la muerte
y un bosque de palomas disecadas.
Hay un fragmento de la mañana
en el museo de la escarcha.
Hay un salón con mil ventanas.
¡Ay, ay, ay, ay!
Toma este vals con la boca cerrada.

Este vals, este vals, este vals,
de sí, de muerte y de coñac
que moja su cola en el mar.

Te quiero, te quiero, te quiero,
con la butaca y el libro muerto,
por el melancólico pasillo,
en el oscuro desván del lirio,
en nuestra cama de la luna
y en la danza que sueña la tortuga.
¡Ay, ay, ay, ay!
Toma este vals de quebrada cintura.

En Viena hay cuatro espejos
donde juegan tu boca y los ecos.
Hay una muerte para piano
que pinta de azul a los muchachos.
Hay mendigos por los tejados.
Hay frescas guirnaldas de llanto.
¡Ay, ay, ay, ay!
Toma este vals que se muere en mis brazos.

Porque te quiero, te quiero, amor mío,
en el desván donde juegan los niños,
soñando viejas luces de Hungría
por los rumores de la tarde tibia,
viendo ovejas y lirios de nieve
por el silencio oscuro de tu frente.
¡Ay, ay, ay, ay!
Toma este vals del 'Te quiero siempre'.

En Viena bailaré contigo
con un disfraz que tenga cabeza de río.
¡Mira qué orilla tengo de jacintos!
Dejaré mi boca entre tus piernas,
mi alma en fotografías y azucenas,
y en las ondas oscuras de tu andar
quiero, amor mío, amor mío, dejar,
violín y sepulcro, las cintas del vals.

Kleine Weense wals

In Wenen zijn er tien meiden,
een schouder waarop de dood uithuilt
en een bos van verdroogde duiven.

Er is een fragment van de ochtend
in het museum van de vorst.
Er is een salon met duizend ramen.
Ay, ay, ay, ay!
Neem deze wals met gesloten mond.

Deze wals, deze wals, deze wals,
van zichzelf, van de dood en cognac
die zijn staart in de zee doopt.

Ik hou van je, ik hou van je, ik hou van je,
met je leunstoel en je dode boek
voorbij de weemoedige doorgang,
in de donkere zolder van lelies
en ons bed van de maan
en in de dans die de schildpad droomt.
Ay, ay, ay, ay!
Neem deze wals met een gebroken taille.

In Wenen zijn er vier spiegels
waar jouw mond en de echo's spelen.
Er is een dood voor piano
die de jongens blauw verft.
Er staan zwervers op het dak.
Er zijn verse slingers van rouw.
Ay, ay, ay, ay!
Neem deze wals die sterft in mijn armen.

Omdat ik van je hou, ik hou van je, mijn lief,
op de zolder waar kinderen spelen,
dromend van oude lichten van Hongarije
door de geruchten van de zwoele middag
kijkend naar schapen en lelies van sneeuw

door de duistere stilte van je oogopslag.
Ay, ay, ay, ay!
Neem deze wals van 'Ik hou voor altijd van je'.

In Wenen zal ik met je dansen
in een vermomming die het hoofd van de rivier heeft.
Kijk wat een oevers van hyacinten ik heb!
Ik laat mijn mond tussen je benen,
mijn ziel en foto's van lelies
en in de donkere deining van je gang
wil ik, mijn lief, achterlaten
viool en grafsteen, als de riemen van de wals.

Federico García Lorca (1898-1936)

was een Spaanse dichter en toneelschrijver die wordt gezien als een van de grootste dichters van Spanje. Hij was openlijk homoseksueel en hing progressieve, socialistische idealen aan. Als gevolg daarvan werd hij op 18 augustus 1936, hoogstwaarschijnlijk door nationalistische milities, vermoord.

'Pequeño Vals Vienés' schreef hij tussen 1920 en 1930 tijdens een langdurig verblijf in New York. Leonard Cohen vertaalde het en zette het op muziek. 'Take this Waltz' werd in 1986 door Cohen uitgebracht op het album *Poet in New York*, een eerbetoon aan Lorca.

Verschillende Spaanse artiesten maakten Spaanstalige versies van het lied, onder wie Sílvia Pérez Cruz. Tijdens het schrijven van dit boek luisterde ik talloze keren naar haar uitvoering, te vinden op YouTube:

Historische verantwoording

Dit verhaal is volledig fictie. Ik heb me laten inspireren door historische gebeurtenissen en bestaande plaatsen. Alhoewel ze kenmerken hebben van bestaande plekken, zijn Xaraque, Benimelha en Garat door mij verzonnen dorpen. Ook alle personages zijn fictief. In een enkel geval wordt een historisch bestaand persoon opgevoerd. De scènes en dialogen van deze personen zijn eveneens volledig door mij verzonnen.

Citaten

In enkele gevallen heb ik werkelijke citaten uit verschillende bronnen gebruikt, omdat de werkelijkheid soms ongelofelijker blijkt dan fictie en omdat de betreffende citaten zo sterk de tijdgeest uitdrukken.

Hoofdstuk 5 – Diner met Onésimo Redondo: De korte monoloog van de moeder van Don Julian is vertaald uit de memoires van José Luis de Vilalonga, *Memorias no autorizadas. La cruda y tierna verdad* (Plaza y Janés, Barcelona, 2001, blz. 354), en is in werkelijkheid uitgesproken door de grootmoeder van José Luis de Vilalonga, de negende Markies van Castellbell, Spaans acteur en aristocraat. Uit: *Una Historia de la Guerra Civil que no va a gustar a nadie* van Juan Eslava Galan, blz. 67.

Hoofdstuk 13 – De beschrijving van de evacuatie van het Vallcara-ziekenhuis is vrij naar een ooggetuigenverslag van Teresa Oamies. Uit: *The Spanish Holocaust* van Paul Preston, blz. 465.

Hoofdstuk 17 – De toespraak van Olazabal y Fuentes bij de rechtszaak tegen de militieleden is vrij vertaald naar de toespraak van de militaire aanklager in de zaak tegen Juan Caba Quijarro, een CNT-lid uit Manzanares. Ook de reactie van de advocaat voor de verdachten is het werkelijke antwoord op de toespraak van de aanklager geweest. Uit: *The Spanish Holocaust* van Paul Preston, blz. 474.

Hoofdstuk 22 – Zowel de uitspraak van sacerdote Valdéz over het fietsen van vrouwen als zijn klaagzang over hoe hij weggehouden wordt bij zieken is gebaseerd op uitlatingen van cura Vicente Llopis van de Parrochi van Calpe. Vrij vertaald uit het artikel 'Apuntes de la vida Calpina en los años 1940-50' door Andrés Ortolá Tomás in: http://historiadecalp.net/calpinas.htm.

Namenlijst

In Spanje worden achternamen samengesteld uit de eerste achternaam van de vader en de moeder van een persoon. Vrouwen nemen niet de achternaam van hun man over, maar houden de beide achternamen van hun ouders. In het dagelijks verkeer wordt meestal de eerste achternaam gebruikt, en niet altijd ook de tweede. Zo ben ik ook omgegaan met de achternamen in het verhaal.

Herman Kruijssen – Nederlander en (voormalig) soldaat in het Duitse leger
Beatrijs Kruijssen – vrouw van Herman
Levi Vicent Kruijssen – zoon van Herman en Beatrijs

Vicente Urias Jimenez – beste vriend van Herman, zoon van Don Urias
Catarina Giner Avargues – vrouw van Vicente
Don Urias Buñols – grootgrondbezitter (boer) en vader van Vicente
Raúl Urias Giner – zoon van Vicente en Catarina

Bewoners Alquería

Ignacio Morao Amaya – werknemer en vriend van Herman, gitarist
Josefa (Pepa) Flores Montoya – vrouw van Morao

Francisco (Paco) Morao Flores – zoon van Pepa en Morao
Andrés Yerbabuena Pons – geitenhoeder, hoofdopzichter Alquería
Maruja Perles Tur – vrouw van Andrés
Carlitos Yerbabuena Perles – zoon van Andrés en Maruja
Mariflor Yerbabuena Perles – dochter van Andrés en Maruja
Hector Bardales Mateu – steenhouwer
Alfonso Gorina Molines – timmerman
Barbareta Ferrer Soria – vrouw van Alfonso

Zoutpannen

Pepe Pieldelobo – anarchistische geitenhouder en arbeider in de zoutpannen
Xavi Morales Agulló – werkt in de zoutpannen en als verbindingsofficier van de militie
Gustavo – werkt in de zoutpannen
Martí – staljongen in de zoutpannen

Grootgrondbezitters en industriëlen

Don Porfirio Arechavaleta Dolader – grootgrondbezitter met landerijen tussen Benimelha en Xaraque
Don Abimael Arechavaleta Dolader – broer van Don Porfirio, rechter in Valencia
Don Julian Palacios Prada – grootgrondbezitter met landerijen achter Xaraque
Don Miguel de Alas Buendía – eigenaar textielfabriek en voorzitter vereniging textielfabrikanten
Onésimo Redondo Ortega – leider van de extreemrechtse partij Falange Española

Burgemeesters

Francisco Verdú Gonzalez – burgemeester van Benimelha tijdens de Burgeroorlog
Isidoro Paya Boronat – burgemeester van Xaraque tijdens de Burgeroorlog

Jose Lopez Prieto – nieuwe burgemeester van Xaraque na de Burgeroorlog

Priesters

Padre Moisés – priester van de Iglesia de Nuestra Señora de la Merced in Benimelha

Sacerdote Carbonell – priester van de kerk in Xaraque

Militieleden en anderen

Luís Aviles Luna – afgevaardigde van het Comité de Seguridad Pública

Josep Romero Iñagi – afgevaardigde van de Federación Anarquista Ibérica

José Gascon Berenguer – lokale aanvoerder militie

Aina Such Montaner – lokale aanvoerder militie en vrouw van José Gascon

Sara Gascon Such/Sara Lloret – dochter van José en Aina, vriendin van Levi

Loreto Frau – uitbater Bar Frau in Xaraque

Ishmael Herrero Serra – lid van de militie

Francisco Bardales Mateu – broer van Hector en leider coöperatie

Luis Bolér Bellen – perschef Franco tijdens de Burgeroorlog

William P. Carway – Amerikaanse correspondent in Spanje tijdens de Burgeroorlog

Kapitein Guillermo Olazabal y Fuentes – kapitein in het leger van Franco

Manolo Bardales – zoon van Hector en gezworen vijand van Paco en Levi

Valencia

Don Palau y Boix – leraar compositie aan conservatorium in Valencia

Don Lazaró – eigenaar muziekwinkel in Valencia

Veelgebruikte Spaanse woorden

Alcalde	burgemeester
Algarrobo	johannesbroodboom
Aljibe	stenen waterbassin of put met een overkapping om de put te beschermen
Azada	landbouwwerktuig
Bancal/bancales	terrassen waarop akkerbouw plaatsvindt. Vaak gelegen tegen steile heuvels en langs bergruggen, versterkt met natuurstenen terrasmuren
Barranco	ravijn of steile vallei
Búcaro	aardewerken kruik
Cabrón	klootzak
Cala	klein strand of baai
Chaval(es)	jongeman/jongens
Cojones	(scheldwoord) ballen
Compañero	kameraad, maat, metgezel
Coño	kut
Dios/dios mío	God, mijn god
Finca	boerderij
Gestor	adviseur die zowel notariële als administratieve en accountantsdiensten aanbiedt. Werkt vanuit een *gestoría*
Gilipollas	slappe lul

Gitano/Gitana	zigeuner(in)
Guapo/Guapa	knap, mooi
Haciënda	groot landgoed, herenboerderij, boerenbedrijf
Hermano	broer
No pasarán	'Ze zullen niet passeren.' Strijdkreet van de republikeinen, voor het eerst uitgesproken door Isidora Dolores Ibárruri Gómez, ook wel La Pasionaria genoemd vanwege haar gepassioneerde toespraken
Miliciano	lid van de burgermilitie
Mistela	zoete witte dessertwijn van de moscateldruif
Riurau	gebouw met kenmerkende open boogconstructie. Oorspronkelijk geïntroduceerd door de Moren om druiven te drogen en er rozijnen van te maken
Salamanquesa	klein soort hagedis
Salinas	zoutpannen
Siempre	altijd
Tossal	heuvel die uitsteekt boven de rest
Tricornio	driekantige steek van de Guardia Civil